全本全注全译丛书

中华经典名著

张启成 徐达 等◎译注

文选 五

中华书局

目 录

第五册

书上

李少卿

见卷第二十九《与苏武》作者介绍。

答苏武书一首

【题解】

汉武帝天汉二年(前99),李陵率兵五千与匈奴主力作战,矢尽兵败,投降匈奴。昭帝即位后,汉与匈奴和亲。始元六年(前81)春,被匈奴扣留的汉使苏武回到汉朝。苏武回汉后即写信给李陵,劝他也回归汉室,李陵便写了这封信回答苏武。

在这封信中,李陵陈述他兵败后归降匈奴的经过与委屈,表达他远居异域的孤独与悲苦,抒发他对故土的深深眷恋,发泄他对朝廷的强烈不满,写得宛转情切,感愤壮烈,表达他的心迹颇为动人。李陵投降匈奴这件事,自然应当谴责。但是,这封信以大量的事实揭露当时政治的腐败,较为深刻。尤其是这封信有较强的艺术感染力,读后往往使人对他的遭遇产生同情。

至于本文作者是谁,历来看法不一。有的认为是出于汉末晋初人之手,有的认为是六朝人伪作,也有的认为就是李陵作。据范文澜先生看法,当以第一说为是。

　　子卿足下①:勤宣令德,策名清时②,荣问休畅③,幸甚,幸甚! 远托异国,昔人所悲。望风怀想④,能不依依! 昔者不遗,远辱还答,慰诲勤勤⑤,有逾骨肉。陵虽不敏,能不慨然?

【注释】

①子卿:苏武字。

②策名:将其名书于简册,以示其为官。

③问:通"闻",声誉。休:美。

④望风:远望。

⑤勤勤:殷勤恳切。

【译文】

　　子卿足下:您回国后努力发扬美德,在太平之世做官,美好的声誉远扬,很值得庆幸,很值得庆幸! 远远地托身异国,这是前人所悲伤的事。远望风物,怀想亲朋,怎不令人依恋啊! 从前承您不弃,老远地给我回信,劝慰我、教诲我,是那样的殷勤恳切,真胜过亲骨肉。我虽然愚笨,对此能不感动吗?

　　自从初降,以至今日,身之穷困,独坐愁苦。终日无睹,但见异类①。韦韝毳幕②,以御风雨;膻肉酪浆③,以充饥渴。举目言笑,谁与为欢! 胡地玄冰④,边土惨裂,但闻悲风萧条之声。凉秋九月,塞外草衰,夜不能寐,侧耳远听:胡笳互动,牧马悲鸣,吟啸成群,边声四起⑤。晨坐听之,不觉泪下。

嗟乎,子卿! 陵独何心,能不悲哉!

【注释】

①异类:旧时对异族的不敬称呼。此指匈奴人。

②韦鞲(gōu):皮革袖套。毳(cuì)幕:毡帐。

③膻(shān):羊臊气。酪(lào):以牛、羊、马等乳炼制成的食品。

④玄冰:厚冰。冰厚,近于深青色,故称。

⑤边声:即边地笳声、马鸣之类的悲凉之声。

【译文】

　　自从当初投降到今日,我总是在困穷之中,时时独坐愁苦。终日看不到一点儿故国景象,只见到异国的风物人情。我只能以皮衣、毡帐抵御风雨,用羊肉和牲畜的乳汁来充饥解渴。即使想举目谈笑,又和谁欢乐呢? 塞外的冬天,厚厚的冰雪,土地冻裂,只能听见朔风那凄厉悲凉之声。到了凉秋九月,塞外的草枯萎了的时候,我总是夜不能寐,侧耳远听:胡笳声声,此起彼伏,成群的牧马发出悲凉的叫声,胡笳声、马叫声交织成一片,边声从四面响起。清晨坐听这悲凉的声音,我不禁眼泪直下。唉,子卿! 难道我的心独独与众不同,怎能不悲伤啊!

　　与子别后,益复无聊。上念老母,临年被戮①;妻子无辜,并为鲸鲵②。身负国恩,为世所悲。子归受荣,我留受辱,命也如何! 身出礼义之乡,而入无知之俗,违弃君亲之恩,长为蛮夷之域,伤已! 令先君之嗣③,更成戎狄之族,又自悲矣! 功大罪小,不蒙明察,孤负陵心区区之意④。每一念至,忽然忘生。陵不难刺心以自明,刎颈以见志,顾国家于我已矣⑤,杀身无益,适足增羞。故每攘臂忍辱⑥,辄复苟活。左右之人见陵如此,以为不入耳之欢,来相劝勉。异方之乐,只令人悲,增忉怛耳⑦。

【注释】

①临年:临老之年。

②鲸鲵:大鱼名。此喻妻子被杀戮。

③先君:指其父当户,李广长子,早死,陵为其遗腹子。

④孤负:亏负。后来多作"辜负"。

⑤已矣:绝望之辞。

⑥攘:揎,捋。

⑦忉怛(dāo dá):悲痛。

【译文】

同您分别之后,我更加无聊。想起老母临老之年还遭杀戮,妻子儿女无罪,也被诛杀。我辜负了汉朝的恩德,成为世人心目中可悲的人物。您回到汉朝受到人们的赞誉,我留在匈奴蒙受耻辱,这是命运的安排,有什么办法呢!我出生在礼义之乡,而来到这愚昧无知的地方,背弃了国君、亲人的恩德,长时间生活在蛮夷之域,已够伤心了!又让先父的嗣子变成匈奴的族人,自己就更加悲伤了!我功大罪小,不为皇上所明察,辜负了我的一片心意。每当我想到这里,忽然就萌发出轻生的念头。其实,我剖开心来表白心迹,刎颈自杀以表明志向,这并非难事。可是国家对我已经恩断义绝,我自杀也无益,只会增加羞辱。所以,我往往因忍受屈辱而捋袖奋臂感到愤慨时,马上又恢复平静而苟活下去。周围的人看见我这样,就用那不堪听取的异国之乐劝勉我。而异国之乐只能令人悲伤,增加我更多的痛苦罢了。

嗟乎,子卿!人之相知,贵相知心。前书仓卒①,未尽所怀,故复略而言之。

【注释】

①仓卒（cù）：匆忙，急遽。卒，后多写作"猝"。

【译文】

　唉，子卿！人的相互了解，贵在彼此知心。上一封信写得匆忙，未能把心里的话说完，所以再简略地说一说。

　昔先帝授陵步卒五千，出征绝域。五将失道①，陵独遇战。而裹万里之粮②，帅徒步之师，出天汉之外③，入强胡之域。以五千之众，对十万之军；策疲乏之兵，当新羁之马。然犹斩将搴旗④，追奔逐北⑤；灭迹扫尘，斩其枭帅⑥，使三军之士视死如归。陵也不才，希当大任。意谓此时功难堪矣。匈奴既败，举国兴师，更练精兵⑦，强逾十万，单于临阵⑧，亲自合围。客主之形既不相如⑨，步马之势又甚悬绝⑩。疲兵再战，一以当千，然犹扶乘创痛，决命争首⑪。死伤积野，余不满百，而皆扶病，不任干戈。然陵振臂一呼，创病皆起，举刃指虏，胡马奔走。兵尽矢穷，人无尺铁，犹复徒首奋呼⑫，争为先登。当此时也，天地为陵震怒，战士为陵饮血⑬。单于谓陵不可复得，便欲引还。而贼臣教之，遂便复战，故陵不免耳⑭。

【注释】

①五将：所指不明。失道：没有按约定的时间到达。（依刘良说。）

②裹粮：携带粮食备出征、远行之用。

③天汉：汉武帝年号。此代指汉朝，或汉朝的疆域。

④搴（qiān）：拔取。

⑤北:指败逃者。

⑥枭帅:勇猛的将领。

⑦练:通"拣",挑选。

⑧单(chán)于:匈奴最高首领的称号。

⑨客主:因李陵率军攻入匈奴境内,故此时李陵将自己一方称作"客",而将匈奴一方称为"主"。

⑩步马:指李陵所率的步兵与匈奴的骑兵。

⑪"疲兵再战"几句:据《汉书·李广苏建传》载:"连战,士卒中矢伤。三创者载辇,两创者将车,一创者持兵战。"

⑫徒首:激战中甲胄已无,故云。

⑬饮血:血泪入口。形容极度悲愤痛苦。李善注:"血即泪也。"

⑭"单于"几句:据《汉书·李广苏建传》载,单于不能消灭李陵军,只见李陵军向南退撤,疑有伏兵,"欲去。会陵军候管敢为校尉所辱,亡降匈奴,具言陵军无后救,射矢且尽。独将军麾下及成安侯校各八百人,为前行,以黄与白为帜,当使精骑射之,即破矣"。于是,匈奴向汉军大举进攻,汉军败,李陵遂降。贼臣,指管敢。

【译文】

当初,先帝给我五千步兵,征讨处于极远之地的匈奴。有五位将领没有按约定的时间到达,只有我独自率军与匈奴作战。而我是带着远征万里的粮饷,率领步兵,远离汉朝的疆域之外,进入强大的匈奴境内。以五千兵卒,对付匈奴的十万大军;驱策疲乏的步兵,抵挡新装备的骑兵。在这种情况下,还能斩将拔旗,追杀败逃之敌;并且像清除痕迹,打扫灰尘一样,斩杀敌军的勇将,使全军将士都能视死如归。我虽然没有才干,但希望能担当重任。我认为此时功大,别人是难以相比的。匈奴已遭失败,便全国兴师,重新挑选精兵,使强敌超过了十万,并且单于亲自临阵,指挥对我合围。这时敌我双方所处形势已经不能相比了,而我方步兵与匈奴的骑兵力量对比又很悬殊。疲惫不堪的士兵再次迎敌，一个人要抵挡上千人。但是他们还是扶着战车、忍着伤痛战斗，一个个拼命争先。死伤的人积满了原野，剩下的还不满一百人，并且都是带病在身，连武器也拿不动。可是当我振臂一呼，伤的病的全都站了起来，挥刀杀向敌人，匈奴的骑兵纷纷奔逃。后来，兵器用完了，箭射光了，战士手里没有一点武器了，但是，他们还是在没有一点儿披挂的情况下奋力呼喊，争先恐后地冲向敌人。这时，天地为我震怒，战士为我悲愤饮泣。单于也认为我李陵不可能被捉住，便打算引兵回撤。可是，投奔匈奴的贼臣却向单于出谋献策，于是单于便传令继续作战。所以，我的失败也就难免了。

　　昔高皇帝以三十万众困于平城。当此之时，猛将如云，谋臣如雨，然犹七日不食，仅乃得免[①]。况当陵者，岂易为力哉？而执事者云云，苟怨陵以不死。然陵不死，罪也。子卿视陵，岂偷生之士而惜死之人哉？宁有背君亲、捐妻子而反为利者乎[②]？然陵不死，有所为也。故欲如前书之言，报恩于国主耳[③]。诚以虚死不如立节，灭名不如报德也。昔范蠡不殉会稽之耻[④]，曹沫不死三败之辱[⑤]，卒复勾践之仇，报鲁国之羞。区区之心，切慕此耳。何图志未立而怨已成，计未从而骨肉受刑[⑥]，此陵所以仰天椎心而泣血也[⑦]。

【注释】

①"昔高皇帝"几句：据《汉书·高帝纪》载，汉高祖七年（前200）冬十月，高祖亲自带兵征讨投降匈奴的韩王信，追至平城，"为匈奴所围七日，用陈平秘计得出"。平城，在今山西大同。

②捐：抛弃。

③"故欲如"二句：李善注引李陵前与苏子卿书信："陵前为子卿死之计，所以然者，冀其驱丑虏，翻然南驰，故且屈以求伸。若将不死，功成事立，则将上报厚恩，下显祖考之明也。"

④昔范蠡(lǐ)不殉会稽之耻：据《史记·越王勾践世家》载，越贤大夫范蠡，越为吴所败时，曾赴吴做人质二年，回越后辅佐勾践图强，终于打败吴国，为勾践报了"困会稽"之仇，雪了"会稽之耻"。

⑤曹沫不死三败之辱：据《史记·刺客列传》载，曹沫为鲁将与齐战，三战三败。鲁庄公害怕，献地求和。后当齐与鲁会盟于柯时，曹沫持匕首劫桓公，"桓公乃许尽归鲁之侵地"。曹沫，春秋时鲁国的武士。

⑥骨肉受刑：据《汉书·李广苏建传》载，武帝派公孙敖带兵深入匈奴，救迎李陵。公孙敖无功还，并说他"捕得生口，言李陵教单于为兵，以备汉军。故臣无所得。上闻，于是族陵家，母弟妻子皆伏诛"。

⑦椎心：捶胸。形容极度悲痛。

【译文】

以前汉高祖带领三十万大军尚被围困在平城。当时猛将、谋臣都很多，可是还七天吃不上东西，后来也只仅仅免于被俘而已。何况是我李陵呢！难道就我这点力量是容易对付匈奴的吗？汉朝的执政官员对我议论纷纷，随便责怨我不为守节而死。但是，我不死节虽然有罪，您看我又岂是贪生怕死之人？难道有背离国君、父母，抛弃妻子、儿女，而反为自己求利的人吗？我之所以不死，是要有所作为的啊！所以，我内心的想法正如上封信中所说，是为了向国君报恩的啊！我的确认为，白白地死去倒不如立节，死去灭名不如报答国君的恩德。从前范蠡不为会稽之耻而死，曹沫不为三次失败而死，最后，范蠡终于复了越王勾践之仇，曹沫也终于报了鲁国三败之羞。我诚挚的心里，深切地羡慕他们这样的人啊！何曾料到壮志未酬而怨恨已成，计未成而骨肉已遭诛戮。

这就是我之所以仰天捶胸极其悲伤的原因。

　　足下又云："汉与功臣不薄。"子为汉臣，安得不云尔乎！昔萧、樊囚絷①，韩、彭菹醢②，晁错受戮③，周、魏见辜④。其余佐命立功之士，贾谊、亚夫之徒⑤，皆信命世之才⑥，抱将相之具，而受小人之谗，并受祸败之辱，卒使怀才受谤，能不得展。彼二子之遒举⑦，谁不为之痛心哉！陵先将军⑧，功略盖天地，义勇冠三军，徒失贵臣之意，刭身绝域之表⑨。此功臣义士所以负戟而长叹者也。何谓不薄哉！

【注释】

①萧、樊囚絷：据《史记·萧相国世家》载，"长安地狭"，而上林苑中又多空弃地，相国萧何便向高祖建议，让百姓入苑耕种。高祖大怒，"乃下相国廷尉械系之"。又据《史记·樊郦滕灌列传》载，高祖病重时，听信谗言，大怒之下命陈平于军中斩杀樊哙。"陈平畏吕后，执哙诣长安。至则高祖已崩，吕后释哙，使复爵邑"。

②韩：即韩信，汉开国功臣，后因被告谋反，为吕后所杀。事见《史记·淮阴侯列传》。彭：即彭越，汉高祖时多建奇功，封为梁王。后被吕后使人诬告其谋反，夷三族。事见《史记·魏豹彭越列传》。菹醢(zū hǎi)：把人剁成肉酱。

③晁错受戮：晁错，景帝时御史大夫，因请削诸侯之地，吴楚七国遂借口诛晁起兵反，景帝用袁盎言，斩错于东市。事见《史记·袁盎晁错列传》。

④周、魏见辜：周勃曾从高祖定天下，文帝时为右丞相，不久自请免相就国。后为人上书诬告欲反，下狱。事见《史记·绛侯周勃世家》。窦婴平定七国之乱后，被封为魏其侯。后与丞相武安侯田

蚡不和,被杀。事见《史记·魏其武安侯列传》。

⑤贾谊:汉初著名政论家、文学家。亚夫:周勃之子,景帝时曾为丞相,后被人诬告谋反,下狱,因绝食五日呕血而死。

⑥命世:著名于当世。

⑦二子:指贾谊、周亚夫。退举:指死亡。

⑧陵先将军:指李陵的祖父李广。

⑨"徒失"二句:卫青于武帝元狩四年(前119)率军击匈奴,李广为前将军。卫青亲率精兵与单于接战,单于遁逃。而李广与右将军合军出东道,因迷失道路,未能及时赶到助卫青追击单于。事后卫青追问原因,欲上书报天子,李广遂引刀自刭于军中。事见《史记·李将军列传》。贵臣,指大将军卫青。

【译文】

　　足下又说:"汉朝对待功臣不薄。"您作为汉朝的臣子,怎能不这样说呢!从前萧何、樊哙被拘囚,韩信、彭越被剁成肉酱,晁错遭杀戮,周勃、窦婴获罪。其余辅佐国君建有功勋的人,贾谊、亚夫之辈,都的确是著名于当世的人才,有着将相的才能,却受到小人的谗毁,皆遭受祸败的耻辱,最终使怀才而受谤,才能得不到施展。贾谊、亚夫二人的死,谁不为之痛心呢!我的先祖父李广功劳谋略盖天地,忠义勇猛全军第一,只因为失去权贵的欢心,而自杀于绝域之外。这就是功臣义士之所以负戟长叹的原因。怎能说是"不薄"呢!

　　且足下昔以单车之使,适万乘之虏,遭时不遇,至于伏剑不顾,流离辛苦,几死朔北之野①。丁年奉使②,皓首而归,老母终堂③,生妻去帷④。此天下所希闻,古今所未有也。蛮貊之人尚犹嘉子之节⑤,况为天下之主乎?陵谓足下当享茅土之荐⑥,受千乘之赏。闻子之归,赐不过二百万,位不过典属国^⑦，无尺土之封加子之勤。而妒功害能之臣，尽为万户侯；亲戚贪佞之类，悉为廊庙宰。子尚如此，陵复何望哉？

【注释】

①"至于"几句：苏武奉使入匈奴，会缑王与长水虞常等谋反匈奴中。事发，因涉副使张胜，苏武等皆被扣留。单于使卫律招降苏武，苏武说："屈节辱命，虽生，何面目以归汉。"于是引佩刀自杀。幸亏卫律抱持，气绝半日复息。"单于愈益欲降之，乃幽武置大窖中，绝不饮食。天雨雪，武卧啮雪与旃毛并咽之。数日不死，匈奴以为神。乃徙武北海上无人处，使牧羝，羝乳乃得归。"（《汉书·李广苏建传》）

②丁年：健壮之年。

③终堂：犹言老母去世。

④去帷：犹言改嫁。

⑤蛮貉（mò）：古代对北方民族的侮称。此指匈奴。

⑥茅土之荐：即指荐封诸侯。古代天子大社，以五色土代五方土地，用白茅包取授予所封诸侯。

⑦典属国：官名。职掌民族交往的事务。秦置，西汉沿置。

【译文】

再说，您当初以使臣的身份，单车直入有万乘兵车的匈奴，没有遇上好的时机，甚至于伏剑自杀而不顾性命；后来又颠沛流离，历尽艰辛，几乎死在塞北的荒野上。壮年出使，直到白头才回国，老母已经死去，妻子也改嫁了。这样的遭遇真是天下少闻，古往今来所没有的。匈奴人尚还嘉许您的节操，何况是作为天下之主的汉朝皇帝呢？我以为您应当享受封侯的荐举，获得千乘的赏赐。但听说您归国之后，受到赏赐不过二百万钱，官位不过只是一个典属国，没有尺寸的封地来奖赏您的勤劳辛苦。然而，那些迫害功臣贤能的臣子，却都成了万户侯；皇亲国戚以及那些贪婪奸诈之流,个个都是朝廷重臣。您尚且如此,我还有什么指望呢!

　　且汉厚诛陵以不死,薄赏子以守节,欲使远听之臣望风驰命,此实难矣。所以每顾而不悔者也。陵虽孤恩^①,汉亦负德。昔人有言:"虽忠不烈,视死如归。"陵诚能安,而主岂复能眷眷乎^②?男儿生以不成名,死则葬蛮夷中,谁复能屈身稽颡^③,还向北阙^④,使刀笔之吏弄其文墨邪?愿足下勿复望陵。

【注释】

①孤恩:辜负恩德。

②眷眷:怀顾依恋的情态。

③稽颡(qǐ sǎng):旧时丧礼,居父母之丧时跪拜宾客之礼,以额触地,表示极度悲痛。此指请罪时所行之礼。

④北阙:古代宫殿北面的门楼,是大臣等候朝见或上书奏事的地方。

【译文】

　　再说,汉朝因为我不能死节而大肆诛戮我全家,因为您能够坚守节操而给予微薄的奖赏,想使远在外面的臣子听到这样的消息后,马上归来为汉朝奔走效力,这实在太难了。这正是我之所以时时念及汉朝而又不后悔留在匈奴的原因。我李陵虽然辜负了汉朝的恩德,而汉朝对我也是背恩忘德的。从前有人说过这样的话:"忠于国君的人,即使不很刚烈,也能视死如归。"我如果真的为了汉朝安于献身,而皇上又岂能眷眷念及我的功德呢?大丈夫活着不能成就功名,死后就葬身在蛮夷之地算了,谁还能再回到汉朝,屈身扣头向皇上请罪,让那些舞文弄墨的官吏去罗织罪名呢？愿您不要再对我抱什么希望了。

嗟乎，子卿！夫复何言！相去万里，人绝路殊。生为别世之人，死为异域之鬼，长与足下生死辞矣。幸谢故人①，勉事圣君。足下胤子无恙②，勿以为念。努力自爱。时因北风，复惠德音。李陵顿首。

【注释】

①故人：指霍光、上官桀等。

②胤子：嗣子。据《汉书·李广苏建传》载，苏武在匈奴时，与胡妇生一子，名通国。

【译文】

唉，子卿！我还有什么好说的呢！相隔万里，往来断绝，各自所走的道路不同。我活着是另一个世界上的人，死后是异国的鬼，永远同您生离死别了啊！希望您代我向各位老朋友致意，望他们努力侍奉圣明的君主。您的嗣子很好，不要挂念。愿您多多保重！敬请常借北来之风，多多赐教。李陵顿首。

司马子长

司马迁（前145？—前86？），字子长，夏阳（今陕西韩城）人。西汉时期著名的史学家、文学家。十岁即随父司马谈至长安，受业于经学大师董仲舒、孔安国。二十岁开始漫游生活，足迹几乎遍及全国，使他有机会了解各地风情，采集人物传说。武帝元封三年（前108），继任父职为太史令，又得以博览皇家藏书。太初元年（前104），着手编写《史记》。天汉二年（前99），因为李陵辩护获罪下狱，被处腐刑。太始元年（前

96)，被赦出狱，任中书令。他深感受刑之耻，便忍辱发奋著述，终于完成了《史记》这部不朽之作。不久，他便去世。

他一生主要著作是《史记》。这部书"善序事理，辨而不华，质而不俚，其文直，其事核，不虚美，不隐恶，故谓之实录"（《汉书·司马迁传赞》）。他将愤懑、感慨倾注其中，因此又被称为"史家之绝唱，无韵之《离骚》"（鲁迅《汉文学史纲要》）。《史记》不仅是一部伟大的历史巨著，也是一部杰出的传记文学作品。在史学与文学方面，对后世都有很大的影响。

报任少卿书—首

【题解】

此书作于汉武帝太始四年（前93）十一月，司马迁任中书令时。

任少卿名安，荥阳（今属河南）人。曾任益州刺史、北军使者护军。他是司马迁的朋友，曾写信给司马迁，希望他能够"推贤进士"。过了一段时间，司马迁才写了这封回信给他。

在这封回信中，司马迁以愤激之情倾诉了自己的不幸遭遇，揭露了皇帝刚愎自用，官吏碌碌无能，政治黑暗腐败的社会现实，表现了"人固有一死，或重于太山，或轻于鸿毛"的较为进步的生死观，以及司马迁为实现理想而忍辱发奋的精神。这封信对于了解司马迁的生平思想有着重要的价值。同时，这封信写得感情真挚，言辞恳切，叙事、议论与抒情融在一起，反复曲折，具有强烈的艺术感染力。所以，本文是西汉时期散文名篇之一。

太史公牛马走司马迁再拜言①，少卿足下：曩者辱赐书②，教以顺于接物③，推贤进士为务。意气勤勤恳恳④，若望仆不相师⑤，而用流俗人之言。仆非敢如此也。仆虽罢驽⑥，亦尝侧闻长者之遗风矣⑦。顾自以为身残处秽⑧，动而见尤⑨，欲益反损，是以独郁悒而与谁语⑩。谚曰："谁为为之⑪？孰令听之？"盖锺子期死，伯牙终身不复鼓琴⑫。何则？士为知己者用，女为说己者容⑬。若仆大质已亏缺矣⑭，虽才怀随、和⑮，行若由、夷⑯，终不可以为荣，适足以见笑而自点耳⑰。书辞宜答，会东从上来⑱，又迫贱事⑲，相见日浅⑳，卒卒无须臾之闲，得竭至意。今少卿抱不测之罪，涉旬月㉑，迫季冬㉒，仆又薄从上雍㉓，恐卒然不可为讳㉔。是仆终已不得舒愤懑以晓左右㉕，则长逝者魂魄私恨无穷。请略陈固陋㉖。阙然久不报㉗，幸勿为过。

【注释】

①太史公：即太史令。牛马走：供牛马般奔走的仆人。自谦之辞。走，李善注："犹仆也。"这一句是古代书信的一种格式，即写信时先将职官姓名列于前。

②曩（nǎng）：从前。

③接物：待人接物。

④意气：情谊，恩义。

⑤望：怨恨。师：学习，效法。

⑥罢驽（pí nú）：疲弱无用的驽马。此处是自喻才能低下。罢，疲劳，衰弱。驽，劣马。

⑦侧闻：从旁闻知。李善注："谦词也。"长者：年高德重之人。

⑧身残：指身受宫刑。处秽：处于可耻的地位。司马迁遭受宫刑之后，任中书令，与宦官同列，故以为耻。

⑨见尤：被人看作过错，即被人指责的意思。尤，过错。

⑩郁悒：愁闷不乐。

⑪谁为(wèi)：为谁。

⑫"盖锺子期"二句：春秋时楚国人伯牙善鼓琴，而锺子期能从他的琴音听出他的心意所在，伯牙遂将他视为知音。后来锺子期死了，伯牙便毁去琴弦，终生不复再弹。事见《吕氏春秋·本味》及《汉书》颜师古注。

⑬说(yuè)：后作"悦"。容：梳妆打扮。

⑭大质：指身体。因人的身体是从事一切的根本，故云。

⑮随、和：随侯珠与和氏璧，皆战国时的珍宝。事见《淮南子·览冥训》高诱注及《韩非子·和氏》。此处用以喻才之宝贵。

⑯由、夷：许由与伯夷，皆被古人推尊为品德高尚的人。许由，相传尧让以天下，不受，遁耕于箕山之下；尧召为九州长，由不欲听，洗耳于颍水滨。参见《庄子·逍遥游》。伯夷，商代孤竹君长子。孤竹君生前欲立次子叔齐，孤竹君死后，叔齐让位给伯夷，伯夷不受。后来两人先后逃往周。武王伐纣时，他们极力谏阻。周灭商后，他们耻食周粟，逃到首阳山，采薇而食，饿死山中。事见《孟子·万章》。

⑰点：李善注："辱也。"

⑱上：指汉武帝。太始四年(前93)三月，汉武帝巡行到泰山，四月到不其山，五月回到长安，司马迁均随从。事见《汉书·武帝纪》。

⑲贱事：指公私繁杂之事。

⑳浅：少。

㉑旬月：一个月。

㉒季冬：农历十二月。汉律规定是十二月处决犯人。

㉓薄：迫。雍：地名。在今陕西凤翔南，汉代在那里设有祭天神的五畤。《汉书·武帝纪》："四年冬十月，行幸雍。祠五畤。"

㉔不可为讳：死的委婉说法。此指任安将被处死。可能在武帝这
　　次出发前赦免了他的死罪，所以后来武帝曾说："安有当死之罪
　　甚众，吾常活之。"事见《史记·田叔列传》。

㉕左右：尊称对方。此指任安。

㉖固陋：褊狭浅陋的意见。这是客气话。

㉗阙然：延搁貌。

【译文】

　　仆人太史公司马迁再拜陈言，少卿足下：前次蒙您屈尊写信给我，
教我慎重待人接物，把推荐贤才引进良士作为自己的任务。来信情意
是那样的诚恳，好像抱怨我没有按您的意见行事，却采纳了一般人的意
见。我是不敢这样做的啊！我虽然愚笨无用，但也曾经在旁听说过年
高德重之人传下来的风范。只是觉得自己受了宫刑，处在可耻的污秽
地位，动不动就要受到指责，本想做点有益的事，反而会把事情搞糟。
因此，我总是独自愁闷不乐而不知跟谁诉说。俗话说："为谁去做这样
的事？让谁听这样的话？"所以钟子期死后，伯牙终身不再弹琴。这是
什么原因呢？因为贤士只为了解自己的人去效劳，女子只为爱自己的
人去打扮。像我这样的人，身体已经伤残了，即使有随侯之珠、和氏之
璧那般宝贵的才能，有许由、伯夷那样高洁的品德，终究也不能引以为
荣，恰恰足以被人耻笑而自取污辱罢了。来信本应及早答复，可正碰上
我随皇帝东巡才回到长安，又忙于公私繁杂之事，彼此相见的时间很
少，整天忙忙碌碌，没有一点儿闲空得以详尽地说说自己的心意。如今
您又遭了难以意料的大罪，再过一个月，就临近十二月了，到时我又不
得不随皇帝巡幸到雍地去，恐怕仓促之间就会发生不测之事。这样，我
就不能抒发愤懑之情来明告您了，您也会因得不到回信而抱恨无穷。
因此，请允许我简略地陈述一下褊狭浅陋之见。拖延了很久没有回信，
希望您不要责怪。

　　仆闻之：修身者，智之符也①；爱施者，仁之端也；取与者②，义之表也③；耻辱者④，勇之决也⑤；立名者，行之极也。士有此五者，然后可以托于世而列于君子之林矣。故祸莫憯于欲利⑥，悲莫痛于伤心，行莫丑于辱先，诟莫大于宫刑⑦。刑余之人，无所比数⑧，非一世也，所从来远矣。昔卫灵公与雍渠同载⑨，孔子适陈⑩；商鞅因景监见⑪，赵良寒心⑫；同子参乘⑬，袁丝变色⑭：自古而耻之。夫以中才之人，事有关于宦竖⑮，莫不伤气，而况于慷慨之士乎？如今朝廷虽乏人，奈何令刀锯之余荐天下豪俊哉！

【注释】

①符：古代传令调兵的信物。此为凭证、凭信的意思。

②与：给予。

③表：表记。

④耻辱：以被辱为耻。

⑤决：先决条件。

⑥憯（cǎn）：惨痛。

⑦诟：耻辱。宫刑：又称腐刑，古代五刑之一。男子割去睾丸，妇女幽闭。

⑧比数：同列，相提并论。

⑨卫灵公：名元，春秋时卫国国君。雍渠：卫灵公身边的宦官。

⑩孔子适陈：李善注："此言孔子适陈，未详。"据《史记·孔子世家》载，孔子"居卫月余，灵公与夫人同车，宦者雍渠参乘，出，使孔子为次乘，招摇市过之。孔子曰：'吾未见好德如好色者也！'于是丑之，去卫，过曹。"适，往。

⑪商鞅：公孙氏，名鞅，战国时卫国人。曾为秦孝公所用，行变法，

后封商(今陕西商洛东南),因称商君、商鞅。孝公死后,惠文王执政,被车裂而死。景监:孝公宠信的臣子。《史记·商君列传》载:"公孙鞅闻秦孝公下令国中求贤者……乃遂西入秦,因孝公宠臣景监以求见孝公。"

⑫赵良寒心:在"商君相秦十年,宗室贵戚多怨望"的时候,秦国的贤士赵良对商鞅指出,依靠景监而得孝公重用,这绝不是好名声。寒心,惧怕,战栗。

⑬同子:即指赵谈。司马迁父亦名谈,因避父讳,故称"同子"。参乘:陪乘。古代乘车,尊者在左,御者在中,侍卫之人在右,在右者称参乘或车右。

⑭袁丝:即袁盎,字丝。文帝时为郎中官。据《史记·袁盎晁错列传》载:"孝文帝出,赵同参乘,袁盎伏车前曰:'臣闻天子所与共六尺舆者,皆天下豪英,今汉虽乏人,陛下独奈何与刀锯余人(指宦官)载!'于是上笑,下赵同,赵同泣下车。"变色:发怒。

⑮宦竖:指宦官小臣。竖,宫中小臣。

【译文】

我听说过这样的话:讲求自身修养,是智慧的凭证;爱人好施,是仁的开始;取与得当,是义的标志;以被辱为耻,是勇敢的先决条件;树立名望,是品行的终极目标。士人有了这五种德行,然后才能立足于世,进入君子的行列。所以,灾祸没有比贪图私利更为惨痛,悲伤没有比伤心更为痛苦,行为没有比使祖先受辱更为丑恶,耻辱没有比遭宫刑更大的了。受了宫刑的人,没有谁愿同他相提并论,这不是一个朝代如此,由来已久!从前,卫灵公出游与宦官雍渠同车,孔子感到耻辱而逃往陈国;商鞅依靠景监的推荐而得秦孝公重用,赵良为此寒心;赵谈做文帝的参乘,袁盎便发怒谏阻:自古以来人们都以宦官为耻。那些才能一般的人,只要遇有与宦官牵连的事,没有不灰心丧气的,更何况是有远大抱负、意志刚烈的人呢!如今朝廷虽然缺乏人才,但如何能让我这样受过宫刑的人来推荐天下的豪杰呢!

　　仆赖先人绪业,得待罪辇毂下^①,二十余年矣。所以自惟^②:上之,不能纳忠效信^③,有奇策才力之誉,自结明主;次之,又不能拾遗补阙^④,招贤进能,显岩穴之士^⑤;外之,又不能备行伍^⑥,攻城野战,有斩将搴旗之功;下之,不能积日累劳,取尊官厚禄,以为宗族交游光宠^⑦。四者无一遂^⑧,苟合取容,无所短长之效^⑨,可见如此矣。向者仆常厕下大夫之列^⑩,陪外廷末议^⑪,不以此时引维纲^⑫,尽思虑,今以亏形为扫除之隶,在阘茸之中^⑬,乃欲仰首伸眉,论列是非,不亦轻朝廷,羞当世之士邪? 嗟乎! 嗟乎! 如仆尚何言哉! 尚何言哉!

【注释】

①待罪:任职为官的委婉说法。辇毂(gǔ):皇帝的车驾。后来作为首都的代称。

②自惟:自思。

③效信:献出自己的诚信。

④拾遗补阙:拣取皇帝遗漏的小事,弥补皇帝工作的缺失。阙,错误,缺失。

⑤岩穴之士:隐居于山岩洞穴中的人才。

⑥行(háng)伍:军队。古代军队编制,五人为伍,五伍为行。

⑦交游:朋友。光宠:荣光。

⑧遂:成就。

⑨无所:无有。短长:偏义复词,"长"的意思。长,在此犹言"大"。效:贡献。

⑩厕:混杂。下大夫:汉代官秩,千石、八百石、六百石,比古制上中下三大夫。司马迁为太史令,秩六百石,故云。

⑪外廷:外朝。汉制,丞相以下六百石为外朝官。末议:谦辞。意谓自己的意见微不足道。

⑫引维纲:根据法令有所申说。维,指法度。纲,指纲纪。

⑬阘茸(tà róng):卑微下贱之人。

【译文】

　　我依靠先人遗留下来的事业,得以在京城为官,已有二十多年了。因此自己常想:用最高的标准要求,我不能进献忠信,博得奇策高才的名声,以此取得贤明君主的信任;次之,又不能给皇帝拣拾遗漏,弥补缺失,招纳引进贤能之士,使山岩洞穴中的隐士得以显名;在外,又不能参加到军队中去,亲自攻城野战,有斩将拔旗的功劳;用最低的标准要求,又不能一天天地积累功劳,取得高官厚禄,以此为宗族、朋友增添荣耀。以上四项没有一项有所成就,只好勉强迎合以取得皇帝的收容,没有什么大的贡献可言,可见我的一生只能这样了。当初我曾经位居下大夫行列,陪奉外廷官员只发表一些微不足道的意见,没有在这个时候根据国家的政策法令,充分地将自己的想法全说出来,如今身体已经残废,地位也很低下,处于下贱人之列,却想昂首扬眉,议论朝廷是非,这岂不是轻视朝廷,羞辱了当代的士人吗?可叹啊,可叹!像我这样的人还能说什么呢!还能说什么呢!

　　且事本末未易明也。仆少负不羁之行①,长无乡曲之誉②。主上幸以先人之故,使得奏薄伎③,出入周卫之中④。仆以为戴盆何以望天⑤,故绝宾客之知⑥,亡室家之业⑦,日夜思竭其不肖之才力⑧,务一心营职,以求亲媚于主上。而事乃有大谬不然者⑨!夫仆与李陵,俱居门下⑩,素非能相善也⑪。趣舍异路⑫，未尝衔杯酒⑬，接殷勤之余欢。然仆观其为人，自守奇士：事亲孝，与士信，临财廉，取与义，分别有让⑭，恭俭下人，常思奋不顾身，以徇国家之急⑮。其素所蓄积也，仆以为有国士之风⑯。夫人臣出万死不顾一生之计，赴公家之难，斯以奇矣。今举事一不当，而全躯保妻子之臣⑰，随而媒蘖其短⑱，仆诚私心痛之！且李陵提步卒不满五千，深践戎马之地，足历王庭⑲，垂饵虎口，横挑强胡⑳，仰亿万之师㉑，与单于连战十有余日，所杀过半当㉒。虏救死扶伤不给㉓，旃裘之君长咸震怖㉔，乃悉征其左右贤王㉕，举引弓之人㉖，一国共攻而围之。转斗千里，矢尽道穷，救兵不至，士卒死伤如积。然陵一呼劳军，士无不起，躬自流涕，沫血饮泣㉗，更张空拳㉘，冒白刃，北向争死敌者。陵未没时，使有来报，汉公卿王侯，皆奉觞上寿㉙。后数日，陵败书闻，主上为之食不甘味，听朝不怡。大臣忧惧，不知所出。仆窃不自料其卑贱㉚，见主上惨怆怛悼㉛，诚欲效其款款之愚㉜。以为李陵素与士大夫绝甘分少㉝，能得人死力，虽古之名将，不能过也。身虽陷败，彼观其意，且欲得其当而报于汉㉞。事已无可奈何，其所摧败㉟，功亦足以暴于天下矣㊱！仆怀欲陈之，而未有路。适会召问，即以此指推言陵之功㊲，欲以广主上之意，塞睚眦之辞㊳。未能尽明，明主不晓，以为仆沮贰师㊴，而为李陵游说，遂下于理㊵。拳拳之忠㊶，终不能自列㊷，因为诬上，卒从吏议。家贫，货赂不足以自赎㊸；交游莫救，左右亲近不为一言。身非木石，独与法吏为伍，深幽囹圄之中㊹，谁可告愬者！此真少卿所亲见，仆行事岂不然乎？

李陵既生降，隤其家声⑮，而仆又佴之蚕室⑯，重为天下观笑。悲夫！悲夫！事未易一二为俗人言也⑰。

【注释】

①不羁：不受约束。

②乡曲：乡里。

③奏薄伎：奉献微薄的技艺。

④周卫：指宫禁。皇帝周围有许多人跟随护卫，故云。

⑤戴盆何以望天：戴盆与望天，二者不可得兼。此言是比喻他忙于职守，无暇顾及私事。

⑥知：此处有交好、相亲的意思。

⑦亡：通"忘"，忘记。

⑧不肖：自谦之辞。

⑨大谬：大错。

⑩"夫仆"二句：胡刻本"夫"属上句"者"字之后，此据《汉书》改。俱居门下，是说司马迁与李陵，一为太史令，一为侍中，同为可以出入官门的官，故云。

⑪善：交好。

⑫趣舍异路：趣向与舍弃各有不同。意即彼此理想志趣各不相同。

⑬衔杯酒：在一起饮酒。

⑭分别有让：分别尊卑长幼，有谦让之礼。

⑮徇：通"殉"，献身的意思。

⑯国士：国内所推重的人才。

⑰全躯：保全自己。

⑱媒蘖：亦作"媒糵"，酒曲。这里是酿成之意，比喻构陷诬害，酿成其罪。

⑲"深践"二句：李善注："胡地出马，故曰戎马；单于所居之处，号曰

王庭。"

⑳横挑:气势凌厉地挑战。

㉑仰:仰攻。当时汉军被匈奴军围于两山间,匈奴居高,汉军居下,故云。一说"北地高,故曰仰"。

㉒所杀过半当:谓杀敌极多。

㉓不给:顾不上。

㉔旃裘:匈奴穿的服装。此代指匈奴。

㉕左右贤王:匈奴贵族封号。

㉖引弓之人:即匈奴人。因其善射,故称。

㉗沫(huì)血:以血洗面,犹言血流满脸。沫,洗面。

㉘张空拳:李周翰注:"张,举也。言矢尽道穷,人无尺铁,故犹举空拳以冒白刃之敌也。"

㉙"陵未没时"几句:《汉书·李广苏建传》:"陵于是将其步卒五千人出居延,北行三十日至浚稽山,止营。举图所过山川地形,使麾下骑陈步乐还以闻。步乐召见,道陵将率得士死力,上甚悦,拜步乐为郎。"这几句事即指此。未没,没有全军覆亡。奉觞上寿,举杯祝贺。

㉚不自料:不自量。

㉛惨怆怛(dá)悼:悲痛哀伤。

㉜款款:诚恳忠实。

㉝绝甘分少:好吃的尽给别人,自己只分取小的少的部分。

㉞得其当:得到适当的机会。

㉟其所摧败:指他所击败的敌人。

㊱暴:暴露。此处引申为显示之意。

㊲指:意旨。推言:阐述,举说。

㊳睚眦(yá zì):怒目相视。

㊴沮:毁坏,诋毁。贰师:贰师将军李广利,汉武帝宠妃李夫人之

兄。天汉二年(前99),汉武帝派李广利出兵匈奴,令李陵相助。李陵被围,李广利按兵不动。李陵兵败,李广利未能建功。

⑩理:古代的司法官。秦时称廷尉,汉景帝时称大理,汉武帝时又称廷尉。此言理,即指廷尉。

⑪拳拳:忠谨的样子。

⑫列:陈述。

⑬货赂:财货。

⑭囹圄(líng yǔ):监狱。

⑮隤(tuí):毁坏。

⑯佴(èr):相次,随后。蚕室:受宫刑后的人所居密闭而温和的屋子。

⑰一二:一条二条,逐一逐二。

【译文】

　　况且,事情的原委是不容易对人讲明白的。我年少时就具有不受拘束的性格,长大后在乡里也没有什么名声。幸而皇上因为我先父的缘故,使我有机会奉献微不足道的技艺,出入于护卫森严的宫禁之中。我认为头上顶戴盆子怎么能望天呢?所以,我断绝了宾客的交往,忘掉了家庭的私事,日夜想着竭尽自己微薄的才力,专心一意在朝廷供职,以求博得皇上的欢心。而事情却不像所想的那样!我与李陵同在朝廷任职,平素并没有什么交情。我和他理想志趣各不相同,从未在一起饮过酒,也没有深厚的私人感情。可是我看他的为人,确是一个自守节操的奇特之士:他侍奉双亲很孝敬,与士子交往讲信用,面对财物能保持廉洁,在获取与给予方面很重道义,分别尊卑长幼颇有谦让之礼,恭敬谦和甘居人下,时常想着奋不顾身,为国家的急难而殉职。他平素所修养的品德,我以为已具有国内所推重的人才的风度。作为人臣,能够出生入死,不顾个人安危,奔赴国家的急难,这已是很不寻常了。如今行事一有不当之处,那些只知保全自己和妻子儿女的大臣,随即就夸大其缺点以酿成大的罪名,我的确暗中为他感到痛心!再说,李陵统率步卒不足五千,深入匈奴,到达单于所居之处,好似垂饵虎口。他气势凌厉地向强大的匈奴挑战,迎击众多的敌军,同单于连续作战十多天,杀死敌军甚多。匈奴连救死扶伤也顾不上,匈奴的首领也都十分震惊惧怕,于是全部征集左右贤王的军队,发动所有能张弓射箭的人参战,全国动员共同攻打李陵的军队,并包围他们。李陵率军转战千里,箭尽路绝,而救兵不到,士卒死伤很多。但是,当李陵大声一呼,鼓动军士的时候,士卒没有不站起身来,流着眼泪,满着鲜血,吞声饮泣地强忍悲痛,又举起空拳,冒着敌人的刀刃,向北奋勇争先,为抗击敌人而献身的。李陵的军队没有全军覆亡的时候,有使者来朝廷报告,汉王朝的公卿王侯都举杯祝贺进军的胜利。后来过了几天,李陵战败的消息传来,皇上为此食不甘味,临朝听政也很不高兴。大臣们忧虑恐惧,不知所措。我没有估量自己的地位卑贱低微,看见皇上悲痛哀伤,的确想献出自己诚恳忠实的个人愚见。我认为李陵向来与士大夫相处,总是好吃的尽给别人,自己只分取少的部分,因而能得到别人拼死效力,即使是古代名将,也不能超过他啊。他虽然兵败之后身陷匈奴,看他的意思却是想等待适当的机会来报答汉朝。事情已是无可奈何了,但他所击败众多敌人的战功,也足以显示于天下啊!我心里很想陈述这一看法,却没有机会。恰巧碰上皇上召问,就按此意举说李陵的功劳,想以此来宽慰皇上的心,堵塞怨恨者的坏话。我还没有把话讲明白,英明的皇上也不明察我的真正用意,就认为我是在诋毁贰师将军李广利,而为李陵辩护,于是将我交付大理处置。我一片忠心,终究不能自己把它陈述出来,因此就被定为"欺蒙皇上"的罪名,最后被判以腐刑。我家境清贫,财产不够用来赎罪;交游的朋友也没有谁出面相救,皇上身边亲近之臣也不肯替我说句好话。人非木石,我独与执法官为伍,囚禁在监狱中,我的心情又能告诉谁呢!这真是您亲眼看见的情况,我的行事难道不是如此吗?李陵已经投降匈奴,毁坏了世代名将的声誉;而我又随后遭宫刑,入蚕室，更被天下人看笑话。悲伤啊，悲伤！这件事情是不容易逐一逐二地对一般人说清楚的。

　　仆之先，非有剖符丹书之功①，文史星历②，近乎卜祝之间③，固主上所戏弄，倡优所畜④，流俗之所轻也。假令仆伏法受诛，若九牛亡一毛，与蝼蚁何以异？而世又不与能死节者⑤，特以为智穷罪极，不能自免，卒就死耳。何也？素所自树立使然也。人固有一死，或重于太山，或轻于鸿毛，用之所趋异也⑥。太上不辱先⑦，其次不辱身，其次不辱理色⑧，其次不辱辞令⑨，其次诎体受辱⑩，其次易服受辱⑪，其次关木索、被箠楚受辱⑫，其次剔毛发、婴金铁受辱⑬，其次毁肌肤、断肢体受辱⑭，最下腐刑极矣⑮！传曰："刑不上大夫⑯。"此言士节不可不勉励也⑰。猛虎在深山，百兽震恐；及在槛阱之中⑱，摇尾而求食，积威约之渐也⑲。故有画地为牢，势不可入；削木为吏，议不可对⑳：定计于鲜也㉑。今交手足，受木索，暴肌肤㉒，受榜箠㉓，幽于圜墙之中㉔。当此之时，见狱吏则头枪地㉕，视徒隶则正惕息㉖。何者？积威约之势也。及以至是㉗，言不辱者，所谓强颜耳㉘，曷足贵乎？且西伯，伯也，拘于羑里㉙；李斯，相也，具于五刑㉚；淮阴，王也，受械于陈㉛；彭越、张敖㉜，南面称孤㉝，系狱抵罪；绛侯诛诸吕，权倾五伯，囚于请室㉞；魏其，大将也，衣赭衣，关三木㉟；季布为朱家钳奴㊱；灌夫受辱于居室㊲。此人皆身至王侯将相，声闻邻国，及罪至罔加㊳，不能引决自裁㊴，在尘埃之中㊵。古今一体，安在其不辱也！由此言之，勇怯，势也㊶；强弱，形也㊷。审矣㊸，何足怪乎？夫人不能早自裁绳墨之外㊹，以稍陵迟^㊺，至于鞭棰之间，乃欲引节^㊻，斯不亦远乎！古人所以重施刑于大夫者，殆为此也。

【注释】

①剖符丹书：汉代对功臣的特殊待遇。符，竹制的凭证，剖分为二，君臣各执一半以为凭证。丹书，即铁券丹书。用朱砂将誓言写在铁铸的契券上，左右两块，左颁功臣，右存内府，后世子孙可凭此享有特权。

②星历：此指天文历法。

③卜祝：掌占卜和祭祀之职。

④倡优：乐工伶人。

⑤而世又不与能死节者：李善注："与，如也。言时人以我之死，又不如能死节者。言死无益也。"死节者，守节操而死者。

⑥用：因为。之：指死。趋：趋向。

⑦太上：最上，首先。

⑧理色：肌理和颜面。

⑨辞令：言辞。

⑩诎（qū）体：弯曲身体。指被捆绑。

⑪易服：换上囚服。

⑫关木索：戴上刑具。关，戴上。木，指枷。棰楚：即刑杖。意思是用棰楚打。棰，木杖。楚，荆条。

⑬剔毛发：即古代的髡刑。剔，同"剃"。婴金铁：古代的钳刑。婴，环绕。

⑭毁肌肤、断肢体：指古代劓（割鼻子）、刖（砍掉脚）、黥（用刀刻额颊等处，再涂上墨）等肉刑。

⑮腐刑：即宫刑。

⑯刑不上大夫：这句话见《礼记·曲礼》。李善注引《东方朔别传》：

"武帝问曰:'刑不上大夫何?'朔曰:'刑者,所以止暴乱诛不义也。大夫者,天下表仪,万人法则,所以共承宗庙而安社稷也。'"

⑰士节:士的节操。

⑱槛:关兽的木笼子。阱(jǐng):捕兽的陷坑。

⑲威约:用威力来约束。

⑳对:面对。

㉑鲜:新。引申为早。

㉒暴肌肤:指脱去衣服受刑。

㉓榜:击。

㉔圜墙:监狱。

㉕头枪地:即叩头。

㉖惕息:战战兢兢,不敢出声息。

㉗以:通"已"。

㉘强颜:厚脸皮。

㉙"且西伯"几句:殷纣王听信崇侯虎的谗言,将西伯囚禁在羑里。事见《史记·周本纪》。西伯,即周文王,他当时是西方诸侯之长。羑(yǒu)里,在今河南汤阴境内。

㉚"李斯"几句:秦用李斯计,"二十余年竟并天下,尊主为皇帝,以斯为丞相"。秦二世听信赵高谗言,"具斯五刑","腰斩咸阳市"。事见《史记·李斯列传》。具于五刑,《汉书·刑法志》:"当三族者,皆先黥、劓,斩左右止,笞杀之,枭其首,菹其骨肉于市。其诽谤詈诅者,又先断舌。故谓之具五刑。"

㉛"淮阴"几句:据《史记·淮阴侯列传》载,有人告楚王韩信欲反,高祖用陈平计,"发使告诸侯会陈",韩信至,"上令武士缚信,载后车","上曰:'人告公反。'遂械系信。至洛阳,赦信罪,以为淮阴侯"。陈,今河南淮阳。

㉜彭越:高祖时功臣,封为梁王。张敖:继嗣其父张耳的爵位为赵

王。二人皆为人诬告谋反,下狱定罪。事见《史记·魏豹彭越列传》与《史记·张耳陈馀列传》。

㉝孤:春秋战国时侯王自称。

㉞"绛侯"几句:绛侯周勃与陈平定计诛诸吕,迎立文帝。后为人诬告谋反,被囚治罪。事见《史记·绛侯周勃世家》。诸吕,吕后家族,吕禄、吕产等。五伯,春秋时五霸。请室,请罪之室,关押有罪大臣的地方。

㉟"魏其"几句:景帝时大将军窦婴,封魏其侯,后与田蚡不和,被诬下狱,治以死罪。事见《史记·魏其武安侯列传》。三木,项、手、足皆带刑具。

㊱季布为朱家钳奴:项羽名将季布,多次困辱高祖。项羽死后,高祖悬重金通缉。季布髡钳,改换名姓,卖身为鲁人朱家的家奴。事见《史记·季布栾布列传》。钳,以铁制刑具锁于人颈。

㊲灌夫:颍阴(今河南许昌)人,随父从军平七国之乱,因功任中郎将。武帝时,任太仆。后因他得罪丞相田蚡,被"系居室"。事见《史记·魏其武安侯列传》。居室:汉官署名。属少府,拘禁犯人之处。

㊳罔加:法网加身。罔,喻法网。

㊴引决自裁:皆为自杀之意。

㊵尘埃之中:指监牢里。

㊶势:形势。

㊷形:具体情况。

㊸审矣:明白了。

㊹绳墨:法制,法律。

㊺陵迟:缓延的斜坡。此处有迟疑的意思。

㊻引节:殉节。

【译文】

我的先人没有因功勋卓著从而享有剖符丹书的特殊待遇。作为掌管史籍、天文、历法的太史令，不过是近乎掌占卜、祭祀的人，本来是供皇上戏弄，好似乐工伶人一样养起来，为社会上一般人所看不起。假如我犯了法遭杀戮，犹如九牛亡一毛，与死去小小的蝼蚁有何不同呢？而时人还认为我的死，又不如那些守节操而死的人，只认为是智虑穷尽，罪大恶极，不能够免掉罪名，才最终走上死路罢了。为什么呢？是平素自己所处的地位才使我落到如此地步啊！人本来都是要死的，有的人死得比太山还重，有的人死得比鸿毛还轻。这是因为死的情况有所不同啊！做人首先应该不使先人受辱，其次是不使自身受辱，其次不应在肌理和颜面上受到屈辱，其次不应被别人的言辞所辱，其次是不受捆绑之辱，其次是穿上囚服受辱，其次是戴上刑具、遭刑杖痛打受辱，其次是头发剃光、颈子用铁圈锁上受辱，其次是毁坏肌肤、砍断肢体受辱，最下是遭腐刑，到极点了！《礼记》说："刑罚不加于大夫的身上。"这话是说士人不可不努力坚守正义啊！猛虎在深山时，百兽都惊恐害怕；及至关进笼子，掉入陷阱之中，则摇着尾巴要食吃，这是长期用威力约束渐渐产生的结果。所以，在地上画个圈当监牢，估量情势不会进去；削制一个木头人做狱吏，度谋情况也不会面对着它：因为士人早有不等受辱就自杀的打算。如今犯人手足被捆绑，颈上戴枷锁铁索，剥去衣服裸露肌肤，遭受鞭打，囚禁在监牢里。这个时候，见了狱吏就叩头，看见狱卒就战战兢兢地不敢出声息。为什么呢？这是长期用威刑管制之后必然出现的情势。及至已经到了这个时候，还说没有受辱的人，真是所谓的厚脸皮啊！这种人哪里值得尊重呢？再说，周文王是西方诸侯之长，而被拘囚在羑里；李斯是丞相，受五刑而死；淮阴侯韩信封为楚王，在陈地被捆缚；彭越、张敖南面称王，被抓进牢狱定罪；绛侯周勃诛杀吕后家族，权势超过了五霸，却被囚于请罪之室内；魏其是大将，竟穿上赭色囚服，戴上枷锁、手铐、脚镣；名将季布，剃光头发，颈项锁上铁圈，卖身为朱家的奴隶；灌夫也被拘系在居室中受侮辱。这些人都身至王侯将相，名声传扬于邻国，等到得罪而法网加身的时候，却不能够早早自杀，结果被囚禁在监牢里。古往今来都一样，不及早自杀怎能不受辱啊！由此说来，勇敢与怯懦，是形势决定的；强和弱，是具体情况形成的。这是很明白的道理，有什么值得奇怪的呢？一个人不能及早地自杀于法网加身之前，因为稍稍迟疑，以至于遭受鞭打的时候，才想自杀守节，这不是太晚了吗？古人之所以对于大夫施刑十分慎重，大概就是因为这个吧。

夫人情莫不贪生恶死，念父母，顾妻子。至激于义理者不然，乃有所不得已也。今仆不幸，早失父母，无兄弟之亲，独身孤立。少卿视仆于妻子何如哉？且勇者不必死节，怯夫慕义，何处不勉焉！仆虽怯懦，欲苟活，亦颇识去就之分矣①，何至自沉溺缧绁之辱哉②！且夫臧获婢妾③，由能引决④，况仆之不得已乎！所以隐忍苟活，幽于粪土之中而不辞者⑤，恨私心有所不尽，鄙陋没世⑥，而文彩不表于后世也。

【注释】

①去就之分：取舍的界限。这里有舍生取义的意思。

②缧绁(léi xiè)：拘系犯人的绳索。引申为囚禁。

③臧获：古代骂奴婢的丑称。

④由能：《汉书》作"犹能"，可从。

⑤粪土之中：指监牢里。

⑥没世：身死之后。

【译文】

人之常情没有谁不贪生怕死，他们总要顾念父母与妻子儿女的。至于为义理所激发而死的人，就不是这样，他们是有不得已而违背人情的地方。如今我很不幸，很早就失去了父母，也无兄弟等亲人，孑然一身孤独生活。少卿您看我对妻子、儿女的态度又怎样呢？再说，勇敢的人不一定为名节而死,怯懦的人如羡慕节义,也会勉励自己为名节而死!我虽然胆小软弱,想苟且偷生,但也很懂得舍生取义的道理,为什么自己甘心遭受被囚禁的耻辱呢? 并且,奴婢侍妾还能自杀,何况我处在不得已的情况,不是更该一死吗? 我之所以勉力忍住自己的感情而苟活世上,幽禁在监牢里而不离去,是因为我的愿望还未完全实现,如果碌碌无为地了此一生,我的文采就不能显扬于后世了。

　　古者富贵而名摩灭①,不可胜记,唯倜傥非常之人称焉②。盖文王拘而演《周易》③;仲尼厄而作《春秋》④;屈原放逐,乃赋《离骚》⑤;左丘失明⑥,厥有《国语》⑦;孙子膑脚,《兵法》修列⑧;不韦迁蜀,世传《吕览》⑨;韩非囚秦,《说难》《孤愤》⑩;《诗》三百篇⑪,大底圣贤发愤之所为作也⑫。此人皆意有郁结,不得通其道,故述往事,思来者。乃如左丘无目,孙子断足,终不可用,退而论书策,以舒其愤,思垂空文以自见⑬。

【注释】

①摩灭:磨灭。

②倜傥(tì tǎng):卓异豪迈,洒脱不拘。

③文王拘而演《周易》:相传文王被拘羑里时,推演八卦为六十四卦。事见《史记·周本纪》。

④仲尼厄而作《春秋》:孔子周游列国,累陷困境,回到鲁国后,遂作《春秋》。厄,困苦。《春秋》,编年体史书,起于鲁隐公元年(前722),终于鲁哀公十四年(前481),是儒家经典之一。

⑤"屈原"二句:据《史记·屈原贾生列传》载,《离骚》作于屈原被楚怀王疏远时,而屈原被流放是在顷襄王时,此处所说当别有所

据。《离骚》，是爱国诗人屈原的代表作。

⑥左丘：即左丘明，鲁国史官。

⑦《国语》：是一部记西周末年和春秋时期周鲁等国贵族的言论为主的书。左丘明失明后著《国语》，首见于此。

⑧"孙子"二句：据《史记·孙子吴起列传》载，孙膑（bìn）与庞涓俱学兵法，庞涓为魏将，自以为不及孙膑，便骗孙入魏，害之以膑刑（剔去膝盖骨）。后孙膑逃回齐国，做了军师，大败魏军，庞涓自杀。"孙膑以此名显天下，世传其《兵法》"。《孙膑兵法》长期失传，1972年在山东临沂银雀山汉墓中发现该书竹简若干。

⑨"不韦"二句：吕不韦"乃使其客人人著所闻，集论以为八览、六论、十二纪，二十余万言，以为备天地万物古今之事，号曰《吕氏春秋》"。始皇十年（前237），因事被令全家徙处河南，一年后，又被勒令徙蜀，不韦遂自杀。事见《史记·吕不韦列传》。不韦，即吕不韦，战国末年大商人，始皇初年为相国。

⑩"韩非"二句：据《史记·老子韩非列传》载，"韩非者，韩之诸公子也……非见韩之削弱，数以书谏韩王，韩王不能用"，于是作《孤愤》《五蠹》《说难》等十余万言。秦攻韩，韩非出使秦国，被留，后为李斯所谗，下狱而死。

⑪《诗》三百篇：即《诗经》。

⑫大底：大都，大致。

⑬垂：流传。见："现"的古字。

【译文】

在古代，富贵而名声磨灭的人，不可胜记，只有卓异豪迈、洒脱非凡的人才称著于世。周文王被拘禁而推演八卦为六十四卦，写成《周易》；孔子失意困顿而作《春秋》；屈原被放逐，才写成了《离骚》；左丘明眼睛失明，才有《国语》传世；孙子受膑刑而断了双脚，才编写《兵法》一书；吕不韦流迁蜀地，才有《吕览》传世；韩非被囚禁于秦国，才有《说难》《孤愤》传世;《诗》三百篇,大都是圣贤抒发愤懑之情的作品。这些人都是思想上有郁结不解之处,不能够实现自己的理想,所以追述往事,希望未来的人了解他们的志向抱负。就如左丘明失明,孙膑被砍断了双脚,终究不为当权者重用,于是退下来阐发己见写成书策,以抒发愤懑之情,想让自己的著作流传后世,以表明自己的志向抱负。

仆窃不逊,近自托于无能之辞,网罗天下放失旧闻①,略考其行事,综其终始,稽其成败兴坏之纪②,上计轩辕③,下至于兹④,为十表、本纪十二、书八章、世家三十、列传七十,凡百三十篇。亦欲以究天人之际⑤,通古今之变,成一家之言。草创未就,会遭此祸。惜其不成,已就极刑⑥,而无愠色⑦。仆诚以著此书,藏诸名山,传之其人,通邑大都,则仆偿前辱之责⑧,虽万被戮,岂有悔哉?然此可为智者道,难为俗人言也。

【注释】

①放失(yì):散失的事物。失,通“佚”。

②稽:考察。

③轩辕:即黄帝,传说中的远古帝王。

④兹:现在。指汉武帝时候。

⑤究:探讨。天人之际:宇宙与人生,自然与社会的关系。

⑥已就极刑:袁本、茶陵本与《汉书》均作“是以就极刑”,可从。

⑦愠色:怨恨的表情。

⑧责:“债”的古字。

【译文】

我自不谦虚,近来借助于笨拙的文笔,搜罗天下遗事旧闻,并对前人的行事略加考证,综述事情的始末,考察历史上成败兴衰的道理,上起轩辕,下到现在,写成十表、十二本纪、八书、三十世家、七十列传,总共一百三十篇。也想以此探讨自然与社会的关系,贯通古今历史变化的脉络,成为一家之言。起草的东西尚未完成,正好遭此大祸。我痛惜书稿还没有写成,因此虽身受极刑,却没有丝毫怨恨的表情。我果真写成了此书,能藏于名山,传给志同道合的人,广泛流传在社会上,就可以抵偿以前所受的屈辱了,即使是被羞辱上万次,难道会有后悔之心吗?然而,这种想法只能与有才智的人讲,难以对一般人说啊。

　　且负下未易居①,下流多谤议②。仆以口语遇此祸③,重为乡党所笑,以污辱先人,亦何面目复上父母丘墓乎?虽累百世,垢弥甚耳!是以肠一日而九回,居则忽忽若有所亡④,出则不知其所往。每念斯耻,汗未尝不发背沾衣也。身直为闺阁之臣⑤,宁得自引于深藏岩穴邪?故且从俗浮沉,与时俯仰,以通其狂惑⑥。今少卿乃教以推贤进士,无乃与仆私心剌谬乎⑦?今虽欲自雕琢,曼辞以自饰⑧,无益于俗,不信,适足取辱耳。要之死日,然后是非乃定。书不能悉意,略陈固陋。谨再拜。

【注释】

①负下:身负重罪的情况下。

②下流:比喻地位卑下的人。

③口语:指为李陵辩解。

④忽忽:恍惚。亡:亡失。

⑤直:只。闺阁之臣:指宦官。闺阁,宫中小门。此指皇帝内廷深宫。

⑥通:抒发。狂惑:这是愤激的话。

⑦剌(là)谬:乖谬,违背。

⑧曼辞:美辞。

【译文】

再说,我在身负重罪的情况下很不易处,地位卑下的人往往容易遭受毁谤、非议。我因给李陵辩解而遭此祸患,更为乡里的人所讥笑,以致使先人蒙受污辱,我还有什么脸面再上父母的坟墓去呢!即使是积至百世后,也难以洗去这种耻辱。因此,愁肠一日而九回转,在家时神情恍惚,若有所失;外出时则不知自己往何处去。每当想起所遭受的这种耻辱,总要背上出汗沾湿衣裳啊!我只是像宦官一样的宫闱之臣,岂能自己退居山林,去过隐士的生活呢?所以我暂且从俗浮沉,与时人应付周旋,以抒发自己的所谓狂与惑。如今您竟教我推举贤士,只怕与我内心的想法有矛盾吧!现在即使我想美化自己,用美丽的文辞来妆饰自己,对于改变世俗的看法是没有用的,不可能取得别人的信任,恰好足以招致屈辱罢了。总之,到人死的一天,才能论定是非。这封信不能完全表达我的意思,只是大略陈述一下我的浅见。谨再拜。

杨子幼

杨恽(?—前54),字子幼,华阴(今属陕西)人。司马迁的外孙。西汉时期的文学家。宣帝时以才能称誉朝廷,任左曹。因告发霍氏谋反有功,封平通侯,升中郎将。后得罪宣帝的宠臣戴长乐,被免为庶人。杨恽失官之后,退职家居,自治产业,过着以财自娱的生活。终为人谗毁,以大逆不道的罪名被处腰斩。杨恽为官清廉,轻财好义,但因自负而刻薄,又好揭人隐私,所以人多怨恨。他留下来的作品不多,其中以《报孙会宗书》著名于世。

报孙会宗书一首

【题解】

据《汉书·杨恽传》记载:"恽既失爵位,家居治产业,起室宅,以财自娱。岁余,其友人安定太守西河孙会宗,知略士也,与恽书谏戒之,为言大臣废退,当阖门惶惧,为可怜之意,不当治产业,通宾客,有称誉。"杨恽心怀不服,就写了这封信回答他。

信中简要地叙述了他失去爵位的经过,形象地描绘了他的家居生活,对孙会宗的看法进行了反驳,对孙会宗的人品进行了讽刺,可以看出作者对现实的某些不满和牢骚。尤其是信中对他归家闲居的描绘,更可看出他那孤傲不羁的性格。文章结构严谨,文气畅达,言论怨激,句式多变,宛似其外祖《报任安书》的风致。

　　恽材朽行秽,文质无所厎①,幸赖先人余业②,得备宿卫③。遭遇时变④,以获爵位。终非其任,卒与祸会⑤。足下哀其愚曚⑥,赐书教督以所不及,殷勤甚厚。然窃恨足下不深惟其终始⑦,而猥随俗之毁誉也⑧。言鄙陋之愚心,则若逆指而文过⑨;默而自守,恐违孔氏各言尔志之义。故敢略陈其愚⑩,惟君子察焉。

【注释】

①文质:文采与实质。《论语·雍也》:"质胜文则野,文胜质则史,文质彬彬,然后君子。"厎:至。

②先人:指其父杨敞,昭帝时官至丞相。

③备:充任。宿卫:宫禁中值宿警卫,即皇帝的近侍(汉制称"郎")。

④时变:指霍氏谋反事。此事恽先闻知,因向宣帝告发有功而得

封侯。

⑤会：相遇。这句是指他与戴长乐不和，而被免为庶人。

⑥愚曚：愚昧。

⑦惟：考虑。

⑧猥（wěi）：轻率。毁誉：此为毁谤之意。

⑨指：主旨。文：掩饰。

⑩愚：愚见。

【译文】

我杨恽才能低劣，品行污秽，文采与实质都没有什么成就，幸而依靠先人留下的功业，才得充任皇帝的近侍郎官。正巧碰上当时事变，我因此得了爵位。但我究竟不能胜任，终于与祸相遇。足下哀怜我的愚昧，写信给我，教育督察我认识不到的问题，情意十分深厚。然而我深感遗憾的是，足下不深入地想一想事情的本末，就轻率地附和了世人对我的毁谤。我如果陈说自己的愚见，就似乎违背你来信的旨意而有文过饰非之嫌；若沉默不语，又恐怕违背了孔子各述己志的精神。所以，冒昧地简略陈述我的看法，希望你这位君子体察吧。

恽家方隆盛时，乘朱轮者十人①，位在列卿，爵为通侯②，总领从官③，与闻政事，曾不能以此时有所建明，以宣德化，又不能与群僚并力④，陪辅朝廷之遗忘，已负窃位素餐之责久矣⑤。怀禄贪势，不能自退，遂遭变故，横被口语⑥，身幽北阙⑦，妻子满狱。当此之时，自以夷灭不足以塞责⑧，岂得全其首领，复奉先人之丘墓乎？伏惟圣主之恩不可胜量⑨。君子游道⑩，乐以忘忧；小人全躯，说以忘罪⑪。窃自念，过已大矣，行已亏矣，长为农夫以没世矣⑫。是故身率妻子，勠力耕桑⑬，灌园治产，以给公上⑭，不意当复用此为讥议也⑮。

【注释】

①乘朱轮者:汉制,二千石以上官员得乘朱轮车。

②通侯:爵位名。即彻侯,因避武帝刘彻讳,改称通侯。

③从官:皇帝的侍从官。杨恽曾任掌管侍从官的光禄勋。

④并力:袁本、茶陵本、《汉书》均作"同心并力",可从。

⑤素餐:白吃,即无功食禄之意。

⑥横被口语:指戴长乐上告杨恽说了许多不恭的话。

⑦北阙:宫殿北面的观阙。

⑧夷灭:诛灭。

⑨伏惟:俯伏思惟。下对上的敬辞。

⑩游道:学习道义。

⑪说:后作"悦"。

⑫没世:身死。

⑬勠力:并力。

⑭公上:《汉书·杨恽传》颜师古注:"充县官之赋敛也。"

⑮用此:因此。

【译文】

　　当我杨恽家正兴盛的时候,能够乘坐朱轮车的显贵就有十人之多,我的官位在列卿,爵位是通侯,统领侍从官,参与朝廷政事,却不能在这时对政事有所建议,以便宣扬皇帝的道德教化;又不能与同僚齐心协力,帮助朝廷弥补遗漏的事情。因此,我已经受"窃居高位,无功受禄"的指责很久了。只因贪恋利禄权势,不能自行引退,于是遇到变故,横遭毁谤,被拘禁在北阙,妻子儿女也都关在牢狱里。当时,自己认为被诛灭也不足以补偿罪责,哪还能保住脑袋,再去祭祀先人的坟墓呢! 我俯伏细想圣主的恩德无量。君子学习道义,往往高兴得不知什么是忧愁;小人只图保全自己,往往喜悦得不知什么是罪过。我暗自思量,我的过失够大的了,行为够坏的了,只好永远做一个农夫了此一生了。因此,我亲自带领妻子儿女,努力种田养蚕,浇灌园圃,治理产业,以供给公家的赋税,想不到又因此受到讥笑与非议。

　　夫人情所不能止者,圣人弗禁。故君父至尊亲,送其终也,有时而既①。臣之得罪已三年矣!田家作苦,岁时伏腊②,烹羊炮羔③,斗酒自劳。家本秦也,能为秦声。妇赵女也,雅善鼓琴。奴婢歌者数人,酒后耳热,仰天抚缶而呼呜呜④。其诗曰:"田彼南山⑤,芜秽不治。种一顷豆,落而为萁。人生行乐耳,须富贵何时?"是日也,拂衣而喜,奋袖低昂⑥,顿足起舞,诚淫荒无度,不知其不可也。恽幸有余禄,方籴贱贩贵,逐什一之利⑦。此贾竖之事⑧,污辱之处,恽亲行之。下流之人,众毁所归,不寒而栗。虽雅知恽者,犹随风而靡⑨,尚何称誉之有?董生不云乎:"明明求仁义⑩,常恐不能化民者,卿大夫之意。明明求财利,常恐困乏者,庶人之事也。"故道不同,不相为谋。今子尚安得以卿大夫之制而责仆哉?

【注释】

①有时而既:指服丧也不过三年。既,尽。

②伏腊:指夏伏、冬腊两个祭祀节日。夏至后第三个庚日叫初伏,冬至后第三个戌日为腊日。

③炮:烧烤。

④缶(fǒu):瓦器,秦人歌唱时用作打击乐器。

⑤田:耕种。

⑥奋袖:举袖。低昂:一高一低。

⑦什一:十分之一。

⑧贾(gǔ)竖:低贱的商人。

⑨靡:倒下。

⑩明明:董仲舒《对贤良策》作"皇皇",匆忙的样子。

【译文】

　　人情有所不能抑制的,连圣人也不会禁止它。所以,君王最尊,父亲最亲,但是给他送终服丧,也只有三年的日子。而我得罪削职为民已经三年了啊,就该自由了吧!庄稼人干活辛苦,每到夏伏冬腊等节日的时候,我总要烹烤羊羔,斟上一大杯酒来慰劳自己。我家本秦地,能演奏秦地的音乐。妻子是赵地的女子,善于鼓琴。奴婢中能歌唱的也有好几个,我喝一阵酒后,面红耳热,便仰头敲击陶缶,呜呜地唱起来了。歌词是:"耕种在南山,荒草不去管。种了一顷豆,豆落剩茎秆。人生一世图快乐,待到富贵哪一天?"节日那天,我抖抖衣裳,格外高兴;挥动长袖,一高一低地摆动;踏着脚,翩翩起舞。我的确是放纵无度,不自知这是不可以的。我杨恽幸亏有些余钱,方才贱买贵卖,追逐十分之一的利润。这都是卑贱的商人所为之事,是污辱人之所在,而我都亲自去做了。低贱之人,是众人毁谤集中的对象,真令人不寒而栗。虽然是很了解我的人,现在也随风倒了,我还有什么好的名声?董仲舒不是说过吗:"匆匆忙忙地追求仁义,常常担心不能够感化老百姓,这是卿大夫的想法。匆匆忙忙地追求财利,常常担心生活困难,这是庶民百姓的想法。"因此,所走道路不同,是不能一起商议事情的。如今你怎么还用对卿大夫的要求来责备我呢?

　　夫西河魏土①,文侯所兴②,有段干木、田子方之遗风③,凛然皆有节概④,知去就之分。顷者足下离旧土⑤,临安定。安定山谷之间,昆夷旧壤⑥,子弟贪鄙,岂习俗之移人哉?于今乃睹子之志矣!方当盛汉之隆,愿勉旃⑦。无多谈。

【注释】

①西河:指战国时魏国的西河(今陕西合阳一带),与汉代西河同名
　异地,作者是以此讥讽孙会宗。

②文侯:魏文侯,名斯,是魏国的贤君。前445—前396年在位。

③段干木、田子方:战国时贤人,文侯的老师。

④稟:袁本、茶陵本作"凛",可从。节概:节操。

⑤旧土:指孙会宗的故乡西河。

⑥昆夷:指殷周时就游牧于西北地区的民族西戎。

⑦斿(zhān):"之焉"的合音。

【译文】

　　那西河本是魏国的土地,是魏文侯创业的地方,有段干木、田子方
传下来的好风尚,人们为人严肃,很有节操,知道去留的道理。不久前,
足下离开故乡去到安定任职。安定在山谷间,是西戎的旧地,他们的子
弟都贪婪鄙陋,难道是那里的习俗改变了人的品质吗? 如今我才看清了
你的志向! 现在正当汉朝兴盛的时候,希望你努力上进吧! 不须多说了。

孔文举

见卷第三十七《荐祢衡表》作者介绍。

论盛孝章书一首

【解题】

　　这封信写于汉献帝建安九年(204)。盛孝章,名宪,字孝章,会稽
(今浙江绍兴)人。官至吴郡太守,后因病辞官。孙策平定吴会后,深忌
孝章才名。孔融与盛孝章有深交,担心他遭遇不测,便给曹操写了这封

举荐信。曹操采纳了孔融的意见,拟征盛为都尉。可是曹操的诏命尚未到达东吴,盛孝章即为孙权所杀。

　　孔融的这封信,虽是为救助朋友而发,但并不就事论事,而是征引典故,讲说道理,把救助友人与招揽贤才自然巧妙地结合在一起,既有对朋友的真挚之情,又有举贤的恳切之意,孔融为人于此可见。难怪《古文眉诠》这样评论:"一副爱士爱交热肠,笔墨外神韵拂拂。"

　　胡克家《文选考异》指出:"此书当在后,下《与彭宠书》当在前。今乃季汉之文,越居建武(东汉光武帝年号)以上,必非(李)善旧,甚明。"胡克家的看法是对的。

　　岁月不居①,时节如流。五十之年,忽焉已至②,公为始满③,融又过二。海内知识④,零落殆尽⑤,惟有会稽盛孝章尚存⑥。其人困于孙氏⑦,妻孥湮没⑧,单子独立⑨,孤危愁苦。若使忧能伤人,此子不得永年矣⑩。

【注释】

①居:停留。

②忽焉:忽然。

③公:指曹操。

④知识:知心、相识的人。

⑤零落:本指草木凋落。此指人死亡。

⑥会稽:汉郡名。

⑦其人:指盛孝章。孙氏:指孙氏的东吴政权。

⑧妻孥(nú):妻子儿女。湮没:谓丧亡。

⑨孑(jié):孤独无援。

⑩永年:长寿。

【译文】

时光不停,如流水般逝去。很快到了五十岁的年龄,你是刚满,而我已经超过了两岁。国内相知相识的人,快要死光了,只有会稽盛孝章还活着。那人为孙氏所困,妻子儿女都已丧亡,孤单无援,处境危险,心情愁苦。假使忧愁能够损伤人的身体,那么他是不会长寿的了。

《春秋传》曰:“诸侯有相灭亡者,桓公不能救,则桓公耻之。”①今孝章实丈夫之雄也,天下谈士②,依以扬声③,而身不免于幽絷④,命不期于旦夕。吾祖不当复论损益之友⑤,而朱穆所以绝交也⑥。公诚能驰一介之使⑦,加咫尺之书⑧,则孝章可致⑨,友道可弘矣。

【注释】

①“《春秋传》”几句:《春秋公羊传·僖公元年》:“邢已亡矣。孰亡之? 盖狄灭之。曷为不言狄灭之? 为桓公讳也。曷为为桓公讳? 上无天子,下无方伯,天下诸侯有相灭亡者,桓公不能救,则桓公耻之。”《春秋传》,指《春秋公羊传》。桓公,齐桓公,春秋时五霸之一。这里是以曹操比齐桓公,说明只有大权在握的曹操才能拯救盛孝章。

②谈士:评议清谈之士。

③扬声:扬名。

④幽絷(zhí):被囚禁。

⑤吾祖不当复论损益之友:《论语·季氏》:“孔子曰:益者三友,损者三友。友直,友谅,友多闻,益矣。友便辟,友善柔,友便佞,损矣。”吾祖,指孔子。孔融是孔子二十世孙,故称。

⑥朱穆:字公叔,东汉时人。他有感于当时世风淡薄,写了一篇《绝

交论》,想用以矫正当时的交友之道。

⑦一介:一个。

⑧咫尺之书:简短的书信。咫,八寸。

⑨致:招来。

【译文】

《春秋公羊传》上说:"诸侯有灭亡的,齐桓公不能救助,则他应该引为耻辱。"如今盛孝章实在是大丈夫中的英杰,天下的清谈之士都要依靠他来宣扬自己的声名。然而他却不免于被囚禁,生命危险,朝不保夕。对此不救,我的远祖孔子就不应该再谈论什么损益之友,而难怪朱穆要写《绝交论》了。您如果能派遣一个使者,带上一封短信,前往东吴,那么盛孝章便可以招来,交友之道也可以得到弘扬。

今之少年,喜谤前辈,或能讥评孝章。孝章要为有天下大名①,九牧之人所共称叹②。燕君市骏马之骨,非欲以骋道里,乃当以招绝足也③。惟公匡复汉室④,宗社将绝,又能正之。正之术,实须得贤。珠玉无胫而自至者,以人好之也,况贤者之有足乎⑤!昭王筑台以尊郭隗,隗虽小才而逢大遇,竟能发明主之至心,故乐毅自魏往,剧辛自赵往,邹衍自齐往⑥。向使郭隗倒悬而王不解⑦,临难而王不拯,则士亦将高翔远引,莫有北首燕路者矣⑧。

【注释】

①要:总举之词。

②九牧:九州。古分天下为九州,九州的长官叫牧伯,故称九州为九牧。

③"燕君"几句:《战国策·燕策》载,燕昭王想招揽人才,郭隗对他

说："臣闻古之君人有以千金求千里马者，三年不能得。涓人言于君曰：'请求之。'君遣之，三月得千里马；马已死，买其首五百金，反以报君。君大怒曰：'所求者生马，安事死马而捐五百金？'涓人对曰：'死马且买之五百金，况生马乎！天下必以王为能市马，马今至矣！'于是不能期年，千里之马至者三。"此用其事，意谓盛孝章纵非贤才，你如果救了他，并用他，天下人就会知道你是一个好贤之人，天下贤才就自然会投奔于你，为你所用。燕君，指燕昭王。道里，道路。绝足，指千里马。

④匡复：匡正恢复。

⑤"珠玉"几句：《韩诗外传》："船人盖胥跪而对曰：'主君亦不好士耳。夫珠出于江海，玉出于昆山，无足而至者，犹主君之好也。士有足而不至者，盖主君无好士之意耳。'"胫，小腿。

⑥"昭王"几句：据《史记·燕召公世家》记载，燕昭王想招揽贤士以报齐国破燕之仇，让郭隗荐举。郭隗说："王必欲致士，先从隗始，况贤于隗者，岂远千里哉？""于是昭王为隗改筑宫而师事之。乐毅自魏往，邹衍自齐往，剧辛自赵往，士争趋燕"。《史记》谓"筑宫"，此言"筑台"，即后来所谓的黄金台。"筑台"之说当始于此。至心，最诚挚的心意。

⑦倒悬：将人倒吊起来。比喻处境困危。

⑧首：向。

【译文】

现在的年轻人喜欢谤毁前辈，有人也可能会讥讽评说孝章几句。孝章总是有天下大名，为天下人所共同称赏赞叹的。燕昭王用重金买骏马的枯骨，不是想用它在道路上驰骋，而是要用它招来真的千里骏马。您正在匡救恢复汉朝的皇室，汉朝的天下将要覆灭的时候，又能重新使它安定下来。安定天下之道，实在是需要得到贤才。珠玉没有足而自己到来，是因为人们喜爱它，何况贤能的人都是有足的啊！燕昭王筑高台以尊敬郭隗;郭隗虽然才能不大,却遇逢这样大的知遇,最终能够宣扬明主最诚挚的心意,所以乐毅从魏国去到燕国,剧辛从赵国去到燕国,邹衍从齐国去到燕国。假使郭隗处境困危的时候而昭王不去解救,那么士人也就要高飞远走,没有人会向北往燕国去了。

　　凡所称引,自公所知;而复有云者,欲公崇笃斯义^①。因表不悉。

【注释】

①斯义:指招贤等事。

【译文】

　　凡是上面所举的这些事,自然都是您所知道的;而我再陈述一下的目的,希望您能推崇重视招贤好士之义。因盛孝章的事顺便表白一下我的看法,不必一一详说了。

朱叔元

　　朱浮,生卒年不详,字叔元,沛国萧(今安徽萧县西北)人。汉哀帝建平初年至东汉明帝永平中年间在世。初从世祖为大司马主簿,迁偏将军。从破邯郸后,任为大将军幽州牧,守蓟城,后为大司空。建武二十二年(46),因"卖弄国恩"罪被免职。后三年徙封新息侯。永平中,为人所告,被赐死。他的作品主要是书奏,皆见于《后汉书·朱浮传》中,唯此书载于《文选》。

为幽州牧与彭宠书—首

【题解】

彭宠，字伯通，淮阳王（刘玄）更始时为渔阳太守，后归光武，封建忠侯，赐号大将军。他对朝廷及朱浮皆有积怨，因此，当得知朱浮密奏他"遣吏迎妻而不迎其母，又受货贿，杀害友人，多聚兵谷，意计难量"（《后汉书·朱浮传》）时，便举兵反叛。于是，朱浮写了这封信斥责他。

这封信从大道理说起。"智者顺时而谋，愚者逆理而动"，十二个字概括全篇是非。无论是说朱浮与他无利害冲突，还是说朝廷对他恩厚情亲；也无论是剖析他自恃功高之可笑，还是指出他自比六国之愚妄，皆是围绕这十二个字做文章，意在说明他反叛之逆理与不自量。信的结尾更动之以情，告诫他切不可干出亲痛仇快的事情来。全信有斥责，也有劝诫，层层说理，义正词严，言简意深，气势逼人。从彭宠"得书愈怒，攻浮转急"（《后汉书·朱浮传》）来看，朱浮的这封信还是颇有分量的。

胡克家《文选考异》指出："此书当在前。"详见前说。

盖闻智者顺时而谋，愚者逆理而动。常窃悲京城太叔，以不知足而无贤辅，卒自弃于郑也[1]。

【注释】

[1]"常窃"几句：据《春秋左传·隐公元年》记载，郑武公的妻子武姜生了两个儿子：郑庄公和共叔段。武姜很想让宠爱的儿子共叔段继承君位，武公不答应。后来庄公继承君位，武姜又要求庄公把制（今河南汜水）封给共叔段，庄公认为不妥也未答应，武姜就"请京（今河南荥阳），使居之"，谓之"京城太叔"。过了不久，太

叔命郑国西边、北边的领地,暗中受他管辖。接着,又把它们划入自己的领地,直到廪延(今河南延津北)一带。并进一步修筑城池,屯聚粮草,制造武器,准备步兵战车,打算以武姜为内应,偷袭首都。这事为庄公知道了,派公子吕帅兵伐京,京城的人也反对太叔段,太叔段被迫逃进鄢城。庄公的军队紧追到鄢城,他只得逃亡到共地去。这几句所说即指此。

【译文】

听说聪明的人计谋时总是要顺应时势,愚蠢的人一举一动往往违背常理。我常私下悲叹京城太叔,因为不知足而且身边没有贤才辅佐,最终自弃于郑国。

伯通以名字典郡①,有佐命之功②,临民亲职,爱惜仓库③;而浮秉征伐之任,欲权时救急④。二者皆为国耳。即疑浮相谮⑤,何不诣阙自陈⑥,而为灭族之计乎⑦?朝廷之于伯通,恩亦厚矣!委以大郡,任以威武⑧,事有柱石之寄,情同子孙之亲。匹夫滕母尚能致命一餐⑨,岂有身带三绶⑩,职典大邦,而不顾恩义,生心外叛者乎?伯通与吏民语,何以为颜?行步拜起,何以为容?坐卧念之,何以为心?引镜窥景⑪,何以施眉目?举厝建功⑫,何以为人?惜乎!弃休令之嘉名⑬,造枭鸱之逆谋⑭;捐传叶之庆祚⑮,招破败之重灾;高论尧舜之道,不忍桀纣之性。生为世笑,死为愚鬼,不亦哀乎?

【注释】

①名字:李善注:"谓声誉远闻也。"典郡:主管一郡的政务。此指郡守。

②有佐命之功：指光武镇慰河北时至蓟，彭宠遣吴汉等发步骑三千人归光武；及围邯郸时，"宠转粮食，前后不绝"。事见《后汉书·彭宠传》。

③爱惜仓库：当时朱浮为供养幕府中所纳宾客的妻子儿女，决定"多发诸郡仓谷"，而渔阳太守彭宠"不从其令"，所以这里说"爱惜仓库"。仓库，此指仓库中储积的粮食。

④欲权时救急：李善注："言朱浮所以招致宾客者，此亦权时救急也。"权时，衡量时势。

⑤谮（zèn）：诬陷，进谗言。

⑥阙：皇帝所居处。

⑦灭族之计：指反叛朝廷的大罪。

⑧任以威武：《后汉书》李贤注："光武赐宠号大将军，故云'任以威武'也。"

⑨匹夫媵母尚能致命一餐：据《春秋左传·宣公二年》记载，晋国大臣赵盾在首阳山打猎，见灵辄饿倒在地上，一问才知他三天没吃饭了。于是赵盾请他吃饭。他却吃一半而留下一半，说："我在外求差事已三年了，不知母亲在家怎样。现在离家乡近了，我要把这一半带回去给她吃。"赵盾就叫他尽管吃，另给他备有饭和肉让他带给母亲吃。后来灵辄为晋灵公的武士，在灵公伏甲将杀赵盾的时候，他却"倒戟以御公徒"，使赵盾脱险。这一句即本于此。媵（yìng）母，指普通妇女。媵，谓庶贱。

⑩三绶：李善注："三绶者，古人兼官者，一官一绶也。"彭宠为渔阳太守、建忠侯、大将军，故云三绶。绶，系印纽的丝带。

⑪景（yǐng）："影"的古字。

⑫厝（cuò）：通"措"，放置，安排。

⑬休令：美善。

⑭枭鸮（chī）：《后汉书》李贤注："枭鸮，即鸮枭也，其子适大，还食其

　　母。"故称不孝鸟。此喻奸邪。

　⑮祚(zuò)：福。

【译文】

　　伯通你因声誉远闻而为郡守，有辅佐国君的功劳，统治百姓，忠于职守，十分爱惜储粮；而我身负征伐的重任，招致宾客也是想权衡时势以救急难。二者都是在为国家着想。如果怀疑我诬陷你，为什么不直接到皇帝面前去陈诉，却要干出灭族的事来？朝廷对于你伯通，恩宠也算够厚重了啊！委任你为大郡的太守，封赐你为威武的大将军，政事上把你视同柱石，寄予厚望，感情上有如皇室子孙那样亲近。匹夫滕母这样的普通人，尚能因一餐之恩而为其效死命，岂有身受朝廷数任，执掌着大郡的权力，却忘恩负义，生外心反叛朝廷的？当你同下级官吏和老百姓谈起这事，以何脸面？散步或者参拜，以何容颜？坐卧之际想起这事，凭什么能够心安？用镜子照照自己的身影，眉目何置？行动贪功争利，又怎样为人？可惜啊！抛开美善的好名声，走向奸邪的反叛道路；抛弃传世的幸福，引来身败名裂的重大灾难；口里高谈尧舜之道，却不能控制桀纣的残暴之性。活着的时候为世人所讥笑，死后也是一个愚鬼。这不是很可悲哀的吗？

　　伯通与耿侠游①，俱起佐命，同被国恩。侠游谦让，屡有降挹之言②；而伯通自伐③，以为功高天下。往时辽东有豕④，生子白头，异而献之。行至河东⑤，见群豕皆白，怀惭而还。若以子之功高论于朝廷，则为辽东豕也。今乃愚妄，自比六国⑥。六国之时，其势各盛，廓土数千里⑦，胜兵将百万，故能据国相持，多历年所。今天下几里？列郡几城？奈何以区区渔阳而结怨天子？此犹河滨之民捧土以塞孟津⑧，多见其不知量也⑨！

【注释】

①耿侠游：即耿况，字侠游。他为上谷太守时，与彭宠结谋共归光武。

②挹(yì)：谦退。

③伐：夸耀自己的功劳。

④辽东：郡名。治所在襄平县(今辽宁辽阳)。

⑤河东：郡名。治所在安邑县(今山西夏县西北禹王城)。

⑥六国：指战国时的齐、燕、楚、韩、赵、魏六国。

⑦廓：广大。

⑧孟津：津名。在今河南孟州南。

⑨多见其不知量：语见《论语·子张》。多，只，仅仅。见："现"的古字。

【译文】

伯通与耿侠游一道起兵辅佐国君，都受到朝廷的恩宠。侠游为人谦让，贬损自己的话曾讲过多次；而伯通总是自己夸耀自己的功劳，认为自己功高天下。从前辽东有一头猪生了一头小猪，头上的毛是白的，养猪人觉得十分稀奇，打算把它献给皇帝。当他走到河东的时候，见那里的猪都是白的，便怀着羞惭的心情回去了。如果将你的功劳拿到朝廷上去论比，就像那辽东猪一样。如今竟然恩蠢狂妄地以六国自比。六国的时候，他们都各有强盛的势力，广阔数千里的土地，超过百万的兵将，所以能够凭借自己的国家与对方相持多年。当今天下有多少土地？各郡内又有多少城池？怎么以小小的渔阳来与天子结成怨仇？这样做犹如河边的百姓用手捧土去阻塞孟津，仅仅显示其不知自量啊！

方今天下适定①，海内愿安，士无贤不肖②，皆乐立名于世。而伯通独中风狂走③，自捐盛时，内听娇妇之失计，外信谗邪之谀言④。长为群后恶法⑤,永为功臣鉴戒,岂不误哉?
定海内者无私仇,勿以前事自疑。愿留意顾老母少弟,凡举
事无为亲厚者所痛,而为见仇者所快。

【注释】

①适定:才定。

②肖:此与"贤"意同。

③中(zhòng)风狂走:精神错乱,行为疯狂。

④"内听"二句:《后汉书》李贤注:"浮密奏宠,上征之。宠妻劝宠无
　应征。又与所亲信计议,吏皆怨浮,劝宠止,不应征也。"谀言,谄
　媚的话。

⑤后:古代天子与列国诸侯皆称后。此指州郡地方长官。

【译文】

　　现在天下刚刚安定,四海之内的人也希望安居乐业,士不论贤与不
贤,都乐于扬名于世。然而伯通却颠狂反叛,自弃于这兴盛的时代,在
内偏听娇妇错误的主意,在外轻信谗邪小人奉承的话。长久成为众多
州郡长官中罪恶的典型,永远作为有功之臣借鉴的教训,难道不是错误
的吗? 安定海内的人无私仇,不要拿以前的事把自己弄糊涂了。希望
你留意顾念年迈的母亲和年少的弟弟,凡行事,不要使亲近、看重你的
人伤痛,而使仇恨你的人高兴。

陈孔璋

　　见卷第四十《答东阿王笺》作者介绍。

为曹洪与魏文帝书一首

【题解】

这是建安二十年(215)十一月,曹操平定汉中后,陈琳为曹操的堂弟曹洪写给曹丕的一封回信。

在这封信中,作者"盛称彼方土地形势"(《文帝集序》),分析了"我之所以克,彼之所以败"的原因。信中明确指出,不义、不德而"凭阻恃远",是靠不住的;同时也指出"无道有人,犹可救也"的道理。作者将战争正义与否同有无贤人结合起来分析成败原因,是深刻的。全篇引证历史故实,评说战争成败,时而从反面写,时而从正面说,笔力雄健,论述严密,骈散并用,辞藻隽美,充分展现了陈琳散文的特色。

题中称"魏文帝",当系后人追加,因为曹丕崩逝是在写这封信后的第十一年,即226年。

十一月五日洪白①:前初破贼②,情奓意奢③,说事颇过其实。得九月二十日书④,读之喜笑,把玩无猒⑤。亦欲令陈琳作报,琳顷多事,不能得为。念欲远以为欢,故自竭老夫之思,辞多不可一一⑥,粗举大纲,以当谈笑。

【注释】

①白:禀告,陈述。

②贼:指张鲁。

③奓(chǐ):同"侈",过分。

④得九月二十日书:指得曹丕的信。

⑤把玩:持玩,赏玩。猒:同"厌"。

⑥一一:逐一。

【译文】

十一月五日曹洪禀告：前次初破敌贼，心情过分高兴，诉说的事情颇为言过其实。收到你九月二十日的来信，高兴地捧读，反复地赏玩。也想叫陈琳给你写封回信，而陈琳近来公事烦多，不能应承。想使在远方的你能够欢心，所以竭尽了我的思虑，话很多不能逐一写来，只能粗举大纲，以此当作谈笑的资料。

汉中地形①，实有险固，四岳、三涂②，皆不及也。彼有精甲数万，临高守要，一人挥戟，万夫不得进；而我军过之，若骇鲸之决细网，奔兕之触鲁缟③，未足以喻其易。虽云王者之师，有征无战④，不义而强，古人常有⑤。故唐虞之世，蛮夷猾夏⑥，周宣之盛，亦仇大邦⑦，《诗》《书》叹载，言其难也。斯皆凭阻恃远，故使其然。是以察兹地势，谓为中才处之⑧，殆难仓卒。来命陈彼妖惑之罪⑨，叙王师旷荡之德⑩，岂不信然！是夏、殷所以丧⑪，苗、扈所以毙⑫，我之所以克，彼之所以败也。不然，商、周何以不敌哉⑬？昔鬼方聋昧⑭，崇虎谗凶⑮，殷辛暴虐⑯，三者皆下科也。然高宗有三年之征⑰，文王有退修之军⑱，盟津有再驾之役⑲，然后殪戎胜殷⑳，有此武功。焉有星流景集㉑，飙夺霆击㉒，长驱山河，朝至暮捷，若今者也？由此观之，彼固不逮下愚，则中才之守，不然明矣㉓。在中才则谓不然，而来示乃以为彼之恶稔，虽有孙、田、墨、翟，犹无所救㉔，窃又疑焉。何者？古之用兵，敌国虽乱，尚有贤人，则不伐也。是故三仁未去，武王还师㉕；宫奇在虞，晋不加戎㉖；季梁犹在，强楚挫谋㉗。暨至众贤奔绌㉘，三国为墟㉙。明其无道有人，犹可救也。且夫墨子之守，萦带为垣,高不可登;折箸为械,坚不可入㉚。若乃距阳平㉛,据石门㉜,摅八阵之列㉝,骋奔牛之权㉞,焉肯土崩鱼烂哉㉟?设令守无巧拙,皆可攀附,则公输已陵宋城,乐毅已拔即墨矣。墨翟之术何称,田单之智何贵?老夫不敏,未之前闻。

【注释】

①汉中:郡名。治所在今陕西汉中。曾为张鲁所据,改名汉宁郡,曹操平定张鲁后,复为汉中郡。

②四岳:指东岳泰山、南岳衡山、西岳华山、北岳恒山。三涂:山名。在河南嵩县西南。

③兕(sì):古代犀牛一类的猛兽。鲁缟:鲁地所产的素绢,质地轻细。

④有征无战:意思是有罪者不敢抵抗。

⑤"不义"二句:《春秋左传·昭公元年》载,叔向对赵孟说:"强以克弱而安之,强不义也。不义而强,其毙必速。"

⑥猾:扰乱。夏:华夏。

⑦"周宣"二句:《诗经·小雅·采芑》:"蠢尔蛮荆,大邦为仇。"周宣,即周宣王。仇,敌对,为敌。

⑧中才:才能平庸的人。

⑨来命:指曹丕答曹洪的信。妖惑之罪:李善注引信中云:"今鲁包凶邪之心,肆蛊惑之政,天兵神拊,师徒无暴,樵牧不临。"

⑩旷荡:空阔无边。

⑪夏:指桀。暴虐荒淫,后被商汤所败,出奔南方而死。殷:指纣,商代最后一个君主,亦以暴虐荒淫著称,后兵败自焚。

⑫苗:即有苗,古部落名。据《尚书·大禹谟》载,有苗对舜帝不恭不顺,"侮慢自贤,反道败德",舜命禹讨之。扈:有扈,古国名。据《尚书·甘誓》载,有扈威侮五行之德,废弃天地之正道,所

以"启与有扈，战于甘之野"，有扈终灭。

⑬商、周何以不敌：《春秋左传·桓公十一年》载："（斗廉）对曰：'师克在和不在众，商周之不敌，君之所闻也。'"这句是说，武王伐纣，纣亡，是因为纣无道。商，指纣王。周，指武王。

⑭鬼方：殷周时西北部族名。聋：暗，不明事理。

⑮崇虎：当指崇侯虎，纣的大臣，好谗邪。

⑯殷辛：即纣王。

⑰高宗：即殷王武丁。《周易·既济》："高宗伐鬼方，三年克之。"

⑱文王有退修之军：《春秋左传·僖公十九年》："子鱼言于宋公曰：'文王闻崇德乱而伐之，军三旬而不降。退修教而复伐之，因垒而降。'"

⑲盟（mèng）津有再驾之役：《尚书·泰誓》："惟十有一年，武王伐殷。一月戊午，师渡孟津。"此"一月"，指十三年正月。孔颖达疏中说，武王于十一年在孟津会盟诸侯，试其伐纣之心，虽然诸侯都赞同，武王却退兵而去；十三年正月，武王见纣王无道暴露充分，于是再次伐纣，"师渡孟津"。盟津，即孟津，古地名。故址在今河南孟津东。

⑳殪（yì）戎胜殷：《尚书·康诰》："天乃大命文王，殪戎殷，诞受厥命。"殪，杀。戎，指纣王的军队。

㉑景（yǐng）：日影。

㉒飙（biāo）：暴风。夺：六臣注本、袁本、茶陵本均作"奋"，可从。

㉓"由此观之"几句：意谓张鲁本来不及鬼方等下愚之人，但用中才守险，不能如此速胜他，十分明显。彼，指张鲁，下同。下愚，指鬼方等。

㉔"而来示"几句：李善注引文帝《答曹洪书》曰："今鲁罪兼苗桀，恶稔厉莽，纵使宋翟妙机械之巧，田单骋奔牛之诳，孙吴勒八阵之变，犹无益也。"来示，指曹丕来信。稔（rěn），累积。孙，指孙武，

春秋时军事家,所著《孙子兵法》,影响颇大。田,指田单,战国时齐将,燕将乐毅破齐时,他坚守即墨(今山东平度东南)。齐襄王五年(前279)施反间计,使燕惠王改用他将,他用火牛阵大败燕军,一举收复七十余城。墨,指墨翟,春秋战国之际思想家,墨家学派创始人。釐(lí),指禽滑釐,战国初人,墨子弟子,墨子为止楚攻宋,命他率弟子三百人助宋守城。

㉕“是故”二句:《论语·微子》:“微子去之,箕子为之奴,比干谏而死。孔子曰:‘殷有三仁焉。’”《史记·周本纪》:“(周武王)东观兵,至于盟津……诸侯皆曰:‘纣可伐矣。’武王曰:‘女未知天命,未可也。’乃还归师。居二年,闻纣昏乱暴虐滋甚,杀王子比干,囚箕子……于是武王遍告诸侯曰:‘殷有重罪,不可以不毕伐。’”三仁,指殷时微子、箕子、比干。

㉖“宫奇”二句:《春秋左传·僖公二年》:“晋侯复假道于虞以伐虢。宫之奇谏曰:‘虢,虞之表也。虢亡,虞必从之……谚所谓辅车相依,唇亡齿寒者,其虞虢之谓也。’……弗听,许晋使。宫之奇以其族行,曰:‘虞不腊矣,在此行也,晋不更举矣!’”宫奇,即宫之奇,虞国贤臣。

㉗“季梁”二句:《春秋左传·桓公六年》:“楚武王侵随……随人使少师(随大夫)董成。斗伯比(楚大夫)言于楚子曰:‘吾不得志于汉东也,我则使然。我张吾三军,而被吾甲兵,以武临之……汉东之国随为大,随张,必弃小国。小国离,楚之利也。少师侈,请羸师以张之。’熊率且比(楚大夫)曰:‘季梁在,何益?’”后来楚子果用伯比计,佯弱以诱随。少师中计,“请追楚师,随侯将许之。季梁止之曰:‘天方授楚,楚之羸,其诱我也。君何急焉……楚不敢发。’”季梁,随贤臣。

㉘暨:到。众贤:指前面所说微子、箕子、比干、宫之奇、季梁诸人。绌:废退。

㉙三国:指前面所说殷、虞、随三国。

㉚"且夫"几句:据《墨子·公输》载,公输盘为楚造云梯,准备攻宋。子墨子听说后从鲁赶到楚,见公输盘。"子墨子解带为城,以牒为械。公输盘九设攻城之机变,子墨子九距之。公输盘之攻械尽,子墨子之守圉有余。公输盘诎,而曰:'吾知所以距子矣,吾不言。'子墨子亦曰:'吾知子之所以距我,吾不言。'楚王问其故,子墨子曰:'公输子之意,不过欲杀臣。杀臣,宋莫能守,可攻也。然臣之弟子禽滑厘等三百人,已持臣守圉之器,在宋城上而待楚寇矣。虽杀臣,不能绝也。'楚王曰:'善哉! 吾请无攻宋矣。'"萦,绕。垣,城。械,军事器械。

㉛距:通"拒"。阳平:古关名。在今陕西勉县西,张鲁使其弟卫拒守于此。

㉜石门:古镇名。在今陕西汉中西北褒城镇北褒谷口。

㉝摅(shū):布列。八阵:李善注引《杂兵书》:"八阵,一曰方阵,二曰圆阵,三曰牝阵,四曰牡阵,五曰冲阵,六曰轮阵,七曰浮沮阵,八曰雁行阵。"

㉞权:权智,权变。

㉟土崩鱼烂:犹言溃败。《春秋公羊传·僖公十九年》:"其言梁亡何? 自亡也。其自亡奈何? 鱼烂而亡也。"土崩,喻溃败如土倒塌。鱼烂,鱼烂自内发,比喻由内乱而覆亡。

【译文】

汉中的地形的确险固,四岳、三涂都不能与它相比。张鲁他有精兵数万,居高把守着险要处,可谓一人挥戟,万人不得前进;然而我军攻杀过去,如果用受骇的鲸鱼冲开细网,奔驰的犀牛冲破鲁缟来形容,还不足以形容其容易的程度。虽然说天子的军队征讨逆贼总是所向无敌,但行不义而势力强大的,古时也曾常有。所以唐虞的时代,有蛮夷扰乱华夏,周宣王统治的西周盛世,也有视大国为仇敌的。《诗经》《尚书》慨叹地记载其事，皆说他们难以对付。这些都是凭借地形险阻，依仗相隔遥远，所以才使他们如此。因此，察看这里的地势，我认为张鲁只需用中等才能的人把守，恐怕就难以很快攻取了。来信陈说张鲁妖惑人心的罪行，叙述王师旷荡无边的功德，难道不确实如此吗？这就是夏桀、殷纣为什么会丧亡，有苗、有扈为什么会消灭，我军为什么会胜利，张鲁他为什么会失败的原因所在。不是这样的话，商纣王与周武王为什么不相敌呢？从前，鬼方昏暗，崇侯虎好谗言、性凶残，殷纣王暴虐无道，三者皆属下等。然而高宗征讨鬼方有三年之久，文王的军队伐崇侯虎有退兵修教而再伐的事，武王有两次率兵至孟津，然后才战胜殷纣，成此武功。他们哪有流星掠空、日影投地、暴风狂吹、雷霆闪击那样迅疾地长驱山河之间，朝至暮胜，像今天这样的盛威呢？由此看来，他本来不及下愚之人，但用中才之人守险，不能如此马上取胜，十分明显。用中才之人守险，则不会如此马上取胜，而来信却认为他恶贯满盈，虽然有孙武、田单、墨翟、禽滑釐等能人，还是无法挽救覆亡的命运，我私下又怀疑起来了。为什么呢？古代用兵征伐的时候，敌国虽然昏乱，但尚有贤人在朝，就不会再攻伐了。因此，殷有微子、箕子、比干三位仁者未去，武王从盟津回师；虞国的宫之奇在朝，晋不敢再加兵；知随国的季梁还在，强大的楚国便打消了征伐随的计划。到众贤臣出走废退的时候，以上三国便沦为废墟。由此明白，无道而有贤人，还可以拯救。再说墨子的防守战术，他将衣带圈起来作成一座城，便高不可登；将筷子作为防守器械，就坚不可入。如果能拒守阳平关，占据石门，布下孙吴兵法中的八阵图，施展田单奔牛的权智，哪肯溃败呢？假使据守的人不分巧拙，攻城的人皆可攀附而上，则公输盘已攻上了宋城，乐毅也已攻取即墨了。那么，墨翟的方法还有什么可称道的，田单的权智还有什么可宝贵的呢？否定贤智救国的作用，老夫我不聪明，尚未在此前听说过。

　　盖闻过高唐者效王豹之讴[①]，游睢、涣者学藻缋之彩[②]。

间自入益部③,仰司马、杨、王遗风④,有子胜斐然之志⑤,故颇奋文辞,异于他日。怪乃轻其家丘⑥,谓为倩人⑦,是何言欤!夫绿骥垂耳于林坰⑧,鸿雀戢翼于污池⑨,亵之者固以为园囿之凡鸟⑩,外厩之下乘也⑪。及整兰筋⑫,挥劲翮,陵厉清浮⑬,顾盼千里,岂可谓其借翰于晨风⑭,假足于六驳哉⑮?恐犹未信丘言⑯,必大噱也⑰。洪白。

【注释】

①盖闻过高唐者效王豹之讴:《孟子·告子》:"昔者王豹处于淇而西河善讴,緜驹处于高唐而齐右善歌。"这句是说,环境、风气染人。高唐,春秋时齐邑,故址在今山东禹城西南。王豹,善歌之人。

②睢、涣:二水名。两岸间的人善织有文彩的丝织品。藻缋(huì):彩色花纹。彩:彩色丝织物。

③间(jiān):近来。益部:指蜀地。

④司马、杨、王:指汉代蜀地文人司马相如、扬雄、王褒。遗风:指他们注重文采的风尚。

⑤有子胜斐然之志:《论语·公冶长》:"吾党之小子狂简,斐然成章。"子胜,犹狂简小子。斐然,有文采的样子。

⑥家丘:即东家丘。传说孔丘西邻不知孔丘才学,直称作东家丘。后用为典故,表示不识人。

⑦倩(qìng):请人代自己做事。

⑧绿骥:良马。林坰(jiōng):遥远的野外。

⑨戢(jí):收敛。污池:小水塘。

⑩亵:轻视。园囿:园林。

⑪外厩(jiù):外马房,良马不置其中。

⑫兰筋：马目上筋名。李善注引《相马经》云："一筋从玄中出，谓之兰筋。玄中者，目上陷如井字。兰筋竖者千里。"

⑬厉：高。

⑭翰：长而硬的鸟羽。晨风：鹯，猛禽。

⑮六驳：兽名。《诗经》毛传："驳如马，倨牙，食虎豹。"

⑯丘：空，虚。

⑰噱（jué）：大笑。

【译文】

听说经过高唐的人，都会模仿王豹的讴歌声；游于睢水、涣水之间的人，将学会织绘华美的绢帛。近来我到了蜀地，不禁仰慕司马相如、扬雄、王褒重文采的遗风，也有狂简小子斐然成章的志向，所以，在文章辞采方面振奋精神颇下了一番功夫，与往日大不一样。奇怪的是，你竟轻视我，说我的文辞是请人所作，这是什么话！那良马垂耳于郊野，鸿雁停在水塘边的时候，小看它们的人一定会认为是园林中的普通鸟，是外厩里的劣等马。但当良马整竖兰筋，顾盼之间已行千里；鸿雁挥动羽翼，凌空高飞的时候，难道能说它们是借助于鹯鸟的翅膀，是借助于六驳的腿足吗？恐怕尚未相信这些虚空的话，一定大笑起来了。曹洪禀白。

书中

阮元瑜

　　阮瑀(约165—212)，字元瑜，陈留尉氏(今河南尉氏)人。汉末著名文学家，为"建安七子"之一。早年曾从著名学者蔡邕学习，颇有文名。后来曹操请他做司空军谋祭酒，就与陈琳同掌记室；当时军国书檄，多为阮瑀、陈琳所撰写。阮瑀善作章表书记，得到曹操、曹丕的赏识。《三国志·魏书·阮瑀传》裴松之注引《典略》曰："太祖(曹操)尝使瑀作书与韩遂，时太祖适近出，瑀随从，因于马上具草，书成呈之。太祖揽笔欲有所定，而竟不能增损。"曹丕《与吴质书》也说："元瑜书记翩翩。"原有集，后散佚，明人辑有《阮元瑜集》，除散文外，尚存诗十二篇。

为曹公作书与孙权一首

【题解】

　　李善注引《吴书》曰："孙策初与魏武俱事汉，薨。周瑜、鲁肃谏权曰：'将军承父兄余资，兼六郡之众，兵精粮多，何区区而受制于人也。'权遂据江东，西连蜀汉，与刘备和亲。故作书与权，望得来同事汉也。"以上所载，说明了本文写作的时代背景。本文的重点是企图拆散吴、蜀联合抗魏的政治、军事同盟,所谓"内取子布,外击刘备",即是本文的宗旨所在。本文有两个特点:其一,虽是阮瑀为曹操代写的书信,但口气、身份酷似曹操。其二,本文动之以情,喻之以理,晓之以利害,诱之以利禄,结构严密,辞意畅达;更兼博通古今,文笔老练,确是一篇难得的书信佳作。

　　离绝以来①,于今三年,无一日而忘前好。亦犹姻媾之义②,恩情已深;违异之恨③,中间尚浅也④。孤怀此心⑤,君岂同哉?

【注释】

①离绝:指建安十三年(208)冬赤壁之战后曹孙关系的恶化隔绝。

②犹:通"由"。姻媾(gòu):姻亲。又指双方结为姻亲。《三国志·吴书·孙策传》曰:"策并江东,曹公力未能逞,且欲抚之,乃以弟女配策小弟匡;又为子章取(孙)贲女。"义:情谊,恩谊。

③违异:指利益不同互相违背。

④中间:心中,心间。

⑤孤:王侯的自谦之称。这里是曹操自称。

【译文】

　　离别以来,至今三年,没有哪一天忘记了以前的友好。这也是由于彼此有姻亲的情谊,恩情已深;而意见相背观点不一的忿恨,心中还浅。我有这样的心意,您是不是也相同呢?

　　每览古今所由改趣①,因缘侵辱,或起瑕衅②,心忿意危③,用成大变④。若韩信伤心于失楚⑤,彭宠积望于无异⑥,卢绾嫌畏于已隙⑦,英布忧迫于情漏⑧,此事之缘也。孤与将军⑨,恩如骨肉。割授江南,不属本州⑩,岂若淮阴捐旧之恨⑪? 抑遏刘馥⑫,相厚益隆,宁放朱浮显露之奏⑬? 无匿张胜贷故之变⑭,匪有阴构贲赫之告⑮,固非燕王、淮南之釁也⑯。而忍绝王命⑰,明弃硕交⑱,实为佞人所构会也⑲。

【注释】

①趣:旨趣,意旨。

②瑕釁:瑕疵间隙。这里喻指嫌隙隔阂。

③意危:指急迫的危机感。

④用:因。

⑤韩信伤心于失楚:李善注引《汉书》曰:"高祖徙信为楚王,后以为淮阴侯,信知汉畏其能,称疾不朝,由此日怨。"

⑥彭宠积望于无异:李善注引范晔《后汉书》曰:"光武至蓟,彭宠上谒,自负功德,光武接之不能满,以此怀不平。光武知之,以问幽州牧朱浮,浮对曰:'陛下昔倚为北道主人,宠谓至当延阁握手,交欢并坐。今既不然,所以失望也。'"望,怨恨。无异,没有特殊的待遇。

⑦卢绾(wǎn)嫌畏于已隙:卢绾为汉高祖刘邦开国功臣,封燕王。时刘邦进击代相陈豨,命卢绾从东北方向配合进攻。陈豨派使者去匈奴求救。卢绾也命使者张胜去匈奴,有人建议不如缓击陈豨,与匈奴和好相处,即可长保燕王之位。张胜还报,卢绾以为得计。后陈豨被诛,其事泄露,高祖遣樊哙击燕,卢绾逃至匈奴。

⑧英布忧迫于情漏:英布,即黥布,汉高祖刘邦的开国功臣,封为淮南王。当时汉已杀死韩信,又诛杀梁王彭越,砍成肉酱,遍赐诸侯,英布大恐,暗中聚兵,又疑中大夫贲赫上告泄漏军情。不久汉使又来,颇有征验,就诛杀赫家,发兵反汉。

⑨将军：这里指孙权。

⑩"割授"二句：指将江南从扬州分割出来送给孙权。李善注："扬州旧属江南，江南之地尽属焉。今魏徙扬州于寿春，而孙权全有江南之地……《江都图经》曰：'江西（长江之西）寿春属魏，魏扬州刺史镇寿春。'"本州，指扬州。

⑪淮阴：指淮阴侯韩信。捐旧之恨：指丢失原来楚王封位的怨恨。

⑫抑遏刘馥（fù）：吕延济注："刘馥每请伐吴，而曹公常遏绝不许。"刘馥，字元颖，曹操任为扬州刺史。《三国志·魏书·刘馥传》称他"单马造合肥空城，建立州治……又高为城垒，多积木石……为战守备"。建安十三年（208）卒。

⑬朱浮显露之奏：李善注引《后汉书》曰："朱浮为幽州牧，奏渔阳守彭宠多买兵器，不迎母。宠遂反。"

⑭匿张胜：燕王卢绾的使者张胜私下与匈奴勾结，卢绾本已上奏诛杀张胜一家，后得知张胜实为己谋，乃诈报他人，而包匿张胜及其家族。贷故：宽恕故人。贷，赦免，宽恕。

⑮匪：同"非"。阴构：私下罗织陷害。贲赫之告：指贲赫告发淮南王英布谋反之事。

⑯釁（xìn）：坼裂。这里喻指过失。

⑰忍绝：忍心断绝。王命：君王的任命。

⑱硕（shí）交：坚固的交情。硕，通"石"，比喻坚固。

⑲佞（nìng）人：奸巧的小人。构会：设计陷害。

【译文】

　　每每观察古往今来人们所以改变志趣的缘由，都是因为受到侵犯羞辱，或者产生瑕疵嫌隙隔阂，心头愤怒具有急迫的危机感，因而形成剧变。像韩信为丧失楚王之位而伤心，彭宠因得不到光武帝的殊遇而积怨，卢绾因隔阂嫌隙已生而惊疑畏惧，英布因隐情泄漏而忧心急迫，这就是事端发生的原因。我与将军，恩深如同骨肉之亲。割让授予江南之地,不再归属本州,您哪里会有淮阴侯韩信那样因失去封爵封地而产生的怨恨?我抑制刘馥举兵击吴的多次请求,深厚结交的心意更加隆盛,难道我会仿效朱浮上奏捏造您有明显不法之事的奏章吗?既没有燕王卢绾包匿张胜宽恕故吏的变诈,又没有贯赫罗织陷害淮南王的密告,我们没有燕王、淮南王与汉高祖之间那样的嫌隙,而您之所以忍心断绝君王的恩命,明确放弃坚牢的交情,实际上是被奸佞的小人设计蒙蔽的。

　　夫似是之言,莫不动听;因形设象①,易为变观。示之以祸难,激之以耻辱②,大丈夫雄心能无愤发?昔苏秦说韩,羞以牛后,韩王按剑,作色而怒,虽兵折地割,犹不为悔③,人之情也。仁君年壮气盛,绪信所嬖④,既惧患至,兼怀忿恨,不能复远度孤心⑤,近虑事势,遂赍见薄之决计⑥,秉翻然之成议⑦。加刘备相扇扬⑧,事结衅连⑨,推而行之。想畅本心⑩,不愿于此也。

【注释】

① 因形设象:依据某种形势而加以假设想象。

② 激之以耻辱:《三国志·吴书·周瑜传》裴松之注引《江表传》周瑜云:"受制于人……岂与南面称孤同哉!"

③ "昔苏秦"几句:《战国策·韩策》载,苏秦为楚合纵,说韩王曰:"臣闻鄙语曰:'宁为鸡口,无为牛后。'今大王西面交臂而臣事秦,何以异于'牛后'乎?夫以大王之贤,挟强韩之兵,而有'牛后'之名,臣窃为大王羞之。"韩王忿然作色,攘臂按剑仰天太息曰:"寡人虽死,必不能事秦。"

④ 绪信:依从信赖。绪,顺从。嬖(bì):宠爱,宠幸。

⑤ 度(duó):计量,推测。

⑥赍(jī):抱着。见薄:疏远。

⑦翻然:高飞貌。吕向注:"持翻然高飞之成议。"

⑧扇扬:煽动宣扬。

⑨事结衅连:事件与事端紧密相连。衅,这里指事端。

⑩畅:通。张铣注:"言我想通孙权本心不愿。"

【译文】

貌似正确的言论,没有不动听的;依据某种形势而加以假设想象,容易改变人们的看法。以未来的祸患灾难显示危机的深重,以羞耻屈辱的地位激发其自尊心,大丈夫的雄心能不奋发吗?以前苏秦游说韩王,以处于牛后跟从的地位羞耻他,韩王手握剑柄,改变脸色而发怒,即使损兵折将、国土割裂,也不后悔,这是人之常情。仁君年壮气盛,顺从听信宠臣的似是之言,既畏惧祸患的来临,更兼心怀忿恨,这样从远说就不能正确估量我的心意,从近说也不能正确思考眼前的形势,于是就抱定疏远我的决定之计,秉持远走高飞的已成之谋。再加上刘备的煽动宣扬,事件与事端紧密相连,互相推动而运行。想来真是从您本心出发,也不愿事情发展到这个地步。

孤之薄德,位高任重,幸蒙国朝将泰之运①,荡平天下,怀集异类②,喜得全功,长享其福。而姻亲坐离③,厚援生隙,常恐海内多以相责,以为老夫苞藏祸心④,阴有郑武取胡之诈⑤,乃使仁君翻然自绝。以是忿忿,怀惭反侧⑥。常思除弃小事,更申前好,二族俱荣,流祚后嗣⑦,以明雅素⑧,中诚之效⑨。抱怀数年,未得散意⑩。

【注释】

①国朝:本朝。将泰之运:强盛安泰的气运。将,强壮,强盛。

②怀：安抚。集：辑睦，和睦。异类：旧时指称外族。《孔子家语·好生》"畅于异类"，王肃注："异类，四方之夷狄也。"

③坐：无故。

④苞：通"包"。

⑤郑武取胡之诈：《韩非子·说难》："昔者郑武公欲伐胡，故先以其女妻胡君，以娱其意。因问于群臣：'吾欲用兵，谁可伐者？'大夫关其思对曰：'胡可伐。'武公怒而戮之，曰：'胡，兄弟之国也，子言伐之何也？'胡君闻之，以郑为亲己，遂不备郑。郑人袭胡，取之。"郑武，郑武公。春秋前期郑国国君。

⑥惭：羞愧。

⑦祚：福。后嗣：后代子孙。

⑧雅素：平素的为人与行事。雅，素常，向来。

⑨中诚：心诚，犹诚心。效：征验。引申为证实。

⑩散意：抒发心意。

【译文】

我的德望浅薄，位高任重，有幸蒙受本朝强盛安泰的气运，能扫荡安定天下，安抚和睦异族，欣喜得到全功，长久安享其福。但由于姻亲无故分离，厚援产生裂痕，我常恐四海之内的人们多以此责怪我，认为我包藏祸害之心，暗中怀有类似郑武公以姻亲为手段袭取胡君的欺诈之术，才使仁君您迅速转变态度断绝往来。我因此而愤愤不平，心怀羞辱之感而反侧不安。我常想摒弃不愉快的小事，再重申以前的友好，促使曹、孙二族共同荣显，后代子孙长享洪福，以此表明我平素的为人与行事，证实我诚恳的心意。我怀有这样的想法已经有多年了，只是没有得到抒发心意的机会。

昔亦壁之役，遭离疫气，烧舡自还，以避恶地①，非周瑜水军所能抑挫也②。江陵之守，物尽谷殚，无所复据，徙民还师③，又非瑜之所能败也。荆土本非己分，我尽与君，冀取其余④，非相侵肌肤，有所割损也。思计此变⑤，无伤于孤，何必自遂于此⑥，不复还之？高帝设爵以延田横⑦，光武指河而誓朱鲔⑧。君之负累，岂如二子？是以至情，愿闻德音⑨。

【注释】

①"昔赤壁"几句：这是曹操解释赤壁退军的原因，不承认是被周瑜等打败。而实际情况据《三国志·吴书·吴主传》所载是："（周）瑜、（程）普为左右督，各领万人，与（刘）备俱进，遇于赤壁，大破曹公军。公烧其余船引退，士卒饥疫，死者大半。备、瑜等复追至南郡，曹公遂北还。"离，同"罹"，遭受。舡（chuán），船。

②抑挫：抑制挫折。

③"江陵"几句：这是曹操解释弃守江陵的原因。实际情况据《三国志·吴书·吴主传》所载是，曹操赤壁败还，留曹仁、徐晃于江陵，"瑜、仁相守岁余，所杀伤甚众，仁委城走"。江陵，地名。今属湖北。殚（dān），尽。

④"荆土"几句：李善注："言荆州之土，非我之分，今尽以与君，实冀取其余地耳。"荆土，荆州。原属刘表，故曰"本非己分"。冀，希望。

⑤思计此变：思量赤壁之战的事变。

⑥遂：通"坠"，陷入。

⑦高帝设爵以延田横：《汉书·高帝纪》："初，田横归彭越。项羽已灭，横惧诛，与宾客亡入海。上恐其久为乱，遣使者赦横，曰：'横来，大者王，小者侯。'"此处意谓高祖刘邦不计前嫌延请田横入朝为官。

⑧光武指河而誓朱鲔（wěi）：据《后汉书·岑彭传》，朱鲔参与杀害了光武帝刘秀的哥哥刘玄，后来又据守洛阳以抗刘秀。刘秀派

岑彭招降，朱鲔自知有罪，不敢降。刘秀乃曰："夫建大事者，不忌小怨。鲔今若降，官爵可保，况诛罚乎？河水在此，吾不食言。"

⑨德音：善言。这里指孙权方面美好善意的回音。

【译文】

　　以前的赤壁之战，由于我军遭受瘟疫之气，烧毁战船自行回师，以此躲避邪恶之地，不是周瑜的水军能抑制挫折的。江陵的守军，由于物尽粮绝，无法再加以据守，从而迁徙民众撤回军队，也不是周瑜所能打败的。荆州的土地，本来不是我分内所有，我全部送给您，只希望能收取其余的地方，荆州的退让不涉及对肌肤的侵害，不存在割裂损害的问题。思量这些变化，对我没有伤害，又何必在荆州的问题上纠结，不还给您呢？高帝刘邦曾设置爵位以延请田横归汉，光武帝曾手指黄河起誓保证朱鲔的官职。您的过错，又怎能与田横、朱鲔相比？因此我最大的心愿，就是希望听到您美好的回音。

　　往年在谯，新造舟舤，取足自载，以至九江，贵欲观湖漅之形，定江滨之民耳，非有深入攻战之计①。将恐议者大为己荣②，自谓策得，长无西患，重以此故，未肯回情③。然智者之虑，虑于未形；达者所规④，规于未兆。是故子胥知姑苏之有麋鹿⑤，辅果识智伯之为赵禽⑥。穆生谢病，以免楚难⑦；邹阳北游，不同吴祸⑧。此四士者，岂圣人哉？徒通变思深⑨，以微知著耳⑩。以君之明，观孤术数⑪，量君所据，相计土地，岂势少力乏，不能远举，割江之表，宴安而已哉？甚未然也。若恃水战，临江塞要⑫，欲令王师终不得渡，亦未必也。夫水战千里，情巧万端。越为三军，吴曾不御⑬；汉潜夏阳，魏豹不意⑭。江河虽广，其长难卫也。

【注释】

①"往年"几句：这是曹操解释自己治水军、军合肥的原因。据《三国志·魏书·武帝纪》："建安十四年三月，军至谯，作轻舟，治水军。秋七月，自涡入淮，出肥水，军合肥。"谯（qiáo），地名。在今安徽亳州。湖漅（cháo），指巢湖一带。漅，湖名。即今巢湖，在今安徽中部巢湖、肥西、肥东、庐江等市县间。

②将恐议者大为己荣：李周翰注："是时江西户十余万渡江入吴，恐权之君臣议者大为己国之荣以自得。"《三国志·吴书·吴主传》："初，曹公恐江滨郡县为权所略，微令内移。民转相警，自庐江、九江、蕲春、广陵户十余万，皆东渡江，江西遂虚，合肥以南惟有皖城。"

③回情：回心转意。

④规：谋划。

⑤子胥知姑苏之有麋（mí）鹿：伍子胥本是楚人，因报父兄被杀之仇，投靠吴国，辅佐吴王阖闾称霸。后吴王夫差骄奢，不听谏言，轻弃灭亡越国的机会养虎遗患，又北上中原与齐、晋争霸，伍子胥担心将有灭国之忧。《史记·淮南衡山列传》载伍子胥谏吴王曰："臣今见麋鹿游姑苏之台也。"姑苏，台名。夫差所造。麋鹿，这里指野鹿。

⑥辅果识智伯之为赵禽：据《战国策·赵策》，智伯与韩、魏围赵于晋阳。张孟谈阴见韩、魏之君，说以智伯伐赵，赵亡，韩、魏将次之。二君即与孟谈阴约，夜遣人入晋阳。智果见二君，说智伯曰："二主色动而意变，必背君矣，不如杀之。"智伯不听。智果乃出，易姓为辅氏。禽，同"擒"。辅果，即智果，后因改姓为辅氏，故称辅果。

⑦"穆生"二句：楚元王刘交礼待穆生，常为之设甜酒。后刘戊继位，始为之设，后忘之，意怠日疏，穆生遂称病辞去。后来刘戊参

与吴楚七国之乱得祸,穆生得以幸免。

⑧"邹阳"二句:"邹阳始仕吴王濞,吴王欲谋反,邹阳上书谏吴王,
　　王不听,邹阳遂离开吴王,投奔了梁孝王。

⑨徒:只。

⑩以微知著:看到事物的一些苗头,就能知道它的发展趋向。

⑪术数:指方法、道理和谋略。

⑫塞要:即要塞。指边界的险要之处。

⑬"越为"二句:《春秋左传·哀公十七年》:"越子伐吴,吴子御之笠
　　泽,夹水而陈。越子为左右勾卒,使夜或左或右,鼓噪而进,吴师
　　分以御之。越子以三军潜涉,当吴中军而鼓之,吴师大乱,遂败
　　之。"曾,乃。

⑭"汉潜"二句:《史记·淮阴侯列传》:"以(韩)信为左丞相,击魏。
　　魏王盛兵蒲坂,塞临晋,信乃益为疑兵,陈舡欲渡临晋,而伏兵从
　　夏阳以木罂瓿渡军,袭安邑,魏王豹惊,引兵迎信,信遂虏豹。"

【译文】

往年在谯地,新造舟船,只是满足于自载的限度,到达九江,重在观
察巢湖一带的形势,安定江边一带的民众罢了,并没有深入攻战的计
划。只是恐怕你方的议论者因部分民众渡江入吴为己国之荣,自认为
计策是成功的,可以长久地消除西面的祸患,更由于这一点的缘故,使
您不肯回心转意重修旧好。但明智者的思考,贵在事态尚未形成的时
候就开始思了;博达者的谋划,贵在事态尚未出现预兆的时候就开始
谋划了。因此伍子胥知道繁华的姑苏台将变成麋鹿出没的荒凉之地,
辅果预知智伯将被赵国擒获。穆生称病谢退,免除了与楚王共同覆灭
的灾难;邹阳北游梁国,不与吴王共同遭受祸患。这四位贤士,难道是
圣人吗?只是通达变化思考深入,能以细微的迹象推知明显的结果罢
了。以您的明智,观察我的谋略,估量您所据有的土地,比较计量一下
彼此的土地,我难道是势少力乏,不能远征,割让江南,只求安逸就算了

吗？情况远不是这样。倘若依靠水战，凭借临江的险要之处，想使王师始终不能渡江，也未必有效。因为水战战线长达千里，军情机巧变化万端。越王兵分三路偷渡，吴国不能抵御；汉军暗渡夏阳，魏豹不意而败。江河虽然广阔，但其战线过长也难以守卫啊。

凡事有宜，不得尽言。将修旧好而张形势①，更无以威胁重敌人②。然有所恐，恐书无益，何则？往者军逼而自引还，今日在远而兴慰纳③。辞逊意狭，谓其力尽，适以增骄，不足相动。但明效古，当自图之耳：昔淮南信左吴之策④，汉隗嚣纳王元之言⑤，彭宠受亲吏之计⑥，三夫不寤，终为世笑；梁王不受诡、胜⑦，窦融斥逐张玄⑧，二贤既觉，福亦随之。愿君少留意焉。

【注释】

①张：伸展。这里引申为展望。

②以威胁重敌人：李善注："重，威重也。言以威重迫胁敌人。"

③慰纳：犹宽慰。纳，容纳，有宽容之意。

④淮南信左吴之策：《汉书·淮南王传》载，淮南王谋反，"日夜与左吴等按舆地图，部署兵所从入"。淮南，西汉时淮南王刘安。左吴，刘安的谋士。

⑤汉隗嚣纳王元之言：李善注引范晔《后汉书》："隗嚣，字季孟，天水人。更始乱，嚣亡归天水，招聚其众，自称西州上将军，遗子恂诣阙。嚣将王元说嚣曰：'天水完富，天下士马最强，元请一丸泥，东封函谷，此万世一时也。'嚣心然元计，遂反。"

⑥彭宠受亲吏之计：《东汉观记·彭宠》载，刘秀征召彭宠，"宠与所亲信吏计议，吏皆怨(朱)浮，劝宠止，不应征"。

⑦梁王不受诡、胜：李善注引《汉书》："梁孝王怨袁盎，乃与羊胜、公
　　孙诡之属阴使人刺杀袁盎。天子意梁，逐贼，果梁使之，遣使覆
　　案梁事，捕公孙诡、羊胜，皆匿王后宫。韩安国泣谏王，王乃令出
　　之，胜、诡皆自杀。梁王使韩安国因长公主谢，上怒稍解。"梁王，
　　此指梁孝王刘武，汉景帝同母弟。诡，公孙诡，梁孝王中尉。胜，
　　羊胜，梁孝王谋士。
⑧窦融斥逐张玄：李善注引范晔《后汉书》："窦融，字周公，扶风人
　　也。行西河五大郡大将军事，遥闻光武即位，心欲东向。隗嚣使
　　辩士张玄游说西河曰：'今各据土宇，与陇蜀合从，高可为六国，
　　下不失尉陀。'融召豪杰计议，遂决策东向，奉书献马。光武赐融
　　玺绶为凉州牧，封安丰侯，后迁大司空。"

【译文】

　　凡事都有适宜的限度，此理难以说尽。我只是准备修复旧好而展
望形势，没有以威势迫胁敌人的意图。但我有所担心，担心的是书信没
有效用，为什么这样说呢？因为从前贵军相逼而我自己引军退还，而今
天我是在远方致以慰问。如果辞意过于谦逊，心志过于浅狭，可能有人
会认为我方力尽，这样恰好会增加您的骄傲，不足以感动您的修好之
心。我只明白列举古人的成败得失，您应当自己考虑清楚：从前淮南王
听信左吴的计策，隗嚣接纳王元的进言，彭宠接受亲信官吏的计谋，这
三个人执迷不寤，最终被世人所讥笑；梁王不包庇公孙诡、羊胜，窦融斥
责驱逐张玄，两位贤者觉悟之后，福也跟随而至。希望您对以上情况稍
加留意。

　　若能内取子布①，外击刘备，以效赤心②，用复前好，则江
表之任，长以相付，高位重爵，坦然可观③。上令圣朝无东顾
之劳，下令百姓保安全之福。君享其荣，孤受其利，岂不快
哉！若忽至诚，以处侥倖④，婉彼二人⑤，不忍加罪，所谓小人

之仁,大仁之贼⑥,大雅之人⑦,不肯为此也。若怜子布,愿言俱存⑧,亦能倾心去恨,顺君之情,更与从事,取其后善。但禽刘备,亦足为效。开设二者⑨,审处一焉⑩。

【注释】

①子布:张昭,字子布。为吴国重臣,先辅佐孙策,后又辅佐孙权。

②效:呈现,证明。赤心:赤诚之心。

③坦:宽广,开阔。

④侥(jiǎo)倖:即侥幸。指依靠偶然的机遇获得利益或免去不幸。

⑤婉:亲爱。二人:刘备,张昭。

⑥"所谓"二句:意指对小人的仁爱,是对大仁的伤害。

⑦大雅:宏达雅正。

⑧言:语助词,无实义。

⑨二者:其一指"内取子布,外击刘备",另一指保全张昭,只擒刘备。

⑩处:决断。

【译文】

若能对内擒拿张昭,对外攻击刘备,以此表现赤诚之心,因而恢复以前的友好,那么江南的重任,将长久加以付托,尊高之位贵重之爵,前程开阔可观。对上而言,可使圣朝没有东顾的忧劳;对下而言,可使百姓确保安全的福分。您享受圣朝的恩荣,我蒙受圣朝的利益,难道不是愉快的事吗!如果忽略我的一片至诚之心,以侥幸之心自处,亲爱张昭、刘备,不忍心加以惩处,这就叫小人的仁爱,小人的仁爱是对大仁的伤害,宏达雅正的人,是不肯做这样的事情的。如果您怜惜张昭,希望与他共存,那么我也能诚心捐弃旧恨,依顺您的心意,再与张昭共事,以择取他此后的功劳。只要擒获刘备,也足以显示您的诚意。设置以上两个方案,请您慎重决断选取其一。

　　闻荆、杨诸将，并得降者，皆言交州为君所执①，豫章距命，不承执事②，疫旱并行，人兵减损，各求进军，其言云云。孤闻此言，未以为悦。然道路既远，降者难信，幸人之灾，君子不为③。且又百姓，国家之有，加怀区区④，乐欲崇和⑤，庶几明德。来见昭副⑥，不劳而定，于孤益贵。是故按兵守次⑦，遣书致意。古者兵交，使在其中⑧。愿仁君及孤，虚心回意，以应诗人补衮之叹⑨，而慎《周易》牵复之义⑩。濯鳞清流，飞翼天衢⑪，良时在兹，勖之而已⑫。

【注释】

①交州为君所执：《三国志·吴书·宗室传》："孙辅，字国仪……假节领交州刺史，遣使与曹公相闻，事觉，权幽系之，数岁卒。"交州，治所在广信（今广西梧州）。此指交州刺史孙辅。

②"豫章"二句：李善注引《吴志》："刘繇，字正礼，避乱淮浦，诏遣为扬州刺史。繇不敢之州，遂南保豫章。"豫章，郡名。治今江西南昌。豫章郡属扬州刺史部，此指扬州刺史刘繇。距命，拒不从命。执事，差使，工作。

③"幸人"二句：庆幸他人的灾祸，不是君子所为。《春秋左传·僖公十四年》："秦饥，使乞籴于晋，晋人弗与，庆郑曰：'背施无亲，幸灾不仁。'"

④区区：指诚挚的爱心。

⑤崇和：亲善友好。

⑥来见昭副：刘良注："言我冀望君来，昭然为副贰。"见，用在动词前，代称自己。昭，明。这里指公开。副，副贰，指辅佐。

⑦次：停留。

⑧"古者"二句：《春秋左传·成公九年》："（晋）栾书伐郑，郑使伯蠲

行成，晋人杀之，非礼也。兵交，使在其间，可也。"

⑨补衮之叹：《诗经·大雅·烝民》"衮职有阙，维仲山甫补之"，毛传："有衮冕者，君之上服也。仲山甫补之，善补过也。"作者引此典，重在突出"补过"。

⑩牵复之义：《周易·小畜》："牵复，吉。"意谓牵引使之回复是吉利的。作者引此典，重在突出"回复"，以与上文"虚心回意"相呼应。

⑪"濯鳞"二句：如鱼游清流，鸟飞高空。比喻太平盛世的景象。濯，洗涤。这里引申为畅游。鳞，鱼。衢，指四通八达的道路。

⑫勖（xù）：勉励。

【译文】

听说荆州、扬州众将，以及投降的人，都说交州刺史被您拘押囚禁，刘繇据守豫章拒不从命，不秉承旨意担任扬州刺史的职务，疫病与旱灾同时流行，人力兵力都有减损，我方各路兵马都争求进军，他们所说大致如此。我听到这些话，并不觉得高兴。诚然道路遥远，投降者的言辞难以尽信，但幸灾乐祸的事，君子是不做的。况且百姓乃是国家之所有，以诚挚的爱心加以关怀，乐于见其亲善友好，才近似于昭明之美德。如果您能来公开地辅佐我，不烦劳兵马而安定天下，对我来说是更加可贵的。因此我按兵不发驻守等候，寄送书信致意。按古代的规定，双方军队交战，使者可在其间往返。希望仁君能思及我的心意，虚心接纳回心转意，借此以顺应诗人弥补前过的感叹，慎思《周易》牵引回复为吉利的义理。鱼儿畅游清流，鸟儿飞翔高空，良好的时机就在这一刻，希望您勉力而为。

魏文帝

见卷第二十二《芙蓉池作》作者介绍。

与朝歌令吴质书—首

【题解】

本文是曹丕写给文友吴质的一封信。李善注引《典略》曰:"质为朝歌长,大军西征,太子南在孟津小城,与质书。"而同时信中又提到"元瑜长逝",而未提及陈琳、徐幹、应场、刘桢的逝世。元瑜卒于建安十七年(212),陈琳等四人卒于建安二十二年(217),可证此信当写于建安十七年至建安二十二年之间。

本文主要回忆了昔日与友人共游南皮的欢乐之情,然后以"节同时异,物是人非",写出悼念友人、思念友人的感伤之情。文章文辞清丽,感情真挚,善用今昔对比的方法,以往日共游的欢乐,衬托今日生离死别的哀伤,对比鲜明,感人至深,令人读后历久难忘。

　　五月十八日,丕白①:季重无恙②。涂路虽局③,官守有限④,愿言之怀⑤,良不可任⑥。足下所治僻左⑦,书问致简,益用增劳。

【注释】

①白:禀白,告白。一般用于同辈人之间。

②季重:吴质,字季重。无恙:问候语。

③局:近。

④官守:官吏的职责。

⑤愿言之怀:《诗经·邶风·终风》:"愿言则怀。"愿言,念念不忘的样子。闻一多《风诗类钞》释"愿言"为"眷然",即眷恋的意思。

⑥良:诚,实在。任:指担任,担当。

⑦治:治理管辖地区。这里指朝歌(今河南淇县)。僻左:指偏远。

【译文】

五月十八日,曹丕禀白:季重无恙。路途虽相距不远,但因职责有所限制未能相晤,深切的思念,实在令人难以承担。您的治地朝歌地处偏远,想用书信问候致意,颇多不便。

每念昔日南皮之游①,诚不可忘。既妙思六经②,逍遥百氏③。弹棋间设④,终以六博⑤。高谈娱心,哀筝顺耳⑥。驰骋北场,旅食南馆⑦。浮甘瓜于清泉,沉朱李于寒水。白日既匿,继以朗月。同乘并载,以游后园。舆轮徐动,参从无声⑧。清风夜起,悲笳微吟⑨。乐往哀来,怆然伤怀。余顾而言,斯乐难常,足下之徒⑩,咸以为然。今果分别,各在一方,元瑜长逝⑪,化为异物。每一念至,何时可言!方今蕤宾纪时⑫,景风扇物⑬,天气和暖,众果具繁。时驾而游,北遵河曲⑭,从者鸣笳以启路,文学托乘于后车⑮。节同时异,物是人非,我劳如何⑯!

【注释】

①南皮:地名。故城在今河北南皮东北。

②六经:指《诗》《书》《礼》《乐》《易》《春秋》,是儒家尊奉的经典著作。

③百氏:诸子百家。

④弹棋:一种游戏。李善注引《艺经》:"棋正弹法,二人对局,白黑棋各六枚,先列棋相当,更先控,三弹不得,各去控一棋先补角。"又引《世说新语》:"弹棋,出魏宫;大体以巾角拂棋子也。"设:安排,施用。这里指弹棋的活动正在进行之中。

⑤六博:古代一种掷采下棋的比赛游戏。又称六簿或陆博。《楚

辞·招魂》"有六簙些"，洪兴祖《楚辞补注》引古《博经》："博法，二人相对，坐向局，局分为十二道，两头当中名为水，用棋十二枚，六白六黑；又用鱼二枚置于水中。其掷采以琼为之……二人互掷采行棋，棋行到处即竖之，名为骁棋，即入水食鱼，亦名牵鱼。每牵一鱼获二筹，翻一鱼获二筹。"

⑥哀筝：指动人的筝乐。顺耳：悦耳。

⑦旅：众。引申为共同。

⑧参：通"骖"，指骖乘，即陪乘的人。

⑨笳：乐器名。为胡人所制。

⑩之徒：之辈。

⑪元瑜：阮瑀，字元瑜。

⑫蕤(ruí)宾纪实：指时为农历五月。蕤宾，十二律，阴阳各六。阳六为律，其四曰蕤宾。位在午，在五月，辰在鹑首。《礼记·月令》："仲夏(五月)之月……其音徵，律中蕤宾。"注："蕤宾者，应钟之所生……仲夏气至，则蕤宾之律应。"

⑬景风：东南风。扇：扇动，吹动。

⑭遵：循，沿着。

⑮文学：指博学之士。后车：此用《诗经·小雅·绵蛮》"命彼后车，谓之载之"之意。

⑯劳：指忧伤。

【译文】

每当想起昔日南皮游乐的情景，诚然令人不能忘怀。或一起研摩六经的经义，使人感悟妙思；或共同探讨百家的学说，令人逍遥自在。或有时做弹棋的游戏，或终日玩六博的博戏。高谈阔论心情愉悦，筝乐悠扬悦耳动听。时而在北场策马奔驰，时而在南馆共同宴饮。甜瓜浮于清泉之上，红李沉于寒水之下。白日已匿避西山，明月又继而东升。共同乘车游览后园，车轮缓缓滚动，陪从人员寂然无声。清冷的夜风飘然而起,悲凉的笳声幽微呜咽。此情此境,令人乐尽悲来,凄怆伤怀。我当时回顾诸位曾说,这样的乐趣是难以常有的,您与其他的人,都认为确实如此。而今果然分散别离,各在一方,元瑜与世长辞,转化成为他物。每当思及此事,不知什么时候才能倾诉衷肠! 当今五月之际,东南风吹拂万物,天气和暖,各种果木一片繁茂。这时我乘着车驾出游,往北沿着河曲巡游,侍从鸣笳开路,博学之士乘车在后面随行。同样的季节,同样的景物,但年岁变迁,人物已非,这是怎样令人忧伤啊!

今遣骑到邺①,故使枉道相过②。行矣自爱③。丕白。

【注释】

①邺:今河北临漳。曹操为魏王,定都于此。

②枉道:绕道。过:拜访。

③行矣自爱:意指行了,不再多说了,望多自珍爱。

【译文】

今日派遣专骑去邺城,特意叫他绕道相访。不再赘言,望多自珍爱。曹丕禀白。

与吴质书一首

【题解】

本文是曹丕写给友人吴质的另一封信。建安二十二年(217),疫病流行,"建安七子"中的四子——徐幹、刘桢、应场,陈琳,都在这一年病死。曹丕在信中,一方面对逝世的文友表示了深切的悼念,同时也流露了对过去生活的珍惜怀恋。文中对徐幹、应场、陈琳、刘桢、阮瑀、王粲诸人文学的评论,也颇为中肯切当。本文感情悲怆真切,文笔清秀婉丽,叙事说理也很简洁明确。

　　本文的写作年代。据《三国志·魏书·王粲传》说"文帝书与元城令吴质曰'昔年疾疫'","昔年",当指建安二十二年(217),可知写信之时已非当年。又《三国志·魏书·吴质传》裴松之注引《魏略》曰:"二十三年,太子又与质书曰:'岁月易得……'"可确知本文作于建安二十三年(218)。

　　二月三日,丕白:岁月易得①,别来行复四年②。三年不见,《东山》犹叹其远③,况乃过之④,思何可支⑤?虽书疏往返⑥,未足解其劳结⑦。

【注释】

①易得:凡事物易得则易失。这里实指容易消逝。

②行复:又将。行,且,将。复,又。

③"三年"二句:《诗经·豳风·东山》是一首描写西周初期三年东征结束时战士在还乡途中思念家乡亲人的诗,其三章曰:"我徂东山,慆慆不归……自我不见,于今三年。"

④过之:指曹丕与吴质已超过三年没有见面。

⑤支:支持。

⑥书疏:书信。疏,条录称之疏。这里指书信。

⑦劳结:这里指深切的思念。劳,指忧劳。结,指郁结。

【译文】

　　二月三日,曹丕禀白:岁月容易消逝,分别以来又将近四年了。三年不见,《东山》的作者还叹息时间久远,更何况你我分别的时间已超过三年,思念之情怎能支持?虽然书信往来,但并不能解除深切思念的忧劳与郁结。

昔年疾疫，亲故多离其灾①，徐、陈、应、刘，一时俱逝，痛可言邪！昔日游处，行则连舆②，止则接席③，何曾须臾相失④！每至觞酌流行⑤，丝竹并奏，酒酣耳热⑥，仰而赋诗⑦。当此之时，忽然不自知乐也，谓百年己分⑧，可长共相保，何图数年之间⑨，零落略尽⑩，言之伤心！

【注释】

①亲故：亲戚故旧，朋友。离：同"罹"，指遭受。

②连舆：指车子前后连接。

③接席：座席相接。

④须臾：片刻，一会儿。

⑤觞（shāng）酌流行：指巡回劝酒。流行，指流转，巡回。

⑥酣（hān）：这里指酒意正浓的兴奋状态。

⑦赋诗：春秋时期朗诵诗歌与即兴吟唱新诗都称赋诗。这里指后一种情况。

⑧己分：自己分内所应得的。

⑨图：这里指料想。

⑩零落：本指草木的凋零。这里指亲故的死亡。

【译文】

往年疫病流行，亲戚故旧大都遭受瘟疫之灾，徐幹、陈琳、应玚、刘桢，都同时逝世，这样的悲痛又怎能用语言来表达呢！回忆往日的交游相处，出行就车子前后相连，休息就座席相接，何曾有片刻的分离！每到巡回劝饮之际，弦乐与管乐合奏，酒兴正浓耳朵发热，彼此仰首即兴吟诗。在这样的时候，竟恍忽地不知领略其中的乐趣，而认为人生百年的乐趣是自己分内所应得的，能长久地共同保有，怎能料想到数年之间，故旧死亡将尽，说来真令人伤心！

顷撰其遗文①，都为一集②。观其姓名，已为鬼录③。追思昔游，犹在心目；而此诸子，化为粪壤④，可复道哉！观古今文人，类不护细行⑤，鲜能以名节自立⑥，而伟长独怀文抱质⑦，恬惔寡欲⑧，有箕山之志⑨，可谓彬彬君子者矣⑩。著《中论》二十余篇⑪，成一家之言⑫，辞义典雅，足传于后，此子为不朽矣。德琏常斐然有述作之意⑬，其才学足以著书，美志不遂，良可痛惜！间者历览诸子之文，对之抆泪⑭，既痛逝者，行自念也⑮。孔璋章表殊健⑯，微为繁富⑰。公幹有逸气⑱，但未遒耳⑲；其五言诗之善者，妙绝时人⑳。元瑜书记翩翩㉑，致足乐也。仲宣续自善于辞赋㉒，惜其体弱㉓，不足起其文；至于所善，古人无以远过。昔伯牙绝弦于锺期㉔，仲尼覆醢于子路㉕，痛知音之难遇㉖，伤门人之莫逮。诸子但为未及古人㉗，自一时之隽也㉘。今之存者，已不逮矣！后生可畏，来者难诬㉙，然恐吾与足下不及见也。

【注释】

①撰：编定。

②都：李善注："都，凡也。"这里当"总"讲。

③鬼录：指死人的名册。旧时迷信，谓阴间存有死人的名册。

④粪壤：污朽的泥土。古人认为人死后埋葬地下，久之便转化为粪壤。

⑤类不护细行：大都不注意细节。类，皆，大率。

⑥鲜：少，很少。

⑦伟长：徐幹，字伟长。"建安七子"之一。怀文：怀有文才。抱质：有好的名节。质，品质。这里指名节。

⑧恬惔(dàn)：清静。惔，通"憺"，恬静，淡泊。

⑨箕山之志：清高的志向。箕山，今在河南境内。相传尧让天下于许由，许由归隐箕山。故箕山借指清高。

⑩彬彬君子：语出《论语·雍也》："文质彬彬，然后君子。"彬彬，指文质兼备。

⑪《中论》：徐幹所著书。分上下两卷，今存辑本。是一部有关伦理及政治的论集，其思想大体遵奉儒家旨趣，同时也受道家、法家的某些影响。

⑫成一家之言：语出司马迁《报任安书》："通古今之变，成一家之言。"

⑬德琏：应场，字德琏。"建安七子"之一。斐然：很有文采的样子。这里指文才。

⑭抆(wěn)泪：拭泪。

⑮行自念：且想到自己。

⑯孔璋：陈琳，字孔璋。"建安七子"之一。章表殊健：指陈琳擅长写章、表两种文体，文笔很挺健。

⑰繁富：指字数繁多，不够简洁。

⑱公幹：刘桢，字公幹。"建安七子"之一。逸气：指飘逸洒脱的才气。

⑲遒(qiú)：劲健。

⑳妙绝时人：指精妙超越同时代的人。

㉑书记：书札，奏记。指章、表、书、疏一类的文体。所以曹丕《典论·论文》说："琳、瑀之章、表、书、记，今之隽也。"为避免重复，故表、章、书、记分言之。翩翩：本指鸟飞轻快的样子。这里指文章辞采的优美。

㉒仲宣：王粲，字仲宣。"建安七子"之一。续：李善注："续或为独。"按，作"独"意胜，译文从之。

㉓体弱：指文章的气魄不足，文风偏于柔弱，缺乏刚劲挺拔的气势。

㉔伯牙绝弦于锺期：春秋时锺子期善于听琴，妙悟琴旨。所以锺子期死后，俞伯牙认为知音已亡，世人不再能理解他奏琴的旨趣，故有破琴绝弦之举。

㉕仲尼覆醢(hǎi)于子路：据《礼记·檀弓》的记载，孔子听说子路被人杀害，剁成肉酱，非常哀痛，命家人将家里食用的肉酱倾倒出去。覆，这里指倾倒。醢，肉酱。子路，孔子最赏识的学生之一，以正直勇敢著名。

㉖知音：指锺子期。

㉗但：只，仅。

㉘隽(jùn)：指优秀的人才。

㉙"后生可畏"二句：语本《论语·子罕》："子曰：'后生可畏，焉知来者之不如今也。'"诬，诬蔑。这里指蔑视、轻视。

【译文】

方才编定他们的遗文，总为一集。看到他们的姓名，已记在了死人名录上。追思往日共游的情景，犹历历在目；而这几位挚友，却转化为污朽的泥土了，又能再说些什么呢！纵观古往今来的文人，大都不注意细节，因此很少有人能在名誉节操方面有所建树。而唯独徐伟长文才、品质兼具，清静少欲，有许由隐居箕山的清高志向，可以称作文质彬彬的君子了。他著有《中论》二十余篇，自成一家之言，辞义典正清雅，足以留传后世，伟长先生可以成为不朽的人物了。应德琏文采奕奕常有撰写著作的意愿，他的才学也足以著书立说，但美好的志向没有实现，实在令人痛惜！有时浏览诸位先生的文章，面对文章不断拭泪，既痛惜逝世的英才，又不免想到自己黯淡的未来。陈孔璋擅长章、表，文笔挺健，只是稍微繁杂了一些。刘公幹有飘逸洒脱的气质，只是劲健有所不足罢了；他五言诗中的佳作，精妙超越当世的士人。阮元瑜的书札、奏记辞采秀美，足以令人陶醉。刘仲宣独自擅长辞赋，只是可惜气势偏于柔弱,不足以振作他的文势;至于他所擅长的方面,古人也不能远远超越。以前俞伯牙因锺子期的死亡而断绝琴弦,孔子因子路被砍成肉酱而倾倒家中的肉酱,这是由于伯牙痛惜知音的难遇,孔子伤心门生的无人可比。诸位先生只是不及古人罢了,对当世而言自然都是一时的俊杰。当今在世的人,已赶不上他们了!孔子云后生可畏,对后来的人难以忽视,然而恐怕我与您不及见到这样的人才了。

年行已长大,所怀万端,时有所虑,至通夜不瞑①。志意何时复类昔日?已成老翁,但未白头耳!光武言:"年三十余,在兵中十岁,所更非一②。"吾德不及之,年与之齐矣。以犬羊之质,服虎豹之文③;无众星之明,假日月之光④。动见瞻观⑤,何时易乎⑥!恐永不复得为昔日游也!少壮真当努力⑦,年一过往,何可攀援⑧?古人思炳烛夜游⑨,良有以也⑩。

【注释】

①瞑:闭目。

②"光武"几句:《东观汉记·载记》:"光武赐(隗)嚣书曰:'吾年已三十余,在兵中十岁,所更非一。'"光武,指创立东汉的光武帝刘秀。更,指经历。

③"以犬羊"二句:这是曹丕的自谦之语。扬雄《法言》:"羊质而虎皮,见草而说,见豺而战。"

④"无众星"二句:这也是曹丕的自谦之语。以"无众星之明",借喻自己的无才无德;以"假日月之光",喻自己太子地位,全凭父王曹操的恩赐。

⑤动见瞻观:指自己的一举一动,都被世人所瞻仰瞩目,因而颇受

拘束。

⑥易:简易,自在。

⑦少壮真当努力:古乐府《长歌行》曰:"少壮不努力,老大徒伤悲。"李周翰注:"乃思少壮之时,真可努力以追宴乐。"

⑧何可攀援:意指时间不能挽留。攀援,挽留。此用《淮南子·览冥训》典故:"鲁阳公与韩构难,战酣,日暮,援戈而拗之,日为之反三舍。"

⑨炳烛夜游:《古诗十九首》之十五:"生年不满百,常怀千岁忧。昼短苦夜长,何不秉烛游。"炳,点燃。

⑩良:诚然,实在。以:因。引申为道理。

【译文】

年龄越来越大,怀想往事感触万千,有时考虑事情,竟至整夜不寐。志向情意什么时候再能如同往日一般?精神上已变成老翁,只是头发还没有变白而已!光武帝曾言:"年纪三十多了,在军队中生活了十年,所经历的事不止一件。"我的德行不及光武,而年纪与他相等了。德薄而位高,就像以犬羊的本质,蒙上了虎豹的纹皮;就像是一颗暗淡的小星,没有众星明亮,要凭借日月的光辉。我的一举一动都为世人所注目,什么时候才会简易自在一些啊!恐怕永远不会再有往日纵情游乐的可能了!少壮之时真该努力追求美好快乐的生活,岁月一旦过去,哪里还能挽留?古人想秉烛夜游,实在是有道理的啊。

　　顷何以自娱①?颇复有所述造不②?东望於邑③,裁书叙心④。丕白。

【注释】

①顷:不久,方才。这里指现在,眼下。

②述造:即著作。不:同"否"。

③於(wū)邑：即"呜咽"。

④裁书：裁笺作书，写信。

【译文】

眼下你拿什么来自我消遣？是否又有著作？向东遥望呜咽伤叹，聊以写信表述心意。曹丕禀白。

与锺大理书一首

【题解】

本文是曹丕致锺繇的一封书信。锺繇，字元常，颍川长社（今河南长葛）人，是三国时期著名的书法家。因魏初任主持刑法的大理之职，故称锺大理。写信的事由，据李善所引《魏略》曰："后太祖征汉中，太子在孟津，闻繇有玉玦，欲得之，而难公索，使临淄侯转因人说之，繇即送之。太子与繇书。"这个说法与本文的内容是切合的。

本文主要叙述了闻玉、求玉、得玉、见玉的过程与感受，最后表示深切的谢意。写得最好的是开头一段对宝玉的渴望之情，不但文笔秀美、辞采华茂，而且由此而导入对锺繇宝玉的渴求，便显得委婉自然，虽是不情之请，却似乎顺情顺理。

丕白：良玉比德君子①，珪璋见美诗人②。晋之垂棘、鲁之玙璠、宋之结绿、楚之和璞③，价越万金④，贵重都城，有称畴昔，流声将来⑤。是以垂棘出晋，虞、虢双禽⑥；和璧入秦，相如抗节⑦。窃见玉书称美玉：白如截肪，黑譬纯漆，赤拟鸡冠，黄侔蒸栗⑧。侧闻斯语⑨，未睹厥状。虽德非君子，义无诗人⑩，高山景行，私所仰慕⑪。然四宝邈焉已远，秦、汉未闻有良比也⑫。求之旷年，不遇厥真，私愿不果，饥渴未副⑬。

【注释】

①良玉比德君子：《礼记·聘义》：孔子曰："君子比德于玉。"《荀子·法行》引孔子曰："夫玉者，君子比德焉。温润而泽，仁也；栗而理，知也；坚刚而不屈，义也；廉而不刿，行也；折而不挠，勇也；瑕适并见，情也；扣之其声清扬而远闻，其止辍然，辞也。"

②珪璋见美诗人：《诗经·大雅·卷阿》："颙颙昂昂，如珪如璋。"珪、璋，指玉制的礼器。见，被。

③垂棘：晋国宝玉名。玙璠（yú fán）：宝玉名。鲁国国君的佩玉。季平子死后，阳虎欲以之为殓，遭到反对。结绿、和璞：皆宝玉名。《战国策·秦策》应侯曾对秦王说宋的结绿、楚的和璞是天下之名器。和璞，即和氏璧。

④越：超过。

⑤流声：流传声誉。

⑥"是以"二句：晋欲伐虢，以屈产之马与垂荆之璧假道于虞。灭虢之后，回途中又袭灭虞国。

⑦"和璧"二句：秦国向赵国强行索取和氏璧，赵国派遣蔺相如持璧前往，在献璧之后，相如见秦王得璧而无偿城之意，诈以指璧有瑕而复得其璧。相如持璧，怒发冲冠地痛斥秦王，并准备以璧击柱，与璧俱亡。后终以巧计完璧归赵。其事详见《史记·廉颇蔺相如列传》。和璧，即前之"和璞"。抗节，指坚持高尚的志气节操。

⑧"白如"几句：李善注引王逸《正部论》："或问玉符，曰：'赤如鸡冠，黄如蒸栗，白如猪肪，黑如纯漆，玉之符也。'"又引《通俗文》曰："脂在腰曰肪。"

⑨侧闻：从旁闻知，表示曾有所闻的谦辞。斯：此。

⑩"虽德"二句：指缺乏君子的美德，没有诗人的高义。这是曹丕的自谦之辞。

⑪"高山"二句：语出《诗经·小雅·车辖》："高山仰止，景行行止。"
　景行，大路。行，走。仰，仰望。

⑫良比：能比。

⑬副：符合，相称。

【译文】

　　曹丕禀白：良玉可以比喻君子的美德，珪璋被诗人所赞美。晋国的垂棘、鲁国的玙璠、宋国的结绿、楚国的和璞，都价值超越万金，昂贵重于都城，不仅为前人所称道，而且声誉流传后世。因此垂棘宝璧自晋国送出，虞国、虢国就被晋国双双灭掉；和氏宝璧进入秦国，蔺相如就显现出坚持志气节操的高尚品格。我曾私下见到玉书称颂美玉：洁白犹如拦腰截断的脂肪，墨黑好比纯粹的土漆，鲜红好似雄鸡的鸡冠，蜡黄如同蒸熟的板栗。我是从旁闻知这样的说法，并未目睹那些美玉的状态。我虽然缺乏君子的美德，也没有诗人的高义，但我私下对美玉的仰慕之情，就像敬仰高山、向往广阔的大道一样。但这四种宝玉缥缈隐约已远不可及，秦、汉以来不曾听说有比得上四宝的美玉。我多年求取，但没有碰到过真正的美玉，由于私下的愿望没有实现，渴望求取的急切心情，即使用如饥似渴来形容也未必与我的心情相称。

　　近日南阳宗惠叔①，称君侯昔有美玦②，闻之惊喜，笑与抃会③。当自白书，恐传言未审④，是以令舍弟子建⑤，因荀仲茂⑥，时从容喻鄙旨⑦。乃不忽遗，厚见周称⑧。邺骑既到⑨，宝玦初至，捧匣跪发，五内震骇⑩，绳穷匣开，烂然满目。猥以蒙鄙之姿⑪，得睹希世之宝⑫。不烦一介之使，不损连城之价，既有秦昭章台之观，而无蔺生诡夺之诳⑬。嘉贶益腆⑭，敢不钦承⑮。谨奉赋一篇，以赞扬丽质⑯。丕白。

【注释】

①南阳:地名。今属河南。

②君侯:汉以后对达官贵人的敬称。锺繇时任大理之职,故以称之。玦(jué):古玉器名。环形,有缺口。

③抃(biàn):鼓掌,表示欢欣。

④审:确实。

⑤子建:曹植,字子建。

⑥荀仲茂:李善注引《荀氏家传》:"荀宏,字仲茂,为太子文学。"

⑦从容:舒缓,不急迫。

⑧周称:周到的称颂。李善注:"周称,谓繇书也。"

⑨邺骑既到:李善注:"繇在邺城,太子(指曹丕)在孟津也。"

⑩五内:即五脏。

⑪猥(wěi):谦辞,犹言"辱"。蒙鄙:愚鄙。姿:指资质。

⑫希:少,罕有。

⑬"不烦"几句:一介之使,指蔺相如持璧出使秦国。不损连城之价,指秦国表示愿意拿十五个城换取和氏璧。秦昭章台之观,指秦昭王在章台宫观赏和氏璧。无蔺生诡夺之诳,指没有发生蔺相如以诡计夺取和氏璧的欺诈事件。按,这里曹丕并非贬低蔺相如的品格,而是借此赞许锺繇的通情达理成全自己的心愿。

⑭贶:赐予。益:同"溢",指满盛。腆(tiǎn):丰厚,美好。

⑮钦承:敬受。

⑯丽质:美质。这里指宝玦。

【译文】

近日南阳的宗惠叔,称道君侯昔日曾得到过美玦,听到这个消息我深感惊喜,喜笑颜开与拍手称快交集在一起了。本当亲自来信禀白,但恐怕传闻之言未必确实,因此叫舍弟子建,随同荀仲茂,在适当的时候顺便晓喻鄙人的旨意。鄙意竟然不被您所疏忽遗弃,并得到您优厚、周全的称颂。邺城的专骑到达之后，宝玦刚刚送到之时，我捧着宝匣跪着准备打开，心情激动得好像五脏都在震荡，绳已解尽宝匣打开，光辉灿烂琳琅满目。以我愚鄙的资质，得以目睹稀世的珍宝。不劳烦一位使者，不损失一连串城市换取宝玉的代价，既能享有秦昭王在章台宫观赏宝玉那样的乐趣，又没有发生像蔺相如那样用诡计夺取宝玉的欺诈事件。您嘉美的赐予满盛丰厚，岂敢不恭敬接受。郑重敬奉赋作一篇，以此赞扬宝玦的美质。曹丕禀白。

曹子建

见卷第十九《洛神赋》作者介绍。

与杨德祖书一首

【题解】

本文是一篇书信体的文艺论文，信中曹植谈了他对文学创作和文学评论的一些见解。他认为作家要有自知之明，要善于扬长避短，要虚心修改自己的文章，文学评论家应具备很高的水平，不能只凭主观的好恶、断章摘句地妄加评论。又认为"街谈巷说，必有可采"，较重视民间文学。这些见解，都是可贵的。本文据作者自述，是二十五岁时所写，当为建安二十一年，即 216 年。

本文气势豪放飘逸，论断简明有力，语言率直恳切，时时披露情怀，颇具书信体论文的特点。

杨德祖，即杨修。为人博学多才，机智过人，颇得曹氏父子的赏识。他曾极力为曹植谋求太子之位，曹操立曹丕为太子后，恐家庭内乱，借故把他处死。

　　植白：数日不见，思子为劳①，想同之也。仆少小好为文章，迄至于今，二十有五年矣；然今世作者，可略而言也。昔仲宣独步于汉南②，孔璋鹰扬于河朔③，伟长擅名于青土④，公幹振藻于海隅⑤，德琏发迹于此魏⑥，足下高视于上京⑦。当此之时，人人自谓握灵蛇之珠⑧，家家自谓抱荆山之玉⑨。吾王于是设天网以该之⑩，顿八纮以掩之⑪，今悉集兹国矣。然此数子，犹复不能飞轩绝迹⑫，一举千里。以孔璋之才，不闲于辞赋⑬，而多自谓能与司马长卿同风⑭，譬画虎不成反为狗也⑮。前书嘲之，反作论盛道仆赞其文。夫锺期不失听⑯，于今称之，吾亦不能忘叹者⑰，畏后世之嗤余也⑱。

【注释】

①劳：辛劳。这里指思念的深切。

②仲宣：王粲，字仲宣。独步：指超群出众。这里可理解为独步领先，一时无双。汉南：《尔雅·释地》："汉南曰荆州。"王粲曾在荆州依靠刘表，故云。

③孔璋：陈琳，字孔璋。鹰扬：语出《诗经·大雅·大明》："维师尚父，时维鹰扬。"指像雄鹰飞举一般，比喻超越同辈。河朔：指黄河以北的地区。陈琳曾在冀州任袁绍的记室，故云。

④伟长：徐幹，字伟长。擅：独揽。青土：徐幹居北海郡，属《尚书·禹贡》之青州，故云青土。青州，约在今山东及辽宁两省的部分地区。

⑤公幹：刘桢，字公幹。振藻：显扬辞藻。这里指显扬文名。海隅：海边。刘桢是东平宁阳人（今山东宁阳南），春秋时期属齐国，靠海边，故云。

⑥德琏：应场，字德琏。发迹：显身扬名。此魏：应场是南顿（今河

南项城北)人,近许都(今河南许昌),且曾为曹操丞相掾属。曹
操在建安十八年(213)年被封为魏公,建安二十一年(216)进封
魏王。故称此魏。

⑦足下:敬称。这里指杨修。高视:傲视。形容气概不凡。上京:
京师的通称。这里指洛阳。杨修是太尉杨彪之子,一直居住在
京师,故云。

⑧灵蛇之珠:即指随侯之珠。

⑨荆山之玉:即指楚国的和氏玉璧。

⑩吾王:指曹操。天网:语出《老子》七十三章:"天网恢恢,疏而不
漏。"该:兼收。这里指全部网罗在内。

⑪顿:整顿,整理。八纮(hóng):八方极边远的地区。纮,绳。地有
八方,故用八纮。掩:关闭。这里指网罗人才。

⑫轩:飞翔,飞举貌。

⑬闲:精熟。

⑭多:常常。司马长卿:即西汉著名辞赋家司马相如。同风:同一
风格,同一流派。

⑮画虎不成反为狗:语出马援《诫兄子严敦书》:"所谓画虎不成反
类狗也。"意指好高骛远反而一事无成。

⑯锺期不失听:锺子期善于听出音乐的意思,从不失误。

⑰忘:胡克家《文选考异》曰:"袁本、茶陵本'忘'作'妄',云善作
'忘'……忘,但传写误,《魏志》注引《典略》亦作'妄'。"妄,胡乱,
随便。

⑱嗤(chī):讥笑。

【译文】

曹植禀白:数日不见,非常思念先生,想必您也同样地思念我。我
从小爱写文章,至今已有二十五年了;对当今的作者,也可大略地加以
评议。以前刘仲宣在汉南独步领先一时无双,陈孔璋在河朔高飞远扬

一如雄鹰,徐伟长在青土独揽名声,刘公幹在海边显耀文才,应德琏在魏地显身扬名,先生在京都傲视群伦。这时候,人人自以为掌握了灵蛇的宝珠,家家自以为怀抱有荆山的宝玉。我父王于是设置天网来收罗人才,整顿八方边远之地来招纳才士,如今已全部汇集在我国了。但这几位才士,尚不能高飞入云不见踪影,还达不到一飞千里的境界。以陈孔璋的才能而言,他不精熟辞赋,却常常自以为能与司马长卿同属一流,这就像画虎不成功反而画成了狗。我以前曾写信嘲笑他,他反而写文满口称我赞赏他的辞赋。锺子期听琴从来不会错失琴曲的旨趣,对此人们至今还加以称颂,我也不能妄加叹赏,畏惧为此而招致后世的人们对我的讥笑。

　　世人之著述,不能无病。仆常好人讥弹其文^①,有不善者,应时改定。昔丁敬礼常作小文^②,使仆润饰之。仆自以才不过若人^③,辞不为也。敬礼谓仆:"卿何所疑难?文之佳恶,吾自得之,后世谁相知定吾文者邪^④?"吾常叹此达言,以为美谈。昔尼父之文辞,与人通流,至于制《春秋》,游、夏之徒乃不能措一辞^⑤。过此而言不病者,吾未之见也。

【注释】

①讥弹:讥刺批评。

②丁敬礼:即丁廙(yì),字敬礼。为人博学多闻。其兄为丁仪。丁氏兄弟与杨修都是曹植的好友,曾谋划拥立曹植为魏太子,曹丕即位后,被杀。

③若人:那人。指丁敬礼。

④邪:语气助词,表疑问。

⑤"昔尼父"几句:《史记·孔子世家》曰:"(孔子)文辞有可与共者,

弗独有也。至于为《春秋》，笔则笔，削则削，子夏之徒不能赞一辞。"尼父，孔子的敬称。李善注引《礼记》，鲁哀公曾呼孔子为"尼父"。子夏，孔子的弟子，以文学著称。措一辞，即赞一辞。措，通"错"，夹杂之意。

【译文】

当今人们的著作论述，不可能没有毛病。我常常喜欢请他人来讥刺批评我的文章，有不完善的地方，及时改定。以前丁敬礼曾经写短小的文章，让我润饰，我自以为才学并不比他高明，推辞而不肯修改。敬礼对我说："您有什么好疑难的呢？文章的好坏，我自己明白，后世的人们有谁知道我的文章经他人改定过？"我曾感叹这是通达的言论，以此为美谈。从前孔子的文辞，曾与他人沟通交流，至于孔子编写《春秋》，即使是孔子的高足子游、子夏之辈，也不能多加一句话。除了《春秋》而说文章没有毛病的，我还未曾见过。

　　盖有南威之容①，乃可以论其淑媛②，有龙泉之利③，乃可以议其断割。刘季绪才不能逮于作者④，而好诋诃文章⑤，掎摭利病⑥。昔田巴毁五帝、罪三王、呰五霸于稷下⑦，一旦而服千人。鲁连一说，使终身杜口⑧。刘生之辩，未若田氏，今之仲连，求之不难，可无息乎？人各有好尚⑨，兰茝荪蕙之芳⑩，众人所好，而海畔有逐臭之夫⑪；《咸池》《六茎》之发⑫，众人所共乐，而墨翟有非之之论⑬，岂可同哉！

【注释】

①南威：又叫南之威，古美女名。《战国策·魏策》："晋文公得南之威，三日不听朝，遂推南之威而远之曰：'后世必有以色亡其国者。'"

②淑：美善。媛：美女。

③龙泉：即龙渊，古代宝剑名。《史记·苏秦列传》苏秦说韩王曰：
　韩之剑戟"龙渊、太阿，皆陆断牛马，水截鹄雁"。

④刘季绪：李善注引挚虞《文章志》曰："刘表子，官至乐安太守，著
　诗、赋、颂六篇。"逮：及。

⑤诋诃（dǐ hē）：诋毁呵斥。

⑥掎摭（jǐ zhí）利病：以断章取义的方式挑剔文章的弊病。掎，《说
　文解字》："偏引也。"摭，摘取。掎摭即片面摘引之意，亦即断章
　取义之意。利病，据上文"好诋诃文章"，下文"田巴毁五帝、罪三
　王、訾五霸"之意而言，当为偏义复词，偏指弊病。

⑦田巴：战国时期齐国的辩士。五帝：黄帝、颛顼、帝喾、帝尧、帝
　舜。三王：夏禹、商汤、周文王或周武王。訾（zǐ）：同"呰"，毁谤。
　五霸：齐桓公、晋文公、秦穆公、楚庄王、宋襄公。稷下：指战国齐
　都城临淄西门稷门附近地区。齐威王、宣王曾在此建学官，广招
　文学游说之士讲学议论，成为各学派活动的中心。

⑧"鲁连"二句：《史记·鲁仲连列传·正义》引《鲁仲连子》说，鲁仲
　连去见田巴，指摘他在敌军压境，国家危亡的时刻，发表这些议
　论，不能拯救国家，因此请他闭口。田巴果然闭口不言了。鲁
　连，即鲁仲连，战国时期著名的义士。杜口，闭口。杜，杜绝。

⑨好尚：爱好。

⑩兰、茞（chǎi）、荪、蕙：均为香草名。

⑪逐臭之夫：《吕氏春秋·孝行览》曰："人有大臭者，其亲戚、兄弟、
　妻妾、知识无能与居者，自苦而居海上。海上人有说其臭者，昼
　夜随之而弗能去。"

⑫《咸池》：黄帝乐舞名。《六茎》：颛顼乐舞名。发：发出。这里指
　演奏。

⑬非之：墨子反对音乐，有《非乐》篇，所以"非之"即指"非乐"。

【译文】

有南威的绝色容颜，才可以议论他人是否美貌；有龙泉宝剑的锋利，才可以议论其他的宝剑是否锋利。刘季绪的才学比不上那些作者，却爱好诋毁贬抑他人的文章，以断章取义的方式挑剔文章的弊病。以前田巴在稷下诋毁五帝、怪罪三王、诽谤五霸，一个早上而使千人折服。鲁仲连一番说辞，使田巴终身闭口不言。刘生的辩才，还比不上田巴，当今的鲁仲连，不难求得，他还能不闭口吗？人们各有所爱好，兰草、苣草、荪草、蕙草的芳香，为众人所爱好，但海边却有追逐身有奇臭的人；《咸池》《六茎》古乐的演奏，为众人所共同喜爱，但墨子却有非难音乐的言论，人们的好恶哪能完全相同呢？

今往仆少小所著辞赋一通相与①。夫街谈巷说②，必有可采；击辕之歌③，有应《风》《雅》④；匹夫之思⑤，未易轻弃也。辞赋小道，固未足以揄扬大义，彰示来世也。昔扬子云先朝执戟之臣耳⑥，犹称壮夫不为也⑦。吾虽德薄，位为蕃侯⑧，犹庶几勠力上国⑨，流惠下民，建永世之业，留金石之功⑩，岂徒以翰墨为勋绩⑪，辞赋为君子哉？若吾志未果，吾道不行，则将采庶官之实录⑫，辩时俗之得失，定仁义之衷⑬，成一家之言，虽未能藏之于名山，将以传之于同好⑭。非要之皓首⑮，岂今日之论乎？其言之不惭，恃惠子之知我也⑯。明早相迎，书不尽怀。植白。

【注释】

①今往：现在送去。一通：可指一篇、一卷或一册。从头至尾称一通。相与：相赠。

②街谈巷说：指民间传说。《汉书·艺文志》曰："小说家者流，盖出

于稗官。街谈巷语、道听途说者之所造也。"曹植之语本此。

③击辕之歌：拍击车辕而唱歌，指民间即兴吟唱的歌谣。李善注引崔骃曰："窃作颂一篇，以当野人击辕之歌。"植语本此。

④应：应合。《风》《雅》：指《诗经》中的《风》诗与《雅》诗。

⑤匹夫：平凡的个人。思：情思。

⑥扬子云先朝执戟之臣：扬雄曾做过给事黄门郎，为皇帝的低级侍从官。执戟之臣，持戟的臣下。泛指地位低下的宫廷执勤小官。

⑦壮夫不为：扬雄《法言》曾说辞赋是："雕虫篆刻，壮夫不为也。"

⑧蕃侯：诸侯之国的分封，其主要作用是作为王室的屏障，因此诸侯又可称为蕃侯。蕃，指藩篱，屏障。

⑨庶几：希望。勠力：尽力。

⑩留金石之功：金，指钟鼎之属。石，指碑碣之类。古代纪颂功德，均将事迹铭刻在铜鼎或石碑之上，以长期流传后世。

⑪徒：仅。翰墨：笔墨。这里借指文章。翰，毛笔。

⑫庶：《三国志·魏书·陈思王植传》作"史"。注是。

⑬衷：正。

⑭"成一家"几句：语本司马迁《报任安书》："仆诚以著此书，藏之名山，传之其人。"同好，这里指志同道合的人。

⑮要之皓首：约定与您保持友谊直至白头。指交情深厚。要，约请，邀请。

⑯惠子之知我：惠子，即惠施，是战国中期著名的思想家，善于论辩，他是庄子的朋友，但也是与庄子论辩的老对手。他死后，庄子感慨说，惠子死后，就没有论辩的对象了。曹植这句话，是以惠子比杨修，以庄子比自己。

【译文】

现在送去我少年时候所著的辞赋一卷，特此相赠。流传于街头巷尾的民间传说，一定有可采之处；拍击车辕即兴所唱的民歌，有的能应合《风》诗与《雅》诗；凡夫俗子所流露的情思，也不能简单地轻易丢弃。辞赋这小玩意，本来就不足以显扬大义，对后世不会有明显的影响。过去辞赋家扬子云不过是先朝执戟的低级官吏罢了，他还自称大丈夫不写作辞赋。我虽然品德浅薄，地位只是藩侯，还希望尽力报效上国，对下民传布君王的恩惠，建立永世不灭的功业，流传金铭石刻的丰功伟绩，难道仅仅以写文章作为功业，以写辞赋成为君子吗？如果我的志向不能实现，我的道德理想不能实行，那么我将采选史官的实录，辨别时代风俗的得失，确定仁义的准则，写成自成一家的著作，虽然不能藏在名山，也将在志同道合的人们之间流传。不是与您约定做白首到老的挚友，哪会有今天的一番议论？书信之所以畅所欲言不自感惭愧，是倚仗您像惠子深知庄子哪样地了解我。明天一早恭候相迎，书信不能尽诉胸中之意。曹植禀白。

与吴季重书一首

【题解】

　　本文是曹植写给文友吴质的一封信。吴质曾任朝歌令，治朝歌四年，政绩显著，所以曹植信中说："闻足下在彼，自有佳政。"而吴质在回信中也说："质四年，虽无德与民，或歌且舞。"吴质在朝歌的第四年为建安二十一年(216)，本文当作于此时。

　　曹植在建安十九年(213)封临淄侯，时年二十三岁。二十三岁至二十五岁这几年，是曹植最春风得意的时期。他才华出众，深得曹操的宠爱，很有可能被立为太子。所以在信中，虽然有不少的篇幅是赞许吴质的才能，显示对吴质的友情，但更主要的是显露他自己少年得志的豪情壮怀。本文辞采华茂，想象丰富，抒情的成分很浓，作者诗人的气质、浪漫的情思、饱满的热情与慷慨豪放的情怀都得到了淋漓尽致的表现，是曹植散文的代表作之一。

　　植白：季重足下①，前日虽因常调②，得为密坐③，虽燕饮弥日④，其于别远会稀，犹不尽其劳积也⑤。若夫觞酌凌波于前⑥，箫笳发音于后⑦，足下鹰扬其体⑧，凤叹虎视⑨，谓萧、曹不足俦⑩，卫、霍不足侔也⑪。左顾右盼，谓若无人，岂非吾子壮志哉！过屠门而大嚼⑫，虽不得肉，贵且快意。当斯之时，愿举太山以为肉，倾东海以为酒，伐云梦之竹以为笛，斩泗滨之梓以为筝；食若填巨壑，饮若灌漏卮⑬。其乐固难量，岂非大丈夫之乐哉？

【注释】

①季重：吴质，字季重。足下：书信常用的敬称。

②常调：按常规迁选官吏。

③密坐：近坐。密，靠近。

④燕：通"宴"。弥：终。

⑤劳积：指久积于心的深切思念。劳，忧劳。这里指过分思念，深切思念。

⑥觞酌凌波：据吴质的《答东阿王书》"临曲池而行觞"，可知即是曲水流觞。凌波，波涛。

⑦笳（jiā）：古管乐器，本胡人所制，故又称"胡笳"，其声悲凉，汉魏鼓吹乐中常用之。

⑧鹰扬其体：指神气高扬。鹰扬，语出《诗经·大雅·大明》"时维鹰扬"。本指鹰的高飞。体，指体气。这里指精神气概。

⑨凤叹虎视：《曹子建集》作"凤观虎视"。据下文"左顾右盼"，"叹"当作"观"，意谓双目炯炯顾盼有神，一如凤之观虎之视。

⑩萧、曹：指汉高祖刘邦的贤臣萧何、曹参。俦：匹。

⑪卫、霍：指汉武帝刘彻的名将卫青、霍去病。侔：同。

⑫过屠门而大嚼：好像经过屠户之门而大口咀嚼，虽然没实际吃到肉，但也能感受到肉的美味。桓谭《新论》："人闻长安乐，则出门西向而笑；知肉味美，对屠门而大嚼。"这里指吴质意气风发所显露的宏伟志向给人以极大的精神满足。

⑬"愿举"几句：指由宴饮欢聚而激发出来的豪情壮志。太山，即泰山。云梦，泽名。在今湖北境内。泗滨，泗水之滨。泗水，源出山东泗水县陪尾山，经清河入淮。巨壑，即大壑，指大海。《庄子·天地》："夫大壑之为物也，注焉而不满，酌焉而不竭。"漏卮（zhī），漏底的酒器。

【译文】

曹植禀白：季重先生，前些日子虽因常规迁选，得以成为近坐，虽然一起终日宴饮，但对你我别久会少的情况而言，还不能完全解除我积久思念的心结。至于在前有曲池流觞，后有箫笳奏乐之际，先生神气昂扬，一如雄鹰飞举，双目炯炯顾盼有神，一如凤观虎视，可谓萧何、曹参不足以匹配，卫青、霍去病不足以等同。您当时左顾右盼，旁若无人，这难道不是先生宏伟志向的体现么？这一切使我在精神上得到极大的满足，就好像是经过屠户之门而大口咀嚼，虽然不得肉食，但贵在深感快意。当此之时，我但愿高举泰山以为肉，倾倒东海以为酒，砍伐云梦之泽的竹子来做笛，斩伐泗水之滨的梓木来做筝；食肉好像填入广阔的海洋，饮酒犹如灌注无底的酒器。那样的快乐本是难以估量，这难道不是大丈夫的快乐吗？

然日不我与，曜灵急节①，面有逸景之速②，别有参商之阔③。思欲抑六龙之首④，顿羲和之辔⑤，折若木之华⑥，闭濛汜之谷⑦。天路高邈⑧，良久无缘。怀恋反侧⑨，如何如何⑩！

【注释】

①曜灵:指太阳神。急节:指加快车子运行的节度。

②面:晤面,会面,相会。逸景:指飞逝的日影。景,同"影"。

③参(shēn)商:皆星名。参星出现商星没落,商星出现参星没落,
　两星此起彼落,不相遇。借此喻朋友相遇之难。

④抑:控制。六龙:古代神话传说,日神以六龙驾车。

⑤顿:顿住,停住。羲和:日神。辔:马缰绳。

⑥折若木之华:语本屈原《离骚》:"折若木以拂日兮,聊逍遥以相
　羊。"意思是说攀折若木的花枝以拂止落日。若木,古代神话中
　的树名。生于昆仑山,其花赤色有光下照于地。华,古"花"字。

⑦濛汜(sì)之谷:传说中的日落之处。汜,水边,水涯。谷,水注入
　之所曰谷。

⑧天路:上天之路。上天是为了留住日神西去,以挽回时间。

⑨反侧:辗转。身体翻来覆去。形容忧思不寐,卧不安席。这里指
　因思念深切而辗转不息。

⑩如何如何:即奈何奈何。语出《诗经·秦风·晨风》:"如何如何,
　忘我实多。"

【译文】

　　然而光阴并不等待我们,日神加快了车子运行的节度,短暂的会面
随着迅速飞逝的日影而即将过去,长久的阔别犹如参星与商星一般不
能相遇。我想按捺六龙的脑袋,收住羲和的缰绳,折断若木的花枝以拂
止落日,封住濛汜的谷口以防止日入。但上天的路程又高又远,实在找
不到登天的机缘。怀恋思念之情令我辗转不息,只能徒唤奈何奈何!

　　得所来讯①,文采委曲②,晔若春荣③,浏若清风④,申咏
反覆⑤,旷若复面⑥。其诸贤所著文章,想还所治⑦,复申咏
之也,可令憙事小吏讽而诵之⑧。夫文章之难,非独今也;古

之君子,犹亦病诸⑨。家有千里,骥而不珍焉;人怀盈尺,和氏无贵矣⑩。夫君子而不知音乐⑪,古之达论谓之通而蔽⑫。墨翟不好伎,何为过朝歌而回车乎⑬?足下好伎,值墨翟回车之县⑭,想足下助我张目也⑮。又闻足下在彼,自有佳政。夫求而不得者有之矣,未有不求而得者也。且改辙易行,非良、乐之御;易民而治,非楚、郑之政⑯,愿足下勉之而已矣。

【注释】

①讯:音讯。指书信。

②委曲:指委婉有致。

③晔(yè):光润。荣:花。《尔雅·释草》:"木谓之华,草谓之荣。"

④浏:清朗,清爽。

⑤申咏:即呻咏,吟咏。这里指诵读。

⑥旷:明。复面:再次见面。

⑦所治:指所治理的地区。时吴质为朝歌令,故李善注云"谓朝歌也"。

⑧憙(xǐ)事:这里指爱好文章。憙,同"喜"。讽而诵之:指能凭记忆朗诵文章。《周礼·大司乐》注:"倍(背)文曰讽,以声节之曰诵。"

⑨病诸:对写文章之难也感到头痛。病,忧患,头痛。诸,之乎。

⑩"家有"几句:意谓家家都有千里马,良马便不值得珍爱了;人人都有盈尺璧,和氏璧便不值得贵重了。但家家有千里马,人人有盈尺璧是不可能的事,这一点作者在《与杨德祖书》中说得很明确:"当此之时,人人自谓握灵蛇之珠,家家自谓抱荆山之玉……然此数子,犹复不能飞轩绝迹,一举千里。"再结合上文"文章之难"的一段意思,可见作者的本意是指过于看重自己文章的风气

要不得,借此要求吴质对诸贤与自己的作品提出宝贵的批评意
见。骥,良马。盈尺,指径满一尺的璧玉。和氏,指楚国的和
氏璧。

⑪不知音乐:原无"不"字,据《曹子建集》增补。

⑫达论:通论,即通常的议论。通而蔽:虽然通达事理,但仍有所
蒙蔽。

⑬"墨翟"二句:墨子主张"非乐",故闻地名朝歌而回转车子。伎,
伎乐。

⑭值:正当,适值。

⑮张目:张大纲目。这里引申为宣扬。指宣扬曹植的君子应该懂
得音乐的主张。

⑯"且改辙"几句:此是曹植劝吴质不要着急改换朝歌令的职位。
改辙,改变车轮的轨迹。这里借指吴质想改变朝歌令的职位。
良、乐,指王良、伯乐,都是古代著名相马、驭马的专家。易民而
治,指改变人民而治理。《战国策·赵策》载赵造谓赵王曰:"臣
闻之,圣人不易民而教,智者不变俗而动。"非楚、郑之政,李善注
引《史记》:"循吏,楚有孙叔敖,郑有子产,而二国俱治,是不易之
民也。"

【译文】

得到您寄来的书信,文章辞采委婉有致,像春花一样的光润,像清
风一样清爽,反复诵读,分明像再次见面一样。那诸位贤士所写的文
章,想必您在返回治地朝歌之后,将再次吟咏,可叫喜爱文章的小吏背
诵朗读这些文章。写作文章的艰难,不是唯独今人深有感受,就是古代
的君子,对此也感到头痛。可是时下文人的风气却是:家家自以为有千
里之马,而对著名的良马不加珍惜;人人自以为有盈尺之璧,而对和氏
的宝璧不加贵重。作为君子而不懂得音乐,古代通常认为那样的人虽
然通达事理但仍有所蒙蔽。墨子自己不爱好伎乐,为什么要在路过朝

歌的时候叫车子回头呢？您爱好伎乐，又正在使墨子回车的朝歌县任职，想来您一定会帮助我宣扬我的观点的。又听说您在朝歌，很有政绩。想追求而得不到的情况是有的，但不追求而自然得到的情况是没有的。况且想改变轨迹而奔驰，不是王良、伯乐驭马的方法；想改变人民而治理，不是楚国、郑国的治理方针。希望您勉力从事治理朝歌吧。

　　适对嘉宾，口授不悉①，往来数相闻。曹植白。

【注释】

①口授：指书信由曹植口授侍从记录而成。不悉：指不能完全表达本人的意思。

【译文】

　　适逢嘉宾在座，这封信是口授的，表达的意思不一定完备，愿多多往来，互通音讯。曹植禀白。

吴季重

　　见卷第四十《答魏太子笺》作者介绍。

答东阿王书一首

【题解】

　　本文是作者回复曹植《与吴季重书》的一封书信，因此必须先读前信，才能更深切地体会此信。作者的回信主要内容有四点：其一，对曹植的礼贤下士倍加推崇，认为曹植可与平原君、孟尝君、信陵君相比美，而同时又自叹无毛遂之才、冯谖之功、侯生之德，以示谦虚。其二，慎重申明因彼此地位身份的不同,曹植的豪情壮志不是自己所能企及,明显地反映了作者对曹氏兄弟争夺王权的斗争持明哲保身的态度。其三,对曹植与众贤的作品,表示不同程度的赞赏。其四,向曹植提出了改变自己朝歌令职务的要求,希望进一步得到提升与重用,以便更好地发挥自己的才能,并为曹植效劳。从表面来看,作者的明哲保身与其谋求重用是前后矛盾的,但实质上并不矛盾,因为两者都符合作者自身的利益。

质白:信到。奉所惠贶[①],发函伸纸,是何文采之巨丽,而慰喻之绸缪乎[②]!夫登东岳者,然后知众山之逦迤也[③];奉至尊者[④],然后知百里之卑微也[⑤]。

【注释】

①奉:捧。惠贶(kuàng):惠赐。这里指惠赐的书信。

②喻:问。绸缪:紧密缠绕。引申为情意深厚。

③逦迤(lǐ yǐ):此指山势低矮平缓。刘良注:"逦迤,小而相连貌。"

④至尊:最尊贵的人。这里指曹植。

⑤百里:县令。因县令管辖方圆百里之地。当时吴质为朝歌令,故借此自称。

【译文】

吴质禀白:来信收到。敬捧惠赐的书信,开启信函,展开信纸,文采是何等的瑰丽,而慰问又是何等的情意深厚!只有登上东岳泰山的人,然后才知道众山的低矮平缓;只有事奉过地位最尊贵的人,然后才知道管辖百里之地县令的卑微。

自旋之初[①],伏念五六日[②],至于旬时[③],精散思越[④],惘若有失⑤。非敢羡宠光之休⑥，慕猗顿之富⑦，诚以身贱犬马，德轻鸿毛。至乃历玄阙，排金门，升玉堂⑧，伏虚槛于前殿⑨，临曲池而行觞⑩，既威仪亏替⑪，言辞漏渫⑫。虽恃平原养士之懿⑬，愧无毛遂耀颖之才⑭；深蒙薛公折节之礼⑮，而无冯谖三窟之效⑯；屡获信陵虚左之德⑰，又无侯生可述之美⑱。凡此数者，乃质之所以愤积于胸臆，怀眷而悒邑者也⑲。

【注释】

①旋：回转，返回。

②伏：旧时下对上的敬称。略相当于"在下"。

③旬时：十日。

④越：消散。

⑤惘（wǎng）：失意的样子。

⑥宠光：指由特加恩宠而得的荣耀。休：美。

⑦猗顿：战国时的大富商。《孔丛子·陈士义》："猗顿，鲁之穷士也……大畜牛羊于猗氏之南，十年之间，其滋息不可计。赀拟王公，驰名天下。以兴富于猗氏，故曰猗顿。"

⑧"至乃"几句：此指进入曹植的王府。玄阙，玄武阙。李善注引《三辅旧事》："未央宫北有玄武阙。"金门、玉堂，指汉代的金马门、玉堂殿。此以玄阙、金门、玉堂代指曹植的王府。

⑨伏虚槛（jiàn）：俯伏在雕空的栏杆上。虚，洞孔。《淮南子·氾论训》高诱注："虚，孔窍也。"

⑩临曲池而行觞：指引水环曲成池，在上流放置酒杯顺流而下，酒杯停止在谁的面前，谁即取饮赋诗，众人借以取乐。又叫曲水流觞。行，即"流"。

⑪亏替：亏缺衰败。

⑫漏：通"陋"，指简陋。渫（xiè）：污浊。

⑬平原：平原君赵胜。战国时期赵国人，以养士著名，是活跃在政治舞台上的"战国四公子"之一。

⑭毛遂耀颖：此用"毛遂自荐"之典，比拟过人的才干。《史记·平原君列传》载，秦围赵都邯郸，赵欲向楚求救，平原君准备带领门客中文武具备者二十人前往。得十九人，余无可取，门下客毛遂因而自荐。"平原君曰：'夫贤士之处世也，譬若锥之处囊中，其末立见。今先生处胜之门下三年于此矣，左右未有所称诵，胜未有所闻，是先生无所有也。先生不能，先生留。'毛遂曰：'臣乃今日请处囊中耳，使遂蚤得处囊中，乃颖脱而出，非特其末见而已。'平原君竟与毛遂偕。"毛遂，人名。战国时赵平原君门客。

⑮薛公：孟尝君田文。战国时期齐国人，"战国四公子"之一，以养士著称。因曾封于薛地，故又称薛公。折节：屈己下人。这里指孟尝君的门下客冯谖曾三次提出要求，即食鱼、乘车与奉养老母，孟尝君都答应了。

⑯冯谖（xuān）三窟之效：冯谖是孟尝君的门客，贫而有智谋。他为孟尝君制订了狡兔三窟的策略：其一，替孟尝君去薛地收债，而烧毁债券，为孟尝君"市义"，使孟尝君深得民心；其二，在孟尝君被齐王猜忌罢相后，为孟尝君出使梁国，让梁惠王空出相位，并派遣使者重金聘请孟尝君，以此迫使齐王迎回孟尝君，恢复其相位；其三，请求将齐国先王的祭器运往薛地，并在薛地建立齐国先王的宗庙，以确保薛地安全，并使孟尝君不致受齐王的迫害。

⑰信陵：信陵君，即魏公子无忌，"战国四公子"之一。以"仁而下士"著称。虚左：空出左边的座位，古制左位为上位。此指信陵君礼待侯嬴。《史记·魏公子列传》："公子于是乃置酒大会宾客。坐定，公子从车骑，虚左，自迎夷门侯生。"

⑱侯生可述之美：此指侯生使信陵君获得美誉的行为。《史记·魏公子列传》载侯嬴毫不客气地坐在马车上位，让信陵君为他驾车，还特意绕道去集市拜访屠户，久立谈话。至信陵君府上又坐于上座，接受信陵君敬酒，"因谓公子曰：'嬴欲就公子之名，故久立公子车骑市中，过客以观公子，公子愈恭。市人皆以嬴为小人，而以公子为长者能下士也。'"侯生，侯嬴。魏国隐士，年七十，家贫，曾为魏都大梁夷门的守门人，得到信陵君礼遇。后献"窃符救赵"之计，并为此自杀殉国。

⑲悁（yuān）邑：同"悁悒"。忧愁郁闷。

【译文】

刚回归朝歌之后，暗自默思了五、六天，直到一旬，精神涣散心思飘荡，心绪怏怏好像有所失落。这并不是敢于美慕您恩宠殊遇的荣耀之美，也不是敢于美慕您有猗顿那样丰厚的财富，实在是因为自身的地位比犬马还要低贱，自己的德行比鸿毛还要轻微。至于经历玄武阙，推开金马门，升上白玉堂，俯伏在前殿的雕栏之上，面临曲池取饮浮动的酒杯，深感己身威仪亏衰，言词简陋污浊。您虽有平原君那样养士用贤的美德，我却自愧没有毛遂脱颖而出的才能；我深深蒙受您像孟尝君对冯谖般的礼遇，但我却没有冯谖三窟之计的报效；我多次获得您像信陵君空出上位礼待侯嬴般的恩德，但我却没有侯生那样使您获得美誉的行为。凡此几个方面，就是我吴质满怀思虑，怀念眷顾而又忧愁郁闷的缘故。

若追前宴，谓之未究①。倾海为酒，并山为肴，伐竹云梦，斩梓泗滨②，然后极雅意，尽欢情，信公子之壮观，非鄙人之所庶几也③。若质之志，实在所天④；思投印释黻⑤，朝夕侍坐，钻仲父之遗训⑥，览老氏之要言；对清酤而不酌⑦，抑嘉肴而不享，使西施出帷，嫫母侍侧⑧。斯盛德之所蹈⑨，明哲之所保也⑩。若乃近者之观,实荡鄙心。秦筝发徽⑪,二八迭奏⑫,埙箫激于华屋⑬,灵鼓动于座右⑭,耳嘈嘈于无闻⑮,情踊跃于鞍马⑯。谓可北慑肃慎,使贡其楛矢⑰,南震百越,使献其白雉⑱,又况权、备⑲,夫何足视乎!

【注释】

①究:穷尽。

②"倾海"几句:这是答曹植信中所言。

③庶几:也许可以。表示希望。

④天:《周易》中乾为天,属阳,可喻指君、父、夫。这里指父。

⑤黻(fú):通"绂",系官印的丝带。

⑥仲父:仲尼,即孔子。

⑦清酤(gū):清酒。

⑧嫫母:相传为黄帝的妃子之一,贤德貌丑。

⑨蹈:蹈籍,指践踏。这里引申为行走。

⑩明哲之所保:语本《诗经·大雅·烝民》:"既明且哲,以保其身。"

⑪秦筝:秦国的拔弦乐器。秦筝所奏之乐以慷慨激昂著称。

⑫二八:古乐舞分为二列,每列八人。

⑬埙(xūn):古代吹奏乐器。多属陶制,故又称陶埙。

⑭灵鼓:李斯《上秦始皇书》:"树灵鼍之鼓。"灵鼍,鳄鱼类,皮可蒙鼓。

⑮耳嘈嘈于无闻:指众音盈耳几乎使听觉丧失。李善注引《埤苍》曰:"嘈嘈,声众也。"

⑯情踊跃于鞍马:指乐声激昂,令人振奋有骑马作战的冲动感。

⑰"可谓北慑"二句:《孔子家语·辩物》载孔子曰:武王克商,肃慎氏贡楛矢、石砮。肃慎,古国名。古代居于我国东北地区。楛(hù),木名。质硬,宜作箭杆。

⑱"南震百越"二句：李善注引《太公金匮》："武王伐殷，四夷闻，各以来贡，越裳献白雉。"百越，对我国古时居住在东南地区各个越族部落的总称。雉，鸟名。俗称野鸡，羽毛色杂。白雉罕见，故珍贵而作贡品。

⑲权、备：指东吴君主孙权与西蜀君主刘备。

【译文】

如果追思前次的宴会，我所说的话意思还没有说尽。如果一定要倾倒东海以为酒，高举泰山以为肉，砍伐云梦之竹以为笛，斩伐泗滨之梓以为筝，然后才算穷风雅之意，尽欢乐之情，这诚然是您公子的豪壮情怀，但并不是鄙人的企望追求。若说我吴质的志愿，实在奉养老父；一心向往舍弃官印，早晚侍奉陪坐，钻研孔子的遗训，观览老子的要言；面对清酒而不取饮，俯视佳肴而不享用，使西施一样的美女退出帷帐，要嫫母一般丑而有德的贤女侍奉身边。这就是盛德者行走的道路，明哲者保全自身的方法。至于不久之前观赏的音乐，确实震荡鄙人的心灵。秦筝起奏，十六人的乐队轮流演奏，陶埙竹箫的声响在华美之屋激昂飞扬，灵鼍之鼓的声响在座位之间轰鸣震荡，众声盈耳似乎听觉失灵，情绪振奋似乎有奔驰赴敌的冲动。说这样的气概可以北服肃慎，使其贡奉楛木之箭，南震百越，使其进献纯白之雉，又何况孙权、刘备，他们有什么值得重视的呢！

还治讽采所著①，观省英玮②，实赋颂之宗③，作者之师也。众贤所述，亦各有志。昔赵武过郑，七子赋诗，《春秋》载列，以为美谈④。质小人也，无以承命；又所答贶，辞丑义陋。申之再三，赧然汗下⑤。此邦之人，闲习辞赋⑥，三事大夫⑦，莫不讽诵，何但小吏之有乎⑧？

【注释】

①治:指治所朝歌县。讽采所著:诵读领会曹植所著的辞赋。采,采纳,领会。

②观省(xǐng):观察。英玮(wěi):这里指精华珍贵的作品。英,精华。玮,珍贵。

③宗:正宗。

④"昔赵武"几句:《春秋左传·襄公二十七年》,赵武与诸侯大夫会,过郑,郑伯享赵武于垂陇,子展等七人跟从。赵武曰:"七子从君,以宠武也,请皆赋诗,以卒君贶;武亦以观七子之志。"子展赋《草虫》,伯有赋《鹑之奔奔》,子西赋《黍苗》之四章,子产赋《隰桑》,子大叔赋《野有蔓草》,叔段赋《蟋蟀》,公孙段赋《桑扈》。《春秋》,这里指《春秋左传》。

⑤赧(nǎn):指因惭愧而脸红。

⑥闲:雅。

⑦三事大夫:三事,即三司,指司徒、司马、司空。大夫,官职之称。《诗经·小雅·雨无正》:"三事大夫,莫肯夙夜。"

⑧但:只。

【译文】

返回治所朝歌,诵读并领会您所写的大作,观览省察作品的精华与珍贵之处,实在是辞赋颂诗的正宗,同代作者的良师。众位贤人所写的作品,也各有志向。从前赵武路过郑国,七子赋诗言志,《春秋左传》列入记载,自古以为美谈。我吴质是小人物,无以承受君命所托,又答复惠书之言,辞义丑陋。君命申告再三,令我羞惭面赤愧汗下流。这里的士人,雅习辞赋,执掌三司的大夫,没有谁不能诵读辞赋,哪里只有小吏才能诵读辞赋?

重惠苦言,训以政事;恻隐之恩,形乎文墨①。墨子回车②,而质四年,虽无德与民,式歌且舞③;儒墨不同④,固以久矣。然一旅之众,不足以扬名⑤;步武之间,不足以骋迹⑥。若不改辙易御⑦,将何以效其力哉? 今处此而求大功,犹绊良骥之足,而责以千里之任⑧;槛猿猴之势,而望其巧捷之能者也⑨。

【注释】

①形乎文墨:在文章中显露出来。形,显露。乎,相当于介词"于"。文墨,文书辞章。

②墨子回车:墨子"非乐",听到"朝歌"的名称就驱车返回。

③"虽无德"二句:《诗经·小雅·车辖》:"虽无德与女,式歌且舞。"本诗是迎娶新娘的婚歌,意谓虽无美德给与您,却希望您能唱歌跳舞欢乐尽兴。作者借此诗意而有所变化,意谓自己虽无美德给予人民,但希望人民唱歌跳舞尽情欢乐。

④儒墨不同:儒家主张以礼乐治国,而墨子主张"非乐"。

⑤"然一旅"二句:借喻朝歌令管辖百里之众,不足以显扬名声。一旅,《春秋左传·哀公元年》"有众一旅",杜预注:"五百人为旅。"

⑥"步武"二句:借喻朝歌令管辖范围狭窄,不足以施展自己的才能。步,秦代以六尺为步,旧制以营造尺五尺为步。武,足迹。

⑦改辙易御:改变车轮碾过的痕迹,变换驾驶的方向。这里借喻作者希望曹植能改变其朝歌令的职务,担任更重要的官职。

⑧"犹绊(bàn)"二句:语本《淮南子·俶真训》:"是犹两绊骐麟,而求其致千里。"绊,拘系。骥,千里马。

⑨"槛猿"二句:语本《淮南子·俶真训》:"置猿槛中,则与豚同;非不巧捷也,无所肆其能也。"槛,关野兽的笼子。这里作动词用。

【译文】

您恩惠深重,苦口良言,以政事相训告;关切眷念的恩情,洋溢在文章之间。墨子闻朝歌之名就回转车身,而我在朝歌任职四年,虽然没有美德给予下民,但希望他们歌舞欢乐;儒家、墨家对音乐的不同主张,本来已有长久的历史了。然而统率五百人的队伍,不足以显扬名声;足迹仅有六尺之宽的空间,不足以驰骋千里。如果不能改变朝歌令的职位,又凭什么来为您效劳呢?如今我处于这样卑微的地位,却要责求我建立大功,就犹如拘系良马之足,却要责求良马完成奔驰千里的任务;又好比用笼子禁锢猿猴,却企望猿猴能充分发挥它的机动敏捷的才能。

　　不胜见恤①,谨附遣白答②,不敢繁辞。吴质白。

【注释】

①见恤:被体恤。

②附:捎带,寄递。遣:派遣,发送。这里指送信的使者。

【译文】

　　不胜感激深蒙体恤,谨以此禀复,由于顺请信使捎带送回,不敢赘言。吴质禀白。

应休琏

见卷第二十一《百一诗》作者介绍。

与满公琰书一首

【题解】

　　本文是作者写给满公琰的一封信。满公琰是满宠之子,当时任为别部司马。由于满公琰职高位尊,且对作者恭敬有礼,前日曾亲自登门拜访,次日又使人召请共游,因而作者在信中恭维满公琰为礼贤下士的信陵君,并追叙宾主宴饮之欢,相会之乐,与依依惜别的深情。最后作者又表示虽然邀约共游的盛会机遇难得,只因有事在身,唯有留憾辞谢。本文言辞恭敬而委婉,表述非常得体,虽是谢绝赴约的书信,却能令对方读之心舒意悦,欣然接受。

应璩书信,主要特点有二:其一,文风舒缓迂徐而文意畅达;其二,善于用典,讲究对偶,注意辞藻的华美与音节的和谐,但又显得从容自在,很少有刻意雕琢的痕迹。

璩白:昨者不遗,猥见照临①。虽昔侯生纳顾于夷门②,毛公受眷于逆旅③,无以过也。

【注释】

①猥(wěi):谦辞。犹言辱、卑下、屈尊。

②侯生纳顾于夷门:侯嬴是战国时魏国大梁夷门的守门人,却得到了信陵君出格的礼遇。

③毛公受眷于逆旅:《史记·魏公子列传》:"公子闻赵有处士毛公藏于博徒,薛公藏于卖浆家,公子欲见两人,两人自匿不肯见公子。公子闻所在,乃间步往从此两人游,甚欢。"逆旅,客舍,犹后来的旅馆。

【译文】

应璩禀白:昨日有幸不被遗忘,您屈尊光临寒舍。即使前人如侯生在夷门被信陵君光顾,毛公在旅馆受到信陵君的眷念,也无以超过您对我的礼遇。

外嘉郎君谦下之德,内幸顽才见诚知己①,欢欣踊跃,情有无量②。是以奔骋御仆③,宣命周求④,阳书喻于詹何⑤,杨倩说于范武⑥，故使鲜鱼出于潜渊⑦，芳旨发自幽巷⑧。繁俎绮错⑨，羽爵飞腾⑩，牙旷高徽⑪，义渠哀激⑫。当此之时，仲孺不辞同产之服⑬，孟公不顾尚书之期⑭。徒恨宴乐始酣⑮，白日倾夕，骊驹就驾⑯，意不宣展。

【注释】

①见诚：被以诚相待。

②无量：无限。

③奔骋御仆：使驾车的车夫仆役纵马奔驰。

④宣命：宣布命令。周求：到处寻求。

⑤阳书喻于詹何：《说苑·政理》："宓子贱为单父宰，过于阳书……阳书曰：'吾少也贱，不知治民之术，有钓道二焉，请以送子。'"喻，晓喻。詹何，古善钓者。这里以詹何喻指"钓道"。按，作者借用此典，意谓晓喻车夫以钓鱼之道，命车夫求得鲜美之鱼待客。

⑥杨倩说于范武：《韩非子·外储说》："宋人有酤酒者，升概甚平，遇客甚谨，为酒甚美，悬帜甚高，然而不售，酒酸。怪其故，问其所知间长者杨倩。倩曰：'汝狗猛耶？'曰：'狗猛则酒何故而不售？'曰：'人畏焉。或令孺子怀钱挈壶瓮而往酤，而狗迎而龁之，此酒所以酸而不售也。'"范武，李善注"未详"。以上文"詹何"喻指善钓者相推，范武当喻指古之善识酒者。盖善识酒者以酒美为重，不嫌狗猛、巷深。按，作者借用此典，意谓告知车夫以识酒之道，命车夫购买美酒以待客。

⑦潜渊：深渊之底。潜，深。引申为深藏。

⑧旨：味美。幽：幽深。

⑨繁俎（zǔ）：繁多的佳肴。俎，砧板，割切鱼肉之用。这里喻指佳肴。绮（qǐ）错：美盛交错。

⑩羽爵：又称羽觞。椭圆形两边有耳的酒杯。《汉书·孝成班倢伃传》"酌羽觞兮销忧"，孟康注："羽觞，爵也。作生爵（雀）形，有头、尾、羽翼。"飞腾：指不断敬酒，开怀畅饮的情态。

⑪牙旷：指俞伯牙、师旷，皆古代著名的琴师。高徽：高妙的演奏。徽，李善注引许慎《淮南子》注："鼓琴循弦谓之徽。"

⑫义渠：古民族名。西戎之一。春秋时立国称王。哀激：悲凉激扬。

⑬仲孺不辞同产之服：李善注引《汉书》："灌夫，字仲孺。夫尝有姊服，过丞相田蚡，蚡从容曰：'吾欲与仲孺过魏其侯，会仲孺有服。'夫曰：'将军乃肯幸临魏其侯，夫安敢以服为辞。'"意谓客人无论如何都要参加。服，这里指丧服。

⑭孟公不顾尚书之期：李善注引《汉书》："陈遵，字孟公。嗜酒好宾客，每取客车辖投井中，虽有急，终不去。尝有部刺史奏事，过遵，值其方饮，刺史候遵沾醉时，突入见遵母，叩头白曰：'当对尚书有期会状。'母乃令刺史从后阁出去。"意谓主人留客不使离去。期，约定的时间。

⑮酣（hān）：酒意正浓。

⑯骊（lí）驹就驾：代指告别。古逸诗有《骊驹》。《汉书·儒林传》："（王）式曰：'闻之于师，客歌《骊驹》，主人歌《客毋庸归》。'"服虔注："逸诗篇名也……客欲去，歌之。"文颖注："其辞云：'骊驹在门，仆夫具存；骊驹在路，仆夫整驾。'"骊驹，纯黑色的少壮骏马。

【译文】

对外而言，我赞赏郎君有对下谦让的美德；对内而言，我私幸自己的顽劣之才被以诚相待引作知己，因而欢欣跃起，激奋之情不可限量。因此叫仆役纵马奔驰，宣布命令叫他到处寻求购置宴饮的佳品。我就像阳书那样地晓喻以詹何的钓鱼之道，让他去寻求鲜鱼；又像杨倩那样地告知以范武的识酒之术，让他去寻求美酒。因而使鲜美的鱼儿从深渊之底钓出,芳香的佳酿从幽深之巷发现。佳肴错杂美盛而繁多,雀形的酒杯飞传在筵席之上,琴声高超美妙,宛如出自伯牙、师旷的演奏,乐声悲凉激扬,一如西戎义渠之国的音乐。处于这样的时刻,客人就像仲儒一样,即使有同胞姊妹的丧事也在所不辞地参加;主人就像盂公一样,即使客人与尚书有预定的约期也在所不顾地留客。只恨宴饮之乐正当酒意始浓之时,白日西倾,黄昏来临,客歌《骊驹》,准备上车,令人心意不能舒展。

　　追惟耿介①,迄于明发②。适欲遣书,会承来命③,知诸君子复有漳渠之会④。夫漳渠,西有伯阳之馆⑤,北有旷野之望;高树翳朝云⑥,文禽蔽绿水⑦;沙场夷敞,清风肃穆。是京台之乐也,得无流而不反乎⑧?适有事务,须自经营⑨,不获侍坐⑩,良增邑邑⑪。因白不悉⑫。璩白。

【注释】

①惟:思。耿介:光大圣明。指满公琰。

②迄:至。明发:天刚亮。语出《诗经·小雅·小宛》:"明发不寐,有怀二人。"

③会:碰上。

④漳渠:地名。名胜游览之地。

⑤伯阳:即老子。

⑥翳(yì):遮蔽。

⑦文:彩色交错。

⑧"是京台"二句:李善注引《淮南子》:"令尹子瑕请饮,庄王许诺。子瑕具于京台,庄王不往,曰:'吾闻京台者,南望猎山,北临方皇,左江右淮,其乐忘归。若吾薄德之人,不可以当此乐也,恐流

而不能自反。'"又引高诱曰:"京台,高台也。方皇,大泽也。"这
里意谓漳渠之游,乐比京台,使人流连忘返。

⑨经营:指筹划营谋。

⑩侍坐:侍奉陪坐。

⑪良:很,甚。邑邑:忧郁不乐貌。

⑫悉:详尽。

【译文】

　　因为追思您光辉圣明的美德,从晚上直至天亮通夜难眠。正想派
人送信,碰上承接您的来命,知道诸位君子又有漳渠之游的聚会。那漳
渠,西有老子所居之舍,北有旷野可供观望;高大茂盛的树林遮蔽了早
晨的云彩,纹彩美丽的鸟群掩盖了碧绿的河水;沙场平坦宽敞,清风凉
爽和淳。这就像楚人游览京台的快乐一样,岂不是将因流连美景而不
再返归了吗? 恰好有事,须亲自筹划营谋,不能得到侍奉陪坐的机遇,
为此很增添了一些抑郁的情绪。因禀复来命,不详谈了。应璩告白。

与侍郎曹长思书一首

【题解】

　　本文是作者给曹长思的一封书信。曹长思,事迹不详,信中称其为
"大弟",当是作者的亲故。此信的主旨是"陈其苦怀"。作者的苦怀主要
有两点:其一,当时作者虽为大将军曹爽的长史,但曹爽多行不法,作者也
曾多次规谏曹爽,不被纳用。"薄援助者"不得重用,因而作者门庭冷落,
不免有怀才不遇的感叹。其二,政局混乱。当时君主曹芳年幼,大将军
曹爽擅权,而太傅司马懿也企图控制政权。在这种内乱方兴的时势中,
"依世则废道,违俗则危殆",因而作者"块然独处,有离群之志"。作者的这
种危机感在信中没有直说,但"汲黯乐在郎暑,何武耻为宰相,千载揆之,知
其有由也"数句,足以透露其中消息。他如"皮朽者毛落,川涸者鱼逝","秋

荣者零悴",也均以比兴手法,含蓄地透露了作者生不逢时的感慨。

璩白:足下去后①,甚相思想。叔田有无人之歌②,阇阇有匪存之思③,风人之作④,岂虚也哉!

【注释】

①足下:敬称。相当于"您"。

②叔田有无人之歌:《诗经·郑风·叔于田》:"叔于田,巷无居人。岂无居人?不如叔也,洵美且仁。"叔,是《诗经》恋诗中女方对男方的通称。这是一首女子赞美并思念打猎男子的诗。作者借此诗喻深切相思之意。

③阇阇(yīn dū)有匪存之思:《诗经·郑风·出其东门》:"出其阇阇,有女如荼。"又云:"出其东门,有女如云。虽则如云,匪我思存。"阇阇,古代城门外层的曲城,又称外曲重门。匪,同"非"。存,念。这首诗也是恋诗,意谓虽然城外有女如云,但不是我的意中人,以此突出作者对意中人的深切思念。

④风人:诗人。风,指《诗经》的风、雅、颂的风。

【译文】

应璩禀白:自您离开之后,非常想念。"叔田"之诗,有"巷无居人"之歌;"阇阇"之诗,有非我所思之叹,诗人之作,哪里是虚言啊!

王肃以宿德显授①,何曾以后进见拔②,皆鹰扬虎视③,有万里之望。薄援助者,不能追参于高妙④,复敛翼于故枝⑤,块然独处⑥,有离群之志⑦。汲黯乐在郎署⑧,何武耻为宰相⑨,千载揆之⑩,知其有由也。德非陈平,门无结驷之迹⑪;学非扬雄,堂无好事之客⑫;才劣仲舒,无下帷之思⑬;

家贫孟公,无置酒之乐⑭。悲风起于闺闼⑮,红尘蔽于机榻⑯。幸有袁生,时步玉趾⑰,樵苏不爨⑱,清谈而已。有似周党之过闵子⑲。

【注释】

①王肃以宿德显授:这里指王肃蒙受上代的德庇,被授予显爵高官。王肃,魏兰陵侯王朗之子。王朗曾历仕魏室曹操、曹丕、曹叡三祖,颇受赏识重用,位高权重。宿德,素来蓄积的德望。显授,即授予显职高位。

②何曾以后进见拔:这是说何曾被选拔主要也是由于其父位列公卿的缘故。何曾,魏文帝时成阳侯何夔之子。《三国志·魏书·何夔传》注引《晋诸公赞》曰:"曾以高雅称,加性纯孝,位至太宰,封朗陵县公。"后进,后学。《论语·先进》:"后进于礼乐,君子也。"杨伯峻《论语译注》:"先有了官位而后学习礼乐的是卿大夫子弟。"

③鹰扬虎视:如鹰之飞扬,如虎之雄视。语本曹植《与吴季重书》"鹰扬其体,凤叹虎视"。

④追参:追随参与。高妙:本指高深美妙的才能。这里喻指高位显职。

⑤故枝:这里喻指旧居。

⑥块然:《庄子·应帝王》:"雕琢复朴,块然独以其形立。"成玄英疏:"块然,无情之貌也。"按,与世事无情,即超然。

⑦离群之志:即隐逸之志。

⑧汲黯乐在郎署:汲黯是汉武帝时忠言直谏之臣,由于他对酷吏张汤和唯命是从的宰相公孙弘多次表示不满,终于被武帝罢免,隐居田园数年。据《汉书·汲黯传》载,武帝复起用他为淮阳太守,他伏谢不受印绶,泣曰:"臣愿为中郎,出入禁闼,补过拾遗,臣之愿也。"作者借汲黯乐在郎署之事,暗喻朝政混乱,耿直者居高位

将蒙受其害。郎署，汉代宿卫侍从官的公署。

⑨何武耻为宰相：何武为人正直，历仕汉昭帝、宣帝、元帝、成帝、哀帝五代，哀帝时由御史大夫晋升为前将军。但当时朝廷实际上已为王莽所控制，哀帝死后，太后任命王莽为大司马，控制了军权，王莽篡汉的野心已有显露。此事何武已有觉察。所以当公孙禄推荐朝廷重用何武时，何武拒而不受。正如班固在《汉书·何武传》赞中所说的那样："依世则废道，违俗则危殆，此古人所以难受爵位者也。"

⑩揆之：这里指推究汲黯、何武不愿晋升的原因。揆，度量，揣度。

⑪"德非"二句：陈平是汉高祖的得力谋臣，后迎立汉文帝，为丞相。《史记·陈丞相世家》谓其"少时家贫，好读书……然门外多有长者车辙"。结驷，指四马所拉之车络绎不绝。

⑫"学非"二句：扬雄，西汉末年著名辞赋家、学者。李善注引《汉书》："（扬雄）家素贫，耆酒，人希至其门。时有好事者载酒肴从游学。"

⑬"才劣"二句：董仲舒是景帝、武帝时期著名的学者、思想家。《史记·儒林列传》："董仲舒……孝景时为博士。下帷讲诵，弟子……或莫见其面，盖三年董仲舒不观于舍园。"

⑭"家贫"二句：陈遵，字孟公。哀帝时，以功封嘉威侯。《汉书·游侠传》："遵嗜酒，每大饮，宾客满堂。"

⑮闺闼(tà)：小门。

⑯红尘：闹市的飞尘。这里仅指飞尘。机榻：小桌矮床。机，通"几"。

⑰玉趾：对人脚步的敬称。《春秋左传·僖公二十六年》："寡君闻君亲举玉趾，将辱于敝邑。"

⑱樵苏：木柴，干草。爨(cuàn)：烧。

⑲周党之过闵子：《东汉观记·闵贡》："闵贡，字仲叔，太原人也。恬静养神，弗役于物。与周党相友，党每过仲叔，共含菽饮水，无

菜茹。"作者借此喻己之生活清贫。周党,东汉初隐士。过,访。闵子,即闵贡。子,尊称。

【译文】

王肃因其父辈积德而授予显职,何曾因其为卿大夫子弟而被选拔,他们都如鹰飞扬,如虎雄视,有名传万里的声望。缺少援助的人,不能追随并参与高位显职的行列,只有再次收缩翅膀回到原来栖息的树枝上,超然独居,怀抱隐居的志向。汲黯乐于在侍从官署中担任中郎之职,何武以担任宰相为耻辱,千年以后推究他们的不愿担任高位显职,知道他们的确是有原因的。我的德望不如陈平,门口没有四马之车络绎不绝的车迹;学识不如扬雄,堂上没有好事的客人;我的学识比董仲舒低劣,没有下帷讲学的精思;家产贫寒比不上孟公,没有设置酒宴的欢乐。悲凉的寒风从小门回旋起扬,小桌矮床上布满了细微的灰尘。幸亏有儒生袁某,时常迈动他的尊足来寒舍,不起火做饭款待,只是清谈而已。其情境就像隐士周党拜访闵子一样。

　　夫皮朽者毛落,川涸者鱼逝^①;春生者繁华,秋荣者零悴^②。自然之数,岂有恨哉!聊为大弟陈其苦怀耳!想还在近,故不益言^③。璩白。

【注释】

①"夫皮朽"二句:李善注引蔡邕《正论》曰:"皮朽则毛落,水涸则鱼逝,其势然也。"作者借此暗喻朝廷政局混乱,仕途无望,唯有归隐而已。涸(hé),枯竭。

②零悴:凋零憔悴。

③益言:多言。

【译文】

兽皮朽坏其毛必落,河流枯竭其鱼必逝;在春季生长的必然繁华如锦,在秋季繁荣的必然凋零憔悴。这是自然的常理,怎能有什么怨恨呢! 聊且为大弟陈述自己的满腔苦情罢了! 想必还归即在近日,故不多叙。应璩禀白。

与广川长岑文瑜书一首

【题解】

本文是作者致广川县令岑文瑜的一封书信。李善曰:"广川县时旱,祈雨不得,作书以戏之。"注是。此信大体可分成三个部分。第一部分,作者以丰富的想象与夸张的手法,描绘了广川县旱情的严重可与历史上最著名的大旱相比。第二部分,写广川令以土龙、泥人求雨,"修之历旬,静无征效",但肯定其体恤百姓,以身作则的动机与行为是正确的。第三部分,通过求雨的历史对比,夏禹、商汤求祷之应"周征殷而年丰,卫伐邢而致雨",借以证明广川令德、善不足,故"云重积而复散,雨垂落而复收"。但这不是严词训斥,而是挚友之间的戏谑之笔、调侃之言。书信写得跌宕起伏,一波三折,欲擒先纵,欲抑先扬,作者才思之妙,于此可见。

璩白:顷者炎旱①,日更增甚,沙砾销铄②,草木焦卷③;处凉台而有郁蒸之烦④,浴寒水而有灼烂之惨⑤。宇宙虽广,无阴以憩⑥,《云汉》之诗⑦,何以过此?

【注释】

①顷者:不久,方才。这里指近来。

②沙砾(lì)销铄(shuò):沙子碎石销熔。李善注:"《吕氏春秋》曰:汤时大旱七年,煎沙烂石。"

③草木焦卷：李善注引《山海经》："十日所落，草木焦卷。"卷，收缩。

④郁蒸：闷热。

⑤灼烂：烧伤。这里指烫伤。

⑥阴：阴凉。憩（qì）：休息。

⑦《云汉》之诗：《诗经·大雅·云汉》："赫赫炎炎，云我无所。"意谓烈日炎炎如大火，哪里还有遮阴处。按，《云汉》是周宣王时期求神祈雨的诗，因当时发生了罕见的旱灾。

【译文】

应璩禀白：近来炎热干旱，旱情日益严重，乃至沙石销熔，草木枯焦；身居凉台之上而有闷热的烦躁，浴洗寒水之中而有烫伤的惨痛。宇宙虽然广阔，却没有阴凉处可以休息，《云汉》之诗描写旱情的诗句，哪里能超过贵县的旱情？

　　土龙矫首于玄寺①，泥人鹤立于阙里②，修之历旬③，静无征效④。明劝教之术⑤，非致雨之备也。知恤下人⑥，躬自暴露⑦，拜起灵坛⑧，勤亦至矣。

【注释】

①土龙：泥土雕塑的龙。古传龙为降雨的灵物，故旧时求雨多用土龙。《淮南子·说山训》："若为土龙以求雨。"矫首：举首，昂首。矫，高举。玄寺：李善注："道场也。"亦指祭祀的庙宇。

②泥人：祈雨用的土人。李善注引《淮南子》："视西施、毛嫱犹供魄也。"又引高诱注："供魄，请雨土人也。"阙里：指阙下，指祠庙前的台观之下。

③修之：指修造土龙、泥人以祈雨。

④征效：征兆效应。

⑤劝教：敦劝教化。

⑥恤:体恤,怜恤。下人:下民。

⑦躬自:亲自。暴露:无所遮蔽地待在室外太阳下。

⑧灵坛:祭祀神灵的高坛。坛,土筑的高台,古用于祭祀等。

【译文】

　　祈雨的土龙昂首在祭祀的庙宇之中,泥人像白鹤独立在台观之下。修造土龙、泥人以祈雨已历十日,却静悄悄地没有降雨的征兆效应。看来只是宣扬敦劝教化的方法,而不是求神致雨的必备之物。您深知体恤下民,亲自暴露在烈日之下,在祭坛之上跪拜起立如仪地求雨,也可以说辛劳到极点了。

　　昔夏禹之解阳盱①,殷汤之祷桑林②,言未发而水旋流③,辞未卒而泽滂沛④。今者,云重积而复散,雨垂落而复收。得无贤圣殊品⑤,优劣异姿⑥,割发宜及肤,翦爪宜侵肌乎⑦?周征殷而年丰,卫伐邢而致雨⑧,善否之应⑨,甚于影响⑩,未可以为不然也。想雅思所未及⑪,谨书起予⑫。应璩白。

【注释】

①夏禹之解阳盱:《淮南子·修务训》:“禹之为水,以身解于阳盱之河。”高诱注:“为,治水。解,祷以自为质。”此句指夏禹为治水而甘愿以自身为抵押祷告神明。阳盱,又作“阳肝”“阳纡”,神话传说中河伯的居所。

②殷汤之祷桑林:《淮南子·修务训》:“汤苦旱,以身祷于桑山之林。”高诱注:“桑山之林,能兴云致雨。”

③水旋流:指水迅速流走,从而导致积水的消除。

④辞未卒而泽滂沛:《说苑·君道》曰:“汤之时大旱七年……使人

持三足鼎祝山川……盖言未已而天大雨。"泽滂沛,大雨滂沱而下,川泽之中水流遍布。滂沛,水流广大众多貌。一说雨大貌。

⑤得无:犹得毋、得微。相当于莫非、岂不是。贤圣殊品:贤人圣人品德不同。

⑥优劣异姿:或优或劣资质相异。

⑦"割发"二句:意谓德薄质劣者以身祈祷上帝,割发应深及皮肤,剪指甲应侵入肌肉,方能致诚感动上帝。《吕氏春秋·顺民》:"昔者汤克夏而正天下,天旱,五年不收。汤乃以身祷于桑林……于是剪其发,酈其手,以身为牺牲,用祈福于上帝,民乃甚说,雨乃大至。"

⑧"周征"二句:《春秋左传·僖公十九年》:"卫人伐邢……于是卫大旱,卜有事于山川,不吉。甯庄子曰:'昔周饥,克殷而年丰。今邢方无道,诸侯无伯,天其或者欲使卫讨邢乎?'从之。师兴而雨。"

⑨善否(pǐ):善恶。

⑩影响:如影之紧从其身,回响之紧随其声。

⑪雅思:高雅的思虑。

⑫起予:启发、开发之意。起,启发。

【译文】

从前夏禹在阳旰以自己为抵押祈祷神明,殷汤在桑林以自己为牺牲祷告上帝,夏禹祷言未发而洪水消退,殷汤祝辞未毕而大雨滂沱。对照当今,贵县乌云重积而复又离散,雨水将落而复又收回。岂不是贤人、圣人品德高低各有不同,或优或劣资质各有差异,您不是应该割头发深入皮肤,剪指甲触及肌体吗?周人征伐殷朝而天赐丰年,卫国讨伐邢国而苍天降雨,善恶的感应,其紧密的程度超过了影子紧从其身,回响紧随其声,切不可认为情况不是这样的。推想您高雅的思虑也许没有想到这一点,谨写此信启发提醒。应璩禀白。

与从弟君苗君胄书—首

【题解】

　　本文是作者写给他的从弟君苗、君胄的一封书信。其主旨是规劝他的两位从弟,在当今之世,只要潜精攻读,"立身扬名"即可;不要热衷官场、仕途。为此,作者从两方面加以开导:先是现身说法以情动之,历述自己放情山水的无限乐趣,与对古代不慕荣华富贵高士的钦慕向往之情。从正面引入,娓娓道来,具有自然移情的感染力。然后又喻之以理,说明当今世道混乱,非世族豪门、资财丰厚者,富贵难期,荣华无望。有识之士虽奔走劳苦,而白首功名未就,即是实例。论述简要中肯,颇有说服力。本文的特点是,情、理兼具,论述恳切而委婉,语重心长,尽规劝之责,而无强制之意。读来亲切自然,如晤长者。

　　璩报①:间者北游②,喜欢无量。登芒济河③,旷若发蒙④。风伯扫途,雨师洒道⑤,按辔清路⑥,周望山野。亦既至止⑦,酌彼春酒⑧;接武茅茨⑨,凉过大夏⑩;扶寸肴修⑪,味逾方丈⑫。逍遥陂塘之上⑬,吟咏菀柳之下⑭。结春芳以崇佩⑮,折若华以翳日⑯;弋下高云之鸟⑰,饵出深渊之鱼;蒲且赞善⑱,便嬛称妙⑲,何其乐哉!虽仲尼忘味于虞《韶》⑳,楚人流遁于京台㉑,无以过也。班嗣之书㉒,信不虚矣!

【注释】

①报:答。其从弟先来信,作者回信,故称"报"。

②间者:前不久,近来。

③芒:山名。北芒山在今河南洛阳北。河:黄河。

④旷若发蒙:这里指景色开阔,大开眼界。旷,明朗,开阔。蒙,目

不明。

⑤"风伯"二句：语出《韩非子·十过》："蚩尤居前，风伯进扫，雨师洒道。"风伯，风神。雨师，雨神。这里实指风吹、雨洒。

⑥按辔：手执马缰绳。指驾车。

⑦亦既至止：既到目的地。亦，语首助词。止，语尾助词。

⑧酌彼春酒：饮那春酒。春酒，冬天酿酒，经春始成，因称春酒。

⑨接武茅茨：踱步在茅屋之中。接武，指足迹前后接。形容步子小，走路慢。武，足迹。

⑩大夏：大屋，大殿。

⑪扶(fū)寸：古代长度单位，铺四指为扶，一指为寸。形容甚小。扶，通"肤"。这里"扶寸"与下文"方丈"对举而言，实指小小的桌子。肴：鱼肉为肴。脩：干肉。

⑫方丈：指一丈见方大桌上的盛筵。《墨子·辞过》："美食方丈，目不能遍视，手不能遍操，口不能遍味。"

⑬陂(bēi)塘：池塘。陂，池。

⑭菀(yù)柳：茂盛的柳树。《诗经·小雅·菀柳》"有菀者柳"，毛传："菀，茂木也。"

⑮结春芳：编结春天的芳草。崇佩：充当佩戴之物。李善注引毛传曰："崇，充也。"

⑯若华：古代神话中若木的花。

⑰弋(yì)下：指用系丝之箭射落。

⑱蒲且(jū)：即蒲且子，以善射著称。《列子·汤问》："蒲且子之弋也，弱弓纤缴，乘风振之，连双鸧于青云之际。"

⑲便嬛：人名。以善钓著称。《淮南子·原道训》："娟嬛之数，犹不能与网罟争得也。"

⑳仲尼忘味于虞《韶》：《论语·述而》："子在齐闻《韶》，三月不知肉味，曰：'不图为乐之至于斯也。'"《韶》，虞舜的乐舞。

㉑楚人流遁于京台：楚庄王害怕在京台耽于美景流连不返而不赴
　　约。这里反用其意，以流连忘返凸显山水美景。流遁，流连徘
　　徊，乐而忘返。流，流连。指耽于游乐而忘归。遁，指徘徊不决
　　的样子。京台，楚国高台名。

㉒班嗣之书：指班嗣称道隐逸之乐的书信。《汉书·叙传》载班嗣
　　致桓生之信曰："渔钓于一壑，则万物不奸其志；栖迟于一丘，则
　　天下不易其乐。"班嗣，班固的从伯。

【译文】

应璩回复：前不久去北方游览，欣喜无限。登上芒山，渡过黄河，豁
然开朗大开眼界。一路有风伯清扫，雨师洒水，手执缰绳奔驰在清洁的
道路上，环顾观望群山原野。到达目的地之后，享用那春酒佳酿；在茅
屋中踱步，清凉胜过高楼大厦；小桌上的简单鱼肉，美味超过方丈宽桌
的盛筵。逍遥在池塘之上，吟咏在茂柳之下；编结春天的芳草用来充当
佩挂之物，攀折若木的花朵用来遮蔽太阳；以系丝之箭射下云端的飞
鸟，以芳香之饵钓出深渊的游鱼；善射者蒲且子为之赞好，善钓者便嬛
为之称妙，这是何等的快乐啊！即使孔子因听虞《韶》之乐而忘记了食
肉的美味，楚人因京台之美流连忘返，也没有什么可以超过此游的乐
趣。班嗣书信所说的隐逸之乐，确实不是虚假的。

　　来还京都①，块然独处②，营宅滨洛③，困于嚣尘④，思乐
汶上⑤，发于寤寐⑥。昔伊尹辍耕⑦，郅恽投竿⑧，思致君于有
虞⑨，济蒸人于涂炭⑩。而吾方欲秉耒耜于山阳⑪，沉钩缗于
丹水⑫，知其不如古人远矣。然山父不贪天地之乐⑬，曾参不
慕晋、楚之富⑭，亦其志也。

【注释】

①京都：指魏国京城洛阳。

②块然：犹安然、超然。处：居。

③滨洛：迫近洛阳。滨，靠近，临近。

④嚣尘：指喧闹嘈杂尘土飞扬。

⑤思乐汶上：意谓辞官归隐。语本《论语·雍也》："季氏使闵子骞为费宰，闵子骞曰：'善为我辞焉！如有复我者，则吾必在汶上矣。'"汶上，汶水之北。汶，水名。即山东之大汶河。

⑥寤寐：醒着睡着。

⑦伊尹辍（chuò）耕：指伊尹放弃隐居出仕殷汤。《孟子·万章》："伊尹耕于有莘之野，而乐尧舜之道焉。"《史记·殷本纪》："或曰：伊尹处士，汤使人聘迎之，五反然后肯往从汤，言素王及九主之事，汤举任以国政。"伊尹，夏末贤士，佐商汤伐桀灭夏。辍，停止。

⑧郅恽（zhì）投竿：郅恽曾从其友人郑敬去弋阳山隐居，以钓鱼自娱，居数十日。后弃钓从政，官至长沙太守。投竿，即弃钓。

⑨致君于有虞：指力图使其君达到虞舜德治境界。

⑩济：拯救。蒸人：众人。涂炭：污泥与炭火。喻指灾难深重。

⑪耒耜（lěi sì）：古代耕地翻土的农具。耒是耕具的柄，耜是耕具的铲。山阳：山阳县，在今河南修武。

⑫钩缗（mín）：指鱼钩、鱼线。丹水：丹河，在今山西高平境内。

⑬山父不贪天地之乐：山父，即尧时隐士巢父。尧欲以天下让之，他不肯接受。天地，胡克家《文选考异》："'地'当作'下'……地字不可通，但传写误耳。"胡说是，译文从之。

⑭曾参不慕晋、楚之富：《孟子·公孙丑》引曾参言："晋、楚之富，不可及也。彼以其富，我以吾仁；彼以其爵，我以吾义。吾何慊乎哉？"曾参，孔子的学生。

【译文】

归还京都，超然独居，营建的住宅挨近洛阳，被喧闹嘈杂尘土飞扬所困扰，产生了在汶水之北隐居的想法，醒着睡着都念念不忘。从前伊尹停止耕种，郅恽投弃鱼竿，是为了使他们的君王达到虞舜的境界，拯救陷于污泥与炭火之中的百姓。但我却正想拿着耕地的农具到山阳去，挥动钓竿把线钩沉入丹水之中，自知救世之心不如古人很远。然而巢父不贪图享有天下的乐趣，曾参不美慕晋国、楚国的富有，也是随从他们的志趣罢了。

　　前者，邑人念弟无已，欲州郡崇礼，官师授邑①，诚美意也。历观前后，来入军府，至有皓首，犹未遇也，徒有饥寒骏奔之劳②。俟河之清，人寿几何③？且官无金、张之援④，游无子孟之资⑤，而图富贵之荣，望殊异之宠，是陇西之游⑥，越人之射耳⑦。幸赖先君之灵，免负担之勤，追踪丈人⑧，畜鸡种黍，潜精坟籍⑨，立身扬名，斯为可矣。无或游言⑩，以增邑邑⑪。郊牧之田⑫，宜以为意，广开土宇⑬，吾将老焉。刘、杜二生⑭，想数往来。朱明之期⑮，已复至矣。相见在近，故不复为书，慎夏自爱。璩白。

【注释】

①官师：这里指授予官职。授邑：封赏邑地。

②骏奔：急速奔跑。

③"俟河"二句：《春秋左传·襄公八年》载逸诗曰："俟河之清，人寿几何？"古人认为黄河清是政治清明的象征，但相传黄河千年一清，因而作者借此感叹，要等待政治清明，人们的年寿将是多少。

④金、张：即汉武帝的宠臣金日磾、张汤的后裔家族。《汉书·张汤传》："功臣之世，唯有金氏、张氏，亲近宠贵，比于外戚。"

⑤游：指交游权贵。子孟：霍光，字子孟。大将军霍光经历武帝、昭帝、宣帝三代，权势富贵无比。据《汉书·霍光传》载，仅宣帝之

赐:"所食凡二万户,赏赐前后黄金七千斤,钱六千万,杂缯三万匹,奴婢百七十人,马二千匹,甲第一区。"

⑥陇西之游:《淮南子·齐俗训》:"譬若陇西之游,愈躁愈沉。"指陇西之人不习水性,所以愈是急躁愈是下沉。陇,今甘肃一带地方。

⑦越人之射:《淮南子·说山训》:"越人学远射,参天而发,适在五步之内。"高诱注:"越人习水便舟而不知射。射远,反直仰向天而发,矢势尽而还,故近在五步之内。"

⑧丈人:此指荷蓧丈人,先秦隐士。《论语·微子》:"子路从而后,遇丈人,以杖荷蓧。子路问曰:'子见夫子乎?'丈人曰:'四体不勤,五谷不分,孰为夫子?'植其杖而耘……止子路宿,杀鸡为黍而食之……明日,子路行以告。子曰:'隐者也。'"

⑨潜精坟籍:集中精力深究古代典籍。坟,坟典的简称。泛指古代典籍。《春秋左传·昭公十二年》:"王曰:'是良吏也,子善视之,是能读三坟、五典、八索、九丘。'"杜预注:"皆古书名。"

⑩或:通"惑",迷惑。游言:虚浮之言,浮夸之言。

⑪邑邑:抑郁忧闷。

⑫郊:邑外为郊。牧:远郊。

⑬土宇:土地与屋宅。

⑭刘、杜二生:当是应家挚友。其人其事不详。

⑮朱明:夏季。《尔雅·释天》:"夏为朱明。"古以南方七宿"朱雀"指代夏天,所以朱明为夏。

【译文】

前些日子,同邑之人顾念二位从弟不已,希望州郡崇礼举贤,封官授邑,这诚然是一番美意。但我历观前后,进入军府的人,竟至有等到满头白发,还未得恩遇的,结果只有饥寒与急急奔走的辛劳。正如古诗所说的那样,等到黄河水清政治清明,人们的年寿将是多少? 况且想要当官，如果没有金日磾、张汤那样的世家豪族的支援，想要交游权贵，如果没有大将军霍光那样的资财，而想谋求富贵的荣耀，企望得到特殊的恩宠，这就像陇西人的游泳，愈是急躁愈是下沉；像越人射箭，劳而无功。有幸依赖先君的在天之灵，能免于背负肩担的辛劳，如能追随荷蓧丈人的足迹，养鸡种黍，集中精力深究古代的典籍，立身行道扬名后世，这就行了。不要迷惑于虚浮之言，因而增加抑郁之情。郊外的田地，宜着意照料，广开土地兴建屋宅，我将告老归乡。刘、杜二位儒生，想必时常往来。盛夏之期，已复来临。相见在即，所以不再写信。当心盛夏多自珍爱。应璩告白。

书下

嵇叔夜

见卷第十八《琴赋》作者介绍。

与山巨源绝交书一首

【题解】

本文是嵇康写给山涛的绝交信。山涛,字巨源,"竹林七贤"之一。曾与阮籍、嵇康为友,后投靠司马昭。为选曹郎,又调升为散骑常侍,想推荐嵇康来代任自己的原职。但由于嵇康是反对司马昭的,所以嵇康回信严词拒绝,并与山涛绝交。信中以"七不堪""甚不可二",对当时的黑暗社会与封建礼法进行了尖锐的抨击,特别是"非汤、武而薄周、孔"的离经叛道论,对司马昭篡位夺权的野心有所嘲讽和非议,因而招致司马昭的忌恨,成为他以后被杀的一个重要原因。

本文是嵇康的散文代表作,也是魏晋时期一篇很有特色的散文名篇。刘勰《文心雕龙·书记》说:"嵇康《绝交》,实志高而文伟。"李贽《焚书》云:"此书实峻绝可畏,千载之下,犹可想见其人。"本文的特色、价值及其影响由此可见。

康白:足下昔称吾于颍川①,吾常谓之知言②。然经怪此意③,尚未熟悉于足下,何从便得之也? 前年从河东还④,显宗、阿都说足下议以吾自代⑤。事虽不行⑥,知足下故不知之。足下傍通⑦,多可而少怪,吾直性狭中⑧,多所不堪⑨,偶与足下相知耳。间闻足下迁,惕然不喜⑩,恐足下羞庖人之独割,引尸祝以自助⑪,手荐鸾刀⑫,漫之膻腥⑬,故具为足下陈其可否。

【注释】

①称吾:指山涛称道嵇康不愿做官。颍川:地名。因山涛的族父山嵚曾当过颍川太守,古人常以任职的地名指称其人,所以此处颍川即指山嵚。

②常:通"尝"。知言:即知音。

③经:经常。此意:指嵇康不愿当官之意。

④河东:黄河以东的地区,指今山西西南部一带。

⑤显宗:公孙崇。阿都:吕安。二人都是嵇康的至交。说:《晋书》本传作"闻"。当作"闻"。

⑥不行:没有实行。指未成。

⑦傍通:博通事理。这里含有善于应变、见风使舵的讽刺意思。

⑧狭中:指心胸狭窄。

⑨不堪:不能忍受。

⑩惕然:恐惧的样子。

⑪"恐足下"二句:《庄子·逍遥游》:"庖人虽不治庖,尸祝不越樽俎而代之矣。"庖人,厨子。尸祝,祭祀时向鬼神致祝辞的人。

⑫荐:举。鸾刀:祭祀时切割牺牲用的环上有铃的刀。

⑬漫:污染。膻(shān)腥:羊臊气。

【译文】

嵇康禀白：您过去对颍川先生称道我不愿做官，我曾认为那是知己的话，然而我常常奇怪我不愿做官的心意，那时您还不很了解我，您又从哪里得知的呢？前年我从河东回来，显宗、阿都听说，您建议要我代替您的职位。这件事虽然没成，但由此知道您原来并不了解我的志趣。您通达事理善于应变，凡事多加许可而很少见怪，我却秉性耿直心胸狭窄，很多事情都不能忍受，所以我只是偶然与您互相有所了解罢了。近来听说您高升了，我惊惧不安深感不快，恐怕您独自当官感到羞愧，要拉我去当您的助手，就像厨子独自宰割感到羞愧，要拉尸祝去帮忙一样，让我与您一起手举鸾刀，沾染上一身羊臊气，因而请让我详尽地为您陈述一下这件事可做或不可做的道理。

吾昔读书，得并介之人①，或谓无之，今乃信其真有耳。性有所不堪，真不可强。今空语同知有达人无所不堪②，外不殊俗，而内不失正，与一世同其波流，而悔吝不生耳③。老子、庄周④，吾之师也，亲居贱职⑤；柳下惠、东方朔⑥，达人也，安乎卑位⑦。吾岂敢短之哉！又仲尼兼爱，不羞执鞭⑧；子文无欲卿相，而三登令尹⑨。是乃君子思济物之意也⑩。所谓达能兼善而不渝，穷则自得而无闷⑪。以此观之，故尧、舜之君世⑫，许由之岩栖⑬，子房之佐汉⑭，接舆之行歌⑮，其揆一也⑯。仰瞻数君，可谓能遂其志者也。故君子百行，殊涂而同致⑰，循性而动，各附所安。故有处朝廷而不出，入山林而不反之论⑱。且延陵高子臧之风⑲，长卿慕相如之节⑳，志气所托，不可夺也。

【注释】

①并介：偏于狷介。

②达人：通达的人。

③悔吝：悔恨与遗憾。《周易·系辞》曰："悔吝者，忧虞之象也。"

④老子、庄周：道家学派的两个主要代表人物。

⑤贱职：指老子做过周朝的柱下史、守藏史，庄子做过宋国蒙县的漆园吏。

⑥柳下惠：即展禽，名获，字季。春秋时期鲁国的贤人。居柳下，卒谥号"惠"。东方朔：字曼倩，汉武帝时的名士。以诙谐机智著称。

⑦安乎卑位：指柳下惠做过鲁国的典狱官，东方朔当过汉武帝的郎官，但他们都不埋怨职位低下。

⑧"又仲尼"二句：《论语·述而》："子曰：'富而可求也，虽执鞭之士，吾亦为之。如不可求，从吾所好。'"不羞执鞭，不以执鞭为羞。执鞭，手拿皮鞭。指赶车之类非常低下的职位。

⑨"子文"二句：子文，春秋时期楚国有名的贤人。令尹，楚国官名。相当于宰相的职位。

⑩济物：拯济万物，即拯世救民之意。

⑪"所谓"二句：《孟子·尽心》曰："穷则独善其身，达则兼善天下。"兼善，即兼善天下。渝，变。

⑫君世：为君于世。君，作动词用，意为统治。

⑬许由：尧时的隐士。相传尧想把王位让给他，他认为这是耻辱的事，便去箕山隐居。岩栖：在岩穴中栖息，即隐居。

⑭子房：张良字子房。佐汉：辅助刘邦建立汉朝。

⑮接舆之行歌：接舆是楚国的隐士，他遇见孔子时，曾边行边歌劝孔子归隐。

⑯揆（kuí）：法度，原则。

⑰殊涂而同致：《周易·系辞》："天下同归而殊涂，一致而百虑。"涂，同"途"。

⑱"故有"二句:《韩诗外传》:"朝廷之士为禄,故入而不出;山林之士为名,故往而不反。"反,同"返"。

⑲延陵:古邑名。故址在今江苏常州。吴国公子季札居住在延陵,故以延陵指季札。子臧:曹国公子。因不愿接受曹国的君位而名盛一时。季札在他的影响下,也放弃了吴国的君位。

⑳长卿:即司马相如,字长卿,西汉著名辞赋家。因钦慕蔺相如的为人,更名为司马相如。节:气节。

【译文】

我过去读书,得知有一种性格偏于耿介孤直的人,那时我认为或许没有这样的人,现在才相信真有其人。因为生性对某些事情不能忍受,确实不能勉强他去改变本性。现在空说共知有这样一种通达的人,这种人什么都能忍受,他外表上与世俗没有差异,而内心却没有失去正道,他可以与世俗随波逐流,而不产生忧虞之心。老子、庄周是我的老师,他们都亲自担任过卑下的职位;柳下惠、东方朔是通达的人,他们都安心处于低下的职位。我哪敢非议他们啊!又如孔子为了实现其博爱的理想,即使执鞭赶车也不感到羞愧;子文不想当宰相,却多次高登令尹的宝座。这是君子有拯世救民的心意。这些君子诚然像常言所说的那样,官位显达的时候能造福天下而始终不改变他的心志,穷愁潦倒的时候能悠然自得而不忧闷。由此看来,尧、舜之所以统治天下,许由之所以栖居岩穴,张良之所以辅助刘邦建立汉朝,接舆之所以边行边歌劝孔子归隐,他们的原则是一致的。仰望这几位君子,可以说他们都能够实现其各自的志向。所以君子虽有各种不同的行为,但他们都是通过不同的道路而走向同一个目标,他们都是遵循自己的本性而行动,各得其安。所以也就有居住朝廷而不出,进入山林而不返的议论。又如延陵季子赞赏子臧的高风,司马长卿钦慕蔺相如的气节,这种基于志向、气质而形成的寄托,是不能以强力改变的。

　　吾每读尚子平、台孝威传①,慨然慕之,想其为人。少加孤露②,母兄见骄,不涉经学③。性复疏懒,筋驽肉缓④,头面常一月、十五日不洗,不大闷痒,不能沐也。每常小便而忍不起,令胞中略转乃起耳⑤。又纵逸来久,情意傲散,简与礼相背,懒与慢相成,而为侪类见宽⑥,不攻其过。又读《庄》《老》,重增其放。故使荣进之心日颓⑦,任实之情转笃⑧。此由禽鹿少见驯育,则服从教制;长而见羁,则狂顾顿缨⑨,赴蹈汤火;虽饰以金镳⑩,飨以嘉肴⑪,逾思长林而志在丰草也⑫。

【注释】

① 尚子平:尚长,字子平,东汉隐士。弃官隐居后,靠卖柴为生。台孝威:东汉隐士。不愿做官,隐居武安山,靠采药为生。二人《后汉书·逸民列传》皆有传。

② 孤露:丧父称孤,没有荫庇称露。

③ 经学:指"五经",即《诗》《书》《礼》《易》《春秋》。

④ 驽:劣马。这里引申为迟钝。缓:松弛。

⑤ 胞:指膀胱。

⑥ 侪(chái)类:同辈,朋辈。

⑦ 荣进:做官求荣。颓:减弱。

⑧ 转笃:变深,增强。

⑨ 顿缨:挣脱或挣断系绳。

⑩ 金镳(biāo):用黄金装饰的马嚼子。指极贵重的马嚼子。镳,马嚼子。

⑪ 飨(xiǎng):通"享"。

⑫ 逾:更加。长林、丰草:高大茂密的树木、丰茂的草地。表达向往归隐之意。

【译文】

我每次读尚子平、台孝威的传记，总是非常赞叹地仰慕他们，想见他们做人的清高。加上我从小失去慈父无所荫庇，被母亲、兄长溺爱而骄纵狂放，所以从来就不沾经书的边。再说我本性又很疏懒，以致筋骨迟钝，肌肉松弛，经常一月或半月不洗头、不洗脸，不到非常闷痒，是不会洗澡的。每当小便的时候经常强忍不起，总要左右翻身使尿在膀胱中胀得忍不住了才起身小便。又因我骄纵放逸由来已久，性情孤傲散漫，简略与礼法互相背离，懒散与怠慢相辅相成，但却被同辈的亲朋所宽容，不指责我这些过失。我又爱读《老子》《庄子》，更助长了我放纵的本性。所以我当官求荣的进取心日益衰退，而放纵任性的情意愈益增强。这就像野鹿从小被人驯服教育，就会服从管教制约；如果野鹿长大了而被束缚，那就会疯狂四顾拼命挣断系绳，即使赴汤蹈火也在所不惜；就是给套上金子的马嚼子，用精美的饲料来喂养，它却愈加思念茂密的森林而向往丰美的草地。

　　阮嗣宗口不论人过^①，吾每师之，而未能及。至性过人，与物无伤，唯饮酒过差耳。至为礼法之士所绳^②，疾之如仇，幸赖大将军保持之耳^③。吾不如嗣宗之贤^④，而有慢弛之阙^⑤；又不识人情，暗于机宜^⑥；无万石之慎^⑦，而有好尽之累。久与事接，疵衅日兴^⑧，虽欲无患，其可得乎？又人伦有礼^⑨，朝廷有法，自惟至熟^⑩，有必不堪者七，甚不可者二：卧喜晚起，而当关呼之不置^⑪，一不堪也。抱琴行吟，弋钓草野^⑫，而吏卒守之，不得妄动，二不堪也。危坐一时^⑬，痹不得摇^⑭，性复多虱^⑮，把搔无已，而当裹以章服^⑯，揖拜上官，三不堪也。素不便书，又不喜作书，而人间多事^⑰，堆案盈机^⑱，不相酬答，则犯教伤义，欲自勉强，则不能久，四不堪也。不喜吊丧,而人道以此为重⑲,已为未见恕者所怨,至欲见中伤者;虽瞿然自责⑳,然性不可化,欲降心顺俗,则诡故不情㉑,亦终不能获无咎无誉㉒,如此,五不堪也。不喜俗人,而当与之共事,或宾客盈坐,鸣声聒耳㉓,嚣尘臭处㉔,千变百伎㉕,在人目前,六不堪也。心不耐烦,而官事鞅掌㉖,机务缠其心㉗,世故繁其虑,七不堪也。又每非汤、武而薄周、孔㉘,在人间不止,此事会显,世教所不容,此甚不可一也。刚肠疾恶,轻肆直言,遇事便发,此甚不可二也。以促中小心之性㉙,统此九患,不有外难,当有内病,宁可久处人间邪㉚?又闻道士遗言,饵术黄精㉛,令人久寿,意甚信之。游山泽,观鱼鸟,心甚乐之。一行作吏,此事便废,安能舍其所乐,而从其所惧哉!

【注释】

①阮嗣宗:阮籍,字嗣宗,"竹林七贤"之一,与嵇康齐名。他对司马昭也颇为不满,但为人谨慎,不露声色,并故作佯狂、沉湎酒色,以此表示自己无意过问政事。

②绳:绳墨,准则。这里作动词用,意为弹劾。

③幸赖大将军保持之耳:何曾向司马昭建议,阮籍任性放荡,坏礼伤教,应放逐到边远之地,以保持王道的纯洁。司马昭说,他素来病弱,应当宽恕。大将军,指司马昭。

④赍:《晋书》本传、《七贤帖》《文选集注》均引作"资",当作"资"。李善注:"资,材量也。"

⑤阙(quē):缺。这里指缺点、过失。

⑥宜:《尔雅·释诂》:"宜,事也。"

⑦无万石之慎:西汉的石奋,以谨慎小心著称。他与四个儿子都当了俸禄二千石的官,故称"万石君"。详见《汉书·石奋传》。

⑧疵衅(xìn)：嫌隙、事端。

⑨人伦：指君臣、父子、夫妇、兄弟、朋友之间关系的准则。

⑩惟：指思考、思虑。

⑪当关：守门的差役。置：放。引申为罢休。

⑫弋(yì)：系有细丝绳的箭，是射鸟的器具。这里指射鸟。

⑬危坐：端坐。

⑭痹(bì)：同"痹"，麻痹。

⑮性：指身体。

⑯章服：指官服、礼服。

⑰人间：指官场，与隐逸相对而言。

⑱案：桌。机：通"几"，与"案"同义。

⑲人道：指人情世俗的常规。

⑳瞿(jù)然：惊惧、恐慌的样子。

㉑诡：违反，违背。故：指本性。

㉒咎：过失。誉：荣誉。

㉓聒(guō)耳：噪耳。

㉔嚣：指声音嘈杂。尘：指尘埃飞扬。

㉕伎：伎俩。

㉖鞅掌：指事务繁忙。

㉗机务：政事要务、官府要事。

㉘非汤、武而薄周、孔：汤，商代的开国君王，以武力推翻夏王朝。武，周代的开国君王，以武力推翻商王朝。周，指周公，周武王的弟弟，他全力支持周武王的行动，武王死后，又全力辅佐年幼的成王。孔，指孔子，他赞扬汤、武革命。因而非难汤、武，鄙薄周、孔，便有借古讽今之意，显露了嵇康对大将军司马昭企图篡夺魏政权的不满。

㉙促中：狭隘的心胸。与"小心"义同。

㉚邪(yé)：语气助词，表疑问。

㉛饵：服食。术(zhú)、黄精：皆为药名。

【译文】

阮嗣宗从不议论别人的过失，我常想学习他的这种长处，但始终不能学到。他天性淳厚超过常人，待人接物没有伤害之心，只是有贪酒的缺点罢了。但竟致被维护礼法的人所指控，痛恨嗣宗就像痛恨仇敌一样，幸亏依靠大将军把他保护了下来。我的资质不如嗣宗，而有怠慢懒散的缺点；又不懂得人情世故，不明了随机应变；没有石奋的谨慎，却有尽情直言的累赘。这样长久地接触人事，引起别人怨恨的就会日益增多，虽然想要不遭受危害，难道能够得到幸免吗？再说人伦自有礼制，朝廷自有法纪，因此我深思熟虑地想过当官后的处境，有七个方面是决不能忍受的，有两点是绝对不行的：我睡觉喜欢晚起，但守门的差役要不停地喊我起来，这是不能忍受的第一个方面。我爱抱琴弹奏漫步吟诗，又爱在草地野外射鸟钓鱼，但跟班的吏卒要守着我，使我不能随意行动，这是不能忍受的第二个方面。当官的要长时间端端正正地坐着，腿脚麻木了也不能随便摇动，再加上我身上的虱子又多，要不停地搔痒，但却必须套起官服，向上级长官作揖迎拜，这是不能忍受的第三个方面。我素来不习惯写应酬书信，也不喜爱写应酬书信，但官场事多，公文书信推满案上，不互相应酬，就触犯礼教有伤礼义，想勉强自己去做，则又不能持久，这是不能忍受的第四个方面。我不喜欢吊丧，但世俗人情对此却很看重，这方面我已经被不肯宽容我的人所怨恨了，甚至还有对我恶意中伤的；我虽然也曾惊恐不安并责备自己，然而本性难移，想抑制本性去顺从世俗，但违背本性又不符合我的意愿，而且也终究不能获得这样的处境，既没有过失也没有荣誉，像这样的情况，是我不能忍受的第五个方面。我不喜欢庸俗的人，但又必须与他们一起同事，或者宾客满座，闹声刺耳，在这种声音嘈杂、尘埃飞扬、臭气冲天的场所，千奇百怪的花招伎俩，都呈现在眼前，这是不能忍受的第六个方面。我的个性是很不耐烦的,但当官的事务纷繁忙乱,政事要务使人心事重重难以解脱,世俗人情的应酬又令人心烦意乱,这是不能忍受的第七个方面。我又常常非难商汤和周武王,轻视周公和孔子,在官场还不停止这种议论,就会显扬出去,必为当今的礼教所不容,这是绝对不行的第一点。我秉性刚直疾恶如仇,轻率放肆直言不讳,这种脾气遇到事情便要发作,这是绝对不行的第二点。以我心胸狭窄的性格,再加上这九个祸患,即使没有外来的灾难,也必然会有内在的隐患,这叫我怎样长久地生活在官场中呢?我又听说道士的遗教,服食术与黄精,可以使人延年益寿,我很相信这种说法。漫游山水,观赏鱼鸟,是我非常乐意的事。一旦当官,这些赏心悦意的事便都废弃了,我怎么能放弃自己所爱好的事情,而去做那些自己所畏惧的事情呢!

　　夫人之相知,贵识其天性,因而济之①。禹不逼伯成子高②,全其节也;仲尼不假盖于子夏,护其短也③;近诸葛孔明不逼元直以入蜀④,华子鱼不强幼安以卿相⑤。此可谓能相终始,真相知者也。足下见直木必不可以为轮,曲者不可以为桷⑥,盖不欲以枉其天才⑦,令得其所也。故四民有业⑧,各以得志为乐,唯达者为能通之,此足下度内耳⑨。不可自见好章甫,强越人以文冕也⑩;己嗜臭腐,养鸳雏以死鼠也⑪。吾顷学养生之术,方外荣华⑫,去滋味,游心于寂寞⑬,以无为为贵⑭。纵无九患,尚不顾足下所好者。又有心闷疾,顷转增笃,私意自试⑮,不能堪其所不乐。自卜已审⑯,若道尽涂穷则已耳,足下无事冤之,令转于沟壑也⑰。

【注释】

①济:成全。

②禹：因助舜治水成功，受舜禅让而继帝位，为夏代开国的君王。
伯成子高：禹时归隐的贤人。

③"仲尼"二句：《孔子家语·致思》：孔子准备外出，正碰上下雨，某
弟子建议向子夏借伞盖，孔子说：子夏为人小气。我听说与人交
往，要器重他的长处，回避他的短处，这样才能长久地交往。因
此孔子决定不向子夏借伞盖。假，借。盖，避雨的用具，指车篷
或雨伞。子夏：孔子的门生之一。

④诸葛孔明不逼元直以入蜀：元直，即徐庶，三国时期有名的谋士。
他本与诸葛亮跟从刘备，因其母被曹操所俘，不得已投奔曹操，
诸葛亮不勉强他投靠刘备。蜀，蜀国。当时刘备尚未进蜀，所以
实际是指刘备。

⑤华子鱼不强幼安以卿相：华子鱼，华歆，字子鱼。魏文帝时任宰
相，曾推荐管宁（字幼安）做官，管宁坚辞不受，全家渡海而去，华
歆也不强加劝阻。详见《三国志·魏书·管宁传》。

⑥桷(jué)：方形的椽子。

⑦枉：曲。才：通"材"。

⑧四民：指士、农、工、商。

⑨度内：识度以内的事。

⑩"不可"二句：语出《庄子·逍遥游》："宋人资章甫适诸越，越人断
发文身，无所用之。"章甫，殷冠名。越人，指浙江、福建一带古时
的土著居民。文冕，有花纹的礼帽，义同"章甫"。

⑪"己嗜"二句：语出《庄子·秋水》："夫鹓鶵发于南海而飞于北海，
非梧桐不止，非练实（竹子的果实）不食，非醴泉不饮。于是鸱
（猫头鹰）得腐鼠，鹓鶵过之，仰而视之曰：'嚇！'"嵇康之文，以
"己"喻山涛，以"死鼠"喻官职，以"鹓鶵"自喻。鸳雏，《庄子·秋
水》作"鹓鶵"，类似凤凰的鸟。

⑫方：正。外：指疏远。

⑬寂寞：指清静恬淡的境界。

⑭无为：道家学说中的一个重要概念，主旨是指效法自然，反对人为。

⑮试：指设想、盘算。

⑯卜：考虑。审：明确，清楚。

⑰转于沟壑：指死亡。

【译文】

人们互相了解，贵在认识彼此的天性，因而成全对方。禹不逼迫伯成子高从政，是为了成全他的节操；孔子不向子夏借用伞盖，是为了掩护他的短处；诸葛亮不强逼徐庶归入刘备一方，华歆不勉强管宁当宰相。这些人可以说是能相处始终，是真正的相知。您知道直木是一定不能做车轮，曲木一定不能当椽子的，这是因为人们不想委屈这些天生的材料，而使它们各得其所。所以士、农、工、商各有自己的职业，他们都各以达到自己的志愿为乐事，这个道理只有知识通达的人才能懂得，这是您识度之内能明白的事。不能像那个愚蠢的宋国商人一样，因为自己爱好殷代的礼帽，就把有花纹的礼帽强制性地推销给越人；也不能像那只猫头鹰，因为自己爱好腐烂发臭的食物，就拿死鼠去喂养鹓鶵。我不久以前学了养生之术，正在看轻荣华，摒弃美味，心意已进入了清静恬淡的境界，以顺从自然无所作为为贵。即使没有当官的九个祸患，我尚且不屑一顾您所爱好的爵禄。我又有心闷的毛病，现在更加严重，自己私下想想，决不能忍受这些自己所不乐意的事。我自己已经想明白了，如果穷途末路，那么也就算了，可是您平白无故地要委屈我当官，就是叫我走向死路。

吾新失母兄之欢①，意常凄切。女年十三，男年八岁，未及成人，况复多病，顾此恨恨②，如何可言！今但愿守陋巷，教养子孙；时与亲旧叙阔③，陈说平生；浊酒一杯，弹琴一曲，志愿毕矣。足下若嬲之不置④,不过欲为官得人,以益时用耳⑤。足下旧知吾潦倒粗疏,不切事情,自惟亦皆不如今日之贤能也。若以俗人皆喜荣华,独能离之,以此为快,此最近之,可得言耳。然使长才广度⑥,无所不淹⑦,而能不营⑧,乃可贵耳。若吾多病困,欲离事自全,以保余年,此真所乏耳⑨,岂可见黄门而称贞哉⑩!若趣欲共登王涂⑪,期于相致,时为欢益,一旦迫之,必发其狂疾。自非重怨,不至于此也。

【注释】

①失……欢:死的委婉表达方式。

②悢悢(liàng):悲怆的样子。

③叙阔:叙说离别之情。阔,离别。

④嬲(niǎo):纠缠。置:止,罢休。

⑤时用:世用。

⑥长才:高才。广度:大度。指胸襟开阔。

⑦淹:水浸。引申为贯通、通达。

⑧营:经营。这里指谋求当官。

⑨乏:缺乏,欠缺。

⑩岂可见黄门而称贞哉:太监不淫乱,并非出于贞洁,而是失去了生育条件。这是嵇康比喻自己不当官并非出于洁身自好,而是缺乏当官的才能气度。黄门,指宦官、太监。东汉时,黄门令皆由宦官充任,故称。

⑪趣:同"促"。

【译文】

我刚死了母亲和兄长,内心常常感到凄凉悲切。女孩十三岁,男孩八岁,都没有成人,况且又多病,顾及这些情况心头悲怆欲绝,满腔愁怀不知从何说起!如今只愿穷守陋巷,教养子孙;时时与亲朋故旧叙谈阔别之情,陈说平生的经历;劣酒一杯,弹琴一曲,就满足我的志愿了。您如果老是纠缠我不放,那也不过是想替官方争得人才,对时世有所补益罢了。但您素来知道我是一个潦倒不堪、粗浅疏漫的人,不切合事理世情,我自己也认为我各方面都不如今天在朝的贤士能人。如果认为世俗的人都喜爱荣华富贵,而我独能摒弃荣华富贵,并且以此为快意的事,这话最接近我的本意,我认可这种说法。但假使那本是一个才能出众、气度博大、无所不通的人,而能不谋求仕途,那才是真正的可贵。至于像我这样多病多累的人,只是想躲避政事顾全自己,以此保全今后残余的岁月,这是真正缺乏当官的才能气度,怎么能见到太监而称颂他们的贞洁呢!如果您急于要我共同登上仕途,希望把我招去,时时与您相见而得到欢乐与补益,那么只要您一旦来逼迫我,我就一定会发疯的。如果不是有深仇大怨,想来是不至于这样做的。

　　野人有快炙背而美芹子者①,欲献之至尊②,虽有区区之意,亦已疏矣③。愿足下勿似之。其意如此,既以解足下,并以为别。嵇康白。

【注释】

①野人有快炙(zhì)背而美芹子者:《列子·杨朱》载,宋国有个农夫,春天在田野耕种,太阳晒在背上感到很暖和,回家对他的妻子说:"太阳晒在背上很暖和,没有哪一个知道这个事,我准备把这种取暖的方法献给君王,一定会得到重赏。"他的妻子回答说:"过去有个爱吃芹菜的人,对乡里的豪绅夸赞芹菜的美味,结果乡绅一吃,又苦又涩,众人就讥笑这个推荐芹菜的人。"野人,田野之人,即农夫。炙,烤。芹子,芹菜。

②至尊:指天子或君王。

③疏:远。

【译文】

有个农夫感到太阳晒背很舒服,又觉得芹菜很好吃,想把这两个发现贡献给天子,他虽然是出于一片诚意,但也太不着边际了。希望您不要像那个农夫一样。我的意思就是这样,我写这封信,即是用来向您解释的,又是用来向您表示绝交的。嵇康禀白。

孙子荆

见卷第二十《征西官属送于陟阳候作诗》作者介绍。

为石仲容与孙皓书—首

【题解】

本文是孙楚(字子荆)为石苞代写的致孙皓的书信。石苞,字仲容,当时都督扬州诸军事,并晋升为征东大将军。孙皓,字元宗,是孙权的孙子。在位其间,淫虐不修德政,最后以亡国告终。本文主要是通过自魏初至今历史叙述,以公孙渊与蜀国政权的覆灭为借鉴,以魏国政权与兵力的强盛为威胁,规劝孙皓见机行事,及早归顺。文章结构谨严,叙述清晰,论证有力,文笔老练而又辞采飞扬,不失为一篇佳作。但李善注引臧荣绪《晋书》曰:"太祖遣徐劭、孙郁至吴,将军石苞令孙楚作书与孙皓。劭至吴,不敢为通。"可知这封书信孙皓没有看到,实际上没有起到应有的作用。

苞白:盖闻见机而作,《周易》所贵①;小不事大,《春秋》

所诛②。此乃吉凶之萌兆，荣辱之所由兴也。是故许、郑以衔璧全国③，曹、谭以无礼取灭④。载籍既记其成败，古今又著其愚智矣，不复广引譬类，崇饰浮辞。苟以夸大为名⑤，更丧忠告之实。今粗论事势以相觉悟。

【注释】

①"盖闻"二句：《周易·系辞》："几者，动之微，吉之先见者也。君子见几而作，不俟终日。"孔疏："言君子既见事之几微，则须动作而应之。"见机，即见几，指观察事物细微的动向。

②"小不"二句：指小国不以信义事奉大国，被《春秋》所口诛笔伐。《春秋左传·襄公八年》曰："（楚子伐郑。）子展曰：'小所以事大，信也。小国无信，兵乱日至，亡无日矣。'"诛，讨伐。

③许、郑以衔璧全国：《春秋左传·僖公六年》："（楚子围许。）蔡穆侯将许僖公以见楚子于武城。许男面缚衔（含）璧，大夫衰绖，士舆榇。楚子问诸逢伯，对曰：'昔武王克殷，微子启如是。武王亲释其缚，受其璧而被之，焚其榇，礼而命之，使复其所。'楚子从之。"又《春秋左传·宣公十二年》：'（楚子围郑），克之。入自皇门，至于逵路。郑伯肉袒牵羊以逆……王曰：'其君能下人，必能信用其民矣，庸可几乎！'退三十里而许之平！"

④曹、谭以无礼取灭：《春秋左传·僖公二十三年》载，晋公子重耳奔狄，"及曹，曹共公闻其骈胁，欲观其裸。浴，薄而观之"。及即位，晋侯围曹。又《春秋左传·庄公十年》曰："齐侯之出也，过谭，谭不礼焉。及其入（指即位）也，诸侯皆贺，谭又不至。冬，齐师灭谭。谭无礼也。"

⑤苟：如果。

【译文】

石苞禀白：听说观察事物细微的动向随之而动，为《周易》所重视；

小国不以信义事奉大国，为《春秋》所笔诛。这是吉与凶的萌芽、预兆，也是荣誉与耻辱兴起的根由。所以许、郑二国的君王因口含玉璧而得以保全，曹、谭二国的君王因没有礼貌而自取灭亡。书籍既已记载他们的成功、失败，古今又撰述他们的愚蠢、聪明，便不再广为引譬连类，增饰虚浮之辞。若有夸大之名，更将丧失忠告之实。现在让我粗略地论述事势以使您有所觉悟。

　　昔炎精幽昧①，历数将终②；桓、灵失德③，灾衅并兴④。豺狼抗爪牙之毒⑤，生人陷荼炭之艰⑥。于是九州绝贯，皇纲解纽⑦；四海萧条，非复汉有。太祖承运⑧，神武应期，征讨暴乱，克宁区夏⑨，协建灵符⑩，天命既集⑪，遂廓洪基⑫，奄有魏域⑬。土则神州中岳⑭，器则九鼎犹存⑮。世载淑美⑯，重光相袭⑰，固知四隩之攸同⑱，天下之壮观也。

【注释】

①炎精：赤帝之精。古人认为汉以火德兴，故称炎精。

②历数：《论语·尧曰》："尧曰：'咨！尔舜，天之历数在尔躬，允执其中。'"朱熹注："历数，帝王相继之次第，犹岁时节气之先后也。"按，历数，犹言气运。

③桓、灵：指东汉后期的桓帝与灵帝，皆为昏君。

④衅：事端。

⑤豺狼抗爪牙之毒：言军阀混战犹如豺狼肆其爪牙之毒。抗，举。这里引申为放肆。

⑥生人：生民。荼炭：即涂炭，指泥淖炭火。比喻极端困苦的境地。李善注："荼与涂通用。"

⑦皇纲：指天子治理天下的纲纪。纽：扣结，连结。

⑧太祖：指曹操。运：符运。李善注引宋均曰："运，策（符命）运也。"

⑨区夏：诸夏。旧指中原、中国。《尚书·康诰》："用肇造我区夏，越我一二邦，以修我西土。"

⑩灵符：灵验的符命。曹植《大魏篇》曰："大魏应灵符，天禄方甫始。"

⑪天命既集：《诗经·大雅·大明》："天监在下，有命既集。"朱熹《诗集传》："集，就。"

⑫廓：扩展。洪基：洪大的基业。

⑬奄有：包有，尽有。《诗经·商颂·玄鸟》："方命厥后，奄有九有。"

⑭神州：中国的异称。中岳：指五岳之中。嵩山为中岳，属魏地，位居五岳之中。

⑮九鼎：相传为夏禹所铸造，后又为商、周所保存。是各王朝珍视的重器，成为皇权的象征。

⑯淑：善。

⑰重光：指日与月。旧时多用以谀称帝王功德的前后相继。《尚书·顾命》："昔君文王、武王宣重光。"孙星衍疏："言文、武化成之德，比于日月也。"

⑱四隩（ào）：本指四方可居之地。《尚书·禹贡》："九州攸同，四隩既宅。"后引申指四方诸侯。同：会同。古代诸侯朝见天子的统称。

【译文】

以前炎神转向阴幽暗昧，汉朝火德的运数即将告终；桓帝、灵帝丧失德行，灾祸事端共同兴起。奸佞逞凶一如豺狼肆虐其爪牙之毒，生民陷入泥淖炭火般的艰难之中。于是九州分裂，天子纲纪涣然解体；四海之内一片萧条，中原不再为汉所有。太祖承接符运，神武之功应期而作，四方出征讨伐暴乱，克服平定中原大地，协力建树灵符之命，上天之命既已来就,于是延伸扩展洪大基业,完全拥有大魏区域。论土地则位居中国的五岳之中,讲重器则象征皇权的九鼎尚存。当世记载其美善之德,帝王的功德好比日月前后相继,本知大魏被四方的诸侯所朝拜,从而成为天下最壮观的地方。

公孙渊承籍父兄,世居东裔①,拥带燕、胡,冯凌险远②。讲武盘桓③,不供职贡④,内傲帝命,外通南国⑤。乘桴沧流⑥,交畴货贿⑦,葛越布于朔土⑧,貂马延乎吴、会⑨。自以为控弦十万⑩,奔走足用,信能右折燕、齐⑪,左振扶桑⑫,凌轹沙漠⑬,南面称王也⑭。宣王薄伐⑮,猛锐长驱,师次辽阳⑯,而城池不守;桴鼓一震⑰,而元凶折首⑱。然后远迹疆埸⑲,列郡大荒⑳,收离聚散,咸安其居,民庶悦服,殊俗款附㉑。自兹遂隆,九野清泰㉒,东夷献其乐器㉓,肃慎贡其楛矢㉔。旷世不羁㉕,应化而至㉖,巍巍荡荡,想所具闻。

【注释】

①"公孙渊"二句:《三国志·魏书·公孙度传》载,公孙度自立为辽东侯。度死,子康嗣位。康死,子晃、渊皆小,众立兄子恭为辽东太守。公孙渊胁夺公孙恭之位。景初元年(237),魏举兵征渊,渊遂发兵阻击于辽东,自立为燕王。裔,边。引申为边远之地。

②冯凌:进逼、侵凌。

③讲武:讲习武事。盘桓:傲慢自大貌。这里指气势嚣张。

④职贡:古代称藩属或外国向朝廷按时的纳贡。

⑤南国:指当时孙权统治的吴国。

⑥桴(fú):小桴子。这里泛指船只。《论语·公冶长》:"道不行,乘桴浮于海。"沧流:沧海的波流。指沧海。

⑦交畴：交流。畴，通"酬"，应酬。引申为流通。贿（huì）：财物。

⑧葛越：古南方布名。《尚书·禹贡》："岛夷卉服。"孔传："南海岛夷，草服葛越。"孔疏："葛越，南方布名，用葛为之。"布：流传。朔土：北土。

⑨貂（diāo）马：北方的良马。《后汉书·东夷列传》："夫馀国……出名马、赤玉、貂貀，大珠如酸枣。"会（kuài）：指会稽郡，即越国。

⑩控弦：开弓。引申为射箭的兵士。

⑪信：诚。

⑫扶桑：古称日本国为扶桑。

⑬凌轹（lì）：倾轧，欺压。漠：李善注引《说文解字》曰："北方流沙也。"

⑭南面：《周易·说卦》曰："圣人南面而听天下，向明而治，盖取诸此也。"

⑮宣王薄伐：《三国志·魏书·公孙渊传》载，景初二年（238），魏明帝遣太尉司马宣王征公孙渊，破之，斩渊父子，传渊首洛阳。

⑯次：停留。辽阳：地名。《汉书·地理志》曰："辽东郡……辽阳县。"

⑰枹鼓：击鼓。枹，鼓槌。这里作动词用。

⑱元凶：指公孙渊。折首：斩头，断头。

⑲疆场（yì）：疆界。

⑳列郡：设置行政区域。

㉑殊俗：不同的习俗。即指异族。款附：诚心归附。

㉒九野：《淮南子·原道训》："上通九天，下贯九野。"高诱曰："九天，八方、中央也。九野亦如之。"

㉓东夷献其乐器：《后汉书·东夷列传》曰：东夷"自少康已后，世服王化，遂宾于王门，献其乐舞"。

㉔肃慎贡其楛（hù）矢：《三国志·魏书·陈留王奂传》曰："（景元三年）夏四月，辽东郡言肃慎国遣使重译入贡，献其国弓三十张，长

三尺五寸。楛矢长一尺八寸,石砮三百枚。"楛,木名。

㉕不羁(jī):不受拘束。羁,系住。

㉖应化:顺应德化。

【译文】

公孙渊凭借父兄的基业,世代居住在东方边远之地,拥有燕、胡一带,侵犯险远之地。讲习武事气势嚣张,不尽职守不奉贡品,对内傲抗帝命,对外交通南国。凭借海上的运输,交换流通财货,南方的葛越在北土流传,北方有名的貂马在吴、越一带流通。公孙渊自以为有弓箭手十万,调遣奔跑足够使用,诚能向右挫折燕、齐,向左震动扶桑,北面欺压沙漠之民,从而南面称王。宣王司马懿举兵讨伐,气猛势锐长驱而入,军队暂停辽阳,则故城就不能守住;用槌击响战鼓,而元凶就脑袋折断。然后远征边界,在边荒列置郡州,收聚流离散失的人民,使他们都能安居,民众喜悦诚服,异族诚心归附。从此王朝日渐兴隆,八方与中央之地清静安泰,东方夷族献上他们的乐器,肃慎之国贡奉他们的楛矢。长久以来世代不受约束的边远之国,应顺德化而来朝拜,那巍巍如高山、荡荡如长江的气势,想必有所详闻。

　　吴之先主,起自荆州①,遭时扰攘,播潜江表②。刘备震惧,亦逃巴岷③。遂依丘陵积石之固④,三江五湖浩汗无涯⑤,假气游魂⑥,迄于四纪⑦。二邦合从⑧,东西唱和,互相扇动,距捍中国⑨,自谓三分鼎足之势⑩,可与泰山共相终始。

【注释】

①"吴之先主"二句:《三国志·吴书·孙破虏讨逆传》载,董卓专朝政,诸州即兴兵讨伐,孙坚亦荆州举兵,引军至鲁阳,领豫州刺史,治兵于鲁阳城。吴之先主,指孙坚。荆州,古"九州"之一。

《尔雅·释地》:"汉南曰荆州。"

②播潜:流亡潜伏。江表:长江之外,即长江以南之地。

③"刘备"二句:《三国志·蜀书·先主传》载,益州牧刘璋迎刘备入益州。至涪,刘璋令诸将勿复关通刘备,刘备大怒,进围成都。刘璋降,刘备领益州牧。巴岷,泛指四川东部一带。

④依丘陵积石之固:指刘备的蜀国,倚仗山势的险固加以据守。

⑤三江五湖浩汗无涯:指孙权的吴国,凭借江湖的宽广辽阔加以据守。《汉书·地理志》曰:"吴东有海盐章山之铜,三江五湖之利。"

⑥假气游魂:魏明帝《善哉行》曰:"权实竖子,备则亡虏,假气游魂,鱼鸟为伍。"假气,凭借残余的气息。游魂,飘荡无定的鬼魂。

⑦四纪:四十八年。纪,古代以十二年为一纪。

⑧二邦合从:指吴、蜀联盟抗魏。合从,即合纵。本指六国联合抗秦的政策,这里只是沿用古语,仅取其联盟之义。

⑨距捍:抗拒抵挡。中国:这里指占据中原地区的魏国。

⑩三分鼎足:鼎足为三,喻指三分天下,各据其一。《史记·淮阴侯列传》蒯通说韩信曰:"莫若两利而俱存之,三分天下,鼎足而居,其势莫敢先动。"

【译文】

吴国的先主,自从荆州起事,由于碰上扰乱的时势,流亡潜伏在长江之南。刘备震惊恐惧,也逃到巴岷一带。吴、蜀二国就倚靠山水的险固,三江五湖的浩瀚无际,凭借残存的气息一如飘荡不定的魂魄,至今已达四十八年。吴、蜀二国联盟,东唱西和,互相煽动,抗拒抵挡中原,自认为鼎足三分天下之势已定,可以与泰山共相始终。

　　相国晋王①,辅相帝室,文武桓桓②,志厉秋霜,庙胜之筹③,应变无穷,独见之鉴④,与众绝虑⑤,主上钦明⑥,委以万机⑦。长辔远御,妙略潜授,偏师同心⑧,上下用力,棱威奋伐⑨，深入其阻⑩，并敌一向，夺其胆气⑪。小战江介，则成都自溃；曜兵剑阁，而姜维面缚⑫。开地五千，列郡三十，师不逾时，梁、益肃清⑬。使窃号之雄，稽颡绛阙⑭，球琳重锦⑮，充于府库。

【注释】

①相：辅助。晋王：指司马昭。《三国志·魏书·三少帝纪》曰：咸熙元年(264)，"进晋公爵为王"。

②桓桓：威武庄严貌。

③庙胜：即战胜于朝廷。庙，庙堂。指朝廷。算(suàn)：计算用的筹。引申为计算、谋划、策略。《孙子兵法·计》曰："夫未战而庙算胜者，得算多也；未战而庙算不胜者，得算少也。"

④独见之鉴：独一无二的见识。鉴，指精辟的见识。

⑤与众绝虑：与众人的考虑绝不相同。

⑥钦明：敬慎明察。《尚书·尧典》："帝尧曰放勋，钦明文思安安。"

⑦万机：指处理纷繁的政务。

⑧偏师：指全军的一部分，以别于主力。

⑨棱：指威势。

⑩深入其阻：语出《诗经·商颂·殷武》："奋伐荆楚，深入其阻。"深入其险要之地。

⑪"并敌"二句：《孙子兵法·九地》曰："并敌一向，千里杀将。"又《孙子兵法·军争》曰："三军可夺气，将军可夺心。"一向，指向同一个目标。

⑫"小战"几句：李善注引《三国志·魏书》曰："景元四年，使征西将军邓艾、镇西将军锺会伐蜀。艾自阴平先登，至江介。西蜀卫将军诸葛瞻列阵待艾，艾遣子惠唐亭侯忠等大破之，斩瞻，进军到雒；刘禅遣使奉皇帝玺绶，为笺诣艾。会统十余万众，分从斜谷

骆谷入,平行至汉中,姜维守剑阁,距会。维等闻瞻已破,以其众东入巴。刘禅诣艾降,勒(应作"敕")维等令降于会,维诣会降。"姜维,蜀将。面缚,自缚当面请降。

⑬梁、益:西蜀所占据的地理位置,按《尚书·禹贡》所载属梁州的范围之内。按,汉武帝时行政区域的划分,则属益州。故以梁、益并称。

⑭稽颡(qǐ sǎng):古时的一种跪拜礼。屈膝下拜,以额触地。绛阙:傅玄《正都赋》曰:"彤彤朱宫,巍巍绛阙。"

⑮球:《诗经·商颂·长发》:"受小球大球,为下国缀旒。"毛传:"球,玉也。"琳:青碧色的美玉。重锦:色彩多样的锦绣。重,重色。《荀子·富国》:"重色而衣之。"

【译文】

　　相国晋王,辅佐帝室,文武之臣威武庄严,壮志厉肃超越秋霜,庙堂上胜敌的计策应势变化没有穷尽,独一无二的精辟见识,与众人的思虑绝不相同,主上敬慎明察,委之以助理万机的重任。当放长辔绳驾车远征之际,晋王暗授奇策妙略,所属军队万众同心,上下用力,振扬威势奋勇讨伐,深入蜀国的险要之地,并死攻敌所向一致,夺取了敌军的胆气。在江边进行了小战,成都就自行崩溃;在剑阁显耀了武力,姜维就自缚投降。开地五千里,安置三十郡,军队的征战没有超过规定的期限,梁州、益州的故军就全部肃清。致使偷窃称号的枭雄,在绛阙下屈膝跪拜,球琳之类的美玉与色彩多样的锦绣,装满了国家的府库。

　　夫虢灭虞亡①,韩并魏徙②,此皆前鉴之验③,后事之师也。又南中吕兴,深睹天命④,蝉蜕内向,愿为臣妾⑤,外失辅车唇齿之援⑥,内有毛羽零落之渐⑦。而徘徊危国,冀延日月,此犹魏武侯却指河山以自强大,殊不知物有兴亡,则所美非其地也⑧。

【注释】

①虢（guó）灭虞亡：虢、虞，均古国名。《春秋左传·僖公五年》曰：
　"晋灭虢，虢公丑奔京师。师还，馆于虞，遂袭虞，灭之。"

②韩并魏徙：《史记·秦始皇本纪》曰："十七年，内史腾攻韩，得韩
　王安，尽纳其地……二十二年，王贲攻魏，引河沟灌大梁，大梁城
　坏，其王请降，尽取其地。"韩并，指吞并韩国。魏徙，指魏国随之
　而降。

③前鉴：前事的借鉴。

④"又南中"二句：《三国志·吴书·孙休传》曰："交阯郡吏吕兴等
　反，杀太守孙谞……使使如魏，请太守及兵。"

⑤"蝉蜕"二句：喻吕兴愿内靠大魏，效臣妾之劳。蝉蜕，喻去故就
　新，弃暗投明。

⑥外失辅车唇齿之援：指因吕兴之变，交阯郡属魏，吴国失掉了互
　相依存的南郡。辅车唇齿，《春秋左传·僖公五年》宫之奇谏曰：
　"虢，虞之丧也。虢亡，虞必从之……谚所谓'辅车相依，唇亡齿
　寒'者，其虞、虢之谓也。"按，辅为颊骨，车为齿床，两者互相
　依存。

⑦内有毛羽零落之渐：指吴国因交阯郡太守孙谞之死，有如毛羽凋
　落的剧变。渐，加剧。

⑧"此犹魏武侯"几句：《史记·孙子吴起列传》曰："武侯浮西河而
　下，中流，顾而谓吴起曰：'美哉乎山河之固，此魏国之宝也。'起
　对曰：'……在德不在险，若君不修德，舟中之人尽为敌国也。'武
　侯曰：'善。'"

【译文】

虢国被消灭虞国随之而亡，韩国被兼并魏国随之而降，这都是值得

借鉴的经验教训,是以后行事的老师。又,南中吕兴,深察天命,他如蜕化的蝉一般投靠大魏,要效下属之劳,导致东吴外部失去了如辅车、唇齿一般互相依存的援助,内部发生如毛羽凋落一般的剧变。可仍然徘徊不决,希望拖延岁月,就让国家危险了;这就好像是魏武侯指点河山的险固而自以为强大一样,殊不知事物的兴亡在德不在险,因而值得赞美的不是那地势的险要。

　　方今百僚济济,隽乂盈朝①,虎臣武将,折冲万里②,国富兵强,六军精练,思复翰飞③,饮马南海④。自顷国家,整治器械⑤,修造舟楫,简习水战⑥。伐树北山,则太行木尽⑦;浚决河、洛⑧,则百川通流。楼船万艘,千里相望,自刳木以来⑨,舟车之用,未有如今日之盛者也。骁勇百万⑩,畜力待时,役不再举⑪,今日之谓也。

【注释】

①"方今"二句:百僚,百官。济济,庄敬貌。隽乂(yì),贤能之士。《尚书·皋陶谟》:"俊乂在官,百僚师师。"隽,通"俊"。

②折冲万里:《晏子春秋·内篇杂上》:"仲尼闻之曰:'善哉! 不出尊俎之间,而折冲于千里之外,晏子之谓也。'"折冲,指击退敌方的战车,意谓抵御敌人的进攻。

③翰飞:高飞。《诗经·小雅·小宛》:"宛彼鸣鸠,翰飞戾天。"郑笺:"翰,高也。"

④饮马南海:饮战马于南海。征服南海的形象说法。

⑤器械:《礼记·大传》曰:"立权、度、量,考文章,改正朔,易服色,殊徽号,异器械,别衣服。"郑注:"器械,礼乐之器及兵甲也。"

⑥简:检阅。《周礼·小宰》郑注引郑司农云:"简,阅也。"

⑦太行：山名。颜师古注《汉书·地理志》曰："太行山在河内山阳西北。"

⑧浚：疏通。

⑨刳(kū)木：《周易·系辞》："刳木为舟。"刳，剖开而挖空。

⑩骁(xiāo)勇：勇猛。

⑪役不再举：《六韬·犬韬》："太公谓武王曰：'圣人兴兵，为天下除患去贼，非利之也。故役不再籍，一举而得。'"意谓不多次征发兵役。

【译文】

　　当今大魏百官庄敬、贤能满朝，如虎之臣，威武之将，击退敌人的进攻于万里之外，国富兵强，六军精练，就想再次举翼高飞，让战马饮水在南海之滨。国家很快将整治兵甲，修造战船，检阅演习水战。砍伐北山的树木，太行山的树木就被砍光；疏通黄河与洛水，百川就全部通流。楼船多达万艘，千里相望不绝，自从刳木为舟以来，所用的战船兵车，没有像今天这样盛大的。骁勇善战之士百万，积蓄力量等待时机，所谓一战定局不再动武，就是当今大魏宏愿的写照。

　　然主上眷眷①，未便电迈者②，以为爱民治国，道家所尚③，崇城自卑，文王退舍④。故先开示大信，喻以存亡，殷勤之旨，往使所究。若能审识安危，自求多福⑤，蹶然改容⑥，祗承往告⑦，追慕南越，婴齐入侍⑧，北面称臣⑨，伏听告策，则世祚江表⑩，永为藩辅⑪，丰报显赏，隆于今日矣。若侮慢⑫，不式王命⑬，然后谋力云合⑭，指麾风从⑮。雍、益二州，顺流而东；青、徐战士，列江而西；荆、扬、兖、豫，争驱八冲⑯。征东甲卒⑰，虎步秣陵⑱。尔乃皇舆整驾⑲，六师徐征⑳，羽檄烛日㉑，旌旗流星，游龙曜路㉒，歌吹盈耳㉓。士卒奔迈，其会如林㉔，烟尘俱起，震天骇地，渴赏之士，锋镝争先㉕。忽然一旦，身首横分，宗祀屠覆，取诫万世。引领南望，良以寒心㉖。

【注释】

①眷眷：怀念不已。

②电迈：如闪电般地迈进。

③"以为爱民"二句：《老子》十章："爱人治国，能无为乎？"

④"崇城"二句：《春秋左传·僖公十九年》："子鱼言于宋公曰：'文王闻崇德乱而伐之，军三旬而不降，退修教而复伐之，因垒而降。'"舍，居。

⑤自求多福：语出《诗经·大雅·文王》："永言配命，自求多福。"

⑥蹶（jué）然：急遽貌。

⑦祇（zhī）：恭敬。

⑧"追慕"二句：《汉书·西南夷传》载，南越王胡立，天子使严助往喻意，南越王胡遣其子婴齐入侍宿卫。

⑨北面：古代君王南面而坐，臣子朝见君王则面北，因谓称臣于人为北面。

⑩祚（zuò）：流传。

⑪藩辅：藩国辅佐。

⑫侮慢：侮弄怠慢。

⑬式：用。

⑭谋力云合：策划兵力，使各路兵马如众云聚集。

⑮指麾风从：指挥调度各路兵马一致顺从。麾，同"挥"。风从，如风吹草偃。形容一致顺从。

⑯"雍、益"几句：指雍州、益州、青州、徐州、荆州、扬州、兖（yǎn）州、豫州的八路兵马会集征讨东吴。列江而西，指排列在长江沿岸而从西部进击东吴。八冲，指四通八达的交通要道。

⑰甲卒：身服盔甲的士兵。

⑱虎步:如猛虎之步。孔融《杂诗》:"幸托不肖躯,且当猛虎步。"秣
　　陵:古地名。约为今江苏南京一带。

⑲尔乃:犹于是。舆:车。整驾:整理车乘。这里意指准备出征。

⑳六师:六军。指皇帝的军队。

㉑羽檄(xí):羽书。《汉书·高帝纪》:"吾以羽檄征天下兵。"颜师古
　　注:"檄者,以木简为书,长尺二寸,用征召也。其有急事,则加以
　　鸟羽插之,示速疾也。"

㉒游龙曜路:指车马相连宛如游龙光照道路。

㉓歌吹盈耳:指歌声和乐声充满耳朵。

㉔其会如林:语出《诗经·大雅·大明》:"殷商之旅,其会如林。"指
　　军旗密集犹如丛林。

㉕镝(dí):箭镞。

㉖良:确实,诚然。

【译文】

　　然而主上还眷念不已,不便立即指令快如闪电地进军,这是考虑爱护人民治理国家,为道家所推崇;周文王面对崇侯的不降之城,曾自惭德薄,退居修德。因而先开示以大信,明晓以存亡之理,这番殷勤的旨意,前往的使者皆所传达。如能审察识知安危之理,自己求得众多之福,急遽改变容貌姿态,恭敬地接受往告的旨意,追思仰慕以前南越王的明智之举,将其子婴齐入朝侍奉,从而北面称臣,俯伏敬听所告之策,那么将世代相传江南之地,永为藩国辅佐之侯,再加上丰厚的报答与显贵的赏赐,这样东吴的兴隆在今天就可实现了。如果侮弄急慢,不遵听王命,那么将谋划兵力,使各路兵马如云会集;指挥调度,使各路兵马一致顺从。雍、益二州的兵卒,将由水路顺流而东下;青、徐二州的战士,将列队长江而西下进击;荆、扬、兖、豫四州的兵马,将在四通八达的交通要道上争先恐后地驱驰奋进。征讨东吴的甲兵,将以猛虎般的步伐迈进秣陵。于是皇车准备起程,六军徐徐出征,插上羽毛的诏书如同太阳一般

照耀天下,威武飘扬的军旗像流星一样光芒耀眼,车马相连宛如游动的长龙光照道路,歌声和乐声充满了耳朵。大魏的士兵奔腾奋进,军旗密集一如丛林,烟尘滚滚一时俱起,其气势使上天震恐大地惊骇,渴望得到重赏的士兵,冒着刀锋利箭争先奋进。忽然一个早上,身躯与脑袋横加分离,宗庙祭坛顿成废墟,从而成为万世引以为戒的例证。一旦发生这样可悲的结局,再引颈南望,确实令人因此而寒心。

　　夫治膏肓者,必进苦口之药;决狐疑者,必告逆耳之言①。如其迷谬②,未知所投,恐俞附见其已困③,扁鹊知其无功也④。勉思良图,惟所去就。石苞白。

【注释】

①“夫治”几句:膏肓(huāng),谓心鬲之间。膏,心下微脂;肓,鬲上薄膜。《春秋左传·成公十年》:“公梦疾为二竖子,曰:‘彼良医也,惧伤我,焉逃之?’其一曰:‘居肓之上,膏之下,若我何?’”后因以“膏肓”喻指难治之症。苦口之药、逆耳之言,《史记·留侯世家》张良曰:“忠言逆耳利于行,毒药苦口利于病。”

②谬:错误。

③俞附见其已困:俞附,古代良医。《列子·力命》:“杨朱之友曰季梁,季梁得病,七日大渐。其子环而泣之,请医……俞氏曰:‘汝始则胎气不足,乳湩有余,疾非一朝一夕之故,其所由来渐矣,弗可已也。’季梁曰:‘良医也。’”

④扁鹊知其无功:扁鹊,古代名医。《史记·扁鹊仓公列传》曰:“扁鹊过齐,齐桓侯客之,入朝见,曰:‘君有疾在腠理,不治将深。’桓侯曰:‘寡人无疾。’……后五日,扁鹊复见,曰‘君有疾在血脉,不治恐深。’……后五日,扁鹊复见,曰:‘君有疾在肠胃间,不治将深。’桓侯不应……后五日,扁鹊复见,望见桓侯而退走。桓侯使

人问其故。扁鹊曰：'疾之居腠理也，汤熨之所及也；在血脉，针石之所及也；其在肠胃，酒醪之所及也；其在骨髓，虽司命无奈之何。今在骨髓，臣是以无请也。'后五日，桓侯体病，使人召扁鹊，扁鹊已逃去。桓侯遂死。"

【译文】

要治疗病入膏肓的人，必定要送给他苦口良药；要开导犹豫不决的人，必定要告诉他逆耳的忠言。如果依然沉迷于谬误之中，不知道投靠的对象，那么恐怕良医俞附会发现自己已陷入困境，名医扁鹊也会知道自己劳而无功。劝勉早思良策，决定何去何从的道路。石苞禀白。

赵景真

赵至（约249—289），字景真，后改名浚，字允元，代郡（今河北蔚县）人，寓居洛阳。西晋文学家。少时感母训勉之言，从师受学；闻父耕作叱牛之声，自伤不能奉养其父，又投书而泣。及长，论识精辨，才思敏捷，志高而气盛。后出仕辽东，断狱精审，因被称誉。太康中（285年左右），以良吏赴往洛阳，方知母已亡故，又自感才高位卑，壮志不酬，悲愤交加，呼号痛哭，吐血而死。其作《与嵇茂齐书》，为世所重。

与嵇茂齐书一首

【题解】

李善曰："《嵇绍集》曰：'赵景真与从兄茂齐书，时人误谓吕仲悌与先君书，故具列本末：赵至……州辟辽东从事；从兄太子舍人蕃，字茂齐，与至同年相亲。至始诣（往）辽东时，作此书与茂齐。'干宝《晋纪》，以为吕安与嵇康书。二说不同，故题云'景真'，而书曰'安'。"按，嵇绍为嵇康之子,《嵇绍集》所言为实。本文是赵景真写给嵇康兄子嵇茂齐的一封书信。该信主要叙写了始往辽东行路的艰难与投告异乡的畏惧心情,同时也抒发了自己的雄心壮志,并感慨自己的忧愤与壮志很难得到茂齐的理解,最后以深切的相思之情作结。该书情真意切,辞意畅达,笔锋凌厉,个性鲜明,颇得嵇康的赞赏,是当时一篇很有影响的书信佳作。

　　安白:昔李叟入秦,及关而叹^①;梁生适越,登岳长谣^②。夫以嘉遁之举^③,犹怀恋恨,况乎不得已者哉!

【注释】

①"昔李叟"二句:《史记·老子韩非列传》:"老子……居周久之,见周之衰,乃遂去。至关……言道德之意五千余言而去,莫知其所终。"《列子·黄帝》曰:"杨朱南之沛,老聃西游于秦,邀于郊,至梁而过(拜访)老子。老子中道仰天叹曰:'始以汝为可教,今不可教也。'……杨朱曰:'请闻其过。'老子曰:'而睢睢(仰视貌)而盱盱(直视貌),而谁与居。'"按,作者取《史记》与《列子》之载合而成之,意谓周朝已衰落,中原不可居,然西入函谷关,"睢睢与盱盱"(喻有志与正直之士),也难于被世人所理解、接受。老子为杨朱叹息,亦有自叹之意。李叟,即老子、老聃。老子又称李耳,故称李叟。叟,老人。

②"梁生"二句:《后汉书·梁鸿传》曰:"梁鸿、字伯鸾,扶风平陵人也……东出关,过京师,作《五噫》之歌曰:'涉彼北邙兮,噫! 顾览帝京兮,噫! 宫室崔嵬兮,噫! 人之劬劳兮,噫! 辽辽未央兮,噫!'肃宗闻而非之,求鸿不得。乃易姓……与妻子居齐、鲁之间。"《列女传·梁鸿之妻》:梁鸿与其妻"后复相将至会稽(会稽为越地),赁舂为事"。按,作者以《后汉书》与《列女传》所载合而

用之,意谓梁鸿处于汉之乱世,知中原不可居留,故去越隐居之前,登岳(北邙山)长歌。对以上四句,李善认为:"然老子之叹,不为入秦;梁鸿长谣,不由适越。且复以至郊为及关,升邙为登岳,盖取意而略文也。"亦可资参考。但李善未涉及有关《史记》与《列女传》的材料,故理解也尚有欠周之处。

③嘉遁:指隐逸。

【译文】

吕安禀白:从前老子将入秦国,至函谷关而叹息;梁鸿将往越地,登北邙山而长歌。以老子、梁鸿隐逸的举动,尚且怀有依恋恨别的情意,更何况因不得已而漂泊异乡的人呢!

惟别之后,离群独游,背荣宴,辞伦好①,经迥路②,涉沙漠。鸣鸡戒旦③,则飘尔晨征④;日薄西山⑤,则马首靡托⑥。寻历曲阻,则沉思纡结⑦;乘高远眺,则山川悠隔。或乃回飙狂厉⑧,白日寝光⑨,踦跔交错⑩,陵隰相望⑪;徘徊九皋之内⑫,慷慨重阜之巅⑬;进无所依,退无所据;涉泽求蹊⑭,披榛觅路⑮,啸咏沟渠⑯,良不可度⑰。斯亦行路之艰难,然非吾心之所惧也。

【注释】

①伦:辈。指同辈。

②迥(jiǒng):远。

③戒:告。陈琳《武军赋》曰:"启明(星名)戒旦,长庚(星名)告昏。""戒""告"对举,足证"戒"即为"告"。

④尔:犹然。

⑤日薄西山:扬雄《反离骚》曰:"临汨罗而自陨兮,恐日薄于西山。"

薄,迫,近。

⑥马首靡托:《春秋左传·襄公十四年》:"鸡鸣而驾,塞井夷灶,唯余马首是瞻。"杜预注:"言进退从己。"后用作服从指挥或乐于追随之意。作者用此典,是指没有追随的目标,无所寄托。

⑦纡结:郁积不畅。

⑧飙(biāo):暴风。曹植《杂诗》:"何意回飙举,吹我入云中。"厉:猛烈。

⑨寝光:犹暗淡无光。寝,湮没不彰,隐蔽。

⑩踦岖(qī qū):同"崎岖",地势或道路高低不平。

⑪隰(xí):低下的湿地。

⑫九皋(gāo):《诗经·小雅·鹤鸣》:"鹤鸣于九皋,声闻于野。"毛传:"皋,泽也。"郑笺:"皋,泽中水溢出所为坎,自外数至九,喻深远也。"

⑬阜(fù):土山。

⑭蹊:山路。

⑮榛(zhēn):树丛。

⑯啸咏:犹啸歌。这里指悲歌。

⑰良:诚。

【译文】

　　分别之后,离群独游,离开盛宴,告别同好,经历悠远之路,跋涉沙漠之中。鸣鸡告旦,就飘然清晨出征;日迫西山,就惶然无所依从。连续经历曲折险阻,则思想沉重而郁结;登上高山放眼远眺,则山川悠悠而远隔。时或回旋的暴风猛烈狂吹,明亮的太阳暗淡无光;崎岖的山路纵横交错,所见到的只是山陵与低湿之地;或在广阔的泽地之内徘徊,或在重叠的土山之顶感慨;进,没有凭倚;退,没有投靠;徒步渡泽寻找山路,劈开树丛寻觅道路,悲啸咏叹那开阔的沟渠,确实不能渡过。这也就是所谓行路的艰难,但并不是我内心所畏惧的。

　　至若兰茝倾顿，桂林移植，根萌未树，牙浅弦急，常恐风波潜骇，危机密发①。斯所以怵惕于长衢②，按辔而叹息也③。又北土之性，难以托根，投人夜光，鲜不按剑④。今将植橘柚于玄朔⑤，蒂华藕于修陵⑥，表龙章于裸壤⑦，奏《韶舞》于聋俗⑧，固难以取贵矣。夫物不我贵，则莫之与；莫之与，则伤之者至矣⑨。

【注释】

①"至若"几句：李善注："喻身之危也。根萌未树，故恐风波潜骇；牙浅弦急，故惧危机密发也。"按，兰茝倾顿，喻己被摧残打击；桂林移植，喻己为避免摧残而迁徙辽东；根萌未树，喻己初到辽东根基未立；牙浅弦急，喻敌对势力如弦上之箭瞄准自己；风波潜骇，危机密发，喻自己常恐遭受敌对势力的偷袭与暗算。茝（chǎi），一种香草。桂，芳香之树。树，立。牙浅，指牙浅露之时，即指牙钩住弓弦之时。牙，弩机的关键部件之一，可钩住弓弦，牙缩下，钩住的弦就劲弹而出。

②怵（chù）惕：戒惧。长衢（qú）：长道，长路。衢，四通八达的道路。

③按辔：乘马时控制缰绳缓行。

④"投人"二句：指投人以夜光的宝璧，却很少不碰到对方手持剑把相对待。借喻自己以善意待人，而对方却往往恶意相报。邹阳《狱中上书自明》："夜光之璧，以暗投人于道。众莫不按剑相眄者。"鲜，少。

⑤植橘柚于玄朔：曹植《橘赋》曰："背江洲之气暖，处玄朔之肃清。"玄朔，北方。玄，黑色，北方之色。按，橘柚为南方的植物，寒冷的北方不可能生存。

⑥蒂：蒂结。华：同"花"。《淮南子·说山训》曰："譬若树荷山上，

而畜火井中。"可知这里指荷花。修陵:修长的山陵。按,种植水
生植物荷花与藕在修陵之上,也不能生存。

⑦表龙章于裸壤:李善注:"龙,衮龙之服也。章,章甫之冠也。裸
壤,文身也。《庄子》曰:'宋人资章甫适诸越,越人断发文身,无
所用之。'"意指到裸体文身之地销售绣龙的衣服、精美的帽子,
是无的放矢,不可能为对方所看重。

⑧《韶舞》:虞舜的乐舞,为上古之乐,以美盛高雅著称。聋俗:一般
的俗人不能接受上古的《韶舞》之乐,实际上与聋人无异。《庄
子·逍遥游》肩吾曰:"瞽者无以与乎文章之观,聋者无以与乎钟
鼓之声。"

⑨"夫物"几句:《周易·系辞》曰:"无交而求,则民不与也;莫之与,
则伤之者至矣。"意谓对方不贵重我,就不能同对方交往;不能同
对方交往,那么想伤害我的人就来临了。

【译文】

　　至于我背离故土漂泊异乡,一如芳草兰茝被倾折委顿,桂树之林被
迁移种植;好比根苗的萌芽尚未生出,常恐风波暗暗地惊骇摧残;又好
比弩弓浅显而弓弦紧急,常恐危机暗发为冷箭所中。这就是我在四通
八达的长道上为之戒惧,骑马缓行为之叹息的原因。再说北方的土质,
难以寄托根苗,即使投之以夜光的宝璧,也很少有不按剑相待的。而今
将迁移南方生长的橘、柚到北土种植,把水生的荷花与莲藕种植在高山
之上,把绣龙的衣服与精美的礼帽拿到裸体文身的地方去推销,把虞舜
的《韶舞》演奏给不懂音乐的俗人去听,必然很难为对方所看重了。对
方不看重我,就不能同对方交往相处;不能同对方交往相处,那么想伤
害我的人就会来临了。

　　飘飖远游之士,托身无人之乡。总辔遐路①,则有前言
之艰②;悬鞍陋宇③,则有后虑之戒④。朝霞启晖,则身疲于

遄征⑤；太阳戢曜⑥，则情劬于夕惕⑦。肆目平隰，则辽廓而无睹；极听修原⑧，则淹寂而无闻⑨。吁其悲矣⑩，心伤悴矣⑪！然后乃知步骤之士⑫，不足为贵也。

【注释】

①总辔(pèi)：犹按辔。

②前言之艰：指前面所言行路的艰难。

③悬鞍陋宇：指悬挂马鞍定居陋室。

④后虑之戒：李善注："谓北土之性，难以托根以下也。"

⑤遄(chuán)征：速征。指长途奔跑。

⑥戢(jí)曜：收敛光芒。

⑦劬(qú)：劳苦。夕惕：晚上戒惧。《周易·乾》："君子终日乾乾，夕惕若厉，无咎。"

⑧修原：高原。

⑨淹寂：沉寂。

⑩吁(xū)：叹声。

⑪悴(cuì)：忧。

⑫步骤之士：刘良注："谓驱驰行役之人也。"

【译文】

飘荡远游的士人，托身在无人理解的异乡。骑马缓行长途远征，则有前面所说的行路之艰难；悬挂马鞍定居陋室，则有后面所忧虑的移居恐惧。每当朝霞开启朝阳的光辉，身体则因长途奔跑而疲困；每当太阳收敛最后的余光，心情则因晚上的戒惧而劳苦。在低平的湿地上极目远眺，则一片辽廓而无所见；在广阔的高原上尽心静听，则一片沉寂而无所闻。啊！何等的可悲，令人心情感伤、忧愁！然后才知道驱驰行役的人，不值得被人尊重。

若乃顾影中原,愤气云踊①;哀物悼世,激情风烈②;龙睇大野③,虎啸六合④;猛气纷纭,雄心四据⑤;思蹑云梯⑥,横奋八极⑦;披艰扫秽,荡海夷岳⑧;蹴昆仑使西倒⑨,蹋太山令东覆⑩;平涤九区⑪,恢维宇宙⑫。斯亦吾之鄙愿也。时不我与,垂翼远逝⑬,锋钜靡加⑭,翅翮摧屈⑮。自非知命,谁能不愤悒者哉⑯!

【注释】

①云踊:犹云涌。

②风烈:即烈风。指大风猛起。《论语·乡党》:"迅雷风烈必变。"

③睇(dì):流盼。

④六合:指天地四方。

⑤四据:即据四,盘踞四方。

⑥蹑云梯:登上青云之梯。

⑦八极:八方极远的地方。

⑧荡海夷岳:震荡四海,夷平五岳。田邑《报冯衍书》曰:"欲摇太山而荡北海。"

⑨蹴(cù):踏,踢。

⑩蹋(tà):同"踏"。

⑪涤:扫除。九区:犹九州。

⑫恢维:扩大联结。

⑬垂翼:下垂其翅。《周易·明夷》:"明夷于飞,垂其翼。"

⑭钜(jù):钩子。

⑮翮(hé):羽毛茎下端中空部分。这里指羽毛。

⑯悒(yì):忧郁,郁闷。

【译文】

　　至于回顾往日在中原的情景,激愤之情如云涌起,为哀悼世事而感慨,激昂之情如狂风猛起;好比苍龙顾盼广阔的原野,猛虎长啸天地四方;猛气旺盛横溢,雄心盘踞四方;心欲追随上登青云的天梯,奋发横行八方边远之地;劈开艰难险阻,扫荡污垢混浊;脚踢昆仑使之向西倾倒,足踏泰山令其向东倾覆;扫荡平定九州,宏大联结宇宙。这也就是我的鄙愿。无奈时运不给我机遇,只能低垂翅膀远飞,由于孤独无力,即使箭锋利钩不施加己身,翅膀羽毛也必将摧残屈折。自非认知天命,谁能不愤郁呢!

　　吾子植根芳苑,擢秀清流,布叶华崖,飞藻云肆①;俯据潜龙之渊,仰荫栖凤之林②;荣曜眩其前,艳色饵其后③,良俦交其左④,声名驰其右;翱翔伦党之间⑤,弄姿帷房之里⑥;从容顾眄⑦,绰有余裕⑧,俯仰吟啸,自以为得志矣,岂能与吾同大丈夫之忧乐者哉!

【注释】

①藻:文采。云肆:云端。肆,极,尽。

②"俯据"二句:比喻茂齐所处地位优越。

③饵(ěr):引鱼上钩的食物。这里引申为引诱、吸引。其前、其后:为互文。

④俦(chóu):伴侣,同辈。其左:与下"其右",亦为互文。

⑤伦党:犹朋辈。

⑥帷房:内室。

⑦顾眄:回视。

⑧绰有余裕:语出《孟子·公孙丑》:"绰绰然有余裕哉。"形容态度从容,不慌不忙的样子。这里兼有悠闲自在之意。绰、裕都是

　　宽、余的意思。

【译文】

　　您好比植根在芳香的园林之中，挺秀在清流之上，绿叶布满华丽的岩崖，飞扬的文采直上云端；下有潜龙深渊的据靠，上有栖凤树林的庇荫；前后有炫目的荣耀、诱人的艳色；左右有交往的良朋、飞驰的名声；您在朋辈之间翱翔自如，在内室之里摆弄姿态；从容回视，宽裕悠闲，俯吟仰啸，自以为得志，怎能与我共同感受大丈夫的忧伤与快乐呢！

　　去矣嵇生，永离隔矣；茕茕飘寄①，临沙漠矣；悠悠三千，路难涉矣。携手之期，邈无日矣；思心弥结②，谁云释矣③！无金玉尔音，而有遐心④。身虽胡越⑤，意存断金⑥。各敬尔仪⑦，敦履璞沉⑧，繁华流荡，君子弗钦⑨。临书恨然，知复何云⑩！

【注释】

①茕茕(qióng)：孤独无依貌。

②弥(mí)：更加。

③云：语助词，无义。释：消融，消除。

④"无金玉"二句：《诗经·小雅·白驹》："毋金玉尔音，而有遐心。"指别后不要像吝惜金玉那样珍惜音讯，而有疏远的心意。

⑤身虽胡越：胡人居北方，越人居南方，借喻离别之远。

⑥意存断金：《周易·系辞》："二人同心，其利断金。"后因以"断金"作为"同心"的代词。

⑦各敬尔仪：《诗经·小雅·小宛》："各敬尔仪，天命不又。"各位敬慎你们的威仪。仪，威仪。泛指容貌举止。这里是借引《诗经》的原文，告诫嵇茂齐要敬慎自己的容貌举止。

⑧敦履(lǚ)：敦厚踏实。履，踩踏，实行。这里引申为踏实。璞沉：

　　质朴深沉。璞,未雕琢的玉。喻指人品真纯质朴。

⑨钦:敬重,钦佩。

⑩"临书"二句:诸葛亮《出师表》:"今当远者,临表涕零,不知所
　　言。"悢然,惆怅貌。

【译文】

　　去了嵇生,这是永远的离别;我孤独无依飘寄旅途,且将面临沙漠;
三千里的路程悠悠漫长,路途难于跋涉。携手同游的约期,已渺茫无
日;思念之心更加郁结,又有谁能消除! 希望您不要像看重金玉那样地
吝惜音讯,而有疏远我的心意。我们各自的身居之地相隔虽像胡、越那
样的遥远,但我们的心意是连结在一起的。希望您的仪表举止多加敬
慎,要敦厚踏实质朴深沉,繁华流荡的生活作风,君子是不会敬重的。
写信时深感惆怅,不知道再说些什么了!

丘希范

　　见卷第二十《侍宴乐游苑送张徐州应诏诗》作者介绍。

与陈伯之书一首

【题解】

　　本文是一篇著名的骈体书信,内容是规劝陈伯之归服梁朝。陈伯
之本是齐末江州(今江西九江一带)刺史,曾抗击过梁武帝萧衍,降梁后
仍为江州刺史。天监元年(502),因听信离间之辞,起兵反梁,战败归降
北魏,任平南将军。天监四年(505)冬,梁武帝命其弟临川王萧宏北伐,
陈伯之屯兵寿阳(今安徽寿县附近),与梁军对抗,萧宏命记室(相当于
秘书)丘迟写信劝其归降。天监五年(506)春天,陈伯之在大军压境的

形势下,又看了这封著名的劝降信,终于率众八千归降梁朝。

丘迟这封劝降信,立意鲜明,章法严正。首先责之以大义,其次申之以宽大,再次晓之以利害,最后动之以感情,既有义正辞严的一面,又有委曲婉转的一面,可谓恩威并具,软硬兼施。再加上作者语言精美,善于用典,因而该文具有很强的说服力与感染力,成为千古名篇。

迟顿首①:陈将军足下无恙②,幸甚幸甚!

【注释】

①顿首:叩拜。古人书信中常用的客套话。

②无恙(yàng):没有忧愁病痛。古人书信中常用的问候语。

【译文】

丘迟叩拜:得知您陈将军别来无恙,深感幸运! 深感幸运!

将军勇冠三军①,才为世出②,弃燕雀之小志,慕鸿鹄以高翔③。昔因机变化④,遭遇明主⑤;立功立事⑥,开国称孤⑦;朱轮华毂⑧,拥旄万里⑨,何其壮也! 如何一旦为奔亡之虏⑩,闻鸣镝而股战⑪,对穹庐以屈膝⑫,又何劣邪!

【注释】

①勇冠三军:语出李陵《重报苏武书》:"陵先将军,功略盖天地,义勇冠三军。"勇敢为三军之首。三军,古代军队分上、中、下三等。

②才为世出:语出苏武《报李陵书》:"每念足下,才为世生,器为时出。"才能当世突出。

③"弃燕"二句:语出《史记·陈涉世家》:"陈涉少时,尝与人佣耕,辍耕之垄上,怅恨久之,曰:'苟富贵,无相忘。'庸者笑而应曰:

'若为庸耕,何富贵也?'陈涉太息曰:'嗟呼! 燕雀安知鸿鹄之志哉!'"燕雀,比喻目光短浅者。鸿鹄(hú),天鹅。言陈伯之志向远大。

④因机:因顺机缘。这里指背齐归梁。

⑤明主:这里指梁武帝萧衍。

⑥立功立事:延笃《与张奂书》曰:"烈士殉名,立功立事。"功,功勋。事,事业。

⑦开国:开建邦国。晋代封爵,自郡公至县男,都加以"开国"称号,南北朝至宋代均沿袭此制。孤:王侯自称。

⑧朱轮华毂(gǔ):形容车乘华丽。毂,车轮中心的圆木。

⑨旄(máo):这里指旄节,臣子持之作为信物。万里:荀悦《汉纪·孝哀皇帝纪》:"今之州牧,号为万里。"

⑩奔亡之虏:逃亡投敌之人。

⑪鸣镝(dí):响箭。股战:大腿战栗、发抖。股,大腿。

⑫穹(qióng)庐:北方游牧民族居住的圆形帐篷。这里借指北魏政权。

【译文】

将军的勇敢为三军之首,才能在当代也是出众的,抛弃了燕雀般的小志向,仰慕鸿鹄能高飞万里。您以前因顺时机变而归梁,得到明主梁武帝的恩遇;建立功勋、事业,受封开创邦国,得到王侯的称号;乘坐华美的车子,拥有朝廷颁发的旄节,号令一方,这是何等的威武雄壮! 怎么一天之间成了逃亡投敌的叛徒,听到响箭的声音而两腿战栗发抖,面对蛮夷之君而屈膝下跪,又是多么卑劣下贱啊!

　　寻君去就之际①,非有他故,直以不能内审诸己,外受流言②,沉迷猖獗③,以至于此。圣朝赦罪责功④,弃瑕录用⑤,推赤心于天下⑥,安反侧于万物⑦。将军之所知,不假仆一二谈也⑧。朱鲔涉血于友于⑨，张绣剚刃于爱子⑩，汉主不以为疑，魏君待之若旧。况将军无昔人之罪，而勋重于当世⑪。夫迷涂知反，往哲是与⑫；不远而复⑬，先典攸高⑭。主上屈法申恩⑮，吞舟是漏⑯。将军松柏不翦，亲戚安居，高台未倾⑰，爱妾尚在。悠悠尔心，亦何可言！

【注释】

①寻：扒寻，推求。去就：指陈伯之叛离梁朝投靠北魏。

②外受流言：指陈伯之听信部下邓缮等人的离间之言。

③猖獗：猖狂妄行。这里指陈伯之举兵反梁之事。

④圣朝：指梁朝。责功：求功，以立功相督责。

⑤瑕：玉石上的斑点。这里指过失。

⑥推赤心于天下：《后汉书·光武帝纪》载，刘秀破铜马军，"降者更相语曰：'萧王推赤心置人腹中，安得不投死乎？'"赤心，赤诚之心。

⑦安反侧：《后汉书·光武帝纪》载，汉兵破邯郸，收文书，得吏人与敌交关毁谤者数千章，刘秀会诸侯将烧之，曰："令反侧子自安。"反侧，指怀疑动摇的人。

⑧仆：我。作者自称。

⑨朱鲔（wěi）涉血于友于：李善注引谢承《后汉书》云，东汉光武帝刘秀的兄长刘縯被更始帝刘玄所杀，朱鲔曾参与其事。后来朱鲔在洛阳被刘秀的军队所包围，因刘秀答应他既往不咎，便献城投降。涉血，即喋（dié）血，指杀人流血。友于，指兄弟。语出《尚书·君陈》："惟孝友于兄弟。"这里指刘秀之兄刘縯。

⑩张绣剚（zì）刃于爱子：据《三国志·魏书·武帝纪》载，建安二年（197），张绣归降曹操，后又攻打曹操，杀死了曹操的长子昂和侄

儿安民。两年之后，又归降曹操，曹操不记杀子之仇，仍封他为列侯。劖刃，把刀插进去，即刺杀。

⑪勋重于当世：指陈伯之在齐末降梁后力战有功，封征南将军事。

⑫往哲：往昔的圣贤。

⑬不远而复：语出《周易·复》："不远复，无祇悔，元吉。"孔疏曰："是迷而不远即能复也。"

⑭先典：古代的典籍。这里指《周易》。

⑮屈法：轻法。申恩：有重恩之意。

⑯吞舟是漏：吞舟的大鱼也能漏网。比喻梁朝的法网宽松。《盐铁论·刑德》："明王茂其德教，而缓其刑罚也。网漏吞舟之鱼，而刑审于绳墨之外，及臻其末，而民莫犯禁也。"

⑰高台未倾：指陈伯之在梁的住宅未毁。

【译文】

推求您背梁投魏那时的情况，并不是有其他的原因，只是因为内不能审慎地思考，外轻信了流传的谣言，由沉溺迷惑而导致猖狂妄行，以至于陷入这样的处境。圣明的梁朝赦免人的罪过而要求被赦者立功，不计较一时的过失而收录任用，对天下的人都能推心置腹，以诚相待，使一切反复无常的人都能安定下来。这些情况将军是知道的，不用我一一细述了。朱鲔曾杀害了光武帝的兄长，张绣刺杀了曹操的爱子，但汉主光武任用朱鲔而不加猜疑，魏君曹操对待张绣一如以往。况且将军没有朱鲔、张绣的重罪，而功勋又被当代所看重。至于误入迷途而知返回，是古代圣贤所嘉许的；迷途未远而知返回，是古代典籍所推崇的。圣上轻法重恩，即使是吞舟大鱼般的重罪，也可以从宽松的法网中释放。将军祖坟的松柏未曾损毁，亲属姻戚安然居住，高台楼阁没有倾倒，心爱的美妾也健在。您扪心深思，还有什么可讲的呢！

今功臣名将，雁行有序①。佩紫怀黄②，赞帷幄之谋③；

乘轺建节④，奉疆埸之任⑤。并刑马作誓⑥，传之子孙。将军独靦颜借命⑦，驱驰毡裘之长⑧，宁不哀哉！夫以慕容超之强⑨，身送东市⑩；姚泓之盛⑪，面缚西都⑫。故知霜露所均⑬，不育异类⑭；姬汉旧邦⑮，无取杂种⑯。北虏僭盗中原⑰，多历年所⑱，恶积祸盈，理至燋烂⑲。况伪孽昏狡⑳，自相夷戮㉑，部落携离㉒，酋豪猜贰㉓。方当系颈蛮邸㉔，悬首藁街㉕。而将军鱼游于沸鼎之中，燕巢于飞幕之上㉖，不亦惑乎？

【注释】

①雁行有序：梁朝封赏任用得宜，功臣名将尊卑有序，井然不乱，就像群雁飞行时排成整齐的行列一样。

②佩紫怀黄：指文官们腰结紫色绶带，怀装黄金之印。这是形容官品很高。

③赞：佐助，参与。帷幄：指军帐。

④轺（yáo）：用两匹马拉的轻车。建：这里指竖立、插立。节：旄节。

⑤疆埸（yì）：疆界，边境。

⑥并刑马作誓：皇帝与功臣共同宰杀白马，饮血立誓。刑，杀。

⑦靦（tiǎn）颜：面带愧色。借命：指苟活。

⑧毡裘之长：本指北方游牧部族的酋长，这里指北魏的君王。毡裘，用野兽皮毛制成的衣服。

⑨慕容超：南燕（鲜卑族政权，建都在今山东青州）君主。晋末宋初，曾大掠淮北一带，盛强一时。410年，宋武帝刘裕率军北伐，灭南燕，俘获慕容超，押送建康（今江苏南京）斩首。事见《宋书·武帝纪》。

⑩东市：原是汉代长安处决犯人的地方。《汉书·晁错传》："错衣朝衣，斩东市。"后泛指刑场。

⑪姚泓(hóng)：后秦君主。建都长安(今陕西西安)，称雄一方。
417年，刘裕进兵攻破长安，姚泓自缚投降，被押送到建康斩首。

⑫面缚：自缚而当面请降。一说缚手背，面部向前称面缚。西都：
指长安。

⑬霜露所均：语出《礼记·中庸》："天之所覆，地之所载，日月所照，
霜露所坠。"会合两者之意，"均"可理解为普降，以霜露所及之处
代指天地之间。

⑭异类：指汉族以外的民族。

⑮姬：周族之姓。这里指周朝。汉：指汉朝。旧邦：指文明古国。

⑯无取：不足选取。这里指不能容纳。杂种：即异类。

⑰北虏：对北方少数民族的贬称。僭(jiàn)：超越本分。这里有偷
窃之意。

⑱多历年所：所，表约数。从386年建立北魏，至丘迟写此信，即
505年，北魏占据中原已有一百多年了。

⑲"恶积"二句：《周易·系辞》曰："善不积，不足以成名。恶不积，
不足以灭身。"

⑳伪孽：指北魏宣武帝拓跋恪。伪，非法的。孽，身份不正。

㉑自相夷戮(lù)：指北魏统治集团内部的自相残杀。501年，宣武
帝的叔父咸阳王元禧图谋作乱，被杀。504年，宣武帝的另一叔
父北海王元祥也因谋乱被囚禁而死。

㉒携离：离心，背叛。

㉓酋豪：酋长。猜贰：因猜忌而怀有二心。

㉔方当：将要。系颈：指颈子套上绞索，亦即处于绞刑。蛮邸(dǐ)：
异族首领所居的宾馆。

㉕藁(gǎo)街：汉朝京都长安的街名，"蛮邸"即设于此街。

㉖"而将军"二句：《后汉书·刘陶传》朱穆上疏曰："养鱼沸鼎之中，栖
鸟烈火之上。水木本鱼鸟之所生也，用之不时，必至燋烂。"又，

《春秋左传·襄公二十九年》曰，吴季札曰："夫子之在此也，犹燕之巢于幕之上。"鱼游沸鼎、燕巢飞幕，皆用来比喻处境险恶。鼎，古代烹煮用器。飞幕，飞动飘荡的帷幕。

【译文】

当今梁朝的功臣名将，品位次序井然分明，就像群雁飞行时的序列一样。文官腰结紫色的绶带，怀装黄金的印章，在军帐中参与谋略的策划；武将乘坐轻车插着旌节，奉命承担保卫边疆的重任。圣上与文官武将一起杀马饮血订立誓约，确保把爵位传给子孙后代。唯独您将军面带愧色苟且偷生，为异族首领奔走效劳，岂不可悲！再说以慕容超的强大，最终被押送到东市的刑场；以姚泓的雄盛，结果在西都长安自缚面降。由此可知，凡霜露普降之处，就是不养育外族；周、汉相传的古国，就是不容纳杂种。卑劣的北魏僭位窃据中国，已经历了不少的岁月，罪恶累积，祸乱满盈，理当焦烂泯灭。况且伪政权昏聩、狡诈，自相残杀，部落分裂，首领之间互相猜忌怀有二心。他们即将在外族元首居住的宾馆被套上绞索，在藁街上悬挂首级。而将军您投靠北魏，正像鱼儿在沸腾的鼎水中游泳，燕子在飘动的帷幕上作巢一样，不是太糊涂了吗？

暮春三月，江南草长，杂花生树，群莺乱飞。见故国之旗鼓，感平生于畴日，抚弦登陴，岂不怆恨^①？所以廉公之思赵将^②，吴子之泣西河^③，人之情也。将军独无情哉？想早励良规^④，自求多福。

【注释】

①"见故"几句：袁宏《后汉纪·孝献皇帝纪》臧洪报袁绍书曰："每登城勒兵，望主人之旗鼓，感故友之周旋，抚弦搁矢，不觉流涕之覆面也。"畴日，昔日。陴(pí)，城上女墙。怆恨(liàng)，悲伤。

②所以廉公之思赵将：廉公，指廉颇，战国时赵国名将。据《史记·
廉颇蔺相如列传》载，因廉颇在赵被谗，投奔魏国，魏也不信用
他，后为楚将，无功。其间，赵国多次被秦所困，故廉颇仍想着再
做赵将。

③吴子之泣西河：吴子，即吴起，战国初期魏将。据《吕氏春秋·观
表》载，吴起任西河守，颇有治绩，因魏武侯听信谗言，把他召回。
吴起临别西河时哭泣说，我走之后，西河必将被秦吞并，魏国从
此要灭亡了。后果如其言。

④励：勉励。规：规划，计划。

【译文】

晚春三月时节，江南碧草蔓发，树间杂花映照，群莺翩翩飞舞。您
见到了故国的旗帜、战鼓，回想起往日的生活经历，拿着弓弦登上城上
的女墙，难道不感到悲怆哀伤吗？廉颇之所以想再当赵国的将军，吴起
之所以泣别西河的守地，正是人们故国之情的自然流露。唯独将军您
没有这种情意吗？希望您能早日勉励自己制定良策，以自求多福。

当今皇帝盛明，天下安乐。白环西献①，楛矢东来②。夜
郎、滇池③，解辫请职④；朝鲜、昌海⑤，蹶角受化⑥。唯北狄野
心⑦，掘强沙塞之间⑧，欲延岁月之命耳。中军临川殿下⑨，
明德茂亲⑩，总兹戎重⑪，吊民洛汭⑫，伐罪秦中⑬。若遂不
改，方思仆言。聊布往怀⑭，君其详之。丘迟顿首。

【注释】

①白环西献：《世本》曰："舜时，西王母献白环及玦。"白环，白玉环。

②楛矢东来：《孔子家语·辩物》曰："子曰：'隼之来远矣，此肃慎氏
之矢。昔武王克商，通道于九夷百蛮，使各以其方贿来贡，而无

忘职业。于是肃慎氏贡楛矢、石砮,其长尺有咫。'"

③夜郎:在今贵州桐梓,贵州、四川交界一带。滇池:在今云南昆明南。按,二地皆古国名。西汉时与中原交通。

④解辫:解开头上的发辫,改用汉人的服饰。请职:请求封给官爵。

⑤昌海:今新疆罗布泊。这里泛指西域之国。

⑥蹶角:以额叩地,以示归顺。受化:接受汉族的教化。

⑦北狄:对北方少数民族的泛称。这里指北魏。

⑧掘:通"倔"。

⑨中军:中军将军。临川殿下:临川王萧宏。

⑩茂亲:至亲。因萧宏是梁武帝萧衍之弟。

⑪总:统掌。戎重:军务重任。

⑫吊:慰问。洛汭(ruì):泛指中原地区。洛,指洛水入黄河处,在今河南洛阳一带。汭,水的弯曲处。

⑬秦中:关中,指函谷关以西的秦地,在今陕西中部地区。

⑭布:陈诉,表述。怀:胸怀。这里指情意、情谊。

【译文】

当今皇帝昌盛明达,天下百姓安居乐业。西域之国献来白玉之环,东方之国进贡楛木之箭。夜郎、滇池,解散发辫请求官爵;朝鲜、昌海,以额叩地接受教化。唯有北魏野心勃勃,倔强于沙漠边塞之间,企图苟延残喘以保余命罢了。中军将军临川王萧宏殿下,德行昭明,皇帝至亲,总掌这军务重任,即将慰问洛汭一带的人民,讨伐窃据秦中罪魁。如果您仍然不想悔改,就得好好考虑我这番话。姑且借此表达我们往日的情谊,希望您详察我这番心意。丘迟叩拜。

刘孝标

刘峻(462—521),字孝标,平原(今属山东)人。宋、梁间的学者、文学家。据《南史》本传载，刘峻出生满月，其父刘珽死，随其母许氏还归乡里。八岁时，北魏攻占青州，全家被俘至中山（古中山国，在河北境内），充当奴仆。其少年时期，是在艰难困苦中度过的。刘峻勤奋好学，博览群书，才华出众。天监初，任典校秘书，后任荆州户曹参军。讲学东阳紫岩山，从学者甚众。死后，门人谥为玄靖先生。著有《辩命论》《广绝交论》等，纵论古今，剖析时弊，颇为深刻。曾注《世说新语》，引证丰富，为世所重。明人辑有《刘户曹集》。

重答刘秣陵沼书一首

【题解】

刘峻才高性直，但仕途坎坷，不为时用，因著《辩命论》，以抒发其激愤之情。他认为生死富贵在于天命，愚智善恶在于人为，智者善者未必长寿富贵，愚者恶者未必短命贫贱。《论》成之后，刘沼一再写信与刘峻辩论，刘峻也认真申述分析作答。其后，刘沼又作书难之，但回书未致而身已亡。事后，有人从刘沼家中得其手书，转交刘峻。刘峻观其遗书，深有感慨，故作书以酬亡灵。因是再一次作答，故称"重答"。刘沼，字明信，魏昌（今属河北）人。博学善属文，因为秣陵令，故称刘秣陵。本文感情真挚，情意悱恻，是悼亡友中的名作。

　　刘侯既重有斯难①，值余有天伦之戚②，竟未之致也。寻而此君长逝③，化为异物④，绪言余论⑤，蕴而莫传。

【注释】

①刘侯：对刘沼的尊称。当时对州牧之长称侯，刘沼为县令，位不当侯，故为尊称。重（chóng）有斯难（nàn）：指刘沼生前再次驳难刘峻

的书信。李善注:"《孝标集》有沼《难辩命论书》。"难,发难,驳难。

②天伦之戚:这里指刘峻之兄死亡的忧戚。天伦,《春秋穀梁传·隐公元年》曰:"兄弟,天伦也。"何休注:"兄先弟后,天之伦次。"戚,悲戚,忧戚。

③寻:不久。

④化为异物:转化成为他物。道家学说认为,人的生与死,只是元气中的阴气、阳气的一种转化形式。贾谊《鹏鸟赋》:"化为异物,又何足悲?"

⑤绪言余论:指遗留的言论。绪言、余论为同义词。绪言,语出《庄子·渔父》:"曩者先生有绪言而去。"余论,语出司马相如《子虚赋》:"愿闻先生之余论。"

【译文】

刘侯既已写有《难辩命论书》,正碰上我有兄长逝世的忧戚,竟未能致答刘侯。不久刘侯与世长辞,转化成为他物,他遗留的妙言高论,蕴藏而没有流传下来。

或有自其家得而示余者,余悲其音徽未沬①,而其人已亡;青简尚新②,而宿草将列③。泫然不知涕之无从也④。虽隙驷不留⑤,尺波电谢⑥,而秋菊春兰,英华靡绝⑦。故存其梗概,更酬其旨⑧。

【注释】

①音徽:即徽音,美音。这里指美好的言辞。《诗经·大雅·思齐》:"太姒嗣徽音。"郑笺:"徽,美也。"沬(mèi):指消逝。屈原《离骚》:"芳菲菲而难亏兮,芬至今犹未沬。"王逸注:"沬,已也。"

②青简:这里指刘沼遗留的手稿。古人以竹简为书写工具,因怕虫

蛀,用火烤炙竹简,使不生虫;又因青皮难以刻写,要去掉青皮,谓之"杀青"。"青简"之称即由此而来。

③宿草:指期年之草,即墓葬之后满一周年生长的草。《礼记·檀弓》:"朋友之墓,有宿草而不哭焉。"列:《广韵》作"布"解。这里指宿草将布满墓地。

④汍然:泪水滴落的样子。《礼记·檀弓》:"孔子汍然流涕。"涕之无从:《礼记·檀弓》引孔子曰:"予恶夫涕之无从也,小子行之。"无从,指何从、因何。

⑤隙驷(sì):《墨子·兼爱》:"人之生乎地上,无几何也,譬之犹驷,驰而过隙。"驷,指四马拉车。

⑥尺波:本指计时之器。这里借指时间。古代计时,以铜壶盛水,水中立箭,箭上表以刻度,壶底有一小孔,水渐渐滴漏,箭上度数也渐渐显露,即以之计时。陆机《长歌行》:"寸阴无停晷,尺波岂徒旋。"电谢:如电闪之速,瞬时即过。谢,过。

⑦"而秋菊"二句,语出《楚辞·九歌·礼魂》:"春兰兮秋菊,长无绝兮终古。"英、华,均指"花"。靡,无。

⑧更:改变。酬:酬答。旨:旨意。这里指原来作答的旨意。

【译文】

有人将从他家里得到的手稿拿给我看,我深感悲痛的是,他美好的言辞尚未消逝,而其人业已消亡;他书写的手稿墨迹尚新,而死后周年的青草又将布满墓地。思念及此,不知不觉间便泪流满面。虽然刘侯的一生是如此的短促,就像驷马驰过缝隙一闪而过,又像闪电耀空瞬息即逝,但他的道德学问,却像那秋菊、春兰,芳香久远,永不断绝。因而录存刘侯的大概情况,并更改酬答刘侯书信的旨意。

若使墨翟之言无爽①,宣室之谈有征②,冀东平之树,望咸阳而西靡③;盖山之泉,闻弦歌而赴节④。但悬剑空垄,有恨如何⑤！

【注释】

① 墨翟之言：墨子有《明鬼》篇，认为人死之后有鬼魂存在。无爽：没有差错。

② 宣室之谈：《汉书·贾谊传》载，汉文帝在宣室召见贾谊，"因感鬼神事，而问鬼神之本，谊具道所然之故"。宣室，汉朝未央宫前的正室。

③ "冀东平"二句：李善注："《圣贤冢墓记》曰：'东平思王冢在东平无盐，人传云：思王归国京师，后葬，其冢上松柏西靡。'"东平思王，汉宣帝子。汉元帝即位后，遣东平王归国，并终身不得入朝，死后葬于无盐。因东平王思归京师之愿未酬，故相传其冢旁的松柏都向西倾斜，以显示东平王死后有灵，遗恨未灭。东平，在今山东东平境，长安在东平之西，故松柏西靡。靡，倒下。这里引申为倾斜。

④ "盖山"二句：据李善所引《宣城记》曰，临城县向南四十里有盖山，高约百丈，上有舒姑泉。以前有位姓舒的姑娘，与她的父亲一起上山砍柴，舒姑在当今泉水流出的地方坐着，她的父亲牵挽不动她，就回家告知老伴。等到双老回来，只见舒姑坐着的地方，已化为一碧绿的清泉。她的母亲说："我的女儿本性爱好音乐。"于是奏乐歌唱。泉水顿时喷涌而出，回环奔流而下，泉水中有一对红色的鲤鱼。据说如今只要有演奏音乐的声响，泉水仍然会喷涌而出。

⑤ "但悬剑"二句：《史记·吴太伯世家》云："季札之初使，北过徐君。徐君好季札剑，口弗敢言。季札心知之，为使上国，未献。还至徐，徐君已死。于是乃解其宝剑，系之徐君冢树而去。从者曰：'徐君已死，尚谁予乎？'季子曰：'不然。始吾心已许之，岂以

死倍(通"背")吾心哉!'"季札,春秋时期吴王寿梦的少子,封于
延陵,故又称延陵季子,是当时著名的贤人。如何,无可如何,即
奈何。

【译文】

假若墨子鬼存在的言论没有差错,贾谊在宣室谈鬼也有证验的话,
那么希望您死后有灵,就像是东平王墓地之树,能遥望长安而向西倾
斜;又像是盖山的泉水,能听到弦歌之声而按照音乐节拍喷出。刘侯,
我对您追答之信,就像季札把宝剑悬挂在徐君的墓地之上一样,空有悔
恨之情而又无可奈何!

刘子骏

刘歆(约前53—23),字子骏,沛(今江苏沛县)人。西汉后期著名学
者刘向之子。他少年时代即博通《诗经》《尚书》,并善于撰文,被汉成帝
召为黄门郎。其后,受诏命与其父刘向领校秘书,讲解六艺,传记、诸
子、诗赋、数术、方技,无所不究。刘向死后,刘歆继承父职为中垒校尉。
汉哀帝即位,因大司马王莽的推荐,经累次升迁为奉车光禄大夫,并继
续完成其父的事业。王莽篡位后,刘歆为国师,多从事政事活动。刘歆
是这一时期的著名学者,以编撰《七略》《三统历篇》及推崇古文经学著
称于世,并对后世产生了一定的影响。

移书让太常博士一首　并序

【题解】

今文经学与古文经学之争,是汉代学术界的一件大事。西汉时期,
今文经学明显占据了上风,今文《尚书》与齐、鲁、韩三家《诗》被立为学

官,得到官方的支持,而古文《尚书》《毛诗》则处于从属的地位。同样,在西汉时期,《春秋》三传中,《穀梁传》广泛流行,《公羊传》次之,而《左传》却鲜为人知。到了西汉后期,由于政界要人王莽爱好古文经学,也由于古文经学有注重训诂、考订制度名物的优势,因而古文经学派的声势有所壮大,就是在这样的背景下,刘歆写出了这篇文章。这篇文章可以说是古文经学派与今文经学派的宣战书。此后,经杜林、贾逵、马融、郑玄等著名学者的相继努力,在东汉后期,古文经学终于占据了主导的地位。

　　歆亲近①,欲建立《左氏春秋》及《毛诗》《逸礼》、古文《尚书》②,皆列于学官③。哀帝令歆与五经博士④,讲论其议,诸儒博士或不肯置对⑤,歆因移书太常博士⑥,责让之曰⑦:

【注释】

①歆亲近:《汉书·楚元王传》:"歆"前有"及"字,当增补。亲近,指刘歆得到汉哀帝的重用。

②《左氏春秋》:即《春秋左传》。古文:与"今文"相对而言,用西汉通行的文字隶书书写的叫今文,用不同于隶书的古文字书写的叫古文。

③学官:教官。指官学教师。

④五经:指《诗》《书》《礼》《易》《春秋》五部经典著作。博士:官名。源于战国,秦及汉初,博士所掌为古今史事待问及书籍典守。

⑤置对:置辞对答。

⑥移书:官府文书的一种。是一种声讨性的文字。太常:官名。秦置奉常,汉景帝时改称太常。九卿之一,掌宗庙礼仪,兼掌选试博士。

⑦责让:责备。责、让同义。

【译文】

　　及至刘歆得到皇上的起用后,想确立《左氏春秋》《毛诗》《逸礼》、古文《尚书》四种经学,都设置学官。汉哀帝令刘歆与五经博士共同研讨建立古文经学的意义,诸位儒学博士因疑惑而不肯置辞对答,刘歆因而写文书声讨太常博士,责备他们说:

　　昔唐、虞既衰①,而三代迭兴②,圣帝明王,累起相袭,其道甚著。周室既微而礼乐不正③,道之难全也如此。是故孔子忧道不行,历国应聘,自卫反鲁,然后乐正,《雅》《颂》乃得其所④;修《易》序《书》,制作《春秋》⑤,以记帝王之道⑥。及夫子没而微言绝⑦,七十子卒而大义乖⑧。重遭战国,弃笾豆之礼⑨,理军旅之阵⑩,孔氏之道抑,而孙、吴之术兴⑪。陵夷至于暴秦⑫,焚经书,杀儒士,设挟书之法⑬,行是古之罪⑭,道术由此遂灭。汉兴,去圣帝明王遐远,仲尼之道又绝,法度无所因袭。时独有一叔孙通略定礼仪⑮,天下惟有《易》卜⑯,未有他书。至于孝惠之世,乃除挟书之律⑰,然公卿大臣绛、灌之属咸介胄武夫⑱,莫以为意。至孝文皇帝,始使掌故晁错,从伏生受《尚书》⑲。《尚书》初出于屋壁,朽折散绝⑳,今其书见在,时师传读而已。《诗》始萌芽,天下众书往往颇出,皆诸子传说,犹广立于学官,为置博士。在朝之儒,唯贾生而已㉑。至孝武皇帝,然后邹、鲁、梁、赵颇有《诗》《礼》《春秋》先师㉒,皆出于建元之间㉓。当此之时,一人不能独尽其经,或为《雅》,或为《颂》,相合而成。《泰誓》后得,博士集而赞之㉔,故诏书曰:“礼坏乐崩,书缺简脱,朕甚闵焉㉕。”时汉兴已七八十年,离于全经,固以远矣。

【注释】

①唐、虞:指唐尧、虞舜。

②三代:指夏、商、周。

③礼乐:本指敬神的礼仪与音乐,后来发展为礼教和乐教,成为古代贵族子弟的必修课。礼重等级差异,乐重等级调和,两者相辅相成,成为保持维护现存社会体制的重要因素。因而"礼乐不正"或"礼坏乐崩",便成为现存社会体制动摇或瓦解的同义语。

④"是故"几句:《论语·子罕》:"子曰:'吾自卫反鲁,然后乐正,《雅》《颂》各得其所。'"《雅》指《诗经》中《雅》诗之乐,《颂》指《诗经》中的《颂》诗之乐。

⑤"修《易》"二句:《论语谶·论语崇爵谶》载,孔子"自卫反鲁,删《诗》《书》,修《春秋》"。

⑥帝王之道:李善注引《春秋元命苞》孔子曰:"丘作《春秋》,王道成。"这里指孔子在编修《春秋》的过程中,用含蓄的语言,显示了褒、贬的态度,从而记述了帝王的正道。

⑦微言:指精微的言辞。

⑧七十子:指孔子著名的七十二个学生。大义:指儒家经典《诗》《书》《礼》《易》《乐》《春秋》的要义。

⑨笾豆:《汉书·刘歆传》颜师古注:"笾豆,礼食之器也。以竹曰笾,以木曰豆。笾,音边。"

⑩理:赞许。军旅之阵:《论语·卫灵公》曰:"卫灵公问阵于孔子,孔子对曰:'俎豆之事,则尝闻之矣;军旅之事,未之学也。'"

⑪孙、吴之术:《汉书·艺文志》曰:"吴孙子兵法八十二篇……吴起四十八篇。"孙、吴,孙子、吴起,均是古代著名的军事家。

⑫陵夷:衰颓。

⑬挟书之法:禁书的法令。《史记·秦始皇本纪》李斯曰:"臣请史官非秦记皆烧之。非博士官所识,天下敢有藏《诗》《书》百家语

者,悉诣守、尉杂烧之。"

⑭是古之罪:《汉书·刘歆传》颜师古注:"以古事为是者即罪之。"
引《史记·秦始皇本纪》李斯曰:"以古非今者族。"

⑮叔孙通:秦时为博士,后追随刘邦。汉兴拜为太常,为刘邦制定
朝仪。

⑯《易》卜:指《周易》等占卜之书。

⑰除挟书之律:《汉书·惠帝纪》曰:孝惠四年,"除挟书律"。律,
法律。

⑱绛、灌:指绛侯周勃与灌夫二人。介胄:甲胄。指披甲戴盔。

⑲"至孝文皇帝"几句:《史记·儒林列传》曰:"伏生者,济南人也。
故为秦博士。孝文帝时,欲求能治《尚书》者,天下无有,乃闻伏
生能治,欲召之。是时伏生年九十余,老,不能行,于是乃诏太常
掌故晁错往受之。"掌故,《汉书》引李奇曰:"官名也。"

⑳《尚书》二句:《汉书·艺文志》曰:"秦燔书禁学,济南伏生独壁
藏之。汉兴亡失,求得二十九篇,以教齐、鲁之间。"

㉑贾生:即贾谊。汉文帝时著名的儒士。

㉒先师:《汉书·刘歆传》颜师古注:"前学之师也。"

㉓建元:汉武皇帝年号(前140—前135)。

㉔"《泰誓》"二句:刘歆《七略》曰:"孝武皇帝末,有人得《泰誓》于壁中
者,献之与博士,使赞说之,因传以教。"赞,指赞稽,即佐助考察。

㉕朕:皇帝的自称。闵:通"悯",指怜念。

【译文】

以前唐尧、虞舜的时代既已衰落,夏、商、周三代更迭兴起,圣帝明
王一代一代互相沿袭,王道显著。到了周朝衰微的时期,礼乐已经不纯
正了,在这样的情况下,王道就难以保全了。因此孔子担忧王道的不能
施行,便周游列国寻求聘用,他从卫国返回鲁国之后,使乐归正,《雅》诗
之乐、《颂》诗之乐才各得其所;又整理《易经》,编排《尚书》,编写《春

秋》，以此来总结明王之道。及至孔子逝世而导致精微之言的断绝，孔子七十位高足的死亡而导致经典要义背离正道。接着又遭遇纷乱的战国时代，各国废弃笾豆祭祀的礼仪，热心于军队作战之术，因而孔子推行的王道遭到抑止，而孙子、吴起的兵法蓬勃兴起。王道的衰颓延续到暴虐的秦代，焚烧经书，坑埋儒士，制定惩罚私藏书籍的律法，实施了肯定古代就是犯罪的法令，古代的道术由此而湮灭无闻。汉代兴起，距离圣帝明王的时代已非常遥远，孔子的学说又绝灭无闻，古代的法度失去因袭的依据。当时只有一位叔孙通，大略地制定了一些礼仪制度，普天之下只有《周易》一类的占卜之书，而没有其他的书籍了。到了汉惠帝时，才废除了禁书的律法，但公卿大臣绛侯、灌夫之类都是披甲戴盔的武夫，没有谁把礼乐放在心上。到了汉文帝时期，开始派遣晁错以掌故的身份去跟伏生学习《尚书》。《尚书》当初从屋壁中被发现，竹简朽坏折断，并因编系断绝而散乱不堪，而今其书被保存下来，但现时的学师只是传授诵读而已。《诗经》开始微微显露，天下书籍多有涌出，虽然都是诸子传说之类，还是广泛设立了学官，并为此设置了博士。汉朝称得上儒学之士的，只有贾谊一人罢了。到了汉武帝时期，邹、鲁、梁、赵之地，才颇有一些传授《诗经》《礼经》《春秋》的前学之师出现，这些前学之师都是在建元年间崭露头角的。当此之时，一人不能单独通晓那些经书，有的钻研《雅》诗，有的钻研《颂》诗，互相合并而成为一经之学。《泰誓》篇是后来发现的，诸位博士们聚集一起考释而懂得《泰誓》，所以皇帝的诏书说："礼坏乐崩，书文残缺，竹简散脱，我为此非常痛心。"当时汉朝已建立七八十年，距离完整保全经典的时代，诚然很久远了。

及鲁恭王坏孔子宅，欲以为宫，而得古文于坏壁之中，《逸礼》有三十九篇，《书》十六篇。天汉之后，孔安国献之，遭巫蛊仓卒之难，未及施行[①]。及《春秋》左氏丘明所修[②]，皆古文旧书，多者二十余通[③]，藏于秘府，伏而未发。孝成皇帝愍学残文缺^④，稍离其真，乃陈发秘藏，校理旧文，得此三事，以考学官所传经，或脱简，或脱编。博问人间^⑤，则有鲁国桓公、赵国贯公、胶东庸生之遗学与此同^⑥，抑而未施。此乃有识者之所叹愍^⑦，士君子之所嗟痛也。往者缀学之士不思废绝之阙^⑧，苟因陋就寡，分文析字，烦言碎辞，学者罢老且不能究其一艺^⑨。信口说而背传记，是末师而非往古，至于国家将有大事，若立辟雍、封禅、巡狩之仪^⑩，则幽冥而莫知其原^⑪。犹欲保残守缺，挟恐见破之私意，而亡从善服义之公心，或怀疾妒，不考情实，雷同相从，随声是非，抑此三学，以《尚书》为不备^⑫，谓左氏不传《春秋》，岂不哀哉！

【注释】

①"及鲁恭王"几句：见《汉书·楚元王传》。天汉，汉武帝年号（前100—前97）。巫蛊，巫术的一种。巫蛊之难，指汉武帝晚期，江充借巫蛊案构陷太子刘据。太子刘据恐惧，起兵诛杀江充。后遭武帝镇压，皇后卫子夫与刘据相继自杀。仓卒，同"仓促"。

②《春秋》左氏丘明所修：司马迁与班固都认为《春秋左传》为左丘明阐述《春秋》而作，因而后世把《春秋左传》列为《春秋》"三传"之一。

③通：文书首末全曰通。这里相当于"册"。

④愍：怜悯，哀怜。

⑤人：与"民"通用。

⑥"则有"句：刘歆《七略》曰："《礼》家，先鲁有桓生，说经颇异……《论语》家，近琅邪王卿，不审名；及胶东庸生，皆以教。"

⑦愍：同"愍"，怜。

⑧缀（chuò）学之士：故步自封的学者。缀，拘束。

⑨罢(pí)：指疲劳。一艺：指一经。

⑩辟雍：天子的学宫。封禅：帝王登泰山筑坛祭天叫"封"，在泰山之南的梁父山上辟基祭地叫"禅"。巡狩：亦作"巡守"。古时皇帝五年一巡狩，视察诸侯所守的地方。

⑪幽冥：指暗昧。原：指缘由、根由。

⑫不备：《汉书》作"备"，无"不"字。按，《汉书》是。李善注引臣瓒《汉书》注曰："当时学者，谓《尚书》唯有二十八篇，不知本有百篇。"可知当时的今文经学派认为《尚书》业已完备无缺。

【译文】

及至鲁恭王拆毁孔子的旧宅，想以此扩大他的宫室，而在残墙断壁中得到了古代文字书写的书籍，其中有《逸礼》三十九篇，《尚书》十六篇。天汉之后，孔安国进献这些典籍，又碰上巫蛊事件，未能及时立于学官。以及左丘明所编修的《左氏春秋》，都是古文书写的旧书，多达二十余册，藏在皇家的秘府之中，未能在天下流传。汉成帝担心古学残缺、文字不全，渐渐背离古学的本来面目，就宣发秘府所藏的典籍，校正整理旧文，得此《左氏春秋》《逸礼》、古文《尚书》三部著作，以此考察学官所传授的典籍，发现经典中有的竹简脱漏，有的编次错乱。广泛征问民间，就有鲁国桓公、赵国贯公、胶东庸生传下的学说与此相同，只是未能及时传播开来。这些事实乃使有识之士为之叹息怜念，士大夫君子为之嗟叹痛惜。以前那些故步自封的学士不思考因废弃灭绝所造成的缺漏，只苟且于孤陋寡闻，分析文字，考证烦琐，讲析破碎，学者疲惫至老，也不能穷究经典中的一经。相信口说而违背传记，肯定后代的师传而否定以往的古学，至于国家有大事，如建立天子的学宫、到泰山祭祀天地、巡察诸侯所守之地的礼仪，就暗昧昏沉不知这些大事的根据由来。这些学士还想抱残守缺，携持唯恐被揭穿的私意，而没有从善归义的公心；有的心怀嫉妒，不考察实情，互相雷同盲目跟从，不分是非随声附和，贬抑《左氏春秋》《逸礼》、古文《尚书》三学，认为《尚书》完备无缺，说左丘明不是为《春秋》作传,这难道不是可悲的事吗!

今圣上德通神明,继统扬业,亦愍此文教错乱①,学士若兹②,虽深照其情③,犹依违谦让④,乐与士君子同之。故下明诏,试《左氏》可立不⑤,遣近臣奉旨衔命⑥,将以辅弱扶微,与二三君子比意同力⑦,冀得废遗⑧。今则不然,深闭固距,而不肯试,猥以不诵绝之⑨,欲以杜塞余道,绝灭微学。夫可与乐成,难与虑始⑩,此乃众庶之所为耳,非所望于士君子也。且此数家之事,皆先帝所亲论,今上所考视,其为古文旧书,皆有征验⑪,内外相应,岂苟而已哉!

【注释】

①文教:当从《汉书》作"文学"。

②若兹:即若此。指学士的故步自封,孤陋寡闻。

③照:明。

④依违:《汉书·楚元王传》颜师古注:"依违,言不专决也。"

⑤试:检验。这里指研讨。

⑥衔命:指敬受君命。

⑦比:《汉书·楚元王传》颜师古注:"比,合也。"

⑧冀得废遗:《汉书·楚元王传》颜师古注:"经艺有废遗者,冀得兴立之也。"冀,希望。

⑨猥以不诵绝之:《汉书·楚元王传》颜师古注:"猥,苟也。苟不诵习之,而欲绝去此学。"

⑩"夫可"二句:李善注引《太公金匮》曰:"夫人可以乐成,难以虑始。"

⑪征验:指可以令人信服的证据。

【译文】

当今圣上仁德感通神明，继承传统，发扬鸿业，也对文章学术错乱的情况深加怜念，至于学士故步自封，圣上虽然深明其情，但还是出于谦让而不予专决，乐于与诸位君子共同议论兴立古文经学。因而圣上下达明诏，研讨《左氏》可否兴立，派遣近臣奉圣旨受君命进行辩论，将以此扶植衰微之学，与诸位君子同心协力，希望兴立被废弃的遗学。当今学士却不以为然，紧闭尊口，固执拒绝，而不肯研讨，苟且以不诵习而断绝古文经学，想以此杜绝其他的治学之道，绝灭衰微的遗学。所谓可与共享成功的欢乐，难以一起谋虑事情的起端，这是众多平民百姓的行为罢了，我并不希望诸位君子也是如此这般。况且这几家学术之事，都是先帝亲自议论过的，也是当今圣上所考察的事，那些用古文书写的旧书，都有令人信服的证据，内外相互应验，难道能用苟且拖移的态度就算了事了吗！

夫礼失求之于野[①]，古文不犹愈于野乎[②]？往者博士，《书》有欧阳，《春秋》公羊，《易》则施、孟[③]，然孝宣帝犹复广立《穀梁春秋》《梁丘易》、大小《夏侯尚书》[④]，义虽相反，犹并置之。何则？与其过而废之[⑤]，宁过而立之。传曰："文、武之道，未坠于地，在人；贤者志其大者，不贤者志其小者。"[⑥]今此数家之言，所以兼包大小之义，岂可偏绝哉！若必专己守残[⑦]，党同门，妒道真[⑧]，违明诏，失圣意，以陷于文吏之议[⑨]，甚为二三君子不取也。

【注释】

①礼失求之于野：《汉书·艺文志》："仲尼有言：'礼失而求诸野。'"野，指边远之地。

②愈：胜。

③"《书》有"几句：《汉书·儒林传》曰："欧阳生，字和伯，千乘人也。事伏生。"又曰："乐陵侯史高，皆鲁人也。言穀梁子本鲁学，公羊氏乃齐学也。"又曰："施雠，字长卿，沛人也……从田王孙受《易》。"又曰："孟喜，字长卿，东海兰陵人也……从田王孙受《易》。"

④"然孝宣帝"句：李善注引《汉书》曰："梁丘贺，字长翁，琅邪诸人也……从太中大夫京房受《易》。"又曰："夏侯胜，其先夏侯都尉，从济南张生受《尚书》……胜传从兄子建，建又事欧阳高……由是《尚书》有大、小夏侯之学。"

⑤过：犹误。

⑥"传曰"几句：语出《论语·子张》："子贡曰：'文武之道，未坠于地，在人。贤者识其大者，不贤者识其小者。'"志，识。

⑦专己守残：《汉书·楚元王传》颜师古注："专执己所偏见，苟守残缺之文也。"

⑧"党同门"二句：《汉书·楚元王传》颜师古注："党同师之学，妒道艺之真也。"

⑨议：评论是非。

【译文】

礼仪遗失了，就要到边远之地加以寻求，古文写成的典籍难道不比去边远之地寻求更可靠吗？以前的博士，《尚书》有欧阳之学，《春秋》有公羊之学，《易经》有施雠、孟喜之学，但汉宣帝还一再广泛兴立《穀梁春秋》《梁丘易》、大小《夏侯尚书》，这些经学义理虽然相反，还是并立设置学官。为什么这样呢？这是因为与其贻误于废弃经学，宁可贻误于设置经学。传言说："周代的文王、武王之道，并没有坠地失传，还在于人；见识高的人识其大义，见识低的人识其小义。"而今这几家典籍的言论，其价值就在兼容包纳古代明道的大、小之义，怎能偏废灭绝呢！如果一定要专执自己的偏见，守残抱缺，维护同师之学，嫉妒经道之真，违背明诏，有失圣意，因而陷入被文吏评论是非的处境，这样的结局，我为诸君子着想是很不足取的。

孔德璋

孔稚珪(447—501),字德璋,会稽山阴(今浙江绍兴)人。南朝齐文学家。齐高帝在宋朝做骠骑将军时,用他做记室参军。齐时,官至太子詹事,加散骑常侍。他为人风韵清雅,不乐世务,好诗文,喜饮酒,任尚自然,性爱山水。据《南齐书》本传载:"门庭之内,草莱不剪,中有蛙鸣。"其高雅脱俗,概可想见。原有集,已散佚,明人辑有《孔詹事集》。

北山移文一首

【题解】

北山,又名钟山,即今紫金山,因位于建康(今江苏南京)之北,故名北山。移文,官府文书的一种,与檄文相似,是一种声讨性的文字。《文心雕龙·檄移》说:"移者,易也;移风易俗,令往而民随者也。"据《文选》吕向的注释说,本文讥讽的对象是南朝宋、齐之间的周颙(yóng)。周颙曾隐居北山,后又应诏出任海盐令。期满入京(建康,即今南京),再经过北山。孔稚珪就假托山神的意思,写成这篇文章声讨他,不许他再来北山,表现了作者对表面清高而利禄熏心的假隐士的深恶痛绝。本文是一篇千古传称的绝妙的讽刺文章。

钟山之英①,草堂之灵②,驰烟驿路③,勒移山庭④。

【注释】

①英:与下文的"灵",均指神灵。

②草堂:指草堂寺。周颙曾游蜀之草堂寺,后来在钟山的南面仿建
　　了一座。

③驰烟:驱驰着烟雾,即乘云驾雾地驱驰。驿路:古代驿马传递官
　　家文书所走的大道。

④勒:刻。移:指移文。山庭:指山前。

【译文】

　　钟山的英灵和草堂寺的神灵,在驿路上腾云驾雾地驱驰,刻写移文
在山门之前。

　　夫以耿介拔俗之标①,萧洒出尘之想②,度白雪以方洁③,干青云而直上④,吾方知之矣⑤。若其亭亭物表⑥,皎皎霞外⑦,芥千金而不眄⑧,屣万乘其如脱⑨,闻凤吹于洛浦⑩,值薪歌于延濑⑪,固亦有焉⑫。岂期终始参差,苍黄翻覆,泪翟子之悲,恸朱公之哭⑬。乍回迹以心染⑭,或先贞而后黩⑮,何其谬哉⑯!呜呼!尚生不存⑰,仲氏既往⑱,山阿寂寥⑲,千载谁赏?

【注释】

①耿:耿直。介:节操,指高洁。拔俗:高出世俗之上,脱俗。标:气
　　度、仪表。

②出尘:超出尘世。

③度(duó):量。方:比。

④干:凌驾。

⑤方:正。

⑥若其:至于那种。亭亭:卓然挺立的样子。物表:物外,即世外。

⑦皎皎:洁白明亮貌。

⑧芥千金而不盼：用战国高士鲁仲连义辞千金的典故。详见《史记·鲁仲连邹阳列传》。芥千金，以千金为草芥。芥，小草。盼，顾。

⑨屣（xǐ）万乘（shèng）其如脱：《淮南子·主术训》载，尧年老之后，把帝位传给舜，就像脱掉草鞋一样轻易。屣，草鞋，作动词用。万乘，万辆兵车。借指帝位。

⑩闻凤吹于洛浦：《列仙传》曰："王子乔者，周灵王太子晋也。好吹笙作凤凰鸣，游伊、洛之间。"凤吹，指吹笙仿作凤鸟的叫声。洛浦，洛水之滨。

⑪值薪歌于延濑（lài）：吕向注："苏门先生（孙登）游于延濑，见一人采薪，谓之曰：'子以终此乎？'采薪人曰：'吾闻圣人无怀，以道德为心，何怪乎而为哀也！'遂为歌二章而去。"值，遇上。薪歌，打柴人唱的歌。延濑，长河。濑，从沙石上流过的急水。

⑫固：固然，诚然。

⑬"岂期"几句：语出《淮南子·说林训》："杨子见逵路而哭之，为其可以南可以北；墨子见练丝而泣之，为其可以黄可以黑。"参差（cēn cī），不齐，不一。苍，青，即黑色。翟（dí）子，墨翟，即墨子。恸（tòng），大哭。朱公，即杨朱。战国早期思想家。

⑭乍：暂时。回迹：躲避形迹。这里指隐居。染：指为世俗所熏染。

⑮贞：贞洁。黩（dú）：污浊。引申为同流合污。

⑯谬：欺诈，虚伪。

⑰尚生：即向长。《后汉书·逸民列传》："向长，字子平，河内朝歌人也。隐居不仕。"

⑱仲氏：指仲长统。《后汉书·仲长统传》："统性俶傥，敢直言，不矜小节，默语无常，时人或谓诳生。每州郡命召，辄称疾不就。"

⑲阿（ē）：大的丘陵。

【译文】

有那么一种人,他们具有耿介脱俗的风范,潇洒出世的志向,品质洁如白雪,心志高出青云,这种人正是我所了解的。至于有一种人,他们亭亭玉立在尘世之外,洁白光明超越于云霞之上,视千金如草芥而不屑一顾,放弃天子之位犹如脱掉草鞋一样轻易,他们在洛水之滨听到王子乔吹奏凤鸟鸣叫一样的仙乐,在长河一带遇到正在吟唱的打柴高士,其人其事也诚然是有的。但哪能料想到他们的行为结尾与开头不相一致,就像白丝因反复变化染成了青色与黄色,无怪乎墨子因白丝之所染而悲泣,杨朱因歧路之所误而痛哭。这些人有的暂时隐迹山林而终为世俗所熏染,有的开始洁身自好而结果却也同流合污,这种人是多么虚伪啊!可叹啊!向长这样的隐士今已不存,仲长统这样的高士也一去不复还了,以致山林寂寞冷落,悠悠岁月有谁再来玩赏呢?

　　世有周子①,隽俗之士②。既文既博③,亦玄亦史④。然而学遁东鲁⑤,习隐南郭⑥;偶吹草堂⑦,滥巾北岳⑧;诱我松桂,欺我云壑。虽假容于江皋⑨,乃缨情于好爵⑩。其始至也,将欲排巢父⑪,拉许由⑫,傲百氏⑬,蔑王侯,风情张日⑭,霜气横秋⑮。或叹幽人长往⑯,或怨王孙不游⑰。谈空空于释部⑱,核玄玄于道流⑲。务光何足比⑳,涓子不能俦㉑。及其鸣驺入谷㉒,鹤书赴陇㉓,形驰魄散,志变神动。尔乃眉轩席次㉔,袂耸筵上㉕;焚芰制而裂荷衣㉖,抗尘容而走俗状㉗。风云凄其带愤,石泉咽而下怆。望林峦而有失,顾草木而如丧㉘。

【注释】

①周子:即周颙。

②隽俗之士:世俗中出类拔萃的人才。隽,通"俊"。

③文：文采。博：渊博，博学。

④玄：玄学。指魏晋时期盛行的老庄之学。

⑤学遁东鲁：此用颜阖事。据《庄子·让王》，鲁君听说颜阖是得道之人，派使者去请他出仕，他诳开使者而逃逸。遁，隐逸。东鲁，指东方鲁国的颜阖。

⑥习隐南郭：此用南郭子綦(qí)事。《庄子·齐物论》："南郭子綦隐几而坐，仰天而嘘，荅焉似丧其耦。"是一个能使精神脱离躯体的隐士。南郭，指南郭子綦。

⑦偶吹草堂：和别人一起吹奏乐器。这里有混着吹奏的意思。《韩非子·七术》："齐宣王使人吹竽，必三百人。南郭处士请为王吹竽，宣王说(悦)之。廪食以数百人。宣王死，湣王立，好一一听之，处士逃。"

⑧滥：过分，失实。巾：指隐者的头巾。北岳：指北山，即钟山。

⑨江皋(gāo)：江边之地，江边。

⑩缨：系。

⑪排：排挤。这里有超越的意思。巢父：相传尧时隐士。

⑫拉：摧败。这里有压倒的意思。许由：相传尧时隐士。《高士传》：尧让天下于许由，不受而逃去。尧又召为九州长，许由不欲为之，洗耳于颍水边。时其友巢父牵犊饮水，见许由洗耳，问其故。许由说："尧欲召我为九州长，恶闻其声，是故洗耳。"巢父说："污吾犊口。"牵犊上流饮之。

⑬百氏：指诸子百家。

⑭风情：风度神情。指气概。张：这里有挡住、遮蔽之意。

⑮霜气：严肃如霜的神气。横：盖住。

⑯幽人：指隐士。

⑰王孙：泛指贵族子弟。《楚辞·招隐士》："王孙游兮不归，春草生兮萋萋。"这里反其意而用之，埋怨王孙公子贪恋富贵，不愿

隐居。

⑱空空：佛家语。佛教认为一切事物都无实体叫做空，空是虚假之名，但假名亦空，故称"空空"。释部：指佛经，佛教典籍。

⑲核：考核，有研究之意。玄玄：道家语。《老子》一章："玄之又玄，众妙之门。"形容道的微妙无形。道流：即道家。

⑳务光：《列仙传》载，务光，夏时人。汤得天下，让光，务光"遂负石自沉蓼水，已而自匿"。

㉑涓子：《列仙传》载，涓子是齐人，好饵术。隐于宕山。俦（chóu）：匹敌，同列。

㉒鸣驺（zōu）：前呼后拥的驺从。驺，驺从，古时达官贵人出行时前后侍从的骑士。

㉓鹤书：书体名。形似鹤头，故又称鹤头书。这种字体古代专用于诏书，故实指诏书。陇：山阜。

㉔尔乃：如此于是。眉轩：眉飞色舞。轩，高扬。席次：座席之中。

㉕袂（mèi）：衣袖。

㉖芰（jì）制、荷衣：菱叶、荷叶做的衣裳。指隐者的服装。芰，菱。荷，指荷叶与荷花。语出屈原《离骚》："制芰荷以为衣兮，集芙蓉（荷花）以为裳。"

㉗抗：举。这里指显现出。尘容：尘世的仪容。走：奔逐。这里指恣意表现。俗状：俗人的状态。

㉘丧：丧失。

【译文】

现时有个周颙，是世俗中出类拔萃的才士。既富有文采又学识渊博，既精于玄学又通晓历史。但却学习东鲁颜阖的隐遁不仕，仿效南郭子綦的超然忘身；假充隐士戴上头巾居住在北山草堂，就像南郭处士滥竽充数混杂在吹奏的乐队里一样；以此诱骗我的松树和桂树，欺骗我的云霞与山沟。他虽然在江水之边假装出一副隐士的仪容，但其内心深处却萦怀着高官厚禄。他开始到达钟山的时候，想要超越巢父，压倒许由，至于诸子百家、王侯之尊则更不屑一顾了，他不可一世的气概要遮蔽天日，他严肃如霜的神气几乎要盖过寒秋。或赞叹隐士长往山林，或埋怨王孙公子不游栖幽谷。谈论佛经空之为空的道理，研讨道家玄之又玄的哲理。高士务光怎足比，隐士涓子不能配。等到皇帝的使者带着前呼后拥的随从进入深山幽谷，鹤头书体写成的诏书飞传山中之时，他神不附体魂飞魄散，隐逸的意志也变化动摇了。于是在征召的筵席上他扬眉举袖，洋洋自得；焚烧、撕裂了菱荷制成的隐士服装，充分显露出世俗的仪容与状态。风云因而凄怆带恨，石泉也鸣咽下泪，看来山林、冈峦、花草、树木也因而失望丧气。

　　至其纽金章，绾墨绶①；跨属城之雄，冠百里之首②；张英风于海甸③，驰妙誉于浙右④。道帙长殡⑤，法筵久埋⑥；敲扑喧嚣犯其虑⑦，牒诉倥偬装其怀⑧。琴歌既断，酒赋无续；常绸缪于结课⑨，每纷纶于折狱⑩。笼张、赵于往图⑪，架卓、鲁于前箓⑫；希踪三辅豪⑬，驰声九州牧⑭。使我高霞孤映，明月独举，青松落阴，白云谁侣？磵石摧绝无与归⑮，石径荒凉徒延伫⑯。至于还飙入幕⑰，写雾出楹⑱，蕙帐空兮夜鹄怨⑲，山人去兮晓猿惊⑳。昔闻投簪逸海岸㉑，今见解兰缚尘缨㉒。

【注释】

①"至其"二句：纽、绾（wǎn），均指系挂、佩带。金章，指铜印。墨绶，黑色丝带，用于挂印。汉制，金章、墨绶，为县令一级官吏佩用。

②"跨属（zhǔ）城"二句：跨，占据。属城，指一郡所属的各个县城。雄，长。这里指最大的县。百里，汉制，县大约纵横百里。这里

指县。

③张:张扬。英风:美声。海甸:滨海的地区。这里指海盐。

④驰:这里指传扬。妙誉:美誉。浙右:浙西。古时面向南,则以左为东,以右为西。

⑤道帙(zhì):道家书籍。帙,书套。殡:此指抛弃。

⑥法筵:讲佛法的座席。这里指佛教。

⑦敲扑:亦作"敲朴",刑具,打人的木杖。这里指敲打。

⑧牒(dié):文书,公文。诉:诉讼。倥偬(kǒng zǒng):繁忙貌。

⑨绸缪(chóu móu):纠缠、束缚。结课:总结考核政绩的结果,分别差等,以定升降。课,考核。

⑩纷纶:此指繁乱、忙碌。折狱:判决诉讼案件。

⑪笼:笼盖。这里指压倒、胜过。张、赵:指西汉时的张敞、赵广汉,二人都做过京兆尹,是当时著名的能吏。往图:指过去图籍的记载。这里指政绩。

⑫架:胜过,超越。卓、鲁:指东汉时的卓茂和鲁恭,二人都当过县令,并深得人民的爱戴。前箓:义同"往图"。

⑬踪:踪迹。三辅豪:指治理三辅出众的官吏。三辅,汉代将京城长安附近分为京兆尹、左冯翊、右扶风,以辅卫京城,故称"三辅"。

⑭九州牧:指九州的地方长官。

⑮硐(jiàn)石:指溪水中的石磴。石磴之间相隔尺许,以供人踩磴过溪。硐,同"涧"。

⑯延伫(zhù):长时间地等候。

⑰还飙(xuán biāo):旋风。

⑱写(xiè):流泻。楹(yíng):堂前柱子。

⑲蕙帐:香草制成的帷帐。指隐士的帐幕。蕙,香草。指芳洁。

⑳山人:指隐士。

㉑投簪：借指弃官隐居。簪，贵人的冠饰。李善注谓此用西汉疏广
　　辞官归里之事。疏广，东海兰陵（今山东兰陵）人，地近海，故曰
　　"逸海岸"。

㉒解兰：摘下兰花编成的装饰。比喻脱下隐士的服装。兰，兰佩。
　　屈原《离骚》："扈江离与辟芷兮，纫秋兰以为佩。"象征隐士的服
　　饰。缚尘缨：借指走上仕途。尘缨，尘世的冠缨。指官服。缨，
　　系冠之带。

【译文】

　　至于周颙挂上铜印，佩带黑绶；据有了一郡之中最大的县城，在各
个纵横百里的县城中名列首位；在海滨之地张扬英明的政风，在浙江西
部传布美妙的声誉。道家的书卷早已殡殓，宣讲佛法的座席久已埋葬；
刑杖打人喧闹叫嚣的声音扰乱他的思虑，公文诉讼琐碎繁杂的事务装
满他的胸怀。弹琴咏歌既已断绝，饮酒赋诗无以继续；常常被考核评选
纠缠捆缚，每每因判决诉讼繁忙纷乱。其意欲胜过张敞、赵广汉以往图
籍所载的政绩，超过卓茂、鲁恭以前史册所录的美政；希望追上三辅能
吏的足迹，在天下地方长官之间远布声名。使高洁的云霞光彩空照，明
朗的月亮枉自升空，青松浓荫无人栖息，白云依依有谁相伴？涧中的石
磴破损毁坏，已无人相与归来；石级的山径也荒凉冷落，空自久候来人。
至于旋风吹入帐幕，雾气穿过堂前的柱子流泻而出，因为蕙帐空设而使
天鹅夜怨，由于隐士离去而使猿猴晓惊。过去听说有弃官隐逸海岸的
高士，而今却见到了解去兰佩而为尘世冠缨所束缚的俗士。

　　于是南岳献嘲，北垄腾笑，列壑争讥，攒峰竦诮①。慨游
子之我欺②，悲无人以赴吊。故其林惭无尽，涧愧不歇，秋桂
遗风，春萝罢月③。骋西山之逸议，驰东皋之素谒④。今又促
装下邑⑤，浪拽上京⑥，虽情投于魏阙⑦，或假步于山扃⑧。岂

可使芳杜厚颜,薜荔无耻,碧岭再辱,丹崖重滓⑨;尘游躅于
蕙路⑩,污渌池以洗耳⑪。宜扃岫幌⑫,掩云关⑬,敛轻雾,藏
鸣湍⑭,截来辕于谷口⑮,杜妄辔于郊端⑯。于是丛条瞋胆⑰,
叠颖怒魄⑱;或飞柯以折轮,乍低枝而扫迹。请回俗士驾,为
君谢逋客⑲。

【注释】

①"于是"几句:腾笑,哄笑。攒(cuán),聚集。竦,引领举足。

②游子:远游的人。此指周颙。我欺:即"欺我"的倒置。

③萝:女萝。罢:罢休。

④"骋西山"二句:骋、驰,均指迅速传布。西山,指首阳山。《史
　记·伯夷列传》载伯夷、叔齐的歌:"登彼西山兮,采其薇矣。"逸
　议,隐士的议论。东皋,水边高地。阮籍、陶渊明文中均曾提及,
　泛指隐居之地。素谒(yè),贫素有德者之言。谒,告。

⑤促装:紧急准备行装。下邑:对京都而言,县为下,故称下邑。

⑥浪拽(yè):放手行船。浪,放。拽,船桨。一说,船舷。此处代指
　船。上京:京都对郡、县而言位高,故称上京。

⑦魏阙:指朝廷。《吕氏春秋·审为》:"身在江海之上,心居乎魏阙
　之下。"魏,同"巍",高大。阙,宫门两侧的门楼。

⑧假步:指假道。山扃(jiōng):山门。

⑨"岂可使"几句:芳杜,即杜若,香草名。薜荔,香草名。滓(zǐ),污
　秽。无耻,"无",他本作"蒙",以"蒙"为近。

⑩尘:指污染。作动词用。游躅:指足迹。躅,足迹。蕙路:两国长
　满蕙草的路。

⑪渌(lù):水清。

⑫扃:关上。作动词用。岫(xiù)幌:山洞居室的窗户。

⑬云：以云为关防。

⑭湍：急流。

⑮辕：借指车。

⑯杜：阻塞。妄辔：指不该来而擅自闯入的车马。郊端：指山外。

⑰丛条：丛生的枝条。瞋(chēn)胆：指肝胆俱裂,愤怒到极点。瞋,生气,怒。

⑱颖：草叶。怒魄：魂魄发怒。指心灵深处的极度愤怒。

⑲君：指北山神灵。逋(bū)客：指周颙。逋,逃。

【译文】

于是南山冷嘲,北陵哄笑,环列的山谷争先恐后地讥讽,聚集的山峰引领举足地讥诮。感慨游子对我的欺骗,悲叹无人来同情慰问。因而其山林惭愧不止,涧水羞愧不歇,秋天的桂树因蒙羞无心传香而遗弃西风,春天的女萝因含辱无意呈美而罢休明月。山林、涧水、秋桂、春萝都迅速传布西山隐士的议论,东皋高士的告言以示谴责。现在你又紧急准备行装离开下面的县城,乘船快速上达京都,虽然一心投奔宫廷,但也许还想借道钟山。怎能因此而使芳香的杜若羞愧满面,薛荔蒙受耻辱,碧绿的山岭再受欺凌,丹红的高崖重被玷污;又怎能让你足迹的尘土污染了长着蕙草的道路,因听闻你的秽言清洗耳朵而玷污了清池。宜当闭上山窗,闭住云关,收敛轻雾,隐藏鸣流,在山谷的进口堵截来车,在山外杜绝擅自闯入的车马。于是丛林的枝条气愤得肝胆俱裂,重叠的草叶愤怒得魂魄出窍;有的迅速扬起树枝去折毁车轮,有的骤然低下以扫除车迹。请以此文挡回俗士的车驾,为山神谢绝这个逃亡的不速之客。

檄

司马长卿

见卷第七《子虚赋》作者介绍。

喻巴蜀檄—首

【题解】

　　这是一篇司马相如出使巴蜀时发布的檄文。"檄"是一种文体。《释文》云："檄,军书也。"古时用兵誓师而已,到周朝乃有文诰之辞,而檄之名则始见于战国。《史记·张仪列传》："张仪既相秦,为文檄告楚相曰:'始吾从若(你)饮,我不盗而(你)璧,若笞我。若善守汝国,我顾且盗而城!'"这是一篇标准的檄文。发展到后来,指官方用来征召、晓谕或声讨等用的文书为檄文。若有急事,则插上羽毛,称为羽檄。刘勰《文心雕龙·檄移》云:"檄者,皦也,宣露于外,皦然明白也。"又云:"凡檄之大体,或述此休明,或叙彼苛虐……故其植义飏辞,务在刚健;插羽以示迅,不可使辞缓;露板以宣众,不可使义隐;必事昭而理辨,气盛而辞断,此其要也。"由此可知,檄文是要让人一看就明白。文中既要说明自己行为的正义性和各种优势及美德,更要指出对方行为的非正义性和种种劣势。根据事实来辨明是非,说清道理;文辞要明确、决断,以充足的气势压倒对方。

《汉书·司马相如传》记载,汉武帝命"唐蒙使略通夜郎、僰中,发巴蜀吏卒千人,郡又多为发转漕万余人,用军兴法诛其渠帅,巴蜀民大惊恐。上闻之,乃遣相如责唐蒙等,因谕告巴蜀民以非上意",于是司马相如写了《喻巴蜀檄》。檄文高屋建瓴说明国家形势,通西南夷是大局所关,不容置疑。至于"发军兴制"等等使巴蜀民众大惊恐之事,则用"非陛下之意"加以回护。接着轻责"当行者或亡逃自贼杀",未尽到臣民的责任。并以"边郡之士"引喻其错误和愚蠢。为安抚他们,又将其罪过归之于父兄未教好,为之开脱。最后说明圣上派使者来的旨意:"晓喻百姓以发卒之事,因数之以不忠死亡之罪,让'三老'孝悌以不教诲之过。"檄文处处为朝廷周旋,却说得正大光明。

告巴蜀太守①:蛮夷自擅②,不讨之日久矣。时侵犯边境,劳士大夫③。陛下即位④,存抚天下⑤,安集中国⑥,然后兴师出兵,北征匈奴⑦。单于怖骇⑧,交臂受事⑨,屈膝请和⑩。康居西域⑪,重译纳贡⑫,稽颡来享⑬。移师东指,闽越相诛⑭。右吊番禺⑮,太子入朝。南夷之君⑯,西僰之长⑰,常效贡职⑱,不敢堕怠,延颈举踵⑲,喁喁然皆向风慕义⑳,欲为臣妾㉑,道里辽远,山川阻深,不能自致。夫不顺者已诛,而为善者未赏,故遣中郎将往宾之㉒,发巴蜀之士各五百人,以奉币帛㉓。卫使者不然㉔,靡有兵革之事、战斗之患㉕,今闻其乃发军兴制,惊惧子弟,忧患长老,郡又擅为转粟运输,皆非陛下之意也。当行者或亡逃自贼杀㉖,亦非人臣之节也。

【注释】

①巴：郡名。周巴子国地。秦惠王灭巴，置巴郡，辖境包括今重庆，及四川南充、达州等地。蜀：郡名、古族名、国名。古蜀族，分布在今四川中部偏西，曾参加过武王伐纣的盟会。西周中期以后的一个首领名蚕丛，始称蜀王。后禅位开明氏，迁都到现在的成都郫都区，传十二世。前316年并于秦，秦于其地置蜀郡。太守：官名。本为战国时郡守的尊称。汉景帝时，改郡守为太守，为一郡行政的最高长官。

②蛮夷：古代对华夏中原民族以外民族的泛称。擅：独断专行，自作主张。

③士大夫：此处指军士将佐。

④陛下：对帝王的尊称。

⑤存抚：慰问、抚恤。

⑥安集：安定和睦。中国：古时中国含义不一，或指京师为中国，或指华夏族、汉族地区为中国(以其在四夷之中)。华夏族、汉族多建都于黄河南北，因称其地为中国，与中土、中原、中州、中华含义相同。

⑦匈奴：古代我国北方民族之一。

⑧单(chán)于：匈奴最高首领的称号。怖骇：惊惧，受惊害怕。

⑨交臂：反缚。

⑩屈膝：跪地。

⑪康居：古西域国名。东界乌孙，西达奄蔡，南接大月氏，东南临大宛，约在今巴尔喀什湖和咸海之间。西域：汉以后对玉门关(今甘肃敦煌西北)以西地区的总称。

⑫重(chóng)译：辗转翻译。

⑬稽颡(qǐ sǎng)：古时一种跪拜礼。以额触地，请罪投降时行之，表示惶恐之至。享：进献。

⑭闽越：古民族名。古代越人的一支，秦汉时分布在今福建北部、

浙江南部的部分地区。秦以其地为闽中郡。汉初其首领受封为闽越王,治东冶(今福建福州)。文中"移师东指,闽越相诛"指武帝建元六年(前135),闽越王郢擅自攻打南越,汉朝派兵进击,郢图谋抗拒,被其弟与族人杀死事。

⑮吊(dì):至。番(pān)禺:秦置番禺县。秦汉皆属南海郡。

⑯南夷:南方民族的通称。

⑰西僰(bó):古代西南民族之一。

⑱效:进献。贡职:赋税,贡品。

⑲延颈举踵:伸长脖颈,抬起脚跟。形容殷切盼望。

⑳喁喁(yóng)然:仰望期待的样子。向风慕义:意谓归顺朝廷。慕义,仰慕正义。

㉑臣妾:泛指奴隶。春秋时男奴叫臣,女奴称妾。

㉒中郎将:此指唐蒙。宾之:使……归顺。

㉓币:钱币。帛:丝织品。

㉔卫使者:指地方官和使者唐蒙。

㉕兵革:兵器、衣甲的总称。引申为战争。

㉖当行(dāng háng):应差,担当差役。贼杀:伤残,割削。

【译文】

告巴蜀太守:蛮夷专横无理,很久没去讨伐他们了。所以时常来侵犯我们的边境,使我们的军士将佐劳累。圣上登基后,慰问抚恤天下的民众,使全国百姓生活安定,和睦相处,然后兴师出兵,征讨北方匈奴。匈奴的单于惊惧害怕,自己反缚军前,屈膝求和。康居国和玉门关以西的一些国家,语言虽然不通,也辗转翻译,恭恭敬敬前来进献贡品。北方平定之后,军队又指向东边的闽越。征服闽越之后,到了番禺,南越王的太子入朝当了人质。南方民族的首领,西边僰人的头目,纷纷向朝廷进献贡品,不敢懈怠,他们仰慕正义,伸长颈子,抬起脚跟,争先恐后地归顺朝廷,愿做汉朝的奴仆,可是道路遥远,山河阻隔,不能亲自到朝廷来表达他们的意愿。那些反叛的已受到惩罚,而归顺的却未得到奖赏,所以朝廷派遣中郎将唐蒙到巴蜀,征集两郡军士各五百人,拿着礼品送给夜郎、僰人,使他们归顺朝廷。可是地方官和使者唐蒙却没有按朝廷的旨意去做,本来没有战争和武装冲突,听说他们竟启用战时的法令制度,使巴蜀的青年人惊恐害怕,老年人忧虑不安,郡守又自作主张,派遣夫役转运军粮,滋扰百姓,这些做法都不是皇上的意思啊!而那些应该服差役的人,有的为躲避服役而逃跑,有的把自己弄成残废而逃避服役,这些做法也不是做臣民应有的气节和操守。

　　夫边郡之士,闻烽举燧燔①,皆摄弓而驰②,荷兵而走③,流汗相属,唯恐居后。触白刃,冒流矢,义不反顾④,计不旋踵⑤。人怀怒心,如报私仇。彼岂乐死恶生,非编列之民⑥,而与巴蜀异主哉?计深虑远,急国家之难,而乐尽人臣之道也。故有剖符之封⑦,析珪而爵⑧,位为通侯⑨,处列东第⑩,终则遗显号于后世⑪,传土地于子孙。行事甚忠敬,居位甚安逸,名声施于无穷⑫,功烈著而不灭。是以贤人君子,肝脑涂中原、膏液润野草而不辞也⑬。今奉币役至南夷,即自贼杀,或亡逃抵诛⑭,身死无名,谥为至愚⑮,耻及父母,为天下笑。人之度量相越,岂不远哉!然此非独行者之罪也,父兄之教不先,子弟之率不谨,寡廉鲜耻,而俗不长厚也⑯,其被刑戮,不亦宜乎!

【注释】

①烽举燧(suì)燔(fán):烽、燧,古代边防报警的两种信号。白天放烟叫"烽",夜间举火叫"燧"。燔,烧。

②摄弓:谓拿着弓箭作射击的准备。李善注:"摄,谓张弓注矢而持

之。”驰：车马疾行。引申为急行。

③荷（hè）：扛，担。兵：兵器，军械。走：古指急趋，即跑。

④义不反顾：意谓勇往直前，绝不退缩。

⑤旋踵：旋转脚跟。指后退。

⑥编列之民：编入户籍的平民百姓。

⑦剖符：古代帝王分封诸侯或功臣，把符节剖分为二，双方各执一半，作为信守的约证。

⑧析珪（guī）：古时封诸侯，按爵位高低分颁珪玉，称为析珪。珪，端玉。

⑨通侯：爵位名。秦二十等爵的最高一级。汉沿用，亦称彻侯、列侯。

⑩东第：李善注：“东第，甲宅也。居帝城之东，故曰东第。”指王侯贵族的住宅。

⑪终：最后，死。

⑫施（yì）：延续，蔓延。

⑬肝脑涂中原、膏液润野草而不辞：意谓竭忠诚，任何牺牲在所不惜。膏液，此处指血肉。

⑭抵：李善注：“至也。亡逃而至于诛也。”

⑮谥（shì）：死后评定的称号。

⑯长（zhǎng）：崇尚。

【译文】

边界的军士，发现有敌情，就举烽火报警，大家拿着弓箭，扛起武器就跑，汗流浃背地紧相跟随，生怕自己落在别人后面。作战时抵住敌人的刀枪，冒着敌人的飞箭，勇往直前，决不退缩。人人怀着愤怒，好像是为自己报仇。难道他们是乐于去死，厌恶活下去吗？难道他们不是编入大汉朝户籍的百姓，与巴蜀民众有不同的君主吗？他们考虑得很长远，要挽救国家的危难，而乐于尽到做臣民的责任。所以有的人得到皇上赐的符节而为功臣,有的人得到朝廷颁发珪玉的爵赏,处在列侯的高位,住在王侯贵族的府第,死后把显耀的封号传给后代,把田地财产留给儿孙。他们尽心竭力为朝廷做事,处于很舒适的位置,名誉和声望永远延续下去,功劳业绩显著,永不磨灭。所以有才能、有德行的人,尽忠竭诚,即使肝脑涂地、血肉浸润了野草也不推辞躲避。如今有的人要服劳役,送币帛礼品到南夷去,就把自己弄成残废,或逃跑而终于被诛杀,这样死了也不光彩,被人们称为最蠢的人,这种耻辱累及其父母,被天下人耻笑。人们的气量和胸襟相差难道还不远吗!然而这并不只是那些为躲避服役而逃跑,或自伤者的罪过,他们的父兄事先没有好好教育他们,没有做好他们的表率,不知廉耻,不崇尚忠厚纯正的风气,他们受刑罚或被处死,不也是应该的吗!

　　陛下患使者有司之若彼,悼不肖愚民之如此,故遣信使晓喻百姓以发卒之事①,因数之以不忠死亡之罪②,让"三老"孝悌以不教诲之过③。方今田时,重烦百姓。已亲见近县,恐远所谿谷山泽之民不遍闻,檄到,亟下县道④,使咸喻陛下之意⑤,无忽⑥。

【注释】

①信使:古称使者为"信"或"使",合言之为"信使"。晓喻:明白地告诉。

②数:列举罪状。

③让:责备。三老:古时掌教化的乡官。

④亟(jí):赶快。道:汉代在少数民族聚居地所设置的县称道。

⑤咸:全,都。

⑥忽:不重视。

【译文】

皇上对使者和地方官是那样的担心,对愚笨无知的民众是如此的哀伤,所以派使者前来,把"发巴蜀之士各五百人,以奉币帛"这件事明白地告知百姓,列举那些对朝廷不忠、逃避服役而死亡者的罪过,责备"三老"没有教育子弟孝顺父母、尊敬兄长的过错。现在正是农忙的时候,不要为难百姓。檄文,城边和附近县的百姓已经知道了,恐怕住在山谷、川泽等边远地方的民众不一定都知道,檄文到时,赶快下发到各县去,使民众都明白皇上的旨意,不得怠慢。

陈孔璋

见卷第四十《答东阿王笺》作者介绍。

为袁绍檄豫州一首

【题解】

袁绍,字本初,东汉末汝南汝阳(今河南商水西北)人。出身于四世三公的大官僚家庭。是东汉末年的大军阀,据有冀(今河北中南部)、青(今山东东北部)、幽(今河北北部)、并(今山西)四州,成为当时地广兵多的割据势力。建安五年(200)在官渡(今河南中牟东北)为曹操所败,不久病死。豫州,汉武帝所置十三刺史部之一,辖境约当今淮河以北、伏牛山以东豫东、皖北等地,东汉治所在谯(今安徽亳州)。刘备曾官左将军豫州刺史,故此指刘备。

建安五年(200),袁绍从河北率大军攻打曹操,陈琳奉袁绍之命撰写了这篇讨曹檄文以告刘备。言曹操无德,不堪依附,意在争取刘备一同讨伐曹操。文章揭露了曹操丑恶的家世,披露了他忘恩负义、嫉妒贤能、杀害朝臣、卑辱王室等恶行劣迹,着重揭发了他心怀不轨的篡逆阴谋,以激起众人对曹操的愤恨。同时极力宣扬袁绍压倒一切的军事优势,指出曹操军队的弱点,以示袁军必胜。刘勰《文心雕龙·檄移》中称赞此文"壮有骨鲠",是檄文中不可多得的佳作。

　　左将军领豫州刺史郡国相守①:盖闻明主图危以制变②,忠臣虑难以立权③。是以有非常之人④,然后有非常之事;有非常之事,然后立非常之功。夫非常者,故非常人所拟也⑤。曩者强秦弱主⑥,赵高执柄⑦,专制朝权,威福由己,时人迫胁,莫敢正言,终有望夷之败⑧。祖宗焚灭,污辱至今,永为世鉴。及臻吕后季年⑨,产、禄专政⑩,内兼二军⑪,外统梁赵⑫,擅断万机⑬,决事省禁⑭,下陵上替⑮,海内寒心⑯。于是绛侯、朱虚⑰,兴兵奋怒,诛夷逆暴,尊立太宗⑱,故能王道兴隆,光明显融。此则大臣立权之明表也⑲。

【注释】

①左将军领豫州刺史:指刘备。郡国相守:郡国为汉代地方行政区划。郡(直属中央)、国(分封给诸侯王)并行,郡置守,国置相,郡守、国相皆为地方行政长官。

②图危:设法应付危难。制变:控制事变。

③虑难以立权:考虑患难而定下权宜的办法。权,权变,不依常规办事。

④非常:不同寻常。

⑤拟:比拟,仿效。

⑥曩(nǎng):以往,从前。

⑦赵高:秦朝宦官。本赵国人,"进入秦宫,管事二十余年"(《史

记·李斯列传》)。前210年，秦始皇死，与李斯伪造遗诏，逼始皇长子扶苏自杀，立胡亥为二世皇帝。控制朝政，掌握大权。后杀李斯，任丞相，不久又杀二世，立子婴为秦王。旋为子婴所杀。

⑧望夷之败：望夷，秦宫名。《史记·秦始皇本纪》："二世梦白虎啮其左骖马，杀之，心不乐，怪问占梦。卜曰：'泾水为祟。'二世乃斋于望夷宫，欲祠泾，沉四白马。使使责让高以盗贼事。高惧，乃阴与其婿咸阳令阎乐、其弟赵成谋……遣乐将吏卒千余人至望夷宫殿门……麾其兵进，二世自杀。"

⑨臻(zhēn)：到。吕后：汉高祖刘邦的皇后吕雉。汉高祖死，刘盈即位为汉惠帝。太后吕雉掌权。惠帝死，少帝立，吕太后临朝称制。季年：晚年，末年。

⑩产、禄：吕产，吕禄。为吕后之侄儿。

⑪二军：汉代京师驻军分南、北二军。南军守卫未央宫，由卫尉率领，因未央宫在京师长安城内的南面，故称南军。卫士由各部轮流调充，一年更换一次，除未央宫外，南军亦守卫长乐、建章、甘泉等宫。北军为汉代守卫京师的屯卫兵，初由中尉率领，以屯守长安城内北部，故称北军。《史记·吕太后本纪》："七月中，高后病甚，乃令赵王吕禄为上将军，军北军；吕王产居南军。"吕禄、吕产控制了京师的南、北二军。

⑫外统梁赵：前181年，吕太后封其兄子吕产为梁王，吕禄为赵王。

⑬擅断：专断，独断独行。万机：指皇帝日常处理的纷繁的政务。

⑭省禁：指宫廷禁地。

⑮下陵上替：在下位的人侵侮在上位的人，在上位的人反被废弃，纲纪废弛，上下失序。

⑯海内寒心：使天下的人失望恐惧而痛心。

⑰绛(jiàng)侯：绛侯周勃，西汉初功臣。佐汉高祖刘邦定天下，封

为绛侯,后官至太尉。朱虚:朱虚侯刘章,汉高祖之孙,齐悼惠王刘肥之子,封朱虚侯。吕太后死,吕禄、吕产专政,危及刘氏政权,刘章、周勃、陈平等合谋,诛诸吕,迎立汉文帝刘恒,稳定了刘氏政权。

⑱太宗:即汉文帝刘恒,太宗为他的庙号。

⑲明表:明白的标准。

【译文】

左将军领豫州刺史郡国相守:听说圣明的君主危难时能进行谋划控制事变,忠于朝廷的大臣患难时能考虑制定出权宜的办法。所以有不同寻常的人,然后才有不同寻常的事;有不同寻常的事,然后才能立不同寻常的功。所谓不同寻常,就不是一般人能够比拟或仿效的。从前秦国很强大,但秦二世懦弱无能,赵高执掌朝政,独揽大权,作威作福,当时的人,受他的威压,不敢仗义执言,最后秦二世在望夷宫被逼自杀。宗庙被焚毁,祖宗受侮辱,到现在仍为世人的鉴戒。到高后吕雉末年,吕产、吕禄独揽政权,在京城控制了南、北二军,在京外统辖梁、赵两地,专擅朝廷政务,决断国家大事于内省宫禁,凌驾皇室,僭越朝廷,纲纪废弛,使天下人痛心。在这种情况下,绛侯周勃、朱虚侯刘章等愤怒起兵,诛灭了背叛朝廷凶暴的吕禄、吕产等,迎立代王刘恒为孝文皇帝,所以能使王道昌盛,更加光明显著。这就是大臣拥立皇权的明显榜样。

司空曹操①,祖父中常侍腾②,与左悺、徐璜并作妖孽③,饕餮放横④,伤化虐民。父嵩⑤,乞丐携养,因赃假位,舆金辇璧,输货权门⑥,窃盗鼎司⑦,倾覆重器⑧。操赘阉遗丑⑨,本无懿德⑩,猖狯锋协⑪,好乱乐祸。幕府董统鹰扬⑫,扫除凶逆⑬。续遇董卓⑭,侵官暴国⑮,于是提剑挥鼓,发命东夏,收罗英雄,弃瑕取用⑯。故遂与操同谘合谋⑰,授以裨师⑱,谓其鹰犬之才,爪牙可任。至乃愚佻短略⑲,轻进易退,伤夷折衄⑳,数丧师徒㉑。幕府辄复分兵命锐,修完补辑,表行东郡㉒,领兖州刺史㉓,被以虎文,奖蹙威柄㉔,冀获秦师一克之报㉕。而操遂承资跋扈,肆行凶忒㉖,割剥元元㉗,残贤害善。故九江太守边让,英才俊伟,天下知名,直言正色,论不阿谄,身首被枭悬之诛,妻孥受灰灭之咎㉘。自是士林愤痛,民怨弥重,一夫奋臂,举州同声㉙。故躬破于徐方,地夺于吕布,彷徨东裔,蹈据无所㉚。幕府惟强干弱枝之义,且不登叛人之党㉛,故复援旌擐甲㉜,席卷起征㉝。金鼓响振,布众奔沮,拯其死亡之患,复其方伯之位。则幕府无德于兖土之民,而有大造于操也㉞。

【注释】

①司空:官名。为三公之一,参议国事。《三国志·魏书·武帝纪》:建安元年(196),冬十月,"天子拜公(曹操)司空,行车骑将军"。

②中常侍:官名。秦置,汉沿用,出入宫廷,常由列侯至郎中等官兼任。东汉则由宦官专任,传达诏令和掌管文书。腾:曹腾,曹操父亲之养父的名字。汉顺帝、冲帝、质帝、桓帝时宦官。

③左悺(guàn)、徐璜:皆汉桓帝时宦官。并作妖孽:梁冀毒杀质帝刘缵(zuǎn),群臣议立清河王刘蒜。曹腾乃夜往劝说梁冀:"将军累世有椒房之亲,秉摄万机,宾客纵横,多有过差。清河王严明,若果立,则将军受祸不久矣。不如立蠡吾侯,富贵可长保也。"(《后汉书·李固传》)梁冀于是专断立蠡吾侯刘志,是为桓帝。曹腾以策立功,封费亭侯,迁大长秋,位加特进。单超、徐璜、具瑗、左悺、唐衡等五人皆宦官,以诛梁冀功同日封侯,"故世

谓之五侯”。“五侯宗族宾客虐遍天下，民不堪命”（《后汉书·宦者列传》），纷纷起来反抗。

④饕餮（tāo tiè）：传说中一种贪食的恶兽，用以比喻贪婪凶恶的人。放横：放荡邪僻，横行不法。

⑤嵩：曹嵩，曹腾养子，曹操的父亲。

⑥“因赃假位”几句：《后汉书·宦者列传》：曹嵩“灵帝时货赂中官，及输西园钱一亿万，故位至太尉”。权门，权豪势要之家。

⑦鼎司：指三公的职位。

⑧重器：指代国家。

⑨赘阉：宦官。遗丑：遗类。

⑩懿德：美德。

⑪獠（piào）狡锋协：《后汉书·袁绍传》作“僄狡锋侠”，李贤注引《方言》：“僄，轻也。”锋侠，言其如锋之利也。

⑫幕府：将帅在外的营帐。军队无固定住所，以帐幕为府署，故称幕府。后来也称衙署为幕府。这里代指袁绍。董统：统帅。鹰扬：《诗经·大雅·大明》：“维师尚父，时维鹰扬。”毛传：“如鹰之飞扬也。”这里指威武的部队。

⑬扫除凶逆：指诛杀宦官。据《三国志·魏书·袁绍传》载，大将军何进与袁绍谋诛宦官，太后不听，何进反被宦官杀害，袁绍“遂勒兵捕诸阉人，无少长皆杀之”，“死者千余人”。

⑭董卓：东汉末年大军阀。官至相国，妄行废立。后为王允、吕布所杀。

⑮侵官暴国：何进、袁绍谋诛宦官，召并州刺史董卓为助。董卓至京师，乃废少帝，立献帝，专擅朝政，杀戮廷臣。后山东十路诸侯讨卓，董卓焚烧洛阳，挟持汉献帝迁都长安，造成汉末军阀大混战。暴国，危害国家。

⑯“于是提剑”几句：据《三国志·魏书·袁绍传》载，董卓欲与袁绍

商议废少帝刘辩,立陈留王刘协,袁绍不应,横刀长揖而去,遂亡奔冀州。董卓为了笼络袁绍,不仅未加害于他,还拜袁绍为渤海太守。袁绍从渤海起兵,与袁术、韩馥、孔伷、刘岱、王匡、张邈、桥瑁、袁遗、鲍信等联盟讨董卓,袁绍被推为盟主。东夏,这里指渤海郡。瑕,瑕疵,缺点。

⑰谘:询问,跟别人商量。

⑱裨(pí)师:即偏师,主力军以外的军队。据《三国志·魏书·武帝纪》载,初平元年(190)袁绍等讨董卓,(曹操)行奋武将军,参与其事。

⑲愚佻短略:愚笨,轻佻,缺少谋略。

⑳伤夷:创伤,被杀伤。折衄(nù):受挫败。

㉑数丧师徒:《三国志·魏书·武帝纪》载,袁绍讨董卓时,曹操引兵西进,"到荥阳汴水,遇卓将徐荣,与战不利,士卒死伤甚多。太祖为流矢所中,所乘马被创,从弟洪以马与太祖,得夜遁去"。后曹操"诣扬州募兵,刺史陈温、丹杨太守周昕与兵四千余人。还到龙亢,士卒多叛","不叛者五百余人"。

㉒表行东郡:初平二年(191),黄巾十余万略东郡,太守王肱不能抵御,曹操领兵入东郡,击破黄巾军,袁绍因表曹操为东郡太守。

㉓领兖州刺史:初平三年(192),青州黄巾众百万入兖州,兖州刺史刘岱战败被杀,济北相鲍信派人至东郡迎曹操领兖州牧。兴平二年(195),曹操击败吕布,攻拔定陶,进围雍丘。冬十月天子拜曹操为兖州牧。

㉔奖蹙(cù)威柄:助成他的威势权柄。蹙,成。

㉕冀:希望。秦师一克之报:春秋时,鲁僖公三十二年(前628),秦穆公使百里孟明、西乞术、白乙丙率师袭郑,次年夏四月在崤被晋国打败被俘,后被释放归秦,秦穆公复使为政。鲁文公二年(前625),孟明率师伐晋,又在彭衙被晋军打败。三年(前624),

秦师又伐晋,取王官及郊,晋人不敢出,秦师获胜,秦穆公遂霸西戎。克,克敌,战胜敌人。

㉖忒(tè):恶。

㉗元元:平民百姓。

㉘"故九江太守"几句:边让,字文礼,陈留浚仪(今河南开封)人。少辩博,能属文。大将军何进召为令史,后为九江太守。初平年间,王室大乱,边让去官还家,恃才不屈于曹操,为曹操所杀。枭(xiāo)悬,斩首悬木示众。妻孥,妻子儿女。咎,罪,过失。

㉙"一夫"二句:一个人举臂高呼,全州同声相应。

㉚"故躬破"几句:初平四年(193),徐州刺史陶谦举兵取泰山华、费,掠任城。曹操往征陶谦。兴平元年(194)复征陶谦,会张邈、陈宫叛迎吕布,吕布夺兖州。曹操回军到定陶,与吕布战于濮阳,吕布"先以骑犯青州兵,青州兵奔,太祖陈(阵)乱,驰突火出,坠马,烧左手掌。司马楼异扶太祖上马,遂引去"(《三国志·魏书·武帝纪》)。徐方,指徐州。吕布,东汉末年的军阀。后被曹操所杀。裔(yì),边。

㉛登:成。叛人:这里指吕布。

㉜援旌擐(huàn)甲:打着旗帜,穿着铠甲。擐,贯,穿。

㉝席卷起征:出动全部军队去征讨吕布。袁绍征吕布事史书无记载。

㉞大造:大恩。

【译文】

　　司空曹操的祖父中常侍曹腾,与宦官左悺、徐璜都是邪恶的人,贪婪凶残,放荡邪僻,横行不法,伤害风化,侵害平民百姓。其父曹嵩乞求曹腾收他为养子,用贿赂买得官位,把一车一车的金银珠宝,送给权豪势要之家,窃取到三公的职务,妄图颠覆国家。曹操是宦官的后代,本来就没有好德行,轻佻狡猾,以威力恐吓别人,幸灾乐祸,唯恐天下不乱。袁绍将军统率威武的部队，为朝廷扫除了凶恶叛逆的宦官。接着又遇到奸臣董卓，私行废立，专擅朝政，杀戮廷臣，危害国家，于是将军袁绍举起义旗，在渤海发布命令，收罗天下英雄，录用曾经有缺点而改正了的人。所以也就让曹操参与商量谋划，任命他为副将，满以为他可以驱使奔走，是个得力的助手。到战时才知他愚笨轻佻，短少谋略，轻率进兵，一遇敌人很容易就败退下来，自己也在败退中被杀伤，屡次损兵折将。将军袁绍立即又分一部分精锐部队给他，帮助他修整补充，表奏朝廷任曹操为东郡太守，接着又封他做了兖州刺史，披上威武的外衣，助成他的威势和权柄，希望他能像秦国孟明最后战胜晋军那样来报答将军袁绍。而曹操却以此为资本骄横暴戾，肆意行凶作恶，宰割平民百姓，残害有才能德行好的人。过去的九江太守边让，才智过人，魁梧奇伟，是个优秀的人才，闻名天下，因为他正直敢讲，不阿谀奉承曹操，被枭首示众，妻子儿女也被杀害。从此读书人都愤恨曹操，人们越来越怨恨他，反对他的人奋臂一呼，全州的人都会响应。所以曹操在徐州被陶谦打败，兖州被吕布夺去，在东边游移不定，无处投靠。将军袁绍从加强中央权力、削弱地方势力来考虑，并且不让吕布党羽养成气候，因此又统率部队打着旌旗，穿上铠甲，全部出动去征讨吕布。经过激烈的战斗，吕布的部队溃败逃跑，拯救了曹操将要覆亡的灾祸，恢复了曹操兖州刺史的地位。假若袁绍将军对兖州人民没多大好处的话，那么对曹操却有大恩大德。

后会銮驾反旆①，群虏寇攻。时冀州方有北鄙之警②，匪遑离局③，故使从事中郎徐勋④，就发遣操，使缮修郊庙，翊卫幼主⑤。操便放志专行，胁迁当御省禁⑥。卑侮王室⑦，败法乱纪，坐领三台⑧，专制朝政，爵赏由心，刑戮在口，所爱光五宗⑨，所恶灭三族⑩。群谈者受显诛，腹议者蒙隐戮⑪，百寮钳口⑫，道路以目⑬，尚书记朝会⑭，公卿充员品而已。故太尉杨彪典历二司⑮，享国极位，操因缘眦睚⑯，被以非罪⑰，榜楚参并⑱，五毒备至⑲，触情任忒，不顾宪网⑳。又议郎赵彦㉑，忠谏直言，义有可纳，是以圣朝含听，改容加饰。操欲迷夺时明，杜绝言路，擅收立杀，不俟报闻。又梁孝王先帝母昆㉒，坟陵尊显，桑梓松柏，犹宜肃恭。而操帅将吏士，亲临发掘，破棺裸尸，掠取金宝。至令圣朝流涕，士民伤怀。操又特置发丘中郎将、摸金校尉，所过隳突㉓，无骸不露。身处三公之位，而行桀虏之态，污国虐民，毒施人鬼。加其细政苛惨㉔，科防互设㉕，罾缴充蹊㉖，坑阱塞路，举手挂网罗，动足触机陷。是以兖、豫有无聊之民㉗，帝都有吁嗟之怨。历观载籍㉘，无道之臣㉙，贪残酷烈，于操为甚。

【注释】

①鸾驾反旆(pèi)：初平元年(190)，袁绍等起兵讨伐董卓，董卓挟持汉献帝迁都长安。后董卓被杀，建安元年(196)，汉献帝回到洛阳。鸾驾，皇帝所乘的车子。这里指汉献帝。反旆，回师返京。旆，杂色镶边的旗子。

②北鄙之警：初平二年(191)，幽州刺史公孙瓒进攻冀州刺史韩馥，韩馥以冀州让袁绍，袁绍遂据有冀州。其冬，公孙瓒大破黄巾，还屯磐河，威震河北，冀州诸城无不望风响应。袁绍乃自击之。

③匪遑：不遑，无暇。匪，同"非"，不。离局：离开管辖的地方。

④从事中郎：官名。汉以后王公及州郡长官皆自辟僚属，多以从事为称。徐勋：生平事迹不详。

⑤翊(yì)卫：辅佐、保卫。

⑥胁迁当御省禁：汉献帝回到洛阳，曹操也率军赶到洛阳。因洛阳

残破,董昭劝曹操迁都。曹操就挟持汉献帝迁都到许昌。

⑦卑侮王室:轻视欺侮汉王朝。

⑧三台:李善注引应劭《汉官仪》:"尚书为中台,御史为宪台,谒者为外台。"合称三台。

⑨五宗:五服以内的亲人。《后汉书·袁绍传》李贤注:"五宗,谓上至高祖下及孙。"

⑩三族:父族、母族、妻族。

⑪腹议者蒙隐戮:心中非议的人暗中遭到杀害。

⑫钳口:闭口不言,不敢说话。

⑬道路以目:路上相遇时用眼表示愤怒。

⑭尚书:官名。始置于战国,或称掌书,尚即执掌之意,秦为少府属官,掌管文书奏章。汉武帝时正式成为协助皇帝处理政务的官员。

⑮太尉:官名。秦至西汉设置,为全国军政首脑,与丞相、御史大夫并称三公。汉武帝时改称大司马。东汉时太尉与司徒、司空并称三公。杨彪:字文先,弘农华阴(今陕西华阴)人。历官司徒、司空、太尉,死于魏文帝黄初六年(225)。典历二司:中平六年(189),杨彪代董卓为司空,其冬代黄琬为司徒。

⑯眦睚(zì yá):瞪眼睛,怒目而视。引申为小怨小忿。建安元年(196),天子新迁,大会公卿。兖州刺史曹操上殿,"见(杨)彪色不悦,恐于此图之,未得宴设,托疾如厕,因出还营"(《后汉书·杨彪传》)。

⑰被以非罪:以莫须有的罪名加在他身上。

⑱榜楚:打犯人的刑杖。参并:掺杂使用。

⑲五毒:五种酷刑。鞭、棰、灼、徽、缳为五毒。建安二年(197),袁术在寿春自立为帝。曹操诬陷杨彪与袁术谋废汉献帝,收系下狱,判处谋反罪。经孔融大力营救,才得免死。

⑳宪网:法网。比喻严密的法律制度。

㉑议郎：官名。掌顾问应对。赵彦：东汉琅邪（今山东临沂）人。

㉒梁孝王：汉文帝的儿子，汉景帝的同母弟，名武，封梁王，谥曰孝。

　先帝：指汉景帝刘启。母昆：同母兄弟。刘启、刘武同为窦太后

　所生。

㉓隳（huī）突：横行，骚扰。

㉔政（zhēng）：通"征"，征税。

㉕科防：条律禁令。

㉖罾缴（zēng zhuó）：网罗。

㉗兖、豫：兖州、豫州。

㉘载籍：记载历史的典籍。

㉙无道：暴虐。

【译文】

　　后来董卓被诛，献帝从长安返回洛阳，各路叛军攻打京城洛阳。这时冀州北部边境正有战事，将军袁绍无暇离开管辖的地方，所以派从事中郎徐勋去督促曹操立即进京，修缮宗庙社稷，辅佐保卫幼主刘协。曹操便任意独断专行，挟持献帝和百官从洛阳迁到许昌。轻视欺侮朝廷，败坏法律，扰乱纲纪，无故领受三公的爵位，独断朝政，爵位赏赐随心所欲，刑罚杀戮说了就算，他喜欢的人五服之内的亲人都得到好处，他厌恶的人父族、母族、妻族都遭到毁灭。在一起议论他的人被公开杀害，口里不说而心中非议他的人遭到暗算，所有的官吏都闭口不敢说话，只在路上相遇时用眼神来传递信息，掌殿内文书的尚书只记载诸侯臣属朝见汉献帝的事，公卿大臣也只是备员罢了。太尉杨彪官至司徒、司空，享受国家最高的爵位，因为曹操与他有小怨小忿，就以莫须有的罪名加在他身上，严刑拷打，各种毒刑都用上，凭个人好恶，任意胡作非为，不顾朝廷的法律制度。又议郎赵彦是个忠诚的谏官，正直敢讲，他的进谏有可取之处，所以皇上能够听取，给他奖励表示敬意。曹操想要迫使当时贤明的人不敢讲话，堵塞断绝向朝廷进言的途径，擅自拘捕赵

彦,立即杀害,不等待向皇上报告。梁孝王刘武是汉景帝刘启的同胞兄弟,他的陵墓是非常高贵显赫的,墓地上栽的桑梓松柏各种树木,更应该恭敬保护。然而曹操却率领将官军士,亲自去发掘陵墓,打开梁孝王的棺材,裸露梁孝王的尸体,掠取金玉珠宝。以致使皇帝也哀伤流泪,百姓悲痛伤心。曹操还特别设置发丘中郎将、摸金校尉等职位,他经过的地方,肆意横行,穿掘毁坏坟墓,使坟墓中的尸骨都暴露出来。他身处三公的高位,而做的却是凶暴掳掠奸诈的事情,玷污国家,侵害人民,人和鬼都遭受他的毒害。更加上他征税琐细,苛刻狠毒,法律禁令交错设置,网罗陷阱塞满道路,举手就被网罗挂住,动脚就触动机关,落入陷阱。所以兖州、豫州有无以为生的百姓,京城有忧叹怨恨之声。通观历史,暴虐的奸臣,贪婪残酷,曹操就是很突出的一个。

　　幕府方诘外奸①,未及整训,加绪含容,冀可弥缝②。而操豺狼野心,潜包祸谋,乃欲摧桡栋梁③,孤弱汉室,除灭忠正,专为枭雄。往者伐鼓北征公孙瓒,强寇桀逆④,拒围一年。操因其未破,阴交书命,外助王师⑤,内相掩袭。故引兵造河⑥,方舟北济,会其行人发露,瓒亦枭夷⑦。故使锋芒挫缩,厥图不果。尔乃大军过荡西山,屠各左校,皆束手奉质,争为前登,犬羊残丑,消沦山谷⑧。于是操师震慑,晨夜逋遁,屯据敖仓⑨,阻河为固,欲以螳螂之斧,御隆车之隧⑩。幕府奉汉威灵,折冲宇宙⑪,长戟百万,胡骑千群,奋中黄、育、获之士⑫,骋良弓劲弩之势,并州越太行⑬,青州涉济、漯⑭,大军泛黄河而角其前,荆州下宛、叶而掎其后⑮。雷霆虎步,并集虏庭,若举炎火以焫飞蓬⑯,覆沧海以沃熛炭⑰,有何不灭者哉?

【注释】

①诘:问。李善注引郑玄《礼记》注曰:"诘,谓问其罪也。"外:除去。

②弥缝:补救行事的缺失。

③桡:弯曲。

④桀逆:凶狠忤逆。

⑤王师:指袁绍的军队。称王师,是假托名义。

⑥造河:到黄河边。造,去,前往。

⑦"会其"二句:《后汉书·公孙瓒传》载,"建安三年,袁绍复大攻瓒。瓒遣子续请救于黑山诸帅……四年春,黑山贼帅张燕与续率兵十万,三道来救瓒。未及至,瓒乃密使行人赍书告续",约以举火为号,瓒自内突围。书被袁绍截获,如期举火,设伏以待。公孙瓒大败,遂自杀。行人,使者的通称。

⑧"尔乃"几句:《后汉书·袁绍传》无此一段。按此段所述之事,发生于初平四年(193),而公孙瓒死在建安四年(199),前后相差六年。此段文字放在瓒死之后,不妥,疑是衍文。过荡西山,据《后汉书·袁绍传》载,初平四年(193),黄巾余部于毒等攻陷邺城,杀郡守。袁绍引军入朝歌破杀于毒及其众万余人;又进攻左髭、丈八等,皆斩之;又击刘石、青牛角、黄龙、左校、郭大贤、李大目、于氏根等复斩数万级。遂与张燕及四营屠各战于常山。屠各,匈奴部落之一。匈奴入居塞内,有屠各、鲜支等十九种。左校,官署名。掌左右工徒。《袁绍传》屠各、左校与刘石、青牛角、张燕等并列,当为农民起义领袖之一。奉质,献上抵押品。前登,前驱,先头部队。犬羊残丑,对农民起义军的污辱性称呼。

⑨敖仓:秦代在敖山上所置谷仓。故址在今河南郑州西北邙山上。地当黄河和济水分流处。是当时最重要的粮仓。汉魏均仍在此设仓。

⑩"欲以"二句:化用《庄子·人间世》:"汝不知夫螳螂乎?怒其臂

以当车辙,不知其不胜任也。"蟑螂之斧,螳螂前腿发达,像镰刀,
故称斧。隆车,滚滚而来的车。隧,路。

⑪折冲:使敌人战车后撤,即击退敌军。《吕氏春秋·召类》:"夫修
之于庙堂之上,而折冲乎千里之外者,其司城子罕之谓乎?"

⑫中黄、育、获:中黄伯、夏育、乌获,皆古代勇士。

⑬并(bīng)州:汉武帝所置十三刺史部之一,东汉时治所在晋阳
(今山西太原西南)。当时袁绍的外甥高幹为并州刺史。太行:
太行山。

⑭青州:汉武帝所置十三刺史部之一,东汉时治所在临菑(今山东
淄博临淄北)。当时袁绍长子袁谭为青州刺史。济:水名。古与
江、淮、河并称四渎。济水源出于河南济源王屋山。其故道本过
黄河西南,东流至山东,与黄河并行入海。漯(tà):水名。古黄
河下游主要支津之一。古漯水出今山东茌平。

⑮"大军"二句:角、掎(jǐ),《春秋左传·襄公十四年》:"譬如捕鹿,
晋人角之,诸戎掎之。"角是抓住角,掎是拉住腿。后因称分兵牵
制或夹击敌人为掎角。荆州,汉武帝所置十三刺史部之一。当
时荆州刺史刘表与袁绍结盟。宛,汉南阳郡有宛县,地在今河南
南阳。叶,古邑名。在今河南叶县南。

⑯爇(ruò):烧,点燃。

⑰沃:浇灌。熛(biāo)炭:燃烧的炭火。

【译文】

将军袁绍正在查究清除邪恶诈伪的人,来不及教训他,特意宽容,
希望他能补救自己的过失。然而曹操狼子野心,暗藏危害朝廷的计谋,
想要排斥朝廷重臣,削弱汉室的力量,消除毁灭忠诚正直的人,独断独
行,专意做枭雄。过去将军袁绍出兵征伐北边的公孙瓒,公孙瓒凶暴顽
抗,抵御防守达一年之久。曹操因为公孙瓒还未被攻下,暗地里与公孙
瓒书信来往相互勾结,表面装着要帮我军攻打公孙瓒,而骨子里却想乘

我不备,突然袭击。所以曹操带领军队到了黄河边上,准备船只北渡,恰巧公孙瓒派出求救的使者被截获,将计就计,公孙瓒被杀戮诛灭。因此挫败了曹操的锐气,他的阴谋没有实现。近来将军袁绍的部队到西山扫荡,黄巾中的将领屠各、左校等都恭恭敬敬地献上抵押品,争着当先头部队,卑贱凶残的败类,在山谷中消亡了。于是曹军恐惧害怕,连夜逃跑,驻兵据守敖仓,依靠黄河难攻易守的险要地势,妄想以螳臂阻挡大路上的战车。将军袁绍凭借朝廷的声威,要扫平天下,统领步兵百万,骑兵三千,部下的勇士们精神振奋,发挥良弓劲弩的优势,并州刺史高干带兵越过太行山,青州刺史袁谭领兵渡过济水、漯水,大军游弋于黄河之上,在前面牵制曹操,荆州刺史刘表从宛县、叶县顺流而下,在曹军的后面夹击。盛怒威武的各路军队,都集结在敌人的周围,如举着烈火去烧干枯飞旋的蓬草,倾倒大海之水来浇灭燃烧的炭火,有什么消灭不了的呢!

　　又操军吏士其可战者,皆自出幽、冀①。或故营部曲②,咸怨旷思归③,流涕北顾。其余兖、豫之民,及吕布、张扬之遗众,覆亡迫胁,权时苟从④,各被创夷,人为仇敌。若回旆方徂,登高冈而击鼓吹⑤,扬素挥以启降路⑥,必土崩瓦解,不俟血刃。

【注释】

①幽、冀:幽州、冀州。幽州,汉武帝所置十三刺史部之一,治所在蓟县(今北京城西南)。冀州:汉武帝所置十三刺史部之一,治所在今河北冀州。

②故营部曲:此指豪门大族的私人武装。部曲,古代军队的编制单位。《后汉书·百官志》:"其领军皆有部曲。大将军营五部,部

校尉一人……部下有曲,曲有军候一人。"

③怨旷:男女不能及时结婚叫怨女旷夫。

④"及吕布"几句:建安三年(198),曹操擒杀吕布,并其余部。张扬素与吕布善,曹操围吕布时,张扬欲救之,不能,乃出兵东市,遥为之势,为其部众所杀,曹操尽收其众。张扬,《三国志》本传作"张杨",字稚叔,东汉末军阀之一。

⑤鼓吹:用鼓、钲、箫、笳等乐器合奏的乐曲,出自北方民族,本为军中之乐。

⑥素挥:白旗。挥,李善注:"《广雅》曰:'徽,幡也。'徽与挥古通用。"

【译文】

再说曹操军队可以作战的下级官吏和兵士,都是从幽州、冀州来的,有的是豪门大族的私人武装,都是些未结婚的年轻人,想回家,常常流着眼泪北望家乡。剩下那些从兖州、豫州来的平民百姓,和吕布、张扬被消灭后遗留下来的部队,因颠覆破亡而被迫暂时苟且服从,各自都遭受过创伤,彼此互相仇视。如果当两军挥动军旗正要接战的时候,就登上高冈奏起军乐,高举素幡来招降曹军,那曹军一定土崩瓦解,溃败不可收拾,不等我们与他战斗就能取得胜利。

方今汉室陵迟①,纲维弛绝,圣朝无一介之辅,股肱无折冲之势②。方畿之内③,简练之臣,皆垂头搨翼④,莫所凭恃。虽有忠义之佐,胁于暴虐之臣,焉能展其节?又操持部曲精兵七百,围守宫阙,外托宿卫,内实拘执。惧其篡逆之萌,因斯而作。此乃忠臣肝脑涂地之秋,烈士立功之会,可不勖哉⑤!

【注释】

①陵迟：亦作"凌迟"，衰颓，衰落。《诗经·王风·大车》序："礼仪陵迟，男女淫奔，故陈古以刺今大夫不能听男女之讼焉。"

②股肱：大腿和胳膊。常比喻辅佐君主的大臣。

③方畿（jī）：犹言国境以内。畿，指京城管辖的地区。

④搨（tà）翼：收缩翅膀。

⑤勖（xù）：勉励。

【译文】

现在朝廷衰落，纲纪松弛，皇上没有一个得力的助手，大臣也没有抵御敌人的气势。京城内经过选择训练的臣子，都垂头丧气无可奈何，没有可倚靠的人。虽然有一些忠义的大臣，在残暴酷虐的奸臣胁迫下，他们的气节操守又怎能施展呢？同时曹操掌握私人的精锐部队七百人，围困把守着宫殿，表面上说是保卫皇上，而实际是把皇上拘留控制起来。恐怕他要篡夺汉室天下的野心，因此而起。这正是忠臣为国捐躯的时候，烈士为国立功的好机会，能不勉励吗！

操又矫命称制①，遣使发兵。恐边远州郡，过听而给与②，强寇弱主，违众旅叛③，举以丧名，为天下笑，则明哲不取也。即日幽、并、青、冀，四州并进，书到荆州，便勒见兵④，与建忠将军协同声势⑤。州郡各整戎马，罗落境界，举师扬威，并匡社稷，则非常之功于是乎著。其得操首者封五千户侯，赏钱五千万，部曲偏裨将校诸吏降者勿有所问。广宣恩信，班扬符赏，布告天下，咸使知圣朝有拘逼之难⑥。如律令⑦。

【注释】

①矫命称制：假托皇帝的命令，行使皇帝的权力。

②过听：误听。

③旅叛：帮助叛逆。旅，李善注："《汉书》以旅为助。"

④勒：统率。见（xiàn）：同"现"。

⑤建忠将军：指张绣，东汉末军阀之一，张济的族子。以军功迁建忠将军。张济战死，张绣领其众，屯宛，与刘表合，后投降曹操。

⑥拘逼之难：被拘禁逼迫的灾难。

⑦如律令：汉代公文的常用语。表示要对方文到奉行，像按照法律命令办事一样。

【译文】

曹操又假托皇上的命令，派遣使臣启用军队。恐怕边远的州郡官吏误听而给予援助，使敌寇强大，使主上削弱，违背众望，帮助叛逆，举动丧失名誉，被天下人耻笑，明白事理的人是不会这样做的。近几天内幽州、并州、青州、冀州四州人马同时进攻围歼曹操，收到檄文就统领现有部队，与建忠将军张绣配合大造声威气势。各自整顿军队，列阵在边境上，调动军队显示威风，共同来挽救国家，那不同寻常的功绩因此而显扬。得到曹操人头的人，封五千户侯，赏钱五千万，曹操手下的偏将、校尉各种官吏，只要投降了就不追究他们。广泛向他们说明朝廷的恩德信义，颁布传播朝廷命令和赏赐，公布出来使全国民众都知道朝廷有被拘禁胁迫的灾难。请按照律令执行。

檄吴将校部曲文—首

【题解】

建安二十一年(216)冬，曹操领兵讨伐孙权，陈琳假托尚书令荀彧的口气，写了这篇告江东武装部队军官、孙权同宗的亲属、中央与地方官吏的檄文。檄文首先叙述自古以来吴越的地方势力对抗中央朝廷皆以败终的事实，接着历数曹操消灭袁绍、袁术、吕布等割据势力，统一了北方;又西征宋建、张鲁、韩遂、马超等;并迫使羌、胡、巴、夷等族归顺朝廷的功绩。同时指出江东兵力薄弱,长江不可仗恃;孙权滥杀无辜,无仁无义。檄文中强调只罪孙权一人,其余不加追究,鼓励东吴臣民起来反对孙权。檄文以历史事实、现实情况,反复申说,晓之以理,谕之以情,说明背孙权、归朝廷之利,随孙权、背朝廷必将灭亡之害。

　　年月朔日①,子尚书令彧②,告江东诸将校部曲,及孙权宗亲中外③:盖闻祸福无门,惟人所召,夫见机而作④,不处凶危,上圣之明也;临事制变,困而能通,智者之虑也。渐渍荒沉⑤,往而不反,下愚之蔽也。是以大雅君子⑥,于安思危,以远咎悔⑦;小人临祸怀佚,以待死亡。二者之量,不亦殊乎?

【注释】

①朔日:初一。

②子:古代对男子的美称或尊称。

③宗亲:同宗亲属。中外:中表亲戚。

④见机而作:《周易·系辞》:"几者,动之微,吉之先见者也。君子见几而作,不俟终日。"孔疏:"言君子既见事之几微,则须动作以应之,不得待终其日。"意谓事前洞察事物细微的变化,就应当采取相应的行动去对付。

⑤渐渍:浸润,沾染。荒:迷乱,放纵。

⑥大雅:对才德高尚者的赞词。《汉书·景十三王传赞》:"夫唯大雅,卓尔不群,河间献王近之矣。"

⑦"于安"二句:《春秋左传·襄公十一年》:"《书》曰:'居安思危,思则有备,有备无患。'"意谓在安全时考虑到可能发生的危险,可以远离灾祸。咎(jiù)悔,灾祸。

【译文】

某年某月初一,尚书令荀彧先生檄告江东各位将领校尉部队,及孙权的同宗亲属、中表亲戚:听古人说过,祸福没有定数,都是人所自取,辨风色、看情况而采取相应的行动,不使自己处在不利、危险的地位,是德才最高超的聪明人;到事变发生时能够控制事变的发展,处困境、险地而能够顺利平安,是聪明人应当谋划的。沾染于荒淫,一直沉溺下去,而不改悔,是蠢人的毛病。所以德才高尚的君子,在安全时就考虑到可能发生的危险,以避开灾祸;见识短浅的小人,面对灾难还想念着安乐,以等待死亡。二者的器量不是很悬殊吗?

孙权小子,未辨菽麦,要领不足以膏齐斧①,名字不足以污简墨。譬犹鷇卵②,始生翰毛③,而便陆梁放肆④,顾行吠主⑤,谓为舟楫足以距皇威,江湖可以逃灵诛,不知天网设张⑥,以在纲目,爨镬之鱼⑦,期于消烂也。若使水而可恃,则洞庭无三苗之墟⑧,子阳无荆门之败⑨,朝鲜之垒不刊⑩,南越之旍不拔⑪。昔夫差承阖闾之远迹,用申胥之训兵,栖越会稽,可谓强矣⑫!及其抗衡上国,与晋争长,都城屠于勾践⑬,武卒散于黄池⑭,终于覆灭,身磬越军⑮。及吴王濞,骄恣屈强,猖猘始乱,自以兵强国富,势陵京城⑯。太尉帅师,甫下荥阳⑰,则七国之军⑱,瓦解冰泮⑲;濞之骂言未绝于口,而丹徒之刃以陷其胸⑳,何则? 天威不可当,而悖逆之罪重也。且江湖之众,不足恃也。

【注释】

①要(yāo):"腰"本字。领:颈,脖子。《礼记·檀弓》:"是全要领以从先大夫于九京也。"郑注:"全要领者,免于刑诛者。"孔疏:"古

者罪重要斩，罪轻颈刑也。"齐（zī）斧：用于征伐之斧，又名黄钺斧。《汉书·王莽传》："此经所谓'丧其齐斧'者也。"颜师古注引应劭曰："齐，利也。亡其利斧，言无以复断斩也。"

②𪃍（kòu）：待哺食的雏鸟。

③翰（hàn）毛：羽毛。

④陆梁：跳走貌。引申为嚣张、跋扈。

⑤顾：反而，却。

⑥天网：天道如网，作恶者逃不出天的惩罚。此用以比喻国家法律。

⑦爨（cuàn）：烧火做饭。镬（huò）：锅之属，用以煮食物。古时指无足的鼎。

⑧三苗：我国古代部族名。亦称有苗、苗民。《史记·五帝本纪》载其居处在江、淮、荆州（今河南南部至湖南洞庭、江西鄱阳一带），传说舜时被迁到三危（今甘肃敦煌一带）。墟：故城，废址。

⑨子阳无荆门之败：子阳，公孙述，字子阳，扶风茂陵（今陕西兴平东北）人。王莽时为导江卒正（蜀郡太守）。后起兵据益州（今四川）。建武元年（25）称帝，号成家（取起于成都之意），建元龙兴遣任满拒守荆门。汉光武刘秀遣征南大将军岑彭攻破之。建武十二年（36），公孙述为吴汉所破，被杀。见《后汉书·公孙述传》。

⑩朝鲜之垒不刊：据《史记·朝鲜列传》载，汉武帝元封二年（前109），汉派涉何出使朝鲜，欲劝其王右渠归汉，未果。涉河杀了送他的朝鲜裨王长，回报武帝曰"杀朝鲜将"，武帝遂封涉河为辽东东部都尉。朝鲜发兵攻杀涉河，武帝遣楼船将军杨仆、左将军荀彘击朝鲜，初战失利，后围其城，数月未能下。元封三年（前108）夏，朝鲜人杀其王右渠来降，定朝鲜为四郡。垒，军营墙壁，或防守工事。不刊，不能削除磨灭。刊，削除。

⑪南越之旄不拔：据《史记·南越尉佗列传》记载，元鼎五年（前112），南越丞相吕嘉反，杀南越王、太后及汉使者。汉派卫尉路博德为伏波将军出桂阳（今湖南郴州），主爵都尉杨仆为楼船将军出豫章（今江西南昌），攻南越，破之。以其地为儋耳、珠崖、南海……九郡。旄，用旄牛尾和彩色鸟羽装饰的旗子，也指普通的旗子。不拔，不可拔除，不可攻克。

⑫"昔夫差"几句：据《史记·吴太伯世家》载，吴王阖闾西伐楚，攻陷楚国都郢（在今湖北江陵西北）。后吴伐越，阖闾在战斗中负伤而死，子夫差立为吴王。夫差为父报仇，兴精兵伐越，越败，越王勾践乃以余兵五千人栖于会稽，吴王追而围之。申胥，伍子胥，战国楚人。奔吴，吴与之申地，故称申胥。栖，《索隐》邹诞云："保山曰栖，犹鸟栖于木以避害也。故《六韬》：'军处山之高者则曰栖。'"

⑬"及其"几句：《史记·吴太伯世家》载，吴王夫差北会诸侯于黄池，欲霸中国，吴王与晋定公争长，吴王曰："于周室我为长。"晋定公曰："于姬姓我为伯。"越王勾践伐吴，吴师败，遂杀吴太子。上国，春秋时对吴、楚诸国而言，齐、晋等中原诸侯之国称为"上国"。此指晋国。

⑭黄池：地名。在今河南封丘西南。

⑮罄（qìng）：器中空。引申为尽、完。

⑯"及吴王濞"几句：据《史记·吴王濞列传》："吴王濞者，高帝兄刘仲之子也。"高帝十一年（前196）秋，淮南王英布反，高帝自将往诛之，刘濞年二十，有气力，以骑将从破英布军，荆王刘贾为英布所杀，无后。高帝患吴、会稽轻悍，无壮王以镇之，诸子少，乃立刘濞于沛为吴王。后刘濞发动七国之乱。骄恣，骄傲放纵。屈强（jué jiàng），执拗，不顺从。屈，通"倔"。猾，纵恣狂妄。猾，狡诈。

⑰"太尉"二句：景帝前元三年(前154)，吴、楚反，周亚夫为太尉，东击吴、楚。太尉，官名。此指周亚夫。荥(xíng)阳，县名。在河南郑州西部。

⑱七国：指西汉初七个同姓诸侯王国，即吴王濞、胶西王卬、楚王戊、赵王遂、济南王辟光、菑川王贤、胶东王雄渠。七王以"清君侧"为名发动武装叛乱。

⑲瓦解冰泮：比喻完全崩溃失败。泮，分、散。

⑳"濞之骂言"二句：《史记·吴王濞列传》载，吴王大败，吴王乃与其麾下壮士数千人夜亡去，渡江走丹徒，保东越。汉使人以利引诱东越，东越即欺骗吴王，吴王出劳军，即使人用矛戟冲刺杀吴王。丹徒，秦置县，汉属会稽郡。在今江苏镇江东南。

【译文】

孙权小子，分辨不清大豆和麦子，他的血不够用来润滑利斧，名字不值得涂染书简。就好像刚出壳的待哺雏鸟，才开始生长羽毛，就嚣张跋扈，肆无忌惮，反咬自己的主人，以为制造船只就能抗拒朝廷的威力，靠江河湖海就可以逃避君王的讨伐，不知道天罗地网已经撒开，自己已在罗网之中，像在锅里煮的鱼，到一定时间就会熟透溶化了。如果以为有长江大湖就可倚靠，那么洞庭湖就不会有苗民的故城废址，公孙述的部将就不会在荆门被打败，朝鲜的防守工事就不可能被攻陷，南越的旗帜就不可能被拔掉。以前吴王夫差继承其父阖闾攻陷楚国郢都的威势，用伍子胥训练的军队，把越王勾践逼困在会稽山上，可称为强大了！到他对抗中原诸侯之国，在黄池与晋定公争做首领，而自己的国都却被越王勾践攻毁，在黄池作战的军心也涣散了，最后国家倾覆灭亡，自己也被越军逼迫自杀。到了汉景帝时，吴王刘濞骄傲放纵，强硬执拗，狂妄狡诈，为首作乱，自以为兵强国富，仗势欺侮朝廷。太尉周亚夫率领军队才攻陷荥阳，七国的军队就很快瓦解冰消；刘濞嘴里骂人的话未完，而丹徒人的利刃已插进他的胸膛，怎么会这样呢？因为帝王的威力不可抵敌，而叛乱忤逆的罪恶重大。况且各地凑集的乌合之众，不可以依靠。

　　自董卓作乱，以迄于今，将三十载。其间豪桀纵横，熊据虎跱^①，强如二袁^②，勇如吕布，跨州连郡，有威有名，十有余辈。其余锋捍特起^③，鹯视狼顾^④，争为枭雄者^⑤，不可胜数。然皆伏铁婴钺^⑥，首腰分离，云散原燎，罔有孑遗^⑦。近者关中诸将，复相合聚，续为叛乱^⑧。阻二华，据河渭，驱率羌胡^⑨，齐锋东向，气高志远，似若无敌。丞相秉钺鹰扬^⑩，顺风烈火，元戎启行^⑪，未鼓而破，伏尸千万，流血漂橹^⑫。此皆天下所共知也。是后大军所以临江而不济者^⑬，以韩约、马超逋逸迸脱，走还凉州^⑭，复欲鸣吠，逆贼宋建，僭号河首^⑮，同恶相救，并为唇齿；又镇南将军张鲁，负固不恭^⑯，皆我王诛所当先加。故且观兵旋旆^⑰，复整六师^⑱，长驱西征，致天下诛。偏将涉陇，则建、约枭夷^⑲，旐首万里；军入散关，则群氐率服，王侯豪帅，奔走前驱^⑳；进临汉中，则阳平不守，十万之师，土崩鱼烂，张鲁逋窜，走入巴中，怀恩悔过，委质还降^㉑；巴夷王朴胡、賨邑侯杜濩各帅种落，共举巴郡，以奉王职^㉒。钲鼓一动^㉓，二方俱定，利尽西海^㉔，兵不钝锋。若此之事，皆上天威明，社稷神武^㉕，非徒人力所能立也。

【注释】

①熊据虎跱（zhì）：如熊虎盘踞在那里。比喻群雄割据一方的形势。

②二袁：指袁绍、袁术。

③锋捍：骁勇、强悍。特起：崛起，挺出。

④鹯(zhān):古书中的一种猛禽。一名晨风,似鹞鹰,逐食鸟雀。

⑤枭雄:骁悍雄杰之人,犹言雄长、魁首。

⑥伏铁(fū)婴钺(yuè):遭诛杀,被处死。铁、钺,刑戮之具。《礼记·王制》:"诸侯赐弓矢,然后征;赐铁钺,然后杀;赐圭瓒,然后为鬯。"婴,施加。

⑦罔:无,没有。孑(jié)遗:遭受兵灾等大变故遗留下的少数人。

⑧"近者"几句:《三国志·魏书·武帝纪》载:"十六年……张鲁据汉中,三月,遣锺繇讨之。公使渊等出河东与繇会。是时关中诸将疑繇欲自袭,马超遂与韩遂、杨秋、李堪、成宜等叛。"

⑨"阻二华"几句:二华,太华山与少华山。太华山即西岳华山,少华山在华山之西,和太华峰势相连而稍低。河、渭,黄河、渭河。羌,我国古代西部民族之一。胡,我国古代泛称北方边地与西域诸民族为胡。

⑩丞相秉钺鹰扬:《三国志·魏书·武帝纪》载,兴平十六年(211)秋七月,曹操西征,与马超等夹潼关而军。秉钺,意指掌握兵权。鹰扬,威武貌。

⑪元戎:兵众。《汉书·董贤传》:"统辟元戎。"颜师古注:"元戎,大众也。"启行:出发,起程。

⑫橹(lǔ):大盾牌。

⑬是后大军所以临江而不济者:《三国志·魏书·武帝纪》载:"(十七年)冬十月,公(曹操)征孙权。十八年春正月,进军濡须口,攻破权江西营,获权都督公孙阳,乃引军还。"

⑭"以韩约"二句:《三国志·魏书·武帝纪》载,曹操与马超会战,"先以轻兵挑之,战良久,乃纵虎骑夹击,大破之,斩成宜、李堪等。(韩)遂、(马)超等走凉州"。韩约,韩遂字文约。

⑮"逆贼"二句:《三国志·魏书·武帝纪》载:"初,陇西宋建自称河首平汉王,聚众枹罕,改元,置百官,三十余年。遣夏侯渊自兴国

讨之。冬十月屠枹罕,斩建,凉州平。"

⑯"又镇南将军"二句:《三国志·魏书·张鲁传》:"张鲁字公祺,沛国丰人也……据汉中,以鬼道教民,自号'师君'……雄据巴、汉垂三十年。汉末,力不能征,遂就宠鲁为镇民中郎将,领汉宁太守,通贡献而已。""建安二十年,太祖(曹操)乃自散关出武都征之,至阳平关。(张)鲁欲举汉中降,其弟卫不肯,率众数万人拒关坚守。"负固,凭恃地势险固。

⑰观兵:检阅军队以显示威武。《春秋左传·襄公十一年》:"诸侯会于北林,师于向,右还,次于琐。围郑,观兵于南门。"

⑱六师:犹六军。《周礼·司马》:"凡制军,万有二千五百人为军,王六军,大国三军,次国二军,小国一军。"后以"六军"泛称朝廷的军队。

⑲"偏将"二句:偏将,偏师之将。陇,甘肃的简称,因古为陇西郡地而得名。约,韩遂。《三国志·魏书·武帝纪》:"公(曹操)西征张鲁……西平、金城诸将麴演、蒋石等共斩送韩遂首。"建,宋建。见前注。枭夷,杀戮,诛灭。

⑳"军入散关"几句:《三国志·魏书·武帝纪》载,建安二十年(215)夏四月,曹操"自陈仓以出散关,至河池,氐王窦茂众万余人,恃险不服,五月,公攻屠之"。所载内容与此处有出入。散关,即大散关,在陕西宝鸡西南大散岭上,当秦岭咽喉,扼川陕间交通孔道,为古代军事必争之地。氐,古族名。殷周至南北朝分布在今陕西、甘肃、四川等省。前驱,前导,先锋。

㉑"进临汉中"几句:《三国志·魏书·武帝纪》:"秋七月,公至阳平,张鲁使弟卫与将杨昂等据阳平关……公乃密遣解傸、高祚等乘险夜袭,大破之,斩其将杨任,进攻卫,卫等夜遁,鲁溃奔巴中。"《三国志·魏书·张鲁传》载:"(太祖)遣人慰喻,鲁尽将家出,太祖逆拜鲁镇南将军,待以客礼,封阆中侯,邑万户。"委质,

古人相见,执贽为礼,表示恭敬承奉之意,后亦用为归顺之意。质,通"贽"。

㉒"巴夷王"几句:《三国志·魏书·武帝纪》载:"九月,巴七姓夷王朴胡、賨邑侯杜濩举巴夷、賨民来附,于是分巴郡,以胡为巴东太守,濩为巴西太守,皆封列侯。"种落,部族聚居的地方。也称部族。

㉓钲(zhēng)、鼓:古代行军时用的两种乐器。

㉔西海:西方。指巴郡。

㉕神武:神明威武。

【译文】

自董卓作乱到现在,将近三十年。三十年中,英雄豪杰到处都是,如熊虎盘踞在各地,强大的如袁绍、袁术,勇猛的如吕布,州连州,郡连郡,有权势有名望的有十多个。另外骁勇强悍之辈崛起,像追食鸟雀的鹯,搜寻食物的狼,到处寻找机会,争做魁首的人,数也数不完。然而他们都被诛杀,身首分离,像云雾散去草原被火烧一样,没有遗留下来的。近来关中各位将领,又聚集在一起,背叛朝廷,继续作乱。倚仗太华山、少华山的险要,占有黄河、渭河,驱使带领羌胡之兵,锋芒一齐指向东方,趾高气扬,好像是不可抵抗。丞相统领威武的军队征讨,如顺风烈火,大军出发,没经过多大的战斗,关中叛军就溃败了,倒在地上的尸体成千上万,流的鲜血把大盾牌都漂浮起来了。这是全国人人都知道的。这件事情之后,汉丞相大军到了长江没有渡江征讨的原因,是因为韩遂、马超逃亡奔散,跑回凉州还想继续作乱,逆贼宋建,超越本分冒称河首平汉王,他们罪恶相同,狼狈为奸,互相依靠;还有镇南将军张鲁,凭借地势险固对朝廷不敬,都是我君王应当先讨伐的。所以暂且检阅军队向孙权显示一下军威,马上就回军了,重新整顿朝廷的军队,以不可阻挡之势向西去征讨韩遂、马超、宋建、张鲁,代朝廷进行诛杀。夏侯渊统率偏师进到甘肃,宋建、韩遂即被杀戮诛灭,把首级吊在旗杆上示众；大军进入大散关，氐族各部都来归顺，氐族的王、侯、将帅愿意受我驱使做先头部队；进到汉中，张鲁占据的阳平关就守不住了，十万军队像瓦崩碎、鱼腐烂一样溃败不可收拾，张鲁逃亡隐藏，跑到巴中，怀念朝廷的恩德，悔改所犯的过错，屈膝归降朝廷；巴七姓夷王朴胡、賨邑侯杜濩各自率领自己的部族，一同敬献巴郡，接受朝廷给予的官职。军队一出动，关中、陇汉都平定了，不经过战斗就顺利地取得巴郡全部。像这样的事，都是天帝显示威灵，国家神明威武，仅凭人力是不能做到的。

圣朝宽仁覆载①，允信允文②，大启爵命，以示四方。鲁及胡、濩，皆享万户之封，鲁之五子，各受千室之邑③，胡、濩子弟部曲将校，为列侯将军已下，千有余人。百姓安堵，四民反业④，而建、约之属⑤，皆为鲸鲵⑥，超之妻孥，焚首金城⑦，父母婴孩，覆尸许市⑧。非国家钟祸于彼，降福于此也，逆顺之分，不得不然。

【注释】

①覆载：指天地养育及包容万物。《礼记·中庸》："天之所覆，地之所载。"

②允信允文：诚信美善。

③"鲁及胡、濩"几句：《三国志·魏书·武帝纪》载："鲁自巴中将其余众降，封鲁及五子皆为列侯。"鲁及胡、濩，指张鲁、朴胡、杜濩。

④四民：指士、农、工、商之人。反业：回归到自己的行业。

⑤建、约：指宋建、韩遂。

⑥鲸鲵：喻谓身被诛戮。李陵《重报苏武书》："妻子无辜，并为鲸鲵。"

⑦"超之妻孥"二句:《三国志·魏书·武帝纪》载:"十九年春……南安赵衢、汉阳尹奉等讨(马)超,枭其妻子,超奔汉中。"金城,郡名。汉始元六年(前81)置,治所在允吾(今甘肃永靖西北)。

⑧"父母"二句:《续后汉书·韩遂马腾传》载,建安十六年(211),马超与韩遂等十部皆反,曹操亲征,大破之。操军还,诛杀马腾,夷灭三族。许,即许昌(今属河南)。东汉建安元年(196)曹操迎献帝都许。三国魏黄初二年(221)改许为许昌。

【译文】

圣明的朝廷宽厚仁慈,像天地养育包容万物,诚信善美,向天下广开取得爵位和赏赐之路,以事实宣告四方。张鲁和朴胡、杜濩都享受万户侯的封号,张鲁的五个儿子各自接受食邑千户的爵位,朴胡、杜濩的子弟、军队的将领,做到列侯将军以下的有千余人。百姓安居,士、农、工、商各自回到自己从事的行业,而宋建、韩遂等辈,都被诛戮,马超的妻子儿女在金城被杀头,父母及一门老小也在许昌被杀。并不是国家特别降灾难给他们,降福禄给张鲁、朴胡、杜濩,背叛朝廷与归顺朝廷的区别,不得不这样。

夫鸷鸟之击先高①,攫鸷之势也②。牧野之威③,孟津之退也④。今者枳棘翦扦⑤,戎夏以清⑥,万里肃齐⑦,六师无事,故大举天师百万之众,与匈奴南单于呼完厨⑧,及六郡乌桓、丁令、屠各⑨,湟中羌僰⑩,霆奋席卷,自寿春而南⑪。又使征西将军夏侯渊等,率精甲五万,及武都氐羌⑫,巴汉锐卒,南临汶江⑬,搤据庸蜀⑭,江夏、襄阳诸军⑮,横截湘、沅⑯,以临豫章⑰,楼船、横海之师⑱,直指吴会⑲。万里克期⑳,五道并入,权之期命于是至矣㉑。

【注释】

①鸷(zhì)鸟:凶猛的鸟,如鹰、鹯之类。

②攫(jué):用爪抓取。

③牧野:古地名。在今河南淇县西南。周武王与反殷诸侯会师,大败殷军于此。

④孟津:古黄河津渡名。在今河南孟津东北,孟州西南。相传周武王伐纣,与八百诸侯盟会于此,故名盟津(即孟津)。

⑤枳(zhǐ)、棘:两种木名。二木皆多刺,因以比喻违命作梗的坏人。

⑥戎:指我国古代西方各民族。夏:古代汉族自称为夏。

⑦肃齐:恭敬统一。

⑧匈奴南单于呼完厨:建安二十年(215)秋七月,匈奴南单于呼厨泉将其名王来朝,曹操待以客礼,于是留魏。

⑨六郡:指陇西、天水、安定、北地、上郡、西河。乌桓:东胡别支。秦末东胡遭匈奴击破后,部分迁乌桓山,因以为名。建安十二年(207),曹操迁乌桓万余至中原,余众留居东北。丁令:即丁灵,少数民族,汉代主要分布在今贝加尔湖以南地区。东汉时丁灵部分南迁。屠各:东汉至西晋时匈奴部落之一。杂居于西北沿边诸郡。以并州屠各为最著名。

⑩湟中:地区名。指今青海湟水两岸。汉代为羌、汉、月氏等各族杂居地。羌:古族名。主要分布在今甘肃、青海、四川一带。僰(bó):古代西南地区民族之一。

⑪寿春:古县名。秦置,治所在今安徽寿县。秦汉为九江郡治所。

⑫武都:古县名。西汉置,治所在今甘肃西河西南,为武都郡治所。东汉末氐族杨驹徙居于此。

⑬汶江:古县名。汉元鼎六年(前111)置,治所在今四川茂汶羌族自治县北。

⑭搤(è)据:即扼据,把守占有。庸:古国名。商之侯国,曾随周武

王伐纣,春秋时为楚所灭,建都上庸(今湖北竹山西南)。

⑮江夏:郡名。西汉高祖六年(前201)置,三国时分属魏、吴两国,
各置江夏郡,魏郡治所在上昶城(今湖北云梦西南),吴郡治所在
武昌(今湖北鄂城)。襄阳:郡名。东汉建安十三年(208)分南
郡、南阳两郡置,治所在襄阳(今湖北襄阳)。

⑯湘、沅:湘江、沅江。湘江,湖南最大的河流,流贯湖南东部,至湘
阴入洞庭湖。沅江,在湖南西部,源出贵州云雾山。上游为清水
江,自西向东至湖南黔阳黔城镇以下始称沅江,至汉寿入洞
庭湖。

⑰豫章:郡名。楚汉之际置,治所在今江西南昌。

⑱楼船:有叠层的大船。古代多用作战船。此指楼船将军杨仆。
横海:指横海将军韩说。

⑲吴会(kuài):东汉时分会稽郡为吴、会稽二郡,合称吴会。

⑳克期:约定或限定日期。

㉑期命:期限和命数。"故大举"至此,讲建安二十一年(216)冬十
月始,曹操治兵征孙权事。

【译文】

凶猛的鹰出击之前先要飞得高高的,这是鹰要用爪抓取猎物的姿
势。周武王要在牧野大显军威打败殷军,先在孟津退兵以示弱。现在
违命作梗的坏人消除了,西方民族和中原叛乱已经肃清,万里统一,军
队没有什么事情,所以出动规模浩大的百万大军,和匈奴南单于呼完
厨,以及六郡的乌桓、丁灵、屠各,青海湟水两岸的羌族、僰族,如雷霆奋
击,势如卷席,从寿春向南挺进。又派遣征西将军夏侯渊等,统领精兵
五万和甘肃武都县的氐族、羌族部队,巴中、汉中的精锐兵士,从南挺进
到汶江,把守占有上庸蜀郡,江夏郡和襄阳郡的部队横渡湘江、沅江,直
到豫章,像楼船将军杨仆、横海将军韩说领兵攻打东越王那样,直接指
向吴郡会稽。限期到达,五路人马并进,孙权的死期就要到了。

丞相衔奉国威①，为民除害，元恶大憝②，必当枭夷。至于枝附叶从，皆非诏书所特禽疾③，故每破灭强敌，未尝不务在先降后诛，拔将取才，各尽其用。是以立功之士，莫不翘足引领，望风响应。昔袁术僭逆，王诛将加，则庐江太守刘勋，先举其郡，还归国家④；吕布作乱，师临下邳，张辽、侯成，率众出降⑤；还讨眭固，薛洪、缪尚开城就化⑥。官渡之役，则张郃、高奂，举事立功⑦，后讨袁尚，则都督将军马延、故豫州刺史阴夔、射声校尉郭昭，临阵来降⑧。围守邺城，则将军苏游，反为内应⑨，审配兄子，开门入兵⑩。既诛袁谭，则幽州大将焦触，攻逐袁熙，举事来服⑪。凡此之辈数百人，皆忠壮果烈，有智有仁。悉与丞相参图画策⑫，折冲讨难⑬，芟敌搴旗⑭，静安海内，岂轻举措也哉？诚乃天启其心，计深虑远，审邪正之津⑮，明可否之分，勇不虚死，节不苟立，屈伸变化，唯道所存⑯，故乃建丘山之功，享不訾之禄⑰。朝为仇虏，夕为上将，所谓临难知变，转祸为福者也。若夫说诱甘言⑱，怀宝小惠，泥滞苟且⑲，没而不觉，随波漂流，与瘭俱灭者⑳，亦甚众多。吉凶得失，岂不哀哉？昔岁军在汉中，东西悬隔，合肥遗守，不满五千。权亲以数万之众，破败奔走㉑，今乃欲当御雷霆㉒，难以冀矣。

【注释】

①衔奉：领受，接受。

②元恶大憝（duì）：大恶人。《尚书·康诰》："元恶大憝，矧（shěn）惟不孝不友。"后指罪魁祸首。

③禽：同"擒"，捉，逮住。疾：厌恶，憎恨。

④"昔袁术"几句：《三国志·魏书·袁术传》载，袁术字公路，司空
袁逢之子，绍之从弟。建安二年(197)，称帝于寿春(今安徽寿
县)。后为曹操所破，建安四年(199)，"欲至青州从袁谭，发病道
死"。《三国志·魏书·武帝纪》载，建安四年(199)，袁术败亡，
其属下"庐江太守刘勋率众降，封为列侯"。僭，超越本分，冒有
在上者的职权。逆，叛乱。

⑤"吕布"几句：《三国志·魏书·吕布传》载："太祖自征布，至其城
下……其将侯成、宋宪、魏续缚陈宫，将其众降。"张辽，字文远，
雁门马邑(今山西朔州)人。吕布属下任骑都尉，后降曹，拜中郎
将，赐爵关内侯。侯成，吕布属下。

⑥"还讨眭(suī)固"二句：《三国志·魏书·武帝纪》载，建安四年
(199)春二月，"公(曹操)还至昌邑。张杨将杨丑杀杨，眭固又杀
丑，以其众属袁绍，屯射犬。夏四月，进军临河，使史涣、曹仁渡
河击之。固使杨故长史薛洪、河内太守缪尚留守，自将兵北迎绍
求救，与涣、仁相遇犬城。交战，大破之，斩固。公遂济河，围射
犬。洪、尚率众降，封为列侯"。

⑦"官渡"几句：建安四年(199)，袁绍率兵十余万南下，与曹操在官
渡(今河南中牟东北)相拒。曹操以弱胜强，歼灭了袁军主力，奠
定了统一北方的基础。张郃，字儁乂(yì)，河间鄚县(今河北任丘
北)人。初应募从韩馥镇压黄巾军，馥败，附袁绍，任宁国中郎
将。官渡之战，袁绍遣车运粮，使淳于琼等五人将兵万余人送
之。曹操自带步骑五千人袭之，大破淳于琼等。袁绍遣骑救琼，
使张郃、高览攻曹洪。郃等闻琼破，遂归降曹操。

⑧"后讨袁尚"几句：《三国志·魏书·袁绍传》载，袁尚闻邺急，还
救之，"依曲漳为营，太祖遂围之，未合，尚惧，遣阴夔、陈琳乞降，
不听。尚还走滥口，进复围之急，其将马延等临阵降，众大溃，众
奔中山"。射声校尉，官名。汉武帝初置八校尉之一。

⑨"围守"几句：《三国志·魏书·袁绍传》载："(袁)尚使审配、苏由守邺，复攻(袁)谭平原。太祖进军将攻邺……由欲为内应，谋泄，与配战城中，败，出奔太祖。"

⑩"审配"二句：《三国志·魏书·袁绍传》载："配兄子荣守东门，夜开门内太祖兵，与配战城中，生禽配。"

⑪"既诛袁谭"几句：《三国志·魏书·武帝纪》载："十年春正月，攻谭，破之，斩谭，诛其妻子，冀州平……是月，袁熙大将焦触、张南等叛攻熙、尚，熙、尚奔三郡乌丸。触等举其县降，封为列侯。"

⑫参图画策：参与谋划。

⑬折冲：意谓抵御敌人。讨难：讨伐敌人。

⑭芟(shān)：除去。搴(qiān)：拔取。

⑮审：详知，明悉。津：渡口。引申为关键。

⑯道：道德，正义。

⑰訾(zī)：估量，限度。

⑱说(yuè)：同"悦"，喜悦。诱：称美之词。

⑲泥滞：拘泥，固执。苟且：得过且过。

⑳熛(biāo)：迸飞的火焰。

㉑"权亲"二句：《三国志·魏书·张辽传》载："太祖既征孙权还，使(张)辽与乐进、李典等将七千余人屯合肥。太祖征张鲁……俄而权率十万众围合肥……于是辽夜募敢从之士，得八百人，椎牛飨将士，明日大战。平旦，辽被甲持戟，先登陷阵，杀数十人，斩二将，大呼自名，冲垒入，至权麾下。权大惊，众不知所为，走登高冢，以长戟自守。辽叱权下战，权不敢动……权守合肥十余日，城不可拔，乃引退。"

㉒当：阻挡。御：抵挡。

【译文】

丞相曹操领受朝廷给予的权威，为民除害，罪魁祸首，一定要诛灭。

至于那些依附跟随的人，都不是朝廷文诰特别捉拿的，所以每次要攻破消灭强大的敌人，没有不是致力于先招降他们，不投降才诛戮，拔取将才，各尽其用。所以要建立功业的人，没有不踮起脚跟，伸长脖子，看到大军勇猛的气势，就纷纷响应。从前袁术冒用帝王名号叛乱，朝廷将要征伐，他的部下庐江太守刘勋，就先率其郡众，投降归顺朝廷；吕布作乱，征讨他的军队刚到下邳，张辽、侯成率领部下出来投降；丞相回军讨伐眭固，守城的薛洪、缪尚，开城投降，归附朝廷。官渡战役，张郃、高览起义立功，后来讨伐袁尚，都督将军马延、原来的豫州刺史阴夔、射声校尉郭昭，都临阵来降。包围邺城，守城的将军苏由，反而做了朝廷的内应，审配哥哥的儿子审荣，打开东门让朝廷军队进入。不久诛灭了袁谭，袁熙的部下幽州大将焦触叛攻袁熙，起义归顺朝廷。总计这类人有好几百，都是忠义、英勇、果断、刚烈，有谋略、有仁德的人。他们都参与丞相的谋划，共同抵御敌人，讨伐敌人，除掉敌人，拔取敌人的旗帜，使国内安定，难道他们的行动轻率吗？实际是上天启发了他们，计划很精细，考虑很长远，详知正义与邪恶不同的关键，明白好坏的区别，勇敢而不白白送死，不随便树立名节；进退变化，以道德正义是否存在为准，所以才建立大山一样的功劳，享受无限的俸禄。早晨还是仇敌，到晚上就成为将军，这就是所谓面对灾祸知道应变转祸为福的人。那些喜欢听几句好听的话，又怀念过去得过的小恩小惠，拘泥固执，得过且过，到死也不觉悟，言行没有主见，顺水漂流，和逆飞的火焰一起灭亡的人，也多得很。能应变归顺的人就吉祥有所得，拘泥固执、不觉悟的人就遭凶有所失，不觉悟的人难道不是很悲哀的吗？去年西征张鲁，大军在汉中，东边与西边相距遥远，留下镇守合肥的军队不到五千人。孙权亲自带领几万军队攻合肥，被打败逃跑，现在还想抵御如雷霆之势的大军，是很难想象的。

　　夫天道助顺[①]，人道助信[②]。事上之谓义，亲亲之谓仁。

盛孝章③,君也,而权诛之;孙辅,兄也,而权杀之④。贼义残仁,莫斯为甚。乃神灵之逋罪⑤,下民所同仇。辜仇之人,谓之凶贼,是故伊挚去夏⑥,不为伤德,飞廉死纣⑦,不可谓贤。何者? 去就之道,各有宜也。丞相深惟江东旧德名臣,多在载籍。近魏叔英秀出高峙⑧,著名海内;虞文绣砥砺清节⑨,耽学好古;周泰明当世隽彦⑩,德行修明⑪。皆宜膺受多福⑫,保乂子孙⑬。而周、盛门户⑭,无辜被戮,遗类流离,湮没林莽,言之可为怆然! 闻魏周荣、虞仲翔⑮,各绍堂构⑯,能负析薪⑰;及吴诸顾、陆旧族长者⑱,世有高位,当报汉德,显祖扬名;及诸将校,孙权婚亲,皆我国家良宝利器⑲,而并见驱逊⑳,雨绝于天㉑。有斧无柯㉒,何以自济? 相随颠没,不亦哀乎!

【注释】

①天道:自然的规律。古人认为天道是支配人类命运的天神意志。

②人道:我国古代哲学中与"天道"对立的概念。指人事,为人之道,或社会的道德规范。

③盛孝章:李善注引虞预《会稽典录》曰:"盛宪,字孝章。器量雅伟,举孝廉,补尚书郎,迁吴郡太守,以疾去官。"参见卷第四十一《论盛孝章书》。

④"孙辅"几句:《三国志·吴书·宗室传》:"孙辅字国仪,贲弟也(孙权堂兄)。以扬武校尉佐孙策平三郡……策立辅为庐陵太守……迁平南将军,假节领交州刺史。遣使与曹公(曹操)相闻,事觉,权幽系之,数岁卒。"《三国志》注引《典略》曰:"辅恐权不能保守江东,因权出行东冶,乃遣人赍(jī)书呼曹公,行人以告,权乃还,伪若不知,与张昭共见辅,权谓辅曰:'兄厌乐邪,何为呼他人?'辅云无是。权因投书与昭,昭示辅,辅惭无辞。乃悉斩辅亲

近,分其部曲,徙辅置东。"

⑤逋(bū):逃亡。

⑥伊挚去夏:伊挚,即伊尹,商汤臣。名挚,是汤妻有莘氏陪嫁的奴隶。后佐汤伐夏桀,被尊为阿衡(宰相)。去,离开。

⑦飞廉死纣:飞廉,人名。殷纣之臣。《孟子·滕文公》:"周公相武王,诛纣伐奄,三年讨其君,驱飞廉于海隅而戮之。"

⑧魏叔英:疑为魏少英。《三国志·吴书·虞翻传》注引《会稽典录》:"河内太守上虞魏少英,遭世屯蹇,忘家忧国,列在八俊,为世英彦。"

⑨虞文绣:与下文周泰明,生平事迹不详。砥砺:磨刀石。引申为磨炼。清节:高洁的节操。

⑩隽(jùn)彦:俊逸,才智杰出的人。隽,通"俊"。

⑪修明:端谨,严正。

⑫膺(yīng):当,受。

⑬保乂:安定。

⑭周、盛:指周泰明、盛孝章。

⑮魏周荣:生平事迹不详。虞仲翔:虞翻字仲翔,会稽余姚(今浙江余姚)人。初为会稽太守功曹,历事孙策、孙权,屡犯颜谏诤,触犯孙权,被谪戍。

⑯绍:继承。堂构:堂,立堂基。构,盖屋。《尚书·大诰》:"若考作室,既底法,厥子乃弗肯堂,矧肯构。"孔传:"以作室喻政治也。父已致法,子乃不肯为堂基,况肯构立屋乎?"后以"肯堂""肯构"喻子承父业。

⑰析薪:意谓能够担负起父祖事业。《春秋左传·昭公七年》:"子产曰:'古人有言曰:其父析薪,其子弗克负荷。'"

⑱顾、陆旧族:顾姓、陆姓的世家大族。东汉以后,在地主阶级内部形成各地的豪族大姓,在政治经济各方面享有特权。

⑲良宝利器：比喻有德行、有才能的人。

⑳迮(zé)：逼迫。

㉑雨绝于天：喻恩泽断绝。

㉒有斧无柯：比喻有才能而无用武之地。斧，斧子。柯，斧柄。

【译文】

　　天道是帮助顺从天意的人，人道是帮助诚信的人。侍奉长上叫做义，亲爱父兄叫做仁。盛孝章曾是吴郡太守，是有贤德的人，孙权杀了他；孙辅是兄长，孙权杀了他。伤残毁坏仁义，没有胜过孙权的。孙权是神灵要捉拿的逃亡罪犯，是平民百姓共同的仇敌。罪恶滔天，千夫所指，谓凶贼，所以伊尹离开夏王桀，并不损害自己的德行，飞廉为殷纣王而死，不能说他德行好。为什么呢？离开或留下，各有应当这样做的客观标准。丞相深加思索，江东过去德高望重的名臣，书籍多有记载。近来，魏叔英才能出众，耸立江东，海内有名；虞文绣磨砺高洁的情操，专心学习，喜爱古学；周泰明是当代才智杰出的人，道德品行端谨严正。他们都应享受福禄，保护子孙平安。然而周泰明、盛孝章两家，无罪被杀，留下的子孙流离失所，埋没在丛林草莽之中，说起他们，确实使人悲伤！听说魏周荣、虞仲翔各自继承父志，能够担负起父祖的事业；还有吴郡顾姓、陆姓的大族显贵，世代享有高官爵位，应当报答汉朝的恩德光宗耀祖，远扬声名；还有东吴的各位将校，孙权的亲戚亲属，都是我们国家有德行、有才能的人，而一齐被驱逐逼迫，孙权对他们恩断义绝。有才而不能施展，怎样来挽救自己呢？跟随孙权倾覆灭亡，不也是很悲哀吗！

　　盖凤鸣高冈，以远罻罗①，贤圣之德也；鸿鹄之鸟②，巢于苇苕，苕折子破，下愚之惑也。今江东之地，无异苇苕，诸贤处之，信亦危矣。圣朝开弘旷荡，重惜民命，诛在一人，与众无忌，故设非常之赏，以待非常之功。乃霸夫、烈士奋命之良时也③,可不勉乎! 若能翻然大举,建立元勋,以应显禄,福之上也。如其未能,算量大小,以存易亡,亦其次也。夫系蹄在足④,则猛虎绝其蹯⑤;蝮蛇在手⑥,则壮士断其节。何则?以其所全者重,以其所弃者轻。若乃乐祸怀宁,迷而忘复,暗《大雅》之所保⑦,背先贤之去就,忽朝阳之安,甘折苕之末,日忘一日,以至覆没。大兵一放,玉石俱碎,虽欲救之,亦无及已。故令往购募爵赏科条如左⑧,檄到,详思至言,如诏律令。

【注释】

①罻(wèi)罗:捕鸟的网。

②鸋䴗(níng jué):鸟名。似黄雀而小,亦称鹪鹩。

③霸夫:勇力过人者。烈士:古代泛指有志功业或重义轻生的人。奋命:勇往直前,不顾自身的安全。

④系蹄:捕兽工具。有绳,野兽踏上就被套住。

⑤猛虎绝其蹯(fán):《战国策·赵策》:"人有置系蹄者而得虎,虎怒决(啮断)蹯而去。"蹯,兽足。

⑥蝮(fù)蛇:一种毒蛇。

⑦暗:愚昧不明。《大雅》之所保:《诗经·大雅·烝民》:"既明且哲,以保其身。"孔疏:"既能明晓善恶,又是非辨知,以此明哲择安去危,以保全其身不有祸败。"意谓深明事理的人能保全自己。

⑧购:悬赏征求。募:招募。爵赏:以爵禄为赏赐。科条:法令条规。

【译文】

凤鸟在高高的山冈上鸣叫,远远地避开捕鸟的罗网,这是有才能、有道德的人的品德;鹪鹩之类的小鸟把窝做在芦苇上,芦苇一断,蛋就被打破了,这是最愚蠢的人做的傻事。现在江东这个地方,与芦苇没有差别,诸位有道德、有才能的人处在那样的地位,确实也太危险了。贤明的君主,心胸博大,宽大为怀,非常爱惜人们的生命,只诛杀孙权一人,大家不要害怕,所以设置不同平常的奖赏,用来赏赐有特别功劳的人。这是勇力超人、有志功业的人勇往直前的好机会,能不尽力吗! 如能倒戈起义,建立特殊功劳,就应得到显耀的爵位,是最大的福气。如不能那样做,就衡量一下轻重,用保存自己去代替死亡,也算是第二等了。捕兽的铁夹把老虎的脚爪夹住了,那凶恶的老虎会咬断脚爪逃走;毒蛇在手上咬了一口,勇敢的人就会把手臂砍掉。为什么呢? 因为他所要保全的是最重要的生命,他所去掉的只是身体的一小部分。如果是幸灾乐祸,幻想得到安宁,执迷忘返,不明白《诗经·大雅·烝民》所说深明事理保全自己的道理,违背先贤去留的正道,没考虑到归顺朝廷才能得到安全,甘愿像鹡鹩一样,苇折子破,过一天算一天,直到灭亡。强大的军队一旦到达,好人坏人都将一齐被毁灭,就是想挽救也来不及了。所以发出命令悬赏招募,以爵禄为赏赐的法令条规如左,檄文到时仔细想想,深切中肯的话,如诏书法令。

锺士季

锺会(225—264),字士季,颍川长社(今河南长葛东北)人。锺繇的小儿子,少聪敏。官至司徒,为司马昭重要谋士。魏景元四年(263),与邓艾分兵灭蜀,次年谋叛被杀。博学,长于名家之学,著有《道论》二十篇,今佚。

檄蜀文一首

【题解】

景元四年(263)秋,魏元帝令邓艾、诸葛绪各统军三万余人,锺会统十万余众,分几路伐蜀,蜀将姜维与张翼、廖化等合守剑阁拒会。钟会檄告巴蜀臣民,要他们认清形势,明白所处困境,只有归顺朝廷才有出路。并列举历史名将顺乎朝廷的义举,进一步劝说蜀臣走微子离殷降周的路、循陈平背项归刘的轨道,使自己"福同古人",百姓士民安居乐业。

　　往者汉祚衰微,率土分崩①,生民之命,几于泯灭。我太祖武皇帝神武圣哲②,拨乱反正③,拯其将坠,造我区夏④。高祖文皇帝应天顺民⑤,受命践祚⑥。烈祖明皇帝奕世重光⑦,恢拓洪业⑧。然江山之外,异政殊俗,率土齐民⑨,未蒙王化,此三祖所以顾怀遗志也⑩。今主上圣德钦明,绍隆前绪⑪,宰辅忠肃明允⑫,劬劳王室⑬,布政垂惠而万邦协和⑭,施德百蛮而肃慎致贡⑮。悼彼巴蜀,独为匪民,愍此百姓,劳役未已。是以命授六师,龚行天罚⑯,征西、雍州、镇西诸军⑰,五道并进。古之行军,以仁为本,以义治之;王者之师,有征无战;故虞舜舞干戚而服有苗⑱,周武有散财、发廪、表闾之义⑲。今镇西奉辞衔命,摄统戎车⑳,庶弘文告之训㉑,以济元元之命㉒,非欲穷武极战㉓,以快一朝之志。故略陈安危之要,其敬听话言㉔。

【注释】

①率土:为"率土之滨"的省语,犹言四海之内。《诗经·小雅·北山》:"溥天之下,莫非王土。率土之滨,莫非王臣。"

②太祖武皇帝:指魏武帝曹操。曹丕篡汉,尊曹操为太祖武皇帝。神武:神明而威武。圣哲:超凡的道德才智。

③拨乱反正：治平乱世，回复正常。

④区夏：犹言诸夏，指中国。

⑤高祖文皇帝：指魏文帝曹丕。应天顺民：《周易·革》：“天地革而四时成，汤、武革命，顺乎天而应乎人，革之时大矣哉。”后来改朝换代，自称适应天命，顺从人心，习用“应天顺民”之语。也作“顺天应人”。

⑥践祚：也作“践阼”。《礼记·曲礼》：“践阼，临祭祀，内事曰‘孝王某’，外事曰‘嗣王某’。”指天子新即位，升宗庙东阶以主祭。后来称皇帝即位为“践祚”。

⑦烈祖明皇帝：指魏明帝曹叡。奕（yì）世：累世，一代接一代。重（chóng）光：谓日光重明。喻后王继前王之功德。

⑧恢拓：扩大。

⑨齐民：指平民。

⑩三祖：指曹操、曹丕、曹叡。

⑪绍：继承。前绪：前人的功业。

⑫宰辅：皇帝的辅政大臣，一般指宰相或三公。李善注谓指司马懿。

⑬劬（qú）劳：劳苦。王室：朝廷。

⑭布政：施行政教。万邦：指各地诸侯。协和：使亲睦协调，调和融洽。

⑮百蛮：王畿之外有蛮服，泛指地区以内各族为百蛮。转指与华夏对称的各少数民族。《诗经·大雅·韩奕》：“以先祖受命，因时百蛮。”肃慎：古民族名。亦作“息慎”“稷慎”，商周时居“不咸山（长白山）北”“东滨大海”，北至黑龙江中下游。从事狩猎。周武王、成王时曾以“楛矢石砮”来贡，臣服于周。秦汉以后的挹娄、勿吉、靺鞨、女贞皆出于肃慎。

⑯龚：通“恭”，恭敬。天罚：上天的惩罚。此谓朝廷的惩罚。

⑰征西:指征西将军邓艾。雍州:指雍州刺史诸葛绪。镇西:指镇
西将军锺会。《三国志·魏书·三少帝纪》:景元四年(263)夏五
月,魏元帝曹奂下诏,令征西将军邓艾督帅诸军趋甘松(今四川
松潘)、沓中(今甘肃舟曲以西,岷县以南),以攻姜维。雍州刺史
诸葛绪督诸军趋武都(今甘肃陇南武都区)。镇西将军锺会由骆
谷(今陕西周至西南)伐蜀。

⑱虞舜:古帝名。姚姓,有虞氏,名重华。为尧的大臣,受禅继尧位
为帝。干戚:盾与斧,皆兵器。古代武舞有操盾与斧而舞的称干
戚舞。有苗:即三苗。《尚书·大禹谟》:"帝乃诞敷文德,舞干戚
于两阶,七旬有苗格。"

⑲周武:周武王姬发。散财、发廪:《尚书·武成》"(周武王)散鹿台
之财,发钜桥之粟",孔传:"纣所积之府仓,皆散发以赈贫民。"表
间:《史记·留侯世家》:"武王入殷,表商容之间。"商容,殷代贤
人。周武王在商容所住的里巷口上立表以彰显之。间,里巷的
大门,因以为里巷的代称。

⑳戎车:兵车。也泛指军队。

㉑文告:以文德告谕。

㉒元元:指平民。

㉓穷武:穷兵黩武,好战不止。

㉔话言:告谕的话。

【译文】

过去汉室国运衰弱,国家分裂,不可收拾,老百姓的生命几乎灭绝。
我太祖武皇帝,圣明威武,德智超凡,治理乱世,使之恢复正常,援救百
姓将要失去的生命,重建中国。高祖文皇帝承应天命,顺从人心,即位
做了皇帝。烈祖明皇帝继承父祖之功德,扩大父祖盛大的功业。然而
国土之外,政治不同,风俗各异,海内平民,并非全部受到君王的德化,
这是太祖、高祖、烈祖生前眷念而没有实现的志愿。现在的皇帝品德高

尚深明大义，尊崇继承前王的功业，辅政大臣诚心尽力，办事公正，勤恳为国，发布政令，广施恩惠，各地诸侯亲睦融洽，给予各少数民族恩德，北疆的肃慎族送来贡品，表示臣服。哀叹那巴蜀，唯独没归属魏国，哀怜巴蜀的百姓，服劳役永无休止。所以下达命令授权六军，恭敬地代朝廷实行惩罚，征西将军邓艾统率军队奔赴甘松、沓中；雍州刺史诸葛绪统领军队奔赴武都、高楼；镇西将军锺会统军从骆谷进入，五路人马一同前进。古人用兵以仁爱为根本，用正义来管理军队，君王的军队，有征讨，没有实际的战斗；所以舜帝大修礼乐教化，舞干戚而三苗降服，周武王姬发有散发鹿台、开仓救济、表彰忠义的善举。现在镇西将军锺会接受朝廷的使命，统率军队，扩大朝廷的礼乐教化，挽救平民的生命，并不是要用尽兵力，好战无厌，用以取得一时的满足。所以大略陈述利害，巴蜀臣民恭敬听着告谕的话。

益州先主①，以命世英才②，兴兵新野，困踬冀、徐之郊③，制命绍、布之手④，太祖拯而济之，兴隆大好。中更背违，弃同即异，诸葛孔明仍规秦川⑤，姜伯约屡出陇右⑥，劳动我边境，侵扰我氐羌，方国家多故，未遑修九伐之征也⑦。今边境乂清⑧，方内无事⑨，蓄力待时，并兵一向，而巴蜀一州之众，分张守备⑩，难以御天下之师。段谷、侯和沮伤之气，难以敌堂堂之阵⑪，比年已来，曾无宁岁，征夫勤瘁⑫，难以当子来之民⑬。此皆诸贤所共亲见。蜀侯见禽于秦⑭，公孙述授首于汉⑮，九州之险，是非一姓⑯。此皆诸君所备闻也。明者见危于无形，智者规福于未萌，是以微子去商，长为周宾⑰，陈平背项，立功于汉⑱，岂宴安鸩毒⑲，怀禄而不变哉⑳？今国朝隆天覆之恩㉑，宰辅弘宽恕之德㉒，先惠后诛，好生恶杀。往者吴将孙壹，举众内附，位为上司，宠秩殊异㉓。文钦、唐咨为国大害㉔，叛主仇贼，还为戎首㉕。咨困逼禽获，钦二子还降，皆将军封侯㉖，咨豫闻国事。壹等穷蹙归命㉗，犹加上宠，况巴蜀贤智见机而作者哉㉘！诚能深鉴成败，邈然高蹈㉙，投迹微子之踪，措身陈平之轨，则福同古人，庆流来裔，百姓士民㉚，安堵乐业㉛，农不易亩，市不回肆，去累卵之危㉜，就永安之计，岂不美与！若偷安旦夕，迷而不反，大兵一放，玉石俱碎，虽欲悔之，亦无及也。各具宣布，咸使知闻。

【注释】

①益州：郡名。汉武帝时置，三国时蜀在益州分设梓潼等五郡。此处指代蜀汉。先主：刘备。

②命世：犹名世，谓闻名于世。

③困踬（zhì）冀、徐之郊：《三国志·蜀书·先主传》载，陶谦表先主为豫州刺史，屯小沛。谦死，先主占据徐州。吕布乘虚袭下邳，虏刘备妻子，刘备求和于吕布，吕布还他妻子，后又攻刘备，刘备败走归曹操。操助刘备攻杀吕布。董承受献帝衣带中密诏，欲诛曹操，约刘备，被曹操发觉，董承等被杀，刘备投袁绍，后又离袁绍。困踬，窘迫，受挫。冀、徐之郊，指下邳、小沛。

④绍、布：袁绍、吕布。

⑤秦川：古地区名。泛指今陕西、甘肃秦岭以北平原地带，因春秋战国时地属秦国而得名。

⑥姜伯约：姜维，字伯约，天水冀县（今甘肃甘谷东）人。本为魏将，后归蜀，得到诸葛亮信任重用，为征西将军。诸葛亮死后，继领其军，后任大将军。陇右：古地区名。谓陇山以西至黄河以东之地，约当今甘肃六盘山以西、黄河以东一带。

⑦九伐：制裁诸侯违反王命行为的九种办法。《周礼·大司马》曰：
　　"以九伐之法正邦国：冯弱犯寡则眚（削地）之，贼贤害民则伐之，
　　暴内陵外则坛（撤职）之，野荒民散则削之，负固不服则侵之，贼
　　杀其亲则正之，放弑其君则残之，犯令陵政则杜之，外内乱，鸟兽
　　行，则灭之。"

⑧乂（yì）清：安定不乱。

⑨方内：四境之内，国内。

⑩分张守备：分布防守。

⑪"段谷"二句：《三国志·蜀书·姜维传》载，延熙十九年（256）春，
　　"就迁（姜）维为大将军。更整勒戎马，与镇西大将军胡济期会上
　　邽，济失誓不至，故维为魏大将邓艾所破于段谷，星散流离，死者
　　甚众。众庶由是怨讟（dú，诽谤），而陇已西亦骚动不宁，维谢过
　　引负，求自贬削。为后将军，行大将军事"。《三国志·蜀书·姜
　　维传》又载："（景耀）五年，维率众出汉、侯和，为邓艾所破，还住
　　沓中。"段谷，地名。故地在今甘肃天水。侯和：地名。在今甘肃
　　临潭境内。堂堂，强大貌。

⑫征夫：旧谓远行的人、使者，后多指出征的士兵。瘁：劳苦，困顿。

⑬子来：语出《诗经·大雅·灵台》："经始勿亟，庶民子来。"谓民心
　　归附，如子女急于父母之事，不召自来。后指效忠顺从。

⑭蜀侯见禽于秦：《史记·秦本纪》载，秦惠文王"九年，司马错伐
　　蜀，灭之"。《史记·张仪列传》载，"遂定蜀，贬蜀王更号为侯，而
　　使陈庄相蜀"。禽，同"擒"。

⑮公孙述授首于汉：公孙述，自立为蜀王，后汉光武十二年（36）为
　　汉军所破，被杀。参见《檄吴将校部曲文》注。

⑯"九州"二句：意谓虽拥有天下最险要之地，无德则灭亡。九州，
　　古代中国设置的九个行政区划，其名称说法不一，后来九州泛指
　　中国。

⑰"是以"二句：微子，商纣王庶兄，名启。因数谏纣王不听，遂出
走。周武王灭商，称臣于周，周公旦攻灭武庚后，以微子统率殷
族，封于宋，为宋国始祖。

⑱"陈平"二句：陈平，阳武(今河南原阳东南)人。少时家贫，好读
书，秦末农民起义，他投魏王咎，为太仆。后从项羽入关，任都
尉。旋归刘邦，任护军中尉，有谋略，建议用反间计使项羽去谋
士范增，以爵位笼络韩信。汉朝建立，封曲逆侯。惠帝时为左丞
相，吕后徙为右丞相。后与太尉周勃合力，诛杀吕产、吕禄等，迎
立文帝，卒安汉朝。

⑲宴安鸩(zhèn)毒：贪图逸乐，就像服毒自杀。宴安，逸乐。鸩毒，
毒酒。

⑳怀禄：留念爵位。

㉑国朝：本朝。天覆之恩：指天地养育包容万物。

㉒宽恕：宽厚能容人。

㉓"往者"几句：孙壹，《三国志·吴书·三嗣主传》载，孙亮太平二
年(257)六月，"朱异自虎林率众袭夏口，夏口督孙壹奔魏"。《三
国志·魏书·三少帝纪》载，高贵乡公曹髦甘露二年(257)六月
乙巳，诏："吴使持节都督夏口诸军事镇军将军沙羡侯孙壹，贼之
枝属，位为上将，畏天知命，深鉴祸福，翻然举众，远归大国……
以壹为侍中车骑将军、假节、交州牧、吴侯，开府辟召仪同三司，
依古侯伯八命之礼，衮冕赤舄，事从丰厚。"

㉔文钦、唐咨为国大害：文钦，《三国志·魏书·毌丘俭传》："扬州
刺史前将军文钦，曹爽之邑人也。骁果粗猛，数有战功，好增虏
获，以微宠赏，多不见许，怨恨日甚。"正元二年(255)与毌丘俭举
兵反，兵败。"钦亡入吴，吴以钦为都护、假节、镇北大将军、幽州
牧、谯侯"。唐咨，利城(今江苏连云港赣榆区)人。魏黄初六年
(225)利城郡反，推唐咨为首，兵败，唐咨逃亡至吴，官至左将军，

持节、封侯。

㉕戎首：《礼记·檀弓》："毋为戎首，不亦善乎。"郑注："为兵主来攻伐曰戎首。"意谓被放逐的臣子不作攻伐本国的谋主就算好的了。后称战争的主谋，发动战争多的人为"戎首"。

㉖"咨困"几句：《三国志·魏书·诸葛诞传》载，甘露二年（257），诸葛诞反魏，求救于吴，吴派全怿、全端、唐咨、王祚、文钦等往救，困守寿春。文钦与诸葛诞本来就有矛盾，意见不合，诸葛诞杀文钦。文钦的儿子文鸯、文虎逾城投降司马昭，司马昭上表朝廷封文鸯、文虎为将军，各赐爵关内侯。寿春城破，"唐咨、王祚及诸裨将皆面缚降"，"拜咨安远将军"。

㉗穷蹙（cù）：困窘，困顿。蹙，通"蹙"。归命：归顺。

㉘见机：识机微，看情势。

㉙邈然：远貌。高蹈：远行。此指避开。

㉚士民：古代四民之一。《春秋穀梁传·成公元年》："古者有四民：有士民，有商民，有农民，有工民。"何休注："士民，学习道艺者。"

㉛安堵乐业：犹言安居乐业。安堵，相安，安定。

㉜累卵之危：堆叠起来的蛋，极易倾倒打碎。比喻非常危险。

【译文】

蜀汉先祖刘备以杰出才能闻名于世，在新野起兵，在小沛、下邳窘迫受挫，性命控制在吕布、袁绍手中，太祖曹操拯救帮助他，使他昌盛发达起来。谁知他半路变心背离朝廷，胸怀异志，与丞相不一条心，诸葛孔明一再谋划秦川，姜伯约多次出兵陇右，骚扰我边境，侵犯扰乱我氐羌人民，正当国家多事，没有空闲按诸侯违犯王命的制裁办法进行征讨。现在边境已经安定，国内无事，储备力量等待时机，把军队合并起来，共同指向巴蜀，而巴蜀只有一个州的兵力，分散扩大防守，要抵挡全国的军队，实在困难。蜀军在段谷、侯和惨败，灰心失望，士气不振，要对抗强大的军队很不容易，近年来，巴蜀没有哪一年安宁过，出征的士兵勤苦劳累，要做一个效忠顺从的百姓都非常困难。这些事实是各位贤者亲眼见到的。从前蜀侯被秦国捉住，公孙述自立为蜀王，被汉军攻破杀头，中国险要的地势，并不专属一家一姓，地险无德必定灭亡。这些都是各位贤者听说过的。眼光锐敏的人，在危险还没显露时就看见了，聪明的人在幸福还没降临时就谋划好了，所以微子离开了不听直言规劝的商纣王，永久归顺周朝，陈平背离项羽归附刘邦，在汉立下大功，难道他们是不知道贪图逸乐如饮毒酒，怀念爵禄而不知变通的人吗？当今朝廷重视庇护包容的恩典，辅政大臣发扬宽厚容人的美德，事先说明归降的好处，然后进行讨伐，爱惜生灵，厌恶杀戮。过去吴国的将领孙壹，带领部队归附朝廷，得到高级官吏的职位，受到宠爱，俸禄特别优厚。文钦、唐咨本是朝廷的将领，却变成国家的大祸患，背叛皇上，与寇贼同伙，还成为发动战争的主谋。唐咨被围困捉住，文钦的两个儿子返回来投降，都做了将军，封为侯爵，唐咨还参与国家政事。孙壹等人在困窘紧迫时归顺朝廷，还给予很大的恩宠，何况巴蜀聪明有德的人见机行事呢！如果真正能够深刻地以前人的成败为殷鉴，远远地避开灾祸，走微子离殷降周的道路，置身陈平背项归刘的轨道，那就会享受同古人一样的福分，幸福传给后代子孙，百姓士民都安居乐业，农民不改换自己的土地，商人不回避交易的场所，离开非常危险的处境，得到永久的安乐，这难道不好吗？如果不顾将来，只图眼前暂时的安全，明知错了而不改正，强大的军队一到，那就不管好人坏人都一齐被毁灭，要想改悔也来不及了。各种情况完全公布于众，使大家都知道。

司马长卿

见卷第七《子虚赋》作者介绍。

难蜀父老一首

【题解】

汉武帝时,唐蒙通夜郎后,邛、筰首领听说南夷与汉通好,得赏赐甚多,也愿归附朝廷。武帝拜司马相如为中郎将执节往使西夷,蜀郡耆老、缙绅极言通西南夷不为国用,枉耗民力。司马相如乃借回答蜀中父老的责问,宣扬汉德,使臣民知道,通西夷是一件不寻常的大事,是为了把陷于困苦中的西夷百姓拯救出来,把中断了的周天子统一天下的事业继续下去,虽然劳苦,但最后会得到安乐的。

汉兴七十有八载,德茂存乎六世①,威武纷纭,湛恩汪涉②,群生沾濡③,洋溢乎方外④。于是乃命使西征,随流而攘⑤,风之所被,罔不披靡⑥。因朝冉从駹⑦,定筰存邛⑧,略斯榆⑨,举苞蒲⑩,结轨还辕⑪,东乡将报⑫。

【注释】

①六世:六代,指高祖、惠帝、吕后、文帝、景帝、武帝。

②湛(chén)恩:深恩。湛,同“沉”,深沉。汪涉(huì):深广貌。

③群生:犹言众生,指一切生物。沾濡:指恩泽普及。

④洋溢:充满,广泛传播。方外:指边远地区。

⑤攘(rǎng):排除。

⑥披靡:谓草木随风倒伏。司马相如《子虚赋》:“应风披靡,吐芳扬烈。”也喻军队惊慌溃败,不能立足。《史记·项羽本纪》:“项王大呼驰下,汉军皆披靡。”

⑦冉、駹(máng):古代西南地区的民族名。《史记·西南夷列传》:“自筰以东北,君长以什数,冉、駹最大。其俗或土著,或移徙,在

蜀之西。”

⑧筰(zuó)：古代西南地区民族名。《史记·西南夷列传》：“自巂以东北，君长以什数，徙、筰都最大。”《索隐》：“服虔云：‘二国名。’”邛(qióng)：古代西南地区民族名。《史记·西南夷列传》：“自滇以北君长以什数，邛都最大。”

⑨斯榆：古代西南地区部落名。《史记·司马相如列传》：“司马长卿便略定西夷，邛、筰、冉、駹、斯榆之君皆请为内臣。”

⑩苞蒲：《史记·司马相如列传·索隐》：“服虔云：‘夷种也。’”

⑪结轨：结束了西征之事。轨，车两轮之间的距离。还辕：回车，返回。辕，车前驾牲畜的直木。

⑫乡(xiàng)：通“向”。

【译文】

大汉兴起到现在已有七十八年，从高祖到武帝六代君主德行都很美好，武功盛多，恩德深厚宽广，如时雨润物，恩惠普及于百姓，一直到边远地区。于是就命令使臣出使西南，使臣到达的地方，障碍随即排除，如风吹草倒，没有不降服归顺的。因此冉、駹归顺臣服，筰、邛安定保存，收服斯榆，取得苞蒲，完成了使命回来，将到朝廷向天子复命。

　　至于蜀都，耆老大夫、搢绅先生之徒①，二十有七人，俨然造焉②。辞毕进曰：“盖闻天子之牧夷狄也③，其义羁縻勿绝而已④。今罢三郡之士⑤，通夜郎之涂，三年于兹，而功不竟，士卒劳倦，万民不赡⑥。今又接之以西夷，百姓力屈⑦，恐不能卒业，此亦使者之累也，窃为左右患之⑧。且夫邛、筰西夷之与中国并也⑨，历年兹多，不可记已。仁者不以德来，强者不以力并，意者其殆不可乎！今割齐民⑩，以附夷狄，敝所恃以事无用，鄙人固陋，不识所谓。”

【注释】

①耆(qí)老:老人。《国语·吴语》:"有父母耆老而无昆弟者,以告。"韦昭注:"六十日耆,七十日老。"特指德高望重的老者。搢绅:古时仕宦者垂绅搢笏,因称士大夫为搢绅。搢,插。绅,大带。

②俨然:矜持庄重,庄严。造:到,往。

③夷:古代对东方民族的泛称。狄:古代对北方民族的泛称。

④羁縻(jī mí):束缚。羁,马嚼子。縻,牛缰绳。

⑤罢(pí):疲困,劳累。三郡:指巴、蜀、广汉。《史记·司马相如列传》:"唐蒙已略通夜郎,因通西南夷道,发巴、蜀、广汉卒,作者数万人。治道二岁,道不成,士卒多物故,费以巨万计。"

⑥赡(shàn):供给,供养。

⑦屈(jué):竭,尽。

⑧左右:指使者司马相如。

⑨西夷:《史记·司马相如列传》作"西僰",译文依此。

⑩齐民:平民。

【译文】

　　走到蜀都,蜀都六七十岁的老者及做官为宦的士大夫先生们,共二十七人,矜持庄重地前来拜访。寒暄几句后说道:"听说天子对于夷狄,本意在于笼络维系他们,使他们不生异心危害百姓罢了。现在劳累巴、蜀、广汉三郡的士兵,修筑通夜郎的道路,筑路三年,工程还没完成,士兵劳苦困倦,民众已供给不起了。如果又接着对西夷用兵,百姓力量已竭尽,恐怕不能完成,这也会累及使者的,我们私下替你担忧。况且邛、笮等西夷与中国并存,经过了很多年,时间已无法计算。过去,仁慈的君主不用德政去招抚他们,强盛的帝王不用武力去兼并他们,想来大概以为无用而放弃的吧!今驱中国的平民归附夷狄,抛弃人们赖以为生的物力财力去做没有用处的事,粗野的人见闻本来很少,不知道这样做是为了什么?"

使者曰:"乌谓此乎? 必若所云,则是蜀不变服而巴不化俗也①。仆常恶闻若说,然斯事体大,固非观者之所觏也②。余之行急,其详不可得闻已,请为大夫粗陈其略。盖世必有非常之人,然后有非常之事;有非常之事,然后有非常之功。夫非常者,固常人之所异也,故曰非常之原③,黎民惧焉;及臻厥成④,天下晏如也⑤。

【注释】

①蜀不变服而巴不化俗:李善注引应劭曰:"巴、蜀皆古蛮夷椎结、左衽之人也。"

②觏(gòu):看见。此处意谓看得透彻。

③原:始。

④臻(zhēn):至,到。

⑤晏如:安然,平静。

【译文】

使者回答说:"你们就是来说这件事的吗? 果真如你们所说,那么巴、蜀就用不着更换服装,改变风俗,依旧梳着锥形的发髻,穿着露出左臂的衣服了。我一向就厌恶听这一类的话,然而这件事关系重大,本来就不是旁观者所能看透的。我这次走得很匆忙,详细的情况不可能说,就向诸位大夫先生们粗略地谈谈。世间一定有不同寻常的人,然后有不同寻常的事;有不同寻常的事,然后创立不同寻常的功绩。因为不同寻常,本来一般人就感到奇怪,所以说不同寻常的事件刚开始百姓惧怕,等到这件事情成功,天下就平静了。

"昔者洪水沸出,泛滥衍溢①,民人升降移徙,崎岖而不安。夏后氏戚之②,乃堙洪塞源,决江疏河,洒沉澹灾③,东归之于海,而天下永宁。当斯之勤,岂惟民哉? 心烦于虑,而身亲其劳,躬胝胼无胈④,肤不生毛,故休烈显乎无穷⑤,声称浃乎于兹⑥。

【注释】

①衍溢:水满溢,满布。

②夏后氏:古史称禹受舜禅,建立夏王朝,称夏后氏、夏后或夏氏。此指夏禹。戚(qī):忧愁,忧伤。

③洒沉澹灾:意谓以分散洪水消除灾害。洒,分,散。沉,指深水。

④躬胝(còu)胼(zhī)无胈(bá):意谓因劳作而磨光了身体肌肉的纹理与细毛,手脚也磨出了老茧。胝,皮肤。胼,手掌或脚掌上的老茧。胈,白肉。

⑤休烈:盛美的功业。

⑥浃:沾润。

【译文】

"从前大水腾涌,到处都涨满洪水,泛滥成灾,人们随着洪水的涨落到处迁移,道路险阻不平,不得安宁。这使夏禹很忧愁,于是堵塞洪水,疏通江河,分散降落深水,消除灾难,使人们安定,疏导洪水向东流入大海,使天下得到长久的安宁。治水的劳累,难道只是民众吗? 夏禹既要费尽心机来谋划,还要亲自参加劳动,皮肤汗毛磨尽,手掌脚掌打起老茧,腿上无肉,所以夏禹盛美的功业永远显赫,声名被颂扬一直到今天。

"且夫贤君之践位也,岂特委琐喔龊①,拘文牵俗②,修诵习传,当世取说云尔哉? 必将崇论谹议③,创业垂统④,为万世规。故驰骛乎兼容并包⑤,而勤思乎参天贰地⑥。且诗不云乎?'普天之下,莫非王土;率土之滨,莫非王臣⑦。'是以六合之内⑧，八方之外⑨，浸淫衍溢，怀生之物，有不浸润于泽者，贤君耻之。

【注释】

①特：只，不过。委琐：细碎，拘小节。喔踀（chuò）：同“龌龊”，拘束、局促的样子。

②拘文：拘泥于成法。

③闳（hóng）议：博大精深的议论。

④垂统：把基业传给后世子孙。

⑤驰骛（wù）：奔走，趋赴。兼容并包：广泛收集。容纳包括各个方面或各种事物。

⑥参天贰地：李善注：“己比德于地，是贰地也；地与己并天，是三也。”

⑦“普天之下”几句：出自《诗经·小雅·北山》。

⑧六合：天地四方。《庄子·齐物论》：“六合之外，圣人存而不论。”

⑨八方：四方和四隅，即东、南、西、北、东南、西南、东北、西北。

【译文】

“再说贤明的君王登上皇帝的宝座，难道只是琐碎局促而拘小节，拘泥于成法，被世俗牵制，遵循旧习，颂扬传统，博得当时人们的喜悦罢了吗？一定要有崇高而远大的主张和谋划，创立基业传给后世子孙，为永远保存王位作打算。所以到处奔走，广泛采纳，包容一切，念念不忘与天地共存。况且《诗经》上不是说过吗？‘遍天下的土地，没有不是属于君王的；四海之内，没有人不是君王的臣民。’所以国内国外，恩德广布，如水浸物一样，有生命的东西，有一个没有蒙受恩德，贤圣的君主就会为此感到羞辱。

“今封疆之内，冠带之伦，咸获嘉祉①，靡有阙遗矣。而夷狄殊俗之国,辽绝异党之域,舟车不通,人迹罕至,政教未加,流风犹微②。内之则时犯义侵礼于边境,外之则邪行横作,放杀其上③。君臣易位,尊卑失序,父老不辜④,幼孤为奴虏,系缧号泣⑤,内向而怨曰:'盖闻中国有至仁焉,德洋恩普⑥,物靡不得其所,今独曷为遗已?'举踵思慕⑦,若枯旱之望雨,戾夫为之垂涕⑧,况乎上圣⑨,又焉能已?故北出师以讨强胡,南驰使以诮劲越⑩。四面风德⑪,二方之君⑫,鳞集仰流⑬,愿得受号者以亿计。故乃关沫、若⑭,徽牂牁⑮,镂灵山⑯,梁孙原⑰。创道德之涂,垂仁义之统,将博恩广施,远抚长驾⑱,使疏逖不闭⑲,曶爽暗昧得耀乎光明⑳,以偃甲兵于此㉑,而息讨伐于彼。遐迩一体,中外褆福㉒,不亦康乎?夫拯民于沉溺㉓,奉至尊之休德㉔,反衰世之陵夷㉕,继周氏之绝业㉖,天子之亟务也㉗!百姓虽劳,又恶可以已乎哉?

【注释】

①嘉:吉祥。祉(zhǐ):福。

②流风:犹遗风。指先代流传下来的好风气。

③放杀:放逐,杀害。

④不辜:无罪。

⑤系缧(léi):捆绑,拘囚。

⑥德洋恩普:恩德洋溢普遍。

⑦举踵:踮起脚跟。

⑧戾夫:狠戾的人。

⑨上圣:德才最高超的人。

⑩"故北出师"二句:强胡,指匈奴。《喻巴蜀檄》:"然后兴师出兵,北征匈奴,单于怖骇,交臂受事,屈膝请和。"劲越,指闽越、南越。

《喻巴蜀檄》:"移师东指,闽越相诛。右吊番禺,太子入朝。"诮
(qiào),责问。

⑪风德:为其德所感化。

⑫二方:《史记·司马相如列传·索隐》:"谓西夷邛、僰,南夷牂牁、
夜郎也。"

⑬鳞集仰流:如鱼群迎向上流。喻人心归向。

⑭关:关口。古时设关口于边界以稽查行旅。沫、若:沫水,古水
名。岷江支流,今四川大渡河。若水,古水名。即今雅砻江,其
与金沙江合流后的一段金沙江,古时亦称若水。

⑮徼(jiào):边界,边塞。牂牁(zāng kē):郡名。元鼎六年(前 111)
置,治所在且尽(今贵州凯里西北)。此指牂牁江,即今盘江。

⑯镂:疏通,开凿。灵山:指零关道,汉代经零关县通往西南地区的
要道,在今四川芦山境内。《史记·司马相如列传》:"(相如)通
零关道、桥孙水,以通邛都。"

⑰梁:这里指架设桥梁。孙原:孙水。一名白沙江,又名长河水,出
台登县(今四川冕宁),南入金沙江,即今之安宁河。

⑱驾:行。

⑲疏逖(tì):疏远。

⑳智(hū)爽:天将明而未明之时。智,同"昒"。

㉑偃:停止,停息。甲兵:铠甲和兵器。泛指武备。

㉒禔(zhī)福:安福。

㉓沉溺:指陷于困厄痛苦之中。

㉔至尊:极其尊贵,至高无上的地位。古多指皇位,因用为皇帝的
代称。休德:美德。

㉕衰世:指春秋战国到秦朝。陵夷:衰落,衰颓。

㉖绝业:中断的事业。

㉗亟(jí)务:急速办理事务。亟,赶快,急速。

【译文】

"现在国境之内,世家大族和为官做吏的这一类人,都得到美满幸福,没有遗漏的。而与中国风俗不同的夷狄,居住在遥远偏僻的地方,不通船,不通车,中原的人很少去,朝廷政治教化还未达到那里,好的风气很少。接纳他,就侵犯礼义时常在边境进行骚扰;不理他,就放纵横行做些违背正义的事,放逐杀害长上。君臣地位颠倒,尊卑贵贱秩序紊乱,无罪的老年人和孤幼儿被当作奴隶,捆绑起来,他们大声喊叫,哭泣不止,心里向往朝廷而埋怨地说:'听说中国有最仁慈的君主,给人的恩惠多而普遍,事物都能得到很适当的安置,今天为什么独独把我们忘掉呢?'踮起脚跟思念仰慕之情,就好像久旱干枯的禾苗盼望雨水,性情乖戾的人也为他们的不幸遭遇伤心落泪,何况是贤明的君主,又怎能不去拯救他们呢?所以向北出师去征讨强大的匈奴,派使臣往南去谴责强劲的闽越和南越。四面八方都被君王的恩德所感化,西夷邛、笮,南夷牂柯、夜郎,他们的首领像鱼群迎向上流一样归附朝廷,愿意接受朝廷封号的不可数计。所以才在沫水、若水设置关口,在牂柯郡建起边塞,开凿疏通零关道,在孙水源上架起桥梁。这些措施是想为他们开创一条通向道德之路,把仁义传给他们,将恩惠广泛施予,到很远的地方去安抚他们,使疏远之国不被闭绝,昏暗的地方得到照射而光明,因此朝廷就可停止用兵,而他们就可不受讨伐。远与近如同一个整体,中与外都平安幸福,不也是令人安乐吗?把陷于困厄痛苦中的西夷、南夷各族的百姓拯救出来,尊崇皇帝的美德,恢复春秋战国到秦时衰落了的王道,继承中断了的周天子统一天下的事业,这是皇上急须要办理的事务啊!百姓虽然劳苦,又怎么可以停止呢?

"且夫王者固未有不始于忧勤,而终于逸乐者也,然则受命之符①,合在于此。方将增太山之封②,加梁父之事③,鸣和鸾④,扬乐颂⑤,上减五⑥,下登三⑦。观者未睹旨⑧,听者未闻音⑨，犹鷦鹏已翔乎寥廓之宇⑩，而罗者犹视乎薮泽⑪，悲夫！"

【注释】

①受命之符：接受天命的祥瑞征兆。

②太山：即泰山。

③梁父：梁父山。古代帝王在泰山筑坛祭天，在泰山下梁父山上封土以祭地。

④和鸾：古代车马上的铃铛。

⑤扬乐颂：颂扬礼乐。

⑥减五：指同于五帝。五，五帝。有多种说法。一说为传说中的上古帝王伏羲、神农、黄帝、唐尧、虞舜。

⑦登三：指超越三王。三，三王，指夏禹、商汤、周文王。一说指夏禹、商汤和周文王、周武王。

⑧观者：与下文"听者"，指诸位大夫。睹旨：察看意旨。

⑨音：听见声音。意谓不明白其中的意义。

⑩鷦鹏(jiāo míng)：传说五方神鸟中的南方神鸟。凤凰之属。寥廓：旷远，广阔。

⑪薮(sǒu)泽：湖泽的通称。也指水浅草茂的泽地。

【译文】

"况且成就事业的人，本来就没有不是开始忧愁劳苦，而最后才得到安乐的，那么人君接受天命的凭证，就在于此。皇上正准备在泰山、梁父山祭祀天地，歌舞升平，颂扬礼乐，汉的功业同于五帝、超过三王。诸位大夫还不明白这件事的重大意义，就好像神鸟鷦鹏已经飞翔在辽阔的天空，而网鸟的人还在湖边泽地去寻找，真是可悲呀！"

于是诸大夫茫然丧其所怀来①，失厥所以进，喟然并称曰②:"允哉汉德,此鄙人之所愿闻也。百姓虽劳,请以身先之。"敝罔靡徙③,迁延而辞避④。

【注释】

①茫然:失意貌。怀来:来意。

②喟(kuì):叹息声。

③敝罔:失意貌。靡徙:无地自容。

④迁延:离散,分散。

【译文】

诸位大夫听了这番话,于是都很失意,忘记了来意,也忘记了他们说过的话,都同声叹息,并称颂道:"汉朝的威德确实如你所说,这是我们这些粗野的人愿意听的。现在百姓虽然劳苦,请让我们先亲自去承担。"诸位大夫失意沮丧无地自容,因而三三两两分散告别离开了。

对问

宋玉

见卷第十三《风赋》作者介绍。

对楚王问一首

【题解】

对问，是通过一问一答来论述作者所要论述的问题和观点的一种文体。在宋玉等人所作的一些赋的序言里，也曾采用过这种形式。

这篇对问的写作宗旨，是要说明宋玉之为"士民众庶不誉"，并非宋玉本人有什么过错，而是宋玉具有同圣人一样的"瑰意琦行，超然独处"的所作所为，不能为世俗之徒所理解和接受。就像鸟中有凤，鱼中有鲲，乐曲中有《阳春白雪》一样。全文采用比喻、象征、对比等手法来有力地论证自己的论点，具有相当的说服力和艺术性。

楚襄王问于宋玉曰①："先生其有遗行与②，何士民众庶不誉之甚也③？"宋玉对曰："唯④。然有之⑤。愿大王宽其罪⑥，使得毕其辞⑦：

【注释】

①楚襄王：即楚顷襄王，宋玉为其大夫。

②遗行：劣迹。

③众庶：百姓。不誉：不称誉。

④唯：敬应之词。

⑤然有之：然而亦有其所以然者。

⑥宽：使宽，放宽。其：宋玉自指。

⑦得：得以，能够。毕：完。

【译文】

楚襄王问宋玉说："先生是否有丑行劣迹，为什么老百姓这样不称道你呢？"宋玉回答说："是。但这是有原因的。请大王恕罪，让我把话说完：

"客有歌于郢中者①，其始曰《下里》《巴人》②，国中属而和者数千人③；其为《阳阿》《薤露》④，国中属而和者数百人；其为《阳春》《白雪》⑤，国中属而和者不过数十人；引商刻羽⑥，杂以流徵⑦，国中属而和者不过数人而已。是其曲弥高，其和弥寡。故鸟有凤而鱼有鲲⑧，凤皇上击九千里，绝云霓⑨，负苍天⑩，翱翔乎杳冥之上⑪。夫蕃篱之鷃⑫，岂能与之料天地之高哉！鲲鱼朝发昆仑之墟⑬，暴鬐于碣石⑭，暮宿于孟诸⑮。夫尺泽之鲵⑯，岂能与之量江海之大哉！故非独鸟有凤而鱼有鲲也，士亦有之！夫圣人瑰意琦行⑰，超然独处⑱，夫世俗之民又安知臣之所为哉！"

【注释】

①郢：楚国国都。

②《下里》《巴人》：古俗曲名。下里，乡里。巴，古国名。地在今川

东一带。

③属而和:跟随着应声而唱。属,跟随。和,应和。

④《阳阿》《薤(xiè)露》:古歌名。

⑤《阳春》《白雪》:古乐曲名。

⑥引商刻羽:指掌握严正的乐律。商生羽,羽生角,是合乎乐律的正声。

⑦流徵(zhǐ):变调之属。

⑧凤:瑞鸟。鲲(kūn):大鱼名。

⑨绝云霓:高绝云霓。

⑩负苍天:言凤凰高飞,背负苍天。

⑪杳冥:绝远处。

⑫蕃篱:蒿草之属。鷃(yàn):小鸟。

⑬昆仑:古人以黄河源出昆仑山。墟:山脚。

⑭暴鬐(qí):暴露鲲之脊鳍。鬐,鱼脊鳍。碣石:海畔山石。

⑮孟诸:古大泽名。

⑯尺泽:小沼泽。鲵(ní):小鱼。

⑰瑰意琦行:不平凡的思想和行为。

⑱超然:出类拔萃。独处:志节高尚,不随俗沉浮。

【译文】

"有人在楚国国都郢中唱歌,开始唱《下里》《巴人》,城里跟着他一同和声而唱的有几千人;继而唱《阳阿》《薤露》,城里跟着他一同和声而唱的有几百人;后来唱《阳春》《白雪》,城里跟着他一同和声而唱的只有几十人,乐律渐趋严正,掺和着变调,城里跟着他一同和声而唱的不过几人而已。这叫曲高和寡。鸟中有凤,鱼中有鲲,凤凰一飞九千里,高绝云端,背负青天,飞翔在渺渺茫茫的上空。草丛中的尺鷃怎么能够像凤凰一样识别天地之高低? 鲲鱼早上从昆仑山下出游,它的脊鳍出现在海边的山石之间,到了晚上就宿于大泽之中。小沼泽中的鲵鱼怎么能够像鲲鱼一样懂得江海之汪洋？所以，不但鸟中有凤，鱼中有鲲，人类中也同样有大人物。圣人就有亢言高行、出类拔萃、不同凡响处，那种世俗小人又怎么能够了解我的所作所为呢？"

设论

东方曼倩

东方朔(前154？—前93)，复姓东方，名朔，字曼倩，平原厌次(今山东德州陵城区)。西汉辞赋家。武帝初即位，征天下方正贤良文学材力之士，待以不次之位。东方朔文辞不逊，高自称誉，武帝甚奇之。因奏《泰阶》之事，拜为太中大夫、给事中，赐黄金百斤。

东方朔之文辞以《答客难》与《非有先生论》二篇最善，其余有《封泰山》《责和氏璧》《皇太子生禖》《屏风》《殿上柏柱》《平乐观赋猎》《从公孙弘借车》等篇。班固《汉书·东方朔传》曰："刘向言少时数问长老贤人通于事及朔时者，皆曰朔口谐倡辩，不能持论，喜为庸人诵说，故令后世多传闻者……然朔名过实者，以其诙达多端，不名一行，应谐似优，不穷似智，正谏似直，秽德似隐。非夷齐而是柳下惠，戒其子以上容：'首阳为拙，柱下为工；饱食安步，以仕易农；依隐玩世，诡时不逢。'其滑稽之雄乎！"夫有隐于野者，有隐于朝者，东方朔朝隐者也。

答客难—首

【题解】

刘勰《文心雕龙·论说》曰："详观论体，条流多品，陈政，则与议说合契；释经，则与传注参体；辨史，则与赞评齐行；铨文，则与叙引共纪。"综观四则八体而独不见设论。夫设论者，自定假设，以述其说；设问以先发制人，所论则近乎辨史者也。

《汉书·东方朔传》曰:"武帝既招英俊,程其器能,用之如不及。时方外事胡、越,内兴制度,国家多事,自公孙弘以下至司马迁皆奉使方外,或为郡国守相至公卿,而朔尝至太中大夫,后常为郎,与枚皋、郭舍人俱在左右,诙啁而已。久之,朔上书陈农战强国之计,因自讼独不得大官,欲求试用。其言专商鞅、韩非之语也,指意放荡,颇复诙谐,辞数万言,终不见用。朔因著论,设客难己,用位卑以自慰谕。"

　　客难东方朔曰:"苏秦、张仪壹当万乘之主①,而身都卿相之位②,泽及后世。今子大夫修先王之术③,慕圣人之义④,讽诵《诗》《书》、百家之言,不可胜记,著于竹帛,唇腐齿落⑤。服膺而不可释⑥,好学乐道之效,明白甚矣⑦。自以为智能海内无双,则可谓博闻辩智矣。然悉力尽忠,以事圣帝,旷日持久,积数十年,官不过侍郎⑧,位不过执戟⑨,意者尚有遗行邪⑩? 同胞之徒,无所容居⑪,其故何也?"

【注释】

①苏秦:战国时东周洛阳人。初说秦惠王吞并天下,不用。后游说燕、赵、韩、魏、齐、楚六国,合纵抗秦,佩六国相印,为约纵之长。张仪:战国时魏人,纵横家。苏秦游说六国合纵以抗秦,张仪相秦惠王,以连衡之策说六国,使六国背纵约而共同事秦。当:遇。万乘之主:指天子。

②都:居。

③子大夫:指东方朔。修:学习。

④慕:思慕,向往。

⑤唇腐齿落:指讽诵、著述之辛苦。

⑥服膺:牢记在胸中,衷心信服。释:失。

⑦"好学"二句：此言张仪、苏秦一遇而为卿相，而朔好学乐道，位且
　　卑微，是好学之无效。

⑧侍郎：官名。秦汉时郎中令的属官有侍郎，本为宫廷的近侍。东
　　汉以后，尚书属官初任称郎中，满一年称尚书郎，三年称侍郎。
　　东方朔时在西汉，侍郎位卑。

⑨执戟：秦汉时朝廷侍卫官。因值勤时手持戟而名。

⑩意者：料想。

⑪"同胞"二句：谓其禄薄，兄弟亦无所容居，其何故如此。同胞之
　　徒，谓兄弟。容居，容忍其居。

【译文】

　　有客责难东方朔说："苏秦、张仪一遇帝王便身居卿相之位，恩泽流
播后代。现在您学习先王之道术，向往圣人之高义，诵读《诗经》《书
经》、百家之言，多不胜数，又有著述传世，以至于神形疲惫，唇焦齿落。
这些学问铭记于心片刻不忘，您好学乐道如此，其结果却毫无用处，这
问题难道不是很明白吗！自以为聪明才智海内无双，也称得上博闻辩
智之士了。纵然尽力效忠，以事圣上，旷日持久，达几十年之久，可是官
只有侍郎之职，地位不过是个执戟之臣，料想您一定有什么卑劣行径
吧？为同胞兄弟所不容，到底是什么原因呢？"

　　东方先生喟然长息，仰而应之曰："是故非子之所能
备①。彼一时也，此一时也②，岂可同哉？夫苏秦、张仪之时，
周室大坏，诸侯不朝，力政争权③，相擒以兵，并为十二国④，
未有雌雄⑤。得士者强，失士者亡⑥，故说得行焉⑦。身处尊
位，珍宝充内，外有仓廪⑧，泽及后世，子孙长享。今则不然，
圣帝德流⑨，天下震慑⑩，诸侯宾服⑪，连四海之外以为带⑫，
安于覆盂⑬，天下平均，合为一家。动发举事，犹运之掌⑭，贤

与不肖，何以异哉？遵天之道，顺地之理，物无不得其所。故绥之则安，动之则苦；尊之则为将，卑之则为虏；抗之则在青云之上，抑之则在深渊之下；用之则为虎，不用则为鼠。虽欲尽节效情⑮，安知前后⑯？夫天地之大，士民之众，竭精驰说⑰，并进辐凑者不可胜数。悉力慕之⑱，困于衣食，或失门户⑲。使苏秦、张仪与仆并生于今之世，曾不得掌故⑳，安敢望侍郎乎？传曰㉑：'天下无害，虽有圣人无所施才；上下和同㉒，虽有贤者无所立功。'故曰时异事异㉓。

【注释】

①备：备知。

②"彼一时"二句：言时势不同。

③力政：以力为政。

④并：兼。十二国：指鲁、卫、齐、宋、楚、郑、燕、赵、韩、魏、秦、中山。

⑤雌雄：胜败。

⑥"得士"二句：《孔丛子·居卫》："子思（谓曾子）曰：'今天下诸侯，方欲力争，竞招英雄以自辅翼。此乃得士则昌，失士则亡之秋也。'"士，谓贤士。

⑦说（shuì）：劝说别人听从自己意见。此指游说之士。

⑧仓廪（lǐn）：谷藏曰仓，米藏曰廪。

⑨德流：即流德。流德，恩泽远布。

⑩震慑：惊服。

⑪宾服：诸侯入贡朝见天子。

⑫连四海之外以为带：言四海之外如带之相连。

⑬安于覆盂：喻天下安定，若覆置之盂器也。

⑭犹运之掌：言至易。

⑮尽节效情:竭尽忠贞,穷效其情。

⑯安知前后:谓无所用其才。

⑰竭精驰说:穷尽其精力,驰骋其游说。

⑱悉力:尽力。慕:思慕,向往。

⑲或失门户:言不得所由入。

⑳曾不得掌故:连掌故之职且不得。曾,乃,且。掌故,汉代官名。掌礼乐制度等故事。

㉑传曰:古书上记载说。

㉒和同:和睦同心。

㉓时异事异:《韩非子·五蠹》:"文王行仁义而王天下,偃王行仁义而丧其国……故曰时异则事异。"

【译文】

东方先生摇头长叹,抬头回答说:"其中原因不是您所能详知的啊!所谓彼一时,此一时也,岂可同日而语!苏秦、张仪之时,周天子已毫无权威,诸侯们不再甘心称臣,各自以实力图强,争权夺利,以致互相吞食,兼并而为十二国,一时未分雌雄。在这种形势之下,得士者强,失士者亡,故游说之士得以通行天下。他们身处显要地位,珍珠财宝充塞私囊,粮食堆满仓库,恩惠遍及后代,子孙长享福祉。可现今大不一样了,圣上德泽流布天下,八方威服,诸侯来朝,四海内外连成一片,天下安定,江山稳固,人人均富,犹如一家。国家有什么事,处理起来易如反掌,因此圣贤之辈与凡庸之徒,显示不出什么差别!大家尊崇天道顺从地理,天下事物,各得其宜。所以稳定就是安乐,动荡等于苦难;尊重你的时候便是将官,贬斥你的时候就成囚犯;被人提拔就青云直上,被人排挤却可致深渊;用你时像老虎一样威武,不用时像耗子一样委琐。即使你想尽心勤力报效国家,个人的才能已起不到什么作用。天地之大,人民之众,竭尽其力,游说者争先恐后而来,难以胜数。大家慕天子之大德而尽力效其忠诚,结果是衣食无着,甚至招来杀身之祸!倘使苏秦、张仪与我并生于当世,恐怕他们连掌故这样的卑职都难以得到,怎敢妄想侍郎的地位? 古书上说:'天下太平,纵然出圣人,也不能施展其才干;上下和谐,即便有贤人,也难以建功立业。'所以说,时代不同,事情必然不同。

"虽然,安可以不务修身乎哉! 《诗》曰:'鼓钟于宫,声闻于外①。''鹤鸣九皋,声闻于天②。'苟能修身,何患不荣! 太公体行仁义③,七十有二乃设用于文武④,得信厥说⑤,封于齐,七百岁而不绝。此士所以日夜孳孳⑥,修学敏行而不敢怠也⑦。譬若鹙鸧⑧,飞且鸣矣⑨。传曰:'天不为人之恶寒而辍其冬,地不为人之恶险而辍其广,君子不为小人之匈匈而易其行⑩。''天有常度,地有常形,君子有常行。君子道其常,小人计其功⑪。'诗云:'礼义之不愆,何恤人之言⑫?''水至清则无鱼,人至察则无徒。冕而前旒,所以蔽明。黈纩充耳,所以塞聪⑬。'明有所不见,聪有所不闻。举大德,赦小过,无求备于一人之义也⑭。'枉而直之,使自得之⑮;优而柔之,使自求之⑯;揆而度之,使自索之⑰。'盖圣人之教化如此⑱,欲其自得之⑲;自得之,则敏且广矣⑳。

【注释】

①"鼓钟"二句:《诗经·小雅·白华》诗句。言苟有于中,必形于外。

②"鹤鸣"二句:《诗经·小雅·鹤鸣》诗句。言人好学修身,声誉闻于天下,亦如鹤鸣于泽,而声闻于天也。

③体行:身体力行。

④设用:施用。文武:指周文王、周武王。

⑤信(shēn):通"伸",发挥,发扬。厥说:其说策。

⑥孳孳(zī)：同"孜孜"，勤勉不懈。

⑦敏行：勤于修身。

⑧鹡鸰(jí líng)：鸟名。

⑨飞且鸣矣：《诗经·小雅·小宛》："题彼鹡鸰，载飞载鸣。"

⑩訇訇：喧颂貌。

⑪"君子"二句：言君子行善事，乃是其常，而小人则自矜夸，争计其功也。

⑫"礼义"二句：愆，过。恤，忧。

⑬"水至清"几句：语见《大戴礼记·子张问入官》。徒，众。冕，冠。旒，冕冠前后悬垂的玉串。黈纩(tǒu kuàng)，黄绵。古之冕制，以黄绵大如丸，悬于冕之两旁，以示不听谗言。

⑭无求备于一人之义：《汉书》颜师古注曰："周公谓鲁公曰：'故旧无大故，则不弃也，毋求备于一人。'……士有百行，功过相除，不可求备也。"

⑮"枉而"二句：言曲者申之令直，使各得其所。

⑯"优而"二句：优柔宽容，使自求所宜。

⑰"揆(kuí)而"二句：揆度其才性，所为使不相夺伦。谓各自求其分。

⑱圣人之教化如此：指"枉而直之"等六句。

⑲欲其自得之：欲使其自得所宜者。

⑳敏且广矣：才有疾速，且广大其事。敏，疾。

【译文】

"尽管如此，难道就可以不去修身进业了吗？《诗经》说：'撞钟于宫中，声闻于宫外。'又说：'鹤鸣深泽之中，声闻九天之外。'倘能修身，又何必担心得不到荣华富贵呢？姜太公身体力行仁义之道达七十二年，终于施其才能为文王武王所用，伸张其说，封于齐地，七百年而绵绵不绝。这就是读书人所以夜以继日、孜孜不倦、勤于修身进业而不敢松懈的原因所在！正像鹡鸰虽小，且飞且鸣！《荀子·天论》说：'天不因为人们讨厌寒冷而取消冬季,地不因为人们畏难艰险而缩小幅员,君子不因为小人之喧闹而改变正道直行。’天有一定的规律,地有一定的形状,君子就是要正道直行。君子做事按照仁义之道,小人做事只顾蝇头小利。’诗说:‘按礼义行事不犯过错,何必害怕别人说长道短!’所以说:‘水太清就无鱼,人苛求就无友。冕冠前面的悬旒,用来作掩蔽,以免看得太清楚;冕冠左右的黈纩,用来作耳塞,以免听得太分明。’眼睛明亮而有所不见,耳朵聪敏而有所不闻。要看到人家的大德,原谅人家的小过,就是对人不要求全责备的意思。‘曲的使它直,使各得其所;难断的使其能决断,使它合乎需要;按照才性而用人,使它各得其所。’圣人如此教导,要得其所宜;得其所宜,方能得心应手。

“今世之处士①,时虽不用②,块然无徒③,廓然独居④。上观许由⑤,下察接舆⑥,计同范蠡⑦,忠合子胥⑧。天下和平,与义相扶,寡偶少徒,固其宜也⑨,子何疑于予哉?若夫燕之用乐毅⑩,秦之任李斯⑪,郦食其之下齐⑫,说行如流,曲从如环,所欲必得,功若丘山,海内定,国家安,是遇其时者也,子又何怪之邪!语曰:‘以管窥天⑬,以蠡测海⑭,以莛撞钟⑮。’岂能通其条贯,考其文理,发其音声哉⑯!犹是观之,譬由鼱鼩之袭狗⑰,孤豚之咋虎⑱,至则靡耳⑲,何功之有。今以下愚而非处士⑳,虽欲勿困,固不得已㉑,此适足以明其不知权变而终惑于大道也。”

【注释】

①处士:未仕之人。
②时虽不用:不为时所用。
③块然:独立貌。

④廓然：空貌。

⑤许由：上古高士，隐于箕山。尧让天下而不受，又召为九州长，由不欲闻之，洗耳于颍水之滨。

⑥接舆：春秋时楚国隐士，佯狂避世。因其迎孔子车而歌，故称接舆。

⑦范蠡：春秋楚宛人，字少伯。仕越为大夫，辅佐越王勾践刻苦图强，卒灭吴国。以勾践为人可与共患难，不能共安乐，去越入齐，改名鸱夷子皮。到陶称朱公，经商致富。

⑧子胥：伍员，春秋楚人。奔吴，吴封以申地，故称申胥。吴王夫差败越，越请和，子胥谏不从，夫差信伯嚭谗，迫子胥自杀。

⑨"天下"几句：李周翰注："国家昏乱，忠臣用焉。今虽有贤人，且属于天下和平，而百姓皆与义相扶，是故贤人无用于时，少其匹偶徒侣者，其固宜也。"

⑩乐毅：战国燕将。自魏使燕，燕昭王任为上将，联赵、楚、韩、魏，总领五国兵伐齐，攻占七十余城，以功封于昌国，号昌国君。

⑪李斯：战国末楚上蔡（在今河南驻马店）人。入秦，说秦王并六国，拜为客卿，经二十余年卒灭六国，始皇称帝，统一六国，李斯为丞相。

⑫郦食其：汉陈留高阳人。家贫落魄，为里监门吏。人皆谓之狂生。刘邦至高阳，献计攻下陈留，因封广野君。后说齐王田广归汉，已定议，罢守兵。及韩信从蒯通计袭齐，入临菑，田广以食其卖己，遂烹之。

⑬管：竹管。

⑭蠡：蚌蛤。测：量。

⑮莛（tíng）：小木枝。

⑯"通其余贯"几句：言以竹管窥于天，以蚌蛤量其海，以木枝击其钟，其条贯、文理、声音终不可通发矣。朔自言所答客之词，不可通发心意也。

⑰鼩鼱(jīng qú)：鼠名。又称地鼠、奚鼠。

⑱豚：猪。咋(zé)：啮。

⑲靡耳：畏而服之之貌。

⑳下愚：东方朔自谦之辞。处士：指客。

㉑"虽欲勿困"二句：言虽强欲勿困悴，固不可得。

【译文】

"现在尚未做官的读书人，每每是时代不用人，傲岸孤独，避世而处。上学许由，下仿接舆，机变不亚于范蠡，忠贞如同伍子胥。现今天下和平，百姓之心与仁义之道相符，贤才少为世用，这是十分自然的事情。先生您对我还有什么不明白的呢？当初，燕昭王用乐毅，秦王任用李斯，郦食其到齐国劝说齐王归汉，游说之辞如流水之顺畅，言听计从如圆环之绕指，想做的都能做到，功高如山，四海安定，国家平稳，那是他们遇到了那个时代了，您先生又有什么奇怪的呢？古人说：'用竹管来观察天，用贝壳来测量海，用小木条来撞钟。'怎么能看得清、核得准、敲得出声音呢？由此看来，好比要田鼠去捕狗，叫小猪去咬虎，刚到跟前就已经奔拉耳朵、吓倒在地了，怎么可能成功呢！现在，以我这样的下愚之才来否定您，要回答得圆满是不可能的，这正好说明我不懂变通而始终有惑于道理了。"

扬子云

见卷第七《甘泉赋》作者介绍。

解嘲一首　并序

【题解】

汉之东方朔、扬雄，志大而位卑，才高而不为时所用，颇有不平之感，故一作《答客难》，一作《解嘲》，以自宽慰。扬雄居汉孝哀帝之世，其时丁明、傅晏、董贤专权，凡依附权贵者均俸禄至二千石，雄未之遇也，于是草创《太玄》《法言》等书，以淡泊自守之。

　　扬雄死后，有人问桓谭扬雄的著作能否流传后世？谭曰："必传。顾君与谭不及见也。凡人贱近而贵远，亲见扬子云禄位容貌不能动人，故轻其书……今扬子之书文义至深，而论不诡于圣人，若使遭遇时君，更阅贤知，为所称善，则必度越诸子矣。"自扬雄死后，到班固写《汉书·扬雄传》，四十余年，其《法言》大行，而《太玄经》终不显，亦可悲乎！

　　哀帝时丁、傅、董贤用事[1]，诸附离之者起家至二千石[2]。时雄方草创《太玄》[3]，有以自守，泊如也[4]。人有嘲雄以玄之尚白[5]，雄解之，号曰《解嘲》。其辞曰：

【注释】

①哀帝：西汉孝哀帝刘欣，前6年—前1年执政。丁：丁明。傅：傅晏。按，丁明、傅晏、董贤皆权倾一时，天下附之。

②附离：依附，投靠。起家：起之于家而出任官职。谓人有附着其势者，起家拔为二千石之位。

③方：正在。草创：撰写。《太玄》：扬雄模仿《周易》作《太玄经》。

④泊如：淡泊无为。

⑤以玄之尚白：上文既言"时雄方草创《太玄》"，此又嘲"玄之尚白"，故以为玄当指《太玄》，"尚白"乃嘲讽调侃语。意谓想染成黑色，而至今尚白。

【译文】

　　哀帝时，丁明、傅晏、董贤专权，凡是依附这些权贵的人都可做到俸禄二千石的官吏。那时候，扬雄正在撰写《太玄经》，以此自守其恬淡无为之志。有人嘲笑扬雄要想染成黑色而至今仍然白色，扬雄进行解释，名为《解嘲》。全文如下：

　　客嘲扬子曰："吾闻上世之士，人纲人纪①。不生则已，生必上尊人君，下荣父母，析人之珪②，儋人之爵③，怀人之符④，分人之禄，纡青拖紫⑤，朱丹其毂⑥。今吾子幸得遭明盛之世，处不讳之朝⑦，与群贤同行⑧，历金门、上玉堂有日矣⑨。曾不能画一奇⑩，出一策，上说人主，下谈公卿。目如耀星⑪，舌如电光⑫，一从一横⑬，论者莫当⑭。顾默而作《太玄》五千文⑮，枝叶扶疏⑯，独说数十余万言⑰。深者入黄泉⑱，高者出苍天，大者含元气⑲，细者入无间⑳。然而位不过侍郎，擢才给事黄门㉑。意者玄得无尚白乎㉒？何为官之拓落也㉓？"

【注释】

①"吾闻"二句：谓上世之人，为人纲纪。

②析：分。珪：诸侯之所执。

③儋（dān）：同"担"。爵：爵位。

④符：信符。

⑤纡（yū）青拖紫：《东观汉记》曰："印绶，汉制，公侯紫绶，九卿青绶。"纡，带。拖，服。青紫并贵者之服饰。

⑥朱丹其毂：以朱色饰其车毂。

⑦不讳之朝：谓法令不烦苛。

⑧同行：谓同行列。

⑨金门：天子门。玉堂：天子殿。有日矣：言已久。

⑩曾：就往昔而言之。奇：奇谋。

⑪目如耀星：目光如星光之闪耀，言精神奋发。

⑫舌如电光:状辞辩之速疾。

⑬一从一横:指言辞纵横而生,状谈锋锐健。从,同"纵"。

⑭论者莫当:论说者莫能抵挡。"目如耀星"四句言扬雄曾不如此
　　以说人主,以谈公卿,以取重位。

⑮顾:但。默:默然。文:言。

⑯枝叶扶疏:以树喻文。谓生发而为数十余万言。按,《太玄经》广
　　大于老子玄言,故由五千字而敷衍为数十余万言。扶,分布。

⑰独说:犹言独自述说。

⑱黄泉:地下深渊。

⑲元气:指天地未分前混一之元气。

⑳无间:至微小者。

㉑"然而"二句:谓雄其位不过侍郎,拔擢之才至于给事黄门郎而
　　已。擢(zhuó),提拔。给事黄门,官名。给事于黄门之内,皇帝
　　左右侍从,备顾问应对之事。

㉒意者玄得无尚白:意谓何为官见排斥如此也。玄得无尚白,欲黑
　　而如今且白也乎?

㉓拓落:排斥。

【译文】

　　嘲笑者说:"我听说古代的士人,可以称之为人中典范。不在世上则罢,若然生在世上,对上要尊敬帝王,对下要光耀门庭,担任一定的官职,荣获某种爵位,接受天子的符信,分享一份俸禄,穿青戴紫,朱漆其车。现在您先生生逢太平盛世,处在畅所欲言的时代,与贤人同进同出,过金门、登玉堂,为日已久。没有见您出过一条计谋良策,也没有见您上与君王交谈,下与公卿议论。也没有见您眼里闪光,舌如巧簧,有纵横捭阖、他人莫挡的雄辩气概。只是默默无闻地撰写《太玄经》,敷演五千字直至数十万字。深的可以深入黄泉,高的可以高于青天,大的包容天地元气,微小者什么也看不见。然而,您的官位不过侍郎,即便提

升也只是给事黄门。料想起来恐怕白色尚未染成黑色，对吗？为什么做官做得这样艰难？"

　　扬子笑而应之曰："客徒朱丹吾毂①，不知一跌将赤吾之族也②！往昔周网解结③，群鹿争逸④，离为十二，合为六七⑤，四分五剖，并为战国⑥。士无常君，国无定臣，得士者富，失士者贫⑦，矫翼厉翮，恣意所存⑧。故士或自盛以橐⑨，或凿坏以遁⑩。是故邹衍以颉颃而取世资⑪，孟轲虽连蹇犹为万乘师⑫。

【注释】

①徒：只想。朱丹吾毂：谓富贵。

②一跌：一有差失。赤吾之族：合族见诛。颜师古曰："见诛杀者必流血，故云赤族。"

③往昔：往者。周网解结：言周室政教败乱。网，政教。

④群鹿：指诸侯。逸：走。

⑤"离为"二句：离，叛。谓叛于周室。十二，指鲁、卫、齐、宋、楚、郑、燕、赵、韩、魏、秦、中山十二国。合为六七，十二国后相并合，乃为七国。然秦强，东制诸侯，故别言之，则有六国；并而言之，则有七。故言六七。

⑥"四分"二句：此指天下丧乱，诸侯各保山河，故四渎五岳各为剖，并为战争之国。剖，判。

⑦"得士"二句：得士、失士，谓得贤士则国强人富，失贤士则国弱人贫。

⑧"矫翼"二句：谓人择君而事之，如鸟举翼振翮(hé)而恣意高飞。意所存慕者，乃下事。矫翼，举翼。厉翮，振翅。

⑨自盛以橐(tuó)：《史记·范雎蔡泽列传》："王稽辞魏去，过载范雎入秦。至湖，望见车骑从西来。范雎曰：'彼来者为谁？'王稽曰：'秦相穰侯东行县邑。'范雎曰：'……此恐辱我，我宁且匿车中。'有顷，穰侯果至。"橐，袋。

⑩凿坏(péi)以遁：《淮南子·齐俗训》："颜阖，鲁君欲相之，而不肯，使人以币先焉，凿培而遁之。"坏，屋后墙。遁，逃。

⑪邹衍：齐人。著书所言多天事，故齐人号谈天衍。邹衍仕齐，至卿。颉颃(xié háng)：诡异。取世资：世人取资以为师。

⑫连蹇(jiǎn)：往来皆艰难。此言孟轲游齐，齐不能用；适梁，梁亦不用。值世之屯难，不为用也。万乘师：孟轲终为周威王师。万乘，王。

【译文】

扬雄笑着回答说："您只知道一味追求荣华富贵，而不懂得一出差错便将诛灭九族！从前，周室败坏，诸侯争雄，吞并而为十二国，后来只剩下六七国，四分五裂，都成了战乱之国。这时候，士人没有固定的君王，国家没有固定的臣子，得士者富，失士者贫，就像鸟类振翅高飞，愿在哪儿栖息便在哪儿栖息一样。所以范雎藏在袋中偷渡到秦国，颜阖破墙而走不愿在鲁国为相。邹衍喜欢谈论天事，学说诡异但还是有人以师相待；孟轲连连倒霉，但仍然被尊为君王之师。

　　"今大汉左东海①，右渠搜②，前番禺③，后椒涂④。东南一尉⑤，西北一候⑥。徽以纠墨，制以锧铁⑦，散以礼乐⑧，风以《诗》《书》⑨，旷以岁月，结以倚庐⑩。天下之士，雷动云合⑪，鱼鳞杂袭⑫，咸营于八区⑬，家家自以为稷契⑭，人人自以为皋陶⑮，戴继垂缨⑯，而谈者皆拟于阿衡⑰，五尺童子羞比晏婴与夷吾⑱。当涂者升青云，失路者委沟渠。且握权则为卿相,夕失势则为匹夫。譬若江湖之崖,渤澥之岛,乘雁集不为之多,双凫飞不为之少⑲。昔三仁去而殷墟⑳,二老归而周炽㉑,子胥死而吴亡㉒,种、蠡存而越霸㉓。五羖入而秦喜㉔,乐毅出而燕惧㉕。范雎以折摺而危穰侯㉖,蔡泽以噤吟而笑唐举㉗。故当其有事也,非萧、曹、子房、平、勃、樊、霍则不能安㉘;当其无事也,章句之徒相与坐而守之,亦无所患㉙。故世乱,则圣哲驰骛而不足㉚;世治,则庸夫高枕而有余㉛。

【注释】

①左:古时以东为左。故言左者指东向也。东海:指会稽。

②右:西。渠搜:属雍州,在金城河间之西。

③番禺:南海郡。

④椒涂:渔阳之北界。

⑤东南一尉:会稽东部都尉。一尉,官名。

⑥西北一候:敦煌玉门关候。候,所以伺候远国来朝之宾。

⑦"徽以"二句:《汉书》颜师古曰:"言有罪者则系于徽墨,尤恶者则斩以铁锧也。徽、纠、墨,皆绳也。锧,锧也。铁,莝刃也。"

⑧散:四布。

⑨风:化。

⑩"旷以"二句:此言修丧制之礼,以示于人。

⑪雷动云合:言天下之士云集而至。

⑫袭:合。

⑬营:居。八区:八方。

⑭稷:后稷,周之祖先。相传他母亲曾欲弃之不养,故名弃。为舜农官,封于邰。契:传说中商族始祖帝喾之子,虞舜之臣,其母简狄吞玄鸟卵而生。舜时助禹治水有功,任为司徒。

⑮皋陶（yáo）：也称咎繇。传说舜之臣，掌刑狱之事，偃姓。

⑯戴继（xǐ）垂缨：言衣冠者。继，冠。缨，衣领。

⑰拟于阿衡：即自谓具伊尹之才。

⑱五尺童子：谓小儿。羞比晏婴与夷吾：晏婴、管仲并霸者之臣也，言羞比者，谓己得帝王之道矣。夷吾，管仲字。

⑲"乘雁"二句：以鸟喻群臣。言朝廷之有臣，如江湖大海之中四雁、双凫，集之不为多，飞去不为少。以喻国家贤臣之众，集不觉其多，去亦不觉其少。

⑳三仁：指微子、箕子、比干。殷墟：《汉书》作殷虚，颜师古注曰："虚，空也。一曰虚读曰墟，言其亡国为丘墟。"

㉑二老归而周炽：《孟子·离娄》："孟子曰：'伯夷辟纣，居北海之滨，闻文王作兴，曰：盍归乎来！吾闻西伯善养老者。二老者，天下之大老也。而归之，是天下之父归之也。天下之父归之，其子焉往？诸侯有行文王之政者，七年之内，必为政于天下矣。'"

㉒子胥死而吴亡：吴王不用伍子胥，赐以镯镂令死，后亡其国。

㉓种、蠡存而越霸：越王用大夫文种、范蠡二臣之计，而为霸主。

㉔五羖（gǔ）入而秦喜：百里奚，春秋时秦穆公之贤相，原为虞大夫。晋献公灭虞，虏奚，以为秦穆公夫人陪嫁之臣。奚以为耻，逃至宛，被楚人执。秦穆公闻其贤，用五羖羊皮赎之，委以国政。故又称五羖大夫。羖，黑色公羊。

㉕乐毅出而燕惧：乐毅，战国燕将。伐齐，破之。燕昭王死，子立，为燕惠王。乃使骑劫代，将而召毅，毅畏诛，遂西奔赵。惠王恐赵用乐毅以伐燕。

㉖范雎以折摺而危穰侯：魏齐笞击范雎，折胁拉齿，几死。后入秦，说秦王以穰侯为相之不忠。遂拜雎为相，代穰侯。摺，古"拉"字。

㉗蔡泽以噤吟而笑唐举：《史记·范雎蔡泽列传》曰："蔡泽者，燕人也。游学干诸侯小大甚众，不遇。而从唐举相……曰：'若臣者

何如?'唐举孰视而笑曰:'先生曷鼻,巨肩,魋颜,蹙齃,膝挛。吾闻圣人不相,殆先生乎?'"后来范雎为秦相。嘿吟,语而笑貌。

㉘"故当其"二句:言时乱有事,则非萧何、曹参、张良、陈平、周勃、樊哙、霍光则不能安国家、定社稷。

㉙"当其"几句:言若当时无事,则文儒之士相与守国,亦无所患也。章句之徒,谓文儒之人。

㉚驰骛:奔走。

㉛"世治"二句:天下无事,则庸夫与贤者皆高枕无忧,故云有余。

【译文】

"当今大汉天下,东起会稽,西连戎狄,南邻番禺,北抵渔阳。东南有会稽都尉,西北设玉门关候。刑罚有纠墨、锧铁,礼乐四布,讽以《诗》《书》,丧制之礼,一应俱全。天下之士,风靡云蒸,鱼龙混杂,云集宇内,家家以稷、契相比,人人以皋陶自居,缙绅之士相聚而谈,都觉得自具伊尹之才,连少年儿童也以晏婴、管仲为不齿。当官的青云直上,失意的倒毙路边。早上掌权才为卿相,傍晚失势沦为庶民。比如江湖之畔、渤海之岛,鸿雁栖歇不嫌多,飞鸟远翔不为少。从前微子、箕子、比干一走,殷都便为丘墟;伯夷、太公归于文王,周朝便兴旺;伍子胥去世,吴国立即灭亡;文种、范蠡帮助勾践,越国就此称霸。百里奚来到秦国,秦穆公大喜;乐毅离开燕国,燕惠王不胜恐惧。范雎在魏国被打得鼻青脸肿,一到秦国则危及丞相穰侯的地位;蔡泽请唐举看相,唐举笑他长相丑陋而具宰相之才。所以说,国家有事,非萧何、曹参、张良、陈平、周勃、樊哙、霍光等将相不能太平;国家无事,则文人学士坐而论道,却也能守住江山而不受侵犯。由此可见,天下混乱,圣贤之徒奔走不休也治理不好;天下太平,就是凡夫俗子高枕而卧也井然有序。

"夫上世之士,或解缚而相①,或释褐而傅②,或倚夷门而笑③,或横江潭而渔④,或七十说而不遇⑤,或立谈而封侯⑥,

或枉千乘于陋巷⑦，或拥彗而先驱⑧。是以士颇得信其舌而奋其笔⑨，窒隙蹈瑕而无所诎也⑩。当今县令不请士，郡守不迎师⑪，群卿不揖客，将相不俯眉⑫；言奇者见疑，行殊者得辟⑬。是以欲谈者卷舌而同声，欲步者拟足而投迹⑭。向使上世之士处乎今世⑮，策非甲科⑯，行非孝廉⑰，举非方正⑱，独可抗疏，时道是非⑲，高得待诏，下触闻罢，又安得青紫⑳？

【注释】

①解缚而相：指管仲。《春秋左传·庄公九年》："鲍叔帅师来言曰：'子纠，亲也，请君讨之；管、召，雠也，请受而甘心焉。'乃杀子纠于生窦，召忽死之。管仲请囚，鲍叔受之。及堂阜而税之，归而以告曰：'管夷吾治于高傒，使相可也。'公从之。"

②释褐而傅：《墨子》："傅说（yuè）被褐带索，庸筑乎傅岩。武丁得之，举以为三公。"傅，三公之属。孟康《汉书》注以为指甯戚。甯戚，春秋时卫人。以家贫为人挽车。至齐，喂牛于车下，扣牛角而歌。桓公以非常人，召见，拜为上卿。事见《吕氏春秋》。

③倚夷门而笑：《汉书》应劭注曰："侯嬴也。为夷门卒，秦伐赵，赵求救，无忌将十余人往辞嬴，嬴无所戒。更还，嬴笑之，以谋告无忌也。"

④横江潭而渔：此指渔父。

⑤七十说而不遇：指孔子。孔子历说天下七十君而不一遇也。

⑥立谈而封侯：《史记·虞卿列传》："（虞卿）说赵孝成王。一见，赐黄金百镒，白璧一双；再见，为赵上卿，故号为虞卿。"

⑦枉千乘于陋巷：《汉书》应劭注曰："齐有小臣稷，桓公一日三至而不得见，从者曰：'可以止矣！'桓公曰：'士之傲爵禄者，固轻其主，主傲霸王者亦轻其士，纵彼傲爵禄者，吾庸敢傲霸王乎！'遂

见之。"

⑧拥彗而先驱:《汉书》应劭曰:"邹衍之燕,昭王郊迎,拥彗为之先驱也。"颜师古曰:"彗亦以扫者也。"

⑨信(shēn):通"伸"。

⑩窒:塞。隙、瑕:过。诎(qū):弯曲。

⑪"当今"二句:言今天下太平,无有列国,则县令不求诸贤士,郡守不迎致师傅,贤人何用?

⑫"群卿"二句:言群卿、将相不低眉下色以求贤人也。

⑬"言奇者"二句:言世尚同而恶异也。殊,与常理殊。辟,罪。

⑭"是以"二句:言不敢奇异。故欲谈者卷舌不言,待彼发而同其声;欲行者拟足不前,待彼行而投其迹也。同声,谓候众言举而相效。投迹,谓观事变而随行之。

⑮向使:假使。

⑯策:指对策。上有所策问。士以应对,谓对时务之策也。甲科:第一。

⑰行非孝廉:行非孝子及廉洁之士之行,故无以举也。按,汉武帝元光六年(前129),令郡国举孝廉各一人。

⑱举非方正:所举亦非行为方正之士。

⑲"独可"二句:谓唯能据己意而上书论道是非。

⑳"高得"几句:既上书论道是非,则是下触上闻,必见罢而不用,又安能得衣青紫之贵乎? 待诏,谓待天子之命。

【译文】

"古代的士人,有的释囚松绑而拜为丞相,有的才脱布衣便登三公之位,有的倚靠夷门嗤笑别人不了解自己,有的面对江潭而垂钓,有的游说七十位君王始终未遇,有的立谈之间拜为上卿,有的千乘之主屈驾于陋巷之间,有的君王亲自持帚清道迎接士人。正因为这样,士人有机会游说君王、奋笔疾书,即使君王有所失误也终无所见屈。现今县令不请教士人,郡守不迎候谋士,群卿不加以尊重,将相不给予礼遇;只要看到语言诡异的就怀疑,见到行为特殊的就问罪。这样,即使想畅谈的人也改口而附和,想创新的人也亦步亦趋。假使古代的士人生于当今,策问难得第一,无论孝廉还是方正,也不易受到荐举,只能够根据自己的意见上书君王,论说是非,等待天子之命,如有触犯,则罢而不用,又有什么富贵闻达可言?

　　"且吾闻之炎炎者灭,隆隆者绝①。观雷观火,为盈为实②,天收其声,地藏其热③。高明之家,鬼瞰其室④。攫拿者亡,默默者存⑤;位极者高危,自守者身全。是故知玄知默,守道之极⑥。爰清爰静,游神之庭⑦。惟寂惟漠,守德之宅⑧。世异事变,人道不殊,彼我易时,未知何如⑨。今子乃以鸱枭而笑凤皇⑩,执蝘蜓而嘲龟龙⑪,不亦病乎!子之笑我玄之尚白,吾亦笑子病甚不遇俞跗与扁鹊也⑫,悲夫!"

【注释】

①"且吾闻"二句:皆谓盛极必衰之意。

②"观雷"二句:刘良注:"观雷声火光,但见其热盛莫测其所以矣。"实,灰炭之实,实为虚也。

③"天收"二句:颜师古曰:"炎炎,火光也。隆隆,雷声也。人之观火听雷,谓其盈实,终以天收雷声,地藏火热,则为虚无。言极盛者亦灭亡也。"

④"高明"二句:言高明富贵之家,鬼神窥望其室,将害其满盈之志矣。故知天道恶盈,鬼神害盈。瞰,望。

⑤"攫拿"二句:言执权用势者必亡,默默守道者必存。攫拿,执持。

⑥"是故"二句:玄、默,清静无为。极,至,谓能知清静无为之道者,

为守道之至。

⑦"爱清"二句：清静寂寞，皆无营欲也。庭，宅，指精神道德之所居处。

⑧"惟寂"二句：恬淡寂寞，虚无无为，道德之质。漠，今作"寞"。

⑨"世异"几句：言古今世异事变，人道大体不殊；若使古人易居今世，我又易处昔时，亦未知胜负何如。

⑩鸱枭（chī xiāo）：恶鸟。

⑪蝘蜓（yǎn diàn）：守宫。俗称壁虎。

⑫俞跗：传说中黄帝时的良医，医病不用汤药，只给病人割皮解肌，洗涤内脏。扁鹊：战国时名医。原名秦越人，勃海郡郑人。家于卢国，又名卢医。入秦，秦太医令李醯自知医术不如，使人刺杀之。

【译文】

"而且我听说火光炎炎，终究要熄灭；雷声隆隆，必然要停止。观火闻雷，时盈时实，天将停止其雷声，地将收藏其火光。富贵之家，鬼神最爱光顾。手握权柄者，物盛难免必衰；默默无闻者，长存天地之间。身居高位者危亡有日，淡泊自守者养真全身。所以说，识得玄默，守道之极。又清又静，道德之精。恬淡寂寞，守德之则。虽古今世异事变，人道却大体相同，倘若今人与古人调换一下位置，那又怎么样呢？现在您先生是以恶鸟而笑凤凰，以蝘蜓而讥龟龙，不是也错了吗？您曾笑我白色尚未染成黑色，我也要笑您病入膏肓而终不遇俞跗、扁鹊两位神医，可悲呀！"

客曰："然则，靡《玄》无所成名乎？范、蔡以下，何必《玄》哉①？"

【注释】

①"靡《玄》"几句：言无此《太玄经》，岂无所成名乎？范雎、蔡泽以

下没有《太玄经》也居卿相之位。

【译文】

嘲笑者说："对！然而，没有《太玄经》您就无以成名了吗？范雎、蔡泽等人不是没有《太玄经》也成名了吗？"

扬子曰："范雎，魏之亡命也①，折胁摺髂②，免于徽索③，翕肩蹈背④，扶服入橐⑤，激卬万乘之主⑥，介泾阳抵穰侯而代之⑦，当也。蔡泽，山东之匹夫也，颔颐折頞⑧，涕唾流沫⑨，西揖强秦之相，扼其咽而亢其气，拊其背而夺其位，时也⑩。天下已定，金革已平⑪，都于洛阳⑫，娄敬委辂脱挽⑬，掉三寸之舌，建不拔之策⑭，举中国徙之长安，适也。五帝垂典，三王传礼，百世不易，叔孙通起于枹鼓之间⑮，解甲投戈⑯，遂作君臣之仪，得也。《吕刑》靡敝⑰，秦法酷烈，圣汉权制，而萧何造律，宜也⑱。故有造萧何之律于唐虞之世，则怪矣⑲；有作叔孙通仪于夏殷之时，则惑矣；有建娄敬之策于成周之世⑳，则乖矣；有谈范、蔡之说于金、张、许、史之间㉑，则狂矣。夫萧规曹随㉒，留侯画策㉓，陈平出奇㉔，功若泰山，响若坻隤㉕，虽其人之胆智哉，亦会其时之可为也。故为可为于可为之时，则从；为不可为于不可为之时，则凶。若夫蔺生收功于章台㉖，四皓采荣于南山㉗，公孙创业于金马㉘，骠骑发迹于祁连㉙，司马长卿窃资于卓氏㉚，东方朔割炙于细君㉛。仆诚不能与此数子并，故默然独守吾《太玄》。"

【注释】

①亡命：逃亡在外。

②髂(gé)：腰骨。

③徽索：捆绑罪犯、俘虏的绳索。

④翕(xī)肩：畏惧貌。蹈背：踏其背。

⑤扶服入橐：使扶持而入于橐中。

⑥激卬(yǎng)：怒。万乘之主：指秦昭王。

⑦介：间。间其兄弟使疏远。泾阳：秦昭王同母弟。抵穰侯：言范睢间秦王兄弟，扼穰侯之喉，说其是非而代之为相，正当其理。穰侯，姓魏名冉，宣太后长弟也，为秦相，用事甚盛，号为穰侯。

⑧颔(qìn)颐折頞(è)：言蔡泽貌丑陋。颔颐，颔口向前引。折頞，无鼻梁。

⑨涕唾流沫：口鼻之中常有涕唾流沫。

⑩"西揖"几句：秦昭王四十一年(前221)，秦封范睢以应，号为应侯。言蔡泽西入秦，高揖范睢而说之，所以必扼其咽喉，亢绝其气，继其迹而夺其相位，此得之于时。

⑪金革：兵器。

⑫洛阳：西汉高祖都洛阳。

⑬娄敬：汉齐人。以戍陇西过洛阳，劝说汉高祖建都长安，赐姓刘氏，释为郎中，号奉春君，后封建信侯。委辂脱挽：辂，以木当胸以挽车。李周翰注："娄敬本扼车之人也，高祖所都不便，言便宜，此适时之务也。"

⑭不拔之策：言其策定，不可移。

⑮叔孙通：汉薛人。曾为秦博士。刘邦称帝，通采择古礼，结合秦制，订立朝仪。后为太子太傅。汉王朝制典礼，为其所定。枹(fú)鼓：以枹击鼓，鼓舞兵士士气。叔孙通曾击鼓于行阵之间。

⑯解甲投戈：天下既定，乃解去兵甲，投弃戈戟。

⑰《吕刑》：《尚书》篇名。周穆王命吕侯据夏禹赎刑之法更从轻，以布告天下。因吕侯的后代为甫侯，故《吕刑》又称《甫刑》。靡敝：

败坏。

⑱"圣汉"几句:言秦法酷烈,汉兴而萧何制造律法,合其时宜也。权制,临时制定的法令、措施。

⑲惟(pī):谬误。

⑳成周:西周时之东都洛邑。

㉑金:金日磾。张:张安世。许:许广汉。史:史慕、史高。金、张、许、史,贵盛同势,若复使谈说之士游于其间,则必狂乱之事兴也。

㉒萧规曹随:萧何作律法之规矩,曹参随而行之不改。

㉓留侯:张良。

㉔奇:谓计有六奇也。

㉕坻陨(chí tuí):山崩发出的响声。

㉖若夫蔺生收功于章台:此指蔺相如完璧归赵事,见《史记·廉颇蔺相如列传》。蔺相如持璧入秦,秦王见相如于章台。

㉗四皓:商山四皓。即东园公、绮里季、夏黄公、甪里先生,秦末四老。避秦乱,入商山,为隐士。须眉皆白,故曰四皓。高祖时欲废太子,吕后用留侯计,迎四皓,使辅太子。采荣:颜师古曰:"荣者,谓声名也。一曰,荣谓草木之英,采取以充食。"

㉘公孙创业于金马:此指公孙弘对策金马门。因对策第一,被拜为博士。

㉙骠骑发迹于祁连:汉骠骑将军霍去病击匈奴至祁连山,捕首虏甚多。

㉚司马长卿窃资于卓氏:文君夜亡奔相如,卓王孙不得已,分予文君僮百人,钱百万,及其嫁时衣被财物。窃,私取。资,财物。

㉛东方朔割炙于细君:《汉书·东方朔传》"伏日,诏赐从官肉,太官丞日晏不来,东方朔独拔剑割肉,即怀肉去。太官奏之,上曰:'先生起自责也。'朔曰:'受赐不待诏,何无礼也? 拔剑割肉,一

何壮也;割之不多,又何廉也;归遗细君,又何仁也?'上笑曰:'使先生自责,乃反自誉!'复赐酒一石,肉百斤,遗归细君。"割炙,割损其炙。细君,妻。

【译文】

扬雄说:"范雎,是魏国的流亡者,肋骨打断,腰椎受伤,幸免于刑役之苦,诚惶诚恐,经人扶持而装入布袋之中,后来激怒秦昭王,离间秦昭王与泾阳君的关系,扼了穰侯的咽喉,取而代之,以为秦相,这事做得正当其理。蔡泽,原是燕国的平民百姓,长得龅牙咧嘴,鼻梁下塌,口鼻流涎,然而一到西秦,高揖丞相范雎论道是非,无异于扼住别人的咽喉,堵塞他人呼吸,步别人的足迹而夺其相位,这是碰到了机遇。后来,天下大定,兵戈已息,汉高祖将建都于洛阳,娄敬拦车相谏,凭着三寸之舌,献不移之策,于是大汉建都长安,这是看准了形势。五帝规定典章,三王传下礼仪,百世而不可改易,叔孙通原是个行伍中的鼓手,天下既定,丢弃了兵甲,制定了君臣朝仪,这是遇到了机会。《吕刑》已经败坏,秦法极其残酷,大汉建立,需制定临时法令,萧何据时而造律,这是很合时宜的。因此,如果萧何造律于唐虞时代,那是谬误;如果叔孙通造仪于殷夏时代,那是昏聩;如果娄敬献策于成周之世,那是反常;如果范雎、蔡泽游说于金日磾、张安世、许广汉、史恭、史高之间,那是疯子。萧规曹随,张良划策之谋,陈平六奇之计,功高犹如泰山,影响无比深远,纵然应归功于这些人的胆识和智慧,但也是他们适逢大有作为的好时机。因此,做该做的事于有所作为的时代,便顺利;做不该做的事于无所作为的时代,就失败。还有像蔺相如在章台大获成功,四皓在南山荣获美誉,公孙弘创业于朝廷上,霍去病显迹于祁连山,司马相如取财于卓王孙,东方朔割肉给妻子,都是时势提供了好机会。至于我,的确不能同这些贤者相提并论,所以只能默默地守着我的《太玄经》。"

班孟坚

见卷第一《两都赋序》作者介绍。

答宾戏一首　并序

【题解】

东汉明帝永平年间,班固为郎,典校秘书,未事著述。人有讥其位卑者,故作《答宾戏》自述其志。此前,曾有东方朔《答客难》、扬雄《解嘲》,彼以己之未遇,时不逢也;此之所述,则明己不易正道,君子当以淡泊自守。

全文分两大段。先言孔子抗行高义,孟子浩然正气,谓己不作苏、张、斯、鞅凶人之所为,"功不可以虚成,名不可以伪立""道不可以式也"。次言前代圣哲亦有著述传世:皋陶、箕子,"言通帝王,谋合神圣";陆贾、董生、刘向、扬雄,"及时君之门闱,究先圣之壶奥""用纳乎圣德,烈炳乎后人"。最后以飞龙、和璧、隋珠为喻,以明"君子之真"。至于一技一艺,则"不任厕技于彼列"了。

永平中为郎^①,典校秘书^②,专笃志于儒学,以著述为业。或讥以无功^③,又感东方朔、扬雄自喻以不遭苏、张、范、蔡之时,曾不折之以正道^④,明君子之所守^⑤,故聊复应焉^⑥。其辞曰:

【注释】

①永平:东汉明帝刘庄年号。郎:官名。战国始置,东汉以尚书台

　　为政务中枢,分曹任事者为尚书郎。

②典校秘书:西汉兰台和东汉东观均为藏书室,置学士于其中,典
　　校藏书,但未置官。以郎充任,则称校书郎,以郎中充任,则称校
　　书郎中。班固于明帝时迁为郎,典校秘书。秘书为国家秘籍。

③或:有人。无功:谓官位卑。

④曾:以往之词。折:改变。正道:正路。

⑤君子:指行为高尚之人。守:守其正道。

⑥应:呼应。与东方朔、扬雄之作互为呼应。

【译文】

　　永平中担任郎的官职,负责校阅国家秘籍,专心一意于儒家学说,
以著述为业。有人讥笑我虽有官职而并不富贵,又有感于东方朔、扬雄
自己说没有遇到苏秦、张仪、范雎、蔡泽的时代,我从未改变正道直行,
以表明君子的淡泊自守的宗旨,故此聊且以为答复。其文如下:

　　宾戏主人曰:"盖闻圣人有一定之论①,烈士有不易之
分②,亦云名而已矣③。故太上有立德,其次有立功④。夫德
不得后身而特盛,功不得背时而独彰。是以圣哲之治,栖栖
遑遑⑤,孔席不暖,墨突不黔⑥。由此言之,取舍者昔人之上
务⑦,著作者前列之余事耳⑧。今吾子幸游帝王之世⑨,躬带
绂冕之服⑩,浮英华⑪,湛道德,肴龙虎之文旧矣⑫。卒不能
摅首尾⑬,奋翼鳞⑭,振拔洿涂⑮,跨腾风云,使见之者影骇,
闻之者响震,徒乐枕经籍书⑯,纡体衡门⑰,上无所蒂,下无所
根⑱,独摅意乎宇宙之外,锐思于毫芒之内⑲,潜神默记,缊以
年岁⑳。然而器不贾于当己㉑,用不效于一世㉒,虽驰辩如涛
波,摛藻如春华㉓,犹无益于殿最也㉔。意者且运朝夕之
策㉕,定合会之计㉖,使存有显号,亡有美谥㉗,不亦优乎?"主

人逌尔而笑曰㉘："若宾之言，所谓见世利之华，暗道德之实，守窔奥之荧烛㉙，未仰天庭而睹白日也！曩者王涂芜秽㉚，周失其驭㉛，侯伯方轨，战国横骛㉜，于是七雄虓阚㉝，分裂诸夏㉞，龙战虎争㉟。游说之徒，风飖电激㊱，并起而救之㊲。其余焱飞景附㊳，雪煜其间者㊴，盖不可胜载。当此之时，搦朽摩钝，铅刀皆能一断㊵，是故鲁连飞一矢而蹶千金㊶，虞卿以顾眄而捐相印㊷。夫啾发投曲㊸，感耳之声㊹；合之律度，淫䡾而不可听者㊺，非《韶》《夏》之乐也㊻。因势合变㊼，遇时之容㊽，风移俗易，乖迕而不可通者㊾，非君子之法也。及至从人合之，衡人散之㊿，亡命漂说[51]，羁旅骋辞[52]，商鞅挟三术以钻孝公[53]，李斯奋时务而要始皇[54]，彼皆蹑风尘之会，履颠沛之势[55]，据徼乘邪[56]，以求一日之富贵[57]。朝为荣华，夕为憔悴[58]，福不盈眦[59]，祸溢于世。凶人且以自悔[60]，况吉士而是赖乎[61]！且功不可以虚成，名不可以伪立，韩设辨以激君[62]，吕行诈以贾国[63]。《说难》既遒，其身乃囚[64]；秦货既贵，厥宗亦坠[65]。是以仲尼抗浮云之志[66]，孟轲养浩然之气[67]。彼岂乐为迂阔哉[68]，道不可以式也[69]。

【注释】

①圣人：指庖羲、尧、舜、文王、周公、孔子等。一定：不容改易。论：道论。

②烈士：有志之士。此指许由、巢父、伯成、子高、夷齐、吴札。分：决心。

③亦云名而已：唯贵得名。

④"故太上"二句：《春秋左传·襄公二十四年》："太上有立德，其次

有立功,其次有立言,虽久不废,此之谓不朽。"太上,指上古有道

之时。立德、立功,树德、建功。

⑤栖栖遑遑:不安居之意,忧时之不济。

⑥"孔席"二句:言孔、墨周游列国,急欲推行其道,每至一处,灶突

未黑,座席未暖,又急急他去,不暇安居。墨突不黔,言不暇馔

食,故不黑也。黔,黑。

⑦取舍:取者,施行道德。舍者,守静无为。按下文既言上务,取舍

为偏正结构,当指取而非舍也。

⑧著作:述作文史。前列:指前贤。余事:《论语·学而》:"弟子入

则孝,出则弟,谨而信,泛爱众,而亲仁。行有余力,则以学文。"

谓著作乃是前贤行后之事。

⑨吾子:宾谓主人。

⑩躬:亲身。带:大带,官饰。绂(fú)冕:高官显位之冠冕。

⑪英华:草木之美,以喻帝德。

⑫奆(mǎn)龙虎之文旧矣:言文章之盛久矣。奆,覆盖。龙虎之文,

言文采彪炳。旧,久。

⑬摅(shū):舒展。

⑭翼鳞:谓飞龙。

⑮洿(wū)涂:污泥。洿,停水。涂,泥。

⑯枕经籍书:枕经典而卧,铺《诗》《书》而居。籍,通"藉",坐卧

其上。

⑰纡:屈。衡门:以草木为门,贫贱者所居。

⑱"上无"二句:上下皆无根蒂,谓无援助。

⑲"独摅意"二句:言造制文史则舒意于天地之外,精思细小之内,

以成其文章。摅意,抒写其意。锐,精。毫芒,细小。

⑳"潜神"二句:谓常用神思潜默记事,以终年岁也。潜神,用心思。

缄(gèn),竟。

㉑贾：卖。

㉒效：呈现。

㉓摛(chī)：发。藻：文。

㉔殿：后。最：先。

㉕意者：料想。朝夕之策：言顷刻间可致富贵之策。朝夕，言疾。

㉖合会之计：符合可期富贵之计。

㉗美谥：死后的美好称号。此数句谓宾劝主人且为权宜之计策，以
　　取富贵。

㉘逌(yóu)：笑貌。

㉙窔(yào)奥：室之东南隅曰窔，西南隅曰奥。喻深奥之处。此主
　　人谓宾，言其见幽深之小光，未仰天见白日之光。

㉚王涂：王道。芜秽：凋败。

㉛周：周朝，周天子。驭：理。

㉜"侯伯"二句：谓诸侯并其车辙，七国争强。方，并。横骛，乱走。

㉝七雄：指秦、楚、齐、赵、燕、韩、魏七国。虓阚(xiāo hǎn)：虎暴怒
　　哮吼的样子。

㉞诸夏：中国。

㉟龙战虎争：此指群雄相角逐。

㊱风飑(páo)电激：喻口辩疾急，若风暴、闪电然。飑，风暴。

㊲救之：指救诸侯之危。

㊳其余：指史传所不记之游说之徒。焱飞景附：言游说者之辩词。
　　焱，通"熛"，火飞。景附，犹影之附形。

㊴雪煜(zhá yù)：光明貌。

㊵"搦朽"二句：言当此之时，不才者皆亦激励以求一逞，如铅锡之
　　刀祈能一断割也。盖乱世易为才。搦，执。朽，钝。

㊶鲁连飞一矢而躐(jué)千金：鲁连，齐国人。齐围燕，燕将保于聊
　　城。鲁连系帛书于矢，射与之，为陈利害。燕将得之，泣而自杀。

讥切魏新垣衍，使不尊秦为帝。秦时围邯郸，为却五十里，赵遂以安。赵王以千金为鲁连寿，不受。蹶，拒。

㊷虞卿以顾眄而捐相印：魏齐为秦所购，迫急走赵，赵相虞卿与齐有故，然悯其穷，于是解相印，间行与奔魏公子无忌。顾眄，回视。捐，弃。

㊸啾(jiū)发：啾啾小声而发。投曲：趋合屈曲。

㊹感耳：动应众庶之耳。

㊺淫䵷(wā)：不正之声。

㊻《韶》：舜乐名。《夏》：禹乐名。

㊼因势合变：因于时势，合于变通。

㊽遇时之容：遇于时会。

㊾不可通者：犹言不可通于道者。

㊿"及至"二句：从(zòng)人合之，主张合纵之人。此指苏秦。衡人散之，主张连横之人。此指张仪。合、散，助六国为合，助秦为散。

(51)亡命：弃君命而外游者。漂说：浮诡之言。

(52)羁旅：客游不得志。骋辞：驰辩之说。漂说、骋辞，皆欲感动于人君者也。

(53)挟：拥有。三术：谓帝道、王道、霸道。商君说秦孝公用以三术，孝公用其霸术。钻：必入之义。

(54)奋：发。时务：谓六国更相攻伐，争为雄霸之务。要：致。谓致始皇为强暴之法。

(55)"彼皆"二句：意谓商鞅、李斯适遇动乱之际。彼，指商鞅、李斯辈。蹑，蹈。风尘、颠沛，皆危乱也。

(56)据徼乘邪：据徼倖，乘邪险。

(57)一日之富贵：此指短暂、眼前之富贵。

(58)"朝为"二句：言荣华富贵之短暂。憔悴，枯槁焦黄之颜面。此处指落魄潦倒。

(59)不盈眦(zì):不满眼眶。言福不久。

(60)凶人:指商鞅、李斯辈。自悔:《史记·商君列传》曰:“商君喟然叹曰:‘嗟乎,为法之弊,一至此哉!’”又,《史记·李斯列传》:“二世二年七月,具斯五刑,论腰斩咸阳市。斯出狱,与其中子俱执,顾谓其中子曰:‘吾欲与若复牵黄犬俱出上蔡东门逐狡兔,岂可得乎?’”此为凶人自悔之言。

(61)吉士:班固自托之词。是赖:即赖是。

(62)韩:韩非。设辨以激君:韩非设辩说,以激发秦始皇。

(63)吕:吕不韦。行诈以贾国:吕不韦立秦昭王之子子楚。子楚为质于赵,不韦以为奇货可居。乃谓之曰“吾能大子之门”云云。贾,卖。

(64)“《说难》”二句:韩非作《说难》之书,欲以为天下法式,上书既终,而为李斯所嫉,乃囚而死。遒,终。

(65)“秦货”二句:《史记·吕不韦列传》记载,秦昭王子子楚,质于赵。吕不韦贾邯郸,见曰:“此奇货可居。”乃以五百金与子楚,以五百金买奇物玩好,而游秦,献华阳夫人,立子楚为嫡嗣。秦王薨,子楚代立为庄襄王,以不韦为丞相。后吕不韦饮鸩而死,故云厥宗亦坠。

(66)仲尼抗浮云之志:《论语·述而》:“子曰:‘不义而富且贵,于我如浮云。’”抗,举。

(67)孟轲养浩然之气:《孟子·公孙丑》:“孟子曰:‘我善养吾浩然之气。’”

(68)彼岂乐为迂阔哉:言孔、孟岂乐为迂阔、富贵之事。彼,指孔、孟。迂阔,不切实际,迂腐而不知变化。

(69)道不可以式也:为人之道不可式行也。

【译文】

客戏嘲主人说:“曾听说圣人有不容改易的道论,贤士有一成不变的决心,这只是为了追求名声好听罢了。上古之世有首先立德、其次立功之说。德与身同在,不可能在人的身后特别贵盛;功是为了社会,不可能离开所处社会而特别显赫。所以圣贤之人治理天下,忧国忧民,惶惶不安,孔子坐不到席暖、墨子等不得充饥,便要离去。由此看来,有所作为是古人的最佳选择,著书立说是前贤的公余闲事。现在您先生有幸而生于帝王之世,穿戴着褒衣博带,出入于道德之林,优游于仁义之途,龙纹虎斑,文章彪炳,由来已经很久了。然而还是不能舒展头尾,振翅高飞,自拔于污泥之中,飞腾于青云之上,使见到你的人望风而惊,闻声而惧,一味耽乐于经史书籍之中,屈身于蓬门陋室之内,上无依傍,下无根蒂,只是自己想象于天地之外,研思于毫芒之内,凝神默想,消磨岁月。然而,器皿的用处在于一时,人的作为也只有一世,纵然口若悬河,文如丽藻,也不会永远派得上用场的啊!料想起来,运策于朝夕,定计于一时,使人活着有美誉,死后有佳谥,不是你最理想的追求了吗?"主人莞尔一笑,说:"如果像你所说,真所谓只看到世俗之利,忘记了道德原则,守着屋角里的火烛,却未抬头仰望青天白日!从前王道衰落,周室失控,诸侯行为越轨,列国纷纷吞并,于是七雄虎视眈眈,分裂诸夏,龙虎相争,天下不宁。游说之徒,急如风暴,快如雷电,并起以救诸侯之危。还有一些名不见经传的说客,如迅风疾卷,如影随形,花言巧语,就数不胜数了。那时候,无能之辈,混杂其间,铅刀断割,以求一逞,所以鲁连一箭之书而拒千金之赏,虞卿顾怜魏齐而丢弃赵相。啾啾小声,庸音凑曲,竟也满足了平凡的听众;如果衡之以音律法度,则知尽是不堪入耳的淫邪之音,而不是《韶》《夏》正声。趋时随势,而作改变;迎合时会,而为之改容,毁坏社会正常秩序的行为,这种反常而不正当的做法,不是君子应有的法度。至于说到苏秦合纵、张仪连横,那些亡命之徒的游词,羁旅在外的客卿的诡辩,商鞅说孝公以'三术',李斯致始皇以'时务',他们都是乘天下大乱之际,借乾坤颠倒之机,以侥幸心理,浑水摸鱼,以求一时之富贵。就像朝开暮谢的花朵,福祉刚至,便大祸临头。

这些邪恶之人最终还是后悔莫及,何况善良之士怎能贪图小利呢? 而且功劳不应是虚假的,名声不该是伪造的,韩非子置辩以激始皇,吕不韦售奸而使秦亡。《说难》完篇,韩非丧命;子楚居奇,宗嗣灭绝。所以孔子声称不义富贵于我若浮云,孟子有言养吾浩然之气。他们不是以迂阔为乐事,实在是道本身不容背离啊!

　　"方今大汉,洒埽群秽①,夷险芟荒②,廓帝纮,恢皇纲③,基隆于羲、农④,规广于黄、唐⑤。其君天下也⑥,炎之如日⑦,威之如神⑧,函之如海⑨,养之如春⑩。是以六合之内⑪,莫不同源共流⑫,沐浴玄德⑬,禀仰太和⑭。枝附叶著,譬犹草木之植山林,鸟鱼之毓川泽⑮,得气者蕃滋,失时者零落⑯。参天地而施化,岂云人事之厚薄哉⑰? 今吾子处皇代而论战国,曜所闻而疑所觌⑱,欲从堁敦而度高乎泰山,怀氿滥而测深乎重渊,亦未至也⑲。"

【注释】

①洒埽群秽:谓汉剪除暴乱。洒埽,原指洒水扫除污秽。此指肃清、涤除。

②夷:平。芟(shān)荒:除草,铲除田里杂草。言险者平之,荒者芟之。

③"廓帝纮(hóng)"二句:谓汉开五帝三皇之纲纪。廓,开。恢,大。纮,维。纲,纲纪。

④基:王者之基。隆:高。羲:伏羲氏。农:神农氏。

⑤规:王者之制度。黄、唐:黄帝、唐尧。

⑥君:主宰,统治。

⑦炎:光耀。

⑧威：威严。

⑨函：包容。

⑩养：涵养，滋养。

⑪六合：天、地、东、南、西、北。

⑫同源共流：谓同奉天子之化。

⑬玄德：深大之德。

⑭禀仰：仰受。太和：平均之道。

⑮"枝附"几句：言上下相亲附，各得其所有。

⑯"得气者"二句：言遇士者昌盛，不遇者凋病，如万物于天地之间也。蕃滋，生长茂盛。零落，凋败。

⑰"参天地"二句：刘良注："言天子之德如天地覆育万物。天地为二，兼天子为三，故云三。天地，言其如天地之化，岂有人事而能知其厚薄之德。"参，同"三"。

⑱"今吾子"二句：谓以远之所闻为明，以今之所见为疑。吾子，谓宾。皇代，当代。曜，明。觌（dí），见。

⑲"欲从"几句：谓宾欲以小见窥我大道，亦如小丘、小泉比度、测量泰山之高，海水之深，亦不可至也。垫（máo）敦，小丘。氿滥，小泉。重渊，海。

【译文】

　　"当今大汉，清除暴乱，平险服远，光大三皇五帝的纲纪，王化之基础高于伏羲、神农，国家之制度广于黄帝、唐尧。汉天子主宰天下，光明像太阳，威严像神灵，包容像大海，滋养万物犹如春天。所以四宇之内，无不同奉天子之化，沐浴王家之德，仰承朝廷之大道。德泽所被，好像草木生长在山林，鸟鱼哺育在江湖，得四时之宜则欣欣向荣，失水土之养则凋零败敝。天时、地利、人和共同施布风化，怎么会是一方面的功劳呢？现在您先生身处当代而去议论战国之事，既不相信自己的耳朵，又怀疑自己的眼睛，无异于想以小丘而去度量泰山之高，以小溪去测定大海之深，总是达不到目的的啊。"

　　宾曰："若夫鞅、斯之伦①，衰周之凶人②，既闻命矣③。敢问上古之士，处身行道，辅世成名，可述于后者，默而已乎④？"

【注释】

　　①鞅、斯：商鞅、李斯。

　　②衰周：周之将衰。指周朝末年。

　　③闻命：听说。

　　④"敢问"几句：言上古之士，行道成名，可述于后世者，岂有默然无　　所制作而止于一时？

【译文】

　　客说："至于商鞅、李斯之徒，被认为是周末的歹徒，这已经听说了。那么，请问上古的士人以推行道德来立身，以帮助社会而成名，他们该大有文章可以传给后人，为什么也没有著作呢？"

　　主人曰："何为其然也①！昔者咎繇谟虞，箕子访周，言通帝王，谋合神圣②。殷说梦发于傅岩③，周望兆动于渭滨④，齐甯激声于康衢⑤，汉良受书于邳垠⑥，皆俟命而神交⑦，匪词言之所信，故能建必然之策，展无穷之勋也。近者陆子优游⑧，《新语》以兴；董生下帷⑨，发藻儒林⑩；刘向司籍，辨章旧闻⑪；扬雄谭思，《法言》《太玄》⑫。皆及时君之门闱，究先圣之壸奥⑬。婆娑乎术艺之场⑭，休息乎篇籍之囿，以全其质而发其文⑮，用纳乎圣德，烈炳乎后人，斯非亚与⑯！

若乃伯夷抗行于首阳⑰，柳惠降志于辱仕⑱，颜潜乐于箪瓢⑲，孔终篇于西狩⑳，声盈塞于天渊，真吾徒之师表也㉑。且吾闻之：一阴一阳，天地之方㉒；乃文乃质，王道之纲㉓；有同有异，圣哲之常㉔。故曰：慎修所志，守尔天符㉕，委命供己㉖，味道之腴㉗，神之听之，名其舍诸㉘！宾又不闻和氏之璧韫于荆石㉙，隋侯之珠藏于蚌蛤乎？历世莫视㉛，不知其将含景曜㉜，吐英精㉝，旷千载而流光也㉞。应龙潜于潢污，鱼鼋媟之㉟，不睹其能奋灵德，合风云，超忽荒㊱，而蹠昊苍也㊲。故夫泥蟠而天飞者，应龙之神也；先贱而后贵者，和、隋之珍也㊳；时暗而久章者，君子之真也㊴。若乃牙、旷清耳于管弦㊵，离娄眇目于毫分㊶，逢蒙绝技于弧矢㊷，般输榷巧于斧斤㊸，良、乐轶能于相驭㊹，乌获抗力于千钧㊺，和、鹊发精于针石㊻，研、桑心计于无垠㊼。走亦不任厕技于彼列㊽，故密尔自娱于斯文㊾。"

【注释】

①何为其然：言不然也。即亦有所制作也。

②"昔者"几句：言咎繇、箕子所谋，皆达帝王之至理，合于神明，无所不通。咎繇（gāo yáo）谟虞，《尚书·虞书·舜典》有《皋陶谟》，以致太平。咎繇，即皋繇。箕子访周，箕子，商臣，被纣王囚，武王灭商，释其囚，归于镐京。《尚书·洪范》相传为箕子所作。

③殷说梦发于傅岩：《尚书·说命》曰："高宗梦得说，使百工营求诸野，得诸傅岩，作《说命》三篇。"孔传："盘庚弟小乙子名武丁，德高可尊，故号高宗。梦得贤相，其名曰说。使百官以所梦之形

象,经求之于野,得之于傅岩之溪。"

④周望兆动于渭滨:《史记·齐太公世家》:"吕尚盖尝穷困,年老
　矣,以渔钓奸(gān)周西伯。西伯将出猎,卜之,曰:'所获非龙非
　彲,非虎非罴,所获霸王之辅。'于是周西伯猎,果遇太公于渭之
　阳,与语大说,曰:'自吾先君太公曰:"当有圣人适周,周以兴。"
　子真是邪?吾太公望子久矣。'故号之曰'太公望',载与俱归,立
　为师。"

⑤齐甯激声于康衢:春秋时,卫人甯戚以家贫为人挽车。至齐,喂
　牛于车下,扣牛角而歌。齐桓公以为非常人,召见,拜为上卿。
　事见《吕氏春秋·举难》。

⑥汉良受书于邳垠:《汉书·张良传》记载张良曾步游下邳圯上,有
　一老父出一编书,曰:"读是则为王者师。"邳,下邳。垠,涯。指
　邳水之涯。

⑦俟命:待天命。神交:与神灵相交。

⑧陆子:陆贾。《史记·郦生陆贾列传》:"(高帝)乃谓陆生曰:'试
　为我著秦所以失天下,吾所以得之者何,及古成败之国。'陆生乃
　粗述存亡之征,凡著十二篇。每奏一篇,高帝未尝不称善,左右
　呼万岁,号其书曰《新语》。"优游:盖指陆贾周旋于陈平、绛侯之
　间,从容裕如。

⑨董生:董仲舒。《史记·儒林列传》:"(董仲舒)以治《春秋》,孝景
　时为博士。下帷讲诵,弟子传以久次相受业,或莫见其面。盖三
　年董仲舒不观于舍园,其精如此。"

⑩发藻:著书。指著《春秋繁露》。儒林:洪儒如林。

⑪"刘向"二句:《汉书·楚元王传》:"光禄大夫刘向,校经传、诸子、
　诗、赋……每一书已,向辄条其篇目,撮其旨意,录而奏之。"司,
　主。籍,书籍。辨章旧闻,分辨章句之旧闻,以行于世。

⑫"扬雄"二句:《汉书·扬雄传》:"故人时有问雄者,常用法应之,

撰以为十三卷,象《论语》,号曰《法言》。"谭思,深思。

⑬"皆及"二句:谓陆贾之徒的著述,皆及时君之意,臻之于门闱之下,而君纳而行之。门闱、壸(kǔn)奥,宫中门谓之闱,宫中巷谓之壸。究,尽。

⑭婆娑(suō):偃息貌。术艺:数术、技艺。场:圃。讲经艺之处。

⑮全其质而发其文:言文质相半。

⑯"用纳乎"几句:谓陆贾之徒进纳文章,发明天子之圣德,业光乎后世,此岂非次于傅说、太公之徒与?用纳乎圣德,为圣德明君所采纳。烈炳乎后人,谓业光乎后世。烈,业。炳,光。亚,次。

⑰伯夷:商孤竹君之子,因不受帝位,逃至周。武王灭商,拒食周粟,逃至首阳山,采薇而食,遂饿死。抗行:犹言高行。指不食周粟而死。

⑱柳惠:即柳下惠,春秋鲁大夫展禽,又字季,因食邑柳下,谥惠,故称柳下惠。任士师时,三次被黜。降志于辱仕:言降志辱身而为仕。

⑲颜潜乐于箪(dān)瓢:《论语·雍也》:"贤哉,回也!一箪食,一瓢饮,在陋巷,人不堪其忧,回也不改其乐。"颜,指颜渊,名回,字子渊。箪瓢,言饮食俭朴。箪,食器。瓢,取水具。

⑳孔:指孔子。终篇于西狩:孔子作《春秋》,至获麟而止。

㉑"声盈"二句:言伯夷等四人,声名上达于天,下塞于深渊,真吾徒之表率。

㉒方:常。

㉓"乃文"二句:或施质道,或施文道,此王者所以为纲维也。

㉔"有同"二句:有同,仕遇而进;有异,不合而退。

㉕守尔天符:守住尔之天性。

㉖委命供己:听命以全己。委命,听任命运。

㉗味道之腴:此指研味道德之膏腴。

㉘"神之"二句:颜师古曰:"舍,废也。诸,之也。言修志委命,则明神听之,祐以福禄,自然有名,永不废也。"

㉙和氏之璧:楚人和氏得璞玉于楚山之中,奉而献之,成王使玉人理其璞而得宝焉,遂名曰和氏之璧。荆石:荆楚之石。

㉚隋侯之珠藏于蚌蛤:隋侯,汉东之国,姬姓诸侯也。隋侯见大蛇伤断,以药敷之,后蛇于江中衔大珠以报之,因曰隋侯之珠。蚌蛤,珠之所生。

㉛历世莫视:璧韫石中,珠在蚌蛤,历世莫能见之。

㉜景曜:光彩,光焰。

㉝英精:光色美好。

㉞旷:远。

㉟"应龙"二句:颜师古曰:"应龙,龙有翼者。潢污,停水也。媟谓侮狎之也。"媟(xiè),狎慢。

㊱忽荒:天上。

㊲蹻:以足据持。昊苍:苍天。

㊳"故夫"几句:应龙先泥蟠而后天飞,和璧隋珠,先贱而后贵。先贱,指龙潜潢污,璧珠在石蚌。后贵,指飞龙在天,石蚌理而剖之。

㊴"时暗"二句:谓君子怀德虽初时未见显用,后亦终自明达。如应龙蟠屈而升天,隋和先贱而后贵也。君子道德之真言,屈伸如一,无变也。时暗,士未显用时。

㊵牙、旷:伯牙、师旷,古之音乐家。清耳:聪耳。

㊶离娄:古之明目者。离娄之目,能察秋毫之末于百步之外。眇(miǎo)目:细视。

㊷逢(páng)蒙:古之善射者。《孟子·离娄》:"逢蒙学射于羿。尽羿之道,思天下惟羿为愈己,于是杀羿。"绝技:妙技。弧矢:弓箭。

㊸般输:即鲁公输班。榷(què):专一。

㊹良、乐:良,王良,晋之善御者。乐,伯乐,秦穆公时人,善相马者。轶:过。

㊺乌获:壮士,力能举千钧。抗:举。

㊻和、鹊:和,秦时医和。鹊,扁鹊。皆神医。针石:针、药。

㊼研、桑:研,计研,亦曰计然。桑,桑弘羊。无垠:无涯。

㊽走:古代自称之谦辞,意为趋走之仆。厕:间。彼列:谓牙、旷、研、桑之列。

㊾密尔:近。斯文:文史之业。

【译文】

主人说:"怎么会这样呢?从前皋陶作《皋陶谟》,箕子作《洪范》篇,他们所说的,通达帝王之理,合于神明之道。殷朝武丁做梦而得到贤相傅说,周朝文王占卜而得太公吕尚,宁戚放声高歌于大路,张良圯下受书于坯上,他们都合乎天命而与神灵相通,非游词诡说能达到目的,因此他们的献策立功具有必然性。说近的,陆贾从容调解陈平、绛侯的矛盾,《新语》一书业已问世;董仲舒下帷讲经,其著作显绩于儒林;刘向主持校读典籍,使古书发扬光大;扬雄深思熟虑,写出了《法言》和《太玄经》。这些人的著述既符合君王的意图,也阐明了先哲的思想。盘桓于文学的殿堂,栖身乎篇章的艺苑,内容充实而文采焕发,为圣德所采纳应用,光彩夺目足以彪炳后世,这不亚于傅说、太公之辈吧!还有,伯夷在首阳山的高风亮节,柳下惠三次罢官而屈就出仕,颜回箪食瓢饮而不改其乐,孔子著《春秋》而绝笔获麟,他们的名声上达于天庭,下穷于九泉,真正是读书人的表率啊!而且我曾听说:一阴一阳,天地之纲常;又文又质,王道的原则;有同有异,圣哲的垂规。所以说,勤谨地修养自己的立身宗旨,把握自己的天性,听任命运的安排而保全自己,这是体会道德的精华所在,神灵有知,必然保佑,帮助其成名,永不舍弃。客,你难道没有听说和氏璧蕴含在荆石之中,隋侯珠深藏于蚌蛤之内吗?历来从未见到过,殊不知它含英吐华,达千年而光辉不灭! 飞龙蛰伏于沼泽中时,受到鱼鳖的欺侮,却看不见它能奋发神威,随风云而卷舒,破青冥而直上,据苍天而独占。所以,居于污泥而能腾飞青云的,是飞龙的神威;先卑贱而后富贵的,是和氏璧和隋侯珠之类珍宝;一时未见用,而日后必然显贵的,是君子的真心真道! 至于伯牙、师旷的善识音乐,离娄审视于秋毫之末,逢蒙的弓箭绝技,公输般的巧施斧斤,王良善驭、伯乐善相的超凡能力,乌获的力举千钧,医和、扁鹊的精于医术,计研、桑弘羊的工于心计。敝人也不胜其任而无法列为同道,所以只能将就以文史自娱了。”

辞

汉武帝

汉武帝刘彻(前156—前87),汉景帝中子,四岁立为胶东王,七岁为皇太子。武帝承文、景之业,对内实行政治、经济改革,对外用兵,开拓疆土。尊儒术,倡仁义,而罢黜百家,建太学,置五经博士。在位五十四年,为前汉一代军事、政治、经济、文化的极盛时期。但迷信神仙,大兴土木,急征敛,重刑诛,连年用兵,使海内虚耗,人口减半。《汉书·武帝纪》曰:"孝武初立,卓然罢黜百家,表章《六经》。遂畴咨海内,举其俊茂,与之立功。兴太学,修郊祀,改正朔,定历数,协音律,作诗乐,建封禅,礼百神,绍周后,号令文章,焕焉可述。后嗣得遵洪业,而有三代之风。如武帝之雄材大略,不改文、景之恭俭以济斯民,虽《诗》《书》所称何有加焉!"

秋风辞一首 并序

【题解】

辞作为一种独立文体,与赋并题。刘勰《文心雕龙·诠赋》列举枚乘、相如、贾谊、子渊、孟坚、张衡、子云、延寿数家之后曰:"并辞赋之英杰也。"战国屈原有《离骚》,荀卿有《赋篇》,汉人继作《楚辞》,武帝有《秋风辞》,陶渊明有《归去来兮辞》等。然赋盛而辞衰,不为后世所重。

武帝《秋风辞》,《史记》《汉书》皆不录。《序》有言"上行幸河东",按《汉书》所记,汉武"行幸河东"凡三出:"(元封六年)三月,行幸河东,祠后土。诏曰:'朕礼首山,昆田出珍物,化或为黄金。祭后土,神光三烛。其赦汾阴殊死以下,赐天下贫民布帛,人一匹。'"一也。"(太初二年春)三月,行幸河东,祠后土。令天下大酺五日,腾五日,祠门户,比腊。"二也。"(天汉元年)三月,行幸河东,祠后土。"三也。三幸河东而皆祠后土,故武帝作《秋风辞》不知为何年。

　　上行幸河东①,祠后土②。顾视帝京,欣然中流③,与群臣饮燕,上欢甚,乃自作《秋风辞》曰:

　　　　秋风起兮白云飞,草木黄落兮雁南归④。

　　　　兰有秀兮菊有芳,携佳人兮不能忘⑤。

　　　　泛楼舡兮济汾河⑥,横中流兮扬素波⑦。

　　　　箫鼓鸣兮发棹歌⑧,欢乐极兮哀情多⑨。

　　　　少壮几时兮奈老何!

【注释】

①上:君上。指汉武帝。幸:旧时皇帝亲到曰幸。河东:黄河流经山西省境,自北而南,故称山西境内黄河以东地区为河东。秦汉时有河东郡,治所在安邑。

②祠:春祭曰祠。后土:旧时称地神或土神为后土。

③中流:于汾河中坐船游玩。

④黄落:枯黄,零落。

⑤佳人:此谓群臣。

⑥楼舡(chuán):楼船。楼船一般为战船,此为游船。

⑦扬素波:激起白色波浪。

⑧棹(zhào)歌:引棹而歌。

⑨欢乐极兮哀情多:物极必反,故乐极哀多也。

【译文】

圣上巡视到河东,春祭土地之神。回首观望京城,欣欣然泛舟中流,会同群臣燕饮,圣上甚为高兴,于是自作《秋风辞》:

秋风乍起白云飞扬,草木摇落大雁南翔。

兰蕙开花秋菊芳香,君臣同饮其乐难忘。

汾河之中楼船荡漾,泛舟中流白浪飞扬。

箫鼓齐鸣启棹高唱,欢乐之极情兼哀伤。

少壮能有几时,忽然白发苍苍!

陶渊明

见卷第二十六《始作镇军参军经曲阿作》作者介绍。

归去来一首

【题解】

房玄龄《晋书·陶潜传》曰:"(陶潜)素简贵,不私事上官。郡遣督邮至县,吏白应束带见之,潜叹曰:'吾不能为五斗米折腰,拳拳事乡里小人邪!'义熙二年,解印去县,乃赋《归去来》。"现据李公焕《笺注陶渊明集》卷五引《归去来兮辞·序》云:"余家贫,耕植不足以自给。幼稚盈室,瓶无储粟,生生所资,未见其术。亲故多劝余为长吏,脱然有怀,求之靡途。会有四方之事,诸侯以惠爱为德,家叔以余贫苦,遂见用为小邑。于时风波未静,心惮远役,彭泽去家百里,公田之利,足以为酒,故便求之。及少日,眷然有归与之情。何则?质性自然,非矫励所得;饥冻虽切,违己交病。尝从人事,皆口腹自役。于是怅然慷慨,深愧平生之志。犹望一稔,当敛裳宵逝。寻程氏妹丧于武昌,情在骏奔,自免去职。仲秋至冬,在官八十余日。因事顺心,命篇曰《归去来兮》。乙巳岁十一月也。"此《序》昭明不录,李善多有删节,故录此以睹全貌。

陶澍《清节先生集》卷五曰:"先生之归,史言不肯折腰督邮,《序》言因妹丧自免。窃意先生有托而去,初假督邮为名;至属文,又迁其说于妹丧以自晦耳。其实闵晋祚之将终,深知时不可为,思以岩栖谷隐,置身理乱之外,庶得全其后凋之节也。"庶几直抵渊明胸臆矣。

　　归去来兮①,田园将芜胡不归②! 既自以心为形役③,奚惆怅而独悲④? 悟已往之不谏,知来者之可追⑤。寔迷途其未远,觉今是而昨非⑥。舟遥遥以轻扬⑦,风飘飘而吹衣。问征夫以前路⑧,恨晨光之熹微⑨。

【注释】

①归去来:犹言归去。来,语助词,无意义。

②芜:荒芜。胡:何。

③心为形役:心本不愿为官,为生活所迫而就职,心神为形体所役使。

④奚:何。惆怅:因失意而心怀懊恼。

⑤"悟已往"二句:《论语·微子》:"往者不可谏,来者犹可追。"谓虽为官,今将归去,是追改也。谏,止,挽救。

⑥"寔迷途"二句:此言如人行迷失道路,尚犹未远,可早回。

⑦遥遥:远貌。轻扬:轻轻飞扬。行船轻快。

⑧征夫:行人。前路:前面的路程。

⑨晨光熹微:清晨天色初明。熹,同"熙",光明。

【译文】

归去吧,田园将要荒芜! 为什么不归去? 已经感觉到内心为外物所支配,为什么还要独自忧伤和悲哀?深知过去的作为无从挽回,未来的事情尚可追悔。误入迷途还不算太远,总觉得今天正确而昨天不对。行船由远至近轻快地驶去,微风吹拂着我的衣衫。请问行人前面路程怎么样?遗憾的是晨曦明灭依稀。

　　乃瞻衡宇①,载欣载奔②。僮仆欢迎,稚子候门。三径就荒③,松菊犹存。携幼入室,有酒盈樽。引壶觞以自酌,眄庭柯以怡颜④。倚南窗以寄傲⑤,审容膝之易安⑥。园日涉以成趣⑦,门虽设而常关。策扶老以流憩⑧,时矫首而遐观⑨。云无心以出岫,鸟倦飞而知还⑩。景翳翳以将入⑪,抚孤松而盘桓⑫。归去来兮,请息交以绝游。世与我而相遗,复驾言兮焉求⑬!悦亲戚之情话,乐琴书以消忧。农人告余以春兮,将有事乎西畴⑭。或命巾车⑮,或棹孤舟⑯。既窈窕以寻壑⑰,亦崎岖而经丘⑱。木欣欣以向荣⑲,泉涓涓而始流⑳。善万物之得时,感吾生之行休㉑。

【注释】

①衡宇:隐者所居横木为门的简陋居室,指渊明旧宅。衡,衡门。宇,屋。

②载欣载奔:言既见家门,欣然奔往。载,则。

③三径就荒:言三径长满杂草。三径,为隐士居所之称。就荒,已荒。

④眄(miàn):闲观。庭柯:庭院中树枝。怡颜:颜色和悦。

⑤寄傲(ào):寄托傲世之志。傲,同"傲"。

⑥审:明白。容膝:言居室狭小,仅足容膝。

⑦园日涉以成趣:言田园之中,日日游涉,自成佳趣。涉,涉足。

⑧策:持。扶老:手杖。流:周游。憩:休息。

⑨矫首:举头。遐观:远望。

⑩"云无心"二句：李周翰注："言云自然之气，无心意以出于山岫之中，自喻心不营事，自为纵逸。言鸟昼飞倦而暮还故林，亦犹人日出而作，日入而息也。"岫（xiù），山峰。

⑪景：日光。指太阳。翳翳（yì）：深晦不明。

⑫抚孤松而盘桓：谓赏其坚贞，故盘桓不去。抚，攀抚。盘桓，恋而不去。

⑬驾言：指出游。驾，驾车。言，语助词。

⑭有事：谓耕作。畴：田亩。

⑮巾车：有布饰之车。

⑯棹：划船之桨。此用作动词，意为划桨。

⑰窈窕：山路幽深貌。壑：涧水。

⑱崎岖：山路高低不平貌。吴淇《六朝选诗定论》曰："先生归去来已久，有寒尽不知年之意，非农人之告，几不知时之为春。非为有事于西畴，农夫亦不告矣。棹舟以寻壑，巾车以经丘，为课农乎？为寻春乎？"

⑲欣欣：春色貌。

⑳涓涓：泉流貌。

㉑行休：行将休矣。休，谓死。

【译文】

望见了自家的蓬门，向前快步难掩心头之喜。僮仆迎上前来，幼子守候在门边。不觉三径已经荒芜，但见松菊清香依旧。牵着儿子来到内屋，酒菜早已盛满杯盘。举起酒壶自饮自酌，闲观庭树舒展容颜。倚窗而望情寄傲世，细看斗室知足而自安。涉足田园常感天趣无穷，纵有柴门虽设常关。扶杖以优游，不时远望频频抬头。闲云无心隐现在山巅，倦鸟知返远处不可淹留。太阳渐渐下山，手把孤松不忍回还。归去吧，纵然会断绝众位亲朋至爱。社会与我愿望相违背，再出游所求何来？亲人的话语让我意蜜情柔，抚琴读书足以解闷消愁。农夫们告诉我春天来临，我将耕耘在西边田亩。有时驾马车，有时划孤舟。曲径幽深寻山路，坎坷不平跨小丘。树木正欣欣向荣，清泉也涓涓而流。万物萌生得之于天时地利，我的一生将渐渐到头。

已矣乎①，寓形宇内复几时②！曷不委心任去留③，胡为遑遑欲何之④？富贵非吾愿，帝乡不可期⑤。怀良辰以孤往，或植杖而耘耔⑥。登东皋以舒啸⑦，临清流而赋诗⑧。聊乘化以归尽⑨，乐夫天命复奚疑⑩！

【注释】

①已矣乎：犹言算了吧。

②寓形宇内复几时：谓寄寓形体于世上能有几时。

③曷：何。委心：随心。任去留：谓不以死生为意也。去留，死生。

④遑遑：心神不定。

⑤帝乡：仙乡。

⑥植杖：插其所执之杖于田，犹言弃杖也。耘：除草。耔（zǐ）：以土培壅苗根。

⑦皋：田泽旁之高地。舒啸：放声长啸。啸，撮口发长而清越之声音。

⑧清流：清澈的流水。

⑨聊：姑且。乘化：随顺自然的运转变化。尽：死亡。

⑩天命：自然规律。奚疑：何疑。

【译文】

算了吧，人生在世能有几时，何不听凭自然去处理，何必心神不安费思量？富贵本来非我愿，神仙世界在哪里？盼望着好天气便只身前往，弃杖耕耘独自忙。登上东边高地放声长啸，面对清泉赋诗挥毫。姑且顺从自然变化，乐天安命疑虑全消。

序上

卜子夏

卜商(前507—?)，字子夏，春秋末卫人，一说晋人。孔子弟子，小孔子四十四岁，以文章博学见称。精研《诗》教，明于《春秋》大义，兼通《易》《礼》。曾与孔子讨论《诗》，颖悟有得，孔子赞叹说："起予者商也！始可与言《诗》已矣。"(《论语·八佾》)仕鲁，曾为莒父宰。孔子死后，居西河(在今陕西合阳一带)讲学，李悝、吴起皆出其门下，魏文侯也咨以国政，待以师礼。丧子，哭之失明，卒。

毛诗序一首

【题解】

序(一作"叙")，指序文，是对一部书或一篇诗文的写作缘由、内容或体例等进行说明的文字。上古时代的书序都是放在书的后面的(如《史记·太史公自序》《汉书·叙传》等)，魏晋以后才逐渐移到了书的前面。

《诗经》经秦火焚毁后，到汉代传授的有鲁、齐、韩、毛四家。东汉末年，经学大师郑玄为毛诗作笺，习者渐多，其后三家诗亡佚，独毛诗得大行于世，就是今天我们所看到的本子。毛诗于《诗经》各篇均有序，称小序，独在《国风》首篇《关雎》小序的下面，尚有一段较长的文字，比较全面地阐述了诗歌的性质、特征，《诗经》的内容、分类、社会作用和表现手法等问题，称为《诗大序》。郑玄《诗谱》认为《大序》是孔子弟子子夏所作，但实际上可能不作于一时一人，最后写定当不晚于西汉初期。《大序》是对先秦以来儒家诗论的一个总结,在古代文论、《诗经》研究及古代诗歌创作的发展历程中具有重要的地位和影响,直到今天,其中的某些认识仍不乏借鉴意义。当然,《大序》也反映了封建阶级利用诗歌为本阶级政治服务的要求,其历史局限性也是十分明显的。

　　《关雎》①,后妃之德也②,《风》之始也③。所以风天下而正夫妇也④。故用之乡人焉⑤,用之邦国焉⑥。风,风也⑦,教也;风以动之,教以化之。

【注释】

①《关雎》:《诗经·国风·周南》的首篇,写一个青年对一个淑女的热恋。其首章云:"关关雎鸠,在河之洲;窈窕淑女,君子好逑。"

②后妃:天子之妻。旧说《关雎》写后妃事,指周文王妻太姒(周武王之母)。孔疏:"言后妃性行和谐,贞专化下,寤寐求贤,供奉职事,是后妃之德也。"按,这是对诗意的曲解。

③《风》:指《诗经》中的十五国风。

④风:教化。

⑤用之乡人:孔疏解释为"令乡大夫以之教其民也"。乡人,指老百姓。周代以一万二千五百家为一乡。按,《仪礼·乡饮酒礼》有乡大夫行乡饮酒礼时以《关雎》合乐的记载。

⑥用之邦国:孔疏解释为"令天下诸侯以之教其臣也"。邦国,指诸侯国。按,《仪礼·燕礼》有诸侯行燕礼饮燕其臣子宾客时歌乡乐《关雎》的记载。

⑦风:通"讽",讽喻。用委婉的话进行劝说。

【译文】

《关雎》,歌咏的是后妃的美德,是《国风》的第一篇。是用来教化天下而使夫妇间的伦理关系得到匡正的。所以它被乡大夫在合乐时使用,被邦国诸侯在宴饮臣下宾客时使用。风,就是讽喻,就是教化;用讽喻来感动人们,用教化来感化人们。

　　诗者,志之所之也①,在心为志,发言为诗。情动于中而形于言②,言之不足故嗟叹之,嗟叹之不足故永歌之③,永歌之不足,不知手之舞之,足之蹈之也④。

【注释】

①志:志意,思想感情。所之:谓诗是言志的,是抒发思想感情的。

②形:表现,表达。

③永:长。《尚书·舜典》:"诗言志,歌永言。"

④蹈:顿足,跳。

【译文】

诗,是用来表达思想感情的,在内心里是思想感情,用语言表现出来就是诗。内心感情激动就表现在语言上,语言不足以表现就发出嗟叹,嗟叹不足以表现就要引声长歌,引声长歌还不足以表现,就不知不觉地要手舞起来,脚跳起来了。

　　情发于声,声成文谓之音①。治世之音安以乐,其政和;乱世之音怨以怒,其政乖;亡国之音哀以思,其民困②。故正得失,动天地,感鬼神,莫近于诗③。先王以是经夫妇④,成孝敬,厚人伦⑤,美教化,移风俗。

【注释】

①文:彩色交错。这里指宫、商、角、徵、羽五声之调。

②"治世"几句:语出《礼记·乐记》。安,安宁,平和。和,和平,清

明。乖,乖戾,反常。思,悲。

③莫近:莫过之。

④经:常道,指常行的义理、法则。这里用作动词,谓使夫妇关系合
于常道。

⑤人伦:关于人与人之间关系的道理及行为准则。

【译文】

情感抒发出来成为声音,五声配合、如彩色交错成文就叫音乐。太
平盛世的音乐安宁而欢乐,它的政治平和;乱世的音乐哀怨而愤怒,它
的政治反常;亡国的音乐悲哀而忧愁,它的人民困苦。所以纠正得失,
感动天地,感化鬼神,没有能够超过诗的。先王用它来使夫妇关系合于
常道,形成孝顺父母、尊敬师长的风气,使父子、君臣、夫妇、长幼、朋友
之间的关系笃厚,使教化变得淳美,使风俗得到转变。

故诗有六义焉①:一曰风②,二曰赋③,三曰比④,四曰
兴⑤,五曰雅⑥,六曰颂⑦。上以风化下⑧,下以风刺上。主文
而谲谏⑨,言之者无罪,闻之者足以戒,故曰风。至于王道
衰,礼义废,政教失,国异政,家殊俗,而变风、变雅作矣⑩。
国史明乎得失之迹⑪,伤人伦之废,哀刑政之苛,吟咏情性,
以风其上,达于事变而怀其旧俗者也⑫。故变风发乎情,止
乎礼义。发乎情,民之性也;止乎礼义,先王之泽也⑬。是以
一国之事,系一人之本,谓之《风》;言天下之事,形四方之
风,谓之《雅》⑭。雅者,正也,言王政之所由废兴也。政有小
大,故有小雅焉,有大雅焉。颂者,美盛德之形容⑮,以其成
功告于神明者也。是谓四始⑯,诗之志也。

【注释】

①义:道理,意义。六义中的风、雅、颂是诗歌的三种体制,也有人认为是一种音乐上的分类;赋、比、兴是三种艺术表现手法。

②风:据下文解释指教化、讽刺。《诗经》有十五国风,大部分是产生于各国的民间歌谣,具有地域的特色。

③赋:即铺陈直叙的意思。

④比:比喻。

⑤兴:即起的意思,兼有发端、比喻等多种作用。

⑥雅:据下文解释是正的意思,是用来谈王政废兴的缘由的。《诗经》有小雅、大雅,大部分是周王朝公卿士大夫所作的诗歌。

⑦颂:有周颂、鲁颂、商颂,是用于宗庙祭祀的乐歌。

⑧上:指天子、诸侯。下:指臣属、百姓。

⑨主文:以文辞为主,通过文辞进行讽谏。谲谏:不直言过失,而用隐约曲折的言辞进行劝谏。

⑩变风、变雅:指《风》《雅》中产生于周王朝衰乱时期的作品,所谓"变",就是不正的意思,相对于歌颂周室先王和西周盛世的作品而言。在具体区分时说法不同。郑玄《诗谱序》说:"孔子录懿王、夷王诗讫于陈灵公淫乱之事,谓之变风、变雅。"陆德明《经典释文》以《邶风》以下十三国风为变风,以《小雅》的《六月》以下各篇、《大雅》的《民劳》以下各篇为变雅。马瑞辰《毛诗传笺通释》则认为正变以政教得失划分,凡讽刺政教之失的作品皆属变风、变雅,而不以时间为界。

⑪国史:王室的史官,有大史、小史、外史、御史等名目。

⑫达:通达,明白。旧俗:指西周盛世。

⑬泽:德泽,教化。

⑭"是以"几句:孔疏:"言风雅之别,其大意如此也。一人者,作诗之人。其作诗者,道己一人之心耳,要所言一人心,乃是一国之

心。诗人览一国之意以为己心,故一国之事系此一人使言之也。但所言者,直是诸侯之政,行风化于一国,故谓之风,以其狭故也。言天下之事,亦谓一人言之。诗人总天下之心,四方风俗,以为己意,而咏歌王政,故作诗道说天下之事,发见四方之风,所言者乃是天下之政,施齐正于天下,故谓之雅,以其广故也。"

⑮美:赞美。形容:面貌,情形。

⑯四始:《史记·孔子世家》:"《关雎》之乱以为《风》始,《鹿鸣》为《小雅》始,《文王》为《大雅》始,《清庙》为《颂》始。"又孔疏引郑玄云:"《风》也,《小雅》也,《大雅》也,《颂》也,此四者,人君行之则为兴,废之则为衰。"同时引郑笺:"始者,王道兴衰之所由。"从本文开头"《关雎》……风之始也"一句看,"四始"之说当本《史记》;但从本句上下文意看,当以指《风》《小雅》《大雅》《颂》四类诗为宜。

【译文】

所以诗有六义:一是风,二是赋,三是比,四是兴,五是雅,六是颂。天子诸侯用诗教化臣民,臣民用诗讽刺天子诸侯。通过文辞委婉含蓄地进行劝谏,言之者无罪,闻之者足以引为鉴戒,所以说风。至于王道衰微,礼义废弃,政教丧失,国家的政治发生变化,家庭的风俗出现不同,这样变风、变雅就产生了。王室史官明白得失的迹象,悲伤人伦的废弃,哀痛刑法政令的苛刻,于是吟咏内心的感受,以讽刺天子诸侯,使之明白时世所发生的变化而激起对于过去昌明盛世的怀念。所以变风发于情,而不超出礼义。发于情,这是出于民众的本性;不超出礼义,这是由于先王德泽教化的影响。所以一国的事情,通过一个人的抒怀把它表现出来,这就叫《风》;抒写天下的事情,表现四方各国的风俗,这就叫《雅》。所谓雅,就是正的意思,是说天子政教盛衰的缘由的。政教有小有大,所以就有了《小雅》,有了《大雅》。所谓《颂》,是用来赞美天子功德盛大的情形,将其所取得的成功向神明祷告的。这就叫四始,最深刻的诗理全都包括在这里了。

　　然则《关雎》《麟趾》之化^①，王者之风，故系之周公^②。南，言化自北而南也^③。《鹊巢》《驺虞》之德^④，诸侯之风也，先王之所以教，故系之召公^⑤。《周南》《召南》^⑥，正始之道^⑦，王化之基。是以《关雎》乐得淑女^⑧，以配君子，忧在进贤，不淫其色^⑨，哀窈窕^⑩，思贤才，而无伤善之心焉，是《关雎》之义也。

【注释】

①《麟趾》：即《麟之趾》，是《诗经·国风·周南》的最后一篇。毛序："《麟之趾》，《关雎》之应也。《关雎》之化行，则天下无犯非礼，虽衰世之公子皆信厚如麟趾之时也。"

②周公：即周文王之子姬旦。辅佐其兄武王灭殷，封于鲁，武王死，成王年幼，摄政，为周代礼乐制度的建立做出了重要贡献。

③自北而南：谓其化从岐周被江、汉之域。

④《鹊巢》《驺虞》：《诗经·国风·召南》的首篇和末篇，一写诸侯嫁女之事，一写打猎之事。毛序："《鹊巢》，夫人之德也。""《驺虞》《鹊巢》之应也。《鹊巢》之化行，人伦既正，朝廷既治，天下纯被文王之化，则庶类蕃殖，蒐田以时。仁如驺虞，则王道成也。"

⑤召（shào）公：即姬奭，周的支族，武王之臣，因封地在召，故称召公或召伯。曾佐武王灭殷，支持周公东征平乱，受命营建洛邑，镇守东都，为周公得力助手。成王时与周公分陕而治，"自陕而西，召公主之；自陕而东，周公主之"（《史记·燕召公世家》）。陕，即今河南三门峡市陕州区。朱熹《诗集传》："周公为政于国中，而召公宣布于诸侯，于是德化大成于内，而南方诸侯之国，江

沱汝汉之间,莫不从化。"

⑥《周南》:指在周公管理的南国地区(今湖北、河南之间的汝、汉、长江一带)采集的作品十一篇。《召南》:指在召公管理的周南以西地区(包括今陕西南部和湖北一部分)采集的作品十四篇。

⑦正始:端正其始。孔疏:"《周南》《召南》二十五篇之诗,皆是正其初始之大道,王业风化之基本也。"儒家认为这二十五篇诗是正风,故云。

⑧淑:善,好。

⑨淫:迷恋。

⑩哀:怜爱。窈窕:善良美好之意。

【译文】

那么从《关雎》到《麟之趾》所表现的教化,是天子的教化,所以系之于周公。所谓南,是说教化从北方扩展到南方。从《鹊巢》到《驺虞》所表现的道德,是诸侯的教化,展示先王进行教化的缘由,所以系之于召公。《周南》《召南》中的诗篇,是端正王道的开始,是建立王者教化的基础。所以《关雎》高兴得到善良的女子,以之匹配君子,思虑的是进用贤才,不迷恋其美色,怜爱善良美好的女子,思念贤才,而没有伤害善道的意思,这就是《关雎》一诗的要义。

孔安国

孔安国,生卒年不详,字子国,鲁国(今山东曲阜)人。西汉经学家。孔子十一世孙。曾向申公学《诗》。武帝时任谏大夫、博士,官至临淮太守。武帝末年,鲁恭王扩建宫室,拆毁孔子旧宅,从墙壁中得到一部《尚书》,因用古文书写,世称古文《尚书》,比由伏生传授、用当时通行的文字隶书书写的今文《尚书》多出十六篇。时人不识古文,安国以今文读之,对古文《尚书》加以整理,献给朝廷。据说安国还曾奉诏为古文《尚书》作传。从孔壁中得到的除古文《尚书》外,尚有古文《礼记》《论语》《孝经》,据说安国还曾著《古文孝经传》和《论语训解》。《史记》称其"蚤(早)卒"。

尚书序—首

【题解】

　　这篇序对《尚书》的价值、孔子整理古籍的做法、今古文《尚书》的来历及如何为《尚书》作传等情况做了说明。《尚书》是我国最早的一部历史文献,最早只叫《书》,汉人因其为"上古之书",改称《尚书》,被尊为儒家经典后,又称《书经》。书分虞、夏、商、周四部分,大都是一些誓词、政府的文告、贵族的告诫之词等,不仅保存了商及西周初期的一些重要史料,也有重要的文学价值,对后代散文、特别是历史散文的发展产生了深刻影响。《尚书》大约在先秦时代即已有定本,但究竟成于何时,由何人编定,已难确考。《尚书》经秦火后,到汉代形成了两种版本,一种是今文本,一种是古文本。西晋永嘉之乱后,今、古文《尚书》相继失传。东晋初年,豫章内史梅赜向朝廷献出孔安国的《孔传古文尚书》,除一篇孔安国的自序外,共分四十六卷,五十八篇。经后代学者长期考证,其中有三十三篇为伏生的今文《尚书》(将原二十八篇分成了三十三篇),而其余二十五篇全为伪造。因此,所谓的《孔传古文尚书》实为伪书,所谓的孔氏《尚书序》也实为伪作。不过,伪古文《尚书》仍具有较高的史料价值,伪《孔传》在解经方面有其独到贡献,伪孔氏《尚书序》对我们阅读和理解《尚书》也不无帮助,不宜因其为伪作而不予重视。

　　古者伏牺氏之王天下也①,始画八卦②,造书契③,以代结绳之政④,由是文籍生焉。伏羲、神农、黄帝之书⑤,谓之

"三坟"⑥，言大道也⑦。少昊、颛顼、高辛、唐、虞之书⑧，谓之"五典"，言常道也⑨。至于夏、商、周之书，虽设教不伦⑩，雅诰奥义⑪，其归一揆⑫，是故历代宝之，以为大训。八卦之说，谓之"八索"⑬，求其义也。九州之志⑭，谓之"九丘"⑮。丘，聚也，言九州所有，土地所生，风气所宜，皆聚此书也。《春秋左氏传》曰："楚左史倚相能读三坟、五典、八索、九丘⑯。"即谓上世帝王遗书也。

【注释】

①伏牺氏：古代传说中的部落酋长，即太昊，也作"庖牺""包牺""宓羲"和"伏戏"。相传他始画八卦，教民捕鱼畜牧。这里将他同神农、黄帝合为三皇。《周易·系辞》："古者包牺氏之王天下也，仰则观象于天，俯则观法于地，观鸟兽之文与地之宜，近取诸身，远取诸物，于是始作八卦。"王：统治。

②八卦：《周易》中的八种符号，分别由阴(--)、阳(—)两种线形组成，代表天地雷风水火山泽八种物质形态。八卦又以两卦相叠演为六十四卦，象征自然现象和社会现象的矛盾关系和发展变化。八卦最初是上古记事的符号，后来才逐渐用作卜筮的符号。

③书契：犹言文字。

④结绳：文字产生前的一种记事方法。在绳上打结，用不同形状和数量的结标记不同的事物。

⑤神农：传说中古帝名。又称炎帝、烈山氏。相传他始教民制作农具，从事农业，并尝百草以为医药。黄帝：传说中古帝名。居于轩辕之丘，号轩辕氏。因他打败了炎帝，斩杀了蚩尤，被诸侯尊为天子，替代神农氏。传说蚕桑、医药、舟车、宫室、文字等都始创于黄帝时。

⑥三坟：与下《五典》《八索》《九丘》皆古书名。均已亡佚。这里说
　　"三坟"为伏羲、神农、黄帝之书，"五典"为少昊、颛顼、高辛、唐、
　　虞之书，为附会之谈。

⑦大道：大道理。

⑧少昊（hào）：传说中古部落首领名。为黄帝之子，名挚，字青阳。
　　这里将他与颛顼、高辛、唐尧、虞舜合为五帝。颛顼（zhuān xū）：
　　相传为黄帝之孙，昌意之子，在位七十八年，号高阳氏。高辛：即
　　帝喾，相传为黄帝曾孙，尧的父亲，号高辛氏。唐：即尧，初封于
　　陶，又封于唐，号陶唐氏。又叫唐尧，简称唐。虞：即舜，号有虞
　　氏，又叫虞舜，简称虞。

⑨常道：可以通行的法则。

⑩设教：制定教化。不伦：不类。谓不与三坟五典同类。

⑪雅：正确，规范。诰：告诚之文。《尚书》中夏书、商书、周书有训、
　　诰、誓、命、歌、贡、征、范八类文体。这里用诰作为代表。

⑫归：指归，旨意。揆：道理。

⑬八索：古书名。后代多以指称古代典籍或八卦。索，求索。

⑭九州：古代中国设置的九个州，具体设置其说不一，《尚书·禹
　　贡》以冀、豫、雍、扬、兖、徐、梁、青、荆为九州。泛指中国。志：
　　记述。

⑮九丘：传说中我国最古的书名。九州之志，谓之《九丘》。

⑯左史：周代史官有左史和右史。倚相：楚国大夫，任左史之职。

【译文】

　　古代伏羲氏统治天下的时候，开始画八卦，造文字，以代替用结绳
记事处理政事的办法，从此文章书籍就产生了。伏羲、神农、黄帝时候
的书，叫"三坟"，讲的是大道理。少昊、颛顼、高辛、唐尧、虞舜时候的
书，叫"五典"，讲的是通行的法则。至于夏、商、周时候的书，虽然所制
定的教化同三坟五典不同类，但雅正诰文所具有的深奥的意义，其旨意

所表达的道理是相同的,所以历代都很看重这些书,认为是留下来的最重要的教导。演说八卦的书,叫"八索",主旨是求索八卦的意义。记述九州情况的书,叫"九丘"。丘,是聚集的意思,意思是说凡是九州所有的,土地所生长的,风气所适宜的,都聚集在这种书中。《春秋左氏传》说:"楚国左史倚相能阅读三坟、五典、八索、九丘。"说的就是上世帝王所遗留下来的书籍。

先君孔子生于周末①,睹史籍之烦文②,惧览之者不一③,遂乃定《礼》《乐》④,明旧章⑤,删《诗》为三百篇⑥,约史记而修《春秋》⑦,赞《易》道以黜"八索"⑧,述职方以除"九丘"⑨。讨论坟典⑩,断自唐虞以下,讫于周。芟夷烦乱⑪,翦截浮辞⑫,举其宏纲,撮其机要⑬,足以垂世立教⑭。典、谟、训、诰、誓、命之文凡百篇⑮,所以恢弘至道⑯,示人主以轨范也⑰。帝王之制,坦然明白⑱,可举而行,三千之徒并受其义⑲。

【注释】

①先君:子孙对自己祖先的称呼。

②烦:繁杂,烦琐。

③览者:读者。不一:不专一。

④定:修而不改曰定。

⑤旧章:即《礼》《乐》《诗》《易》《春秋》。

⑥删:删削。《史记·孔子世家》:"古者诗三千余篇,及至孔子,去其重,取可施于礼义……三百五篇,孔子皆弦歌之,以求合《韶》《武》《雅》《颂》之音。"

⑦约:准依其事曰约。修:作。相传孔子据鲁史修订而成《春秋》。

《史记·孔子世家》："乃因史记作《春秋》,上至隐公,下迄哀公十
　　四年,十二公。"

⑧赞:因而佐成曰赞。《史记·孔子世家》:"孔子晚而喜《易》,序
　　《象》《系》《象》《说卦》《文言》。读《易》,韦编三绝。"黜:退而不
　　用,废弃。

⑨职方:官名。《周礼·夏官》有职方氏,掌天下地图,主四方职贡。

⑩讨论:整理。

⑪芟(shān)夷:削除。

⑫翦截:删减。

⑬撮:摘取。机要:精义和要点。

⑭垂世:留传后世。立教:给人树立轨范而教之。

⑮典:《说文解字》:"典,五帝之书也。"即三坟五典。《尚书》有《尧
　　典》《舜典》。谟:谋议之文。《尚书》有《大禹谟》《皋陶谟》。训:
　　教导之文。《尚书》有《伊训》。诰:告诫之文。《尚书》有《汤诰》
　　等。誓:约誓之文。《尚书》有《汤誓》等。命:命令。《尚书》有
　　《说命》等。凡:一共。

⑯恢弘:发扬。至道:最根本的道理。

⑰轨范:法式。

⑱坦然:明白貌。

⑲徒:弟子。《史记·孔子世家》:"孔子以诗书礼乐教,弟子盖三千
　　焉,身通六艺者七十有二人。"

【译文】

　　我的祖先孔子生于周末,看见史籍中有繁杂的文字,担心后来的读
者在理解文义时思路不能专一,于是就修订了《礼》《乐》,明确了旧有篇
章的含义,删削《诗》的篇目为三百篇,依据史籍记载著述了《春秋》,帮
助完善了《易》的道理而废弃了"八索",阐述了职方的职能而废除了"九
丘"。整理三坟五典之文,断代自唐虞以后,到周代为止。削除繁杂混

乱之处，删减虚浮无用的文辞，提出其中宏大的纲领，摘取其中的精义和要点，留下了足以传世和树立轨范以施教于人的东西。典、谟、训、诰、誓、命各类文章共有一百篇，用来发扬最根本的道理，给国君提供了堪称楷模的东西。帝王的制度，坦然明白，可以援引施行，三千弟子都接受了其中的道义。

及秦始皇灭先代典籍，焚书坑儒①，天下学士逃难解散，我先人用藏其家书于屋壁②。汉室龙兴③，开设学校，旁求儒雅④，以阐大猷⑤。济南伏生⑥，年过九十，失其本经，口以传授，裁二十余篇⑦。以其上古之书，谓之《尚书》。百篇之义⑧，世莫得闻。至鲁共王好治宫室⑨，坏孔子旧宅以广其居，于壁中得先人所藏古文虞、夏、商、周之书及传、《论语》《孝经》⑩，皆科斗文字⑪。王又升孔子堂⑫，闻金石丝竹之音⑬，乃不坏宅，悉以书还孔氏。科斗书废已久，时人无能知者⑭。以所闻伏生之书考论文义，定其可知者，为隶古定⑮，更以竹简写之⑯，增多伏生二十五篇。伏生又以《舜典》合于《尧典》，《益稷》合于《皋陶谟》，《盘庚》三篇合为一，《康王之诰》合于《顾命》，复出此篇并序⑰，凡五十九篇，为四十六卷。其余错乱摩灭⑱，不可复知，悉上送官，藏之书府，以待能者。

【注释】

①坑儒：活埋儒生。

②先人：据《史记·孔子世家》，子襄为孔安国曾祖，孔鲋为子襄之兄。用：因此。

③龙兴：喻新王朝的兴起。

④旁求:广求。儒雅:博学的儒士。

⑤大猷(yóu):大道。指先代儒家典籍。

⑥伏生:名胜,字子贱,秦时为博士。

⑦裁:通"才"。

⑧百篇:《汉书·艺文志》说《尚书》"上断于尧,下讫于秦,凡百篇"。

⑨鲁共王:又作"鲁恭王",汉景帝之子,名余。《汉书》本传称其"好
　　治宫室苑囿狗马,季年好音,不喜辞"。

⑩传(zhuàn):注释或解说经义的文字。

⑪科斗:我国古代的一种文字,以其头粗尾细、形如蝌蚪得名。

⑫堂:殿堂。指正房。

⑬金石:指钟、磬之类的打击乐。丝竹:指琴、瑟、笙、竽之类的管弦
　　乐。这里泛指音乐。

⑭知:认识。

⑮隶古定:即用隶书写定古文。

⑯更以竹简写之:前汉时犹未有纸,故以竹简写书。

⑰复出此篇:谓再将《舜典》等篇分出。

⑱摩灭:磨灭,消失。指文字消失。

【译文】

　　到秦始皇消灭先代典籍,焚毁诗书坑杀儒生的时候,天下的学者文人逃难解散,我的先人因此将家中的书藏在住宅墙壁之中。汉朝建立,开设学校,广求博学的儒士,以便阐释经书中的大道理。济南伏生,年过九十,失掉了原有的经书,用口传授,才二十多篇。因为是上古时候的书,就叫《尚书》。百篇的含义,世上的人没有谁能够得知。到鲁共王喜欢修造宫室,毁坏孔子的旧宅以扩展其居室,在墙壁中得到了先人所藏的用古文书写的虞、夏、商、周之书及传、《论语》《孝经》,都是蝌蚪文字。鲁共王又登上孔子的殿堂,听到了金石丝竹鸣奏的音乐,于是不再毁坏孔子旧宅,将从墙壁中得到的书全部归还孔氏。蝌蚪书废弃不用

已有很久了,当时没有谁能够认识。用所听到的伏生传授的经书考察讨论经文的含义,定下其中可以读懂的,用隶书写定,再用竹简写下来,比伏生传授的经书增加二十五篇。伏生又将《舜典》合并到《尧典》中,将《益稷》合并到《皋陶谟》中,将《盘庚》三篇合并为一篇,将《康王之诰》合并到《顾命》中,现再将这些篇章分出并加上序言,一共五十九篇,分为四十六卷。其余错乱磨灭的部分,无法再弄懂,全部上送官府,藏在书库当中,以等待能够读懂的人。

承诏为五十九篇作传,于是遂研精覃思①,博考经籍,采摭群言②,以立训传③。约文申义④,敷畅厥旨⑤,庶几有补于将来。《书》序⑥,序所以为作者之意⑦,昭然义见,宜相附近⑧,故引之各冠其篇首,定五十八篇。既毕,会国有巫蛊事⑨,经籍道息⑩,用不复以闻,传之子孙,以贻后世⑪。若好古博雅君子与我同志⑫,亦所不隐也。

【注释】

①研精:精深的研究。覃(tán)思:深思。

②采摭(zhí):采纳。

③训:解释古书文义。

④约:依约。

⑤敷畅:铺叙发挥。厥:其。

⑥《书》序:《尚书》百篇原有序,今尚存序文六十七条,内容约相当于今天文章的题解。

⑦为:《汉书·艺文志》:"上断于尧,下讫于秦,凡百篇,而为之序,言其作意。"

⑧宜相附近:谓序文应同正文放在一起。

⑨会：碰上。巫蛊（gǔ）：巫师用邪术嫁祸于人。蛊，毒虫。据《汉书·武帝纪》和《江充传》，征和二年（前91）武帝病，江充因与太子刘据有嫌隙，恐武帝死后为太子所杀，遂诬称宫中有蛊气，掘蛊于太子宫，得桐木人。太子畏惧，起兵捕杀江充，武帝发兵讨伐太子，太子出走自杀。旧史称为巫蛊之狱。

⑩道息：谓道路断绝。

⑪贻：留。

⑫博雅：知识渊博，志趣高雅。

【译文】

　　秉承诏命为五十九篇作传，于是便精心研究深刻思考，广泛参考经书典籍，采纳各家言论，从而写出了训传。依据经文中述意义，铺叙发挥其中旨趣，这样对将来大概会有所帮助。《尚书》的序文，是说明作者为什么要这样写的原因的，文意因此得以明白地显示出来，应当让它们同相应的正文彼此接近，因此将它们抽出来个个放在相应正文的前面，定为五十八篇。做完这些工作后，刚好碰上国家发生了巫蛊之事，爱好经籍的道路断绝了，因此不再上表奏闻，只将其传给子孙，以便留传后世。如有爱好古道、知识渊博、志趣高雅的君子同我志趣相同，我也不会对《书》传有所隐瞒。

杜元凯

　　杜预（222—285），字元凯，京兆杜陵（今陕西西安东南）人。西晋文学家、史学家。魏末，始为尚书郎，转相府参军、镇西长史。入晋，历任河南尹、秦州刺史、度支尚书等职。咸宁四年（278），继羊祜任镇南大将军，太康元年（280），率兵攻克江陵、建业，灭吴，因功进封当阳县侯，还镇襄阳，兴办学校，兴修水利，时人尊为"杜父"。太康五年（284），召为司隶校尉，行至邓县（今邓州）而卒。死后追赠征南大将军,谥成。锺嵘《诗品》将他与王济、孙绰、许询并列下品,评云:"永嘉以来,清虚在俗。王武子辈诗,贵道家之言。"然其诗今已不存。博学多通,时人称为"杜武库"。尤精《春秋左传》,自称有"《春秋左传》癖"。著有《春秋左氏经传集解》三十卷,为今存最早《春秋左传》注本,收入《十三经注疏》。《隋书·经籍志》著录有集十八卷,已散佚。明人辑有《杜征南集》。

春秋左氏传序一首

【题解】

《春秋左氏传》是以《春秋》为纲的编年史,亦称《左氏春秋》,省称《春秋左传》。其作者和成书时间历来颇多歧说。司马迁说鲁君子左丘明"成《左氏春秋》"(见《史记·十二诸侯年表》),班固据此也说:"及孔子因鲁史记而作《春秋》,而左丘明论辑其本事,以为之传。"(见《汉书·司马迁传》),这是最早的一般说法。近人多认为是战国初年人依据春秋时各国的史料编撰而成。全书分为六十卷,十八万多字,纪事编年从前722年(鲁隐公元年)起,到前468年(鲁哀公二十七年)止,共255年的历史。对春秋时期的政治、经济、军事、外交、文化等各方面的情况做了比较全面、真实的反映,具有很高的史料价值。同时记言叙事,颇具特色,代表着这个历史时期散文的最高成就,对于后代散文产生了深远影响。汉代研究《春秋左传》的人不少,杜预意犹未尽,因而作《春秋左氏经传集解》,并为《集解》写了这篇序。序文对《春秋》名称的由来、孔子修订《春秋》的情况、左丘明为《春秋》作传的情况、《春秋》及《春秋左传》的体例、特点及自己编撰《集解》和《释例》的情况做了说明,并批驳了汉儒对于《春秋》及孔子的一些说法,具有论述赅明、文辞质朴的特色。

　《春秋》者①,鲁史记之名也②。记事者以事系日③,以日系月,以月系时,以时系年。所以纪远近④,别同异也。故史之所记,必表年以首事⑤。年有四时,故错举以为所记之名也⑥。

【注释】

①《春秋》:周末鲁国史书的旧名。相传经过孔子删订整理,记载从前722年(鲁隐公元年)到前481年(鲁哀公十四年)共二百四十二年的史事,为我国最早的编年体史书。

②史记:史书。

③记事者:指右史。《汉书·艺文志》:"左史记言,右史记事,事为《春秋》,言为《尚书》。"系:附在。《春秋》是按年、时(季)、月、日的顺序秉笔记事的。

④纪:通"记",记载。

⑤表年:表明事件所发生的年代。首事:第一件事情。首,始。

⑥错举:交错举出。即节取"春夏秋冬"四季中的"春秋"二字作为书名。古人于四季中,较多重视春、秋二季,故将其错举连用。

【译文】

《春秋》,是鲁国史书的名称。记事的史官将事件附于发生事件的这一天,将这一天附于这一月,将这一月附于这一季,将这一季附于这一年。目的是为了记载时间的远近,区别事件的异同。所以史官所记述的,必定把表明事件所发生的年代作为第一件事情。一年有四季,所以交错举出"春秋"二字作为所记史书的名称。

　《周礼》有史官①,掌邦国四方之事②,达四方之志③。诸侯亦各有国史,大事书之于策④,小事简牍而已⑤。《孟子》

曰⑥:"楚谓之《梼杌》⑦,晋谓之《乘》,而鲁谓之《春秋》,其实一也。"

【注释】

①《周礼》:儒家经典之一,原称《周官》或《周官经》,系战国时人杂合周与战国时期制度,寓以儒家政治理想编辑而成。《周礼·春官》的属官有大史、小史、内史、外史、御史种种名目。

②邦国:指各诸侯国。《周礼·春官宗伯》:"凡四方之事书,内史读之。"孔颖达《春秋左传正义》:"谓四方有书来告,内史读以白王也。告王之后,则小史主掌之。"

③达:通达,通晓。志:记,记事之书,即史书。《周礼·春官》:"小史:掌邦国之志,奠系世,辨昭穆……外史:掌书外令,掌四方之志,掌三皇五帝之书,掌达书名于四方。"

④策:古代用狭长的竹片书写,将竹片连编称为策。也作"册"。

⑤简:竹片。牍:木片。

⑥《孟子》:儒家经典之一。下面一段话出自《孟子·离娄》,原文为:"晋之《乘》,楚之《梼杌》,鲁之《春秋》,一也。"

⑦《梼杌(táo wù)》:《春秋》本为各国史书的通名,故《墨子》中有"吾见百国《春秋》"的说法。《梼杌》及下句的《乘》,为《春秋》的别名。

【译文】

《周礼》的属官有史官,主管报告保存邦国四方所发生的事件,通晓四方的志记。诸侯也各有自己的国史,大事写在连编的竹片上,小事不过竹片木片而已。《孟子》说:"楚国的史书叫《梼杌》,晋国的史书叫《乘》,而鲁国的史书叫《春秋》,其实都是一样的。"

韩宣子适鲁①,见《易》《象》与鲁《春秋》②,曰:"周礼尽在

鲁矣,吾乃今知周公之德③,与周之所以王也。"韩子所见,盖
周之旧典礼经也④。

【注释】

①韩宣子:即韩起,晋臣。适:到……去。韩宣子适鲁事见《春秋左
　传·昭公二年》。

②《易》:即《周易》,包括卦辞和爻辞。《象》:古代宫廷外有阙门,用
　以悬布法令,称象魏。这里《象》指曾悬于象魏的政策、法令。

③乃今:今天才。

④礼经:指《仪礼》。《春秋左传·隐公七年》:"凡诸侯同盟,于是称
　名,故薨则赴以名,告终称嗣也,以继好息民,谓之礼经。"杜预
　注:"此言凡例,乃周公所制礼经也。《汉书·艺文志》谓之《礼古
　经》,并云'礼经三百'是也。"今人杨伯峻则认为:"礼经犹言礼之
　大法。"(见《春秋左传注》)

【译文】

　　韩宣子到鲁国去,在那里看到了《易》《象》和鲁国的《春秋》,说:"周
礼全都在鲁国了,我今天才知道周公的德行,以及周朝之所以能够统治
中国的缘故了。"韩子所看见的,是周朝的旧典礼经。

　　周德既衰,官失其守①。上之人不能使《春秋》昭明②,赴
告策书③,诸所记注④,多违旧章。仲尼因鲁史策书成文,考
其真伪而志其典礼⑤,上以遵周公之遗制,下以明将来之法。
其教之所存⑥,文之所害⑦,则刊而正之⑧,以示劝诫;其余皆
即用旧史。史有文质⑨,辞有详略,不必改也。故《传》曰:
"其善志⑩。"又曰:"非圣人孰能修之⑪?"盖周公之志,仲尼从
而明之。

【注释】

①官:指史官。守:职守。

②不能使《春秋》昭明:谓不能发扬《春秋》大义。昭明,显明,发扬。《春秋左传·昭公三十一年》:"上之人能使昭明,善人劝焉,淫人惧焉,是以君子贵之。"

③赴告:奔赴相告。指报丧。也作"讣告"。《春秋左传正义》:"文十四年《传》曰:'崩薨不赴,祸福不告。'然则邻国相命,凶事谓之赴,他事谓之告。对文则别,散文则通。"策书:指记录史事的简策书牍。

④记注:记载。

⑤志:记。典礼:典章礼制。《春秋左传正义》:"考谓校勘,志谓记识。考其真伪,真者因之,伪者改之;志其典礼,合典法者襃之,违礼度者贬之。"

⑥教之所存:《春秋左传正义》:"谓名教善恶义存于此事。"

⑦害:害教。指文辞不能表达义理,暗寓褒贬,起到惩恶扬善的作用。

⑧刊:删改,修订。

⑨史:指史官。文:指辞章华美。质:指文辞质朴。

⑩志:记述。《春秋左传·昭公三十一年》:"是以《春秋》书齐豹曰'盗',三叛人名,以惩不义,数恶无礼,其善志也。"

⑪修:编定。《春秋左传·成公十四年》:"《春秋》之称,微而显,志而晦,婉而成章,尽而不污,惩恶而劝善。非圣人,谁能修之?"

【译文】

周朝的德政衰败以后,史官丧失了他们的职守。处于上位的人不能使《春秋》的大义显明,讣告策书,众多记载,多有违背旧章之处。孔子根据鲁史典籍已有的文字,考订其真伪而记下它的典章礼制,对上用以遵循周公留传下来的礼制,对下使将来的法令得以显明。其中包含有文教善恶意义的史事,文辞有不能暗寓褒贬之害的,则进行删改加以纠正,以表示劝勉告诫之意;其余则都袭用旧史。史官的风格有的华美有的质朴,史籍的文章有的详尽有的简略,则不必改动。所以《春秋左传》说:"这真是善于记述。"又说:"如果不是圣人,有谁能够编写它呢?"周公的志向,孔子加以遵从并使之变得显明了。

　　左丘明受经于仲尼①,以为经者不刊之书也,故传或先经以始事②,或后经以终义③,或依经以辨理,或错经以合异④。随义而发,其例之所重。旧史遗文,略不尽举,非圣人所修之要故也⑤。身为国史⑥,躬览载籍⑦,必广记而备言之⑧。其文缓⑨,其旨远,将令学者原始要终⑩,寻其枝叶⑪,究其所穷,优而柔之⑫,使自求之,餍而饫之⑬,使自趋之,若江海之浸,膏泽之润⑭,涣然冰释⑮,怡然理顺⑯,然后为得也。

【注释】

①左丘明:春秋时鲁人。一说姓左名丘明,一说左丘为复姓。司马迁称其为鲁君子,又称其失明或无目(见《史记·太史公自序》)。或云史官有左右之分,左丘明世为左史,故以左为姓。经:指《春秋》。杜预认为左丘明为孔子弟子,但据近人研究,左丘明不是孔子弟子,年岁也不会小于孔子。

②先经以始事:先于经文以说明事件的开端。

③后经以终义:后于经文以说明事件最终的意义。

④错经以合异:错举经文以将原来各自分开内容相关的经文合并写成一传。

⑤圣人:指孔子。要:重点。《春秋左传》中有不少有经无传之文,

这里对这种体例加以说明。

⑥国史：国家的史官。

⑦躬：亲自。载籍：史籍。

⑧备言之：谓将那些未曾记入《春秋》，但却有必要加以记载的事件详细写进传文，不仅仅是解释经文而已。《春秋左传》中有不少无经之传，这里对这种体例加以说明。

⑨缓：舒缓，从容不迫。

⑩原始要终：考察其起源，探求其终结。《周易·系辞》："《易》之为书也，原始要终，以为质也。"

⑪枝叶：比喻从属于中心事件的内容。

⑫优而柔之：优、柔，宽舒、从容之意。

⑬餍（yàn）、饫（yù）：都是饱的意思。引申指满足。

⑭膏泽：滋润作物的雨水。

⑮涣然：消融貌。

⑯怡然：喜悦貌。以上数句说明无经之传的作用。

【译文】

左丘明从孔子那里接受了《春秋》经，认为经文是不能加以删改的，所以传文或先在经文前面说明事件的开端，或在经文后面说明事件的终结意义，或依据经文以辨明义理，或错举经文以将原来各自分开而内容相关的经文合写一传。随文义而发，这是其体例所侧重的地方。旧史留下来的文字，略去而不全部引用，原因是这些材料并非孔子编写的重点。身为国家史官，亲自阅览史籍，必须将有价值的史料广为记录并完备地写出来。所以其文辞舒缓，其意旨深远，将使学习的人能从中考察事件的起源，探求事件的终结，寻求那些从属于中心事件的内容，探究穷尽其根本，使学习的人优柔从容，自己去探求书中的意旨，从中得到满足，从而去做进一步的探求，就像江海那样浸透，像雨水那样滋润，像冰雪那样消融，心情喜悦义理贯通，然后就有了收获了。

其发凡以言例①,皆经国之常制②,周公之垂法③,史书之旧章④。仲尼从而修之,以成一经之通体⑤。其微显阐幽⑥,裁成义类者⑦,皆据旧例而发义,指行事以正褒贬⑧。诸称"书""不书""先书""故书""不言""不称""书曰"之类⑨,皆所以起新旧⑩,发大义⑪,谓之变例⑫。然亦有史所不书⑬,即以为义者,此盖《春秋》新意,故传不言凡⑭,曲而畅之也⑮。其经无义例⑯,因行事而言,则传直言其归趣而已⑰,非例也⑱。

【注释】

①发凡:揭示全书的要旨。言例:陈述全书的体例。《春秋左传·隐公七年》:"七年春,滕侯卒。不书名,未同盟也。凡诸侯同盟,于是称名,故薨则赴以名,告终称嗣也,以继好息民,谓之礼经。"又《隐公十一年》:"凡诸侯有命,告则书,不然则否。师出臧否,亦如之。虽及灭国,灭不告败,胜不告克,不书于策。"都是说明《春秋》编写体例的。亦即所谓《春秋》笔法。

②经国:治国。常制:常法。

③垂法:留传下来的法度。

④旧章:原有的章法体例。

⑤通体:通用的体例,总的体例。

⑥微显阐幽:即显微阐幽,谓显现细微阐明幽隐。

⑦裁:裁制,安排。义类:按义分类。

⑧指:根据。行事:所行的事实。

⑨称:言,言词。书:书写,记载。不称:不报告。这里所引"书"等七类,都是《春秋左传》常用的体例。

⑩起:表明。

⑪发：阐发。

⑫变例：谓不同于旧的体例。

⑬史所不书：《春秋左传正义》："其旧史不书，则无可刊正，故此又辩之。亦有史所不书，正合仲尼意者，仲尼即以为义。"

⑭不言凡：谓不将这种情况列入凡例之中。

⑮曲而畅之：婉曲详尽而使其意畅通。

⑯义例：著书的主旨和体例。

⑰归趣：指归，旨趣。《春秋左传正义》："国有大事，史必书之。其事既无得失，其文不著善恶，故传直言其指归趣向而已，非褒贬之例也。"

⑱非例：不是通常的体例（即褒贬之例）。

【译文】

其对全书要旨的说明和所陈述的体例，都是治理国家常用的法则，周公留传下来的法度，史书原有的章法体例。孔子沿用这些法则编写《春秋》，以此形成了《春秋》经全书的通例。其显现细微阐明幽隐，裁制而成按义分类的情况，都是根据旧有的体例阐发大义，根据所行的事实以权衡褒贬。各处所用"书""不书""先书""故书""不言""不称""书曰"之类的言辞，都是用来表明新旧体例的不同，阐发经书中的大义，这种情况称为变例。然而也有旧史所不曾书写的，即以之作为义例的情况，这大概是《春秋》的新意，所以《春秋左传》不列入凡例，婉曲周详地表述其意而使其畅通。其《春秋》经中没有义例，根据所行的事实而言，《春秋左传》就只是直接说明其指归意旨而已，这也不属通常的体例。

故发传之体有三①，而为例之情有五。一曰微而显②，文见于此，而义起在彼③，称族尊君命④，舍族尊夫人⑤，梁亡、城缘陵之类是也⑥。二曰志而晦⑦，约言示制⑧，推以知例⑨，参会不地⑩，与谋曰"及"之类是也⑪。三曰婉而成章⑫，曲从义训,以示大顺⑬,诸所讳避,璧假许田之类是也⑭。四曰尽而不污⑮,直书其事,具文见意⑯,丹楹刻桷⑰,天王求车⑱,齐侯献捷之类是也⑲。五曰惩恶而劝善⑳,求名而亡,欲盖而章㉑,书齐豹盗、三叛人名之类是也㉒。推此五体以寻经传㉓,触类而长之㉔,附于二百四十二年行事㉕,王道之正㉖,人伦之纪备矣㉗。

【注释】

①发:发明,揭示。三:《春秋左传正义》:"即上文发凡正例、新意变例、归趣非例是也。"

②微:细微,指用词不多。显:意义显明。《春秋左传·成公十四年》:"《春秋》之称,微而显,志而晦,婉而成章,尽而不污,惩恶而劝善。"以下各条均出此。

③义起:也作"起义"。

④称族:称其族名。《春秋左传·成公十四年》:"秋,宣伯如齐逆女。称族,尊君命也。"

⑤舍族:不称其族名。《春秋左传·成公十四年》:"九月,侨如以夫人妇姜氏至自齐。舍族,尊夫人也。"

⑥梁亡:《春秋左传·僖公十九年》:"梁亡,不书其主,自取之也。"梁,古国名。故地在今陕西韩城南,鲁僖公十九年(前641)被秦所灭。因梁伯喜好土木工程,屡次筑了城而无人居住,百姓被弄得疲惫不堪,最后因害怕秦国来攻而溃散,系自取灭亡,所以《春秋》没有记载灭亡梁国的人(即秦国)。城缘陵:《春秋左传·僖公十四年》:"十四年春,诸侯城缘陵而迁杞焉。不书其人,有阙也。"缘陵,春秋时杞国邑名(一说原为齐地),在今山东昌乐东南。杞受外敌威胁,齐于是在缘陵筑城而将杞迁去。齐在缘陵

筑城,而《春秋》却书"诸侯城缘陵",没有记载筑城的人,使文字有缺,这也是"文见于此,而义起在彼"的一例。

⑦志:记载。晦:含蓄,深远。

⑧约言:简约其言。示制:显示法制。

⑨推以知例:《春秋左传正义》:"推寻其事以知其例。"

⑩参会不地:三个以上的国君会见,鲁公前去别国时记载会见的地点,别国国君前来则不记载会见的地点而只记载会见。参,同"三",指三国。《春秋左传·桓公二年》:"特相会,往来称地,让事也。自参以上,则往称地,来称会,成事也。"

⑪与谋曰"及":《春秋左传·宣公七年》:"凡师出,与谋曰'及',不与谋曰'会'。"意思是,凡出兵,事先参与策划叫"及",没有参与策划叫"会"。及,彼此同欲伐某一国叫"及"。

⑫婉:婉转。章:顺理成章。

⑬"曲从"二句:《春秋左传正义》:"屈曲其辞,从其义训,以示大顺之道。"

⑭假:借。许田:地名。在今河南许昌。《春秋左传·桓公元年》:"三月,郑伯以璧假许田,为周公、祊故也。"说郑伯以璧与鲁以暂借许田。但实际郑伯是以璧交换许田,不说交换而说暂借,即屈曲其辞、以顺大义之意。

⑮污:犹言歪曲。

⑯具文见意:谓将事实全部写出以显示其褒贬之意。具,全部。

⑰丹:红色。用作动词,涂上红色。楹:屋柱。《春秋左传·庄公二十三年》:"秋,丹桓宫之楹。"杨伯峻《春秋左传注》:"据《穀梁传》,天子诸侯之屋柱用微青黑色,大夫用青色,士用黄色,用赤色者为非礼。"刻:雕刻。桷(jué):方形椽子。《春秋左传·庄公二十四年》:"二十四年春,刻其桷,皆非礼也。"杨伯峻《春秋左传注》:"此句本紧接上年'秋,丹桓宫楹'而来,为后人所割裂,分为

两截。刻其桷者,刻桓公之桷也。据《穀梁传》,古礼,天子宫庙之桷,斫之砻之,又加以细磨;诸侯宫庙之桷,斫之砻之,不加细磨;大夫之桷,只斫不砻;士人之桷,砍断树根而已。自天子以至大夫、士,皆不雕刻桷,亦不红漆柱,则此丹楹、刻桷均非制,故《传》云:'皆非礼也。'"

⑱天王:指周天子。《春秋左传·桓公十五年》:"十五年春,天王使家父来求车,非礼也。诸侯不贡车服,天子不私求财。"车与戎服是在上者用来赐予在下者的,所以诸侯不用来进贡天子,天子也不能向下求索,如果这样做了,就是不合于礼的。

⑲献捷:指献上俘获的戎人。《春秋左传·庄公三十一年》:"三十一年夏六月,齐侯来献戎捷,非礼也。凡诸侯有四夷之功,则献于王,王以警于夷;中国则否。诸侯不相遗俘。"因诸侯之间不能互相赠送俘虏,所以称齐侯献捷为"非礼也"。

⑳惩恶:警戒邪恶。劝善:奖励善良。

㉑章:同"彰",明白,明显。《春秋左传·昭公三十一年》:"君子动则思礼,行则思义,不为利回,不为义疚。或求名而不得,或欲盖而名章,惩不义也。"

㉒齐豹:即齐子氏,卫国大夫。昭公二十年(前522)曾杀死卫侯之兄絷。《春秋左传·昭公三十一年》:"齐豹为卫司寇,守嗣大夫。作而不义,其书为'盗'。"三叛人:指邾国的大夫庶其、黑肱,莒国的大夫牟夷,三人均以其领地投鲁。名:用作动词,谓对其姓名加以记载。《春秋左传·昭公三十一年》:"邾庶其、莒牟夷、邾黑肱以土地出,求食而已,不求其名,贱而必书……是以《春秋》书齐豹曰'盗',三叛人名,以惩不义,数恶无礼,其善志也。"

㉓五体:《春秋左传正义》:"上云'情有五',此言五体者,言其意谓之情,指其状谓之体,体、情一也,故互见之。"

㉔触类而长之:碰上同类的事物加以扩大。亦即在掌握某一类事

物后,通过引申类推掌握其他事物。《周易·系辞》:"引而伸之,
触类而长之,天下之能事毕矣。"

㉕二百四十二年:指《春秋》编年起讫的时间。起于鲁隐公元年(前
722),止于鲁哀公十四年(前481),共计二百四十二年。

㉖王道:儒家称以仁义治天下为王道。正:正法,正常的法制。

㉗纪:纲纪。

【译文】

所以揭示出传文的体例有三种,而成为体例的情形有五种。第一
种叫用词不多而意义显明,文辞在这里见到,而文义在那里显现,记载
他的族名是由于尊重国君的命令,不记载他的族名是由于尊重夫人,梁
亡而不记载灭梁的人、在缘陵筑城而不记载筑城的人,这类记载就属于
这种情况。第二种叫记载史实而含蓄深远,简约其言显示法制,推寻其
事以知其例,三个以上的国君会见时不记载会见的地点,事先参与策划
的叫"及",这类记载就属于这种情况。第三种叫文辞婉转而顺理成章,
屈曲其辞从其义训,以显示大顺之道,各处采取讳避之辞,说郑伯将璧
给鲁国以暂借许田,这类记载就属于这种情况。第四种叫穷尽而不歪
曲,直接书写其事,将全部事实写出以显示褒贬之意,在桓公庙的柱子
上涂上红漆,在方形椽子上雕刻花纹,周天子向诸侯求取车辆,齐侯向
鲁君奉献俘获的戎人,这类记载就属于这种情况。第五种叫警戒邪恶
而奖励善良,求名的人名字反而消亡,想要掩盖自己名字的人名字反而
被明白地记载下来,齐豹被记载为盗贼,三个叛逆人的名字被记载下
来,这类记载就属于这种情况。推究这五种体格以寻求经传的大义,碰
上同类的事情加以引申扩大,附于二百四十二年所行的事实,王道正常
的法制,人伦的纲纪这就显得十分完备了。

或曰:《春秋》以错文见义①,若如所论,则经当有事同文
异而无其义也,先儒所传皆不其然。答曰:《春秋》虽以一字

为褒贬②,然皆须数句以成言,非如八卦之爻③,可错综为六十四也④,固当依传以为断⑤。

【注释】

①错文见义:谓通过不同的文辞显示意义。《春秋左传正义》:"《春秋》以错文见义,其文异者必应有义存焉。若如所论'辞有详略,不必改也',则经当有事同文异而无其义意者也。先儒所传皆不其然,今何以独异?欲令杜自辩之。"

②一字为褒贬:即儒家所谓的《春秋》笔法。如书写人的名字,褒则称字,贬则称名,别的文辞也往往于一字之中寓褒贬之意。

③八卦:《周易》中的八种符号,各用来代表一定属性的若干事物,相传为伏羲所作。八卦以两卦相叠可演为六十四卦,以象征自然社会现象的发展变化。爻(yáo):组成八卦的符号,一长横(一)为阳爻,两短横(--)为阴爻,含交错和变化之意。

④错综:交错综合。

⑤断:判断。《春秋左传正义》:"卦之爻也,一爻变则成为一卦;经之字也,一字异不得成为一义。故经必须数句以成言,义则待传而后晓,不可错综经文以求义理,故当依传以为断。"

【译文】

有人问:《春秋》通过不同的文辞显示文义,如果像你所论述的那样,那么经文中当有事情相同文辞不同而不能显示文义的地方,先儒所传却都不是这样。回答是:《春秋》虽用一个字来表示褒贬,但都须数句相连以成为言辞,不是像八卦的爻那样,可以交错综合成为六十四卦,所以本来就应当依据传文做出判断。

古今言《左氏春秋》者多矣①,今其遗文可见者十数家②,

大体转相祖述③,进不成为错综经文以尽其变,退不守丘明之传④。于丘明之传有所不通,皆没而不说,而更肤引《公羊》《穀梁》⑤,适足自乱⑥。预今所以为异,专修丘明之传以释经⑦。经之条贯⑧,必出于传;传之义例⑨,总归诸凡⑩。推变例以正褒贬⑪,简二传而去异端⑫,盖丘明之志也⑬。其有疑错,则备论而阙之⑭,以俟后贤⑮。然刘子骏创通大义⑯,贾景伯父子、许惠卿⑰,皆先儒之美者也。末有颍子严者⑱,虽浅近,亦复名家。故特举刘、贾、许、颍之违⑲,以见同异。分经之年与传之年相附⑳,比其义类㉑,各随而解之,名曰《经传集解》㉒。又别集诸例,及地名、谱第、历数㉓,相与为部㉔,凡四十部,十五卷,皆显其异同,从而释之,名曰《释例》㉕。将令学者观其所聚,异同之说,《释例》详之也。

【注释】

①言:犹言研究。研究《左氏春秋》的学者,前汉著名的有张苍、贾谊、张敞、刘公子、贯公、张禹、尹更始、尹咸、翟方进、胡常、刘歆等人,后汉有陈元、郑众、贾逵、马融、延笃、彭仲博、许惠卿、服虔、颍容等人,三国魏有王朗、董遇、嵇康等人。

②十数家:西晋以前研究《左氏春秋》的著作,《隋书·经籍志》共著录有十九部,《春秋左传正义》认为:"比至杜时,或在或灭,不知杜之所见十数家定是何人也。"

③祖述:承继前人的观点而加以申述。

④"进不"二句:《春秋左传正义》:"经之详略,本不著义,强为之说,理不可通,故进不成为错综经文以尽其变。于传之外,别立异端,故退不守丘明之传。"

⑤肤引:肤浅地引用。《公羊》:即《公羊传》,亦称《春秋公羊传》或

《公羊春秋》,与《春秋左传》《春秋穀梁传》合称《春秋》三传,为儒家经典之一。旧题战国齐人公羊高撰,实由公羊高口述,到汉初由其玄孙公羊寿和齐人胡母生集录成书,因用当时通行的文字隶书书写,所以称为今文学,盛行于汉武帝、汉宣帝之间。至王莽时古文经大盛,《公羊传》渐少人钻研。汉何休作有《解诂》十一卷,多发明《春秋》微言大义。有唐徐彦疏。《穀梁》:即《穀梁传》,亦称《春秋穀梁传》或《穀梁春秋》。也为阐释《春秋》大义的儒家经典之一。旧题战国鲁人穀梁赤撰,实亦写定于西汉,属今文学。

⑥适足自乱:《春秋左传正义》:“《公羊》《穀梁》口相传授,因事起问,意与《左氏》不同,故引之以解《左氏》,适足以自错乱也。”

⑦修:研究,遵循。

⑧条贯:条理,系统。《春秋左传正义》:“作传解经,则经义在传,故经之条贯必出于传。”

⑨义例:主旨和体例。

⑩凡:凡例。《春秋左传正义》:“发凡言例,则例必在凡,故传之义例总归诸凡也。”

⑪推:推寻。

⑫简:简选,选取。二传:指《公羊》《穀梁》二传。异端:指不合经文本意的传文。《春秋左传正义》:“若《左氏》不解,二传有说,有是有非,可去可取,如是则简选二传,取其合义而去其异端。”

⑬志:犹言本意。

⑭则备论而阙之:谓详尽地加以论述,但不做出决断。阙,同“缺”。《春秋左传正义》:“今《左氏》有无传之经,亦有无经之传。无经之传或可广文,无传之经则不知其事。又有事由于鲁,鲁君亲之而复不书者,先儒或强为之说,或没而不说,疑在阙文,诚难以意理推之,是备论阙之之事也。”

⑮俟：待。

⑯刘子骏：刘歆字子骏，西汉古文经学家、目录学家。创通：创造开通。因刘歆始以传文释经文，故云。

⑰贾景伯：贾逵字景伯，东汉著名古文经学家。其父徽字元伯，受业于刘歆，精通《春秋左传》，作《春秋条例》。贾逵传父业，利用章帝特好《春秋左传》《古文尚书》和尊信谶纬，上书说《春秋左传》与谶纬相合，可立博士，使《春秋左传》《穀梁》《古文尚书》《毛诗》四经得以公开传授。著有《左氏传训诂》。许惠卿：东汉经学家。

⑱颖子严：颖容字子严，东汉经学家，亦注述《春秋》，名为一家之学。

⑲违：差异。杜预重视四家之学，故特列举其差异以见异同。

⑳分经之年与传之年相附：《春秋》《春秋左传》原分二书，至杜预始按年将传文与经文相附。

㉑比：排比。

㉒《经传集解》：即《春秋左氏经传集解》。

㉓谱第：即谱系，为记录宗族世系的书籍。历数：犹言历法。

㉔部：门类。

㉕《释例》：即《春秋释例》。本书依据经义，阐释《春秋左传》的凡例。原书已佚，今本系清人从《永乐大典》中辑出。

【译文】

古今研究《左氏春秋》的人多了，留下来的著述现在能看到的有十多家，进不能成为交错综合经文大义的著述，以穷尽其变化，退不能遵循丘明的传文之义。对丘明传文有不通的地方，都隐没而不加以解说，而更肤浅地引用《公羊》《穀梁》的说法，这样做适足引起自乱。所以现在杜预要走另一条路，专门研究丘明的传文用以解释经文。经文的系统，必体现在传文之中；传文的主旨和体例，总括归之于凡例。推寻变例以端正褒贬，选取二传的合理之言而抛弃其异端之说，这大概是丘明的本意。对其中的可疑错误之处,则完备地加以论述而不做出决断,以等待今后的贤士做进一步的研究。而刘子骏创造开通经文大义,贾景伯父子、许惠卿,都是先儒中出色的人才。其末有颍子严,其学说虽然浅近,也能以其著述名家。所以特地举出刘、贾、许、颍学说的差异,以便将其相同之处和不同之处显示出来。分出经之年与传之年彼此相附,按义分类后加以排比,各随文加以注解,书名叫《经传集解》。又另外汇集诸种体例,及地名、谱第、历数,相与组成部,共有四十部,十五卷,都将其不同之处和相同之处显示出来,随文加以注释,书名叫《释例》。将使学习的人们看到经过汇集整理的经传,关于不同之处和相同之处的解说,在《释例》中有着详尽的记载。

　　或曰:《春秋》之作①,《左传》及《穀梁》无明文。说者以为仲尼自卫反鲁②,修《春秋》,立素王③,丘明为素臣④。言《公羊》者,亦云黜周而王鲁⑤,危行言逊⑥,以避当时之害,故微其文⑦,隐其义。《公羊》经止获麟⑧,而《左氏》经终孔丘卒⑨,敢问所安⑩?

【注释】

①作:谓作于何时。

②自卫反鲁:孔子于鲁定公十四年(前496)离开鲁国周游列国,于鲁哀公十一年(前484)从卫国返回鲁国,从事著述。

③素王:指通晓大道,具有帝王之德却不居于帝王之位的人。儒家尊崇孔子,称其为素王。但孔子不曾如此自称。

④素臣:旧说孔子作《春秋》,被尊为素王,而左丘明为《春秋》作传,被尊为素臣。

⑤黜周而王鲁:贬抑周天子而尊崇鲁君。

⑥危行：行为正直。言逊：言语谦顺。

⑦微其文：隐约其文，使讽喻之意不致显露。

⑧麟：即麒麟，传说中的动物，被认为是一种仁兽。《春秋·哀公十四年》："十有四年春，西狩获麟。"传说孔子作《春秋》，至此而止。杜预注："麟者仁兽，圣王之嘉瑞也。时无明王，出而遇获。仲尼伤周道之不兴，感嘉瑞之无应，故因鲁《春秋》而修中兴之教，绝笔于'获麟'之一句，所感而作，固所以为终也。"

⑨终孔丘卒：《春秋左传》之经，止于鲁哀公十六年（前479）夏四月己丑日"孔丘卒"。

⑩敢问所安：言敢问所以何为也。安，何。《春秋左传正义》："一问之间凡有四意：其一问作之早晚；其二问先儒言孔子自为素王，其事虚实；其三问《公羊》说孔子黜周王鲁，其言是非；其四问《左氏》获麟之后乃有余经。"

【译文】

有人问：《春秋》写作的时间，《左传》及《穀梁》没有明文记载。论说的人认为仲尼从卫国返回鲁国，编撰《春秋》，自立为素王，以丘明为素臣。研究《公羊》的人，也说孔子贬弃周王而尊崇鲁君，行为正直言语谦顺，以躲避当时的祸害，所以隐约其文辞，隐晦其文义。《公羊》经写到鲁哀公十四年获麟时为止，而《左氏》经写到鲁哀公十六年孔丘死为止，请问这是为什么呢？

答曰：异乎余所闻。仲尼曰："文王既没，文不在兹乎①？"此制作之本意也。叹曰："凤鸟不至②，河不出图③，吾已矣夫④！"盖伤时王之政也。麟凤五灵⑤，王者之嘉瑞也⑥。今麟出非其时⑦，虚其应而失其归⑧，此圣人所以为感也⑨。绝笔于"获麟"之一句者⑩，所感而起，固所以为终也。

【注释】

①文不在兹乎：意谓文在自己这里，自己有加以整理传布的责任。语出《论语·子罕》。兹，此，孔子自谓。

②凤鸟：即凤凰，传说中的神鸟，祥瑞的象征，出现时表示天下太平。

③出图：相传伏羲见龙马负图出河，便根据其文字画八卦，谓之河图。古代以河出图、洛出书表示太平时代的祥瑞。河不出图，则以喻乱世。

④已矣：完了。语出《论语·子罕》。孔子这几句话，是对当时天下无清明之望的感叹。

⑤五灵：古代以麟、凤、龟、龙、白虎为五种灵异的动物。

⑥嘉瑞：祥瑞。

⑦非其时：谓出于乱世。

⑧虚其应而失其归：《春秋左传正义》：“上无明王，是虚其应也；为人所获，是失其归也。”

⑨圣人：指孔子。

⑩绝笔：停笔不再书写。

【译文】

回答说：这同我所听到的情况不相同。仲尼说：“周文王死后，文化遗产不都是在我这里吗？”这是他要写作《春秋》的本意。孔子又感叹说：“凤凰不飞来了，黄河中也不出图了，我这一生大概要完了吧！”这是感伤当时周王的政治。麟、凤等五种灵异的鸟兽，是天子的祥瑞。现在麟出现的不是时候，空有其瑞应而失去了它的正常归宿，这是圣人之所以为之感伤的原因。孔子停笔于“获麟”这一句，是因有所感慨而起，所以把这作为《春秋》史事记载的终点。

曰：然《春秋》何始于鲁隐公①？答曰：周平王②，东周之始王也;隐公,让国之贤君也③。考乎其时则相接,言乎其位则列国,本乎其始④,则周公之祚胤也⑤。若平王能祈天永命⑥,绍开中兴⑦,隐公能弘宣祖业⑧,光启王室⑨,则西周之美可寻,文武之迹不坠⑩。是故因其历数⑪,附其行事,采周之旧⑫,以会成王义⑬,垂法将来。所书之王,即平王也;所用之历,即周正也⑭;所称之公,即鲁隐也,安在其黜周而王鲁乎? 子曰:"如有用我者,吾其为东周乎⑮?"此其义也⑯。

【注释】

① 鲁隐公:姓姬名息,鲁国国君,前722—前712年在位。《春秋》以鲁国旧史为据,故记事从隐公元年开始。

② 周平王:姓姬名宜臼,一名宜咎,东周第一代国王,前770—前720年在位。幽王之子。幽王被杀后,因镐京残破,受部分诸侯拥戴即位于申(今河南南阳北),不久迁都洛邑(今河南洛阳),史称东周。

③ 让国:指隐公让位于其弟桓公。隐公为惠公长庶子,未被立为太子,太子为其弟、惠公嫡长子姬允。"及惠公卒,为允少故,鲁人共令息摄政,不言即位"(《史记·鲁周公世家》)。及允长,隐公还政于允。允即位,是为桓公。

④ 本:用作动词,追寻其本。

⑤ 周公:即姬旦。为周文王子,周武王弟。佐武王伐商,多所建功。周王朝建立,封于鲁,其子伯禽为都曲阜的第一个鲁公。祚胤(yìn):福及子孙。

⑥ 祈:求。永命:长久的国运。

⑦ 绍:继,谓继先王之业。中兴:由衰落而重新兴盛。

⑧ 弘宣:扩大发扬。

⑨光启:光大振兴。启,开。王室:指周王室。

⑩文武:周文王、周武王。迹:功业。

⑪因:依。

⑫旧:指旧典、旧法。

⑬王义:王者之义,所以为王的大义。《春秋左传正义》:"仲尼悯其如是,为之作法,其意言若能用我道,岂致此乎?是故因其年月之历数,附其时人之行事,采周公之旧典,以会合成一王之大义。虽前事已往,不可复追,冀得垂法将来,使后人放习。以是之故,作此《春秋》。"

⑭周正:周朝的正统历法。

⑮为东周:谓将使文王、武王之道在东方复兴。

⑯义:指其兴周之义。

【译文】

　　问:但《春秋》为什么从鲁隐公开始记载呢?回答是:周平王,是东周的第一个帝王;鲁隐公,是一个将国家让给别人的贤君。考查鲁隐公在位的时间刚好同周平王互相衔接,谈及鲁隐公的地位则是一列国的诸侯,追寻他的开始,则他是周公福祚所延续的后代。如果周平王能祈求苍天永保国运,继承先王之业使国家得到中兴,鲁隐公能扩大发扬祖业,光大振兴周王室,那么西周的美政就可以追寻,文王武王的功业就不会陨落。所以孔子依从其年月历数,附上当时人所行的事实,采用周公的旧法,以会合成王者的大义,将此法留传给将来。《春秋》中所书写的王,就是周平王;所用的历法,就是周朝正统的历法;所称呼的公,就是鲁隐公,这哪里是贬弃周王而尊崇鲁君呢?孔子说:"假如有人用我,我将使文王、武王之道在东方复兴。"这就是《春秋》所表现的大义。

　　若夫制作之文,所以彰往考来①,情见乎辞,言高则旨远②,辞约则义微,此理之常,非隐之也。圣人包周身之防③,

既作之后，方复隐讳以避患，非所闻也。子路使门人为臣^④，孔子以为欺天。而云仲尼素王，丘明素臣，又非通论也^⑤。

【注释】

①彰：显明。考：考察。

②言高：谓立言高妙。

③包周身之防：谓防备祸患周遍全身。

④子路：即仲由，孔子弟子，以长于政事见称。门人：学生。为臣：使行臣礼。

⑤通论：通达的议论。

【译文】

至于圣人写作文章，目的在于显明过去考察将来，感情显露于文辞之中，立言高妙则旨意深远，文辞简约则含义隐微，这是通常的道理，不是有意要使意义隐晦。圣人防备祸患周遍全身，已经写作之后，才又隐晦其意以避祸患，这种事没有听说过。子路让孔子的学生对孔子奉行臣礼，孔子认为这是欺骗上天。而说孔子自称素王，称丘明为素臣，这也不是通达的议论。

先儒以为制作三年^①，文成致麟^②，既已妖妄；又引经以至仲尼卒^③，亦又近诬^④。据《公羊》经止获麟，而《左氏》小邾射不在三叛之数^⑤，故余以为感麟而作，作起获麟^⑥，则文止于所起^⑦，为得其实。至于反袂拭面^⑧，称吾道穷^⑨，亦无取焉。

【注释】

①制作三年：旧说孔子于鲁哀公十一年（前484）自卫返鲁后始修《春秋》，至哀公十四年（前481）春止，共三年时间。

②致：招致。《春秋左传正义》："麟是王者之瑞，非为制作而来，而
云仲尼致之，是其妖且妄也。"

③至仲尼卒：《公羊》《穀梁》的经、传都止于鲁哀公十四年"西狩获
麟"，而《左氏》经文却写到鲁哀公十六年（前479）夏四月孔子卒。
《春秋左传正义》："盖先儒以为夫子自卫反鲁即作《春秋》，作三
年而后致麟，虽得麟而犹不止，比至孔丘之卒，皆是仲尼所修，以
是辨之，谓之近诬。"按，《左氏》经在"西狩获麟"一句后，有"小邾
射以句绎来奔"一条。杜预认为自此句以下至鲁哀公十六年皆
鲁史记之文，孔子弟子欲存"孔子卒"，故并录以续孔子所修之
经，并非孔子所作。

④诬：欺骗。

⑤小邾：即邾国，亦称邾娄，曹姓，建都于邾（今山东曲阜东南），后
于鲁文公十三年（前614）迁都于绎（今山东邹城东南）。射：邾国
大夫。三叛：即三叛人。《春秋左传·昭公三十一年》载，邾国大
夫庶其、黑肱和莒国大夫牟夷为了求食，带着领地出叛。小邾射
献上句绎逃亡来鲁国，性质同三叛人是一样的，但因此事发生在
"西狩获麟"之后，非孔子所书，所以未将其列入三叛人之数。

⑥作起获麟：从获麟时开始写作。孔子作《春秋》的时间，《史记·
孔子世家》列之于鲁哀公十四年"西狩获麟"之后，杜预之说
本此。

⑦止于所起：谓写到获麟时止。

⑧袂（mèi）：袖子。《春秋公羊传》称孔子得知获麟的消息后，"反袂
拭面，涕沾袍"，又感叹说："吾道穷矣！"

⑨道穷：谓死亡。

【译文】

　　先儒认为孔子花了三年时间写作《春秋》，完成后招致麒麟出现，这
种说法已属妖妄；引经文又一直引到孔子死去，这也是近于欺骗。根据

《公羊》经写到获麟为止,而《左氏》未将小邾射列入三叛人之数的事实,我认为《春秋》是因孔子有感于麒麟出现而作,从获麟的时候开始写,写到获麟时为止,这才算是真实的情况。至于孔子撩起袖子擦脸上的眼泪,说自己就要死了,这种说法也是不足取的。

皇甫士安

　　皇甫谧(215—282),原名静,字士安,自号玄晏先生,安定朝那(今宁夏固原)人。西晋名儒、文学家。少不好学,游荡无度,后为叔母所教,始立志勤学,博览群籍。后得风痹疾,仍手不释卷,时人谓之“书淫”。魏末,郡举孝廉,相国征召,皆不行。入晋,武帝屡下诏敦逼,先后召为太子中庶子、议郎、著作郎,司隶校尉刘毅请为功曹,皆以疾辞,竟终身不仕。名高当世,挚虞等皆出其门下。所著诗、赋、诔、颂等甚多,又著有《帝王世纪》《年历》和《高士》《逸士》《列女》等传。《隋书·经籍志》著录有集二卷,已佚。

三都赋序一首

【题解】

　　左思《三都赋》是西晋大赋的名篇。“三都”指魏都邺城、蜀都成都和吴都建业。此赋写作时间据说长达十年,以内容丰博与辞藻宏丽见长,特别强调写实。左思出身低微,“及赋成,时人未之重。思自以其作不谢班、张,恐以人废言,安定皇甫谧有高誉,思造而示之。谧称善,为其赋序”(《晋书·左思传》)。但《世说新语·文学》注引《左思别传》则认为并无此事,《晋书·左思传》说左思在写《三都赋》前,曾“诣著作郎张载访岷邛之事”,而张载去蜀及返洛的时间,已在皇甫谧死后,这也给这篇序的著者问题留下了疑问。曹道衡根据"《世说》注所引《蜀都赋》文字,有今本所无者"的情况,认为"可能是作者在十年中屡易其稿,由皇甫谧作序的是他的初稿,而今本是后来所改"(见《汉魏六朝辞赋》,上海古籍出版社1989年版),有一定道理。序文称颂了《三都赋》的成就,论述了辞赋源流,概括了赋在艺术表现上的特色,是晋代值得重视的论赋之作。

　　玄晏先生曰:古人称"不歌而颂谓之赋"①。然则赋也者,所以因物造端②,敷弘体理③,欲人不能加也。引而申之,故文必极美;触类而长之④,故辞必尽丽。然则美丽之文,赋之作也。昔之为文者,非苟尚辞而已,将以纽之王教⑤,本乎劝戒也。

【注释】

①不歌而颂:谓只适宜于诵读而不能像古代诗歌一样入乐歌唱。颂,通"诵"。班固在《两都赋序》中说:"或曰:'赋者,古诗之流也。'"这里承认赋是古诗(指《诗经》)的支流,但同时也指出了赋与古诗的不同。

②因物:谓为外物所感。造端:起始,发端。《汉书·艺文志》:"传曰:'不歌而诵谓之赋,登高能赋可以为大夫。'言感物造耑,材知深美。"颜师古注:"耑,古端字也。因物动志,则造辞义之端绪。"

③敷弘:敷布广大。体理:描绘事物以合于事物的常理。体,体物,即描绘事物。陆机《文赋》:"诗缘情而绮靡,赋体物而浏亮。"刘勰《文心雕龙·诠赋》:"赋者,铺也,铺采摛文,体物写志也。"

④触类而长之:将同类的事物加以扩大。《周易·系辞》:"引而伸之,触类而长之,天下之能事毕矣。"

⑤纽:关系,联系。

【译文】

玄晏先生说:古人称"不能入乐歌唱而只适宜于诵读的文体叫赋"。那么所谓赋,是因感于外物而开始写作,用敷陈广大的手法描绘外物以合于事物的常理,使别人来描写时不能再有所增益。在描写时加以铺排引申,所以文章必然极为华美;碰上同类的事物加以扩大,所以文辞必然极为靡丽。那么美丽的文章,就是赋作了。过去写作文章的人,不是苟且崇尚文辞而已,而是要以文章联系王道教化,本于劝勉告诫。

自夏殷以前,其文隐没,靡得而详焉①。周监二代②,文质之体③,百世可知④。故孔子采万国之风⑤,正雅颂之名⑥,集而谓之诗。诗人之作,杂有赋体⑦。子夏序诗曰⑧:"一曰风,二曰赋。"故知赋者,古诗之流也⑨。至于战国,王道陵迟⑩,风雅寝顿⑪,于是贤人失志⑫,辞赋作焉。是以孙卿、屈原之属⑬,遗文炳然⑭,辞义可观。存其所感,咸有古诗之意⑮;皆因文以寄其心⑯,托理以全其制⑰,赋之首也⑱。及宋玉之徒⑲,淫文放发⑳,言过于实,夸竞之兴㉑,体失之渐㉒,风雅之则,于是乎乖㉓。逮汉贾谊㉔,颇节之以礼。自时厥后㉕,缀文之士,不率典言㉗,并务恢张㉘。其文博诞空类㉙,大者罩天地之表㉚,细者入毫纤之内;虽充车联驷㉛,不足以载;广厦接榱㉜,不容以居也。其中高者,至如相如《上林》㉝,扬雄《甘泉》㉞,班固《两都》㉟,张衡《二京》㊱,马融《广成》㊲,王生《灵光》㊳,初极宏侈之辞㊴,终以约简之制,焕乎有文㊵,蔚尔鳞集㊶,皆近代辞赋之伟也。若夫土有常产㊷,俗有旧风,方以类聚㊸,物以群分。而长卿之俦㊹,过以非方之物,寄以中域⑤；虚张异类，托有于无；祖构之士⑩，雷同影附⑪；流宕忘反，非一时也。

【注释】

①靡：不。

②监（jiàn）：借鉴。二代：指夏、商两朝。

③文质之体：文采与质朴相结合的文体。《论语·雍也》："质胜文则野，文胜质则史。文质彬彬，然后君子。"

④百世：百代。极言时间长久。

⑤万国：指春秋列国。风：各地的民间歌谣。

⑥雅颂：《诗经》分为风、雅、颂三类，风有十五国风，雅有小雅、大雅，颂有周颂、鲁颂、商颂。风、雅、颂是诗歌的三种体制，也有人认为是一种音乐上的分类。

⑦杂有赋体：《诗大序》以风、雅、颂、赋、比、兴为《诗》的"六义"，郑玄注《周礼》"六诗"，说《诗》"六义"之"赋"云："赋之言铺，直铺陈今之政教善恶。"赋即铺陈直叙的意思，是《诗经》中的一种表现手法，不是《诗经》中的一种文体，但这种表现手法对后来赋的写作有影响。赋作为一种文体产生时代比《诗经》要晚，大约产生于战国后期。

⑧子夏：即卜商。

⑨赋者，古诗之流也：此为班固在《两都赋序》中所说的话。汉人尊经，"诗三百"已在汉时被列为儒家经书，班固认为赋体是三百篇的演变，意在表明赋的重要意义。古诗，指《诗经》中的诗。流，支流。

⑩王道：儒家称以"仁义"治天下，与"霸道"相对。陵迟：衰落。

⑪风雅：指教化。寝顿：止息，消亡。

⑫失志：失意。《汉书·艺文志》："春秋之后，周道寝坏，聘问歌咏

不行于列国,学《诗》之士逸在布衣,而贤人失志之赋作矣。"

⑬孙卿:即荀况,又称荀卿,战国时赵国思想家。从现存资料看,最早写作赋体作品并以赋名篇的是荀况。其所著《荀子》一书中有《赋篇》,分《礼》《智》《云》《蚕》《箴》五个部分。屈原:我国古代著名的楚辞作家。楚辞是继《诗经》古朴的四言诗体之后产生于战国时期楚国的一种新诗体,在汉代又被称为"赋",如司马迁《史记·屈贾列传》称屈原"乃作《怀沙》之赋",班固《汉书·艺文志》称"屈原赋二十五篇"。此后代有承其说者,如刘勰《文心雕龙·诠赋》称:"及灵均唱《骚》,始广声貌。"属:类。

⑭炳然:光明貌。

⑮古诗之意:指古诗忧时伤国、讽谏时事之意。《汉书·艺文志》:"大儒孙卿及楚臣屈原离谗忧国,皆作赋以风,咸有恻隐古诗之义。"

⑯因:凭借。

⑰制:制度,法则。

⑱首:第一。

⑲宋玉:战国楚辞赋家,稍晚于屈原。《史记·屈原贾生列传》:"屈原既死之后,楚有宋玉、唐勒、景差之徒者,皆好辞而以赋见称。"《汉书·艺文志》著录"宋玉赋十六篇"。徒:犹"类",同一类的人。

⑳淫:谓烦滥放荡。扬雄《法言·吾子》:"或问:'景差、唐勒、宋玉、枚乘之赋也,益乎?'曰:'必也淫。''淫则奈何?'曰:'诗人之赋丽以则,辞人之赋丽以淫。'"放发:放纵。

㉑夸竞:夸张争逐。

㉒体:体制,法则。

㉓乖:不合,违背。指违背风、雅讽谏之义。《汉书·艺文志》:"其后宋玉、唐勒,汉兴枚乘、司马相如,下及扬子云,竞为侈丽闳衍

之词,没其风谕之义。"

㉔逮:及。贾谊:西汉政论家、文学家。《汉书·艺文志》著录"贾谊赋七篇",今存《鹏鸟赋》等四篇。

㉕厥后:其后。

㉖缀文:连缀词句以成文,即作文。

㉗率:遵循。典言:典则之言。

㉘恢张:扩展张大。

㉙博诞:广大。空类:谓言不符实,但为空大。

㉚表:外。

㉛驷:同驾一车的四匹马。

㉜夏:高屋,大殿。榱(cuī):放在檩上架屋瓦的木条,俗称椽子。

㉝相如:即司马相如,西汉著名辞赋家。《上林》:与《子虚赋》同为司马相如的代表作。

㉞扬雄:西汉著名辞赋家。

㉟班固:东汉著名史学家、文学家。《两都》:《东都赋》和《西都赋》的合称。

㊱张衡:东汉文学家、自然科学家。《二京》:《西京赋》和《东京赋》的合称。

㊲马融:东汉著名经学家、文学家。《广成》:即《广成颂》。《后汉书·马融传》:"(永初)四年,拜为校书郎中,诣东观典校秘书。是时邓太后临朝,骘兄弟辅政。而俗儒世士,以为文德可兴,武功宜废,遂寝蒐狩之礼,息战阵之法,故猎赋从横,乘此无备。融乃感激,以为文武之道,圣贤不坠,五才之用,无或可废。元初二年,上《广成颂》以讽谏。"

㊳王生:即王延寿,东汉辞赋家。《灵光》:即《鲁灵光殿赋》,为描写宫殿的赋作。

㊴宏侈:宏大靡丽。

⑩焕乎:鲜明貌。文:文采。

⑪蔚尔:文采美盛貌。鳞集:群集。

⑫常产:谓土地所常出之物。

⑬方:同类。《周易·系辞》:"方以类聚,物以群分,吉凶生矣。"

⑭俦(chóu):类。

⑮中域:犹言中国,指今黄河流域一带。左思《三都赋序》:"然相如赋《上林》而引'卢橘夏熟',扬雄赋《甘泉》而陈'玉树青葱',班固赋《西都》而叹以出比目,张衡赋《西京》而述以游海若。假称珍怪,以为润色,若斯之类,匪营于兹。考之果木,则生非其壤;校之神物,则出非其所。于辞则易为藻饰,于义则虚而无征。"这里系附和左思的论调。

⑯祖:仿效。构:结构,写作。

⑰雷同:谓纷纷附和仿效。

【译文】

在夏商以前,其文隐灭埋没,不能得知其详细情况。周朝借鉴了夏、商两代的成就,产生了文采与质朴兼具的文体,这是百代以后的人们都可以知道的。所以孔子采集各个国家的民间歌谣,辨正了雅、颂的名分,将它们汇集起来叫《诗》。诗人的作品,杂有赋这种文体。子夏在为《诗》写的序中说:"一是风,二是赋。"所以可以知道赋是古诗的支流。到了战国,王道衰落,风雅消亡,于是贤德的人失意,辞赋就产生了。所以荀卿、屈原这些人,留下的赋作光彩照人,辞采文义都颇为可观。赋作保存了他们的感受,都有古诗的意蕴;都凭借文辞以寄托自己的心志,依托义理以成全赋作的法则,是辞赋中的第一等作品。到了宋玉等人,文辞烦滥放纵,言过其实,夸张争逐的出现,传统结构逐渐丧失,以前所遵循的风雅原则,出现了背离。到了西汉的贾谊,颇能以礼法加以节制。从此以后,作赋的文士,不遵循典则之言,都致力于扩展张大。其赋作广大空阔,其中大的可以笼罩到天地之外,细的可以深入到毫纤之内;即使是车辆充斥马匹相连,也不能够加以运载;广殿高屋椽子连接,也不能够将其装入。其中高水平的作品,如像司马相如的《上林赋》,扬雄的《甘泉赋》,班固的《两都赋》,张衡的《二京赋》,马融的《广成颂》,王生的《鲁灵光殿赋》,开始极力铺陈宏大靡丽的言辞,终篇体现了以简约讽喻的法则,有着美好的文采,蔚然群集,都是近代辞赋中的奇伟之作。至于各地有其常见的物产,民俗有其旧有的风俗,事物各以其类彼此聚集,各以其群互相分别。而司马长卿等人,过分地以不同类的事物,寄生在中原地区;虚妄地铺写不同类的事物,托有于无;仿效写作的文士,却如众蛰响应雷声,如影子依附物体;流宕忘返,已经不是一时偶然出现的事情了。

　　曩者汉室内溃①,四海圮裂②。孙、刘二氏③,割有交、益④;魏武拨乱⑤,拥据函夏⑥。故作者先为吴、蜀二客⑦,盛称其本土险阻瑰琦⑧,可以偏王⑨,而却为魏主⑩,述其都畿,弘敞丰丽,奄有诸华之意⑪。言吴、蜀以擒灭比亡国⑫,而魏以交禅比唐虞⑬,既已著逆顺⑭,且以为鉴戒。盖蜀包梁、岷之资⑮,吴割荆南之富⑯,魏跨中区之衍⑰,考分次之多少⑱,计殖物之众寡⑲,比风俗之清浊,课士人之优劣⑳,亦不可同年而语矣㉑。二国之士㉒,各沐浴所闻㉓,家自以为我土乐,人自以为我民良,皆非通方之论也㉔。作者又因客主之辞,正之以魏都,折之以王道㉕。其物土所出,可得披图而校㉖;体国经制㉗,可得按记而验㉘:岂诬也哉㉙!

【注释】

　　①曩(nǎng):过去。内溃:内乱。指东汉末年因董卓之乱所造成的国家崩溃。

②坯(pǐ)裂:分裂。

③孙、刘:指孙权、刘备。

④交:交州,辖境约相当今两广一带,建安年间治广信(今广西苍
　梧),后移治番禺(今广东广州)。益:益州,辖境约相当今四川大
　部及陕西、甘肃、湖北、贵州、云南的部分地区,治成都(今四川
　成都)。

⑤魏武:魏武帝曹操。拨乱:谓治理乱世。

⑥函夏:全中国。此指中原地区。

⑦作者:指左思。为:犹言假设、安排。

⑧瑰琦:奇异。

⑨偏王:谓统治一方。

⑩为魏主:西晋承魏,故左思写《三都赋》,以魏为主,以吴、蜀为客。

⑪奄:包罗。诸华:与诸戎对举,春秋时用以指中原诸国。这里指
　吴、蜀二国。

⑫擒灭:280年,吴为西晋所灭,吴末帝孙皓降晋。263年,蜀被司
　马昭专权的魏国所灭,蜀后主刘禅投降。

⑬交禅:禅让。265年,魏元帝曹奂将帝位"禅让"给司马昭之子司
　马炎,司马炎称帝(史称晋武帝),建立晋朝(史称西晋)。唐虞:
　唐尧虞舜。尧因其子丹朱不肖,传位于舜。舜后来也因其子商
　均不肖,传位于禹。

⑭著:表明。逆顺:谓以吴、蜀为逆,以魏为顺。

⑮梁、岷:二山名。皆在今四川境内,代指益州。

⑯割:占有。荆南:荆州南部。泛指长江以南地区。

⑰跨:拥有。中区:犹言中国,指中原地区。衍:丰饶。

⑱分次:星次和分野。古代天文学家以日月所会之处为次。日月
　一年十二会,故有十二次,其名称为星纪、玄枵、娵訾、降娄、大
　梁、实沈、鹑首、鹑火、鹑尾、寿星、大火、析木,称星次。星象家把

十二星辰的位置同地面上州、国所在的位置相对应,如以鹑尾对应荆州,以实沈对应益州,以大梁对应冀州等,叫分野。所占据州、国越多,对应星次也就越多。

⑲殖物:土地上所生长之物。即物产。

⑳课:考核。

㉑同年而语:犹同日而语。此指魏都之美。贾谊《过秦论》:"试使山东之国与陈涉度长絜大,比权量力,则不可同年而语矣。"

㉒二国:指吴、蜀。

㉓沐浴:犹言沉浸。

㉔通方:通晓为政之道。

㉕折:折服。

㉖披:展开。校:考查。左思《三都赋序》:"余既思摹《二京》而赋《三都》,其山川城邑则稽之地图,其鸟兽草木则验之方志。风谣歌舞,各附其俗;魁梧长者,莫非其旧。"

㉗体国:治理国家。《周礼·天官·叙官》:"惟王建国,辨方正位,体国经野,设官分职,以为民极。"经制:治国的制度。

㉘记:指史籍。

㉙诬:欺骗。

【译文】

以前汉朝发生内乱,国家出现分裂。孙权、刘备两人,割据了交州、益州;魏武帝曹操治理乱世,占据了中原地区。所以作者先安排了吴、蜀的两位客人,让他们极力称赞本国土地的险阻奇异,认为足可在这里统治一方,安排了一位魏国人为主人,让他叙述其京畿的情况,是如此宏大宽敞、丰饶美丽,有包罗各国长处的用意。言吴、蜀因被吞并消灭而以亡国相比,而魏国因禅让帝位被比为唐尧虞舜,既表明了逆、顺的不同,而且为人们树立了鉴戒。蜀国拥有梁、岷的资源,吴国拥有荆南地区的财富,魏国拥有中原地区的富饶,考查星次分野的多少,计算物产的多寡,比较风俗的清浊,考核士人的优劣,也是不可同日而语的。两国的人士,各沉浸在自己的所见所闻之中,自以为自己的国土是乐土,自以为自己的民众是良民,都不是通晓为政之道的言论。作者又通过客人主人的言辞,以魏都为正统对不恰当的说法加以纠正,以王道为根本使人折服。所描写的各地的物产,可以打开地图进行考查;治理国家的制度,可以根据史籍进行检验:哪里会是骗人的呢?

石季伦

见卷第二十七《王明君词》作者介绍。

思归引序一首

【题解】

　　《思归引》,琴曲名。亦作《离拘操》。据蔡邕《琴操》,春秋时邵王聘卫女,未至而王死。太子留之,不听,被拘于深宫,思归不得,于是援琴而作此曲,曲终,缢而死。但《乐府诗集》卷五十八《思归引》题解引谢希逸《琴论》又说"箕子作《离拘操》",不言为卫女作。原只有曲,至石崇始为作辞。石崇在河阳金谷园(在今河南洛阳北)建有豪华别墅,晚年做太仆时,起思归之念,遂作《思归引》诗,并写了此序。石崇富甲一时,穷奢极欲,序中所言,实为其豪奢生活的写照。但文体省净,语言清简,在写作上不无特色。

　　余少有大志,夸迈流俗,弱冠登朝①,历位二十五年。五十以事去官。晚节更乐放逸②,笃好林薮③,遂肥遁于河阳别业④。其制宅也,却阻长堤⑤,前临清渠,百木几于万株,流水周于舍下。有观阁池沼⑥,多养鱼鸟。家素习技⑦,颇有秦、赵之声⑧。出则以游目弋钓为事⑨,入则有琴书之娱。又好服食咽气⑩,志在不朽,慨然有凌云之操。欻复见牵羁⑪,婆娑于九列⑫,困于人间烦黩⑬,常思归而永叹。寻览乐篇,有《思归引》。傥古人之情⑭,有同于今,故制此曲。此曲有弦无歌,今为作歌辞,以述余怀。恨时无知音者⑮,令造新声而播于丝竹也⑯。

【注释】

①弱冠:古代男子二十岁行冠礼,其时尚弱,称弱冠。后以称年少。《晋书·石崇传》:"年二十余,为修武令,有能名。"

②晚节:晚年。放逸:放任自由。

③笃好:深好。林薮:指山林水泽。

④肥遁:谓远走高飞,隐居山林。肥,通"飞"。别业:即别墅。

⑤却阻:犹言背靠。却,退,后。

⑥观(guàn):台榭。

⑦素:一向。习技:爱好声伎。技,通"伎",指歌舞艺人。《晋书·石崇传》:"后房百数,皆曳纨绣,珥金翠。丝竹尽当时之选,庖膳穷水陆之珍。"

⑧秦、赵:二国名。相传两地女子多习歌舞为女乐。杨恽《报孙会宗书》:"家本秦也,能为秦声。妇赵女也,雅善鼓瑟。"

⑨出:出游。游目:纵目远望。弋(yì):以绳系箭射鸟。

⑩服食:指服食丹药。为道家养生之法。咽气:吸气。道家实行呼吸吐纳之法以养身。

⑪欻(xū):忽然。牵羁:羁留,拖累。

⑫婆娑:盘桓,停留。九列:九卿之位。《晋书·石崇传》:"在荆州,

劫远使商客,致富不赀。征为大司农,以征书未至擅去官免。顷之,拜太仆。"太仆掌舆马及牧畜之事,为九卿之一。

⑬烦黩:繁杂污浊。

⑭傥(tǎng):或者。

⑮知音:谓精通音律。

⑯新声:新作的乐曲。播:传布。丝竹:指弦乐器和管乐器。

【译文】

我年轻时有远大志向,超越世俗,二十来岁入朝做官,在职二十五年。五十岁时因事被免官。晚年更喜欢放任自由,深好山林水泽,于是远走高飞退居河阳别墅。这里所建的房屋,背后靠着长堤,前面对着清渠,各种树木有将近万株,流水环绕于房屋下面。有台榭楼阁池沼,养有很多游鱼飞鸟。家中一向喜欢声伎,有不少来自秦地、赵地的歌女。出游则以纵目观览和射鸟钓鱼为事,回家则有弹琴读书的欢娱。又喜欢服食丹药和呼吸吐纳,目的在于长生不死,傲然有高入云霄的志向。忽然间又重被官场牵累,盘桓九卿之位,被人间的繁杂污浊所困,常因思归而长叹。不久翻阅乐篇,见有《思归引》乐曲。或者古人之情,有与今人相同之处,因此制作了这支曲子。这支曲子有乐曲而无歌辞,我现在为之作了一首歌辞,以抒写自己的情怀。只可惜这时没有精通音律的人,以便让他作一支新曲,使歌辞得以通过乐器的伴奏传布开来。

卷第四十六

序下

陆士衡

见卷第十六《叹逝赋》作者介绍。

豪士赋序—首

【题解】

晋惠帝永宁元年(301),赵王司马伦废掉惠帝,自立为帝。齐王司马冏、成都王司马颖及河间王司马颙等起兵讨伦,斩伦及孙秀等,复惠帝位。冏为大司马都督中外诸军事,入朝辅政。冏既掌大权,一面矜功自伐,受爵不让,一面骄奢不法,荒怠政事,复为长沙王司马乂所杀。《豪士赋序》是讽谏齐王冏之作。具体写作时间,李善题解引臧荣绪《晋书》认为是“齐亡”后所作,而房玄龄等《晋书·陆机传》则云:“冏既矜功自伐,受爵不让,机恶之,作《豪士赋》以刺焉……冏不之悟,而竟以败。”认为作于冏尚未亡之时。

序文从一般事理出发,援引有关史实,反复论证,认为在特殊情况下侥幸获得高位厚禄的平庸之人,如不适时引退,反要妄自矜夸,必将招致颠仆惨祸。文中有一些警策之句,如“广树恩不足以敌怨,勤兴利不足以补害"二句,何焯即评为"惊心动魄之言"(《义门读书记》)。序文篇幅四倍于赋文,情感激动,议论尖锐,说理透辟,文势跌宕,实际是一篇不错的议论之作。

夫立德之基有常①,而建功之路不一。何则? 循心以为量者存乎我②,因物以成务者系乎彼③。存夫我者,隆杀止乎其域④;系乎物者,丰约唯所遭遇⑤。落叶俟微风以陨⑥,而风之力盖寡⑦;孟尝遭雍门而泣⑧,而琴之感以末。何者? 欲陨之叶,无所假烈风;将坠之泣⑨,不足繁哀响也。是故苟时启于天⑩,理尽于民,庸夫可以济圣贤之功⑪,斗筲可以定烈士之业⑫,故曰"才不半古,而功已倍之"⑬,盖得之于时势也。历观古今⑭,徼一时之功⑮,而居伊、周之位者有矣⑯。

【注释】

①立德:树立德行。《春秋左传·襄公二十四年》:"太上有立德,其次有立功,其次有立言,虽久不废,此之谓不朽。"基:基础。常:谓一定的常轨。

②循心以为量者存乎我:李善注:"言立德必循于心,故存乎我。"谓树立道德靠加强自身修养,故决定于自己。量,指德发展的程度。

③因物以成务者系乎彼:李善注:"言建功必因于物,故系乎彼。"因,依靠。物,指外界的客观条件。务,事功,事业。

④隆杀:隆,丰厚。杀,减降。《荀子·礼论》:"礼者……以隆杀为要。"域:谓身。

⑤约:减省。

⑥俟(sì):待。

⑦寡：少，小。

⑧孟尝遭雍门而泣：孟尝，即孟尝君，战国时齐国贵族，姓田名文，靖郭君田婴少子，曾为齐相。轻财好士，门下食客常数千人。遭，遇。雍门，即雍门周，居雍门，名周。《说苑·善说》载，雍门周以琴见孟尝君，孟尝君曰："先生鼓琴，亦能令文悲乎？"雍门周曰："臣之所为足下悲者一事也……天下有识之士，无不为足下寒心酸鼻者，千秋万岁之后，庙堂必不血食矣。高台既以坏，曲池既以渐，坟墓既以平，而青廷矣，婴儿竖子、樵采薪菟者，踯躅其足而歌其上，众人见之，无不愀焉为足下悲之，曰：'夫以孟尝君尊贵，乃可使若此乎？'"于是孟尝君流出了眼泪，但眼泪挂在睫毛上尚未落下来，雍门周复"引琴而鼓之，徐动宫徵，微挥羽角，切终而成曲"，孟尝君于是"涕浪汗增欷而就之曰：'先生之鼓琴，令文立若破国亡邑之人也'"。

⑨泣：泪。

⑩启：开。

⑪济：成就。

⑫斗：古代量器，容十升。筲（shāo）：古代的饭筐，能容五升。都是容量很小的量器，比喻才识短浅的人。《论语·子路》："斗筲之人，何足算也？"烈士：有志建功立业的人。

⑬"故曰"二句：《孟子·公孙丑》："故事半古之人，功必倍之，惟此时为然。"半古，古人的一半。

⑭历：遍。

⑮徼（yāo）：通"邀"，求取。

⑯伊：伊尹，辅佐商汤灭夏桀，被尊为阿衡（宰相）。周：周公，名姬旦，周文王子，辅助武王灭商，建立周王朝，封于鲁。

【译文】

树立德行的基础有一定的常轨，而建立功业的道路却不一样。为什么呢？依循内心以成就德行这决定于我，依靠外物以成就事业这决定于彼。决定于我的，丰厚减降止于自身；决定于物的，丰厚减省只看能碰到什么。落叶等着微风吹来掉下，而微风的力量是很小的；孟尝君遇到雍门周就哭泣起来，而琴声的感人还在其次。为什么这么说呢？将要落下的树叶，不需要凭借大风的力量；将要掉下的眼泪，不值得烦劳哀乐的感染。所以假如时运能够行之于天，道理又能够尽于人事，那么平庸的人也可以成就圣贤的功勋，才识短浅的人也可以建立烈士的大业，所以说"才能不及古人的一半，而功效却倍于古人"，这是因为得时遇势的缘故。遍观古今，求取到一时的功业，而居伊尹、周公之位的人也就有了。

　　夫我之自我，智士犹婴其累①；物之相物②，昆虫皆有此情。夫以自我之量③，而挟非常之勋④，神器晖其顾盼⑤，万物随其俯仰，心玩居常之安⑥，耳饱从谀之说⑦，岂识乎功在身外⑧，任出才表者哉⑨！且好荣恶辱，有生之所大期⑩；忌盈害上⑪，鬼神犹且不免⑫。人主操其常柄，天下服其大节⑬，故曰"天可仇乎"⑭。而时有裋服荷戟，立于庙门之下⑮，援旗誓众，奋于阡陌之上⑯，况乎代主制命⑰，自下财物者哉⑱！广树恩不足以敌怨，勤兴利不足以补害，故曰代大匠斫者，必伤其手⑲。且夫政由甯氏，忠臣所为慷慨；祭则寡人，人主所不久堪⑳。是以君奭鞅鞅，不悦公旦之举㉑；高平师师㉒，侧目博陆之势㉓。而成王不遣嫌吝于怀㉔，宣帝若负芒刺于背㉕，非其然者与？

【注释】

①"夫我"二句：谓我亦为物，既为物，则亦不免为物之累。李善注

引《文子》：“譬吾处于天下，亦为一物也，然则我亦物也，而物亦物也，物之与我也，有何以相物也。”又吕延济注：“谓物皆相轻，此虽智士犹婴绕以为败累，昆虫之徒亦有此情也。”婴，缠绕。累，祸害。

②相物：相互役使。

③量：能量，才能。

④挟：拥有。非常：不同寻常。

⑤神器晖其顾盼：李周翰注：“称其光辉，承其顾盼，故万物随其心意以为俯仰。”神器，帝位。此指居帝位者。晖，光辉。

⑥玩：谓玩其所好。

⑦饱：犹言充满。从（sǒng）谀：奉承怂恿。

⑧功在身外：谓功劳不是凭借自己的才能建立的。

⑨任出才表：谓所承担的重任超出了才能的负荷。表，外。

⑩有生：有生命者。此指人。期：犹“同”。

⑪盈：满。害上：忌恨居上位的人。

⑫不免：谓不免于忌盈害上。

⑬“人主”二句：吕延济注：“言人主执生杀之常柄，而天下之臣任其大节，佐安社稷也。”操，执，掌握。常柄，谓固有的权力。指生杀之权。大节，谓从政的关键。

⑭天：天命，天意。

⑮“而时有”二句：《汉书·梁丘贺传》：（宣帝）召贺筮之，有兵谋，不吉。上还，使有司侍祠。是时霍氏外孙代郡太守任宣坐谋反诛，宣子章为公车丞，亡在渭城界中，夜玄服入庙，居郎间执戟立庙汜，待上至，欲为逆。发觉，伏诛。祅（xuàn）服，黑色的衣服。荷，执。戟，古兵器名。

⑯“援旗”二句：贾谊《过秦论》：“陈涉……蹑足行伍之间，而偏起阡陌之中，率罢散之卒，将数百之众，转而攻秦，斩木为兵，揭竿为

旗。"又李周翰注:"楚将项燕为秦所杀,项梁与诸侯引旗誓众,约将灭秦以报父仇也。"援,持,举。誓众,告诫众人。谓起兵前告诫众人,表示决心。奋,起。阡陌,田间小路,南北方向为阡,东西方向为陌。泛指田野。

⑰制命:拟定诏命。

⑱财:通"裁",裁断。

⑲"故曰"二句:《老子》七十四章:"夫代大匠斫者,希有不伤其手者矣。"斫(zhuó),砍,削。

⑳"且夫"几句:《春秋左传·襄公二十六年》载,卫献公派子鲜为自己谋求返国,子鲜找到甯喜,以献公的命令对他说:"苟反,政由甯氏,祭则寡人。"甯氏,即甯喜,春秋时卫臣。

㉑"是以"二句:吕延济注:"召公为保,周公为师,相成王,召公不悦,疑周公有异志于成王也。"君奭(shì),即召公姬奭,周的支族,周武王之臣(一说为周文王之子),封于召。成王时,与周公分陕而治。鞅鞅,不悦貌。公旦,即周公姬旦。武王死,成王年幼,周公摄政,管叔等造谣说周公将废成王自立。

㉒高平师师:高平:指汉宣帝时丞相魏相,封高平侯。魏相为河南太守时,曾被大将军霍光下狱。霍光死后,宣帝以其子霍禹为右将军,兄子乐平侯霍山领尚书事。魏相谏阻,后霍氏怨恨,谋矫太后诏,先召斩魏相,然后废天子,谋泄伏诛。事见《汉书·魏相传》。师师,互相师法。

㉓侧目博陆之势:汉武帝时霍光为奉车都尉,武帝死,昭帝八岁即位,以大司马大将军受遗诏辅政,封博陆侯。昭帝死,迎立昌邑王刘贺,不久废,迎立宣帝。前后秉政二十年,权倾内外。侧目,怒恨之貌。

㉔成王不遣嫌忿于怀:谓成王不能排遣管叔等对周公的诽谤之言。嫌,疑。忿,恨。

㉕宣帝若负芒刺于背：《汉书·霍光传》："宣帝始立,谒见高庙,大
将军光从骖乘,上内严惮之,若有芒刺在背。"吕向注："言周公、
霍光所以使其疑惧之者,岂不为臣势强而行君之制使之然欤?"
芒,草木上的针状物。芒刺在背,喻惶恐不安。

【译文】

　　自己对自己过高估量,聪明的人尚且会被这种秉性拖累缠绕;一物
对他物进行役使,连昆虫都会有这种想法。以自我不大的能量,而拥有
不同寻常的功勋,连居于帝位的人都要仰承他的顾盼才能发出光辉,世
间万物都要随着他的心意俯仰,拥有心中所喜欢的玩物以为长久的安
乐,耳朵里充满奉承怂恿的话,哪里能够认识功勋超出了自身所具有的
实际才能,重任也超出了自己才能所能负荷的范围呢? 而且喜欢荣耀
讨厌耻辱,这是人们最大的相同点;忌恨满盈和身居上位的人,鬼神尚
且不免有这种感情。人主掌握着生杀的权柄,天下之臣服从其为政的
大节,所以古书上说"天意是可以仇恨的吗"。而不时有身穿黑衣执着
戟的人,站在庙门之下准备行刺人主,有举着旗帜告诫众人的人,起兵
于田野之中,何况在那里代替主上拟定诏命,身居下位而裁断大事的人
呢! 广泛地树立恩德不足以抵敌怨恨,勤于兴办有好处的事情不足以
弥补祸害,所以说代替大匠去砍削木头的人,其手必定会被斧子砍伤。
而且以前卫国的政事由宁氏主持,忠臣为之慷慨不平;祭祀则由寡人负
责,人主不能长久地忍受。所以君奭心中不高兴,不高兴传说的周公将
废成王自立的举动;高平侯魏相起而效法,怒视博陆侯霍光的威势。而
周成王不能排遣诽谤之言,内心对周公怀着疑虑怨恨;汉宣帝碰到霍
光,就像有芒刺在背,不就是这样的吗?

　　嗟乎! 光于四表①,德莫富焉;王曰叔父②,亲莫昵焉③;
登帝大位,功莫厚焉;守节没齿④,忠莫至焉。而倾侧颠沛,
仅而自全⑤。则伊生抱明允以婴戮⑥,文子怀忠敬而齿剑⑦,

固其所也⑧。因斯以言，夫以笃圣穆亲⑨，如彼之懿⑩，大德至忠⑪，如此之盛，尚不能取信于人主之怀，止谤于众多之口，过此以往，恶睹其可⑫！安危之理，断可识矣。又况乎饕大名以冒道家之忌⑬，运短才而易圣哲所难者哉！身危由于势过，而不知去势以求安；祸积起于宠盛，而不知辞宠以招福。见百姓之谋己，则申宫警守⑭，以崇不畜之威⑮；惧万民之不服，则严刑峻制⑯，以贾伤心之怨⑰。然后威穷乎震主⑱，而怨行乎上下。众心日陊⑲，危机将发，而方偃仰瞪眄⑳，谓足以夸世㉑，笑古人之未工㉒，亡己事之已拙，知曩勋之可矜㉓，暗成败之有会㉔。是以事穷运尽，必于颠仆㉕；风起尘合，而祸至常酷也。圣人忌功名之过己㉖，恶宠禄之逾量㉗，盖为此也。

【注释】

①四表：四方极远之地。

②王：指周成王。叔父：指周公。周公为武王之弟，于成王为叔父。

③昵：亲近。

④没齿：至死。

⑤"而倾侧"二句：吕延济注："周公为群叔流言，霍光有芒刺之惧，故皆时危势劣，方而得自全也。"倾侧，犹倾危。颠沛，倾覆，倾危。

⑥伊生抱明允以婴戮：伊尹佐汤灭夏，综理国事，连保汤、外丙、中壬三朝。后太甲继位，破坏商汤法制，伊尹把他放逐到桐宫，三年后迎之复位。一说伊尹放逐太甲，自立七年，后太甲逃回王都，把伊尹杀死。伊生，伊尹。明允，明达守信。婴，遭受。

⑦文子怀忠敬而齿剑：文子，即文种，春秋末越国大夫，字伯禽，一

作"子禽"，楚国郢(今湖北江陵西北纪南城)人。与范蠡一同辅
佐越王，出计灭吴。功成，范蠡引退，并写信劝他早日离去。文
种称病不朝，被人诬陷，越王勾践赐剑令自杀。齿，当，及。

⑧固其所：李周翰注："言明信忠敬之道人之本也，以此而死，固为
人臣所疑也。"

⑨笃：厚。穆：和睦。

⑩懿：美。李善注："谓周公也。"

⑪大德至忠：张铣注："谓伊尹、文种、霍光也。"

⑫恶(wū)：怎么，哪里。

⑬饕(tāo)大名以冒道家之忌：刘良注："道家所以为忌，富贵而骄
也；圣哲所难，其志不易。"饕，贪。

⑭申宫警守：《春秋左传·成公十六年》："公待于坏隤，申宫儆备，
设守而后行。"申宫，即司宫，守宫，防护宫室。申，古与"司"常互
用，守护之义。警守，加强守备。

⑮畜：吕向注："积也。言无积德也。"

⑯峻制：峻法，严酷的法令。

⑰贾：买，招致。

⑱震主：使帝王恐惧。

⑲陊(duò)：崩坏。

⑳偃仰：俯仰，为悠然自得之貌。瞪眄(miǎn)：为意气盛貌。瞪，直
视。眄，斜视。

㉑夸世：吕延济注："谓夸其功能于时世也。"

㉒工：善。李周翰注："笑古人之道未尽善也，而不知己事拙之
甚也。"

㉓曩(nǎng)：过去。矜：夸耀。

㉔会：时机，机会。

㉕颠仆：倾倒。

㉖过己：吕延济注："谓虚有大名而才不足也。"

㉗逾：超过。

【译文】

　　哎呀！光辉普照四方，道德没有谁像他那样富有；王称叔父，同天子的关系没有谁像他那样亲近；使帝王登上了大位，功劳没有谁像他那样厚重；坚持操守直到死去，没有谁像他那样忠诚至极。而倾倒颠仆，仅仅保住了自己的性命。那么伊尹怀抱明达守信的品格而遭到杀害，文种怀抱忠诚谨敬的品格却碰上剑刃，就是本该如此的了。如此说来，以厚圣和亲，像那样完美，大德至忠，像这样隆盛，尚且不能取信于人主之心，止住众多之口的诽谤，还不如这种情况的人，哪能看到他可以例外呢！安危的道理，断然可以知道的了。又何况那些为贪得大名而冒犯道家的忌讳，凭借短浅的才智而以圣贤所感到为难的事情为容易的人呢！身危由于拥有过分的权势，而不知去掉权势以谋求安全；祸患堆积起于宠遇过分，而不知去掉宠遇以招来福运。看见百姓图谋反对自己，就防护宫室加强戒备，以提高自己没有积德的威势；害怕万民不服自己，就施行严刑峻法，以招致伤透人心的怨恨。然后威势发展到使帝王恐惧的地步，而怨恨蔓延于上上下下。众心一天天崩坏，危机就要发生，却仍在那里俯仰自得直瞠斜视，自认为足可以向世人夸耀自己的功德才能，讥笑古人没有达到完美的程度，忘记自己的事情已经办得十分拙劣，只知道过去所建的功勋值得夸耀，不明白成败都有来到的机会。所以等到事穷运尽的时候，必然会颠仆倒台；风起尘合之时，来到的灾祸常常是很残酷的。圣人顾忌功名超过自己实际所具有的才能，讨厌宠遇利禄超过一定的限量，就是为的这个缘故。

　　夫恶欲之大端，贤愚所共有①。而游子殉高位于生前②，志士思垂名于身后，受生之分③，唯此而已。夫盖世之业④，名莫大焉；震主之势，位莫盛焉；率意无违⑤，欲莫顺焉。借使伊人⑥，颇览天道⑦，知尽不可益⑧，盈难久持⑨，超然自引⑩，高揖而退⑪，则巍巍之盛⑫，仰邈前贤⑬，洋洋之风⑭，俯冠来籍⑮，而大欲不乏于身⑯，至乐无愆乎旧⑰，节弥效而德弥广⑱，身逾逸而名逾劭⑲，此之不为⑳，彼之必昧㉑，然后河海之迹，埋为穷流㉒，一篑之衅，积成山岳㉓，名编凶顽之条㉔，身厌荼毒之痛㉕，岂不谬哉！故聊赋焉㉖，庶使百世少有寤云㉗。

【注释】

①"夫恶(wù)欲"二句：《礼记·礼运》："饮食男女，人之大欲存焉；死亡贫苦，人之大恶存焉。故恶欲者，心之大端也。"李周翰注："人情所恶，心有所欲，此人之大端，则贤愚所共然。"恶欲，厌弃的和想要的。大端，重大的端绪。

②游子：远游求仕的人。殉高位：为求得高位而不惜身。

③受生：禀性。

④盖世：压倒当世。

⑤率意：任意。

⑥借使：假使。伊人：这个人。张铣注："谓有功之人也。"

⑦颇：稍微。天道：天的原则，天意。

⑧尽：谓运尽。益：增加。

⑨盈：满。

⑩自引：自己引身而退。

⑪揖：古代拱手之礼。

⑫巍巍：高大貌。

⑬邈：通"藐"，轻视。

⑭洋洋：美盛貌。

⑮冠：首，第一。

⑯大欲：吕延济注："谓好道德也。"

⑰愆(qiān)：过失。

⑱效：显示。

⑲逾：更。逸：安闲。劭：美好。

⑳此：指自我引退。

㉑彼：指贪慕尊荣。昧：愚昧，不明。

㉒"然后"二句：张铣注："喻功大而为一罪所蔽矣。"堙，塞。穷流，阻塞不通之流。

㉓"一篑(kuì)"二句：张铣注："言若长恶不改，如一篑之土渐积以成山岳之大也。"篑，盛土的竹筐。衅，罪过。

㉔条：条目，按内容分列的细目。

㉕厌：饱受，饱尝。荼毒：毒害，残害。

㉖聊：姑且。

㉗庶：希望。少：稍微。寤：通"悟"，醒悟。

【译文】

情有所恶心有所欲这人心重大的端绪，是贤明的人和愚笨的人所共有的。而远游求仕的人为在生前求得高位不惜身家性命，志士则想留名于身后，禀性的差别，不过如此而已。建立了压倒当世的功业，名声没有谁比这更大；有使主上恐惧的权势，地位没有谁比这更盛；任意行事没有阻碍，欲望没有谁比这更顺。假使这个人能稍微观察一下老天的原则，知道运气完了不能增加，盈满难以长久地维持，以超然的姿态自我引退，高高地一揖退出官场，那么崇高的盛举，抬头可以轻视前代贤人，美盛的风貌，低头可以位居将来史籍记载的首位，而最大的欲望不会缺乏于身，最大的欢乐不会使过去的日子蒙上过失，节操越高洁而道德越广大，身体越安闲而名声越美好，这样的事情不肯去做，那样的事情必然不明白其中的坏处，然后江河大海之流就将被堙塞不通，像一筐土那么多的罪过就会堆积成山岳,名字将被编入书中凶顽的条目,身体将会饱尝刑法残害的痛苦,这哪里不荒谬呢!所以姑且写下这篇赋,希望能使百代的人们稍微有所醒悟。

颜延年

见卷第十四《赭白马赋》作者介绍。

三月三日曲水诗序一首

【题解】

古人于每年三月上旬的巳日(即所谓"上巳",又称为"三巳")临水祭祀,并用浸泡了香草的水沐浴,以为这样可以祛除不祥,叫做"禊""祓禊"或"修禊"。这种风俗起源于周代,郑玄注《周礼·女巫》所云"掌岁时祓除衅浴"句时即云:"岁时祓除,如今三月上巳如水上之类。"汉魏以后此风相沿,自魏起,大约为了便于记忆,不再拘泥于"上巳"这个日子,而将节日固定为农历三月三日。早在汉代,上巳即已成为人们春日到水边宴饮游玩的节日,宴饮时,人们把酒杯放到水中任其漂流,漂到谁的面前就由谁取饮,此即西晋王济在其《平吴后三月三日华林园》诗中所说的"清池流爵",东晋王羲之在其《兰亭集序》中所说的"曲水流觞"。骚人墨客还免不了要咏诗作赋,有时率性而作,有时受命而作,这样就产生了一系列以"上巳"和"三月三日"为题的作品。宋文帝元嘉十一年(434)三月丙申,文帝与众臣禊饮于京都建康(今江苏南京)乐游苑,兼为江夏王刘义恭、衡阳王刘义季二人饯行,文帝命与宴者赋诗,并命太子中庶子颜延年作了这篇序。序文记游乐,颂功德,风格典雅,讲求对偶,藻采繁丽,颇能体现作者文章在艺术上的特色。

夫方策既载①，皇王之迹已殊②；钟石毕陈③，舞咏之情不一④。虽渊流遂往⑤，详略异闻，然其宅天衷⑥，立民极⑦，莫不崇尚其道⑧，神明其位⑨，拓世贻统⑩，固万叶而为量者也⑪。

【注释】

①方策：指典籍。《礼记·中庸》："文武之政，布在方策。"注："方，版也；策，简也。"

②皇王：指帝王。皇，大。《诗经·大雅·文王有声》："四方攸同，皇王维辟。"迹：业绩。

③钟、石：皆打击乐器名。泛指乐器。毕陈：全都摆出来演奏。

④咏：吟咏，歌唱。

⑤渊流：源流。遂往：成为过去。

⑥宅：居。衷：正中。李善注："《东京赋》曰：'岂如宅中而图大。'《吕氏春秋》曰：'古之王者，择天之中而立国，择国之中而立宫。'"

⑦民极：万民的标准、法则。

⑧道：指宴饮听乐之道。

⑨神明：谓敬若神明。

⑩拓：扩展。贻：遗，传。统：帝王世代相继的系统。

⑪万叶：万世。量：目标。

【译文】

从典籍中已有的记载看来，帝王业绩已是各不相同；钟石等乐器一齐演奏，舞蹈歌咏时情态也不一样。虽然源远流长成为过去，有关传闻详略不同，但帝王位居天中，为万民树立法则，莫不崇尚其道，敬守其位，而以扩展世代留传皇统、巩固万世的统治为其最终的目的。

有宋函夏①，帝图弘远②。高祖以圣武定鼎③，规同造物④；皇上以睿文承历⑤，景属宸居⑥。隆周之卜既永⑦，宗汉之兆在焉⑧。正体毓德于少阳⑨，王宰宣哲于元辅⑩。晷纬昭应⑪，山渎效灵⑫；五方杂遝⑬，四隩来暨⑭。选贤建戚⑮，则宅之于茂典⑯；施命发号⑰，必酌之于故实⑱。大予协乐⑲，上庠肆教⑳，章程明密㉑，品式周备㉒。国容眡令而动㉓，军政象物而具㉔。

【注释】

①函夏：指全中国。

②帝图：皇帝的谋略。弘：广大。

③高祖：即宋武帝刘裕。圣武：通达勇武。定鼎：犹言定天下。传说鼎为夏商周时期的传国重器，后因称定都或建立新王朝为定鼎。

④规同：同于。造物：创造万物。

⑤皇上：指宋文帝刘义隆。睿文：智慧文明。历：历数，历运之数。谓帝王相继相承的次序。

⑥景属：李善注："光景连属也。"宸居：帝王居处，即指帝位。张铣注："言文帝以圣文之德以承历数，明继先帝位也。"

⑦隆周：强盛的周朝。卜：占卜传世、享国的年限。《春秋左传·宣公三年》："成王定鼎于郏鄏（jiá rǔ），卜世三十，卜年七百，天所命也。"永：长久。

⑧宗汉：宗仰汉朝。汉天子刘姓，宋天子亦刘姓，以为汉后，故云。兆：古代占卜时，占卜者观看龟甲烧灼形成的裂纹，用以判断吉凶，称兆。刘良注："言宋祚将与周汉同也。"

⑨正体：李善注："太子也。《丧服传》曰：'父为长子三年。'传曰：

'何以三年? 长子正体于上。'"毓:同"育"。少阳:李善注:"东宫也。郑玄《礼记注》曰:'东郊少阳,诸侯象也。'"东宫为太子所居之处。

⑩王宰:宰相。宣哲:明智。元辅:指宰相之位。因其辅佐皇帝而居大臣之首,故称。

⑪晷(guǐ):日影。代指日。纬:星名。《史记·天官书》:"水、火、金、木、填星,此五星者,天之五佐,为纬。"昭应:明而不错乱。

⑫山:李善注:"五岳也。"五岳指中岳嵩山、东岳泰山、西岳华山、南岳衡山、北岳恒山。渎:李善注:"四渎也。"四渎指长江、黄河、淮水、济水四条河,因都独流入海,故名为渎。效灵:呈献祥瑞。李善注:"山出器车、渎出图书之类。"

⑬五方:吕向注:"四方、中国也。"杂遝(tà):众多纷杂貌。谓人物殷众。

⑭四隩(ào):四方边远之地。隩,可以定居的地方。《尚书·禹贡》:"九州攸同,四隩既宅。"暨:至。

⑮建戚:谓立亲族以为公侯。《春秋左传·宣公十二年》:"其君之举也,内姓选于亲,外姓选于旧。"

⑯宅:当作"择",选择。胡克家《文选考异》:"袁本、茶陵本'宅'作'择',是也。"茂:美。典:法则。

⑰施命、发号:皆发布命令的意思。

⑱酌:斟酌,考虑。故实:可供效法的旧事。

⑲大予:官名。大予乐令。《后汉书·百官志》:"大予乐令一人,六百石。本注曰:掌伎乐。凡国祭祀,掌请奏乐,及大飨用乐,掌其陈序。"协:和。

⑳上庠(xiáng):古代为贵族设置的太学。《礼记·王制》:"有虞氏养国老于上庠。"肆:施行。

㉑明密:修明周密。李善注引谢承《后汉书》:"魏朗为河内太守,明

密法令也。"

㉒品式：仪式。李善注："《汉书》曰：'宣帝枢机周密，品式备具。'"

㉓国容：李周翰注："百官上下之义也。"《司马法·天子之义》："古者国容不入军，军容不入国。"眂：古"视"字。

㉔军政：军事政教。象物：依据所建之物。物，指画有鸟兽图案的旗帜。古代百官地位和职司不同，所建旗帜也不相同，各依旗帜的指示而行动。具：备办。

【译文】

宋朝统治中国，皇帝的谋略广大深远。高祖以通达勇武安定天下，功业同创造万物一样伟大；皇上以智慧文明承继历数，光明相连登上帝王之位。像隆盛的周朝那样占卜享国的年限很长，宗仰汉朝有像汉朝那样的卦兆出现。太子在东宫培育德行，宰相在首辅之位明智理事。日光星光明朗有序，山岳河渎呈献祥瑞；东西南北中五方人物众多纷纭，四方边远之地的人们纷纷来到京城。选拔贤能封建亲族，总要选择那些合于美好法则要求的；下达命令发布号召，必定结合足可效法的旧事加以考虑。大予乐令协和乐曲，上庠对子弟施行教育；章程修明周密，仪式周详完备。上下百官看着命令行动，军事政教各依旌旗指示备办。

箴阙记言、校文讲艺之官采遗于内①，辀车朱轩、怀荒振远之使论德于外②。赪茎素毳、并柯共穗之瑞史不绝书③，栈山航海、逾沙轶漠之贡府无虚月④。烈燧千城⑤，通驿万里⑥；穹居之君⑦，内首禀朔⑧；卉服之酋⑨，回面受吏⑩。是以异人慕响⑪，俊民间出⑫；警跸清夷⑬，表里悦穆⑭。将徙县中宇⑮，张乐岱郊⑯，增类帝之宫⑰，饰礼神之馆⑱，涂歌邑诵⑲，以望属车之尘者久矣⑳。

【注释】

①箴:规诫,劝告。阙:过失。吕向注:"言太史之官作戒,以戒天子百官之阙失也。"《春秋左传·襄公四年》:"昔周辛甲之为大史也,命百官,官箴王阙。"记言:记录言论。《汉书·艺文志》:"古之王者世有史官,君举必书,所以慎言行、昭法式也。左史记言,右史记事,事为《春秋》,言为《尚书》。"校文:校勘整理书籍。讲艺:讲习艺文。班固《西都赋》:"讲论乎六艺,稽合乎同异……启发篇章,校理秘文。"采遗:吕向注:"谓采拾遗阙之事。"

②辀(yóu)车、朱轩:皆指使者所乘之车。荒:僻远之国。振远:震动远国。论德:此指论天子之德。

③赪(chēng)茎:李善注:"朱草也。"朱草是一种红色的草,方士以为瑞草。素毳(cuì):李善注:"白虎也。"毳,鸟兽的细毛。并柯:即连理,谓异根之木枝干连生。共穗:李善注:"嘉禾也。"史不绝书:刘良注:"言于国史上书之不绝,言常有之。"

④栈山:沿山修筑栈道。逾、轶(yì):皆越过之意。贡:进献方物。府:府库。无虚月:谓没有一个月不接受贡品。《春秋左传·襄公二十九年》:"鲁之于晋也,职贡不乏,玩好时至,公卿大夫相继于朝,史不绝书,府无虚月。"

⑤烈:当作"列",排列,设置。燧:烽火。千城:李周翰注:"言郡县多也。"

⑥通驿:设置驿站(古代负责传送公文、转运物件及供来往官员休息的机构)以使相通。

⑦穹(qióng)居之君:指匈奴单于。穹,穹庐,毡帐,即今之蒙古包。

⑧内首:回首,面向朝廷。禀朔:奉行正朔。正,一年之始;朔,一月之始。古时改朝换代,新王朝为表示"应天承运",要重定正朔。奉行宋朝正朔,表示臣服于宋。

⑨卉服:用草编织的衣服,如蓑衣之类。此指南方少数民族。

⑩受吏：接受为吏。吕向注："谓受郡县之化。"

⑪异人：不寻常的人。慕响：思慕向往。班固《汉书·公孙弘传赞》："群士慕向，异人并出。"

⑫俊民：才智特出的人。间出：不时出现。

⑬警跸(bì)：古代帝王出入，左右侍卫为警，戒止行人为跸。即指帝王出行。清夷：清平，太平。夷，平。

⑭表里：内外。穆：和睦。

⑮县：指都城。中宇：中国。李善注："言将徙都洛邑，封禅泰山也。"吕延济注："宋居江东，故将欲移都于中国也。"

⑯张乐：奏乐。岱：岱山，即泰山。郊：吕延济注："南郊也。"

⑰类：古代祭名。祭天。《尚书·舜典》："肆类于上帝。"

⑱饬：整治。礼神：敬神。

⑲涂：同"途"。

⑳属车：皇帝的侍从车。李周翰注："天子行，有属车三十六乘以从于后也。望属车者，望天子来也。"

【译文】

规诫过失记录言论、校理书籍讲习艺文的官员在朝中采遗拾缺，乘着辎车朱轩、心怀僻远震动远国的使者在朝外论述功德。朱草白虎、连理嘉禾的祥瑞连连出现史不绝书，走过栈道驶过大海、越过流沙跨过广漠的贡物府库没有一月中断。排列烽火的城池上千座，设置驿站以使相通的路程达万里；住在穹庐中的君主，回头向内奉行正朔；穿着草编衣服的酋长，回头接受朝命做了官吏。因此特异的人才思慕向往，杰出的人才不时涌现；出入警跸一派清平，里里外外欢悦和睦。将要迁都中国，奏乐于泰山郊野，增高祭祀上帝的宫室，整治礼敬神明的馆舍，道路讴歌里邑传诵，以盼望天子属车滚滚驶来已有很长时间了。

日躔胃维①，月轨青陆②；皇祇发生之始③，后王布和之辰④；思对上灵之心⑤，以惠庶萌之愿⑥；加以二王于迈⑦，出饯戒告⑧。有诏掌故⑨，爰命司历⑩，献洛饮之礼⑪，具上巳之仪。南除辇道⑫，北清禁林⑬；左关岩隥⑭，右梁潮源⑮。略亭皋⑯，跨芝廛⑰，苑太液⑱，怀曾山⑲。松石峻垲⑳，葱翠阴烟㉑；游泳之所攒萃㉒，翔骤之所往还㉓。于是离宫设卫㉔，别殿周徽㉕；旌门洞立㉖，延帷接桸㉗；阅水环阶㉘，引池分席㉙；春官联事㉚，苍灵奉涂㉛。然后升秘驾㉜，胤缇骑㉝，摇玉鸾㉞，发流吹㉟，天动神移，渊旋云被㊱，以降于行所㊲，礼也。

【注释】

① 日躔(chán)：太阳运行时经过天空某一区域。胃：星宿名。为二十八宿之一。维：旁边。

② 轨：运动的轨迹。此指经过。青陆：月亮运行的轨道，即青道。李善注："《河图帝览嬉》曰：'立春、春分，月从东青道。'"《汉书·天文志》："月有九行者……青道二，出黄道东。立春、春分，月东从青道。"

③ 皇祇：李善注："皇，天神也；祇，地神也。"即指天地。祇，用同"祇"。发生：萌发，滋长。张铣注："言春时是天地发生万物之时。"

④ 后王布和之辰：《礼记·月令》孟春之月："立春之日，天子亲帅三公、九卿、诸侯、大夫以迎春于东郊。还反，赏公、卿、大夫于朝。命相布德和令，行庆施惠，下及兆民。"后王，君王。布和，布施恩惠。

⑤ 对：答。上灵：上天。

⑥ 庶萌：万民。庶，众。萌，通"氓"，民众。

⑦ 二王：指江夏、衡阳二王。于迈：远行。

⑧戒告:警诫告诉。

⑨掌故:掌礼乐制度等故事的官。

⑩爰:语首助词。司历:掌天文历法的官。

⑪洛:洛水,流经洛阳附近。李周翰注:"昔者周公禊饮于洛。"

⑫除:扫除。辇道:天子所行之道。

⑬禁林:帝王的园林。指乐游苑。

⑭关:谓设置关卡。隥(dèng):石阶。

⑮梁:桥,建桥。潮源:低湿有水之地。

⑯略:超过。亭皋:水边平地。

⑰芝廛(chán):芝田,种有芝草的田地。

⑱苑太液:谓以太池为苑,言其宽广。太液,池名。汉武帝时建于
　长安建章宫北面。

⑲怀:包容。曾(céng)山:重山。曾,通"层"。

⑳峻垝(guǐ):高峻貌。

㉑阴烟:吕延济注:"山中气也。"

㉒游泳:李周翰注:"鱼龙也。"攒(cuán)萃:聚集。

㉓翔骤:李周翰注:"鸟兽也。"骤,急驰。

㉔离宫:帝王于正式宫殿之外别建的宫室,为出游时所用。

㉕别殿:正殿之外的建筑。周徼(jiào):四周巡逻。

㉖旌门:旗门。旗帜树立,其状如门,故称。

㉗延帷:排列帷帐。接梐(hù):谓帷帐彼此连接。梐,古代官府门
　前用木头交插而成的障碍物。

㉘阅水:流水。阅,汇总。陆机《叹逝赋》:"川阅水以成川,水滔滔
　而日度。"

㉙引池分席:刘良注:"谓水分流各至席坐之所,谓流杯池也。"

㉚春官:掌礼仪之官。联事:李善注:"言春官联事以供职。"联,联
　合。《周礼·大宰》:"三曰官联,以会官治。"注:"官联谓国有大

事,一官不能独共,则六官共举之。"

㉛苍灵:李善注:"青帝也。"青帝,东方之神。因东方为春,又为春神。奉涂:同"途",谓沿途奉侍。

㉜秘驾:李周翰注:"天子马也。"

㉝胤(yìn):引。缇(tí)骑:皇帝出行时在前先导的骑兵。汉武帝时有缇骑二百人,属执金吾。

㉞玉鸾:玉铃,挂在天子车上的铃铛。

㉟流吹:李周翰注:"笳、箫之类也。"

㊱渊旋、云被:吕向注:"此皆众士百官行从多貌。"被,覆盖。

㊲行所:即行在所,帝王所在之处。此即指游宴之所。

【译文】

太阳运行到了胃星旁边,月亮运行到了青道;天地萌发万物之始,君王布施恩惠之时;想着对答上天之心,为了满足万民之愿;加上二王即将远行,出宫饯行警戒吩咐。有诏命掌知故事的官员,又命掌天文历法的官员,献上洛水禊饮的礼节,预备上巳出游的礼仪。南面扫除辇道,北面清理禁林;左边在高岩石阶上设卡,右边在低湿流水处架桥。超过千里水边平地,跨越种有芝草的田地,太液池包容在苑内,重山环绕在园中。松树巨石高耸险峻,树色葱翠云烟飘散;水中游鱼聚集于此,翔鸟奔兽来往穿梭。于是在离宫设置守卫,在别殿四周巡逻;旗门如洞在前树立,帷帐排列彼此相连;潺潺流水环绕台阶,引以为池流经各席;春官联事以供其职,春神青帝沿途奉侍。然后登上车驾,缇绮前面导引,摇动玉铃啾啾,吹起笳箫声声,老天转动神明前移,渊水旋转云彩覆盖,以降临于行之所,这是合于礼仪的。

既而帝晖临崛①,百司定列②。凤盖俄轸③,虹旗委旆④。肴蔌芬藉⑤,觞醳泛浮⑥。妍歌妙舞之容⑦,衔组树羽之器⑧,三奏四上之调⑨,《六茎》九成之曲⑩,竞气繁声⑪,合变争节^⑫。龙文饰簨^⑬，青翰侍御^⑭，华裔殷至^⑮，观听骛集^⑯。扬袂风山^⑰，举袖阴泽^⑱，靓庄藻野^⑲，祛服缛川^⑳。故以殷赈外区^㉑，焕衍都内者矣^㉒。上膺万寿^㉓，下禔百福^㉔。币筵禀和^㉕，阖堂依德^㉖。情盘景遽^㉗，欢洽日斜^㉘。金驾总驷^㉙，圣仪载仁^㉚。怅钧台之未临^㉛，慨酆宫之不县^㉜。方且排凤阙以高游^㉝，开爵园而广宴^㉞。并命在位，展诗发志^㉟，则夫诵美有章^㊱，陈信无愧者欤^㊲。

【注释】

①帝晖：指天子。晖，光辉。幄：帷帐。

②百司：百官。

③凤盖：有凤饰的车盖。指帝王车驾。俄：一会儿。轸（zhěn）：停下。

④虹旗：有彩色的旗帜。委：停下。斾（pèi）：旌旗。

⑤肴：鱼肉。蔌（sù）：蔬菜。芬：香。藉：多。

⑥觞：酒杯。醳（yì）：醇酒。泛浮：刘良注："言多也。"

⑦妍歌：娇艳的歌曲。指有关男女之情的歌曲。李善注："古《妍歌篇》曰：'妍歌展妙声，发曲吐令辞。'"

⑧衔组：钟、磬等乐器的两头刻有龙头，龙头口衔彩组以为装饰。组，丝带。树羽：树立五彩的羽毛以为装饰。

⑨三奏：用春秋时晋国著名乐师师旷故事。《韩非子·十过》："师旷不得已，援琴而鼓。一奏之，有玄鹤二八，道南方来，集于郎门之垝。再奏之而列。三奏之，延颈而鸣，舒翼而舞。音中宫商之声，声闻于天。平公大说，坐者皆喜。"四上：《楚辞·大招》："四上竞气，极声变只。"王逸注："四上，谓上四国，代、秦、郑、卫也。"洪兴祖补注："四上，谓声之上者有四，谓代、秦、郑、卫之鸣竽也；

使对之驾辩也;楚之劳商也;赵之箫也。"

⑩《六茎》:古乐曲名。《汉书·礼乐志》:"昔黄帝作《咸池》,颛顼作
《六茎》。"九成:《尚书·益稷》:"《箫韶》九成,凤皇来仪。"孔疏:
"郑玄曰:成,犹终也。每曲一终,必变更奏。故经言九成,传言
九奏,《周礼》谓之九变。"此指要变更九次才演奏完毕的乐曲。

⑪竞气:竞相吹奏。繁声:纷繁的乐音。

⑫合变:谓有时合奏,有时变奏。争节:谓节奏拍拍紧跟。

⑬龙文:骏马名。《汉书·西域传赞》:"蒲梢、龙文、鱼目、汗血之马
充于黄门。"辔(pèi):马缰绳。

⑭青翰:船名。因刻有鸟形并涂上青色,故名。刘向《说苑·善
说》:"君独不闻夫鄂君子皙之泛舟于新波之中也,乘青翰之舟。"
御:吕延济注:"泛也。"

⑮华裔:张铣注:"内外也。"华,指居住在华夏中心地带的居民。
裔,指居住在边远地区的民族。殷:盛,众多。

⑯观听:观景听乐。骛(wù):奔驰。左思《蜀都赋》:"斯盖宅土之所
安乐,观听之所踊跃也。"

⑰扬袂(mèi):挥动袖子。风山:风吹山冈。

⑱阴泽:遮蔽川泽。

⑲靓(liàng)庄:美丽的妆饰。藻:修饰。

⑳袨(xuàn):盛服。缛(rù):繁彩修饰。

㉑殷赈:繁盛富裕。外区:外方,远方。

㉒焕衍:光明遍布。

㉓上膺万寿:《诗经·小雅·楚茨》:"报以介福,万寿无疆。"上,皇
上。膺,受,享有。

㉔下:指群臣。禔(tí):安。《汉书·司马相如传》:"遐迩一体,中外
禔福,不亦康乎?"

㉕帀(zā)筵:周遍筵席,满座。禀和:接受和乐。

㉖阖堂:满堂。

㉗盘:安乐。《尚书·无逸》:"文王不敢盘于游田。"景:日光。遽:疾行。

㉘欢洽:欢乐融洽。

㉙金驾:天子车驾。总驷:吕向注:"谓聚其驷马将驾而行也。"驷,同驾一车的四匹马。

㉚圣仪:指皇帝。伫:久立。吕向注:"谓盘桓未去,尚惜此宴也。"

㉛钧台:古台名。传为夏启宴飨诸侯之处,在今河南禹州南。《春秋左传·昭公四年》:"夏启有钧台之享……康有酆宫之朝。"

㉜慨酆(fēng)官之不具(xuán):吕延济注:"此盖叹未至中国之两京也。"酆官,周文王官名。周康王曾在此朝会诸侯,故址在今陕西西安鄠邑区。具,悬挂。谓朝会诸侯时悬挂钟磬奏乐。

㉝排:推开。凤阙:汉代官阙名。在长安建章宫东侧,高二十余丈,因上有铜凤凰,故名。

㉞开爵园而广宴:李周翰注:"言志欲平中原以为宴也。"爵园,即铜雀园,园中有台,名铜雀台,汉末建安十五年(210)曹操建于邺城(今河北临漳西南),台高十丈,周围殿屋一百二十间,于楼顶置大雀,舒翼若飞,故名铜雀台。

㉟展:展示,写作。

㊱诵:颂扬。《毛诗序》:"颂者,美盛德之形容。"章:诗章。

㊲陈信:表达诚信。无愧:谓没有言不由衷的话。《春秋左传·襄公二十七年》:"子木问于赵孟曰:'范武子德何如?'对曰:'夫子之家事治,言于晋国无隐情,其祝史陈信于鬼神无愧辞。'"

【译文】

接着皇帝驾临帷帐,百官依次站定。帝车不一会儿停下,彩色旌旗不再前移。肴馔菜蔬芳香众多,杯杯美酒纷纷漂浮。口唱艳歌跳着妙舞的美女,口衔彩带树立彩羽的乐器,三奏、四上的曲调,《六茎》、九成的乐曲,竞相吹奏乐音纷繁,合奏变奏节拍紧跟。龙文之马缰绳彩饰,青翰之舟载人浮游,华夏和边远地区的人们纷纷涌至,观景听乐的人们奔来汇集。挥袖成风吹拂山冈,举袖成荫遮蔽川泽,美丽的妆饰修饰着原野,艳盛的服装彩饰着河川。因此远方变得繁盛富裕,都城之内也是一派光明了。皇上享有万年之寿,下臣安享众多福禄。满座接受和悦安乐,满堂归依天子盛德。情怀安乐而日光匆匆,欢乐融洽但太阳西斜。帝车将驷马聚在一起,皇上还在伫立盘桓。怅恨钧台没有能够到达,慨叹不能在酆宫悬挂钟磬。将要推开凤阙以高迈地游乐,打开铜雀园而大摆宴席。同时吩咐在座的诸位,写下诗篇抒发情志。这样颂扬美德就有了诗章,表达诚信就没有愧色了。

王元长

见卷第三十六《永明九年策秀才文》作者介绍。

三月三日曲水诗序一首

【题解】

永明九年(491)三月,齐武帝萧赜在建康(今江苏南京)芳林园禊宴群臣,命与宴者赋诗,并命中书郎王融作《曲水诗序》,序文辞采富艳,在当时颇负盛名。北魏使者房景高、宋弁曾将其与颜延之《三月三日曲水诗序》相比,认为此文胜过颜文,并说"昔观相如《封禅》,以知汉武之德;今览王生《诗序》,用见齐王之盛"(《南齐书·王融传》)。张溥评云:"齐世祖禊饮芳林,使王元长为《曲水诗序》,有名当世。北使钦瞩,拟于相如《封禅》。梁昭明登之《文选》,玄黄金石,斐然盈篇。即词涉比偶,而壮气不没,其焜耀一时,亦有由也。"(《汉魏六朝百三家集题辞》)序文极尽铺陈刻画之能事,文风凝重,颇近赋颂之体,而与当时流行的骈文不无差别。何焯认为:"序记杂文,遂与辞赋混为一途,自此作俑。"并将王文与颜文进行比较,说"颜犹有制,王则以夸以丽,欲以掩颜而转卑冗",王文"其藻愈肥,其味愈瘠,使人思颜之妙"(俱见《义门读书记》),认为王文不如颜文,可备一说。

　　臣闻出豫为象①,钧天之乐张焉②;时乘既位③,御气之驾翔焉④。是以得一奉宸⑤,逍遥襄城之域⑥;体元则大⑦,怅望姑射之阿⑧。然宵眇寂寥⑨,其独适者已⑩。至如夏后两龙⑪,载驱璿台之上⑫,穆满八骏⑬,如舞瑶水之阴⑭,亦有飧云,固不与万民共也⑮。

【注释】

①豫:卦名。《周易·豫》:"先王以作乐崇德,殷荐之上帝,以配祖考。"谓先王制作音乐,以尊崇功德,进奉上帝,进献祖宗。象:天象。

②钧天之乐:指天上的音乐。钧天,天之中央,为上帝所居。《史记·扁鹊仓公列传》:"简子寤,语诸大夫曰:'我之帝所甚乐,与百神游于钧天,广乐九奏万舞,不类三代之乐,其声动心。'"张:设,演奏。

③时乘:《周易·乾》:"大明终始,六位时成,时乘六龙以御天。"谓太阳乘着六条龙拉的车子运行于天空之中。既位:已经到位。喻天子得位。

④御气:犹御风。御,驾驭。《庄子·逍遥游》:"若夫乘天地之正,而御六气之辩。"驾:此指龙。

⑤得一:谓得纯一之正道。《老子》三十九章:"昔之得一者,天得一

以清,地得一以宁……侯王得一以为天下贞。"奉宸(chén):奉天。宸,北极星所在之处。

⑥逍遥:游貌。襄城:县名。在今河南境内。《庄子·徐无鬼》:"黄帝将见大隗乎具茨之山……至于襄城之野。"李周翰注:"言黄帝问道至于襄城之野也。"

⑦体元:元为生物之始,天地之德莫先于此,故体元意为体法天地之德。则大:谓以天为法。大,指天。《论语·泰伯》:"巍巍乎!唯天为大,唯尧则之。"

⑧姑射(yè):即藐姑射,传说中山名。阿:山。《庄子·逍遥游》:"尧治天下之民,平海内之政,往见四子藐姑射之山,汾水之阳,窅然丧其天下焉。"吕向注:"尧出游见四子于姑射之山,窅然丧其天下,谓得道也。"

⑨窅眇(yǎo miǎo):深远貌。寂寥:虚无貌。张铣注:"言黄帝及尧皆求道深远虚无,盖自善者也,非与下同之也。"

⑩独适:犹言独善。

⑪夏后:指夏启,禹之子,禹死后继王位,在位九年。《山海经·海外西经》:"大乐之野,夏后启于此儛九代;乘两龙,云盖三层。"

⑫载驱:策马而行。载,发语词。《诗经·鄘风·载驰》:"载驰载驱,归唁卫侯。"璿(xuán)台:台名。李善注引《易归藏》:"昔者夏后启筮享神于晋之墟,作为璿台于水之阳。"

⑬穆满:即周穆王,周昭王子,名满。八骏:相传穆王的八匹骏马。穆王西征犬戎,《穆天子传》因演述为穆王乘八骏西行见西王母的故事。

⑭如舞:谓马行貌。《诗经·郑风·大叔于田》:"执辔如组,两骖如舞。"瑶水:即瑶池,传说在昆仑山上。《穆天子传》:"乙丑,天子觞西王母于瑶池之上,西王母为天子谣。"

⑮"亦有"二句:刘良注:"言此二王有宴飨,则又不与天下万人共乐

也。"飨,大宴宾客。

【译文】

我听说将豫卦所说的化为天象,钧天之乐就演奏了起来;太阳乘着六龙拉的车子运行到既定的位置,驾风而行的车驾就飞翔了起来。因此得纯一之道以奉天,优游自得地来到襄城地域;体法天地之德以天为法,怅然地望着藐姑射之山。然而深远虚无,他们不过是独善而已。至于像夏启乘着两龙,驰驱于璇台之上;穆王满乘着八匹骏马,如跳舞般来到瑶池之上,也有宴飨举行,原来他们也是不与天下万民共乐的。

我大齐之握机创历①,诞命建家②。接礼贰宫③,考庸太室④。幽明献期⑤,雷风通飨⑥。昭华之珍既徙⑦,延喜之玉攸归⑧。革宋受天⑨,保生万国⑩。度邑静鹿丘之叹⑪,迁鼎息大坰之惭⑫。绍清和于帝猷⑬,联显懿于王表⑭。骏发开其远祥⑮,定尔固其洪业⑯。

【注释】

①握机:此指执天下之柄。创历:谓改正朔。古代凡新皇朝建立或皇帝继位,都要改正朔。

②诞命:大受天命。诞,大。《尚书·武成》:"我文考文王,克成厥勋,诞膺天命。"建家:谓建立家族世代相传的基业。

③贰宫:天子的副宫。李周翰注:"天子接礼贤人之所也。"也作"贰室"。《孟子·万章》:"舜尚见帝,帝馆甥于贰室,亦飨舜,迭为宾主,是天子而友匹夫也。"

④考庸:考察任用。庸,用。太室:李周翰注:"明堂也。言考用才能于明堂之宫也。"明堂,古代帝王用于祭祀、朝诸侯、选士、教学的地方。

⑤幽明:指天地。《大戴礼记·天圆》:"天道曰圆,地道曰方;方曰幽而圆曰明。"献期:谓出现祥瑞。李善注:"《太公伏符阴谋》曰:'武王伐纣,四海神河伯皆曰:天伐殷立周,谨来受命,愿献时雨。'《论语谶》曰:'仲尼云:吾闻尧率舜等游首山,观河渚,一老曰:河图将来告帝期。'"

⑥雷风通飨:吕向注:"阴阳和也。"李善注:"《尚书》曰:'纳于大麓,烈风雷雨弗迷。'《尚书大传》曰:'舜将禅禹,八风循通。'"

⑦昭华:玉名。《淮南子·泰族训》:"四岳举舜而荐之尧。尧乃妻以二女以观其内……赠以昭华之玉而传天下焉。"

⑧延喜:玉名。《艺文类聚》卷十一引《尚书璇玑钤》载,夏禹治水,开龙门,导积石,得一玄圭,上刻"延喜之玉"。攸:所。

⑨革宋:谓改宋历数。受天:谓接受天命建立齐朝,即皇帝位。李善注引《周书》:"武王曰:'膺受大命革殷,受天明命。'"

⑩保生:保护使生存。万国:各诸侯国。即指全国各地。

⑪度邑:卜度都邑。静:犹言无。鹿丘:殷都朝歌之鹿台与糟丘。据《逸周书·度邑》载,周武王灭殷后,至鹿台糟丘,终夜不寐。吕延济注:"言武王克殷,将度邑,自鹿丘而叹耻焉,以臣伐君之名也。"

⑫鼎:九鼎,夏商周时期的传国之宝。息:犹言无。大坰(jiōng):地名。吕延济注:"成汤即天子位,还迁九鼎于亳都,至大坰而有惭德,亦谓以臣伐君也……言齐受宋禅让之位而无惭叹之事。"

⑬绍:继。清和:清静和平。帝猷(yóu):谓五帝之道。猷,道,法则。李周翰注:"言能继清和之德于五帝之道。"

⑭懿:美。王:指三王。表:外。李善注引《河图》:"成帝德者尧,开王表者禹。"

⑮骏发:谓美德迅速播扬天下。骏,迅速。发,播扬。远祥:谓远方的祥瑞。

⑯定尔：使您安定。尔，指齐高帝萧道成。洪业：大业。

【译文】

　　我大齐王朝掌握权柄改制正朔，大受天命建立家业。被以礼接待于副宫之中，被考察重用于明堂之内。天地贡献祥瑞，雷雨风暴协和。昭华之珍转移，延喜之玉来归。革去宋朝接受天命，保护万国使得生存。卜度都邑没有武王在鹿邑糟丘那样的感叹，迁徙九鼎没有成汤在大坰那样的惭愧。继承清和之德于五帝之道，连接光明美德于三王之外。美德迅速播扬开出远方的祥瑞，安定君王坚固其宏大的基业。

　　皇帝体膺上圣①，运钟下武②。冠五行之秀气③，迈三代之英风④。昭章云汉⑤，晖丽日月⑥。牢笼天地⑦，弹压山川⑧。设神理以景俗⑨，敷文化以柔远⑩。泽普汜而无私⑪，法含弘而不杀⑫。犹且具明废寝⑬，昃暮忘餐⑭。念负重于春冰⑮，怀御奔于秋驾⑯。可谓巍巍弗与⑰，荡荡谁名⑱。秉灵图而非泰⑲，涉孟门其何崄⑳。

【注释】

①皇帝：指齐武帝萧赜（zé）。体膺：体法，效法。此指继位。膺，当，受。上圣：德才最杰出的人。指齐高帝。

②运钟下武：刘良注："谓文王之下，武王继之，言武帝能继先业，亦如武王继文王之道，故云运聚下武。"钟，聚集。

③五行：水、木、金、火、土五行。李善注："《礼记》曰：'人者五行之秀。'"

④迈：超过。三代：夏、商、周。英风：不凡的气概。《礼记·礼运》："孔子曰：'大道之行也，与三代之英，丘未之逮也，而有志焉。'"

⑤昭章：照耀。云汉：银河。

⑥晖丽:辉映,照耀。

⑦牢笼:包罗。

⑧弹压:制服,控制。

⑨神理:李善注:"犹神道也。《周易》曰:'圣人以神道设教,而天下服。'"神道,指上天神妙莫测的原则。景俗:昭明风俗。景,犹"昭"。

⑩敷:施行,传布。文化:文德教化。柔远:安抚远方。

⑪泽:恩惠。普汜(sì):普及。

⑫法含弘而不杀:李善注:"《周易》曰:'含弘光大,品物咸亨。'又曰:'古之聪明睿智,神武而不杀者夫。'《潜夫论》曰:'简刑薄威,不杀不诛,此德之上也。'"含弘,含容广大。

⑬具明废寝:吕延济注:"具,及也。言自夜及及明不寝,以忧国政。"

⑭昃晷(zè guǐ):太阳西斜。晷,日影。李善注:"《尚书》曰:'文王自朝至于日中昃,弗皇暇食。'"

⑮念负重于春冰:李周翰注:"明君之治人若负重而履冰,恐不胜其重,惧见陷于冰;若御奔马于秋驾,恐有覆败也。"李善注:"《邓析子》曰:'明君之御民,若乘奔而无辔,履冰而负重也。'《尚书》曰:'若蹈虎尾,涉于春冰。'"春冰,春天的冰,脆薄而易化解。

⑯御奔:驾驭奔马。秋驾:《吕氏春秋·博志》:"尹儒学御三年而不得焉,苦痛之。夜梦受秋驾于其师,明日往朝。其师望而谓之,曰……今日将教子以秋驾。"注:"秋驾,御法也。"

⑰巍巍:高大之貌。与(yù):参与,关联。含有"私有""享受"之义。《论语·泰伯》:"子曰:'巍巍乎,舜禹之有天下也而不与焉。'"

⑱荡荡:广博貌。谓恩惠广博。名:称说,赞扬。《论语·泰伯》:"子曰:'大哉尧之为君也!……荡荡乎,民无能名焉。'"

⑲秉:持。灵图:此指天子位。泰:安宁。吕向注:"言不以天子之

位为泰者,盖忧天下也。”

⑳孟门:山名。在今山西吉县西,绵亘于黄河两岸。崄(xiǎn):同
　　“险”。《吕氏春秋·离俗》:“三苗不服,禹请攻之。舜曰:‘以德
　　可也。’行德三年,而三苗服。孔子闻之,曰:‘通乎德之情,则孟
　　门、太行不为险矣。’”

【译文】

皇帝效法德才杰出的高帝,运数聚集于在文王之下的武王。居水、
木、金、火、土五行灵秀之气的首位,超过了夏、商、周三代人物的不凡气
概。文德照耀着九天银河,辉映着壮丽日月。包罗着无垠天地,控制着
广袤河山。根据神道设置教化以昭明风俗,传布文德教化以安抚远方。
恩惠普遍施行而无自私的打算,法律含容广大而不妄杀一人。仍然自
夜及明熬夜不睡,太阳西斜忘了进餐。忧国之念犹如负重行走于春天
的薄冰之上,怀民之心就像在学习驾驭狂奔烈马的技术。可以说是崇
高得很而不肯为自己打算,恩惠广博谁也不知道该怎么称赞。身居天
子之位却并不觉得安宁,这样治理天下就像经过孟门又能有什么危险。

储后睿哲在躬①,妙善居质②。内积和顺③,外发英华④。
斧藻至德⑤,琢磨令范⑥。言炳丹青⑦,道润金璧⑧。出龙楼
而问竖⑨,入虎闱而齿胄⑩。爱敬尽于一人⑪,光耀究于
四海⑫。

【注释】

①储后:太子。后,君。睿哲:通达圣明。《尚书·洪范》:“思曰
　　睿……睿作圣。”躬:身。《礼记·孔子闲居》:“清明在躬,气志
　　如神。”

②妙善:美好。指美好的才能。桓谭《新论》:“圣贤之材不世,而妙

善之技不传。"质:体。

③和顺:和协顺从。

④英华:谓照人的神采。

⑤斧藻:修饰。至德:最美好的道德。

⑥琢磨:修养。令范:美好的风范。

⑦炳:显著,光明。丹青:丹和青是两种绘画用的颜色,不易褪色,以喻光明显著。

⑧润:浸润。

⑨龙楼:汉太子宫门名。泛指太子所居之宫。《汉书·成帝纪》:"元帝即位,帝为太子,壮好经书,宽博谨慎,初居桂宫,上尝急召,太子出龙楼门,不敢绝驰道。"问竖:用文王为父母请安故事。《礼记·文王世子》:"文王之为世子,朝于王季,日三。鸡初鸣而衣服,至于寝门外,问内竖之御者,曰:'今日安否何如?'内竖曰:'安。'文王乃喜。及日中又至,亦如之。及莫又至,亦如之。"竖,内竖,宫内小臣。《周礼·内竖》:"内竖掌内外之通令。"

⑩虎闱:国子学(即国子监,为封建时代的最高学府)的别称,因在虎门左边,故称。《周礼·师氏》:"师氏以三德教国子,居虎门之左。"齿胄:谓太子与公卿之子叙齿为序。李周翰注:"言太子入学以年大小为次,不以天子之子为上,故云齿胄。"齿,年龄。胄,胄子,公卿子弟。

⑪一人:指齐武帝。《诗经·大雅·烝民》:"夙夜匪解,以事一人。"

⑫究:尽。《吕氏春秋·孝行》:"爱敬尽于事亲,光耀加于百姓,究于四海,此天子之孝也。"

【译文】

太子具有通达圣明的品质,具有美好的才能。和协顺从累积于内,奕奕神采焕发于外。修饰崇高的品德,培养美好的风范。言语光明有如丹青,道德浸润及于金璧。出龙楼而问双亲安康于内竖,入虎闱而与公卿子弟按年岁排列顺序。尽爱敬之情于皇帝一人,光辉普照四海一派光明。

　　若夫族茂麟趾^①,宗固盘石^②。跨掩昌姬^③,韬轶炎汉^④。元宰比肩于尚父^⑤,中铉继踵乎周南^⑥。分陕流勿翦之欢^⑦,来仕允克施之誉^⑧。莫不如珪如璋^⑨,令闻令望^⑩。朱茀斯皇^⑪,室家君王者也^⑫。

【注释】

①茂:盛。麟趾:《诗经·周南》有《麟之趾》篇,是歌颂统治者的子孙繁盛有为的。其辞云:"麟之趾,振振公子,于嗟麟兮! 麟之定,振振公姓,于嗟麟兮! 麟之角,振振公族,于嗟麟兮!"麟,麒麟,传说中的仁兽,身似獐,尾似牛,蹄似马,头上一角。

②盘石:即磐石,厚重的大石。《史记·孝文本纪》:"高帝封王子弟,地犬牙相制,此所谓磐石之宗也。"

③昌姬:即周文王,文王姓姬名昌。

④韬:掩蔽。轶(yì):超过。炎汉:即汉朝。汉自称以火德王,故称。

⑤元宰:宰相,因居于首辅之位,故称。比肩:并肩。尚父:即吕尚。吕尚辅佐周武王,武王尊称其为尚父,意为可尊尚的父辈。

⑥中铉:铉,鼎上关盖的横杠,穿入鼎耳,两人共举。以喻三公。《周易·鼎》:"鼎黄耳、金铉。"刘良注:"铉,鼎耳,以黄金为之,黄色为中,故言中。此三公位也。"继踵:前后相接。周南:《诗经·国风》有《周南》。朱熹《诗集传》:"周,国名;南,南方诸侯之国也……武王崩,子成王诵立,周公相之,制作礼乐,乃采文王之世风化所及民俗之诗,被之管弦,以为房中之乐,而又推之以及于乡党邦国。盖其得之国中者,杂以南国之诗,而谓之《周南》。"因

"《周南》言化自北而南,故系之周公"(李善注引《毛诗序》),因代指周公。

⑦分陕:相传周成王时,周公与召公分陕而治,"自陕而西,召公主之,自陕而东,周公主之"(《史记·燕召公世家》)。陕,即今河南三门峡市陕州区。后封建王朝的中央官员出任地方长官,也称分陕。勿翦:《诗经·召南》有《甘棠》一诗,其辞云:"蔽芾甘棠,勿翦勿伐,召伯所茇。蔽芾甘棠,勿翦勿败,召伯所憩。蔽芾甘棠,勿翦勿拜,召伯所说。"旧说以为是怀念周武王、周成王时的贤臣召公奭的,现代学者则大多认为是怀念周宣王时的大臣召虎的。

⑧允:确实。克:能。施:谓施行恩惠。刘良注:"言皆用人得贤才也。"

⑨珪、璋:皆古代玉制的礼器,为朝会时所执。

⑩令:美好。闻:名声。望:威望。

⑪朱芾(fú):官服上红色的服饰。代指盛服。斯:语助词。皇:辉煌。《诗经·小雅·斯干》:"朱芾斯皇,室家君王。"

⑫室家:指一家里面的人。李周翰注:"言为臣皆亲密于君,一心尽忠也。"

【译文】

至于亲族就像《麟之趾》诗所歌咏的那般繁盛,宗亲就像磐石那样的坚固。超过了姬昌,掩盖了汉朝。宰相可与吕尚比肩,三公可同周公相连。治理地方的大员就像召公奭一样流布着"不要剪它"这被人怀念的欢乐,前来仕宦的人们确都当得起能够施行恩惠这样的美誉。没有哪一个的品德不如珪如璋,没有哪一个没有美好的名声威望。红色的服饰是那样辉煌,把君王就看作自家人一样。

本枝之盛如此①,稽古之政如彼②,用能免群生于汤火③,纳百姓于休和④。草莱乐业⑤,守屏称事⑥。引镜皆明目⑦，临池无洗耳⑧。沉冥之怨既缺⑨，趑轴之疾已消⑩。兴廉举孝⑪，岁时于外府⑫；署行议年⑬，日夕于中旬⑭。协律总章之司⑮，厚伦正俗⑯；崇文成均之职⑰，导德齐礼⑱。挈壶宣夜⑲，辩气朔于灵台⑳；书笏珥彤㉑，纪言事于仙室㉒。褰帷断裳，危冠空履之吏㉓；彯摇武猛㉔，扛鼎揭旗之士㉕。勤恤民隐㉖，纠逖王慝㉗，射集隼于高墉㉘，缴大风于长隧㉙。不仁者远㉚，惟道斯行㉛。谗莠蔑闻㉜，攘争掩息㉝，稀鸣桴于砥路㉞，鞠茂草于圆扉㉟。耆年阙市井之游㊱，稚齿丰车马之好㊲。

【注释】

①本枝：树木的根干和枝叶，以喻本宗嫡系和庶出子孙。

②稽古：查考古道。《尚书·尧典》：“曰若稽古，帝尧曰放勋。”

③用：因此。汤火：热汤与烈火，喻战乱。

④休和：安逸和平。

⑤草莱：草茅之类。张铣注：“谓山野采樵之人也。”泛指农民。

⑥守屏：守卫屏护。此指州牧郡守。《礼记·玉藻》：“诸侯之于天子，曰某土之守臣某，其在边邑，曰某屏之臣某。”称事：犹言称职。

⑦引镜：持镜照面。李善注：“谯周《考史》曰：公孙述窃位于蜀，蜀人任永乃托目盲。及述诛，永澡盥引镜自照曰：‘时清则目明也。’”

⑧临池无洗耳：皇甫谧《高士传》：“尧让天下于许由……由于是遁耕于中岳颍之阳，箕山之下，终身无经天下色。尧又召为九州长，由不欲闻之，洗耳于颍水滨。”刘良注：“言今太平，野无逸人也。”

⑨沉冥之怨既缺：扬雄《法言·问明》：“蜀庄沉冥……久幽而不改

其操,虽随、和何以加诸?"注:"晦迹不仕,故曰沉冥。"沉冥,隐晦
其迹,谓隐居。缺,无。

⑩莁(kē)轴:《诗经·卫风·考槃》:"考槃在阿,硕人之莁。"又:"考
槃在陆,硕人之轴。"笺:"莁,饥意;轴,病也。"莁轴连用,喻病困。
李善注:"谓贤人隐居而离困病也。"

⑪廉、孝:廉指廉洁之士,孝指孝子,本为汉代选举官吏的两种科
目,后合称孝廉。李善注:"《汉书》曰:诏执事,兴廉举孝。"

⑫外府:指各州郡。

⑬署行:查官吏的德行、政绩。议年:议论收成的丰歉。李善注引
《汉书》:"又诏曰:'有懿称明德者,遣诣相国府,署行议年。'"

⑭日夕:朝夕。中甸:即甸中,犹言国内。甸,古称都城郊外之地。

⑮协律:乐官,有协律都尉、协律校尉、协律郎等名。总章:亦乐官
名。《后汉书·献帝纪》:"公卿初迎冬于北郊,总章始复备八佾
舞。"司:官署。

⑯厚伦:厚人伦。人伦,指关于人与人之间关系的大道理及行为准
则。《毛诗序》:"先王以是经夫妇,成孝敬,厚人伦,美教化,移
风俗。"

⑰崇文:主管文学的官名。三国时魏明帝曹叡曾置崇文观,用以安
置文学之士。成均:古代的大学。《周礼·大司乐》:"大司乐掌
成均之法,以治建国之学政,而合国之子弟焉。"代指文学之官。

⑱齐:整治,整顿。《论语·为政》:"道之以德,齐之以礼。"

⑲挈(qiè)壶:挈壶氏。古代以壶漏计时,挈壶氏即为掌壶漏之官。
宣夜:古代一种天体学说。《后汉书·张衡传》:"作浑天仪,著
《灵宪》《算罔论》。"注引《蔡邕》:"言天体者有三家:一曰周髀,二
曰宣夜,三曰浑天。宣夜之学绝,无师法。"代指掌天文之官。

⑳辩:通"辨",辨别。气朔:谓气象历法之事。朔,农历每月初一。
灵台:西周时台名。《诗经·大雅·灵台》:"经始灵台,经之营

之。"笺:"天子有灵台者,所以观祲象、察气之妖祥也。"汉时也有灵台,在长安西北,为观测天象之处。《春秋左传·僖公五年》:"公既视朔,遂登观台以望,而书,礼也。"

㉑书:记事。笏:古代朝会时所执的手板,有事则书之于上。《礼记·玉藻》:"造受命于君前,则书于笏。"珥(ěr):插。彤:赤管笔,谓史臣插笔于冠侧以备记事。

㉒纪:通"记",记载。《汉书·艺文志》:"左史记言,右史记事。"仙室:刘良注:"馆名也。"

㉓危冠:高冠。

㉔彯(biāo)摇:轻捷貌。又作"票姚"。《汉书·霍去病传》:"大将军受诏,予壮士,为票姚校尉。"

㉕扛、揭:皆举起之意。

㉖恤:救济。民隐:人民的痛苦。《国语·周语》:"是先王非务武也,勤恤民隐而除其害也。"

㉗纠慝(tì):检举惩处。王慝(tè):皇帝身边的坏人。

㉘隼(sǔn):猛禽名。以喻恶人。墉(yōng):墙。

㉙缴(zhuó):以绳系矢而射。大风:神话中鸷鸟名。或云为大鹏。长隧:疾飞貌。

㉚远:谓摈斥不用。《论语·颜渊》:"舜有天下,选于众,举皋陶,不仁者远矣。"

㉛道:指大道,天下的大道理。

㉜莠(yǒu):狗尾草,形似稷而无实。以喻坏人。蔑闻:无闻。

㉝攘争:争夺,争斗。

㉞稀鸣桴(fú)于砥路:吕向注:"鼓所以鸣于路者,盖为盗发而击之也。今稀鸣,谓少盗贼也。"桴,鼓槌。砥,磨刀石,以喻平坦。《诗经·小雅·大东》:"周道如砥,其直如矢。"

㉟鞠茂草于圜扉:吕向注:"言时无犯罪者,狱皆久空,故养盛草于

狱中。"鞠,养。圜扉,狱门。代指监狱。

㊱耆(qí)年阙市井之游:《史记·律书》:"文帝时,会天下新去汤火,人民乐业,因其欲然,能不扰乱,故百姓遂安。自年六七十翁亦未尝至市井,游敖嬉戏如小儿状。"张铣注:"汉孝文之治至和平,老人不游市井也。"耆年,老年人。市井,市场。

㊲稚齿丰车马之好:李善注:"《杜氏幽求子》曰:'年五岁闻有鸠车之乐,七岁有竹马之欢。'"稚齿,儿童。车马,指小儿玩具。

【译文】

根干和枝叶能像这样茂盛,查考了古道的政教又能像那样清明,因此能使人民免除热汤烈火的煎熬,能接纳百姓使其处于安逸和平的环境。山村草野的人们安居乐业,守疆护土的牧守个个称职。持镜自照人人双眼明亮,水池边上没有洗耳避世的隐士。晦迹不仕的怨叹久已不闻,隐居窘迫的痛苦早已消除。选举孝行廉洁之士,州郡政府每年按时办理;考查官吏德行议论收成丰歉,畿甸之内朝夕都在进行。协律、总章所在的官署,负责强化人伦端正风俗;崇文、成均所承担的职责,用道德来诱导用礼教来整顿。挈壶氏及掌天文的官员,在灵台辨别气象历法;执笏及冠侧插着赤管笔的官员,在仙室记录天子言论和朝中大事。撩起车帷剪短衣服、头戴高冠脚穿破鞋的官吏,行动敏捷威武勇猛、足可扛鼎举旗的武士,辛勤地周济人民的痛苦,检举惩处皇帝身边的坏人。射落聚集在高墙上的猛禽,将疾速飞行的大风用带绳的箭射落。不仁义的人摈斥不用,大道得到大力推行。进谗的坏人不再听说,攘夺争斗的事情无声息。平坦路上很少听到有鸣鼓之声,监狱中长起了茂盛的野草。老年人不到街市上去游逛,儿童大多有玩车弄马的喜好。

宫邻昭泰①,荒憬清夷②。侜食来王③,左言入侍④。离身反踵之君⑤,鬈首贯胸之长⑥,屈膝厥角⑦,请受缨縻⑧。文钺、碧砮之琛^⑨,奇幹、善芳之赋^⑩,纨牛、露犬之玩^⑪,乘黄、兹白之駠^⑫,盈衍储邸^⑬,充仞郊虞^⑭。瓯牍相寻^⑮,鞮译无旷^⑯。一尉候于西东^⑰,合车书于南北^⑱。畅毂埋辚辚之辙^⑲,绥旗卷悠悠之旆^⑳。四方无拂^㉑,五戎不距^㉒。偃革辞轩^㉓,销金罢刃^㉔。

【注释】

①宫邻昭泰:皇帝身边光明安宁。谓皇帝身边没有谗慝恶人。

②荒憬(jǐng):指荒远之国。憬,远行貌。清夷:清平,太平。

③侮食:李善注:"《汉书·匈奴传》曰:'壮者食肥美,老者食其余。贵壮健,贱老弱也。'古本作'晦食'。《周书》曰:'东越侮食。'"则"侮食"李善以为指匈奴。今《逸周书·王会》作"东越海蛤",卢文昭说"侮食"是"海蛤"的错别字。据此"侮食"当指南方食蛤的民族。

④左言:指外国语言,谓其与中国语言相左。代指外国。

⑤离身:传说中远方国名。李善注引《周书》:"离身、梁齿之国,以龙角神龟为献。"反踵:李善注引《淮南子》高诱注:"反踵,国名。其人南行,迹北向也。"《山海经·海外北经》:"跂踵国在拘缨东,其为人两足皆支。一曰反踵。"

⑥鬌(zhuā)首:以麻束发。指三苗。《淮南子·齐俗训》:"三苗鬌首,羌人括领,中国冠笄,越人鬋(jiǎn)发,其于服一也。"贯胸:《山海经·海外南经》:"贯匈国在其东,其为人匈有窍。一曰在载(zhí)国东。"郭璞注:"《尸子》曰:'四夷之民有贯匈者,有深目者,有长肱者,黄帝之德常致之。'"

⑦屈膝:谓下拜。厥角:谓叩头。

⑧受缨縻:谓接受管束。缨,绑人的长绳。縻,拴牛鼻的绳子。

⑨文钺:李善注:"未详。一曰'钺'当为'越'。杜笃《展武论》曰:'文越水震,乡风仰流。'"《文选旁证》:"按注此下又引杜笃论'文越'云云,则似以'越'为优,且与'奇幹'句相配也。"碧砮(nú):青绿色石。李善注引徐广《晋纪》:"鲜卑以碧石为宝。"琛(chēn):珍宝。

⑩幹:五臣本作"翰"。奇翰,当指异鸟。善芳:异鸟之名。赋:贡物。

⑪纨牛:小牛。《逸周书·王会》:"卜卢以纨牛。纨牛者,牛之小者也。"露犬:传说中兽名。

⑫乘黄:传说中奇兽名。《山海经·海外西经》:"白民之国……有乘黄,其状如狐,其背上有角。"兹白:猛兽名。《逸周书·王会》:"正北方义渠以兹白,兹白者,若白马,锯牙,食虎豹。"驷:同拉一车的四匹马。这里指像马的奇兽。

⑬盈衍:溢满。储邸:犹府库。

⑭充仞:充满。郊:四郊。虞:掌山泽之官。代指山泽。

⑮瓯(guǐ):匣子。《尚书·禹贡》:"包瓯菁茅。"牍:李善注引《聘礼》:"贾人启椟取圭。"则"牍"当作"椟",木匣。相寻:谓不断。

⑯鞮(dī)译:掌翻译之官。《礼记·王制》:"五方之民,言语不通,嗜欲不同,达其志,通其欲,东方曰寄,南方曰象,西方曰狄鞮,北方曰译。"

⑰一尉候:谓统一职官。一,统一。尉候,尉官候官。扬雄《解嘲》:"今大汉,左东海,右渠搜,前番禺,后陶涂,东南一尉,西北一候。"西东:与下句"南北"为互文,指全国。

⑱合车书:谓统一车轨和文字。《礼记·中庸》:"车同轨,书同文,行同伦。"

⑲畅:长。毂(gǔ):车轴伸在两轮之外的部分。长毂,指兵车。辚辚:车声。辙:车印。埋辙,谓不用兵车。

⑳绥旍(jīng):战旗。旍,同"旌"。悠悠:旌旗飘动貌。旆:旗边上

下垂的装饰品,代指旌旗。卷旆,谓没有战事。

㉑拂:违抗。

㉒五戎:古代对我国西北少数民族的泛称。距:通"拒",抗拒。

㉓偃革、辞轩:指停止战争。偃,停用。革,革车,一种兵车。轩,指战车。《史记·留侯世家》:"殷事已毕,偃革为轩,倒置干戈,覆以虎皮,以示天下不复用兵。"

㉔销金:销毁兵器。

【译文】

　　皇帝身边光明安宁,荒远之国清静和平。食蛤的民族前来朝拜,语言不同的国家入朝侍奉。离身、反踵国的君主,以麻束发的三苗和贯胸国的君长,都来下拜叩头,请求接受管束。文铁、碧石这些珍玉,奇翰、善芳这些贡物,纨牛、露犬这些玩物,乘黄、兹白这些像马的奇兽,装满内府仓库,充满四郊山泽。木匣运送前后相连,翻译人员来往不断。西面东面统一部署尉官候官,南边北边统一车轨和文字。辚辚开动的长车掩埋车迹,悠悠飘扬的旌旗卷起不用。四方无人违抗朝命,五戎不再起兵抗拒。革车停用战车闲置,销毁武器弃置兵刃。

　　天瑞降,地符升①,泽马来②,器车出③,紫脱华④,朱英秀⑤,佞枝植⑥,历草孳⑦。云润星晖⑧,风扬月至⑨,江海呈象,龟龙载文⑩。方《握河》沉璧⑪,封山纪石⑫;迈三五而不追⑬,践八九之遥迹⑭。功既成矣,世既贞矣⑮,信可以优游暇豫⑯,作乐崇德者欤⑰!

【注释】

①符:祥瑞。

②泽马:表示吉瑞的马。

③器车:表示吉瑞的车。

④紫脱:瑞草名。李善注:"《礼斗威仪》曰:'人君乘土而王,其政太平,而远方神献其朱英、紫脱。'宋均注曰:'紫脱,北方之物。'"华:开花。

⑤朱英:朱草。秀:开花。

⑥佞枝:神话中神草名。传说能指出佞人。李善注引《田俟子》:"黄帝时,有草生于帝庭阶,若佞臣入朝,则草指之,名曰屈轶,是以佞人不敢进也。"植:生。

⑦历草:传说中的瑞草,又名蓂荚。李周翰注:"尧时有蓂荚草生于阶,有十五叶,从月一日日生一叶,至十五日日落一叶,若月小则余一叶,见此以知日历,故云历草也。"孳:生。

⑧晖:光明。李善注:"京房《易飞候》曰:'青云润泽,蔽日,在西北,为举贤良。'《礼斗威仪》曰:'君乘土,其政平,则镇星黄而多晖。'"

⑨风扬:谓和风吹拂。月至:谓月行不失其度。李善注:"《礼含文嘉》曰:'朋友有旧,内外有差,则箕为之直,月至风扬。'宋均曰:'月至,月行以度至也。'"

⑩"江海"二句:李善注:"《礼斗威仪》曰:'其君乘水而王,江海著其象,龟龙被文而见。'宋均曰:'龟龙,水物也。文,青黄白赤黑也。具有此色,见于水,故曰被。'"载文,披上文采。

⑪《握河》:相传尧筑坛祭河(黄河),受龙图,作《握河记》。李善注引皇甫谧《帝王世纪》:"尧与群臣沉璧于河,乃为《握河记》,今《尚书候》是也。"

⑫封山:谓在泰山封禅。在泰山筑土为坛祭天,报天之功,称封;在泰山之下的梁父山辟场祭地,报地之功,称禅。封禅为秦汉以后历代封建王朝的国家大典。纪石:谓刻石纪功。

⑬迈:超越。三五:指三皇五帝。李善注引《礼记·逸礼》:"三皇禅

云云，五帝禅亭亭。”

⑭践：踏着。八九：谓七十二君。《史记·封禅书》：“古者封泰山禅梁父者七十二家。”曹植《魏德论》：“越八九于往素，踵帝王之灵矩。”

⑮“功既”二句：曹植《魏德论》：“皇化四达，帝猷成矣。明哉元首，股肱贞矣。”贞，正。《老子》三十九章：“侯王得一以为天下贞。”

⑯优游：悠闲自得。暇豫：悠闲逸乐。

⑰作乐：制作音乐。《周易·豫》：“先王以作乐崇德。”

【译文】

天瑞降下，地瑞上升，泽马来到，器车出来，紫脱开花，朱英花发，倭枝长出，历草滋生。云彩润泽星光明亮，和风吹拂月亮行至，江海呈现祥瑞之象，龟龙披上五彩之色。将要沉璧河中作《握河》之记，封禅泰山刻石纪功；超越三皇五帝而不用追赶，足踏七十二君遥远的足迹。大功已经告成，世风已经端正，实在可以悠闲逸乐一番，制作音乐以尊崇功德了吧！

　　于时青鸟司开①，条风发岁②。粤上斯巳③，惟暮之春④。同律克和⑤，树草自乐。禊饮之日在兹⑥，风舞之情咸荡⑦。去肃表乎时训⑧，行庆动于天瞩⑨。载怀平圃⑩，乃眺芳林⑪。芳林园者，福地奥区之凑⑫，丹陵、若水之旧⑬。殷殷均乎姚泽⑭，肫肫尚于周原⑮。狭丰邑之未宏⑯，陋谯居之犹褊⑰。求中和而经处⑱，揆景纬以裁基⑲。飞观神行⑳，虚檐云构㉑。离房乍设㉒，层楼间起㉓。负朝阳而抗殿㉔，跨灵沼而浮荣㉕。镜文虹于绮疏㉖，浸兰泉于玉砌㉗。幽幽丛薄㉘，秩秩斯干㉙。曲拂遛回㉚，潺湲径复㉛。新萍泛沚㉜，华桐发岫㉝。杂夭采于柔荑㉞，乱嘤声于绵羽㉟。

【注释】

①青鸟司开:李周翰注:"青鸟,春鸟也。司开,谓主生也。言春气主生万物也。"

②条风:春天的东北风。李善注引《易通卦验》:"立春,条风至。"发岁:一年起始。

③粤:语助词。上斯巳:即此上巳。斯,此。

④暮之春:即暮春。

⑤同律:即律吕。古代乐律有阳律、阴律各六,合为十二律,阳六称律,阴六称吕。《周礼·大师》:"大师掌六律六同,以合阴阳之声。"克:能。和:和谐。《尚书·舜典》:"八音克谐,无相夺伦。"

⑥禊(xì)饮:谓临水修禊,宴饮行乐。

⑦风:用作动词,迎风乘凉。舞:舞雩(yú),地名。为春秋时鲁国祭天求雨的场所。《论语·先进》:"莫春者,春服既成,冠者五六人,童子六七人,浴乎沂,风乎舞雩,咏而归。"

⑧去肃表乎时训:李善注引蔡邕《月令章句》:"秋冬肃急之后,故布生德,和政令,去肃急。"去肃,谓去掉威严。表,显扬。时训,合于时宜的法则。张铣注:"谓先王之法也。"

⑨行庆:行赏。《礼记·月令》孟春之月:"赏公卿大夫于朝,命相布德和令,行庆施惠,下及兆民,庆赐遂行,毋有不当。"动于天瞩:张铣注:"动于天子之眷瞩也。"

⑩载:则。平圃:《山海经·西山经》:"又西三百二十里曰槐江之山……其阳多丹粟,其阴多采黄金银,实惟帝之平圃。"代指芳林园。

⑪睠:同"眷",眷顾。芳林:李善注引《十洲记》:"芳林园在青溪菰首桥东,齐高帝旧宅,齐有天下,为旧宫,宫东筑山凿池,号曰芳林园。"

⑫福地:谓安乐之地。奥区:幽深之处。凑:会合。

⑬丹陵:地名。传为尧所生之处。若水:水名。传为古帝颛顼所生之处。旧:谓旧址。吕延济注:"皆非江东之地,此美而比之也。"

⑭殷殷:盛貌。均:同于。姚泽:姚墟雷泽,相传舜生于姚墟,钓于雷泽。

⑮肌肌(wǔ):肥沃貌。尚:超过。周原:周人的原野,在岐山(在今陕西岐山县东北)南面。

⑯丰邑:地名。在今江苏沛县东,为汉高祖刘邦故里。

⑰陋:狭小。谯(qiáo):地名。即今安徽亳州,为魏武帝曹操故里。褊(biǎn):狭窄。

⑱中和:谓地面中心。《周礼·大司徒》:"以土圭之法测土深,正日景,以求地中……日至之景尺有五寸,谓之地中:天地之所合也,四时之所交也,风雨之所会也,阴阳之所和也。"经处:吕向注:"犹造作也。"谓在园中建筑宫室。

⑲揆:度,测量。景:日影。纬:《史记·天官书》:"水、火、金、木、填星,此五星者,天之五佐,为纬。"指可以用来定位测方向的星星。《诗经·鄘风·定之方中》:"定之方中,作于楚宫。揆之以日,作于楚室。"

⑳飞观:凌空而起的望楼。神行:吕向注:"言高若鬼神所作也。行,犹作也。"

㉑虚檐:高檐。云构:吕向注:"言高与云齐也。"

㉒离房:张铣注:"侧室也。"乍:忽然。

㉓层楼:高楼。间:顷刻。

㉔负:背向。朝阳:山的东面。《尔雅·释山》:"山西曰夕阳,山东曰朝阳。"抗:耸立。

㉕灵沼:池名。泛指水池。荣:张铣注:"屋檐也。言近池水构屋,檐于水上也。"

㉖镜:映照。文虹:彩虹。绮疏:雕饰花纹的窗户。

㉗兰泉：谓长有兰草的渠水。玉砌：台阶。

㉘幽幽：茂密幽深貌。丛薄：丛生的草木。

㉙秩秩：水清澈流动之貌。斯：此。干：通"涧"。《诗经·小雅·斯干》："秩秩斯干，幽幽南山。"

㉚曲拂：犹曲折。邅(zhān)回：回旋不进貌。

㉛潺湲(chán yuán)：水流不断貌。径复：往复萦回。

㉜沚：水池。

㉝华：开花。岫(xiù)：山谷。

㉞夭采：指桃花。《诗经·周南·桃夭》："桃之夭夭，灼灼其华。"柔荑(tí)：草木初生的叶芽。代指刚长出叶芽的草木。

㉟嘤：鸟鸣声。《诗经·小雅·伐木》："伐木丁丁，鸟鸣嘤嘤。"绵羽：美丽的鸟羽。《诗经·小雅·绵蛮》："绵蛮黄鸟，止于丘阿。"

【译文】

　　其时春鸟主宰万物的生长，春风标志着一年的开始。这上巳来到的日子，正是暮春来临的时节。律吕能够和谐，树草自得其乐。临水修禊宴饮行乐的日子就在这时，迎风乘凉于舞雩的情怀全都激荡起来。去掉威严显扬合于时宜的法则，施行赏赐由于得到了天子的眷顾。于是心怀平圃，眼顾芳林。所谓芳林园，是安乐之地幽深之处的会合点，是丹陵、若水的旧址。草木丰茂同姚墟雷泽相同，土地肥美超过了周人的原野。丰邑与之相比狭窄而不广大，谯居与之相比仍然显得狭小。求得中心之处而将建筑宫殿，测度日影星光以将基础定下。凌空而起的望楼仿佛鬼神所建，高高的屋檐似与云彩齐平。离房忽然之间建了起来，高楼顷刻之间拔地而起。背向山的东面殿堂巍巍耸立，跨越灵沼水面悬浮高高屋檐。彩虹映照于雕饰美观的窗户之上，长着兰草的渠水绕过如玉台阶。这丛生的草木幽深茂密，这园中的溪涧流水清清。流水曲折行进回环盘旋，潺潺流淌往复萦回。新生的浮萍池中荡漾，刚开的桐花烂漫山谷。桃花杂开在刚长出叶芽的草木之中，美丽的鸟儿发出声声喧闹的啼鸣。

禁轩承幸[1],清宫俟宴[2]。缇帷宿置[3],帟幕宵悬[4]。既而灭宿澄霞,登光辨色[5]。式道执殳[6],展軨效驾[7]。徐銮警节[8],明钟畅音[9]。七萃连镳[10],九斿齐轨[11]。建旗拂霓[12],扬葭振木[13]。鱼甲烟聚[14],贝胄星罗[15]。重英、曲瑵之饰[16],绝景、遗风之骑[17],昭灼甄部[18],驵骏函列[19]。虎视龙超,雷骇电逝[20]。轰轰隐隐[21],纷纷轸轸[22],羌难得而称计[23]。

【注释】

①禁轩:皇帝之车。承幸:迎接皇帝临幸。

②清宫:皇帝出巡所到的宫室。俟:等待。

③缇(tí)帷:橘红色的帷幕。宿:夜里。

④帟(yì)幕:小帐幕,置于帐中座上以承尘。

⑤登光辨色:吕向注:"谓日光初上始辨晓色也。"

⑥式道:指式道候,汉官名。属中尉。皇帝出行时,负责在前清道。殳(shū):古代兵器名。

⑦展軨(líng):车驾好后,从车轮左右四面看视,然后试车启行,称展軨。軨,车轮。效驾:试车。

⑧徐銮:谓车驾徐徐开动。銮,銮铃,皇帝车铃,代指帝车。警节:马因有节奏的前行而悚动。

⑨明钟:刘良注:"天子出则撞左钟。明,谓初晓时也。"

⑩七萃:《穆天子传》:"赐七萃之士战。"郭璞注:"萃,集也,聚也;亦犹传有七舆大夫,皆聚集有智力者,为王之爪牙也。"指由壮勇之士组成的禁卫军。连镳(biāo):两骑并接。镳,马嚼子露出口外的部分。

⑪斿(yóu):斿车,即游车,为皇帝出巡、田猎时所乘的车。李善注:"文颖曰:甘泉卤簿,天子出,道车五乘,斿车九乘。"轨:车迹。

⑫建:树立。拂霓:掠过虹霓。极言其高。

⑬扬葭:葭声传扬。葭,同"笳",管乐器名。振木:谓声振林木。

⑭鱼甲:用鲛鱼(海鲨)皮制成的铠甲。指带甲的武士。

⑮贝胄:镶有贝壳的头盔。也指武士。

⑯重英:两层红缨。英,装在矛头上为饰的红缨。瑵(zhǎo):车盖弓端伸出的部分,其形如爪。

⑰绝景、遗风:皆骏马名。景,同"影"。

⑱昭灼:鲜明。甄部:队列。李善注:"《孙子兵法》曰:'长陈为甄。'"

⑲驵(zù)骏:骏马。函列:行列。

⑳"虎视"二句:吕延济注:"并言奔走疾速之甚也。"

㉑轰轰、隐隐:皆车声。

㉒纷纷、轸轸(zhěn):皆多貌。

㉓羌:语首助词。称计:数计。

【译文】

车驾奉迎皇帝临幸,清宫等着大摆盛宴。橘红色的帐幕连夜安置,小帐幕也连夜悬挂。不久夜色消逝天空清朗涌起云霞,日光初上渐渐辨出晓色。式道候在前面手执长殳,从车轮左右四面看视后试车启行。车驾徐徐开动,马儿依节奏而悚动,晓色中钟声悠扬传向四方。精壮的卫士两骑交接,游车九辆辆辆紧跟。旌旗高耸掠过虹霓,笳声远扬声振林木。身穿鲛皮铠甲的卫士如云烟聚集,头戴镶贝头盔的武士似众星罗列。重英、曲瑵这些装饰,绝景、遗风这些坐骑,在队列中光彩照耀,骏马排成整齐的行列。如猛虎瞪视如蛟龙超越,似雷霆震骇似电光消逝。车声轰轰隐隐,车辆纷纷前行,难得数计到底有多少。

　　尔乃回舆驻罕①，岳镇渊渟②。晬容有穆③，宾仪式序④。授几肆筵⑤，因流波而成次⑥；蕙肴芳醴⑦，任激水而推移⑧。葆俇陈阶⑨，金匏在席⑩。戚奏翘舞⑪，簫动邠诗⑫。召鸣鸟于弇州⑬，追伶伦于巂谷⑭。发参差于王子⑮，传妙靡于帝江⑯。正歌有阕⑰，羽觞无筭⑱。上陈景福之赐⑲，下献南山之寿⑳。信凯谗之在藻㉑，知和乐于食苹㉒。桑榆之阴不居㉓，草露之滋方渥㉔。有诏曰："今日嘉会㉕，咸可赋诗。"凡四十有五人，其辞云尔㉖。

【注释】

①舆：帝车。驻罕：谓中途暂停。罕，仪仗的一种。

②渟(tíng)：水积聚不流。李善注："《孙子兵法》曰：'其镇如岳，其渟如渊。'"

③晬(suì)容：温和润泽的面容。指齐武帝。有：词头。穆：端庄肃穆。

④宾仪：宾客的礼仪。式序：各按位次坐定。

⑤授几：端上几。几，矮脚小木桌，用以摆酒肴。肆：陈，铺上。筵：席。

⑥因流波而成次：谓顺着水流依次而坐。因，顺着。李善注引古逸诗："羽觞随流波。"

⑦蕙、芳：皆芳香之意。肴：鱼肉类食物。醴(lǐ)：甜酒。泛指美酒。

⑧激水：急速流动之水。

⑨葆(bǎo)：羽葆，以鸟羽为饰的仪仗。吕向注："葆，所以障舞人也。"俇(yì)：乐舞的行列。

⑩金：钟镈类乐器。匏(páo)：笙竽一类管乐器。皆为古八音之一。

⑪戚：大斧，兵器名。古武舞有操之而舞者。翘：云翘，乐舞名。李

善注引司马彪《续汉书》："执干戚,舞云翘。"

⑫籥(yuè):古管乐器名。邠(bīn)诗:即豳诗,指豳地的乐章。豳,
　　古国名。在今陕西旬邑、彬州一带。吕向注:"邠诗,所以迎暑节
　　也,谓将至于夏也。"

⑬弇(yǎn)州:山名。《山海经·大荒西经》:"有弇州之山,五采之
　　鸟仰天,名曰鸣鸟。爰有百乐歌儛之风。"郝懿行注:"鸣鸟盖凤
　　属也。"

⑭伶伦:传说黄帝时的乐官。一作"泠纶"。嶰(xiè)谷:昆仑山北面
　　的山谷,相传黄帝曾命伶伦取嶰谷之竹作乐器。一作"解谷"。
　　《汉书·律历志》:"黄帝使泠纶自大夏之西,昆仑之阴,取竹之解
　　谷生,其窍厚均者,断两节间而吹之,以为黄钟之宫。"

⑮参差(cēn cī):古乐器名。由长短不齐的竹管编成,类似笙或排
　　箫。王子:指周灵王太子晋。《列仙传》:"王子乔者,周灵王太子
　　晋也。好吹笙作凤凰鸣,游伊洛间,道士浮丘公接以上嵩高山。"

⑯妙靡:美妙。指乐声。帝江:传说中的神,识歌舞。《山海经·西
　　山经》:"英水出焉,而西南流注于汤谷。有神焉,其状如黄囊,赤
　　如丹火,六足四翼,浑敦无面目,是识歌舞,实为帝江也。"

⑰正歌:行礼时所奏的乐歌。阕:终。

⑱羽觞(shāng):酒杯,因做成雀形,有羽翼,故称。无筭:言其多。
　　筭,同"算"。

⑲上:指皇帝。景福:大福。景,大。

⑳下:指群臣。南山:终南山,在今陕西西安南。

㉑凯谯:欢宴。凯,通"恺",和乐。在藻:刘良注:"喻群臣依明君,
　　如鱼在水藻之中以乐也。"《诗经·小雅·鱼藻》:"鱼在在藻,有
　　颁其首。王在在镐,岂乐饮酒。"

㉒食苹:《诗经·小雅·鹿鸣》:"呦呦鹿鸣,食野之苹。我有嘉宾,
　　鼓瑟吹笙。"刘良注:"食苹,《鹿鸣》之诗也,宴群臣嘉宾之义也。"

苹,艾蒿,初生时轻脆而香,可生食。

㉓桑榆:李善注:"日所入也。"喻日暮。居:留。

㉔滋:润。渥:厚。刘良注:"喻君恩已被沾矣。"《诗经·小雅·湛露》:"湛湛露斯,在彼丰草。"

㉕嘉会:宾主宴集的盛会。锺嵘《诗品序》:"嘉会寄诗以亲。"

㉖其辞:指群臣所作之诗。

【译文】

这样帝车在中途停留下来,犹如山岳镇定渊水积聚。皇上容颜既温和润泽又端庄肃穆,宾客按照礼仪各按位次坐定。端上木几铺上筵席,顺着水流的方向依次而坐;芳香的佳肴和美酒,放进急速的流水中任其推移。羽葆乐舞排在台阶之上,钟镈笙等放在筵席之中。大斧挥动云翘舞起,篪管奏起邠地乐歌。招来了弇州山的鸣鸟,追上了在嶰谷取竹的伶伦。使王子乔吹起了参差,使帝江传布了美妙的音乐。一曲正歌有终了的时候,羽觞却多得无法统计。皇上将大福赐给大家,群臣祝福皇上寿比南山。欢宴之乐确如"鱼之在藻",从"食苹"诗中体会到了和睦安乐。已在桑榆的光阴不肯停留,草露的滋润正是浓厚之时。有诏书说:"今天宾主盛会,都可以写写诗。"与宴的一共四十五人,所写的诗是这样的。

任彦昇

见卷第二十三《出郡传舍哭范仆射》作者介绍。

王文宪集序一首

【题解】

王文宪,即王俭,南朝齐文学家、目录学家。字仲宝,琅邪临沂(今山东临沂)人。在宋、齐两朝历任秘书丞、义兴太守、太尉右长史、尚书左仆射、侍中、尚书令、丹阳尹、中书监等职,卒谥文宪。《南史·任昉传》:"初为奉朝请,举兖州秀才,拜太学博士。永明初,卫将军王俭领丹阳尹,复引为主簿。俭每见其文,必三复殷勤,以为当时无辈,曰:'自傅季友以来,始复见于任子。若孔门是用,其入室升堂。'于是令昉作一文,及见,曰:'正得吾腹中之欲。'乃出自作文,令日方点正,昉因定数字。俭拊几叹曰:'后世谁知子定吾文!'其见知如此。"这篇序文大部叙述王俭生平,较少感情流露,但后部写得较为真挚,当与对王俭知遇之恩的感激有关。布局谨严有序,文笔简练朴素,从一个侧面体现了"尤长为笔"的任昉文章的特色。

公讳俭,字仲宝,琅邪临沂人也。其先自秦至宋①,国史家牒详焉②。晋中兴以来③,六世名德④,海内冠冕。古语云:仁人之利,天道运行⑤。故吕虔归其佩刀⑥,郭璞誓以淮水⑦。若离、翦之止杀⑧,吉、骏之诚感⑨,盖有助焉⑩。

【注释】

①先:吕向注:"谓始祖也。"

②家牒:关于家族世系的谱牒。李善注:"《琅邪王氏录》曰:'其先出自周王子晋。秦有王翦、王离,世为名将。'"

③中兴:由衰落而重新兴盛。指东晋建立。

④六世:李善注:"《晋中兴书》曰:'王祥弟览,生导,导生洽,洽生珣,珣生昙首。'沈约《宋书》曰:'王僧虔,昙首长子。遇害,子俭嗣。'"

⑤"仁人"二句:张铣注:"利者,利万物也。天道运行,言仁道者世祚长远,如天运之不绝也。"

⑥吕虔归其佩刀：吕虔，三国魏将，曹操时历任从事、泰山太守等职。曹丕即位，迁任徐州刺史，"请琅邪王祥为别驾，民事一以委之，世多其能任贤"（《三国志·魏书》本传）。李善注引《晋中兴书》："魏徐州刺史任城吕虔，有刀，工相之，为三公可服此刀。虔谓别驾王祥曰：'苟非其人，乃或为害。卿有公辅之量，故以此相与。'及祥死之日，以刀授弟览曰：'吾儿凡，汝后必兴之，足称此刀，故以相与。'"

⑦郭璞誓以淮水：郭璞，东晋文学家、训诂学家。工诗善赋，精通训诂及天文、卜筮之术。誓以淮水，以淮水为誓，谓只要淮水不断流，王氏就不会灭族。李善注引《王氏家谱》："初，王导渡淮，使郭璞筮之，卦成，璞曰：'吉无不利，淮水绝，王氏灭。'"

⑧离：王离，秦将，王翦之孙。陈胜、项羽等起兵反秦，王离随章邯前往镇压，被项羽生俘。翦：王翦，战国末秦将，在统一战争中，率兵灭赵破燕，又以六十万大军击楚，楚亡，以功封武成侯。止杀：谓以武力制止杀戮。李善注："孔安国《尚书传》曰：'以杀止杀，终无犯者。'"

⑨吉：王吉，字子阳，琅邪皋虞（今山东即墨）人。《汉书》本传："始吉少时学问，居长安。东家有大枣树垂吉庭中，吉妇取枣以啖吉。吉后知之，乃去妇。东家闻而欲伐其树，邻里共止之，因固请吉令还妇。里中为之语曰：'东家有树，王阳妇去；东家枣完，去妇复还。'"骏：王骏，王吉之子。《汉书》本传："骏为少府时，妻死，因不复娶，或问之，骏曰：'德非曾参，子非华、元，亦何敢娶？'"

⑩有助：谓王俭先人积德对王俭有帮助。

【译文】

公名俭，字仲宝，琅邪临沂人。其祖上从秦到宋，国史和家牒都有详细记载。晋中兴以来，六世都以德行著称，在天下是出类拔萃的。古语说:仁人给人们带来好处,其家运就如天道运行不绝。所以吕虔将他的佩刀送给了王祥,郭璞以淮水断流对王导起誓。像王离、王翦的制止杀戮,王吉、王骏的以诚信感人,这些大概对公都是有帮助的。

　　公之生也,诞授命世①,体三才之茂②,践得二之机③,信乃昴宿垂芒④,德精降祉⑤,有一于此,蔚为帝师⑥。况乃渊角殊祥⑦,山庭异表⑧,望衢罕窥其术⑨,观海莫际其澜⑩。宏览载籍⑪,博游才义⑫,若乃金版玉匮之书⑬,海上名山之旨⑭,沉郁澹雅之思⑮,离坚合异之谈⑯,莫不总制清衷,递为心极⑰,斯固通人之所包⑱,非虚明之绝境⑲,不可穷者,其唯神用者乎!然检镜所归⑳,人伦以表㉑,云屋天构㉒,匠者何工㉓。自咸、洛不守㉔,宪章中辍㉕。贺生达礼之宗㉖,蔡公儒林之亚㉗,阙典未补㉘,大备兹日。至若齿危发秀之老㉙,含经味道之生㉚,莫不北面人宗㉛,自同资敬㉜。

【注释】

①诞:大。命世:命世之才,即治世之才。《汉书·楚元王传赞》:"圣人不出,其间必有命世者焉。"

②体:包含。三才:天、地、人。《周易·说卦》:"是以立天之道,曰阴与阳;立地之道,曰柔与刚;立人之道,曰仁与义;兼三才而两之,故《易》六画而成卦。"茂:美。

③践:遵循。得二:谓能执守中道,见善恶之几微。机:通"几",事情变化的最初迹象。李善注:"《周易》子曰:'知几,其神乎?''颜氏之子,其殆庶几乎? 有不善未尝不知,知之而未尝复行。'韩康伯曰:'在理则昧,造形则悟,颜子之分也。失之于几,故有不善。得之于二,不远而复。故知之未尝复行也。'"

④信:实在。昴(mǎo)宿:星名。二十八宿之一。传说汉相萧何为
昴星之精降生。《初学记》卷一引《春秋佐助期》:"汉相萧何,长
七尺八寸,昴星精。"垂芒:发出光芒。

⑤德精:德星,指景星、岁星(即木星)等。《史记·天官书》:"天精
而见景星。景星者,德星也。其状无常,常出于有道之国。"又
《武帝纪》:"陛下建汉家封禅,天其报德星云。"《索隐》:"德星,岁
星也。岁星所在有福,故曰德星也。"以喻贤士。刘敬叔《异苑》
载,东汉陈寔同诸子侄前去拜访颍川荀淑父子,"于时德星为之
聚,太史奏曰:'五百里内有贤人聚。'"降祉(zhǐ):降福。

⑥蔚:蔚然,盛貌。帝师:帝王之师。李善注:"《汉书》曰:张良从容
步游下邳圯上,有老父出一编书曰:'读是则为王者师。'"

⑦渊角:即月角。相术家将前额隆起延入右额发际称为月角,以为
圣贤之相。李善注:"《论语撰考谶》曰:'颜回有角额似月形。'
渊,水也,月是水精,故名渊。"殊:特别。

⑧山庭:指鼻子。李善注:"《摘辅像》曰:'子贡山庭斗绕口。'谓面
有三庭,言山在中,鼻高有异相也。故子贡至孝,颜回至仁也。"

⑨衢、术:皆道路。刘良注:"言人虽欲望其道,其道幽远,常不能见
者;如观海水莫能至波澜深浅者。"

⑩观海莫际其澜:《孟子·尽心》:"观水有术,必观其澜。"际,至。
澜:大波。

⑪载籍:书籍。指儒家经籍。

⑫才义:才思文义。

⑬金版:传说夏桀杀关龙逢后,地庭中所出的金版书。任昉《百辟
劝进今上笺》:"金版出地,告龙逢之怨。"李善注:"《论语阴嬉谶》
曰:'庚子之旦,金版克书出地庭中,曰:臣族虐王禽。'宋均曰:
'谓杀关龙之后,庚子旦,庭中地有此版异也。'"玉匮:玉制的箱
子。犹言金匮。《史记·太史公自序》:"石室金匮之书。"《索

隐》:"石室、金匮皆国家藏书之处。"

⑭海上:指隐于海上者所著之书。李善注:"范晔《后汉书》曰:荀爽遭党锢,隐于海上,又遁汉滨,以著述为事,题为新书,凡百余篇。"名山:指藏于名山之书。司马迁《报任安书》:"仆诚已著此书,藏之名山,传之其人。"旨:书旨,代指书。

⑮澹雅:清高典雅。

⑯离坚、合异:指战国时名家公孙龙的"离坚白"和惠施的"合同异"之说。《史记·孟子荀卿列传》:"而赵亦有公孙龙为坚白同异之辩。"《史记·鲁仲连列传·正义》引《鲁仲连子》:"齐辩士田巴,服狙丘,议稷下,毁五帝,罪三王,服五伯,离坚白,合同异,一日服千人。"吕向注:"离坚合异之谈,言能辩辞也。离其坚者,使不坚;辨其白者,使不白;合其异者,使同;离其同者,使其异也。"

⑰"莫不"二句:张铣注:"总,聚;衷,思也。言诸道术莫不聚其制度,运于清思,递互为用于心中也。极,中也。"

⑱斯:此。通人:学识广博的人。

⑲虚明:谓心怀。绝境:不可企及的造诣、境界。刘良注:"言此道术固乃通人君子所能兼包,固非其致心绝远之境也。然其不可穷究者,其唯有神用乎? 言难测也。"

⑳检镜:考查对照。归:结局,谓其所达到的结局。

㉑人伦:封建社会中人与人之间的等级关系。

㉒云屋:高耸入云的房屋。喻其道德学问的崇高。

㉓工:精巧。胡克家《文选考异》:"袁本、茶陵本下有'工'字。"原无此字,今据补。

㉔咸:咸阳。代指长安。洛:洛阳。不守:谓西晋末年二京失守。

㉕宪章:典章制度。中辍:中止施行。

㉖贺生:即贺循,字彦先,会稽山阴(今浙江绍兴)人,晋南渡后曾任军谘祭酒、太常等职。《晋书》本传:"循少玩篇籍,善属文,博览

众书,尤精礼传。""朝廷疑滞皆咨之于循,循辄依经礼而对,为当世儒宗。"达礼:通礼。礼,指三礼(《周礼》《仪礼》《礼记》)。宗:宗师。

㉗蔡公:指蔡谟,字道明,陈留考城(今河南兰考)人,晋南渡后历任中书侍郎、义兴太守、徐州刺史、扬州刺史等职。博学多闻,于朝廷礼仪宗庙制度多所议定。《晋书·诸葛恢传》:"诸葛恢字道明……于时颍川荀闿字道明,陈留蔡谟字道明,与恢俱有名誉,号曰'中兴三明',人为之语曰:'京都三明各有名,蔡氏儒雅荀葛清。'"

㉘阙:同"缺"。

㉙齿危:齿将落者。指老年人。发秀:吕向注:"谓发白也。"又《文选旁证》引朱琦语:"此'秀'字当本'秃'字,以形似致讹。"

㉚生:儒生。

㉛北面:旧时君见臣,尊长见卑幼,皆南面而坐,故以北面谓拜人为师。人宗:谓为人所尊。

㉜资:取、用。《礼记·丧服四制》:"资于事父以事君,而敬同。"张铣注:"谓师事之如君父之敬也。"

【译文】

公的诞生,是老天大授治世之才,包含了天、地、人这三才的美质,遵循着善恶微妙的事机,实在是昴宿发出光芒,德星降下福祉,有一人在此,蔚然可为帝王之师。况且月角特别吉祥,山庭与众不同,就像望路很少有人能望到路的尽头,观海没谁能看到波澜的深浅。泛览儒家经籍,博游才思文义,像那金版书和玉匮中的藏书,隐于海上者所著的书和藏于名山的书沉郁澹雅的文思,离坚合异的言谈,莫不汇其制度运于清思,在心中交替为用,这固然是学识广博的通人所能兼包的,不是心中不可企及的境界,之所以不可穷尽,大概是有神明在帮助他吧!然而考查对照他所达到的结局,堪称人伦中的表率,就像一座天造的高耸入云的房屋,工匠的手艺是多么精巧。自从咸阳、洛阳失守,典章制度中止施行。贺生通达礼经为江东儒宗,蔡公是儒林中仅次一等的人物,而缺失的典章制度未能予以补充,直到今天才算是完全齐备了。至如牙齿将落头发已白的老人,深得六经儒道精髓的儒生,莫不北面尊以为师,师事他的崇敬之情如同对君父一般。

性托夷远①,少屏尘杂②,自非可以弘奖风流③,增益标胜④,未尝留心。期岁而孤⑤,叔父司空简穆公⑥,早所器异⑦。年始志学⑧,家门礼训⑨,皆折衷于公⑩。孝友之性⑪,岂伊桥梓⑫;夷雅之体⑬,无待韦弦⑭。汝郁之幼挺淳至⑮,黄琬之早标聪察⑯,曾何足尚⑰。年六岁,袭封豫宁侯⑱,拜日,家人以公尚幼,弗之先告。既袭珪组⑲,对扬王命⑳,因便感咽,若不自胜㉑。初,宋明帝居蕃㉒,与公母武康公主素不协㉓,及即位,有诏废毁旧茔,投弃棺柩。公以死固请,誓不遵奉㉔,表启酸切㉕,义感人神,太宗闻而悲之㉖,遂无以夺也㉗。

【注释】

①夷:平易。远:谓托志高远。

②屏:弃。

③弘奖:大力劝勉。风流:风俗教化。

④标胜:犹言高标,谓高洁的品行。

⑤期(jī)岁:一岁。期,周年。孤:幼年丧父。《南齐书·王俭传》:"父僧绰,金紫光禄大夫。俭生而僧绰遇害,为叔父僧虔所养。"

⑥叔父司空简穆公:王僧虔在宋时历任御史中丞、吴兴太守、吏部尚书、尚书令、侍中、丹阳尹、湖州刺史等职,入齐迁侍中、左光禄

大夫、开府仪同三司。卒,追赠司空,谥简穆。

⑦器异:器重惊异。

⑧志学:立志于学问。李周翰注:"年十五时也。"《论语·为政》:"子曰:'吾十有五而志于学,三十而立。'"

⑨礼训:礼仪教训。

⑩折衷:即折中,谓合于制度,无所偏颇。《史记·孔子世家》:"自天子王侯,中国言六艺者折中于夫子。"

⑪孝友:孝顺父母与友爱兄弟。

⑫伊:语助词。桥、梓:二木名。《尚书大传·梓材》:"伯禽与康叔朝于成王,见乎周公,三见而三笞之。二子有骇色,乃问于商子曰:'吾二子见于周公,三见而三笞之,何也?'商子曰:'南山之阳有木名桥,南山之阴有木名梓,二子盍往观焉。'于是二子如其言而往观之,见桥木高而仰,梓木晋而俯。反以告商子,商子曰:'桥者,父道也;梓者,子道也。'二子明日复进,入门而趋,登堂而跪。"李善注:"言王公有孝友之性,自天而成,岂唯见桥梓而知也。"

⑬体:性。

⑭韦:去毛熟治的皮革,柔而韧,以喻缓。弦:弓弦,紧而直,以喻急。《韩非子·观行》:"西门豹之性急,故佩韦以自缓;董安于之心缓,故佩弦以自急。"后以韦弦指有益的规劝。李善注:"言王公平雅之性,无待此韦弦以成也,盖自天性得中也。"

⑮汝郁:东汉人,以孝闻名。李善注引《东观汉记》:"汝郁,字幼异,陈国人。年五岁,母被病,不能饮食,郁常抱持啼泣,亦不饮食。母怜之,强为餐饭,欺言已愈。郁察母颜色不平,辄复不食。宗亲共奇异之,因字幼异。"挺:挺拔,出众。淳至:淳孝到极点。

⑯黄琬:东汉人,字子琰。《后汉书》本传:"少失父。早而辩慧。祖父琼,初为魏郡太守,建和元年正月日食,京师不见而琼以状闻。

太后诏问所食多少,琼思其对而未知所况。琬年七岁,在旁,曰:
'何不言日食之余,如月之初?'琼大惊,即以其言应诏,而深奇爱
之。"标:显出。聪察:聪明。

⑰尚:尊崇。李善注:"言此二子淳孝聪察,比之王公,则二子曾何
足尚也。"

⑱豫宁侯:王俭祖父王昙首于宋元嘉七年(430)卒,九年,宋文帝以
王昙首预诛徐羡之等有功,追封豫宁县侯,邑千户。王僧绰、王
俭依例继承封爵。

⑲珪:诸侯所执长形玉版,上圆或尖,下方。组:组绶,系印的丝带。

⑳对扬:对答称扬。《尚书·说命》:"敢对扬天子之休命。"

㉑胜(shēng):承受。

㉒宋明帝:即刘彧。居蕃:指为王时。蕃,藩国。宋明帝生于元嘉
十六年(439),二十五年(448)封淮阳王,四年后改封湘东王,历
任郡太守、州刺史等职。

㉓协:和睦。

㉔遵奉:谓遵奉毁坟弃棺之诏。

㉕表启:表文陈述。

㉖太宗:即宋明帝,庙号太宗。

㉗夺:强迫。李周翰注:"无以夺,谓依其所请也。"

【译文】

公性情平易托志高远,小时候就能够屏弃尘杂之事,只要不是可以
大力劝勉风俗教化的事情,不是对培养高洁的品行有所助益的事情,就
不曾加以留心。公一岁时成了孤儿,叔父司空简穆公,很早就对公表示
了器重惊异。年刚十五,家中礼仪教训,就都由公折中施行。孝顺父母
友爱兄弟的禀性,哪里是见了桥木梓木才养成的;平易雅正的性情,不
用等韦弦来加以约束。汝郁幼年挺拔淳孝之至,黄琬早年显示出聪明,
比起来哪里值得推崇。年六岁,继承豫宁侯的封爵,拜受的那天,家人

因为公年纪尚幼,没有事先告诉他。等到接过玉圭组绶,对答称扬皇帝的诏命时,便感动呜咽起来,好像不能承受一般。当初,宋明帝还在藩国时,同公的母亲武康公主素来不和,等到即位,有诏要废毁公主的坟茔,将棺木抛弃。公不惜一死坚持请求,坚决不肯遵奉诏命,上表陈述言辞酸楚凄切,其义感动人神,太宗闻而悲之,于是不再强令执行。

　　初拜秘书郎①,迁太子舍人②。以选尚公主③,拜驸马都尉④。元徽初⑤,迁秘书丞⑥。于是采公曾之《中经》⑦,刊弘度之四部⑧,依刘歆《七略》⑨,更撰《七志》⑩。盖尝赋诗云:"稷、契匡虞、夏,伊、吕翼商、周⑪。"自是始有应务之迹⑫,生民属心矣⑬。时司徒袁粲⑭,有高世之度,脱落尘俗⑮,见公弱龄⑯,便望风推服⑰,叹曰:"衣冠礼乐在是矣⑱!"时粲位亚台司⑲,公年始弱冠⑳,年势不侔㉑,公与之抗礼㉒,因赠粲诗,要以岁暮之期㉓,申以止足之戒㉔。粲答诗曰:"老夫亦何寄,之子照清襟㉕。"

【注释】

①秘书郎:秘书监官员。

②太子舍人:太子官属。《宋书·百官志》:"舍人,十六人。职如散骑、中书侍郎。"

③尚:娶公主为妻。

④驸马都尉:汉代始置,掌副车之马,秩二千石。魏晋以后,皇帝女婿常任此官,简称驸马,非实官。

⑤元徽:宋后废帝刘昱年号(437—477)。初:吕向注:"谓元年也。"

⑥秘书丞:秘书监副长官。

⑦公曾:荀勖字公曾,西晋文学家、音乐家、目录学家。《中经》:目

录学著作,分群书为甲、乙、丙、丁四类,即经、史、子、集四部。《晋书·荀勖传》:"俄领秘书监,与中书令张华依刘向《别录》,整理记籍。""及得汲郡冢中古文竹书,诏勖撰次之,以为《中经》,列在秘书。"

⑧刊:删改,修订。弘度:李充字弘度,东晋文学家、目录学家。四部:即经、史、子、集。《晋书》本传:"于时典籍混乱,充删除烦重,以类相从,分作四部,甚有条贯,秘阁以为永制。"

⑨刘歆:西汉古文经学家、目录学家。成帝时,受诏与父刘向总校群书,向死后,继承父业,撰成《七略》,为我国第一部图书分类目录。《汉书·艺文志》:"歆于是总群书而奏其《七略》,故有《辑略》,有《六艺略》,有《诸子略》,有《诗赋略》,有《兵书略》,有《术数略》,有《方技略》。"

⑩《七志》:目录学著作。《南齐书·王俭传》:"上表求校坟籍,依《七略》撰《七志》四十卷,上表献之,表辞甚典。又撰定《元徽四部书目》。"《隋书·经籍志》:"俭又别撰《七志》:一曰《经典志》,纪六艺、小学、史记、杂传;二曰《诸子志》,纪今古诸子;三曰《文翰志》,纪诗赋;四曰《军书志》,纪兵书;五曰《阴阳志》,纪阴阳图纬;六曰《术艺志》,纪方技;七曰《图谱志》,纪地域及图书。"

⑪"稷、契"二句:出自王俭《春日家园》诗。稷、契,相传辅佐虞舜的两位贤臣。舜因禹治水有功,任其为司徒。虞、夏,虞舜和夏禹。伊、吕,伊尹和吕尚。伊尹佐商汤灭夏桀,吕尚(即姜太公)辅周文王、周武王灭殷。翼:辅佐。

⑫应务:应合时务。迹:事迹,业绩。

⑬生民:百姓。属心:归心。

⑭司徒:官名。掌教化,与太尉、司空并称三公。袁粲:字景倩,陈郡阳夏(今河南太康)人。顺帝时,萧道成准备代宋,袁粲图谋发兵诛道成,事泄被杀。

⑮脱落:轻慢,不以为意。

⑯弱龄:少年。

⑰望风:想望其风采。推服:推崇佩服。

⑱衣冠:士大夫的穿戴,代指礼教文明。李善注引吴均《齐春秋》:"俭精神秀彻,体识聪异。司徒袁粲见之叹曰:'宰相之门也。柽柏豫章虽小,已有栋梁之气矣。'"

⑲台司:指三公宰相之位。南朝时期,宰相之职分属于尚书省、中书省和门下省,二省的长官并称宰相,执掌机要,而三公并不参预朝政。袁粲为司徒,司徒已为三公之一,不得云"位亚",因此这里"台亚"当指宰相而言。

⑳弱冠:古代男子二十岁行冠礼,因以弱冠指二十岁。

㉑年势:吕向注:"年谓老少,势谓贵贱。"侔:等同。

㉒抗礼:行对等之礼。

㉓要(yāo):约。李周翰注:"谓约以岁寒之志也。"

㉔申:表明。止足之戒:李周翰注:"谓戒其满盈也。"按王俭赠粲诗今不存。

㉕之子照清襟:谓王俭所说的话照亮了自己的心,即亦说出了自己胸中的怀抱寄托。按袁粲答诗今已不存。之子,这个人,指王俭。清襟,犹清心。

【译文】

公最初被任命为秘书郎,调任太子舍人。因被选中娶公主为妻,被任命为驸马都尉。元徽初年,调任秘书丞。于是采集公曾的《中经》,删订弘度的四部,仿照刘歆的《七略》,重新编著了《七志》。曾经写诗说:"稷、契辅佐虞舜、夏朝,伊尹、吕尚辅佐商汤、周王。"自此始有应合时务的业绩,百姓因此归心了。当时司徒袁粲,有超乎世俗的气度,轻慢尘俗之事,见公年纪轻轻,便想望风采推崇佩服,感叹说:"文明礼乐在这里了!"当时袁粲地位仅次于宰辅,而公刚年满二十,年纪地位都不相等,公却与之行对等之礼,赠诗给袁粲,以岁暮之期相邀约,以防止满足相警诫。袁粲答诗说:"老夫还有什么寄托,这位所说的已照亮了我的心。"

　　服阕①,拜司徒右长史②,出为义兴太守③。风化之美,奏课为最④。还,除给事黄门侍郎⑤。旬日⑥,迁尚书吏部郎参选⑦。昔毛玠之公清⑧,李重之识会⑨,兼之者公也。俄迁侍中⑩,以愍侯始终之职⑪,固辞不拜。补太尉右长史⑫。时圣武定业⑬,肇基王命⑭,寤寐风云⑮,实资人杰⑯。是以宸居膺列宿之表⑰,图纬著王佐之符⑱。俄迁左长史⑲。

【注释】

①服阕:古代丧礼规定,父母死后,须服丧三年(并非三个周年,只要经过两个周年外加第三个周年的头一个月即可),期满除服,称服阕。李善注:"俭遭所生母忧服阕也。"

②司徒:即袁粲。右长史:司徒属官,有左、右长史之名。

③义兴:郡名。属南徐州,治阳羡(今江苏宜兴南)。

④奏课:谓将官吏的考绩奏上。课,考,谓考核官吏的政绩。最:第一。

⑤除:任命。给事黄门侍郎:给事即给事中,与黄门侍郎本为两官,东汉时并为一官,出入禁中,省尚书事。《宋书·百官志》:"给事黄门侍郎,四人。与侍中俱掌门下众事……掌侍从左右,关通中外,诸王朝见,则引王就坐。"

⑥旬日:十天。

⑦尚书吏部郎:尚书省内主持吏部工作的官员。参选:主管官吏的选拔任用。参,掌。

⑧毛玠：三国魏人。"少为县吏，以清公称"（《三国志·魏书》本传）。曹操辟为治中从事，都许后迁东曹掾，与崔琰同掌选举，多举清廉正直之士，得到曹操赞赏。公清：公正清明。

⑨李重：西晋人。曾任尚书吏部郎，留心选拔隐逸贤才。《晋书》本传："重与李毅同为吏部郎，时王戎为尚书，重以清尚见称，毅淹通有智识，虽二人操异，然俱处要职，戎以识会待之，各得其所。"识会：李周翰注："谓识鉴也。"谓能赏识人才，各用所长。

⑩俄：不久。侍中：官名。南朝时期，侍中职掌机要，相当于宰相。

⑪愍侯：即俭父王僧绰。王僧绰遇害后，宋孝武帝刘骏即位，追赠散骑常侍、金紫光禄大夫，谥愍侯。始终之职：吕向注："言父始终经任此职。"按王僧绰于元嘉二十八年（451）迁任侍中，直至遇害。

⑫补：委任官职。太尉右长史：太尉属官，有左、右长史之名。《南齐书·王俭传》："俭察太祖雄异，先于领府衣裾，太祖为太尉，引为右长史，恩礼隆密，专见任用。"

⑬圣武：指齐高帝萧道成。宋末以侍中、司空、太尉独揽朝政，顺帝开明三年（479）自封相国、齐王，接着废掉顺帝，自立为帝，改国号齐。定业：张铣注："谓征伐定乱也。"

⑭肇基：开始。王命：犹言王业。

⑮寤寐风云：谓日夜都在寻求机会以成就大业。寤寐，醒着时和睡着时。风云：《周易·乾》："云从龙，风从虎，圣人作而万物睹。"后以风云喻人的际遇。

⑯资：凭借。人杰：杰出的人物。

⑰宸居：北极星所在之处。借指帝王所居和帝王。膺：当，受。列宿：众星宿。表：外。

⑱图：指《河图》。纬：有六经诸《纬》和《孝经纬》。都是假托经义宣扬符瑞的迷信著作。著：明。王佐：帝王的辅佐。指王俭。符：

符应,祥瑞的征兆。

⑲左长史:指太尉左长史。

【译文】

服丧期满,被任命为司徒右长史,出任义兴太守。风俗教化的淳美,在奏上的考绩中名列第一。回朝后,被任命为给事黄门侍郎。十天后,调任尚书吏部郎主持官吏的选举工作。以前毛玠的公正清明,李重的赏识人才,能够兼其所长的要算公了。不久调任侍中,因为愍侯曾一直担任此职,公一再推辞而未予任命。又被任命为太尉右长史。当时高帝正奠基业,开始了王者的事业,日夜都在寻求着机会,须凭借杰出人才的帮助。因此北极星位居于众星宿之外,图纬中成为王者辅佐的征兆甚明。不久调任太尉左长史。

齐台初建①,以公为尚书右仆射②,领吏部③,时年二十八。宋末艰虞④,百王浇季⑤,礼紊旧宗⑥,乐倾恒轨⑦。自朝章国纪,典彝备物⑧,奏议符策⑨,文辞表记,素意所不蓄⑩,前古所未行,皆取定俄顷⑪,神无滞用⑫。太祖受命⑬,以佐命之功⑭,封南昌县开国公⑮,食邑二千户⑯。建元二年⑰,迁尚书左仆射,领选如故⑱。自营部分司⑲,卢钦兼掌⑳,誉望所归,允集兹日㉑。寻表解选㉒,诏加侍中。又授太子詹事㉓,侍中、仆射如故。固辞侍中,改授散骑常侍㉔,余如故。

【注释】

①台:官署名。应劭《汉官仪》:"汉因秦制,故尚书为中台,谒者为外台,御史为宪台。"吕延济注:"宋帝以齐高帝为齐公,立百司台署,故云齐台也。"

②尚书右仆射:尚书省副长官。《宋书·百官志》:"尚书令,任总机

衡;仆射、尚书,分领诸曹。"

③领:兼任。谓兼任尚书吏部郎。

④艰虞:艰难,忧患。

⑤百王:历代帝王。《汉书·武帝纪赞》:"汉承百王之弊,高祖拨乱反正。"浇季:风俗浮薄的末世。

⑥旧宗:旧法。

⑦恒轨:常轨,常法。

⑧典彝:典常,常法。备物:吕向注:"典常备物,朝廷威仪也。"即车辂、旗章、弓矢、斧钺等。

⑨符策:即策书,皇帝对臣下封土、授爵或免官的文书。

⑩素意:平素的意志。蓄:积,保存。

⑪取定:犹取决。俄顷:顷刻。

⑫神无滞用:吕向注:"谓神用不滞而必决也。"

⑬太祖:齐高帝萧道成,庙号太祖。受命:接受天命。谓即帝位。

⑭佐命:帝王即位自谓接受天命,因称臣下的辅佐为佐命。《南齐书·王俭传》:"时大典将行,俭为佐命,礼仪诏策,皆出于俭,褚渊唯为禅诏文,使俭参治之。"

⑮南昌:县名(在今江西南昌东)。属江州豫章郡。开国:公、侯、伯、子、男的始封者,多加"开国"二字。

⑯食邑:封地。因收其赋税而食,故称。

⑰建元二年:即480年。

⑱领选:兼管官吏的选举工作。即仍兼尚书吏部郎。

⑲菅郃(hé):东汉末人。献帝分置左、右仆射,建安四年(199)以菅郃为尚书左仆射。事见《后汉书·百官志》注引蔡质《汉仪》。分司:分管。

⑳卢钦:西晋人。《晋书》本传:"入为尚书仆射,加侍中、奉车都尉,领吏部……钦举必以材,称为廉平。"

㉑允：确实。

㉒寻：不久。表：上表。

㉓太子詹事：太子官属之长，相当于皇帝之有宰相。

㉔散骑常侍：官名。侍从皇帝左右，掌顾问表诏之事。

【译文】

　　齐公台署刚建立时，以公为尚书右仆射，兼管吏部的工作，时年二十八岁。宋末艰难忧患，处于历代帝王风俗浇薄的末世，原有的礼仪乱了套，音乐的常轨被毁坏。从朝廷典章国家纲纪，到按常规设置的皇帝威仪之物，以及奏议符策，文辞表记，平素的意志所不加保存的，前代古人所未施行的，都在顷刻间做出或取或舍的决断，有如神用而毫无留滞。太祖受命登基，公因辅佐有功，被封为南昌县开国公，食邑二千户。建元二年，调任尚书左仆射，仍兼管吏部选举工作不变。自从营郃分管尚书左仆射的工作，卢钦以尚书仆射的身份兼管吏部的工作，二人都是众望所归的人物，到今天声誉集中到公一人身上。不久上表要求解除吏部选举的工作，诏命再委以侍中的职务。又授予太子詹事之职，侍中、仆射的职务仍予保留。公再三要求辞去侍中，于是改授散骑常侍之职，其余职务保留不变。

　　太祖崩，遗诏以公为侍中、尚书令、镇国将军①。永明元年②，进号卫将军。二年，以本官领丹阳尹③。六辅殊风④，五方异俗⑤。公不谋声训⑥，而楚夏移情⑦，故能使解剑拜仇⑧，归田息讼⑨。前郡尹温太真、刘真长⑩，或功铭鼎彝⑪，或德标素尚⑫，臭味风云⑬，千载无爽⑭。亲加吊祭，表荐孤遗，远协神期⑮，用彰世祀⑯。时简穆公薨⑰，以抚养之恩，特深恒慕⑱，表求解职⑲，有诏不许。

【注释】

①尚书令:尚书省(中央执行政务的总机关)长官。

②永明:齐武帝萧赜年号(483—493)。

③本官:原所担任的官职。指侍中、尚书令。丹阳尹:相当于郡太守,治建康,故城在今江苏南京江宁区东南。

④六辅:汉代京城附近的六个郡。《汉书·兒宽传》:"宽表奏开六辅渠,定水令以广溉田。"韦昭注:"六辅谓京兆、冯翊、扶风、河东、河南、河内也。"借指京城附近地区。殊风:风俗不同。

⑤五方:谓四方及京都。《礼记·王制》:"五方之民,言语不通,嗜欲不同。"

⑥声训:声威教训。李善注引扬雄《与桓谭书》:"望风景附,声训自结。"(全文今佚)

⑦楚夏:李善注:"《史记》曰:'淮南、沛、陈、汝南郡,此西楚也。颍川、南阳,夏人之居,故至今谓之夏。'"张铣注:"楚,谓远也;夏,谓近也。"移情:谓移情于美德。

⑧解剑拜仇:用东汉许荆故事。李善注引谢承《后汉书》:"许荆字子张,吴郡人。兄子世,尝报仇杀人。其仇操兵欲杀世,荆与相遇,乃解剑长跪曰:'今愿身代世死。'仇者曰:'许掾,郡中称君为贤,何敢相侵?'遂解剑而去。"拜,跪拜。仇,仇人。

⑨归田息讼:用西汉韩延寿故事。《汉书·韩延寿传》:"入守左冯翊,满岁称职为真……行县至高陵,民有昆弟相与讼田自言,延寿大伤之,曰:'幸得备位,为郡表率,不能宣明教化,至令民有骨肉争讼。既伤风化,重使贤长吏、啬夫、三老、孝弟受其耻,咎在冯翊,当先退。'是日移病不听事,因入卧传舍,闭阁思过。一县莫知所为,令丞、啬夫、三老亦皆自系待罪。于是讼者宗族传相责让,此两昆弟深自悔,皆自髡肉袒谢,愿以田相移,终死不敢复争。"

⑩前郡尹:谓前丹阳尹。温太真:温峤字太真,东晋大臣。初从刘琨讨石勒,司马睿出镇江左后,奉琨命南下劝进,被留任散骑侍郎、太子中庶子等职。明帝时,拜侍中,转中书令,补丹阳尹。王敦谋反,与庾亮率军讨平,后又联合陶侃平定苏峻之乱。刘真长:刘惔字真长,东晋初年曾任丹阳尹之职,史称其"为政清整,门无杂宾"(《晋书》本传)。

⑪鼎:古代烹饪器。彝:古代宗庙中的礼器。古人常在上面铭刻称述功德的文字。

⑫素尚:清廉高尚的情操。《南史·王昙首传》:"幼有素尚,兄弟分财,昙首唯取图书而已。"

⑬臭(xiù)味:气味。因同类的东西气味相同,故用以比喻同类的人。《春秋左传·襄公八年》:"今譬于草木,寡君在君,君之臭味也。"风云:《周易·乾》:"云从龙,风从虎,圣人作而万物睹。"谓同类相感。

⑭爽:违背,不合。李周翰注:"言俭继温、刘之迹而为尹丹阳,闻其余德如有馨香,慕其遗化如有滋味,风虎云龙,同气相感,虽千载亦无差爽也。"

⑮协:合。神期:神之所望。

⑯彰:明。世祀:世代祭祀。

⑰薨(hōng):死。

⑱恒慕:常慕,常人的哀思追念之情。

⑲解职:谓辞官服丧。

【译文】

太祖死,遗诏以公为侍中、尚书令、镇国将军。永明元年,进号卫将军。永明二年,以侍中、尚书令的身份兼任丹阳尹。京城附近各郡的风俗不同,东西南北中五方的习尚各异。公不谋求声威教训,而西楚华夏都移情于美德,因此能使有仇怨的解剑跪拜仇人,争夺田地的归还田地平息诉讼。前丹阳尹温太真、刘真长,或功劳铭刻在鼎彝之上,或德行以清廉高尚著称,公与之气味相同风云感应,既使历千年也不会有什么不合。公亲自对二人进行吊唁祭祀,上表推荐其遗孤子孙,远合神灵的期望,以此彰明世代不绝的祭祀。当时简穆公死去,因抚养自己有恩,特深于常人所有的哀慕之情,上表请求辞官服丧,有诏不予准许。

　　国学初兴①,华夷慕义②,经师人表③,允资望实④。复以本官领国子祭酒⑤。三年,解丹阳尹,领太子少傅⑥,余悉如故。挂服捐驹,前良取则⑦;卧辙弃子⑧,后予胥怨⑨。皇太子不矜天姿⑩,俯同人范⑪,师友之义,穆若金兰⑫。又领本州大中正⑬,顷之解职。四年,以本号开府仪同三司⑭,余悉如故。谦光愈远⑮,大典未申⑯。六年,又申前命⑰。七年,固辞选任⑱,帝所重违⑲,诏加中书监⑳,犹参掌选事。长舆追专车之恨㉑,公曾甘凤池之失㉒。夫奔竞之涂㉓,有自来矣。以难知之性,协易失之情㉔,必使无讼㉕,事深弘诱㉖。公提衡惟允㉗,一纪于兹㉘。拔奇取异㉙,兴微继绝㉚。望侧阶而容贤㉛,候景风而式典㉜。

【注释】

①国学:国子学,即后来的国子监,为封建王朝的最高学府。

②华夷:华夏四夷。夷,古代对异族的贬称。

③经师:讲授经书的教师。《汉书·平帝纪》:"郡国曰学,县道邑侯国曰校。校学置经师一人。"人表:人之表率。《三国志·魏书·刘馥传》:"宜高选博士,取行为人表、经任人师者,掌教国子。"

④允:确实。资:凭借,依靠。实:果实。

⑤本官:指侍中、尚书令。国子祭酒:学官名。主持国子学工作。

⑥太子少傅：太子官属，掌辅导太子。

⑦前良：前代贤良。取则：取之以为法则。

⑧卧辙弃子：这句用东汉初侯霸事。《后汉书·侯霸传》："后为淮平大尹，政理有能名。及王莽之败，霸保固自守，卒全一郡。更始元年，遣使征霸，百姓老弱相携号哭，遮使者车，或当道而卧。皆曰：'愿乞侯君复留期年。'民至乃戒乳妇勿得举子，侯君当去，必不能全。""勿得举子"，即"弃子"之意。卧辙，躺卧道中。

⑨后予胥怨：《尚书·仲虺之诰》："（汤）初征自葛，东征西夷怨，南征北狄怨，曰：'奚独后予？'"谓汤征伐诸侯，东征则西方的人不高兴，南征则北方的人不高兴，说为什么唯独后打他们那里。李善注："言俭解丹阳尹，百姓亦如此恋之。"后予，后我。胥，相。

⑩皇太子：指齐武帝太子萧长懋（文惠太子）。矜：夸。天姿：天赋之才。

⑪人范：常人之法。谓常人尊师重教之法。

⑫穆：和睦。金兰：金喻坚，兰喻香。《周易·系辞》："二人同心，其利断金；同心之言，其臭如兰。"谓师生关系契合。

⑬本州：指琅邪临沂所属的南徐州，为东晋南渡后侨置。大中正：负责评定本州士人的官员。魏文帝曹丕始创九品中正制，由政府选择有名望的官员按其籍贯兼任本郡中正官或本州大中正官，按上上、上中、上下、中上、中中、中下、下上、下中、下下九个品级评定本郡或本州一些士人的等第，推荐给政府选用。

⑭本号：指卫将军。开府：建立府署，自辟僚属。三司：指太尉、司徒、司空，在东汉时为三公，可开府置僚属。开府仪同三司，谓可按三司的成例开府置僚属。

⑮谦光：因谦虚而产生的光辉、荣耀。《周易·谦》："谦尊而光，卑而不可逾。"谓辞让开府仪同三司。

⑯大典：国家的重大任命。

⑰前命:谓开府仪同三司之命。

⑱选任:指尚书吏部郎之职。

⑲重违:谓再次不许。

⑳中书监:中书省长官,与尚书令同为宰相之职。中书省为中央的
　文书处理机关,因接近皇帝,掌管机要,地位比尚书省更显重要,
　魏晋以后有"凤凰池"之称。

㉑长舆追专车之恨:《晋书·和峤传》:"入为给事黄门侍郎,迁中书
　令,帝深器遇之。旧监令共车入朝,时荀勖为监,峤鄙勖为人,以
　意气加之,每同乘,高抗专车而坐。乃使监令异车,自峤始也。"
　长舆,西晋和峤字长舆,武帝时曾任中书令之职。专车,独乘
　一车。

㉒公曾甘凤池之失:《晋书》本传:"勖久在中书,专管机事。及失
　之,甚罔罔怅恨。或有贺之者,勖曰:'夺我凤凰池,诸君贺我
　邪!'"公曾,西晋荀勖字公曾,曾任中书监之职,后调任尚书令。

㉓奔竞:奔走竞争。谓追逐权势。涂:同"途"。

㉔协:合。吕延济注:"人性贤愚深厚难知,欲合前人之情,故宜易
　失也。"桓谭《新论》:"凡人性难极也,难知也,故其绝异者,常为
　世俗所遗失焉。"

㉕讼:诉讼之事。

㉖弘诱:大力诱导。

㉗提衡:持物平衡,喻量才授官,没有偏阿。允:公平,得当。

㉘一纪:十二年为一纪。

㉙奇、异:指奇异之才。李善注引王隐《晋书》:"羊祜曰:'吾不能取
　异于屠钓,拔奇于版筑,岂不愧知人之难哉!'"

㉚兴微继绝:谓恢复已衰败灭亡的诸侯国,承续官僚贵族已断绝的
　后代。《论语·尧曰》:"兴灭国,继绝世,举逸民,天下之民归心
　焉。"兴微,李善注:"即兴灭也。"

㉛侧阶：北堂北下阶。《燕丹子》："田光见太子，太子侧阶而迎，迎而再拜。"容贤：容纳贤才。

㉜景风：东风，夏至后的和风。《淮南子·天文训》："景风至，则爵有德，赏有功。"式典：刘良注："式，法。言欲法此事以为帝典也。"

【译文】

国子学刚刚建立，华夏民族和四周外族都仰慕道义，经师为人表率，确实可资凭借以望结出丰硕的果实来。又以本官兼任国子祭酒。永明三年，卸去丹阳尹的职务，兼任太子少傅，其余职务全保留不变。将服用之物悬挂官府，将私马所生马驹交公，取法前代贤良以为准则；百姓坚留因而躺卧路上，又因恐惧公去后则乳婴不得保全而抛弃亲子，其他地区的百姓则因自己排在后面而相抱怨。皇太子不夸耀天赋之才，俯身遵循同常人一样的规范，师友之义，和睦得就像金兰一样。又兼任本州大中正，不久卸职。永明四年，以本号开府仪同三司，其余职务全保留不变。谦逊的光辉照耀得越来越远，重大任命未得实现。永明六年，又重申两年前的任命。永明七年，再三要求辞去吏部选举官吏的职任，皇帝再次不许，诏命再委以中书监之职，仍然负责吏部选举之事。长舆追恨独乘一车之事，公曾甘愿失去凤池之职。奔走竞争于仕途，自古以来就是这样的了。以难以揣知的人性，去与易于失去的人情相合，一定要使诉讼的事完全消失，其事成在于大力诱导。公持物平衡一味公平，到现在已经十二年了。选拔奇才求取异士，恢复已经衰亡的承续已经绝后的。望着北堂北面的台阶而容纳贤才，等着东风吹来而效法此事以为帝典。

春秋三十有八①，七年五月三日，薨于建康官舍②。皇朝轸恸③，储铉伤情④。有识衔悲⑤，行路掩泣。岂直舂者不相⑥，工女寝机而已哉⑦！故以痛深衣冠⑧，悲缠教义⑨，岂非功深砥砺⑩,道迈舟航⑪,没世遗爱⑫,古之益友⑬。追赠太尉⑭,侍中、中书监如故。给节⑮,加羽葆鼓吹⑯,增班剑六十人⑰。谥曰文宪,礼也。

【注释】

①春秋:谓年寿。

②建康:东晋南朝都城,在今江苏南京。

③皇朝:吕延济注:"谓天子也。"轸(zhěn)恸:极其悲痛。

④储:储君,指太子。铉(xuàn):举鼎的器具,代指三公。

⑤有识:指有识之士。

⑥岂直:岂只。舂者:用杵臼捣谷的工人。相(xiàng):舂谷时的号子声。《礼记·曲礼》:"邻有丧,舂不相。"《史记·商君列传》:"五羖大夫死,秦国男女流涕,童子不歌谣,舂者不相杵。"

⑦寝机:停止织布。机,织机。李善注引刘绍《圣贤本纪》:"子产治郑。二十年,卒,国人哭于巷,妇人哭于机。"

⑧衣冠:衣冠之士,指士大夫。

⑨教义:教化之义。指崇尚教义之士。吕向注:"以其修衣冠之礼,故衣冠之士痛深也。以其明教义之道,故教义之子悲缠。"

⑩砥砺:磨刀石。吕向注:"所以磨利其器,以喻利人。"

⑪迈:超越。舟航:吕向注:"舟航,船也,所以济乎大川,喻济人也。"《尚书·说命》:"朝夕纳诲,以辅台德。若金,用汝作砺;若济巨川,用汝作舟楫。"

⑫没世:指死。遗爱:遗留及子后世之爱。《春秋左传·昭公二十年》:"子产卒,仲尼闻之,出涕曰:'古之遗爱也。'"

⑬益友:对自己有益的朋友。《汉书·刘向传赞》:"岂非直谅多闻,古之益友与!"

⑭太尉:职掌全国军事行政,东汉时为三公之一,魏晋南北朝时期

多用作加官或赠官,无实职。

⑮节:符节,古代用作凭证之物。

⑯羽葆:以鸟羽为饰的仪仗。鼓吹:乐名。主要乐器有鼓、钲、箫、笳等。

⑰班剑:饰有花纹的木剑,用作仪仗。

【译文】

公年纪三十八岁,永明七年五月三日,死于建康官舍。皇帝悲痛异常,太子三公情怀感伤。有识之士心怀悲痛,行路之人掩面哭泣。哪里只是春谷之人不再喊号子,织布的女工停止了织布呢!之所以衣冠之士深为悲痛,崇尚教义的人们为悲痛缠绕,难道不是因为公功德深于可以利刀的磨石,道行超过了可以载人航行的船只,死后留下了可以传于后世的仁爱,后人将其与古代的益友一样看待。追赠太尉之职,侍中、中书监保留不变。给以符节,加羽葆鼓吹,增班剑六十人。谥为文宪,这是合于礼制的。

公在物斯厚①,居身以约②。玩好绝于耳目③,布素表于造次④。室无姬姜⑤,门多长者⑥。立言必雅⑦,未尝显其所长;持论从容⑧,未尝言人所短。弘长风流⑨,许与气类⑩,虽单门后进⑪,必加善诱⑫,勖以丹霄之价⑬,弘以青冥之期⑭。公铨品人伦⑮,各尽其用,居厚者不矜其多⑯,处薄者不怨其少,穷涯而反,盈量知归⑰。皇朝以治定制礼⑱,功成作乐。思我民誉⑲,缉熙帝图⑳。虽张、曹争论于汉朝㉑,荀、挚竞爽于晋世㉒,无以仰摸渊旨㉓,取则后昆㉔。每荒服请罪㉕,远夷慕义,宣威授指㉖,实寄宏略㉗。

【注释】

①在物:谓所处的物质环境。斯:语助词。

②约:节俭。

③玩好:赏玩嗜好。《南齐书·王俭传》:"俭寡嗜欲,唯以经国为务,车服尘素,家无遗财。"

④布素表于造次:谓就是在仓猝匆忙的时候也不忘表荐贫寒之士。布素,布质素衣。谓穿着布质素衣的贫寒士人。表,表荐。造次,仓猝,匆忙。

⑤姬姜:相传黄帝姓姬,炎帝姓姜。后来周王室姓姬,齐国姓姜。两大姓常通婚姻,因以姬姜代指美女。

⑥长者:指年高有德的人。

⑦立言:创立学说。雅:正确。

⑧持论:提出主张。吕延济注:"谓论政事得失也。"

⑨弘长:犹弘奖,大力劝勉之义。风流:风俗教化。

⑩许与:赞同,招引。气类:意气相投的人。指道义之士。

⑪单门:门第孤寒。后进:后辈。

⑫诱:教导,引导。

⑬勖(xù):勉励。丹霄:天空。

⑭弘以青冥之期:李周翰注:"言勖勉学者使其道业高远如天云也。"弘,大,激励。青冥,青天。

⑮铨品:衡量品评。人伦:人的流品。

⑯矜:夸耀。

⑰"穷涯"二句:刘良注:"言其知止如行,穷涯畔则反也。知满如以器求物,盈于器乃归也。"涯,水边。盈,满。量,量器,如斗、斛之类。

⑱治定:天下安定。

⑲民誉:民众所赞誉。吕延济注:"谓讴歌美德也。"

⑳绩熙：光明貌。帝图：帝王的谋略。

㉑张：张酺(pú)，字孟侯，东汉章帝时大臣。曹：曹褒，字叔通，东汉官吏。章帝章和元年(87)，奉诏修订叔孙通《汉仪》，撰成《新礼》百五十篇上奏，因众议不一，未得颁行。和帝即位，始颁布二篇，即遭太尉张酺、尚书张敏奏劾，说他"擅制汉礼，破乱圣术，宜加刑诛"(《后汉书》本传)。

㉒荀：荀颉，字景倩，西晋时大臣。明"三礼"，曾主持制定朝廷礼仪。挚：挚虞，字仲洽，西晋文学家。元康(291—299)年间，"荀颉撰《新礼》，使虞讨论得失而后施行"(《晋书》本传)。竞爽：争胜。

㉓摸：摸索，探求。渊旨：深旨。

㉔取则：取以为法则。后昆：后代子孙。《尚书·仲虺之诰》："以义制事，以礼制心，垂裕后昆。"

㉕荒服：古代王畿外围按距离远近划分为五服，每服五百里，荒服为五服中最远之地，离王畿二千五百里。代指远国。

㉖授指：将自己意图告诉远国，让其照办。指，意旨。

㉗实：实在。宏：大。

【译文】

公所处的物质环境是丰厚的，而居身却奉行节俭的原则。赏玩嗜好同耳目隔绝，而对于身着布质素衣的贫寒之士，公就是在仓猝匆忙的时候也不忘记上表推荐。室内没有美女，门外却多长者。创立学说必定正确，却不曾卖弄其所长；提出主张从容不迫，不曾谈论过别人的短处。大力勉励风俗教化，赞同招引意气相投的道义之士，即使是门第孤寒年辈晚出的人，也必定很好地加以诱导，以高如空际的价值相劝勉，以直上青云的时刻相激励。公衡量评定人的流品，根据情况各尽其用，处于优厚地位的人不夸耀其多，处于菲薄地位的人不怨恨其少，走到了水边就自动返回，装满了量器知道回归。皇朝因天下安定而制订礼仪，因大功告成而造作音乐。思我民众所赞誉的事情,光大弘扬帝王的谋略。张酺、曹褒虽争论于汉朝,荀颉、挚虞虽争胜于晋世,也无从仰望探求其深厚的旨意,使后代子孙取以为法则。每当远方国家上朝请罪,远方民族仰慕道义,都宣扬国威授以旨意,确实是寄寓了远大的谋略。

　　理积则神无忤往,事感则悦情斯来①。无是己之心②,事隔于容诐③;罕爱憎之情④,理绝于毁誉。造理常若可干,临事每不可夺⑤。约己不以廉物⑥,弘量不以容非,攻乎异端⑦,归之正义⑧。公生自华宗⑨,世务简隔⑩,至于军国远图⑪,刑政大典⑫,既道在廊庙⑬,则理擅民宗⑭。若乃明练庶务⑮,鉴达治体⑯,悬然天得⑰,不谋成心。求之载籍⑱,翰牍所未纪⑲;讯之遗老⑳,耳目所不接。至若文案自环㉑,主者百数㉒,皆深文为吏㉓,积习成奸㉔,蓄笔削之刑㉕,怀轻重之意㉖。公乘理照物㉗,动必研机㉘,当时嗟服,若有神道㉙。岂非希世之隽民㉚,瑚琏之宏器㉛?

【注释】

①“理积”二句:张铣注:“义理积于心,所为必决,则神思无忤往也。前事感其义理,则皆以喜悦之情而来归德也。”忤,违反,抵触。

②是己:谓自以为是。是,正确。

③隔于容诐:谓不惑于诐媚之言。隔,绝。容诐,诐媚之容。

④罕爱憎之情:谓处理问题不受感情因素的影响。罕,少。

⑤“造理”二句:吕延济注:“造,至也;干,犯也。言至于大体之理,性多宽和,故若可犯者;而临事必定,故不可夺移也。”当指事理还处于谈论阶段时。

⑥不以廉物:李周翰注:“谓广施于物也。”李善注引魏文帝《典论》:

"君子谨乎约己,弘乎接物。"

⑦攻:批判。异端:儒家称与之相异的学说、主张。《论语·为政》:"攻乎异端,斯害也已。"

⑧正义:正确的含义、主张。

⑨华宗:荣显的宗族。

⑩世务:指世俗之事。简隔:张铣注:"简略隔绝,素所不习也。"

⑪军国:军务和国政。远图:长远的谋略。

⑫刑政:刑罚和政令。大典:重要的法令典章。

⑬既:已。廊庙:指朝廷。

⑭宗:尊崇。

⑮明练:明白练达。庶务:各种政务。

⑯鉴达:明达,明识洞达。治体:治国的大体、纲要。贾谊《陈政事疏》:"以陛下之明达,因使少知治体者得佐下风,致此非难也。"

⑰悬:谓遥远。吕延济注:"言远然得之于天,不谋议义于人,已暗成于心也。"

⑱载籍:前代史籍。

⑲翰:笔。牍:古代写字用的狭长木板。代指书籍。纪:通"记"。

⑳讯:问。遗老:经历丰富的老人。

㉑文案:公文案卷。环:谓环绕其座。言其多。

㉒主者:主管人员。吕向注:"谓讼久不定,主司易百数人者。"

㉓深文:繁琐地利用法律条文,千方百计陷人以罪。

㉔奸:邪恶不正。

㉕蓄:积,形成。笔削:古人在竹简木札上写字,遇有错误,即用刀削去另写。谓任意改动。

㉖轻重之意:张铣注:"谓妄有加减之状。"

㉗乘理:用理,据理。照物:察看事物。

㉘研机:研究精微之处。《周易·系辞》:"夫《易》,圣人之所以极深

　　而研机也。”

㉙ 神道：谓神妙莫测的自然之道。

㉚ 隽民：才智特出的人。

㉛ 瑚琏：瑚和琏都是古代祭祀时盛黍稷的器皿，因相当尊贵，以喻人有才能，堪当大任。《论语·公冶长》：“子贡问曰：‘赐也何如？’子曰：‘女，器也。’曰：‘何器也？’曰：‘瑚琏也。’”

【译文】

　　义理积于心中则神往而无抵触，事物感于义理则怀着喜悦心情来归。没有自以为是之心，凡事能够杜绝谄媚之容；很少爱憎之情，于理自然没有了诽谤赞誉之言。谈论事理常常好像可以干犯，临事决断则每每不能加以更改。约束自己但不以之俭约外物，度量弘大但不以之包容错误，批判那些不正确的议论，使之向正确的主张靠拢。公出生于荣显的宗族，对世俗之事并不熟谙，至于军务国政长远谋略，刑罚政令重要典章，其道义既在朝廷显示出来，其义理又独为民众所尊崇。至于明白练达各种政务，明识洞达治国大要，远远地好像得之于天，不谋议而成于人心。访求前代史籍，了解笔墨木牍未曾记载之事；向经历丰富的老人询问，询问两耳双目不曾接触之事。至于公文案卷自我环绕，主管过的人员已有上百，都是只知繁琐地利用法律条文，千方百计陷人以罪的，长期的习惯变成了邪恶，形成任意予以改动的刑罚，怀着进行或轻或重处置的心意。公对这些积案据理进行察看，行动必研其精微之处，当时人们嗟叹佩服，以为就像有神道相助一般。这难道不是世上少有的才智特出的人物、像瑚琏一样宏大的器皿吗？

　　昉行无异操，才无异能，得奉名节①，迄将一纪。一言之誉，东陵侔于西山②；一昕之荣③，郑璞逾于周宝④。士感知己，怀此何极⑤？出入礼闱⑥，朝夕旧馆⑦，瞻栋宇而兴慕⑧，抚身名而悼恩⑨。

【注释】

①名节:名誉和节操。张铣注:"得奉名节,谓昉与俭交游也。"

②东陵:山名。一说即泰山,传说跖死于此。跖为春秋时鲁人,传说中的农民起义领袖,被历代统治者诬为大盗,称盗跖。侔:等同。西山:即首阳山,在今山西永济南。相传商末孤竹君之二子伯夷、叔齐隐于此山,不食周粟而死,被称为贤士。《庄子·骈拇》:"伯夷死名于首阳之下,盗跖死利于东陵之上……彼其所殉仁义也,则俗谓之君子;其所殉货财也,则俗谓之小人。"

③一眄(miàn):犹言一顾。《列子·黄帝》:"三年之后,心不敢念是非,口不敢言利害,始得夫子一眄而已。"

④璞:未经雕琢加工的玉。《尹文子·大道》:"郑人谓玉未理者为璞,周人谓鼠未腊者为璞。周人怀璞谓郑贾曰:'欲买璞乎?'郑贾曰:'欲之。'出其璞视之,乃鼠也。因谢不取。"

⑤"士感"二句:曹操《祀故太尉桥玄文》:"士死知己,怀此无忘。"极,尽。

⑥礼闱:指尚书省。李善注引《十洲记》:"崇礼门,即尚书上省门,崇礼东建礼门,即尚书下舍门;然尚书省二门名礼,故曰礼闱也。"

⑦旧馆:指王俭原所居处的馆舍。

⑧栋:屋中的正梁。宇:屋檐。代指房屋。《荀子·哀公》:"君入庙门而右,登自胙阶,仰视榱栋,俯见几筵,其器存,其人亡。君以此思哀,则哀将焉而不至矣!"

⑨身名:身心和声名。

【译文】

任昉行为没有特异的操守,才能没有卓异的表现,得以奉侍名誉节操,迄今已将近十二年。一句话的赞誉,就使东陵等同于西山;看一眼的荣耀,就使郑国的玉璞超过了周朝的珍宝。士人感念知己,怀着这种感情哪有终极？出入于礼闱之中，朝夕与旧馆相伴，看着屋宇而产生思慕，抚念身名而怀念旧恩。

公自幼及长，述作不倦，固以理穷言行，事该军国①，岂直雕章缛采而已哉②！若乃统体必善③，缀赏无地④，虽楚、赵群才，汉、魏众作⑤，曾何足云，曾何足云！昉尝以笔札见知⑥，思以薄技效德⑦，是用缀缉遗文⑧，永贻世范⑨。为如干秩⑩，如干卷。所撰《古今集记》⑪，今书《七志》，为一家言⑫，不列于集。集录如左。

【注释】

①该：具备，包含。

②雕章缛采：谓对文章辞句着意修饰。

③统体：总体。

④缀赏无地：吕向注："缀赏，追赏也。无地，不择地遇之则为胜也。"

⑤"虽楚、赵"二句：李善注："楚有屈原，赵有荀卿；汉则司马、扬雄，魏则陈思、王粲。"

⑥笔札：指公文的写作。陆机《与吴王表》："臣本以笔札见知。"

⑦薄技：微小的才能。

⑧缀缉：收集整理。即编辑。

⑨贻：留。范：法则。

⑩如干：若干。秩：当作"帙"，书函。书一函称一帙。

⑪《古今集记》：《隋书·经籍志》著录有王俭撰《丧服古今集记》三卷，今佚。

⑫一家言：自成一家的学说。

【译文】

公从幼年到成年,不知疲倦地著述,本是要以此穷尽言行之理,包含军国之事,哪里只是为了雕章琢句而已呢! 至于总体上必定要求完美,追赏起来无处不给人以教益,即使是楚国、赵国的众多文才,汉世、曹魏的众多佳作,又哪里值得提起,哪里值得提起! 任昉曾以所作公文被公知遇,想以自己微薄的才能报效恩德,因此编辑遗文,永为世人留下法则。编为若干帙,若干卷。所著《古今集记》,今书《七志》,为一家之言,不列于集中。文集搜集编录如左。

卷第四十七

颂

王子渊

见卷第十七《洞箫赋》作者介绍。

圣主得贤臣颂一首

【题解】

颂,本是《诗经》的诗体之一,其特点与功能是"美盛德之形容"(《毛诗序》)。刘勰《文心雕龙·颂赞》说:"颂惟典雅,辞必清铄,敷写似赋,而不入华侈之区;敬慎如铭,而异乎规诫之域。揄扬以发藻,汪洋以树义。唯纤曲巧致,与情而变,其大体所底,如斯而已。"本文就总体而言,属颂体,但就文章的说理与规谏而言,又有类似奏、议之处,当属于颂的变体。

夫荷旃被毳者^①,难与道纯绵之丽密^②;羹藜唅糗者^③,不足与论太牢之滋味^④。今臣僻在西蜀^⑤,生于穷巷之中,长于蓬茨之下^⑥,无有游观广览之知,顾有至愚极陋之累^⑦,不足以塞厚望^⑧,应明旨。虽然,敢不略陈愚心而杼情素^⑨。

【注释】

①荷旃(zhān)被毳(cuì)：披着毛毡穿着兽皮的人。旃，通"毡"，用羊毛或其他动物毛发制成的毛毡。毳，鸟兽的细毛。这里指兽皮。

②纯：丝。丽密：美好细密。

③羹藜(lí)：用藜菜做成的浓汤。藜，植物名。一年生草本，嫩叶可食。唅(hán)：通"含"，吃。糗(qiǔ)：炒熟的米、麦等谷物。即干粮。

④太牢：古代祭祀时，牛、猪、羊三牲全备称太牢。此处指以牛、猪、羊为食的盛筵。

⑤僻在西蜀：王褒是蜀地资中(今四川资阳)人。蜀地自来被认为是偏僻之地。《战国策·秦策》张仪曰："蜀，西僻之国。"

⑥蓬茨(cí)：指用芦苇或茅草盖的屋顶。茨，茅屋的顶盖。

⑦顾：反。

⑧塞：当。

⑨杼：通"抒"，抒发，申述。情素：本心，真情实意。

【译文】

对披毛毡裹兽皮的人，很难与他称道丝绵的美好柔密；对喝菜汤吃干粮的人，不足以与他论说太牢盛筵的滋味。而今臣下居住在偏僻的西蜀之地，生在穷困的小巷之中，长在茅草覆盖的草屋之下，没有到处游览广闻博见的才智，反有愚蠢至极孤陋寡闻的累赘，不足以与君王的厚望相称，不足以应对君王的明旨。虽则如此，岂敢不略微陈述一下自己的心意，抒发一下真情实意。

记曰①：恭惟《春秋》②，法五始之要③，在乎审己正统而已④。夫贤者，国家之器用也⑤。所任贤，则趋舍省而功施普⑥；器用利，则用力少而就效众。故工人之用钝器也，劳筋苦骨,终日矻矻⑦。及至巧冶铸干将之璞⑧,清水淬其锋⑨,越砥敛其锷⑩,水断蛟龙,陆刬犀革⑪,忽若篲泛画涂⑫。如此,则使离娄督绳⑬,公输削墨⑭,虽崇台五层⑮,延袤百丈⑯,而不溷者⑰,工用相得也。庸人之御骀马,亦伤吻弊策⑱,而不进于行,胸喘肤汗,人极马倦⑲。及至驾啮膝,骖乘旦⑳,王良执靶㉑,韩哀附舆㉒,纵骋驰骛㉓,忽如影靡㉔,过都越国,蹶如历块㉕,追奔电,逐遗风㉖,周流八极㉗,万里一息。何其辽哉?人马相得也。故服绨绤之凉者㉘,不苦盛暑之郁燠㉙;袭狐貉之煖者㉚,不忧至寒之凄沧㉛。何则?有其具者易其备㉜。贤人君子,亦圣王之所以易海内也。是以呕喻受之㉝,开宽裕之路,以延天下之英俊也。夫竭智附贤者㉞,必建仁策;索人求士者,必树伯迹㉟。昔周公躬吐握之劳㊱,故有圄空之隆㊲;齐桓设庭燎之礼㊳,故有匡合之功㊴。由此观之,君人者勤于求贤而逸于得人。

【注释】

①记:记传。记述或解释典章制度的文字。

②恭:敬。

③五始之要:《汉书》张晏注:"要,《春秋》称'元年春王正月',此五始也。"颜师古注:"元者气之始,春者四时之始,王者受命之始,正月者政教之始,公即位者一国之始,是为五始。"

④审己:审察自己。正统:泛指学派、党派等一脉相传的嫡派。亦可引申为嫡传或直接继承的意思。

⑤器用:本指器皿用具。这里比喻有用的人才。下文"器用利"的"器用",是指器具工具的意思。

⑥趋舍省:这里指政策选择的精力花得少。趋舍,取舍,指求取与舍弃。

⑦砣砣(kū):十分劳累的样子。

⑧巧冶:指精巧的冶炼工匠,如吴国的干将、越国的区冶之类。干将:这里指宝剑名。李善注引《吴越春秋》曰:"干将者,吴人。造剑二枚。一曰干将,二曰莫耶。"璞(pú):指未经磨炼的剑坯。

⑨淬:锻造时,把烧红的锻件浸入水中,急速冷却,以增强硬度。

⑩越砥(dǐ):李善注引晋灼曰:"砥石出南昌,故曰越砥。"砥,磨刀石。敛:收缩。这里指磨削。锷:剑刃。

⑪刬(tuán):截断。

⑫篲泛画涂:此当指流星飘行划空坠地。篲,《汉书》作"彗"。彗星,俗名扫帚星。泛,指浮行、飘行。画,划。涂,指路途或泥土。这里泛指大地。

⑬离娄:传说中视力特强的人。《孟子·离娄》"离娄之明",赵岐注:"古之明目者,黄帝时人也。"督:察。绳:这里指木工用的墨线。

⑭公输:即公输般,鲁国著名的巧匠,为木工之祖。削墨:指按所弹的墨线削锯木料。

⑮崇台:高台。

⑯袤(mào):绵延伸展。

⑰溷(hùn):混乱。

⑱伤吻弊策:指驭马者因不断地吆喝而舌敝唇焦,因不断地鞭打而损坏马鞭。吻,嘴唇。

⑲极:穷。这里指精力耗尽。

⑳"及至"二句:啮(niè)膝、乘旦,李善注引张晏曰:"啮膝、乘旦,皆良马名。"骖(cān),指旁边的马。

㉑王良:古代善于驭马的人。靶(bà):缰绳。《汉书》晋灼注:"靶,

音霸,谓辔也。"辔,即马缰绳。

㉒韩哀:古代善于驭马的人。附舆:扶车。这里指驾车。附,通"拊"。

㉓骛(wù):乱驰。这里指狂奔。

㉔影靡:指光影的消逝。

㉕蹶(jué):急遽的样子。这里指快速。块:土块。

㉖遗风:疾风。

㉗八极:指八方极边远的地方。

㉘绤(chī):细葛布。绤(xì):粗葛布。

㉙郁燠(yù):炎热。《汉书》颜师古注:"郁,热气也。燠,温也。"

㉚袭:衣上加衣。引申为重叠。狐貉(hé):狐皮、貉皮或貂皮,都是珍贵的皮料。煖(xuān):温暖。

㉛凄沧:严寒貌。沧,同"沧",寒冷。

㉜易:容易。备:防备。

㉝呕(xū)喻:和悦貌。

㉞竭智:竭尽智慧。附贤:招纳贤才。附,使之归附,招纳。

㉟伯:通"霸"。迹:功业,功绩。

㊱周公躬吐握之劳:指周公为招纳贤才顾不上吃完饭、洗完头。躬,亲自。《韩诗外传》:"成王封伯禽于鲁,周公诫之曰:'往矣。子其无以鲁国骄士……吾于天下亦不轻矣。然一沐三握发,一饭三吐哺,犹恐失天下之士。'"

㊲圉(yǔ)空之隆:监狱空虚,政治兴隆。《史记·周本纪》:"成康之际,天下安宁,刑错四十余年而不用。"圉,即图圉,指监狱。隆,兴隆。监狱空虚,即是政治兴隆的标志。

㊳齐桓设庭燎之礼:《韩诗外传》载,齐桓公设庭燎之礼以待士,期年而士不至。后礼待仅会九九算术的人,以见其屈己下人,期月而四方之士至。庭燎,指在官中庭院之内点燃火炬。

㊴匡合之功:指齐桓公"九合诸侯,一匡天下"的功绩。匡,指匡救。

【译文】

记传说：恭敬地思考《春秋》大义，效法五始的要义，在于审察自己、直接继承《春秋》的精神罢了。贤人，是国家有用的人才。所任用的臣子贤明，那么就可减省选择的劳累而实施的功效很广；所使用的工具锋利，那么所用的力量很少而成就功效收益很多。所以工匠使用不锋利的工具，劳筋苦骨，整日疲惫不堪。至于善于冶炼的巧匠铸造成名剑干将的剑坯，将它烧红之后放入清水使之剑锋坚硬，又用越国的磨石磨出剑刃，水中可截断蛟龙，陆地可斩断犀牛的皮革，速度之快，就像彗星划空坠地一般。如果有了良好的材料，那么叫离娄来审察墨线，叫公输根据墨线削锯木料，即使建造五层的高台，高度增加到一百丈，都不会发生混乱的情况，这是因为巧匠与良材能互相紧密的配合。叫凡夫俗子来驾驭劣马，即使吆喝得舌敝唇焦，鞭打得马鞭损坏，也不能使劣马行进，只是落得气喘吁吁，满身大汗，人困马倦。至于让良马啮膝驾辕，又以良马乘旦骖驾，由王良执缰绳，由韩哀驾马车，驰骋奔腾，速度之快就像光影的消逝，越过都城，快得就像越过一块泥土，可以追上闪电，可以追上狂风，在八方极边远的地方周游流转，一呼一吸之间，行程可达万里。为什么车马的行程那样辽远呢？那是善驭者与良马互相配合的缘故。因而穿葛布衣服感到凉爽的人，不会被酷暑的炎热所苦恼；外加温暖的狐裘、貉裘的人，不担忧严冬的寒冷。为什么是这样呢？因为有合适的服装更容易加以防备。贤人君子，也就是圣王更容易治理四海之内政治秩序的有效工具。因此要和颜悦色地接纳贤才，开拓宽广的道路，以此延请天下的英才。竭尽智慧招纳贤才，一定会建树仁义的政策；索寻英才求取俊士，一定会树立称霸的业绩。往昔周公中断洗头、吃饭忙于亲自接待贤士，因而才有监狱虚空、国家兴隆的太平盛世；齐桓公设立庭燎之礼接待四方的贤士，因而才有一匡天下、九合诸侯的功绩。由此来看，当君王的人，应该在寻求贤人方面勤奋不息，这样才能享受求得贤人的安逸。

人臣亦然。昔贤者之未遭遇也，图事揆策^①，则君不用其谋；陈见悃诚^②，则上不然其信。进仕不得施效，斥逐又非其愆^③。是故伊尹勤于鼎俎^④，太公困于鼓刀^⑤，百里自鬻^⑥，甯戚饭牛^⑦，离此患也^⑧。及其遇明君、遭圣主也，运筹合上意^⑨，谏诤则见听^⑩，进退得关其忠^⑪，任职得行其术，去卑辱奥渫而升本朝^⑫，离蔬释蹻而享膏粱^⑬，剖符锡壤而光祖考^⑭，传之子孙，以资说士^⑮。故世必有圣智之君，而后有贤明之臣。虎啸而谷风冽，龙兴而致云气^⑯；蟋蟀俟秋吟，蜉蝣出以阴^⑰。《易》曰："飞龙在天，利见大人^⑱。"《诗》曰："思皇多士，生此王国^⑲。"故世平主圣，俊乂将自至^⑳，若尧、舜、禹、汤、文、武之君，获稷、契、皋陶、伊尹、吕望之臣，明明在朝^㉑，穆穆列布^㉒，聚精会神，相得益章^㉓。虽伯牙操递钟^㉔，蓬门子弯乌号^㉕，犹未足以喻其意也。

【注释】

①揆：度量，揣度。引申为规划。

②悃(kǔn)诚：真心诚意。

③愆(qiān)：过失，罪咎。

④伊尹勤于鼎俎(zǔ)：伊尹是夏末商初汤王的贤臣，曾以厨师的身份接近商汤，而后得以重用。鼎，古代炊具。俎，古代割肉所用的砧板。

⑤太公困于鼓刀：太公即姜子牙，是周文王、周武王的贤臣。发迹前在殷都朝歌当屠夫，后遇文王得以重用。

⑥百里自鬻(yù)：百里奚本为虞国的大夫，晋灭虞后，沦为奴隶，流落至楚国宛地，秦穆公闻其贤，以五张羊皮赎买了他，并予重用。鬻，卖，出售。

⑦甯戚饭牛：甯戚是卫国贤士。欲求见齐桓公，穷困无以自进，遂为商人驱牛车至齐郭门外。桓公外出，甯戚击牛角悲歌，齐桓公知其不凡，予以重用。

⑧离：同"罹"，遭遇，遭受。

⑨运筹：谋划，策划。

⑩谏诤：向君王提出批评性的意见。

⑪进退：此词与下文"任职"对举，可知为偏义复词，偏指进用。关：纳用。李周翰注："关，犹用。"

⑫奥渫（xiè）：幽暗污浊。《汉书》张晏注："奥，幽也。渫，狎也，污也。"

⑬离蔬：李善注引应劭曰："离此蔬食。"蹻：草鞋。膏粱：精美的食物。

⑭剖符：古代帝王分封诸侯、功臣时，以符为信证，剖分为二，君臣各执其一，后因以"剖符"作为分封、授官之称。锡：赐予。壤：土地，封地。祖考：祖先。

⑮以资说士：成为谈说之人的谈资。即传为美谈。资，资料。

⑯"虎啸"二句：语本《周易·乾》："云从龙，风从虎。"冽（liè），寒冷。

⑰蜉蝣出以阴：《诗经·曹风·蜉蝣》"蜉蝣之羽"，毛传："蜉蝣，渠略也。"又《毛诗草木鸟兽虫鱼疏》："渠略，夏月阴时出地中。"蜉蝣，虫名。有四翅。古人说其朝生暮死。

⑱"飞龙"二句：语出《周易·乾》。言王者居正阳之位，贤才见之，则利用。

⑲"思皇"二句：语出《诗经·大雅·文王》。谓众多贤士生于文王之国极为美好。思，语助词。皇，美。

⑳俊乂（yì）：有才德的人。语出《尚书·皋陶谟》："俊乂在官。"

㉑明明：明智、明察貌。此指圣君。语出《尚书·胤征》："厥后惟明明。"

㉒穆穆:仪容或言语和美。此指贤臣。语出《尚书·多方》:"穆穆
　在乃位。"

㉓章:明显,显著。

㉔伯牙:春秋时人,以操琴出众闻名古代。籧(dì)钟:古乐器。李善
　注引晋灼曰:"二十四钟,各有节奏,击之不常,故曰递钟。"

㉕蓬门子:古代善射者,相传是神箭手后羿的弟子。乌号:宝弓名。

【译文】

　　人臣也是这样。以前在贤人未遇明主的时候,图谋事情筹划计策,
但君王不采用他的谋划;真心诚意陈说己见,但君王不相信他的诚信。
进入仕途不能施政报效,被斥责驱逐又并不是他的过失。因此伊尹在
鼎炊、砧板间操劳,姜太公窘迫地做着举刀割肉的屠户工作,百里奚出
售自己,宁戚干喂牛的工作,都遭受了不遇明主的忧患。及至他们遇到
明主、圣君,谋划符合君王的意图,谏言被君王所听取,进用能竭尽他们
的忠心,任职能施行他们策略,脱离卑辱幽暗污浊的处境而进入朝廷,
脱离蔬食、抛弃草鞋而享用膏粱美食、剖分符节、赏赐土地而光宗耀祖,
传之子孙后代,成为谈说之士的谈资。所以世上一定要有圣智的君王,
然后才有贤明的臣子。猛虎长啸而谷风凛冽,蛟龙兴起而云气弥漫;蟋
蟀要等到秋天才吟唱,蜉蝣要在阴湿之地才出生。《周易》说:"飞龙在
天的景象,对贤臣晋见君王有利。"《诗经》说:"美好啊,众多贤士,产生
在这个周王之国。"因而时代升平、君主圣明,才德之士将自己来到,就
像明君尧、舜、禹、汤、文、武,获得了贤臣稷、契、皋陶、伊尹、吕望,明察
的君主高居朝廷,贤良的臣子各列其位,君臣聚精会神,相得益彰。即
使是俞伯牙演奏籧钟,蓬门子拉开乌号弓,还不足以比喻明主贤臣的
相得之意。

　　故圣主必待贤臣而弘功业,俊士亦俟明主以显其德。
上下俱欲,欢然交欣,千载一会,论说无疑,翼乎如鸿毛遇顺

风^①，沛乎若巨鱼纵大壑^②。其得意如此，则胡禁不止，曷令不行？化溢四表^③，横被无穷，遐夷贡献^④，万祥必臻^⑤。是以圣主不遍窥望，而视已明；不殚倾耳^⑥，而听已聪。恩从祥风翱^⑦，德与和气游^⑧。太平之责塞^⑨，优游之望得^⑩。遵游自然之势^⑪，恬淡无为之场^⑫，休征自至^⑬，寿考无疆，雍容垂拱^⑭，永永万年。何必偃仰诎信若彭祖^⑮，呴嘘呼吸如乔、松^⑯，眇然绝俗离世哉^⑰！《诗》曰："济济多士，文王以宁^⑱。"盖信乎其以宁也！

【注释】

① 翼乎如鸿毛遇顺风：李善注引《春秋保乾图》："神明之应，疾于倍风吹鸿毛。"据此可知，王褒是以"鸿毛遇顺风"比喻君臣心意交感反应的迅速。翼，迅疾貌。

② 沛（pèi）：疾行貌。迅速。大壑：大海。

③ 化：大化，指盛大的教化。四表：指四方极远之地。

④ 遐：远。

⑤ 臻（zhēn）：至。

⑥ 殚（dān）：竭尽。倾耳：侧耳细心静听。

⑦ 祥风：祥和之风。

⑧ 和气：祥和之气。

⑨ 责塞：职责已经完成。塞，充满。引申为完成。

⑩ 优游：从容不迫，悠闲自得的样子。

⑪ 自然：指天地万物的规律。《老子》二十五章："道法自然。"

⑫ 恬淡无为之场：《庄子·天道》："夫虚静恬淡，寂寞无为者，天地之平而道德之至。"

⑬ 休征：吉祥的征兆。

⑭垂拱：垂衣拱手，古代形容无为而治。语出《尚书·武成》："垂拱
　　而天下治。"

⑮偃仰：俯仰。诎信：同"屈伸"，弯曲和伸直。彭祖：古代著名的长
　　寿的人，相传寿命长达八百岁。

⑯呴（xǔ）嘘呼吸：指练习吐纳气功以延年益寿乃至长生不老。李
　　善注引《庄子》曰："吹嘘呼吸，吐故纳新，熊经鸟伸，为寿而已
　　矣。"乔、松：指仙人王子乔、赤松子。李善注引《列仙传》曰："王
　　子乔好吹笙，道人浮丘公接以上嵩山。"又曰："赤松子者，神农时
　　雨师也。至昆仑山上，常止西王母石室中。"

⑰眇然：超然。眇，辽远，高远。引申为超然。

⑱"济济"二句：语出《诗经·大雅·文王》，言文王能多用贤人，故
　　邦国得以安宁。济济，盛貌。

【译文】

　　因而圣主必须依靠贤臣才能弘扬功业，贤士也要等待明主的扶植
才能显示他的才德。君上臣下都有同样的想法，相处交流都欣喜无比，
千年一次的机遇，讨论谈说互相毫不怀疑，君臣心意交感的反应，比鸿
毛遇上顺风还要快速，比巨鱼纵入大海还要迅疾。明主贤臣的心意相
得能达到这样的地步，那怎会产生禁不止、令不行的情况呢？这样，盛
大的教化就会充满四方的极远之地，广远地覆盖而没有止境，远方的蛮
夷来贡献珍品，万种的吉祥也一定会来到。因此圣主不必到处观望，而
能明察万物；不必竭尽精神侧耳细听，而能听闻天下。圣恩浩荡与祥和
之风共翔，圣德无涯与祥和之气同游。太平盛世的职责已经完成，悠闲
自在的愿望也已达到。遵循自然的趋势浮游，进入恬淡无为的境界，吉
祥的征兆自会来临，天赐的长寿没有界限，潇洒自在地垂衣拱手治理天
下，王业永久可达万年。何必俯仰屈伸像彭祖，吐纳呼吸如王子乔、赤
松子，超然高远脱离尘世呢！《诗经》说："人才庄敬而众多，这就是周文
王得以安宁的缘故啊。"贤臣足以导致君王的安宁确实是可信的啊。

扬子云

见卷第七《甘泉赋》作者介绍。

赵充国颂—首

【题解】

本文是一篇赞颂赵充国功绩的文章。赵充国是西汉名将,武帝、昭帝时期,因抗击匈奴有功,先后被封为车骑将军与后将军。后与大将军霍光尊立宣帝,封营平侯。宣帝时,西羌分支先零入侵边境,当时赵充国已七十多岁了,依靠他的足智多谋,通晓敌情,终于平定了先零之乱。本文就是赞颂赵充国这一功绩的。《汉书·赵充国传》说:"初,充国以功德与霍光等列,画未央宫。成帝时,西羌尝有警,上思将帅之臣,追美充国,乃召黄门郎扬雄即充国图画而颂之。"可知本文是汉成帝时的作品。《文心雕龙·颂赞》说:"若夫子云之表充国……或拟《清庙》,或范《骃》《那》,虽浅深不同,详略各异,其褒德显容,典章一也。"本文有韵,就风格体裁而言,颇近似《诗经》的《商颂》与雅诗。

明灵惟宣①,戎有先零②。先零猖狂,侵汉西疆③。汉命虎臣④,惟后将军⑤。整我六师⑥,是讨是震⑦。既临其域,谕以威德⑧。有守矜功⑨,谓之弗克⑩。请奋其旅,于罕之羌⑪。天子命我,从之鲜阳⑫。营平守节⑬,屡奏封章⑭。料敌制胜⑮,威谋靡亢⑯。遂克西戎,还师于京⑰。鬼方宾服⑱,罔有不庭⑲。昔周之宣⑳,有方有虎㉑。诗人歌功,乃列于《雅》㉒。在汉中兴㉓,充国作武㉔,赳赳桓桓㉕,亦绍厥后㉖。

【注释】

①明灵：即神明。灵，神。宣：指汉宣帝。

②戎：古族名。殷周时期有鬼戎、西戎等。戎或西戎是对西北各少数民族的泛称。这里实指西羌。先零（lián）：是西羌的分支之一。

③"先零"二句：汉宣帝神爵元年（前61）西羌反。

④虎臣：比喻勇武之臣。语出《诗经·大雅·常武》："进厥虎臣，阚如虓虎。"

⑤后将军：指赵充国。《汉书·赵充国传》：汉昭帝时，"充国……击匈奴，获西祁王，擢为后将军"。

⑥六师：即六军。语出《诗经·大雅·棫朴》："周王于迈，六师及之。"古制，二千五百人为军。王六军，大国三军，次国二军，小国一军。可知六师即王师。

⑦震：震慑。

⑧谕：谕示。旧时上告下的通称。威德：指恩威并用。《汉书·赵充国传》：充国至西部都尉府，欲以威信招降罕、开，乃上疏曰："因田致谷，威德并行。"

⑨有守：指酒泉太守辛武贤。矜（jīn）功：居功自傲。

⑩谓之弗克：认为赵充国屯田坚守的策略不能克敌制胜。

⑪"请奋"二句：辛武贤认为击败罕羌，先零将自降。旅，师旅，即军队。罕之羌，李善注引韦昭曰："罕，羌名也。"

⑫从之鲜阳：配合辛武贤从鲜水海北面进攻羌人。《汉书》应劭注："酒泉太守辛武贤自将万骑出张掖击羌。宣帝使充国共武贤讨罕、开于鲜水之阳。"鲜，鲜水海，即今青海湖。阳，水之北面称阳。

⑬营平：指赵充国。赵充国与大将军霍光定策尊立宣帝，封营平侯。守节：坚守法度。节，节度，法度。

⑭屡奏封章：为平羌之事，赵充国前后几次上书言屯田战守之策。

　　封,封书。章,表章。均指公文。

⑮料:《汉书》颜师古注:"料,量也。"制胜:指以谋略制敌而取得胜利。

⑯靡亢:不能抵抗。靡,无。亢,同"抗",抵挡,匹敌。

⑰"遂克"二句:《汉书·赵充国传》:"充国奏言:'羌本可五万人军,凡斩首七千六百级,降者三万一千二百人,溺河湟饥饿死者五六千人……请罢屯兵。'奏可,充国振旅而还。"

⑱鬼方:泛指边远之地的少数民族。《诗经》毛传:"鬼方,远方也。"《汉书》颜师古注:"鬼方,言其幽昧也。"宾服:古时指诸侯或边远部落按时朝贡,表示服从。这里指后者。

⑲罔有:没有。罔,无。庭:通"廷",朝觐。

⑳周之宣:指西周后期的周宣王。周宣王内整朝政,外服强敌,为西周的中兴之王。

㉑方:方叔,周宣王卿士。南征荆楚,北伐猃狁。虎:召公虎,周宣王时领兵平定淮夷。

㉒"诗人"二句:《诗经·小雅·采芑》:"显允方叔,征伐猃狁,荆蛮来威。"歌颂方叔的战功。《诗经·大雅·江汉》:"江汉之浒,王命召虎。式辟四方,彻我疆土。"歌颂召公虎的战功。

㉓中兴:复兴。

㉔作武:振兴武威。

㉕赳赳桓桓:均指威武貌。《诗经·周南·兔罝》:"赳赳武夫,公侯干城。"《尚书·牧誓》:"尚桓桓,如虎如貔,如熊如罴。"

㉖亦绍厥后:《汉书》颜师古注:"谓继周之方、邵也。"绍,承继。

【译文】

　　神明宣帝之时,西戎崛起先零。西零猖獗狂妄,侵犯我朝西疆。大汉召命勇武之臣,即是堂堂之后将军。将军整治王师,讨伐震慑顽敌。既已到达西疆,告谕威武恩德。太守辛武贤居功自傲,谓充国之策不足

克敌。请命振发其军,进军奋击罕羌。天子命令将军,随武贤进军鲜水
海之阳。将军坚守法度,多次上奏表章。估量敌情以谋取胜,威武谋略
无以抵挡。于是战胜西戎,凯旋还师回京。鬼方朝贡归服,无有不来朝
觐。往昔西周宣王,有贤臣方叔、召虎。诗人歌颂其功,列入《雅》诗之
中。大汉再度复兴,充国重振威武。雄赳赳气昂昂,后继方叔、召虎。

史孝山

　　史岑,字孝山,生卒年及生平不详。东汉时期文学家,文笔精美,善
作颂文。范晔《后汉书》载:"王莽末,沛国史岑子孝亦以文章显。"但李
善认为记载有误,他说:"盖有二史岑,字子孝者,任王莽之末;字孝山
者,当和熹之际。但书典散亡,未详孝山爵里。"

出师颂一首

【题解】

　　史孝山的《出师颂》,是赞扬邓骘(zhì)出师平定西羌的一篇颂文。
据《后汉书·邓骘传》载,邓骘,字昭伯,因其妹由贵人立为皇后,故晋升
为虎贲中郎将,再迁为车骑将军。其后,又因策立安帝有功,封为上蔡
侯。时值西羌叛乱,西州动荡,朝廷担忧,诏命邓骘率军进袭,天子亲至
平乐观设宴送别。邓骘西屯汉阳,命征西校尉任尚等出袭,兵败回师。
朝廷派遣五官中郎将迎拜邓骘为大将军。邓骘既至,大会群臣,赏赐束
帛四马,恩宠显赫,光耀京都。本文基于上述事实加以赞颂,叙述简明
清晰,语辞典雅精当,是一篇颇有代表性的颂文佳作。

　　茫茫上天,降祚有汉①。兆基开业②,人神攸赞③。五曜

霄映④,素灵夜叹⑤。皇运来授,万宝增焕。历纪十二⑥,天命中易⑦。西零不顺⑧,东夷遘逆⑨。乃命上将⑩,授以雄戟⑪。桓桓上将⑫,寔天所启⑬。允文允武⑭,明诗悦礼。宪章百揆⑮,为世作楷⑯。

【注释】

①祚(zuò):福。有汉:大汉。

②兆基、开业:均指始创基业。兆,始。

③攸:所。

④五曜霄映:此指汉高祖刘邦攻入咸阳灭秦时五星会聚光照夜空。霄,夜。五星,指金、木、水、火、土五星。《汉书·高帝纪》:"汉元年冬十月,五星聚于东井……沛公至霸上。"应劭注:"五星所在,其下当有圣人以义取天下。"

⑤素灵夜叹:此指汉高祖刘邦初起兵时曾斩白蛇,白蛇之灵深夜哀叹的异事。《汉书·高帝纪》载,刘邦夜经泽中,有大蛇当径,拔剑斩蛇,蛇分为两。后人至蛇所,有一妪夜哭。人问妪,妪曰:"吾子,白帝子也。化为蛇,当道。今者赤帝子斩之,故哭。"

⑥历纪十二:西汉共经历了高祖、惠、文、景、武、昭、宣、元、成、哀、平及少帝共十二世。《汉书·叙传》:"起元高祖,终于孝平、王莽之诛,十有二世也。"

⑦天命中易:指王莽篡汉。易,改易。

⑧西零(lián):指西羌先零族。

⑨东夷:东方夷族。遘逆:造反。遘,通"构"。

⑩上将:这里指邓骘。

⑪雄戟:古兵器名。《方言》"三刃枝"郭璞注:"今戟中有小子刺者,所谓雄戟也。"亦名"𠳐戟"。

⑫桓桓:威武貌。

⑬启：开启。这里含有赐予之意。

⑭允文允武：能文能武。语出《诗经·鲁颂·泮水》：“允文允武，昭假烈祖。”

⑮宪章：效法。李善注引《礼记》曰：“仲尼宪章文、武。”百揆：古官名。指百官之长，掌邦国之治，尧时称百揆，周时称冢宰或太宰。《尚书·舜典》“纳于百揆”，孔传：“揆，度也。度百事，总百官，纳舜于此官。”

⑯楷：楷模。

【译文】

茫茫上天，降福大汉。开创基业，人神所赞。五星会聚映照夜空，白蛇之灵深夜衰叹。上天授予帝皇之运，人世万宝更增光焕。先后经历十二帝皇，上天之命中途改易。西羌先零不再归顺，东方夷族构成叛逆。于是诏命上将，授予宝器雄戟。威武上将邓骘，实为上天开启。能文能武，明诗悦礼。效法百官之长，为世做出榜样。

昔在孟津，惟师尚父。素旌一麾，浑一区宇①。苍生更始②，朔风变楚③。薄伐猃狁，至于太原④。诗人歌之，犹叹其艰。况我将军，穷城极边。鼓无停响，旗不暂褰⑤。泽沾遐荒，功铭鼎铉⑥。我出我师，于彼西疆。天子饯我⑦，路车乘黄。言念伯舅，恩深《渭阳》⑧。介珪既削⑨，列壤酬勋⑩。今我将军，启土上郡⑪。传子传孙，显显令问⑫。

【注释】

①“昔在”几句：此即周武王在姜太公辅佐下孟津会盟、伐纣灭商之事。《史记·齐太公世家》：“师尚父左杖黄钺，右把白旄以誓……遂至盟津。诸侯不期而会者八百诸侯……十一年正月甲

子,誓于牧野,伐商纣。"孟津,黄河古渡口,在今河南孟津界内。师,太师,官名。尚父,对姜太公吕尚的尊称。语出《诗经·大雅·大明》:"维师尚父,时维鹰扬。"素旄(máo),即白旄。旄,古时旗杆头上用旄牛尾作的装饰,因指有这种装饰的旗。麾(huī),同"挥",即指挥、号召。浑一,同一,统一。区宇,区域,疆域,天下。

②苍生:民众。更始:再生。

③朔风变楚:指周灭商。李善注:"朔,北方也;楚,南方也。《史记》子贡问乐曰:舜弹五弦之琴,歌南风之诗,而天下治。纣为朝歌北鄙之音,身死国亡,何也?夫南风之诗者,生长之音,舜乐好之,故天下治也。夫北者,败也;鄙者,陋也。纣乐好之,故身死国亡。"

④"薄伐"二句:语出《诗经·小雅·六月》:"薄伐猃狁,至于大原。"薄,语助词,含有急迫之义。猃狁(xiǎn yǔn),古族名。亦称"獯鬻"等。春秋时称戎、狄,汉时称匈奴,主要分布在西北地区。太原,大原,今甘肃固原。

⑤褰(qiān):折叠,卷缩。

⑥功铭鼎铉(xuàn):功业镌刻在钟鼎上流传后世。铭,记载,镂刻。李善注引《礼记》曰:"铭者,论譔其先祖之德,美功烈勋劳,而酌之祭器。"铉,举鼎用的器具。状如钩,铜制,使用时,以之提鼎的两耳。按,"铉"字在此无实义,主要是为了押韵。

⑦饯:以酒食送行。

⑧"路车"几句:语本《诗经·秦风·渭阳》:"我送舅氏,曰至渭阳。何以赠之,路车乘黄。"《渭阳》一诗,相传为秦康公送别其舅父晋文公之作。邓骘为邓后之兄,天子之大舅,故作者云"恩深《渭阳》"。路车,大车。乘黄,四匹黄马。

⑨介珪:大珪。珪,古代玉制的礼器,执珪以作朝见之用。《诗经·大雅·崧高》:"锡尔介圭,以作尔宝。"削:分割。这里有割爱之

意。引申为给予、赏赐。

⑩列壤：割裂土地用以赏赐。列，同"裂"。酬：酬答，酬谢。

⑪启土：开辟土地。语出《尚书·武成》："惟先王建邦启土。"

⑫显显令问：显赫的美名。语本《诗经·大雅·假乐》："假乐君子，显显令德。"因押韵之需，作者改"德"为"问"。问，通"闻"，声誉，名声。

【译文】

往昔在那孟津，有那太师尚父。白旄一挥，统一天下。民众得以再生，一如死亡的北风转变为万物生长的南楚之风。讨伐猃狁，直到太原。诗人为之歌咏，尚叹征伐之艰。何况我大将军，直到最远边城。战鼓不停敲，战旗不暂卷。恩泽浸润远荒，功绩铭刻钟鼎。我军出征，到那西疆。天子设宴送别将军，恩赐大车与黄马四匹。天子思念伯舅，恩情胜过《渭阳》之诗的描述。既赏赐大珪之宝，又割土增封酬答功勋。今我将军，受封重郡。留传子孙，显赫美名。

刘伯伦

刘伶（约221—300），字伯伦，沛国（今安徽宿州西北）人。西晋文学家。曾官至建威参军，后与阮籍、嵇康等共同隐居，是"竹林七贤"之一。他与阮籍、嵇康一样反对当时的统治者司马氏，并深恶痛绝束缚人们行为、心灵的所谓名教礼法。他崇尚自然，志气旷放，追求绝对的精神自由；他才华出众，文笔酣畅，文风汪洋恣肆，在思想与文风方面都深受庄子的影响。他又以酷爱饮酒著名当世。他之所以酷爱饮酒，一方面是为了避免当时的政治迫害，另一方面是在饮酒中体会超时空的精神自由的乐趣。其代表作是《酒德颂》，另外传世作品只有五言诗《北芒舍客》一篇。

酒德颂—首

【题解】

《酒德颂》是一篇赞颂酒德的作品。文章中的"大人先生",实际上是作者的自我写照。本文的要旨有两点:一是写大人先生的旷达与饮酒,借以显示作者独立的人格力量与作者对超时空的绝对精神自由的渴望与追求;二是写大人先生对公子与处士的蔑视,借以显示作者对"礼法"之士的深恶痛绝。而这两者又是相辅相成的。

本文在艺术上也有两个鲜明的特点:一是气势宏伟,意境开阔,笔墨酣畅,文意潇洒;一是感情鲜明,爱憎分明,嬉笑怒骂皆成文章,具有强烈的讽刺性。

本文篇幅短小,尚不足二百字,却能充分体现出魏晋名士的风度与文采,因而历来被视为魏晋散文中的名篇。

有大人先生①,以天地为一朝②,万期为须臾③,日月为扃牖④,八荒为庭衢⑤。行无辙迹⑥,居无室庐⑦,幕天席地⑧,纵意所如⑨。止则操卮执觚⑩,动则挈榼提壶⑪,唯酒是务⑫,焉知其余。

【注释】

① 大人先生:阮籍有《大人先生传》,该传中的大人先生也是与礼法之士相对立的形象。可知本文中的大人先生乃是阮籍作品中大人先生的延伸,都是作者的自我写照。

② 以天地为一朝:指把天地开辟以来看作是一个早晨。朝,即终朝,指天明至食时。《诗经》毛传:"自旦及食时为终朝。"

③ 万期(jī):万年。期,周年。

④扃(jiōng)：门。牖(yǒu)：窗。

⑤八荒：指八方极边远的地方。庭衢(qú)：这里仅指庭院。衢，指
四通八达的大道，与庭院不相称。之所以加衢字，是因为颂体需
要押韵。臾、衢、庐、如均押韵。

⑥行无辙迹：语本《老子》二十七章："善行无辙迹。"河上公章句曰：
"善行道者求之于身，不下堂，不出门，故无辙迹。"

⑦居无室庐：李善注引马融《琴赋》曰："游闲公子，中道失志，居无
室庐，困所自置。"

⑧幕天：以天为幕。席地：以地为席。

⑨纵意：随意。如：往。

⑩止：指休息。卮(zhī)：古盛酒器，圆形。觚(gū)：古饮酒器，其形
长身，细腰，阔底，大口。

⑪挈(qiè)：提。榼(kē)：古盛酒器。

⑫唯酒是务：只忙着喝酒。务，勉力从事。

【译文】

　　有一位大人先生，他认为从开天辟地至今只是一个早晨，一万年只
是一个瞬间，太阳和月亮只是宇宙巨屋的门窗，整个辽阔的大地只是一
个小小的庭院。大人先生行走没有车轮的轨迹，居住没有房屋，以天为
帐幕，以地为座席，所到之处，任凭意趣。休息的时候就拿着酒卮和酒
觚，活动的时候就提着酒榼和酒壶，只是忙着饮酒，哪里知道其他的
什么。

　　有贵介公子①，搢绅处士②，闻吾风声③，议其所以。乃
奋袂攘襟④，怒目切齿⑤，陈说礼法，是非锋起⑥。先生于是
方捧罂承槽⑦，衔杯漱醪⑧，奋髯踑踞⑨，枕曲藉糟⑩，无思无
虑，其乐陶陶⑪。兀然而醉⑫，豁尔而醒⑬，静听不闻雷霆之

声,熟视不睹泰山之形⑭,不觉寒暑之切肌⑮,利欲之感情⑯。俯观万物,扰扰焉⑰,如江、汉之载浮萍;二豪侍侧焉⑱,如蜾蠃之与螟蛉⑲。

【注释】

①贵介:犹言尊贵。介,大。公子:古代本指诸侯的儿子,后泛指官宦子弟。

②搢(jìn)绅:古代仕宦者和儒者要把笏插在衣带之间,故称搢绅。后用为官宦或儒者的代称。搢,插。绅,古代仕宦者和儒者围于腰际的大带。处士:古时称有才德而隐居不仕的人。这里实指为统治集团服务的文人。

③风声:传闻的消息。

④奋袂(mèi)攘襟:揎起袖子撩起衣襟。这是显示要打人的准备动作。

⑤切齿:咬牙。

⑥锋起:如群蜂齐飞纷纷而起。锋,通"蜂",成群地。

⑦于是:在这时。罂(yīng):瓮。这里指酒瓮。槽:酿酒的器具,即酒槽。

⑧漱:犹言含着。醪(láo):浊酒。

⑨奋髯:摆动胡子,表示自得的样子。髯,两颊上的胡子。踑(jī)踞:箕踞。坐时两脚张开,形似簸箕。表示放纵自在不守礼法。

⑩曲:含有大量能发酵的活微生物或酶类的发酵剂或酶制剂,俗称酒母。藉:垫着。糟:酒糟。

⑪陶陶:和乐的样子。

⑫兀(wù)然:昏沉的样子。

⑬豁尔:开通的样子。这里引申为爽朗的样子。

⑭熟视:仔细观看。

⑮寒暑:这里指冷热。切肌:接触肌肤。

⑯感情:感动心意。

⑰扰扰焉:纷乱的样子。《广雅》:"扰扰,乱也。"

⑱二豪:两位权贵。这里指公子与处士。豪,豪门。这里含有讥刺之意。

⑲蜾蠃(guǒ luǒ):一种寄生蜂。螟蛉(míng líng):一种绿色小虫。《诗经·小雅·小宛》:"螟蛉有子,蜾蠃负之。"古人认为蜾蠃养螟蛉为子。所以用螟蛉比喻义子。

【译文】

　　有贵介公子与搢绅处士,听到了关于先生的传闻,议论了传闻所以产生的原因。于是就揎起衣袖、撩起衣襟,怒目而视,恨得咬牙切齿,到处宣讲名教礼法,于是众说纷纭就像是群蜂齐飞纷纷而起。但大人先生这时正捧着酒瓮在酒槽之下接酒,口衔酒杯痛饮浊酒,悠悠然摆动胡子,两足直伸坐在地上,头枕酒母,身垫酒糟。晕晕乎乎地醉去,又爽爽朗朗地醒来,静心倾听不闻雷霆的声响,仔细观看不见泰山的形状,肌肤感觉不到冷热的变化,情志不为利欲所动。俯观世上的万物,纷纷乱乱啊,就像长江、汉水飘载的浮萍;两位权贵在旁边侍立啊,就像蜾蠃之与螟蛉哪样如同自己的干儿子!

陆士衡

见卷第十六《叹逝赋》作者介绍。

汉高祖功臣颂一首

【题解】

　　本文是追美汉高祖刘邦功臣的赞颂之文,赞颂的功臣有萧何、曹参、张良等三十一人。全文由序言与正文两部分组成,序言列出三十一位功臣的姓名、官职、封号等;正文又分成三个部分,第一部分着重赞颂汉高祖统一天下的功绩,第二部分对三十一位功臣分别加以论述评价,第三部分总结尚贤、用贤的重要性。本文的写作,寄寓有作者古为今用的深意,表明陆机在混乱的西晋末期,有辅佐明君、统一天下的壮志与雄心。正文部分有韵,均为四字句,论述评价中肯简明,大都忠于史实、依据充分。作者在嗟叹之间,时时流露出浓厚的感情色彩。本文善于用典,注意对偶,既有古朴典雅的特色,又有辞采华丽的新风格,是西晋时期一篇很有影响的赞颂之文。

　　相国酂文终侯沛萧何①。相国平阳懿侯沛曹参②。太子少傅留文成侯韩张良③。丞相曲逆献侯阳武陈平④。楚王淮阴韩信⑤。梁王昌邑彭越⑥。淮南王六黥布⑦。赵景王大梁张耳⑧。韩王韩信⑨。燕王丰卢绾⑩。长沙文王吴芮⑪。荆王沛刘贾⑫。太傅安国懿侯王陵⑬。左丞相绛武侯沛周勃⑭。相国舞阳侯沛樊哙⑮。右丞相曲周景侯高阳郦商⑯。太仆汝阴文侯沛夏侯婴⑰。丞相颍阴懿侯睢阳灌婴⑱。代丞相阳陵景侯魏傅宽⑲。车骑将军信武肃侯靳歙⑳。大行广野君高阳郦食其㉑。中郎建信侯齐刘敬㉒。太中大夫楚陆贾㉓。太子太傅稷嗣君薛叔孙通、魏无知㉔。护军中尉随何㉕。新成三老董公、辕㉖。将军纪信。御史大夫沛周苛㉗。平国君侯公㉘。右三十一人,与定天下安社稷者也。颂曰:

【注释】

①相国酂(cuó)文终侯沛萧何:萧何在汉朝封酂侯,为相国。相国,官名。即宰相。为百官之长。酂,地名。在今河南永城西之酂

城镇。文终侯,孝惠二年(前193),萧何死,谥曰文终侯。沛,地名。今江苏沛县。萧何为沛人。

②相国平阳懿侯沛曹参:曹参在汉朝封平阳侯,为相国。平阳,地名。在今山西临汾西南。懿侯,曹参的谥号。

③太子少傅留文成侯韩张良:张良在汉朝封留侯,为太子少傅。太子少傅,官名。《尚书·周官》:“少师、少傅、少保,曰三孤。”位在三公之下。留,地名。在今江苏沛县东南。文成侯,张良的谥号。韩,古诸侯国名。《汉书·张良传》:“张良字子房,其先韩人也。”

④丞相曲逆献侯阳武陈平:陈平在汉朝封曲逆侯,初为左丞相,后为丞相。丞相,官名。地位、权限都在相国之下。曲逆,地名。在今河北顺平东南。献侯,陈平的谥号。阳武,地名。在今河南原阳东南。陈平为阳武人。

⑤楚王淮阴韩信:韩信在楚汉战争时期被封为齐王,汉朝改封楚王,后被诬谋反,降为淮阴侯。淮阴,地名。今属江苏。韩信为淮阴人。

⑥梁王昌邑彭越:彭越在汉朝封梁王。昌邑,地名。在今山东巨野东南。彭越为昌邑人。

⑦淮南王六黥布:黥布在汉朝封淮南王。六,地名。在今安徽六安北。黥布为六人。

⑧赵景王大梁张耳:张耳在汉朝封赵王。景王,张耳的谥号。大梁,地名。今河南开封。张耳为大梁人。

⑨韩王韩信:《汉书·韩信传》:“韩王信,故韩襄王孽孙也。”为与韩信区别,一般称韩王信。刘邦封其为韩王。

⑩燕王丰卢绾(wǎn):卢绾在汉朝封燕王。丰,地名。今江苏丰县。卢绾为丰人。

⑪长沙文王吴芮(ruì):吴芮在汉朝封长沙王。文王,吴芮的谥号。

⑫荆王沛刘贾：刘贾在汉朝封荆王。刘贾，《汉书·刘贾传》："荆王刘贾，高帝从父兄也。"

⑬太傅安国懿侯王陵：王陵在汉朝封安国侯。太傅，官名。安国，地名。在今河北安国东南。懿侯，王陵的谥号。

⑭左丞相绛武侯沛周勃：周勃在汉朝被封为绛侯。据《史记·绛侯周勃世家》周勃一度为右丞相，后继陈平为丞相。绛，地名。在今山西侯马东北。武侯，周勃的谥号。

⑮相国舞阳侯沛樊哙（kuài）：樊哙在汉朝封舞阳侯，曾以相国身份击卢绾。舞阳，地名。今属河南。

⑯右丞相曲周景侯高阳郦商：郦商在汉朝封为曲周侯。曲周，地名。今属河北。景侯，郦商的谥号。高阳，地名。今河南杞县西南。郦商为高阳人。

⑰太仆汝阴文侯沛夏侯婴：夏侯婴在汉朝封汝阴侯，为太仆。太仆，官名。汉为九卿之一，为天子执御，掌舆马畜牧之事。汝阴，地名。今安徽阜阳。文侯，夏侯婴的谥号。

⑱丞相颍阴懿侯睢阳灌婴：灌婴在汉朝封颍阴侯，文帝时继周勃为相。颍阴，地名。今河南许昌。懿侯，灌婴的谥号。睢阳，地名。今河南商丘城南。《汉书·灌婴传》："灌婴，睢阳贩缯者也。"睢，《文选》作"雎"，从《汉书》改正。

⑲代丞相阳陵景侯魏傅宽：傅宽在汉朝封阳陵侯，后任代国丞相。代丞相，汉初诸侯国代国的丞相。阳陵，地名。在今陕西高陵西南。阳陵原是景帝的陵墓名，因葬于该县境，遂以名县。景侯，傅宽的谥号。魏，楚汉战争时诸侯国名。《汉书·傅宽传》："傅宽，以魏五大夫骑将从，为舍人。"

⑳车骑将军信武肃侯靳歙（jìn xī）：靳歙在汉朝封信武侯，后任车骑将军。信武，地名。今地不详。肃侯，靳歙的谥号。

㉑大行广野君高阳郦食其（lì yì jī）：郦食其被封为广野君。大行，

主管接待宾客的官吏。广野君,封号名。

㉒中郎建信侯齐刘敬:刘敬,本名娄敬,因建言都关中,及识破匈奴诡计,言不可击匈奴,封为建信侯。中郎,官名。担任宫中护卫、侍从。建信侯,封号名。无实际封地。《汉书·刘敬传》:"封敬二千户,为关内侯,号建信侯。"齐,汉初诸侯国名。

㉓太中大夫:官名。皇帝身边的侍从官员,掌议论。楚:汉初诸侯国名。《史记·郦生陆贾列传》:"陆贾者,楚人也。"

㉔太子太傅稷嗣君薛叔孙通:叔孙通封稷嗣君,官拜太子太傅。太子太傅,官名。主管辅导太子。稷嗣君,叔孙通的封号。《史记集解》引徐广曰:"盖言其德业足以继踪齐稷下之风流也。"薛,地名。在今山东滕州南。叔孙通为薛人。魏无知:刘邦的谋士,曾将陈平推荐给刘邦。

㉕护军中尉:官名。随何:刘邦的谋士,曾说服黥布归顺刘邦。

㉖新成三老:新成地区掌教化的乡官。新成,地名。三老,古代德高望重掌教化的官员。《汉书·高帝纪》:"举民年五十以上,有修行,能帅众为善,置以为三老,乡一人。择乡三老一人为县三老。"

㉗御史大夫沛周苛:周苛在楚汉战争期间为刘邦的御史大夫。御史大夫,官名。秦置,为三公之一,地位仅次于丞相,掌管弹劾纠察及图籍秘书。

㉘平国君侯公:侯公曾为刘邦说服项羽以鸿沟为界中分天下,送回刘太公。平国君,封号。《史记·项羽本纪》:"此天下辩士,所居倾国,故号为平国君。"

【译文】

相国萧何,沛人,封酂侯,谥为文终侯。相国曹参,沛人,封平阳侯,谥为懿侯。太子少傅张良,韩人,封留侯,谥为文成侯。丞相陈平,阳武人,封曲逆侯,谥为献侯。楚王韩信,淮阴人。梁王彭越,昌邑人。淮南王黥布,六人。赵王张耳,大梁人,谥为景王。韩王韩信。燕王卢绾,丰人。长沙王吴芮,谥为文王。荆王刘贾,沛人。太傅王陵,封安国侯,谥为懿侯。左丞相周勃,沛人,封绛侯,谥为武侯。相国樊哙,沛人,封舞阳侯。右丞相郦商,高阳人,封曲周侯,谥为景侯。太仆夏侯婴,沛人,封汝阴侯,谥为文侯。丞相灌婴,睢阳人,封颍阴侯,谥为懿侯。代国丞相傅宽,魏人,封阳陵侯,谥为景侯。车骑将军靳歙,封信武侯,谥为肃侯。大行郦食其,高阳人,封广野君。郎中刘敬,齐人,封建信侯。太中大夫陆贾,楚人。太子太傅叔孙通,薛人,封号稷嗣君;魏无知。护军中尉随何。新成之三老董公;辕生。将军纪信。御史大夫周苛,沛人。平国君侯公。右列三十一人,就是参与安定天下与国家的人。颂道:

　　芒芒宇宙①,上埁下黩②。波振四海,尘飞五岳③。九服徘徊④,三灵改卜⑤。赫矣高祖⑥,肇载天禄⑦。沉迹中乡⑧,飞名帝录⑨。庆云应辉⑩,皇阶授木⑪。龙兴泗滨⑫,虎啸丰谷⑬。彤云昼聚⑭,素灵夜哭⑮。金精仍颓⑯,朱光以渥⑰。万邦宅心⑱,骏民效足⑲。

【注释】

①芒芒:广大辽阔的样子。

②上埁(chén):天昏。上,指天。埁,混浊。下黩(dú):地暗。下,指地。黩,黑,暗。

③"波振"二句:波振、尘飞,指代政局动荡、战乱频起。五岳,本指东岳泰山等五座大山。这里与四海通义,泛指天下。

④九服:指王畿以外穷极边远的地方。

⑤三灵:或指天、地、人,或指日、月、星。鉴于上句"九服"已指人,此三灵当指日、月、星。改卜:这里指另行选择。

⑥高祖:汉高祖刘邦。

⑦肇(zhào):开创。这里指开头、最早。载:承受。天禄:天赐的福禄。语出《尚书·大禹谟》"天禄永终",后常指帝位。

⑧中乡:指刘邦所居之乡中阳里。《汉书·高帝纪》:"高祖,沛丰邑中阳里人也。"

⑨飞名:扬名。帝录:帝王的宝录。录,名册。

⑩庆云应辉:《汉书·高帝纪》载,亚父范增曰:"吾使人望其气,皆为龙,成五色,此天子气。"庆云,五色云。古人以为喜庆、吉祥之气。应辉,犹映辉。

⑪皇阶授木:李善注:"《春秋孔演图》曰:天子皆五帝精,必有诸神扶助,使开阶立遂……言汉之历运,为周木德所授也。"

⑫泗滨:《汉书·高帝纪》载刘邦曾为泗上亭长。

⑬虎啸丰谷:李善注引《淮南子》曰:"虎啸而谷风至。"丰,《汉书·高帝纪》载刘邦为丰邑人。

⑭彤云昼聚:《汉书·高帝纪》:"高祖隐于芒、砀山泽间,吕后与人俱求,常得之。高祖怪问之。吕后曰:'季(刘邦之字)所居上常有云气,故从往常得季。'"彤,红。

⑮素灵夜哭:此指刘邦斩白蛇而老姬夜哭之事。

⑯金精:李善注引《汉书·郊祀志》曰:"秦襄公自以居西,主少昊之神,作西畤。"按,西方之帝为少昊,西方为金、为白。上文"素灵夜哭",乃因"白帝子"被杀。由此可知,"素灵夜哭"与"金精仍颓",均是秦王朝灭亡的象征。

⑰朱光以渥:南方为赤、为火,火克金。刘邦相传为"赤帝子",《汉书》应劭注:"赤帝尧后,谓汉也。"故此句象征刘邦将灭秦建汉。渥,浓郁。引申为明盛。

⑱宅心:归心。语出《尚书·康诰》"宅心知训",孔疏:"居之于心。"

⑲骏民效足:指贤人效劳。曹植《与陈琳书》曰:"骥骉不常一步,应

良御而效足。"陆机化用其意,由骏马效足而发展为骏民效足。

【译文】

　　宇宙迷迷茫茫,天地昏暗混浊。洪波振荡四海,征尘飞扬五岳。边极之民徘徊犹豫,天地神灵另行选择。显赫啊汉之高祖,始承天赐之禄。往昔沉迹中乡,最终扬名帝录。吉庆云气辉光灿烂,炎汉继自周之木德。蛟龙兴起泗水之滨,猛虎长啸丰邑之谷。赤帝之云白天聚集,白帝之灵深夜哀哭。金精之秦于是衰败,朱光之汉因而盛渥。千国万邦诚心归服,俊乂贤才乐意报效。

　　堂堂萧公①,王迹是因②。绸缪睿后③,无竞维人④。外济六师⑤,内抚三秦⑥。拔奇夷难⑦,迈德振民⑧。体国垂制⑨,上穆下亲⑩。名盖群后⑪,是谓宗臣⑫。

【注释】

①堂堂:形容志气宏大。萧公:萧何。

②因:沿袭。

③绸缪:情意殷切。语出《诗经·唐风·绸缪》"绸缪束薪"。睿(ruì)后:明君。这里指高祖刘邦。睿,明智。后,君主。

④无竞维人:原意指君主为政没有比得到贤人更重要的。此指没有比萧何更为贤能的人。语出《诗经·周颂·烈文》:"无竞维人,四方其训之。"竞,强。人,指贤人。

⑤外济六师:指萧何不断发秦中士卒补充刘邦的兵力。济,接济。六师,六军。周天子有六军,后指帝王之师。此指刘邦的汉军。

⑥内抚三秦:指萧何为刘邦镇守关中。三秦,地名。指关中地区。秦亡以后,项羽三分关中,封章邯为雍王,司马欣为塞王,董翳为翟王,合称三秦。

⑦拔奇:选拔奇才。此指萧何追韩信并推荐韩信为大将之事。夷:

平定。

⑧迈德:勉力弘扬德行。语出《尚书·大禹谟》:"皋陶迈种德。"迈,
　　通"劢",勤勉。振民:安抚百姓。
⑨体国:划分都城。这里指萧何营建都城未央宫等事。语出《周
　　礼·天官·叙官》:"体国经野。"垂制:建立制度。
⑩上穆下亲:李善注:"重威则上穆,刑约则下亲。"按,此指萧何体
　　国垂制的效应,导致君上肃穆下民亲和。
⑪群后:指所有的诸侯。
⑫宗臣:旧时称世所敬仰的名臣。《汉书·萧何曹参传赞》曰:"唯
　　何、参擅功名,位冠群臣,声施后世,为一代宗臣。"

【译文】

　　堂堂相国萧何,遵循王道之迹。对待明君情深意厚,没人比他更为
贤能。对外接济六军,对内安抚三秦。选拔奇才平定灾难,勉力弘德安
抚万民。经营都城建立制度,君上肃穆下民亲近。名声超越所有诸侯,
世人敬仰一代名臣。

　　平阳乐道①,在变则通②。爰渊爰嘿③,有此武功④。长
驱河朔⑤,电击壤东⑥。协策淮阴⑦,亚迹萧公⑧。

【注释】

①平阳:指平阳侯曹参。道:指黄老之学。《汉书·曹参传》:"其治
　　要用黄老术。"
②变则通:《周易·系辞》:"《易》穷则变,变则通,通则久。"按,此指
　　曹参以武力佐刘邦平定天下,但在治国为相时能转用黄老之术,
　　"萧规曹随",与民休息,使国家局势稳定。
③爰渊爰嘿(mò):爰,乃。渊,深远。嘿,用同"默"。
④有此武功:语出《诗经·大雅·文王有声》:"文王受命,有此

武功。"

⑤河朔:地区名。泛指黄河以北地区。

⑥电击壤东:《汉书·曹参传》:"取壤乡。击三秦军壤东。"壤,地名。秦上畤县下一个乡,在今陕西乾县东。

⑦协策淮阴:指曹参配合韩信攻魏、击赵、破齐等军事行动。

⑧亚迹萧公:指汉初评定功臣名次时,曹参功劳仅次于萧何。《汉书·萧何曹参传》载谒者鄂千秋言:"萧何当第一,曹参次之。"亚,仅次一等。迹,功业,功绩。

【译文】

平阳侯曹参爱好黄老之道,文武之道变化则通。默默之中思虑深远,终于建立如此武功。率军长驱河朔之地,又如雷电猛击壤东。协同辅佐淮阴韩信,功绩仅次相国萧公。

文成作师①,通幽洞冥。永言配命②,因心则灵③。穷神观化④,望影揣情⑤。鬼无隐谋,物无遁形。武关是辟⑥,鸿门是宁⑦。随难荥阳,即谋下邑⑧。销印綦废⑨,推齐劝立⑩。运筹固陵,定策东袭。三王从风,五侯允集⑪。霸楚寔丧⑫,皇汉凯入⑬。怡颜高览,弥翼凤戢⑭。托迹黄老⑮,辞世却粒⑯。

【注释】

①文成:张良,谥文成。作师:指为刘邦的主要参谋,得到刘邦信任礼遇。《汉书·张良传》张良曰:"今以三寸舌为帝者师。"

②永言配命:永合天命。语出《诗经·大雅·文王》:"永言配命,自求多福。"朱熹《诗集传》:"配,合也。命,天命也。"

③因心:这里指亲诚之心。语出《诗经·大雅·皇矣》:"因心则

发。"毛传:"因,亲也。"

④穷神观化:穷究神理观察化道。语本《周易·系辞》:"穷神
　知化。"

⑤揣情:揣度其情。

⑥武关是辟:指张良献计帮助刘邦攻入武关事。据《汉书·张良
　传》载,张良从刘邦西入武关,刘邦"欲以二万人击秦峣关下军。
　张良曰:'秦兵尚强,未可轻。臣闻其将屠者子,贾竖易动以
　利……益张旗帜诸山上,为疑兵,令郦食其持重宝啖秦将。'秦将
　果欲连和俱西袭咸阳,沛公欲听之。良曰:'此独其将欲叛,士卒
　恐不从。不从必危,不如因其解击之。'沛公乃引兵击秦,大破
　之"。

⑦鸿门是宁:指张良化解鸿门危机之事。《汉书·张良传》:"项羽
　至鸿门,欲击沛公。项伯夜驰至沛公军,私见良,欲与俱去……
　良因要项伯见沛公。沛公与伯饮,为寿,结婚,令伯具言沛公不
　敢背项王……项羽后解。"

⑧"随难"二句:指在刘邦荥阳大败之后,张良献策招揽黥布、彭越,
　将他们与韩信作为最主要的军事将领,给他们最大的权力与利
　益,共同破楚。《汉书·张良传》:"汉王兵败而还,至下邑,汉王
　下马踞鞍而问曰:'吾欲捐关以东等弃之,谁可与共功者?'良曰:
　'九江王布,楚枭将,与项王有隙,彭越与齐王田荣反梁地,此两
　人可急使。而汉王之将独韩信可属大事,当一面,即欲捐之,捐
　之此三人,楚可破也。'"下邑,秦县名。县治即今安徽砀山。

⑨销印惎(jì)废:销六国印章,废郦食其之议。惎,教导。这里指郦
　食其的谋议。《汉书·张良传》载,汉王三年(前204),项羽急围刘
　邦于荥阳。郦食其献策,建议刻印封六国之后,以促使六国之后拥
　汉反楚。刘邦听从其计。后经张良分析,提出八点理由,证明"诚用
　此谋,陛下事去矣",刘邦醒悟,废郦食其之谋,下令立刻销印。

⑩推齐劝立:韩信破齐欲自立为齐王,刘邦大怒。张良说服刘邦此时汉无力控制韩信,且需要笼络利用韩信,刘邦遂授韩信齐王印信。

⑪"运筹"几句:刘邦本与韩信、彭越等诸侯约定日期共击项羽,至期皆不至。刘邦遂在固陵大败于项羽。张良劝刘邦预先分割项羽的土地以分封韩信、彭越等,使其各为己战,刘邦用其计,诸将俱至,遂有垓下之战。运筹,谋划。三王,指楚王韩信、梁王彭越、淮南王黥布。五侯,指天下诸侯。

⑫霸楚:西楚霸王项羽。寔:通"是",于是。

⑬皇:美。这里指美盛。

⑭弭(mǐ):通"弭",止息。这里指收敛。翼:翅膀。戢(jí):止息。

⑮托迹黄老:指张良佐刘邦建汉后宣称自己欲弃世俗事学神仙。黄老,黄帝、老子。旧言黄帝乘龙升天,老子归隐仙去,后世道家奉为始祖。

⑯辞世却粒:《史记·留侯世家》:"良曰:'愿弃人间事,欲从赤松子游耳。'乃学辟谷,道引轻身。"粒,指谷粒。

【译文】

　　文成张良为帝王师,幽冥之事通晓洞明。妙思奇策永合天命,灵验在于亲诚之心。穷究神理明察化道,望影即能揣度其情。鬼神不能隐藏其谋,事物不能遁隐其形。武关之道于是得以开通,鸿门之险于是得以安宁。随同汉王遭遇荥阳围困之难,在下邑当即议定破楚之计。销六国之印废郦食其之谋,顺水推舟劝立齐王韩信。困居固陵谋划计策,决定策略向东袭击。三王从风而动,五侯应允而集。西楚霸王于是丧亡,美盛大汉凯歌进入。容颜怡然高瞻远瞩,收敛翅膀如凤止息。寄意黄帝老子仙去足迹,告辞尘世辟谷绝粒。

　　曲逆宏达①,好谋能深。游精杳漠②,神迹是寻。重玄匪

奥③,九地匪沉④。伐谋先兆⑤,挤响于音⑥。奇谋六奋⑦,嘉
虑四回⑧。规主于足⑨,离项于怀⑩。格人乃谢⑪,楚翼寔
摧⑫。韩王窘执⑬,胡马洞开⑭。迎文以谋⑮,哭高以哀⑯。

【注释】

①曲逆:陈平为曲逆侯。

②精:精神。这里指神思。杳(yǎo)漠:渺茫悠远。

③重玄:九重之天。《汉书·礼乐志》"九重开,灵之游",颜师古注:
　"天有九重。"匪:同"非"。奥:奥秘。

④九地:九层之地。《孙子兵法·形》"善守者,藏于九地之下",梅
　尧臣注:"九地,言深不可知。"沉:深沉。

⑤伐谋:破坏对方的计谋。《孙子兵法·谋兵》:"上兵伐谋。"兆:预
　兆,征兆。

⑥挤响于音:即防患于未然的意思。挤,毁坏,损伤。李善释为
　"坠"。响,这里指单独的声音。音,这里指和合的乐音。《礼
　记·乐记》:"声相应,故生变;变成方,谓之音。"所以李善注:"响
　为音初。"又注:"欲坠其响,在于为音。"按,以此进一步阐明"伐
　谋先兆"。

⑦奇谋六奋:《汉书·陈平传》:"凡六出奇计,辄益邑封。奇计或颇
　祕,世莫得闻也。"奋,奋发。

⑧嘉虑四回:嘉虑,善计良谋。李善注引宋仲子《法言》注曰:"陈平
　出奇策四。"按,"奇谋"世人无闻,"嘉虑",当指世人熟知的谋略。

⑨规主于足:指陈平用踩足的方式暗示汉王同意封立韩信为齐王。
　《汉书·陈平传》:"淮阴侯信破齐,自立为假齐王,使使言之汉
　王。汉王怒而骂,平蹑汉王,汉王瘖,乃厚遇齐使,使张良往立信
　为齐王。"孟康注:"蹑谓蹑汉王足。"

⑩离项于怀:指离间项羽与他的心腹之臣。怀,胸怀。这里引申为

心腹。《汉书·陈平传》陈平谓汉王曰:"顾楚有可乱者,彼项王骨鲠之臣亚父、锺离眜、龙且、周殷之属,不过数人耳。大王能出捐数万斤金,行反间,间其君臣,以疑其心……破楚必矣。"

⑪格人:贤人。这里指贤臣。语出《尚书·西伯勘黎》:"格人之危。"谢:凋谢,凋落。这里指亚父范增因被项羽猜疑"疽发背而死"。

⑫翼:羽翼。喻指辅佐的人。

⑬韩王窘执:此指陈平为刘邦设计擒韩信之事。《汉书·陈平传》:"汉六年,人有上书告楚王韩信反……平曰:'古者天子巡狩,会诸侯。南方有云梦,陛下弟出,伪游云梦,会诸侯于陈。陈,楚之西界,信闻天子以好出游,其势必郊迎谒。而陛下因禽之,特一力士之事耳。'"后按陈平计,韩信果然被执。

⑭胡马洞开:此指陈平贿赂匈奴单于阏氏,解刘邦平城之围事。《汉书·陈平传》:"(高帝)至平城,为匈奴围,七日不得食。高帝用平奇计,使单于阏氏解,围以得开。"

⑮迎文以谋:此指陈平平吕氏之乱,迎立文帝事。《汉书·陈平传》:"吕太后崩,平与太尉勃合谋,卒诛诸吕,立文帝,平本谋也。"

⑯哭高以哀:刘邦病重时听信谗言,派陈平去斩杀樊哙。陈平认为樊哙是功臣,又是吕后妹夫,只将其监押。后听闻刘邦死讯,陈平惧被谗害,急驰回宫,哭甚哀,吕后遂不听吕媭之言,陈平得以自保。

【译文】

曲逆侯陈平气慨宏达,爱好计谋智虑深沉。神游深远寂静之处,把神奇之迹加以求寻。九重的天上并不奥秘,九层的地下并不深沉。破坏对方的计谋在没有预兆之前,就像灭绝声响在未成乐音之前。六次策划神奇之谋,善计良谋另有四回。蹑足暗示规劝汉主封立齐王韩信,离间项羽与其心腹之臣的关系。楚国的贤臣于是凋落,辅佐之臣于是摧残。楚王韩信困窘被执,胡人围封的骑兵一角洞开。迎立文帝凭借其谋,哀哭高帝借此保全。

　　灼灼淮阴①,灵武冠世②。策出无方③,思入神契④。奋臂云兴,腾迹虎噬⑤。凌险必夷⑥,摧刚则脆⑦。肇谋汉滨⑧,还定渭表⑨。京、索既扼⑩,引师北讨⑪。济河夷魏⑫,登山灭赵⑬。威亮火烈,势逾风扫⑭。拾代如遗⑮,偃齐犹草⑯。二州肃清⑰,四邦咸举⑱。乃眷北燕⑲,遂表东海⑳。克灭龙且,爰取其旅㉑。刘项悬命,人谋是与㉒。念功惟德,辞通绝楚㉓。

【注释】

①灼灼(zhuó):光彩奕奕。淮阴:韩信为淮阴人,并终封为淮阴侯。

②灵:灵通。引申为英明。

③无方:无常。指变化多端没有定式。

④契:合契。

⑤腾迹:举足。迹,足迹。这里指足。噬(shì):咬。

⑥凌:指侵袭,攻打。夷:平定。

⑦脆:脆弱。这里引申为折断或粉碎。

⑧肇谋汉滨:此指韩信登坛拜将时为汉王刘邦分析形势定下夺取天下的方略。汉滨,汉水之滨。此指汉王刘邦的都城南郑。

⑨还定渭表:还师平定关中。渭表,指三秦地区。《汉书·韩信传》载韩信谓汉王曰:"今王举而东,三秦可传檄而定也。"又载:"汉王举兵东出陈仓,定三秦。"

⑩京、索既扼(è):指韩信领兵援助刘邦,扼制项羽西进。京、索,均指地名。谓京县、索亭。京县在今河南荥阳东南,索亭即今之荥

阳。《汉书·韩信传》:"信复发兵与汉王会荥阳,复击破楚京、索间,以故楚兵不能西。"扼,把守。引申为控制。

⑪北讨:指向北讨伐燕、赵。《汉书·韩信传》载韩信曰:"臣请以北举燕赵。"

⑫济河夷魏:《汉书·韩信传》:"(韩信)遂进兵击魏。魏盛兵蒲坂,塞临晋。信乃益为疑兵,陈船欲度临晋,而伏兵从夏阳以木罂缶度军,袭安邑。魏王豹惊,引兵迎信。信遂虏豹,定河东。"

⑬登山灭赵:此指韩信井陉口一战破赵之事。李善注引《汉书》曰:"(韩信)选轻骑二千人,人持一赤帜,从间道登山而望赵军,戒曰:'赵见我走,必空壁逐我,若疾入,拔赵帜。立汉帜。'后赵空壁争汉旗鼓,奇兵驰入赵壁,皆拔旗立汉赤帜,赵卒见之大惊,遂乱走,禽赵王歇。"

⑭"威亮"二句:威亮,指威力显赫。火烈、风扫,李善注引《孙子》:"其疾如风,侵掠如火。"

⑮拾代如遗:指攻破代国易如拾遗。拾遗,指取遗物。

⑯偃齐犹草:指扫荡齐国犹如劲风偃草。语用《论语·颜渊》:"草上之风必偃。"偃,倒下。

⑰二州肃清:李善注:"据《禹贡》九州之属,魏、赵属冀州,齐、代属青州。"

⑱四邦:四国。李善注:"魏、代、赵、齐也。"

⑲乃眷北燕:《汉书·韩信传》:"用广武君策,发使燕,燕从风而靡。"眷,回顾。

⑳表东海:此指韩信被封为齐王。《春秋左氏·襄公十四年》"世胙太师,以表东海",杜预曰:"表,显也。谓显封东海以报大师之功。"东海,泛指东部沿海地区。

㉑"克灭"二句:指韩信败杀龙且之事。《汉书·韩信传》载:"(龙且)与信夹潍水陈。信乃夜令人为万余囊,盛沙以壅水上流,引

兵半度，击龙且。阳不胜，还走。龙且果喜曰：'固知信怯。'遂追
度水。信使人决壅囊，水大至。龙且军太半不得度，即急击，杀
龙且。"旅，师旅，指军队。

㉒"刘项"二句：意指蒯通为韩信分析当时局势，认为韩信足以左右
天下大势，劝韩信选择与刘、项鼎足而立，三分天下。刘项悬命，
《汉书·蒯通传》载蒯通言："当今之时，两主悬命足下。足下为
汉则汉胜，与楚则楚胜……莫若两利而俱存之，参分天下，鼎足
而立。"人谋，人间的谋划。与"鬼谋"相对举。这里指蒯通提议
的三分天下的谋议。

㉓"念功"二句：指韩信认为自己功多而刘邦对自己有知遇之恩，最
终拒绝了蒯通的建议，又拒绝了项羽的招揽。《汉书·蒯通传》：
"（韩信）自以功多，汉不夺我齐，遂谢通。"又《汉书·韩信传》：
"（项王）使盱台人武涉往说信……信谢曰：'臣得事项王数年，官
不过郎中，位不过执戟，言不听，画策不用，故背楚归汉。汉王授
我上将军印，数万之众，解衣衣我，推食食我，言听计用，吾得至
于此。夫人深亲信我，背之不祥。幸为信谢项王。'"惟，思。辞
通，辞谢蒯通。绝楚，谢绝楚使。

【译文】

　　光彩奕奕淮阴韩信，英明威武称冠当世。奇策层出变化无常，妙思
深入与神合契。奋臂举事好比蛟龙兴云，举足行动犹如猛虎咬噬。攻
打险阻必然平定，摧折刚强则必粉碎。谋议始于汉水之滨，还师平定渭
水之外。京、索一带既已控制，导引军队向北声讨。木罂缶渡河以破
魏，背水拔旗以灭赵。威力显赫如烈火焚烧，攻势迅猛似疾风劲扫。攻
举代国一如拾取遗物，扫荡齐国好比劲风偃草。冀、青二州一举肃清，
魏、代、赵、齐四国全部占领。于是回首招降北燕，称王立表于齐地。消
灭龙且，取其师旅。刘邦、项羽的命运决定于韩信的趋向，慎重选择计
谋的利弊得失。考虑到自己功多而汉王德深，就辞谢蒯通拒绝楚使。

彭越观时[①]，弢迹匿光[②]。人具尔瞻[③]，翼尔鹰扬[④]。威凌楚域[⑤]，质委汉王[⑥]。靖难河济[⑦]，即宫旧梁[⑧]。

【注释】

①彭越观时：指彭越观察世势，待时而起。《汉书·彭越传》："或谓越曰：'豪桀相立畔秦，仲可效之。'越曰：'两龙方斗，且待之。'"颜师古注："两龙，谓秦与陈胜。"

②弢(tāo)：掩藏。

③人具尔瞻：语出《诗经·小雅·节南山》："赫赫师尹，民具尔瞻。"原意为人们都尊敬地望着你。此指彭越起事之初，与众人约，杀后至者立威，众人皆惧服。

④翼：辅助。鹰扬：如雄鹰高飞。语出《诗经·大雅·大明》："维师尚父，时维鹰扬。"

⑤威凌楚域：指彭越在项羽后方不断骚扰牵制项羽。凌，凌驾。

⑥质委：即委质。这里指归顺。

⑦靖(jìng)难河济："《汉书·彭越传》："使下济阴以击楚……越大破楚军。""汉王之败彭城解而西也……（彭越）独将其兵北居河上……越常往来为汉游兵击楚，绝其粮于梁地。"靖，平定。

⑧即宫旧梁：《汉书·彭越传》："越乃引兵会垓下。项籍死，立越为梁王，都定陶。"

【译文】

彭越善于观察时局，掩藏其迹隐匿其光。得到众人的敬畏瞻仰，因众人的辅助而如雄鹰飞扬。威风凌驾于楚域之上，一心归服汉王刘邦。在黄河、济阴平定战乱，当即封王建宫旧梁。

烈烈黥布[①]，耽耽其眄[②]。名冠强楚[③]，锋犹骇电[④]。睹几蝉蜕,悟主革面⑤。肇彼枭风⑥,翻为我扇。天命方辑⑦,王在东夏⑧。矫矫三雄⑨,至于垓下⑩。元凶既夷⑪,宠禄来假⑫。保大全祚⑬,非德孰可? 谋之不臧,舍福取祸⑭。

【注释】

①烈烈:威武貌。语出《诗经·商颂·长发》"相土烈烈。"

②耽耽(dān):威武貌。语出《周易·颐》:"虎视耽耽。"眄(miǎn):斜视。

③名冠强楚:《汉书·英布传》:"楚兵常胜,功冠诸侯……以布数以少败众也。"

④锋:指勇锐之势。骇:惊。

⑤睹几(jī)"二句:此指黥布叛楚归汉。据《汉书·英布传》载,刘邦派遣随何劝说黥布,布"许叛楚归汉"。几,指细微的迹象。蝉蜕(tuì),本指蝉皮脱落。这里指因时变化。悟主,感悟明主之约。革面,改变旧面目。语出《周易·革》"小人革面",注曰:"小人乐成则变面以顺上也。"

⑥肇:矫正,改正。枭(xiāo)风:雄风。

⑦辑:成。

⑧东夏:李善注:"东夏,即阳夏也。《汉书》曰:'汉王追项羽阳夏南。'"

⑨矫矫:勇武貌。三雄:指韩信、彭越、黥布。

⑩垓(gāi)下:地名。在今安徽灵璧东南。《汉书·高帝纪》:"十二月,围羽垓下。"

⑪元凶:指项羽。夷:杀。

⑫宠禄:宠幸厚禄。来假:来至,来临。语出《诗经·商颂·烈祖》:"来假来享。"

⑬大:指大业。祚(zuò):福。

⑭"谋之"二句：指黥布谋反被杀。臧（zāng），善。

【译文】

黥布勇猛威武，双目威风有神。威名称冠强楚，锋势锐如惊电。观察细微的迹象因时变化，感悟明主之约洗心革面。改变猎猎雄风，转为大汉劲刮。天命马上就要实现，汉王紧追项羽至于东夏。三雄威风凛凛，按约到达垓下。元凶项羽既已诛灭，恩宠厚禄于是来临。保全大业洪福，怎能不靠明德？怎奈计谋不善，舍福反取灾祸。

张耳之贤，有声梁、魏。士也罔极，自诒伊愧①。俯思旧恩②，仰察五纬③。脱迹违难，披榛来洎④。改策西秦，报辱北冀⑤。悴叶更辉，枯条以肆⑥。

【注释】

①"士也"二句：指张耳与陈馀由"刎颈之交"转而"以兵相攻"，张耳败走蒙羞。由于所交不慎，故自曰自寻羞愧。士也罔极，士无准则。语出《诗经·卫风·氓》："士也罔极，二三其德。"自诒（yí）伊愧，自寻羞愧。语本《诗经·小雅·小明》："心之忧矣，自诒伊戚。"诒，送。引申为"寻"。伊，此。

②旧恩：刘邦为平民百姓时，曾去拜访张耳，相处达数月之久。《汉书·张耳传》张耳曰："汉王与我有故。"

③五纬：指金、木、水、火、土五星。据《汉书·张耳传》，张耳被陈馀打败后，甘公建议说："汉王之入关，五星聚东井。东井者，秦分也。先至必王。楚虽强，后必属汉。"张耳遂归刘邦。

④"脱迹"二句：据《汉书·张耳传》，张耳败后，本因当时项羽势力强大，且立己为王，而欲归项羽，在甘公劝说下转投刘邦。脱迹，脱离追随楚王项羽的旧迹。违，背离。披榛（zhēn）来洎（jì），喻指另辟新路归顺刘邦。披榛，劈开丛林，亦即开道。洎，及，到。

⑤报辱北冀:《汉书·张耳传》:"汉遣耳与韩信击破赵井陉,斩(陈)
　　馀泜水上。"赵属冀州之北,故云"北冀"。

⑥"悴叶"二句:以憔悴之叶更发辉光,枯萎之条再生嫩枝。比喻张
　　耳弃暗投明之后所获得殊荣宠幸。

【译文】

　　张耳之贤,蜚声梁、魏。交友不慎,自寻羞愧。低头思念汉王旧恩,
举首观察五星聚会。脱离从楚旧迹背离灾难,另辟新路前来投靠。改
变策略西奔汉王,斩杀陈馀报辱北冀。好比憔悴之叶重发光辉,枯萎之
条又添新枝。

　　王信韩孽①,宅土开疆②。我图尔才,越迁晋阳③。

【注释】

①王信韩孽:《汉书·韩王信传》:"韩王信,故韩襄王孽孙也。"非正
　　妻所生,谓庶孽。按,韩王信与淮阴侯韩信为二人。

②宅土开疆:指居住在原来的封地开拓新的疆土。

③"我图"二句:韩王信原都颍川(今河南禹州),后改太原郡为韩
　　国,都晋阳(今山西太原)。《汉书·韩王信传》:"五年春,与信剖
　　符,王颍川。六年春,上以信壮武……乃更以太原郡为韩国,徙
　　信以备胡,都晋阳。"图,考虑。这里引申为赏识。

【译文】

　　韩王信本是襄王庶出之孙,居住本土更开新疆。我王赏取壮武之
才,备胡越迁边都晋阳。

　　卢绾自微,婉娈我皇①。跨功逾德,祚尔辉章②。人之贪
祸,宁为乱亡③。

【注释】

①婉娈(luán)我皇：指卢绾与刘邦关系亲密。《汉书·卢绾传》："高
　祖、绾同日生……及高祖、绾壮，学书，又相爱也。"婉娈，眷爱，眷
　恋。

②"跨功"二句：《汉书·卢绾传》："群臣知上欲王绾，皆曰：'太尉长
　安侯卢绾常从平定天下，功最多，可王。'上乃立绾为燕王。"跨，
　通"夸"，夸美，夸耀。祚，赐。辉章，光辉的印章。比喻显耀的官
　爵。章，李善注："印章也。"

③"人之"二句：《汉书·卢绾传》载，卢绾欲长保燕王之位，暗中与
　匈奴及叛臣陈豨勾结。后陈豨被斩，事泄。卢绾亡入匈奴，"居
　岁余，死胡中"。宁，乃。

【译文】

　卢绾自幼，眷爱我皇。群臣过度夸美功德，我皇赐你显耀官爵。人
之贪欲导致祸乱，乃至成为乱臣而亡。

　　吴芮之王，祚由梅铝①。功微势弱，世载忠贤②。

【注释】

①"吴芮"二句：指吴芮封王，实由将其梅铝功多而及。吴芮原为秦
　番阳令，秦末响应陈胜起义，以其女妻黥布。又率百越佐项羽入
　关，被封为衡山王；刘邦灭项羽后，以其将梅铝功多，封吴芮为长
　沙王。《汉书·吴芮传》："上以铝有功，从入武关，故德芮，徙为
　长沙王。"梅铝，吴芮属将。

②世载忠贤：指几代长沙王都为忠贤之臣。《汉书·吴芮传》："唯
　吴芮之起，不失正道，故能传号五世，以无嗣绝，庆流支庶，有以
　矣夫。"

【译文】

吴芮封王长沙，封赏实由梅铝。功绩微薄权势柔弱，为世所载唯因

忠贤。

　　肃肃荆王,董我三军①。我图四方,殷荐其勋②。庸亲作劳,旧楚是分③。往践厥宇④,大启淮坟⑤。

【注释】

①"肃肃"二句:指刘贾忠心为汉军将军。肃肃,《礼记·乐记》:"夫肃肃,忠也。"董,督。

②殷荐其勋:功勋众多。刘贾早从刘邦反秦;在楚汉战争中,主要是领兵在楚地配合彭越牵制袭扰项羽。固陵之战后,刘贾招降楚大司马周殷,迎黥布兵,会战于垓下,打败了项羽。殷,多。荐,进。勋,功勋。

③"庸亲"二句:楚王韩信被诬谋反,被刘邦用计袭捕,乃将其楚国一分为二,称其西北部曰"楚",都彭城(今江苏徐州);称其东南部曰"荆",都吴县(今江苏苏州)。刘邦欲封同姓为王,刘贾为刘邦堂兄,因此被立为荆王。《汉书·高帝纪》:"以故东阳郡、鄣郡、吴郡五十三县立刘贾为荆王。"庸,任用。

④践:到。厥宇:其居。

⑤淮坟:淮水之边的高地。《汉书·刘贾传》:"立刘贾为荆王,王淮东。"

【译文】

　　忠心耿耿荆王刘贾,督领我皇大汉三军。我皇图谋四方,将军功劳众多。任用亲属为国效劳,旧楚之地是以剖分。去到他的所封居地,淮东之地大为开发。

　　安国违亲,悠悠我思。依依哲母,既明且慈。引身伏剑,永言固之①。淑人君子,实邦之基②。义形于色,愤发于辞③。主亡与亡④,末命是期⑤。

【注释】

①"安国"几句:王陵归附刘邦后,项羽抓了王陵之母,王陵之母为使其一心一意辅助刘邦自刎而死。《汉书·王陵传》:"项羽取陵母置军中,陵使至,则东乡坐陵母,欲以招陵。陵母既私送使者,泣曰:'愿为老妾语陵,善事汉王。汉王长者,毋以老妾故持二心。妾以死送使者。'遂伏剑而死。"安国,王陵封安国侯。悠悠我思,语出《诗经·郑风·子衿》:"青青子衿,悠悠我思。"悠悠,悠长。哲,明哲。伏剑,用剑自杀。

②"淑人"二句:赞美王陵是汉家开国重臣。淑人君子,语出《诗经·小雅·鼓钟》:"淑人君子,其德不回。"淑,善。实邦之基,语出《诗经·小雅·南山有臺》:"乐只君子,邦家之基。"基,本。

③"义形"二句:指王陵反对立诸吕后的兄弟侄子为王。《汉书·王陵传》:"高后欲立诸吕为王,问陵。陵曰:'高皇帝刑白马而盟曰:"非刘氏而王者,天下共击之。"今王吕氏,非约也。'"义形于色,忠义之心从脸色言辞之间表现出来。

④主亡与亡:此为赞美王陵为社稷之臣。《汉书·爰盎传》爰盎言:"社稷臣,主在与在,主亡与亡。"

⑤末命是期:此指王陵坚守刘邦非刘氏不王的遗训。《汉书·王陵传》载王陵责备陈平说:"今高帝崩,太后女主,欲王吕氏,诸君纵欲阿意背约,何面目见高帝于地下乎!"末命,帝王临终时的遗命。

【译文】

安国侯王陵与母隔绝,思念之情与日俱增。依依不舍明哲之母,既有明德且又慈祥。引身伏剑自刎而死,临终嘱子永事汉王。王陵堪称善人君子,效忠汉皇邦国根基。正义之气形于面色,激愤之情尽发言辞。主亡与亡社稷之臣,谨遵遗命坚守不移。

　　绛侯质木^①,多略寡言。曾是忠勇,惟帝攸叹^②。云骛灵丘,景逸上兰。平代禽豨,奄有燕韩^③。宁乱以武,毙吕以权^④。涤秽紫宫^⑤,征帝太原^⑥。实惟太尉^⑦,刘宗以安。挟功震主^⑧,自古所难。勋耀上代,身终下藩^⑨。

【注释】

①绛侯:周勃封绛侯。质木:质朴。《汉书·周勃传》:"勃为人木强敦厚。"颜师古注:"木为质朴。"

②"曾是"二句:《汉书·高帝纪》载刘邦临终时曾说"安刘氏者必勃也"。曾,曾经。攸,所。

③云骛(wù)"几句:指周勃击败陈豨与卢绾,平定代国、韩国、燕国叛乱事。《汉书·周勃传》:"以将军从高帝击韩王信于代……破之,下晋阳。""复击(陈)豨灵丘,破之……定代郡九县。""卢绾反……破绾军上兰。"云骛,如飞云奔驰。灵丘,地名。在今山西灵丘东。景逸,如光影飞逝。景,同"影"。上兰,水名。亦名马兰溪,在今河北怀来东北。代,陈豨时自立为代王。奄有燕韩,卢绾时为燕王。韩王信通匈奴,周勃随刘邦击破之。奄有,覆盖拥有。

④"宁乱"二句:指周勃与陈平等诛灭诸吕之事。《汉书·周勃传》:"勃与丞相平、朱虚侯章共诛诸吕。"

⑤涤秽紫宫:指周勃等将少帝迁出皇宫。《汉书·周勃传》:"于是阴谋以为'少帝及济川、淮阳、恒山王皆非惠帝子,吕太后以计诈名它人子,杀其母,养之后宫,令孝惠子之,立以为后,用强吕氏。

今已灭诸吕,少帝即长用事,吾属无类矣,不如视诸侯贤者立
之'。"东牟侯刘兴居等遂请命将少帝迁至少府。紫宫,皇宫的别
称。古人以紫微星垣比喻皇帝的居处,故称。

⑥征帝:迎立汉文帝。文帝当时为代王。太原:代国都城。

⑦太尉:官名。掌管军事。当时周勃为太尉。

⑧挟功震主:《汉书·周勃传》:"人或说勃曰:'君既诛诸吕,立代
王,威震天下,而君受厚赏处尊位以厌之,则祸及身矣。'"主,指
文帝。其后文帝果然命周勃"免相就国"。

⑨藩(fān):指封建王朝的侯国或属国、属地。这里指绛地,即周勃
封邑之所在地。

【译文】

绛侯周勃本性质朴,富有谋略沉默寡言。曾因忠诚勇敢,高祖为之
赞叹。如飞云奔驰用兵于灵丘,如光影飞逝挥剑于上兰。平定代地擒
获陈豨,全部平定燕、韩之乱。平息政乱依仗武力,诛杀诸吕凭借兵权。
将那少帝迁出皇宫,迎立文帝从那太原。实惟太尉周勃之力,刘氏宗室
得以安宁。挟持丰功震慑君主,此事实为自古所难。丰功伟绩光照上
代,免相身退死于下藩。

舞阳道迎,延帝幽薮①。宣力王室,匪惟厥武。总干鸿
门,披闼帝宇。耸颜诮项,掩泪悟主②。

【注释】

①"舞阳"二句:指樊哙拥立刘邦于草莽之间。《汉书·樊哙传》:
"(樊哙)与高祖俱隐于芒砀山泽间……陈胜初起,萧何、曹参使
哙求迎高祖。"舞阳,樊哙封舞阳侯。幽薮(sǒu),指草野山泽
之间。

②"总(zǒng)干"几句:"总干鸿门""耸颜诮项",指樊哙在鸿门宴时

护卫刘邦事。《史记·高祖本纪》："哙即带剑拥盾入军门。交戟
之卫士欲止不内，樊哙侧其盾以撞，卫士仆地，哙遂入，披帷西向
立，瞋目视项王，头发上指，目眦尽裂。"又责备项羽"今沛公……
劳苦而功高如此，未有封侯之赏，而听细说，欲诛有功之人。此
亡秦之续耳，窃为大王不取也"。"披闼帝宇""掩泪悟主"，指樊
哙谏刘邦勿消极病卧出见群臣事。《汉书·樊哙传》：黥布反时，
刘邦生病，卧禁中，诏不许群臣入内。十余日，哙乃排闼直入，大
臣随之。见刘邦独枕一宦者卧。哙流涕曰："始陛下与臣等起丰
沛，定天下，何其壮也！今天下已定，又何惫也！且陛下病甚，大
臣震恐，不见臣等计事，顾独与一宦者绝乎？且陛下独不见赵高
之事乎？"刘邦遂笑起理事。总干，持盾。披闼帝宇，指樊哙闯入
刘邦内宫。

【译文】

舞阳侯樊哙开道迎接，延请高帝草野之中。一心尽力王室，并非只
靠武功。鸿门之宴手持盾牌护驾，黥布反时闯开宫门进谏。怒颜威容
责问项羽，掩面哭泣感悟高祖。

曲周之进，于其哲兄。俾率尔徒，从王于征[①]。振威龙
蜕，擄武庸城。六师寔因，克荼禽黥[②]。

【注释】

①"曲周"几句：指郦商之进用是由于其兄郦食其的推荐。曲周，郦
　商封曲周侯。哲兄，明哲之兄。这里指郦食其。俾率，使率领。
　俾，使。《汉书·郦食其传》："食其言其弟。使将数千人从沛公
　西南略地。"

②"振威"几句：此概论郦商主要功劳。《汉书·郦商传》："汉王即
　帝位，燕王臧荼反，商以将军从击荼，战龙脱，先登陷阵，破荼军

易下,却敌。"龙蜕,即龙脱,地名。在今河北徐水城西。又:"又从击黥布,攻其前垣,陷两陈,得以破布军。"又《汉书·英布传》:"(黥布)遂西与上兵遇蕲西……上乃壁庸城。"摅(shū)武,犹扬威。庸城,地名。在今安徽宿州附近。寔因,于是因循。

【译文】

曲周侯郦商之进用,推荐在其明哲之兄。使之率领部下兵众,随从汉王四方出征。振奋威武于彼龙蜕,宣扬武力于彼庸城。六军于是随从进击,力克臧荼擒杀黥布。

猗欤汝阴①,绰绰有裕②。戎轩肇迹,荷策来附③。马烦辔殆,不释拥树。皇储时乂④,平城有谋⑤。

【注释】

①猗欤:语出《诗经·商颂·那》:"猗欤那与。"猗,美盛貌。欤,叹词。汝阴:夏侯婴封汝阴侯。

②绰绰有裕:指态度从容气量宽裕。语出《诗经·小雅·角弓》:"此令兄弟,绰绰有裕。"

③"戎轩"二句:指自从刘邦起兵,夏侯婴就常为其驾车。《汉书·夏侯婴传》:"高祖为沛公,赐爵七大夫,以婴为太仆,常奉车。"颜师古注:"为沛公御车。"戎轩,战车。肇迹,开始留下车迹。比喻开始出征。荷,扛,担。这里引申为带,持。策,马鞭。附,亲附。

④"马烦"几句:指彭城之败时,夏侯婴收载刘邦儿女共同逃脱楚国追兵之事。《汉书·夏侯婴传》:"项羽大破汉军。汉王不利,驰去。见孝惠、鲁元,载之。汉王急,马罢,虏在后,常跱两儿弃之,婴常收载行,面雍树驰……卒得脱,而致孝惠、鲁元于丰。"马烦辔殆,指车马疲敝,缰绳几乎损坏。拥树,即雍树,《汉书》苏林注:"南方人谓抱小儿为雍树。"颜师古注:"面,背也。雍,抱持

之。言取两儿,令面背己,而抱持之以驰。故云面雍树驰。"皇
储,皇太子。乂,安定。

⑤平城有谋:《汉书·夏侯婴传》:"(高帝)为胡所围,七日不得通。
高帝使使厚遗阏氏,冒顿乃开其围一角。高帝出欲驰,婴固徐
行,弩皆持满外乡,卒以得脱。"

【译文】

汝阴侯夏侯婴何其美盛,态度从容气量宽裕。汉王战车开始出征,
他便持鞭为王驾车。不管车马疲敝缰绳损坏,始终紧抱汉王儿女。太
子、公主获得平安,平城之难缓行脱难。

颖阴锐敏①,屡为军锋②。奋戈东城,禽项定功③。乘风
藉响④,高步长江。收吴引淮,光启于东⑤。

【注释】

①颖阴:灌婴封颖阴侯。锐敏:锐利敏捷。《汉书·灌婴传》数称婴
　"疾斗""战疾力"。

②军锋:军之前锋。

③"奋戈"二句:《汉书·灌婴传》:"项籍败垓下去也,婴……追项籍
　至东城,破之。所将卒五人共斩项籍,皆赐爵列侯。"

④乘风藉响:指借助有利之势。语本《荀子·劝学》:"顺风而呼,声
　非加疾也,而闻者彰。"

⑤"高步"几句:《汉书·灌婴传》:"度江,破吴郡长吴下,得吴守,遂
　定吴、豫章、会稽郡。还定淮北,凡五十二县。"引,这里作
　"定"解。

【译文】

颖阴侯灌婴锐利敏捷,多次为我汉军前锋。在彼东城奋勇作战,擒
杀项羽立下战功。一如凭借顺风声闻远方,高视阔步渡过长江。收复

吴地还定淮北,光大开发国土之东。

　　阳陵之勋,元帅是承①。

【注释】

①"阳陵"二句:《汉书·傅宽传》:"傅宽……属淮阴(韩信),击破齐
　　历下军,击田解……因定齐地,剖符世世勿绝,封阳陵侯。"元帅,
　　指大将军韩信。

【译文】

阳陵侯傅宽之勋,全靠依凭韩信。

　　信武薄伐①,扬节江陵②。夷王殄国,俾乱作惩③。

【注释】

①信武:靳歙封信武侯。

②节:麾。军旗。

③"夷王"二句:《汉书·靳歙传》:"别定江陵……身得江陵王,致雒
　　阳,因定南郡。从至陈,取楚王信……为信武侯。""别击陈
　　豨……从击黥布有功。"夷王,平定叛王。殄(tiǎn),灭绝。俾,
　　使。作惩,作为惩戒。

【译文】

信武侯靳歙讨伐出征,挥动军旗平定江陵。平定乱王灭绝其国,使
叛乱者作为鉴戒。

　　恢恢广野①,诞节令图②。进谒嘉谋,退守名都。东窥白
马,北距飞狐。即仓敖庾,据险三涂③。辎轩东践,汉风载

徂^④。身死于齐,非说之辜^⑤。我皇寔念,言祚尔孤^⑥。

【注释】

①恢恢:宽广貌。这里指博达宽宏。广野:郦食其号广野君。

②诞节:放纵礼节。《汉书·郦食其传》:"人皆谓之狂生。"令图:良谋。令,美,善。

③"进谒(yè)"几句:《汉书·郦食其传》载刘邦被困荥阳、成皋,计欲捐弃成皋以东,屯驻巩、雒以距楚。郦食其献计说:"愿足下急复进兵,收取荥阳,据敖庚之粟,塞成皋之险,杜太行之道,距飞狐之口,守白马之津。以示诸侯形制之势,则天下知所归矣。"谒,请见,进见。名都,指荥阳。窥,窥视。这里指临守。白马,白马津,黄河渡口名。在今河南滑县东北。飞狐,飞狐口,关隘名。在今河北蔚县东南。敖庚,敖仓。秦时的大粮仓,在荥阳北的黄河边上。因其地处敖山,故称。三涂,地名。在今河南嵩县西南。

④"辀(yóu)轩"二句:指郦食其为汉游说齐国归降之事。辀轩,轻便之车。载,始。徂,往。《汉书·郦食其传》:"(食其)曰:'方今燕、赵已定,唯齐未下……臣请得奉明诏说齐王使为汉而称东藩。'"

⑤"身死"二句:指韩信不顾郦食其已游说成功,仍进兵攻齐,齐人以为被郦食其欺骗,遂将其烹杀。《汉书·郦食其传》:"韩信闻食其冯轼下齐七十余城,乃夜度兵平原袭齐。齐王田广闻汉兵至,以为食其卖己,乃亨食其。"说(shuì),游说。辜,罪过。

⑥"我皇"二句:《汉书·郦食其传》:"高祖举功臣,思食其。食其子疥,数将兵,上以其父故,封疥为高梁侯。"祚,赏赐。

【译文】

广野君郦食其博达宽宏,放纵礼节却有良谋。进见汉王敬献良策,建议退守荥阳名都。向东可临守白马津,向北可把守飞狐口。就食敖仓之粮草,占据三涂之险阻。乘轻便之车驰往东齐,皇汉之风始吹东土。被烹身死齐国,不是游说之过。我皇高祖念其功劳,恩赐封赏食其遗孤。

　　建信委辂,被褐献宝①。指明周、汉,铨时论道。移帝伊洛,定都丰镐②。柔远镇迩③,寔敬攸考④。

【注释】

①"建信"二句:《汉书·刘敬传》:"敬脱挽辂,见齐人虞将军曰:'臣愿见上言便宜。'虞将军欲与鲜衣,敬曰:'臣衣帛,衣帛见,衣褐,衣褐见,不敢易衣。'虞将军入言上,上召见。"建信,刘敬封建信侯。委辂(hé),放下拉车之横木。辂,车辕上用来挽车的横木。褐(hè),粗毛或粗麻织成之衣。宝,宝贵的计策。

②"指明"几句:指刘敬向刘邦阐明建都关中的益处。李善注引《汉书》曰:"娄敬谓上曰:'陛下取天下与周异,而都雒阳,不便,不如入关,据秦之固。'是日车驾西都长安。"其事详见《汉书·刘敬传》与《张良传》。按,刘敬本姓娄,后高祖赐姓刘。铨(quán),权衡。伊、洛,皆水名。流经洛阳附近,此指洛阳。丰镐(hào),古代地名。在今长安西北沣河以东,为西周建都之地。此指关中。

③柔远镇迩:安抚远方安定近处。

④寔:同"实"。考:《尔雅》:"考,成也。"

【译文】

　　建信侯刘敬放下拉车横木,服粗麻之衣进献良谋。指明周、汉立国之异,权衡时世论建都之道。改变定都伊、洛之间的想法,确定在关中丰镐旧地兴建京都。安抚远方安定近处,国泰民安实由刘敬促成。

抑抑陆生^①,知言之贯^②。往制劲越,来访皇汉^③。附会平、勃,夷凶翦乱^④。所谓伊人^⑤,邦家之彦^⑥。

【注释】

①抑抑:谨慎周密。生:儒生。

②知言之贯:深知语言通达情意的功能。贯,贯通。引申为通达。按,此句指陆贾很有口才。《汉书·陆贾传》:"陆贾……名有口辩,居左右,常使诸侯。"

③"往制"二句:指陆贾出使南越,说服南越王尉佗臣服于汉之事。《汉书·陆贾传》:"时中国初定,尉佗平南越,因王之。高祖使贾赐佗印为南越王……贾卒拜佗为南越王,令称臣奉汉约。"

④"附会"二句:指陆贾协调陈平、周勃,合力剪除诸吕乱党。附会,协调和同。平、勃,陈平、周勃。《汉书·陆贾传》载陆贾谓陈平曰:"天下安,注意相;天下危,注意将。将相和,则士豫附;士豫附,天下虽有变,则权不分……君何不交欢太尉(周勃),深相结?"夷凶,诛灭元凶。翦乱,剪除乱党。

⑤所谓伊人:所思念之人。伊,这,彼。

⑥彦:美才。

【译文】

陆贾谨慎周密,深知语言通达之妙。奉使前往制彼劲越,命其称臣拜服皇汉。又使陈平、周勃协调和同,诛灭元凶剪除乱党。深所思念陆贾之贤,安邦定国实为美才。

百王之极^①,旧章靡存^②。汉德虽朗,朝仪则昏^③。稷嗣制礼^④,下肃上尊^⑤。穆穆帝典^⑥,焕其盈门^⑦。风眡三代^⑧,宪流后昆^⑨。

【注释】

①百王之极:班固《汉书》赞曰:"汉承百王之弊。"百王,汉朝之前的所有帝王。极,穷极,衰败。

②旧章:指先代的典章制度。靡:无。

③朝仪:朝廷礼仪。

④稷嗣制礼:指叔孙通为汉制定朝仪之事。稷嗣,叔孙通号稷嗣君。

⑤下肃上尊:《汉书·叔孙通传》载,自叔孙通制礼施之朝廷,"自诸侯王以下莫不震恐肃敬……高帝曰:'吾乃今日知为皇帝之贵也。'"

⑥穆穆:美盛敬庄。

⑦焕其盈门:光辉灿烂充盈其门。

⑧睎(xī):仰慕。三代:指夏、商、周。

⑨宪:法令。这里借指礼制。后昆:子孙后代。

【译文】

汉承百王衰竭之时,先代典章荡然无存。大汉之德虽明亮耀眼,朝廷礼仪却昏昧不清。稷嗣君叔孙通制作礼仪,臣下肃敬君上贵尊。美盛敬庄帝王典章,光辉灿烂充盈其门。一心仰慕三代遗风,礼仪法制流传后人。

无知睿敏①,独昭奇迹②。察侔萧相③,觌同师锡④。

【注释】

①无知:即魏无知。睿(ruì):明智。

②独昭奇迹:独自明鉴奇才的行迹。奇,指陈平。《汉书·陈平传》载陈平降汉,因魏无知求见汉王。

③察侔(móu)萧相:李善注:"萧何进韩信,无知进陈平,故曰侔也。"侔,等同。

④贶(kuàng)同师锡:指魏无知因引见陈平而得到赏赐。贶,赐给,
　　赏赐。师,众。锡,赏赐。《汉书·陈平传》载,汉王封赏陈平,
　　"平曰:'非魏无知臣安得进?'……乃复赏魏无知"。

【译文】

　　魏无知明智敏锐,独鉴奇才陈平行迹。明察等同相国萧何,获得略
同众贤赏赐。

　　随何辩达①,因资于敌。纾汉披楚,唯生之绩②。

【注释】

①辩达:善辩博达。
②"因资"几句:指随何说服黥布归汉之事。《汉书·高帝纪》:"汉
　　王……谓谒者随何曰:'公能说九江王布使举兵畔楚,项王必留
　　击之。得留数月,吾取天下必矣。'随何往说布,果使畔楚。"资,
　　取。这里指谋取。纾,解除。披,服。

【译文】

　　随何善辩博达,因而奉使谋取敌方。解除汉难服彼强楚,唯此先生
建树其功。

　　皤皤董叟,谋我平阴。三军缟素,天下归心①。

【注释】

①"皤皤(pó)"几句:指董公建议刘邦为义帝发丧以昭项羽之罪,以
　　获民心之事。《汉书·高帝纪》载,汉王"南渡平阴津,至洛阳,新
　　城三老董公遮说汉王曰:'臣闻顺德者昌,逆德者亡,兵出无名,
　　事故不成。故曰明其为贼,敌乃可服。项羽为无道,放杀其主,

天下之贼也。夫仁不以勇，义不以力，三军之众为之素服，以告之诸侯，为此东伐，四海之内莫不仰德。'……于是汉王为义帝发丧"。皤皤，白发苍苍。平阴，平阴津，黄河渡口名。在今河南孟津东北。缟(gǎo)，白色，素色。

【译文】

白发苍苍新城董老，进谋我王在那平阴。三军素服为义帝举哀，正义之师天下归心。

袁生秀朗，沉心善照。汉旆南振，楚威自挠①。大略渊回②，元功响效③。邈哉惟人④，何识之妙！

【注释】

①"袁生"几句：指袁生劝止刘邦在荥阳大败、收兵关中后急欲东出与项羽决战，建议等队伍得到休息，众将平定诸侯之后再决战。《汉书·高帝纪》："汉王出荥阳至成皋，自成皋入关，收兵欲复东。辕生说汉王曰：'汉与楚相距荥阳数岁，汉常困。愿君王出武关，项王必引兵南走，王深壁，令荥阳、成皋间且得休息。使韩信等得辑河北赵地，连燕、齐，君王乃复走荥阳。如此，则楚所备者多，力分。汉得休息，复与之战，破之必矣。'"汉王从其计，项羽闻汉王在宛，果引兵南下。旆(pèi)，旗。挠，削弱。

②渊回：渊深曲折。用以比喻谋略深不可测。

③元功：大功。元，大。响效：像回响应声一样有效。响，回声。

④邈(miǎo)：深远。

【译文】

袁生英才明彻，深沉之心善于鉴照。皇汉旌旗振扬南方，楚之威武已自削弱。宏伟谋略深不可测，快如回声大功见效。心计深远唯有此人，见识卓越何等奇妙！

纪信诳项，轺轩是乘。摄齐赴节，用死孰惩^①？身与烟消，名与风兴^②。周苛慷慨，心若怀冰。刑可以暴，志不可凌^③。贞轨偕没^④，亮迹双升^⑤。帝畴尔庸，后嗣是膺^⑥。

【注释】

①"纪信"几句：指纪信献计假扮刘邦出降，使之得以逃出荥阳，而自己被项羽俘获杀死。《汉书·高帝纪》："夏四月，项羽围汉荥阳……五月，将军纪信曰：'事急矣！臣请诳楚，可以间出。'……纪信乃乘王车，黄屋左纛，曰：'食尽，汉王降楚。'楚皆呼万岁，之城东观，以故汉王得与数十骑出西门遁……羽见纪信，问：'汉王安在？'曰：'已出去矣。'羽烧杀信。"诳（kuáng），欺骗，欺瞒。轺（yáo）轩，一马驾驶的轻便车。摄齐，提起衣服。赴节，赴难殉节。即奔赴国难殉其志节。用死孰惩，意谓死而不惧。惩，恐惧。《楚辞·九歌·国殇》："首身离兮心不惩。"陆机化用其意。

②风：指风云。

③"周苛"几句：指楚破荥阳，俘获周苛，周苛不屈而死之事。《汉书·高帝纪》："拔荥阳城，生得周苛。羽谓苛：'为我将，封三万户。'周苛骂曰：'若不趋降汉，今为虏矣！若非汉王敌也。'羽亨周苛。"慷慨，意气激昂。心若怀冰，其心怀纯洁如冰。志不可凌，语本《楚辞·九歌·国殇》："终刚强兮不可凌。"凌，侵犯。

④贞轨：坚贞的轨范。轨，轨范，楷模。

⑤亮迹：光辉的楷模。迹，这里与"轨"对举，同义。

⑥"帝畴"二句：指高祖报答二人，二人的后代得到封赐。畴，通"酬"，指酬谢、酬答。庸，功劳。后嗣是膺（yīng），后代子孙得到封赏。膺，承受。《汉书·周昌传》：汉王于是拜周苛从弟周昌为御史大夫，后封为汾阴侯。"苛子成，以父死王事，封为高景侯。"

李善注:"(《汉书》)又曰:'襄平侯纪通尚符节。'张晏曰:'纪信子也。'晋灼曰:'纪信焚死,不见其后。'《功臣表》曰:'襄平侯纪通,父成,以将军从定三秦,死王事,子侯。'然则通非信子也,机之此言,与晏同误也。"

【译文】

纪信伪装汉王欺瞒项羽,乘坐轻便马车出城诈降。提起衣服赴难殉节,身不畏死死而何惧? 其身与灰烟俱消,其名同风云共兴。周苛意气激昂,其心纯洁如冰。可以施之暴刑,其志不可欺凌。坚贞之轨范一同隐没,光辉之楷模双双高升。高帝酬答二位功勋,后代子孙承受赐封。

天地虽顺,王心有违。怀亲望楚,永言长悲[①]。侯公伏轼,皇媪来归。是谓平国,宠命有辉[②]。

【注释】

①"天地"几句:指刘邦之父母妻子被项羽扣押事。天地虽顺,古人认为称帝天下必得天地应和。心有违,不顺心,不如意。言,语助词。

②"侯公"几句:指侯公游说项羽使其归还太公、吕后,获封平国君之事。《汉书·项籍传》:"汉王使侯公说羽……归汉王父母妻子。"《汉书·高帝纪》:"乃封侯公为平国君。"伏轼,俯身凭倚车前的横木。这里指乘车。媪(ǎo),李善注引《汉书音义》曰:"媪,母别名也。"此指吕后。宠命,恩赐之命。

【译文】

天地应和虽然顺当,汉王心意却有不快。思念亲人遥望楚境,悠悠远思令王伤悲。侯公奉使乘车前往,汉皇亲眷于是归来。赐予封号称为"平国",恩赐之命终身光辉。

　　震风过物,清浊效响^①。大人于兴,利在攸往^②。弘海者川,崇山惟壤^③。《韶》《濩》错音,衮龙比象^④。明明众哲^⑤,同济天网^⑥。剑宣其利^⑦,鉴献其朗^⑧。文武四充^⑨,汉祚克广。悠悠遐风^⑩,千载是仰。

【注释】

①"震风"二句:语本《庄子·齐物论》:"夫大块噫气,其名为风,是唯无作,作则万窍怒号。"意谓大风吹起,众物皆响。比喻圣王在上,贤臣归附。震风,疾风。效,献出。李善注引《文子》曰:"昔尧之治天下也,舜为司徒,契为司马,禹为司空,后稷为田畴,奚仲为工师,是以离叛者寡,听从者众,若风之过萧,忽然之,各以清浊应物也。"

②"大人"二句:《周易·巽》:"利用攸往,利见大人。"高亨《周易古经今注》:"有所往则利,见大人亦利。"大人,指天子或王侯。这里指天子刘邦。

③"弘海"二句:《管子·形势解》曰:"海不辞水,故能成其大;山不辞土石,故能成其高;明主不厌人,故能成其众。"陆机反其意而用之,意谓众贤之助,始成帝业。

④"《韶》《濩》"二句:此二句亦为比喻句,其意与"弘海"二句略同。《韶》为虞舜的乐舞,《濩》为商汤的乐舞。错音,指众响交错始成乐音。衮(gǔn)龙,卷龙之衣。古为皇帝及上公之礼服。《诗经·豳风·九罭》"衮衣绣裳",毛传:"衮衣,卷龙也。"比象,指五色交合成为图像。比,交合。

⑤明明:犹"勉勉"。意为力行不倦。语出《诗经·鲁颂·有駜》"在公明明"。

⑥济:成。天网:李善注引崔寔《本论》曰:"举弥天之网。"这里喻指宏伟的帝业。

⑦剑：喻指武将。宣：显示。

⑧鉴：喻指文臣。李善注："鉴谓之镜。"

⑨四充：充满四方。

⑩遐风：高风。指高尚的品格。遐，远。引申为高。

【译文】

诚如疾风吹过万物，清浊之声因风献响。大汉天子风起云兴，众臣乘利纷纷归往。就像大海之深全靠百川归流，山峰之高全靠土石堆积。就像《韶》《濩》之乐要靠众响交错才成乐音，卷龙之衣要靠五色交合才成图像。唯有众臣勉勉尽力，才能共成帝业天网。武将如剑显示其锋利之能，文臣如镜进献其明鉴之见。文武之臣充溢四方，大汉国统始能弘大。功臣高风悠悠长流，千年以来众所敬仰。

赞

夏侯孝若

夏侯湛(约243—292),字孝若,谯(今安徽亳州)人。西晋文学家。晋武帝时任太子舍人、尚书郎等职。惠帝即位,为散骑常侍,年四十九卒。《晋书》称夏侯湛"幼有盛才,文章宏富,善构新辞",又云:"著论三十余篇,别为一家之言。"

东方朔画赞一首 并序

【题解】

《东方朔画赞》是赞中名篇。赞是一种文体,大都用于歌颂和赞美,一般有韵。赞与颂本是同类的文体,两者内容和语言风格、押韵、形式都相同,区别在于颂只用于正面的颂歌,赞则可以用以总结评述,兼有褒美和贬恶两种功用。故《文心雕龙·颂赞》曰:"(赞)义兼善恶,亦犹颂之变耳。"《文选》将散文体的传赞收入"史论"一门,将韵文体的传赞收入"史述赞"一门。赞起源于上古祭祀时乐正的赞辞或庆典时礼官的赞辞,成文的赞始于司马相如《荆轲赞》。其后班固《汉书》、范晔《后汉书》、刘勰《文心雕龙》都用赞来进行褒贬或综述。

对画思人,褒美东方朔的高风是本篇宗旨。但本篇超越东方朔史事,探讨了封建社会中,每一个正直的知识分子,在涉足仕途后面临的对命运的严肃思考。封建社会君臣相处的规律:臣直道正谏,"明节不可以久安",轻则遭冷遇被斥逐,重则招致杀身之祸,历史上比比皆是。

东方朔则"远心旷度，赡智宏才"，取"秽其迹""浊其文""诙谐以取容"的独特的道路，以全身避世于朝廷之上，可谓正直知识分子不得已、无可奈何的选择，用心何其良苦。西晋社会黑暗，政治动荡多变，正直的知识分子难以自处。夏侯湛独取东方朔以赞，充分反映了当时知识分子的苦闷沉重的心情。

大夫讳朔，字曼倩，平原厌次人也①。魏建安中②，分厌次以为乐陵郡③，故又为郡人焉④。事汉武帝，《汉书》具载其事。先生瑰玮博达⑤，思周变通⑥。以为浊世不可以富贵也⑦，故薄游以取位⑧。苟出不可以直道也⑨，故颉颃以傲世⑩。傲世不可以垂训也⑪，故正谏以明节⑫。明节不可以久安也，故诙谐以取容⑬。洁其道而秽其迹，清其质而浊其文⑭。弛张而不为邪，进退而不离群⑮。

【注释】

①"大夫讳朔"几句：大夫，东方朔曾官至太中大夫。太中大夫职掌议论。讳，人死后书其名，名前称"讳"，以示尊敬。平原，郡名。治平原，今属山东。厌次，地名。秦置。相传秦始皇东游厌气，至碣石，次宿于此，故名。在今山东陵城东。

②魏建安中：按，建安是汉献帝年号(196—220)，此言"魏"，误。

③乐陵：郡名。郡治乐陵县，今属山东。

④又为郡人：又是乐陵郡人。

⑤瑰玮：即瑰伟。品格奇特。博达：博达古今。

⑥思周：思考细致周密。变通：对事不拘恒常，随宜变更。

⑦浊世：本指混乱之世。此谓武帝奢侈无度。

⑧薄游：浅历仕途。取位：取下位，不做高官。

⑨苟：且，进层连词。出：指侍奉君王。直道：正直的道德。语出《论语·微子》："直道而事人，焉往而不黜？"

⑩颉颃（xié háng）：倔强，倔傲。吕向注："颉颃，自纵貌，傲慢也。"傲（ào）世：高傲自负，轻视世人。傲，同"傲"。

⑪垂训：留给后人训教。

⑫正谏：向上正言劝谏，直言不讳。《汉书·东方朔传》："朔虽诙笑，然时观察颜色，直言切谏，上常用之。"明节：明大臣之节操。

⑬"明节"二句：谓东方朔知正谏必祸及于身，不可久为，故常为戏谑风趣之辞而被武帝容纳。《史记·滑稽列传》褚先生曰："朔行殿中，郎谓之曰：'人皆以先生为狂。'朔曰：'如朔等，所谓避世于朝廷间者也。古之人，乃避世于深山中。'时坐席中，酒酣，据地歌曰：'陆沉于俗，避世金马门，宫殿中可以避世全身，何必深山之中，蒿庐之下。'"《汉书·东方朔传》："指意放荡，颇复诙谐。""然朔名过实者，以其恢达多端，不名一行，应谐似优，不穷似智。"诙谐，戏谑，有风趣。取容，讨好别人以求自己安身。此指取容于武帝。

⑭"洁其道"二句：两句即"其道洁而其迹秽，其质清而其文浊"的变文。言东方朔志洁质清，外饰秽浊之行，以混迹世俗。秽其迹，指东方朔的行为举动似污浊卑下。《汉书·东方朔传》："秽德似隐。"《史记·滑稽列传》褚先生曰："时诏赐之食于前。饭已，尽怀其余肉持去，衣尽污。数赐缣帛，檐揭而去。徒用所赐钱帛，取少妇于长安中好女，率取妇一岁所者即弃去，更取妇。"此等行事颇悖谬于常人。质，天性，本性。文，文饰。

⑮"弛张"二句：言东方朔仕途荣衰进退，不为邪僻，亦不超群越众。弛张，此以弓弩喻人事之衰荣。张，拉紧弓弦。弛，放松弓弦。吕向注："弛张犹衰荣。"不为邪，不为邪僻不正之事。进退而不离群，语本《周易·乾》："进退无恒，非离群也。"进退，言仕途之

进退。

【译文】

大夫讳朔,字曼倩,平原郡厌次县人。建安末年,划出厌次为乐陵郡,故又是乐陵郡人。先生侍奉汉武帝,《汉书》完整记载了他的事迹。先生品格奇特不凡,博古通今,思考细致周密,对事不拘恒常,随宜变更。以为武帝奢侈无度,不可以求富贵,所以浅历仕途,甘居下位。再说侍奉君王不可用正直的道德,所以倔强放纵,高傲自负,轻视世俗。但傲世不足以将训教流传后世,所以又正言切谏武帝以显示为臣的节操。但直谏明节必不能久安全身,所以戏谑风趣以取容于武帝。其道德高洁而行为故意卑污低微,其天性清正而外饰秽浊之行。仕途衰荣,不做邪僻不正之事,上下进退,没有超群越众之行。

若乃远心旷度①,赡智宏材②。倜傥博物③,触类多能④。合变以明筭⑤,幽赞以知来⑥。自三坟五典、八索九丘⑦,阴阳图纬之学⑧,百家众流之论⑨,周给敏捷之辩⑩,支离覆逆之数⑪,经脉药石之艺⑫,射御书计之术⑬,乃研精而究其理⑭,不习而尽其功⑮,经目而讽于口,过耳而阔于心⑯。

【注释】

①远心:深远的谋虑。旷度:开阔的气度。

②赡智:大智。赡,充足,丰富。宏:大。

③倜傥(tì tǎng):洒脱,超然特出,不受世俗礼法拘束。博物:博识多知。

④触类多能:语本《周易·系辞》:"引而伸之,触类而长之。天下之能事毕矣。"触类,触逢事类。多能,多才多艺。

⑤合变以明筭(suàn):吕向注:"合道通变在于妙算。"合,合道。

变,通变。既合于道,又灵活多变。明筭,巧算妙谋。筭,同
"算"。

⑥幽赞以知来:言东方朔似幽通神明,知未来事。幽赞,暗中受神
道的帮助。幽,暗中。赞,帮助。知来,知道未来,知其来事。

⑦三坟五典、八索九丘:传说中我国最古的典籍。《春秋左传·昭
公十二年》"是能读三坟、五典、八索、九丘",杜预注:"皆古
书名。"

⑧阴阳:指以阴阳观察人事天地万物。《周易·系辞》:"阴阳不测
之谓神。"疏:"天下万物,皆由阴阳。"图纬之学:图,河图。纬,六
经诸纬和《孝经》纬。起于西汉末期,至东汉尤为盛行,都是附会
经义以占验术数为主要内容的书。此指研究图纬的学问。

⑨百家众流:即诸子百家。先秦至汉初各种学派的总称。《汉书·
艺文志》"凡诸子百八十九家",举其成数称百家。又《汉书·叙
传》:"刘向司籍,九流以别。"众流即九流,即儒家、道家、阴阳家、
法家、名家、墨家、纵横家、杂家、农家,又有小说家一派,合为
十家。

⑩周给:周密快捷。给,捷。敏捷:灵敏迅疾。辩:口才。

⑪支离:占卜。吕延济注:"支离,卜也。"覆逆:吕延济注:"覆谓射
覆,逆谓逆刺,豫知前事也。"射覆,猜测覆盖之物,是古代近于占
卜的一种游戏。《汉书·东方朔传》:"上尝使诸数家射覆,置守
宫盂下,射之,皆不能中。朔自赞曰:'臣尝受《易》,请射之。'乃
别著布卦而对曰:'臣以为龙又无角,谓之为蛇又有足,跂跂脉脉
善缘壁,是非守宫即蜥蜴。'上曰:'善'……复使射他物,连中。"
数:术。

⑫经脉:中医学名词。人体内气血运行的主要通路。经络系统中
直行的干线。《灵枢经·本藏》:"经脉者,所以行血气而营阴阳,
濡筋骨,利关节者也。"药石:药物的总称。药,方药。石,砭石,

皆以治病。艺：技艺，指医术。

⑬射御：射箭与驾驭车马。古六艺中，射与御为一类，都是尚武的技艺。书计：文字与筹算。《礼记·内则》："十年，出就外傅，居宿于外，学书计。"《汉书·食货志》："八岁入小学，学六甲五方书计之事。"术：技能。

⑭究：尽。

⑮不习而尽其功：不常习而尽其功，谓天性如此，天生而知。

⑯"经目"二句：言诸术才经于目，则立诵于口，凡过于耳，莫不熟练于心，以明东方朔之聪慧过人。《汉书·东方朔传》东方朔自言："年十三学书，三冬文史足用。十五学击剑。十六学《诗》《书》，诵二十二万言。十九学孙吴兵法，战阵之具，钲鼓之教，亦诵二十二万言。凡臣朔固已诵四十四万言。"讽，诵读。谙（ān），通"谙"，熟悉，了解。

【译文】

至于先生深谋远虑，气度开朗，有大智大慧，具非凡才能。倜傥不群，博物多知，触类旁通，多才多艺。既合于道又灵活多变、巧计妙算，犹如神道暗助能预知未来。从三坟五典、八索九丘，到阴阳、图纬的学问，诸子百家的理论，周密敏捷的口才，占卜射覆的术数，经脉药石的医术，射御筹算的技能，无不精通详尽，不常研习即能尽得其中奥妙，一经过目立诵于口，才过其耳即熟于心。

夫其明济开豁，包含弘大①，凌轹卿相②，嘲哂豪桀③。笼罩靡前④，跆籍贵势⑤，出不休显⑥，贱不忧戚⑦。戏万乘若寮友⑧，视俦列如草芥⑨。雄节迈伦⑩，高气盖世⑪。可谓拔乎其萃⑫，游方之外者已⑬。

【注释】

①"夫其明济"二句：此言东方朔的气度和才识。明济，明达，明智通达。济，达。开豁，胸襟开阔。包含，容忍，即能容忍。弘大，广大开阔。

②凌轹（líng lì）卿相：凌轹，干犯，冒犯。凌，犯。轹，践踏。卿相，高官。《汉书·东方朔传》："自公卿在位，朔皆敖弄，无所为屈。"

③嘲哂（shěn）豪桀：哂，戏弄。豪桀，非凡杰出人士。《汉书·东方朔传》："是时朝廷多贤材，上复问朔：'方今公孙丞相、兒大夫、董仲舒、夏侯始昌、司马相如……之伦，皆辩知闳达，溢于文辞，先生自视，何与比哉？'朔对曰：'臣观其舌齿牙，树颊胲，吐唇吻，擢项颐，结股脚，连脽尻，遗蛇其迹，行步偃旅，臣朔虽不肖，尚兼此数子者。'"

④笼罩靡前：指东方朔明智高出众人之上，无人敢与之比试高下。笼罩，高出在上，如笼之罩于事物之上。靡前，无人敢前。

⑤跆（tán）籍贵势：指东方朔冒犯武帝姑母馆陶公主窦太主事。窦太主爱宠名董偃，武帝为窦太主置酒宣室，欲纳董偃。是时，东方朔执戟，数董偃之斩罪三，指斥为国家之大贼，人主之大蜮。武帝乃止酒宣室，另置酒北宫。董偃之宠由是日衰，至年三十而终。事见《汉书·东方朔传》。跆，践踏。引申为冒犯。贵势，富贵有势之士。

⑥出：入仕。休显：尊荣显赫。

⑦贱：贫贱。戚：忧。

⑧戏万乘若寮友：戏，戏谑。万乘，天子，指汉武帝。寮友，即同僚。如东方朔不待诏拔剑割肉等事。《汉书·东方朔传》："上曰：'昨赐肉，不待诏，以剑割肉而去之，何也？'朔免冠谢。上曰：'先生起自责也。'朔再拜曰：'朔来！朔来！受赐不待诏，何无礼也！拔剑割肉，壹何壮也！割之不多，又何廉也！归遗细君，又何仁也！'上笑曰：'使先生自责，乃反自誉。'"诸如此类，《汉书·东方

朔传》颇有记载。

⑨俦(chóu)列：同列，同辈。草芥：以喻鄙贱之物。

⑩雄节：英雄之气节。迈伦：超越常人。

⑪高气：不凡的才气。盖世：压倒当世。

⑫拔乎其萃：即出类拔萃。《孟子·公孙丑》："出于其类，拔乎其萃。"指卓越出众的人。萃，类。

⑬游方之外：游于常俗之外。喻超脱礼教之外，不受礼教束缚的人。方，方域之外。

【译文】

至于先生明智通达，心胸开阔，容忍包涵，气度宏大，敢于冒犯卿相，戏弄豪杰。明智笼盖一切，超越前人，践踏富贵有势之辈，富贵不尊荣显赫，贫贱不忧伤悲戚。戏谑天子如同僚之友，傲视同列如草芥之物。雄迈气节，超越常人，不凡才气，压倒当世。真可谓出类拔萃，超脱世俗之外的非凡之人。

谈者又以先生嘘吸冲和，吐故纳新①，蝉蜕龙变，弃俗登仙②，神交造化③，灵为星辰④，此又奇怪惚恍不可备论者也⑤。大人来守此国⑥，仆自京都⑦，言归定省⑧。睹先生之县邑，想先生之高风⑨，徘徊路寝⑩，见先生之遗像，逍遥城郭⑪，观先生之祠宇⑫，慨然有怀⑬，乃作颂焉。

【注释】

①"谈者"二句：言有人以为东方朔擅长导引长生之术。嘘吸，吹吸，吐纳呼吸。冲和，真气。吐故纳新，道家养生术，口吐浊气，鼻引清气，以去病。此指长生之术。

②"蝉蜕"二句：李善注引《列仙传》："东方朔，武帝时为郎。宣帝时

弃去,后见会稽。"蝉蜕,脱驱壳,出其身。《淮南子·精神训》谓至人"抱素守精,蝉蜕蛇解,游于太清,轻举独住,忽然入冥"。龙变,解其骨而腾形,指羽化飞升。皆喻弃俗登仙。

③神交:凭神灵交结。

④灵为星辰:《风俗通义·正失》:"东方朔太白星精。黄帝时为风后,尧时为务成子,周时为老聃,在越为范蠡,在齐为鸱夷子皮,言其神圣能兴王霸之业,变化无常。"灵,灵魂,古人谓阴之精气所聚为灵。

⑤此又奇怪惚恍不可备论者也:奇怪,稀奇古怪,不同寻常。惚恍,隐隐约约,捉摸不定。备,尽,详。按,《汉书·东方朔传》:"刘向言少时数问长老贤人通于事及朔时者,皆曰朔口谐倡辩,不能持论,喜为庸人诵说,故令后世多传闻者。"又曰:"而后世好事者因取奇言怪语附著之朔,故详录焉。"颜师古注:"言此传所以详录朔之辞语者,为俗人多以奇异妄附于朔故耳,欲明传所不记,皆非其实也。"可见东汉时,东方朔已传为神人。

⑥大人:夏侯湛之父夏侯庄。《文选·夏侯常侍诔》:"父守淮岱,治亦有声。"胡绍英《文选笺证》曰:"淮,即淮南,岱即乐陵,是夏侯庄更为乐陵守。"此国:指乐陵。

⑦仆:夏侯湛谦称。京都:洛阳。

⑧言归:归依。言,助词,无义。定省:子女早晚向亲长问安。

⑨高风:高卓的风范。

⑩路寝:此指东方朔之庙。吕延济注:"路寝谓庙也。"

⑪逍遥:亦指徘徊。

⑫祠宇:即东方朔之庙。

⑬慨然:怅然。怀:思。

【译文】

至于有些人说到先生呼吸导引真气,吐故纳新,脱壳出身,解骨腾形,弃俗升仙,凭神灵与自然造化结交,灵魂化为太白精星,这些都是稀奇古怪、隐隐约约、奇异难测不能详考之事。我父亲来此做乐陵郡太守,我自京都回乐陵,觐省大人。望见先生故里,遥想先生高尚卓越的风范,徘徊于先生祠堂,瞻仰先生遗像,悠游于乐陵城郭,观望先生庙宇,怅然有所思,于是作辞为颂。

　　其辞曰:矫矫先生①,肥遁居贞②。退不终否,进亦避荣③。临世濯足,希古振缨④。涅而无滓⑤,既浊能清⑥。无滓伊何?高明克柔⑦。能清伊何⑧?视污若浮⑨。乐在必行,处沦罔忧⑩。跨世凌时⑪,远蹈独游⑫。瞻望往代⑬,爰想遐踪⑭。邈邈先生⑮,其道犹龙⑯。染迹朝隐⑰,和而不同⑱。栖迟下位⑲,聊以从容⑳。我来自东,言适兹邑㉑。敬问墟坟㉒,企伫原隰㉓。墟墓徒存,精灵求哉㉔。民思其轨㉕,祠宇斯立。徘徊寺寝㉖,遗像在图。周旋祠宇,庭序荒芜㉗。榱栋倾落㉘,草莱弗除㉙。肃肃先生㉚,岂焉是居。是居弗形㉛,悠悠我情㉜。昔在有德,罔不遗灵㉝。天秩有礼㉞,神监孔明㉟。仿佛风尘㊱,用垂颂声。

【注释】

①矫矫:飘逸超脱的样子。李善注:“矫矫,轻举之貌。”

②肥遁:隐居避世。此指东方朔身居金殿避世全身。《周易·遁》:“肥遁,无不利。”疏:“肥,饶裕也。”居贞:居于正道。语出《周易·颐》:“居贞之吉。”

③“退不”二句:赞东方朔得志不以为荣,失意不以为愠,故不会永不得志。终否,始终不得志。语出《周易·序卦》:“物不可以终通,故受之以《否》,物不可以终否,故受之以《同人》。”荣,尊贵

显荣。

④"临世"二句：两句言东方朔临世而隐，追慕古之渔父，赞其随时
　变更，清浊自宜，濯足洗缨，挥洒自如。《楚辞·渔父》："渔父歌
　曰：'沧浪之水清兮，可以濯我缨，沧浪之水浊兮，可以濯我足。'"
　希古，希望追及古人。振缨，犹濯缨。缨，结冠的带子。濯足、振
　缨皆喻隐居。

⑤涅(niè)而无淄：喻东方朔本性高洁，处污泥而不染。涅，以黑色
　染物。淄，污秽。语本《论语·阳货》："涅而不缁。"

⑥既浊能清：指东方朔外行饰以浊，而内心则清。

⑦"无淄"二句：言东方朔涅而不淄，乃性格高亢明爽，但能以柔道处
　浊世。无淄伊何，为何能不污秽呢？此句重叠上句以设问。伊，
　惟，助词。高明，性格高亢明爽。克，能。柔，以柔和之道处世。

⑧能清伊何：亦为重叠上句设问，意谓为何能清呢？

⑨视污若浮：视污若清。张铣注："言其视浊污之理若清也，谓不以
　为耻也。浮，犹清也。"

⑩"乐在"二句：乐在，指快乐的时候。罔，无。语本《周易·乾》：
　"乐则行之，忧则违之。"

⑪跨世凌时：超越时代。跨，越。凌时，胜过时人。凌，压倒，胜过。

⑫蹈：步。

⑬瞻望：遥望。往代：往时，过去。

⑭爰：于是。遐踪：远事。此指东方朔事迹。踪，迹。

⑮邈邈：久远。

⑯其道犹龙：其道如龙。吕向注："犹龙谓如龙，变化屈伸，大小不
　常也。"《庄子·天运》："孔子见老聃归，三日不谈，弟子问曰：'夫
　子见老聃，亦将何规哉？'孔子曰：'吾乃今于是乎见龙！龙，合而
　成体，散而成章，乘云气而养乎阴阳，予口张而不能嗋，予又何规
　老聃哉！'"

⑰染迹朝隐：染迹，即序所谓"秽其迹"。朝隐，隐居朝廷。

⑱和而不同：谓和衷相济，而又各有所见，不苟同于人。语出《论语·子路》："子曰：'君子和而不同。'"

⑲栖迟：游息，居住。下位：指东方朔官位最高为太中大夫。

⑳聊：姑且。从容：言行舒缓，镇静沉着。

㉑"我来"二句：言自己从洛阳来乐陵。言，语助词。兹邑，指乐陵郡。

㉒问：告。墟坟：坟墓。

㉓企伫(zhù)：举踵而望。原隰(xí)：此处指东方朔故居丘墓之地。隰，本指低湿之地。

㉔精灵：灵魂。戢(jí)：息，安息。

㉕轨：楷模。

㉖寺寝：即祠堂，庙宇。

㉗序：指庙宇的东西墙。《尔雅·释宫》："东西墙谓之序。"

㉘榱栋：椽子梁木。

㉙草莱：野草。莱，草。

㉚肃肃：高洁。吕延济注："肃肃，清貌。"

㉛弗形：不见东方朔真形。

㉜悠悠：远思。我情：我思。

㉝"昔在"二句：吕向注："自古有德之人，无不遗其神灵，以示后代。"有德，有德之人。遗灵，留下灵验。

㉞天秩有礼：《尚书·皋陶谟》："天秩有礼，自我五礼，有庸哉。"张铣注："秩，次也。言天下之次序有祭祀之礼。"

㉟神监孔明：张铣注："神监其忠信甚可明也。"监，视。孔，大，盛。

㊱仿佛风尘：刘良注："言仿佛闻其高风清尘。"风尘，指东方朔之高风亮节。

【译文】

颂辞是：超脱飘逸，东方先生，金殿避世，居于正道。贫贱不忧，否极泰来,加官晋爵,亦不为荣。随世清浊,浊可濯足,追慕渔父,清可洗缨。泥而不污,化浊为清。为何不污?处以柔道。为何能清?视污若清。通达得志,必行其道,身处逆境,亦不忧愁。超越当世,独步遨游。回顾往代,遥想遗踪。邈邈高远,东方先生,其道莫测,变化如龙。混同世俗,避世朝廷,纠正事弊,决不苟同。身居下位,姑且从容。我从东来,到达乐陵。敬拜丘墓,远望故里。丘墓独存,英灵永息。先生高风,可为楷模,人民思念,立庙于此。徘徊祠堂,遗容在画。周游庙宇,庭院荒芜。椽梁衰败,野草丛生。先生高洁,此岂其居。遥望先生,不见真容,我思绵绵,我情悠悠。自古以来,有德之人,显现神灵,以遗后人。祭祀有序,神灵明鉴。如见先生,高风清尘,以此作赞,流传歌颂。

袁彦伯

　　袁宏(328—376),字彦伯,小字虎,阳夏(今河南太康)人。晋代文学家、史学家。安西将军谢尚引为参军,后为桓温记室。太元初为东阳太守,卒于东阳(今浙江金华),年四十九。《晋书·袁宏传》称“宏有逸才,文章绝美,曾为咏史诗,是其风情所寄”,时人赞为“一代文宗”。袁宏又为杰出的历史学家,自出鉴裁,抉择去取。撰《后汉记》三十卷,与范晔《后汉书》并称。

三国名臣序赞一首

【题解】

　　《三国名臣序赞》是对三国二十位名臣的歌功颂德之作。

　　这篇作品的序颇含深意,袁宏指出明君“万岁一期”,一万年才出一个,君臣间“千载一遇”,一千年才有一次嘉会,“是以古之君子,不患弘道难,遭时难;遭时匪艰,遇君难",因此能施展抱负、匡时济世的也就屈指可数了,历代志士仁人只能空怀壮志,咨嗟垂泣,抱恨终身。作者又指出春秋以后"居上者不以至公理物,为下者必以私路期荣,御圆者不以信诚率众,执方者必以权谋自显",君臣处治皆不以其道,天下也就永远处在多乱动荡的状态中。作者对社会政治的思索无疑具有借鉴意义。

　　夫百姓不能自治,故立君以治之,明君不能独治,则为臣以佐之①。然则三五迭隆②,历世承基③,揖让之与干戈,文德之与武功④,莫不宗匠陶钧而群才缉熙⑤,元首经略而股肱肆力⑥。遭离不同,迹有优劣⑦,至于体分冥固,道契不坠⑧,风美所扇⑨,训革千载⑩,其揆一也⑪。故二八升而唐朝盛⑫,伊吕用而汤武宁⑬。三贤进而小白兴⑭,五臣显而重耳霸⑮。中古凌迟⑯,斯道替矣⑰。居上者不以至公理物⑱,为下者必以私路期荣⑲,御圆者不以信诚率众,执方者必以权谋自显⑳。于是君臣离而名教薄㉑,世多乱而时不治。故蘧甯以之卷舒㉒,柳下以之三黜㉓,接舆以之行歌㉔,鲁连以之赴海㉕。衰世之中㉖,保持名节㉗,君臣相体㉘,若合符契㉙,则燕昭乐毅,古之流也㉚。夫未遇伯乐,则千载无一骥㉛,时值龙颜,则当年控三杰,汉之得材,于斯为贵㉜。高祖虽不以道胜御物㉝,群下得尽其忠;萧曹虽不以三代事主㉞,百姓不失其业。静乱庇人㉟,抑亦其次㊱。

【注释】

①"夫百姓"几句:《墨子·尚同》:"是故天下之欲同一天下之义也,

是故选择贤者,立为天子。天子以其知力为未足独治天下,是以
选择其次,立为三公。"又,《尚书·泰誓》:"天佑下民,作之君,作
之师。"

②三五:三皇五帝。迭隆:轮流兴盛,更替兴盛。

③承基:继承基业,指继位。

④"揖让"两句:指历代帝王继体承基,或揖让文德以兴,如尧舜,或
武功干戈以取,如汤武。揖让,指让位于贤。文德,此指以礼乐
教化禅让。武功、干戈,此指征诛。

⑤宗匠陶钧:以大匠陶铸器具,喻培育人才。陶,陶人烧制陶器。
钧,陶人制圆器所用之转轮。陶、钧皆用以喻造就人才。缉(qī)
熙:指光明积渐广大。《诗经·周颂·昊天有成命》"于缉熙,单
厥心",毛传:"缉,明,熙,广。"一说指奋发前进。高亨《周颂考
释》:"此古成语也。缉熙当为奋发前进之意。缉当为揖,《广
雅·释诂》:'揖,进也。'《尔雅·释诂》:'熙,兴也。'"

⑥元首:君主。经略:筹划,治理。股肱:大腿与胳膊。常用以喻辅
佐君主的大臣。肆力:尽力。

⑦"遭离"二句:班彪《王命论》:"遭遇异时,禅代不同。"遭离,遭遇。
迹,事迹。

⑧"至于体分"二句:李善注:"言至于君臣之体分,既固于冥兆,上
下之契亦存而不坠。"体,指为君之体。分,为臣之分。冥固,牢
固地暗相投合。道,指君臣上下之道。契,契合,默契。不坠,不
丧失,不绝。

⑨风:流风,指君臣冥固道契之礼。美:佳美。扇:扇扬,传布。

⑩训革:训诫。李善注引《苍颉篇》:"革,戒也。"

⑪揆(kuí):准则,道理。

⑫二八升而唐朝兴盛:舜举用八元、八恺而唐尧之世兴盛。李善注:
"舜举八元八恺,用之于尧时也。"二八,八元、八恺的合称。八

元,传说高辛氏的八个有才德的子弟:伯奋、仲堪、叔献、季仲、伯虎、仲熊、叔豹、季狸。八恺,相传高阳氏的八个有才德的子弟:苍舒、隤敳、梼戭、大临、龙降、庭坚、仲容、叔达。均参见《春秋左传·文公十八年》。唐,唐尧。

⑬伊吕:伊尹、吕望。伊尹,商汤臣。名挚,佐汤伐夏桀,被尊为阿衡。汤死后,孙太甲破坏商汤法制,伊尹把他放逐到桐宫,三年后迎之复位。吕望,太公望。即姜太公。辅佐武王灭殷。汤武:商汤、周武王。宁:指社稷安宁。

⑭三贤:李善注:"三贤,管仲、鲍叔牙、隰朋也。"管仲,名夷吾,字仲。初事公子纠,后相齐桓公,主张通货积财,富国强兵,使齐桓公九合诸侯,一匡天下而称霸。鲍叔牙,他举荐管仲,相桓公而成霸业。隰朋,亦为齐桓公贤臣。小白:齐桓公名。春秋五霸之首。

⑮五臣:李善注:"五臣,狐偃、赵衰(cuī)、颠颉、魏武子、司空季子。"五人皆随重耳出亡,又佐其称霸。狐偃,晋文公之舅。字子犯,故又称舅犯。晋文公出奔,偃从之十九年,文公入晋自立,后定王室,霸诸侯,大抵皆偃之谋。赵衰,即赵成子,字子馀,从文公出亡十九年,文公之立,衰与狐偃最有功,归国后,佐文公定霸。颠颉,亦为晋文公臣。魏武子,魏犨,毕万之孙。司空季子,胥臣。司空是其官,季子是其字。由于封地于臼(今山西运城),又称臼季。重耳:晋文公名。晋献公子。晋献公宠骊姬,杀太子申生,重耳流亡在外十九年,返立为君,继齐桓公而称霸诸侯。

⑯中古:次于上古的时代。凌迟:逐步而下,衰落。

⑰斯道:指君臣之道。替:废弃。

⑱至公:极公正。理物:治理事务。

⑲私路:以职谋私。路,职位。期荣:求荣。

⑳"御圆者"二句:指君不诚信,臣弄权谋。御圆者,指君主。执方

者,指臣。《吕氏春秋·圜道》:"天道圜,地道方,圣王法之,所以立上下……主执圜,臣处方,方圆不易,其国乃昌。"高诱注:"上,君。下,臣。"率众,御下。权谋,随机应变的谋略。自显,使自己显荣。

㉑离:断绝。名教:以正名定分为中心的礼教。薄:衰退。

㉒蘧(qú):指蘧伯玉。春秋时卫国人,字伯玉,著名贤者,卫灵公不用。《论语·卫灵公》孔子评蘧伯玉:"君子哉!蘧伯玉,邦有道,则仕;邦无道,则可卷而怀之。"甯:甯武子,卫国的大夫,姓甯,名俞。《论语·公冶长》:"甯武子,邦有道,则知;邦无道,则愚。"卷舒:喻隐仕。卷,卷怀,收藏。舒,伸展,出仕。

㉓柳下以之三黜(chù):《论语·微子》:"柳下惠为士师,三黜。"柳下,指春秋时期鲁大夫展禽,又字季,因食邑柳下,谥惠,故称柳下惠。三黜,三次被罢免。

㉔接舆以之行歌:《论语·微子》:"楚狂接舆歌而过孔子曰:'凤兮凤兮,何德之衰?往者不可谏,来者犹可追。已而已而!今之从政者殆而!'"接舆,《论语》所记隐士。曹之升《四书摭余说》云:"《论语》所记隐士皆以其事名之……接孔子之舆者,谓之'接舆',非名亦非字也。"行歌,边行走边歌唱。

㉕鲁连以之赴海:《史记·鲁仲连列传》记载鲁仲连为田单下聊城,田单欲授鲁仲连以官爵,"鲁连逃隐于海上,曰:'吾与富贵而诎于人,宁贫贱而轻世肆志焉。'"鲁连,鲁仲连,战国齐人。好持高节,不肯仕宦任职。

㉖衰世:乱世。

㉗名节:名誉和节操。

㉘君臣相体:君臣各得其体。体,规矩,法式。

㉙符契:符节。古代朝廷用作凭证的信物。符以竹、木或金属为之,剖分为二,各执其一。

㉚"则燕昭"二句：燕昭王以乐毅为上将军，对他充分信任，使尽其才，联合秦、赵、韩、魏合力攻齐，除莒、即墨外，尽得齐地。燕昭，燕昭王，名职，战国时燕王哙子。齐破燕之后回国继位，卑身厚币，招纳贤士，乐毅、邹衍、剧辛等皆赴燕，国日以富强。乐毅，魏乐羊之后，自魏使燕，燕昭王任为上将，总领五国之兵伐齐，攻占齐七十余城。古之流，古代流传下来的好风气。流，流风。

㉛"夫未遇"二句：喻不遇明主，而贤者亦无人能知。伯乐，古代善相马者，春秋秦穆公时人。骥，良马。

㉜"时值"几句：指汉高祖刘邦充分信用三杰。《汉书·高帝纪》记刘邦曰："夫运筹帷幄之中，决胜千里之外，吾不如子房；填国家，抚百家，给饷馈，不绝粮道，吾不如萧何；连百万之众，战必胜，攻必取，吾不如韩信。三者皆人杰，吾能用之，此吾所以取天下者也。"值，遇。龙颜，指汉高祖刘邦。《汉书·高帝纪》："高祖隆准而龙颜。"颜，额。控，用。三杰，指张良、萧何、韩信。

㉝高祖虽不以道胜御物：意为高祖不以道御物而取胜。御物，此指用人。吕向注："道胜谓以道御物胜征伐也。"

㉞萧曹：萧，萧何。曹，曹参。二人助刘邦得天下，后相继为汉相国，为汉初功臣的代表。三代：夏商周。此指三代之臣，即道德文章最高的大臣。

㉟静乱：平息祸乱。庇人：保护百姓。庇，庇荫。

㊱抑：亦。其次：次于三代之君臣。

【译文】

百姓不能管理自身，所以选立明君进行治理，明君独自一人难以统治天下，就选拔群臣辅佐。三皇五帝更替兴盛，历代帝王相继承位，禅让与征讨，文德与武功，无不像巨匠陶铸般造就英才，而且大批人才奋进有为，君主筹划经营，群臣尽心竭力。虽然碰上时代不同，征伐、禅让形式有异，但君臣各循其礼，因而关系牢固紧密、暗合默契，君臣之道绵延不绝,流风嘉美发扬光大,训诫流传千年,这种准则从古到今是一致的。因此擢升八元八恺,唐尧之时就繁荣昌盛,重用伊尹、吕望,商汤、周武之世才安宁太平。三贤进用,小白兴起,五臣献谋,重耳称霸。至中古之时,君臣之道渐渐衰落。君主居上不是至公至正地处理国事,大臣居下必定以权谋私追逐尊荣富贵,君主不是忠信诚恳对待群臣,大臣则欺诈权变图谋显赫荣耀。于是君臣离心,名分不正,君臣礼义日益衰败,天下大多乱世无道,不得安宁。所以蘧伯玉、宵俞因此隐居,柳下惠三次被罢免不用,接舆边行边歌讽喻孔子,鲁仲连坚辞富贵逃赴海上。在乱世中,保持名誉和节操,君臣相得各遵其道,配合如符节那样密合,只有燕昭王与乐毅,那是古代流传下来的遗风。所以不遇伯乐,千年不见一匹良马,当年得遇汉高祖,三杰才被重用,汉朝所得人才,这三杰最为宝贵。汉高祖取得天下虽不以正道待群臣,但臣下能竭尽忠诚;萧何、曹参虽不以三代之臣的标准辅佐高祖,但百姓得以安居乐业。平息叛乱,佑护百姓,他们的相处之道亦仅次于三代君臣了。

　　夫时方颠沛①,则显不如隐②;万物思治,则默不如语③。是以古之君子,不患弘道难④,遭时难⑤;遭时匪艰⑥,遇君难。故有道无时,孟子所以咨嗟⑦;有时无君,贾生所以垂泣⑧。夫万岁一期⑨,有生之通涂⑩,千载一遇,贤智之嘉会⑪。遇之不能无欣,丧之何能无慨。古人之言,信有情哉⑫!

【注释】

①颠沛:指乱世。

②显不如隐:指君子临乱世,则出仕不如隐居。显,现。

③"万物思治"二句:此指国有道,君子尚语不尚默。《周易·系

辞》:"君子之道,或出或处,或默或语。"万物思治,指太平盛世,
万物欲治。默,不语。

④弘道:弘扬其道。

⑤遭时:遇于时。

⑥匪:同"非",不。艰:难。

⑦"故有道"二句:《孟子·公孙丑》:"齐人有言曰:'虽有智慧,不如
乘势;虽有镃基,不如待时。'"无时,指不遇于时。咨嗟,叹息。

⑧"有时"二句:指贾谊虽遇明时,但又未被君主重用。无君,指不
被君主任用。贾生,贾谊。汉文帝召为博士,迁太中大夫。后为
大臣所忌,出为长沙太傅。后又为梁怀王太傅,梁怀王坠马死,
贾谊深自愧疚,忧郁而卒。

⑨万岁一期:一万年一会。指圣人万年一出。

⑩有生:生民,百姓。通涂:大路,畅通的路。

⑪嘉会:良遇。

⑫信:确实。情:实情,事实。

【译文】

面对衰世,则进身不如归隐;太平盛世,则尚语不尚默。如此看
来,古代的君子不怕难以将其道发扬光大,难在逢时;逢时也不算难,
最难的还是逢遇明君了。所以孟子有道但不遇其时,叹息不止;贾生
逢时但被弃于明主,垂泣涕零。圣君万年一出,百姓躬逢其时,如行光
明大道,贤哲明智之士能嘉会明君,千载也只一遇。故一旦遭逢,不能
不欢欣鼓舞,错失良遇,如何不感慨万千。所以古人之言,确实十分正
确啊!

余以暇日,常览《国志》①,考其君臣,比其行事②,虽道
谢先代③,亦异世一时也④。

【注释】

①《国志》:指陈寿所撰《三国志》。

②比:比较,考校。行事:事迹。

③谢:衰,不如。

④异世:不同时代。一时:一个时期,一定。

【译文】

我在闲暇时,常常阅读《三国志》,考察当时的君臣相处之道,衡量他们的处世行事,其君臣道义虽赶不上前代,但也算一个时代突出的典范了。

文若怀独见之明①,而有救世之心②。论时则民方涂炭③,计能则莫出魏武,故委面霸朝,豫议世事④。举才不以标鉴,故久之而后显⑤。筹画不以要功,故事至而后定⑥。虽亡身明顺⑦,识亦高矣。

【注释】

①文若:荀彧,字文若,颍川颍阴(今河南许昌)人。汉末初依袁绍,后投曹操,曹操比之为张良。操迎汉献帝徙都许昌,以彧为侍中,守尚书令。常参与军国大事,曹操功业,多出荀彧之谋。独见:超群的见解。明:明智。

②救世之心:《后汉书·荀彧传》:“自迁帝西京,山东腾沸,天下之命倒悬矣。荀君乃越河、冀,间关以从曹氏。察其定举措,立言策,崇明王略,以急国艰,岂云因乱假义,以就违正之谋乎? 诚仁为己任,期纾民于仓卒也。”

③论:评论。涂炭:喻天下大乱,民众如在涂泥炭火之中。

④“计能”几句:《后汉书·荀彧传》:“时曹操在东郡,彧闻操有雄

略,而度绍终不能定大业。初平二年,乃去绍从操。操与语大悦,曰:‘吾子房也。’”计能,考虑当时的各方英雄的才能。莫出魏武,谁也超不过曹操。委面,指归顺称臣。霸朝,霸者之朝堂,指曹操门下。豫,参与。

⑤“举才”二句:此赞美荀彧有识人之能而不自我炫耀。举才,推举贤良之才。标鉴,自我炫耀、标榜。久之而后显,时间一长就显示其识人之明。《三国志·魏书·荀彧传》:“太祖以彧为知人,诸所进达皆称职。”裴松之注引《魏氏春秋》曰:“前后所举者,命世大才,邦邑则荀攸、锺繇、陈群,海内则司马宣王,及引致当世知名郗虑、华歆、王朗、荀悦、杜袭、辛毗、赵俨之俦,终为卿相,以十数人。”又:“荀攸后为魏尚书令,亦推贤进士。太祖曰:‘二荀令之论人,久而益信,吾没世不忘。’”

⑥“筹画”二句:此赞美荀彧善谋大事。筹画,筹谋画策。要功,邀功。事至而后定,凡国之大事至荀彧而后定。《三国志·魏书·荀彧传》:“太祖虽征伐在外,军国事皆与彧筹焉。”裴松之注引《彧别传》载太祖表曰:“天下之定,彧之功也。”

⑦亡身明顺:指荀彧为表明忠于汉朝而自杀身亡。明顺,自明心欲匡汉。据《后汉书·荀彧传》,董昭等欲共进曹操为国公,九锡备物,彧阻董昭之议,操心不平。后彧病,操馈彧食,发视,竟空无一物,荀彧饮药而卒。《后汉书》论曰:“盖取其归正而已,亦杀身以成仁之义也。”

【译文】

　　荀彧怀有超群的见解,又有救世的热肠。当时生灵涂炭,雄才大略之辈又无人能比曹操,所以荀彧进入曹操幕府,参与议论国家大事。他推贤进士,从不炫耀自己明鉴识人,时间一长,越显出他的知人之明。筹谋划策又不为邀功请赏,故凡国之大事,必至荀彧而后能定。荀彧杀身成仁,以明匡助汉室的忠诚,他的识见十分高明。

董卓之乱,神器迁逼①。公达慨然,志在致命②。由斯而谈③,故以大存名节④。至如身为汉隶而迹入魏幕⑤,源流趣舍,其亦文若之谓⑥。所以存亡殊致⑦,始终不同⑧,将以文若既明,名教有寄乎⑨。夫仁义不可不明,则时宗举其致⑩;生理不可不全⑪,故达识摄其契⑫。相与弘道⑬,岂不远哉!

【注释】

①"董卓"二句:东汉末年,大将军何进谋诛宦官,密召董卓进京。谋泄,何进被宦官所杀,袁绍等又尽杀宦官。董卓乘乱引兵入朝,遂擅权自为相国,废少帝,立献帝,凶暴淫乱。袁绍、孙坚等起兵讨之,董卓乃挟献帝西迁长安,并尽徙洛阳人于长安,积尸盈路。至长安,董卓自为太师。司徒王允乃计诱其将吕布杀之,弃尸于市。神器,帝位。迁逼,指董卓逼迁献帝于长安。

②"公达"二句:指荀攸见献帝被逼,有志豁出生命以匡汉室。据《后汉书》,荀攸曾与议郎郑泰、何颙等谋刺董卓,事未成被收系狱中。公达,荀攸,字公达,荀彧从子。曹操以为军师,功仅次于荀彧,转为中军师,魏国初建,为尚书令。慨然,激昂、愤激的样子。《三国志·魏书·荀攸传》:"太祖表封攸曰:军师荀攸,自初佐臣,无征不从,前后克敌,皆攸之谋也。"

③斯:指谋刺董卓,匡助汉室之事。

④故:本,本来。以:通"已",已经。名节:名誉与节操。

⑤汉隶:汉官。荀攸曾为汝南太守,又入朝为尚书。魏幕:曹操幕府。

⑥"源流"二句:言荀攸之取舍进退,其心同于荀彧。源流,水的本源和支流,以喻事物的本末。趣舍,取舍,谓进退。其,表委婉的语助词。谓,为。

⑦存亡：一存一亡，指荀攸存荀彧亡。殊致：不一致。

⑧始终：经过。指荀攸与荀彧各自的事迹。

⑨"将以文若"二句：指荀彧以自杀明志，明仁义之道，符合名教。
李善注："言文若殒身，既明仁义之道，且寄迹于名教之地也。"
将，且。明，明仁义之道。名教，以正名定分为中心的封建礼教。

⑩"夫仁义"二句：谓荀彧仁义既明，时人尊举其理，肯定荀彧的行
为。时，时人。宗，尊。致，理。

⑪生理：生生之理，指生命。全：指全身以匡时难。

⑫达识：透彻的见识。摄：行。契：义。

⑬相与弘道：言二荀相与推广为臣之道。

【译文】

董卓之乱，汉室被迫迁移。荀攸激昂慷慨，志在为汉室献出生命。
由此而论，他本已保全了名节。至于他身为汉臣又入仕曹操军府，那是
荀攸取舍进退，其心迹与荀彧是相同的。但攸存彧亡，一生一死，行事
不同，而且文若又以殒身以明仁义之道，已经寄迹名教。仁义不可不
明，所以当时人尊重荀彧识见；可是匡正时难必须保全生命，所以荀攸
见解透彻通达，全身以推行义事。他与荀彧共同发扬为臣之道，见识岂
不深远吗？

崔生高朗①，折而不挠②。所以策名魏武、执笏霸朝
者③，盖以汉主当阳，魏后北面者哉④。若乃一旦进玺⑤，君
臣易位，则崔子所不与，魏武所不容⑥。夫江湖所以济舟，
亦所以覆舟；仁义所以全身，亦所以亡身⑦。然而先贤玉
摧于前⑧，来哲攮袂于后⑨，岂非天怀发中⑩，而名教束物
者乎⑪！

【注释】

①崔生：崔琰，字季珪，汉末清河东武城（今河北清河东北）人。初依袁绍，曹操破袁氏，辟琰为别驾从事，后傅曹丕于邺。曹操为丞相，琰任东西曹掾属征事。魏初建，拜尚书。后破诬赐死自尽。高朗：指崔琰声姿高畅，眉目疏朗。《三国志·魏书·崔琰传》："琰声姿高畅，眉目疏朗，须长四尺，甚有威重，朝士瞻望，而太祖亦敬惮焉。"

②折而不挠：宁折不弯。李善注："折而不挠，勇也。"《三国志·魏书·崔琰传》："罚琰为徒隶，使人视之，辞色不挠。"

③策名：出仕。《春秋左传·僖公二十三年》孔疏："古之仕者，于所臣之人书己名于策，以明系属之也。"执笏：古时臣下朝见君王或臣僚相见时，手持玉石、象牙或竹、木作的手板为礼，称执笏。此指称臣、出仕。

④"盖以汉主"二句：言崔琰入仕，为汉主为君，曹操称臣，否则崔琰不会追随曹操。《礼记·郊特牲》："君之南乡，答阳之义也，臣之北面，答君也。"当阳，南面。魏后，魏君，指曹操。

⑤进玺(xǐ)：谓进奉皇帝专用的玉玺。

⑥"则崔子"二句：指崔琰对曹操代汉的野心不满，曹操不能相容，遂赐其死。不与，不赞成。

⑦"夫江湖"几句：张铣注："仁义，人之本，故曰全身。今琰以义见祸，是所以亡身也。如江湖济舟亦所以覆舟也。"

⑧先贤：古时忠义之士。玉摧：玉碎。

⑨来哲：后继之贤哲。攘袂(mèi)：振袖，揎袖捋臂，喻奋起之状。

⑩天怀：出自天性的心怀。发中：发于内心。

⑪束物：制约于人。

【译文】

崔琰高畅爽朗，宁折不屈。他所以出仕曹操门下，称臣霸者朝堂的原因,是汉主南面称君,曹操北面称臣的缘故。假如曹操一旦执掌玉玺,君臣易位,那崔琰绝不会顺从,魏武也绝不会容忍崔琰。江湖可渡舟,江湖亦可覆舟,仁义可全身,仁义亦可招祸杀身。然而先贤为此玉碎于前,后世贤哲奋起后继,岂不是他们天性中蕴藏的正气奔放而出,遵循名教的缘故吗?

孔明盘桓①,俟时而动②。遐想管乐,远明风流③。治国以礼,民无怨声,刑罚不滥④,没有余泣⑤,虽古之遗爱⑥,何以加兹!及其临终顾托,受遗作相⑦,刘后授之无疑心,武侯处之无惧色,继体纳之无贰情,百姓信之无异辞⑧,君臣之际,良可咏矣⑨!

【注释】

①孔明:诸葛亮,字孔明,琅邪阳都(今山东沂南)人。隐居隆中(今湖北襄阳),刘备三顾始出,佐刘备取荆州,定益州,三分天下。曹丕称帝,刘备称帝于成都,亮为丞相。备死,亮辅后主刘禅,以丞相封武乡侯,志复中原,屡次北伐,后卒于五丈原军中。盘桓:徘徊。以喻未出仕时。

②俟(sì)时而动:语本《周易·系辞》:"君子藏器于身,待时而动。"俟,等待。

③"遐想管乐"二句:谓诸葛亮远慕管仲、乐毅,以之为榜样。《三国志·蜀书·诸葛亮传》:"亮躬耕陇亩,好为梁父吟。身长八尺,每自比于管仲、乐毅,时人莫之许也。"遐,远。管,管仲。乐,乐毅。远明风流,吕向注:"远知此二人高风流于前代,可师而行。"远明,远知,遥知。风,高风。流,流布。

④滥:过度。

⑤没：卒。指诸葛亮去世。余泣：国人皆泣。

⑥古之遗爱：指遗留及于后世之爱。《春秋左传·昭公二十年》："及子产卒，仲尼闻之，出涕曰：'古之遗爱也。'"

⑦"及其临终"二句：指诸葛亮受刘备托孤事。临终顾托，《三国志·蜀书·诸葛亮传》："先主于永安病笃，召亮于成都，属以后事，谓亮曰：'君才十倍曹丕，必能安国，终定大事。若嗣子可辅，辅之；如其不才，君可自取。'亮涕泣曰：'臣敢竭股肱之力，效忠贞之节，继之以死！'先主又为诏敕后主曰：'汝与丞相从事，事之如父。'"

⑧"刘后"几句：刘后，先主刘备。武侯，诸葛亮。继体，继位。此指后主刘禅。贰情，不信任之心，猜疑之心。异辞，不同的意见。

⑨良：实。咏：赞咏。《三国志·蜀书·诸葛亮传》裴松之注："观亮君臣相遇，可谓希世一时，终始之分，谁能间之？"

【译文】

　　孔明徘徊，待时而出。远怀管仲、乐毅，追慕两人的高风在前代传播。孔明以礼治国，百姓安乐，刑罚得中，一旦殉职，民众痛悼，即使古之遗爱如子产，如何能超越诸葛孔明！先主刘备临终顾托后事，孔明接受遗命，为蜀相辅佐后主刘禅，先主授之无疑心，武侯受之无惧色，后主纳之一无猜忌，百姓爱戴异口同声，他们的君臣际遇，确实值得赞颂啊！

　　公瑾卓尔①，逸志不群②，总角料主，则素契于伯符③；晚节曜奇④，则参分于赤壁⑤。惜其龄促⑥，志未可量。

【注释】

①公瑾：周瑜，字公瑾，庐江舒（今安徽庐江西南）人。吴中呼为周郎。与孙策同岁，相友善。策死，孙权继位，瑜以中护军与张昭共掌众事。建安十三年（208），曹操率军南下，瑜与刘备合兵，大

败操兵于赤壁。拜南郡太守,后进军取蜀,至巴丘(今江西峡江)病死。

②逸志:超俗的志向。不群:才智超群。

③"总角"二句:《三国志·吴书·周瑜传》:"策与瑜同年,独相友善。瑜推道南大宅以舍策,升堂拜母,有无通共。"裴松之注引《江表传》策令曰:"周公瑾英俊异才,与孤有总角之好,骨肉之分。"总角,童子之髻,指少小之时。料,度。契,契合。伯符,孙策,字伯符,吴郡富春(今浙江富阳)人。父孙坚为刘表部将黄祖射杀,策依附袁术,得其父部曲,渡江转战,在江东建立政权。后为吴郡太守许贡客击伤,创重而死,后其弟孙权称帝。

④晚节:此指周瑜壮年之时。曜奇:耀奇,显现奇谋。

⑤参分于赤壁:指通过赤壁一战,大败曹操,奠定三国鼎立的局面。参,三。

⑥龄促:周瑜年三十六岁而卒。

【译文】

周瑜超群出众,志向远大,才智无双。年少之时慧眼识别明主,素与孙策友善投合;壮年驰骋奇策,赤壁之战天下三分。叹其早逝,否则他的志向未可限量。

子布佐策①,致延誉之美②。辍哭止哀③,有翼戴之功④,神情所涉⑤,岂徒塞愕而已哉⑥!然而杜门不用⑦,登坛受讥⑧。夫一人之身⑨,所照未异⑩,而用舍之间⑪,俄有不同,况沉迹沟壑⑫,遇与不遇者乎⑬!

【注释】

①子布:张昭,字子布,吴彭城(今江苏徐州)人,东汉末渡江,任孙

　　策长史、抚军中郎将。策临死,以弟权托昭。官至辅吴将军,封
　　娄侯。佐策:辅佐孙策。《三国志·吴书·张昭传》:"孙策创业,
　　命昭为长史、抚军中郎将,升堂拜母,如比肩之旧,文武之事,一
　　以委昭。"

②延誉:播扬名誉。

③辍哭止哀:《三国志·吴书·孙权传》:"(建安)五年,策薨,以事
　　授权,权哭未及息。策长史张昭谓权曰:'孝廉,此宁哭时
　　邪?……'乃改易权服,扶令上马,使出巡军。"

④翼戴:辅佐,拥戴。

⑤神情:精神思想。所涉:进入的境界。

⑥謇(jiǎn)愕:正直的诤言。謇,正直。

⑦杜门:堵门。事见《三国志·吴书·张昭传》,时公孙渊称藩,孙
　　权遣张弥、许晏至辽东拜渊为燕王,张昭进谏,权不用。"昭忿言
　　之不用,称疾不朝。权恨之,土塞其门,昭又于内以土封之……
　　权数慰谢昭,昭固不起,权因出过其门呼昭,昭辞疾笃。权烧其
　　门,欲以恐之,昭更闭户。"

⑧登坛受讯:《三国志·吴书·张昭传》裴松之注引《江表传》曰:
　　"权既即尊位,请会百官,归功周瑜。昭举笏欲襃赞功德,未及
　　言,权曰:'如张公之计,今已乞食矣。'昭大慙,伏地流汗。"登坛,
　　即位之时。

⑨一人之身:指张昭。

⑩所照:所表现的。照,明,显示。

⑪用舍:此指毁誉。

⑫沉迹:埋没。沟壑:山谷。

⑬遇:遇时。

【译文】

张昭辅佐孙策,美名传播四方。劝阻孙权止哭息哀,有辅佐拥戴之

功。他的内心精神境界,岂止是正直诤言而已! 君主不纳忠言,张昭封土杜门不出;吴主即位,对张昭口出讥讽。可见张昭所持依然如故,但是好恶毁誉,变于一旦,所以更不消说埋没山沟中,谈不上遇与不遇的人了。

　　夫诗颂之作,有自来矣①。或以吟咏情性,或以述德显功②。虽大旨同归③,所托或乖④。若夫出处有道⑤,名体不滞⑥,风轨德音⑦,为世作范,不可废也。故复撰序所怀⑧,以为之赞云。

【注释】

①自来:自古以来、古已有之之意。

②"或以"二句:上句指诗吟咏情性,下句指颂述德显功。吟咏,抒发。情性,感情。述德,记载德行。显功,颂扬功绩。

③大旨:宗旨,意义。同归:同归于理。

④所托:寓意,寄事。乖:区别。

⑤出处有道:指君子或出仕或隐居,皆依其道。进则忠于君,处则固节自守。

⑥名体:名位。指君臣间的名位分明。滞:废,废置不用。

⑦风轨:高风懿行。德音:善言。

⑧撰序:以次撰述。所怀:怀慕的人。

【译文】

诗颂这类作品,古已有之。以诗抒发感情,以颂记载德行、称扬功绩。二者宗旨是一致的,只是寓意寄事有别。君子或出仕或自处都遵守道的准则,名位体统不可废置,古贤的高风懿行、名臣的谠论正言,堪作世人榜样,不可废弃。因此按顺序撰述内心钦慕的贤哲,为他们作

《三国名臣赞》。

　　《魏志》九人,《蜀志》四人,《吴志》七人:荀彧,字文若。诸葛亮,字孔明。周瑜,字公瑾。荀攸,字公达。庞统①,字士元。张昭,字子布。袁涣,字曜卿。蒋琬②,字公琰。鲁肃③,字子敬。崔琰,字季珪。黄权④,字公衡。诸葛瑾⑤,字子瑜。徐邈⑥,字景山。陆逊⑦,字伯言。陈群⑧,字长文。顾雍⑨,字元叹。夏侯玄⑩,字泰初。虞翻⑪,字仲翔。王经⑫,字承宗。陈泰⑬,字玄伯。

【注释】

①庞统:襄阳(今属湖北)人。刘备领荆州牧,使统守耒阳令,不治。后鲁肃、诸葛亮推举庞统,刘备使为治中从事,与亮并为军师中郎将。从刘备入蜀,围雒城,中流矢卒。

②蒋琬:零陵湘乡(今属湖南)人。以州书佐从刘备入蜀,诸葛亮称为“社稷之器”。亮攻魏,驻汉中,琬留守,常足食足兵以供军中。亮密表后主,谓琬可付大事。亮卒,乃以琬为尚书令。国中新丧元帅,远近恐惧,琬举止如常,民心以定。

③鲁肃:临淮东城(今安徽定远)人。家富于财。瑜荐肃于孙权。曹操屯兵赤壁,进迫江东,众议未定,肃独建议结欢刘备,共拒曹操,遂破曹操于赤壁。瑜死,肃授奋武校尉,代领其兵。既卒,吴蜀皆为举哀。

④黄权:巴西阆中(今属四川)人。初为刘璋主簿,及刘备袭取益州,权闭城坚守,待刘璋投降后乃降。刘备假权偏将军,刘备杀夏侯渊、据汉中,皆权之谋。刘备伐东吴,以权为镇北将军。刘备败绩,权降魏。

⑤诸葛瑾:琅邪阳都人(今山东沂南)。诸葛亮之兄。初为孙权长
　　史,转中司马。权遣瑾使蜀通好刘备,与亮俱公会相见,退无私
　　面。权称帝,拜瑾大将军、左都护,领豫州牧。

⑥徐邈:燕蓟(今北京)人。魏国初建,为尚书郎。文帝时,迁抚军
　　大将军军师。明帝时为凉州刺史,使持节领护羌校尉,州界肃
　　清。正始元年(240),还为大司农。

⑦陆逊:吴郡吴(今江苏苏州)人。佐吕蒙败关羽,占荆州。刘备于
　　黄武元年(222)攻吴,陆逊为大都督领兵抵拒,后领荆州牧。赤
　　乌(238—251)中,官至丞相。

⑧陈群:颍川许昌(今属河南)人。刘备辟为别驾。后归曹操,辟为
　　司空西曹掾属。累迁御史中丞。魏建国,为尚书,制九品官人之
　　法。曹丕即帝位,迁尚书仆射,加侍中。明帝时官至司空、录尚
　　书事。封颍阴侯。谏帝当爱惜民力,不宜营治宫室。

⑨顾雍:吴郡吴(今江苏苏州)人。曾从蔡邕学琴书。官会稽郡丞,
　　行太守事。权为吴王,累迁大理奉常,领尚书令。黄武四年
　　(225),代孙邵为丞相。为相十九年,任人唯才,持论严正,为权
　　所倚重。

⑩夏侯玄:谯(今安徽亳州)人。夏侯玄是曹爽姑姑的儿子,任魏征
　　西将军,掌雍、凉州军事。曹爽被司马懿所杀,玄被废黜,后谋杀
　　司马懿,事泄被害,夷三族。

⑪虞翻:会稽余姚(今属浙江)人。历事孙策、孙权,常犯颜谏争,遣
　　徙交州(今广东广州)。

⑫王经:李善注引《魏志》曰:“清河王经,甘露中为尚书,坐高贵乡
　　公事诛。”

⑬陈泰:陈群子。曾为征西将军,都督雍、凉诸军事。高贵乡公正
　　元二年(255),蜀将姜维攻魏,泰领兵救狄道,维受挫而退。征为
　　尚书右仆射,典选举。官至左仆射。甘露二年(257),高贵乡公

毙攻司马昭,为昭党羽贾充使成济所杀。泰见昭,力主斩充,不
久忧愤而死。

【译文】

《魏志》九人,《蜀志》四人,《吴志》七人:荀彧,字文若。诸葛亮,字孔
明。周瑜,字公瑾。荀攸,字公达。庞统,字士元。张昭,字子布。袁涣,
字曜卿。蒋琬,字公琰。鲁肃,字子敬。崔琰,字季珪。黄权,字公衡。诸
葛瑾,字子瑜。徐邈,字景山。陆逊,字伯言。陈群,字长文。顾雍,字元
叹。夏侯玄,字泰初。虞翻,字仲翔。王经,字承宗。陈泰,字玄伯。

火德既微,运缠《大过》①。洪飙扇海,二溟扬波②。虬虎
虽惊,风云未和③。潜鱼择渊,高鸟候柯④。赫赫三雄,并回
乾轴⑤。竞收杞梓,争采松竹⑥。凤不及栖,龙不暇伏。谷无
幽兰,岭无亭菊⑦。

【注释】

①"火德"二句:意谓汉朝将亡。火德,古代方士有"五德"之说,以
　帝王受命正值五行之运。汉为火德,此指汉朝。微,衰落。《大
　过》,《周易》卦名。大过意即大过失。卦辞说"栋桡",正梁弯曲。
　高亨《周易大传今注》:"此比喻国君用庸材为将相,亦大事上之
　错误,其国将亡矣。是以卦名曰《大过》。"

②"洪飙"二句:喻天下大乱。洪飙,狂飙,暴风。扇,动。二溟,南
　海、北海。溟,海。扬波,波涛汹涌。

③"虬虎"二句:比喻明君贤臣都已出现但尚未遇合。《周易·乾》:
　"云从龙,风从虎,圣人作而万物睹。"虬,龙,喻君。虎,喻贤臣。
　惊,起来。

④"潜鱼"二句:比喻臣求明主。潜鱼,水底之鱼,喻贤臣。高,飞。

候,求。

⑤"赫赫"二句:比喻三雄争天下若运转天轴,万物震动。赫赫,显赫盛大的样子。三雄,三国之主,曹操、孙权、刘备。回,运转。乾轴,天轴。

⑥"竞收"二句:指君主争相延揽人才。杞(qǐ)、梓(zǐ),两种优质木材。用以比喻优秀杰出的人才。松、竹,象征坚贞的植物,亦比喻贤人。

⑦"凤不"几句:凤、龙、兰、菊并喻贤人君子,皆应时出现。

【译文】

汉室气数已尽,国运渐趋衰落。狂飙涌起巨浪,沧海横流翻覆。天下龙吟虎啸,君臣尚未遇合。沉鱼择渊远游,飞鸟寻枝栖宿。三雄赫赫伟大,运转乾坤日月。竞收杞梓良才,争采松竹贤淑。凤凰不愿栖息,蛟龙无暇藏伏。空谷不见幽兰,山岭难觅秀菊。

　　英英文若①,灵鉴洞照②。应变知微③,探赜赏要④。日月在躬⑤,隐之弥曜⑥。文明映心⑦,钻之愈妙。沧海横流⑧,玉石同碎⑨。达人兼善⑩,废己存爱⑪。谋解时纷,功济宇内⑫。始救生人⑬,终明风概⑭。

【注释】

①英英:俊美而有才华。文若:荀彧字。

②灵鉴:天鉴,明察。洞照:明察。

③应变:应付事变。知微:预知事之几微。微,微细的,处萌芽时的事。

④探赜(zé):探求深奥精微。赏要:探求要旨。赏,李周翰注:"探也。"

⑤日月在躬：日月在身。喻荀彧明如日月。躬，自身。

⑥弥：益。曜：明。

⑦文明：文采光明，文德辉耀。《尚书·舜典》"濬哲文明"，孔疏：
　　"经纬天地曰文，照临四方曰明。"映心：照耀内心。

⑧沧海横流：喻天下逆乱。

⑨玉：喻贤人。石：喻凶人残贼。

⑩达人兼善：语本《孟子·尽心》："穷则独善其身，达则兼善天下。"

⑪废己：舍己。存爱：指其救世之心。

⑫济：流播，达。宇内：天下。

⑬始救人：指当初向曹操称臣是为救生民。

⑭终明风概：终于显示了节操风骨。

【译文】

　　英伟杰出荀氏文若，心灵洞明明察一切。随时应变见微知著，追求探索精微要道。光明磊落如怀日月，无幽不显虽隐犹耀。文德灿烂辉映内心，钻研正道臻于精妙。沧海横流天下大乱，无分瑜瑕玉石俱碎。文若达人兼善天下，舍己忘我为民施爱。运筹划策匡济时难，宁国安邦功济宇内。称臣魏武本为救民，死以明节显其风骨。

　　公达潜朗①，思同蓍蔡②。运用无方③，动摄群会④。爰初发迹⑤，遭此颠沛。神情玄定，处之弥泰⑥。愔愔幕里，筹无不经⑦。亹亹通韵，迹不暂停⑧。虽怀尺璧，顾哂连城⑨。知能拯物，愚足全生⑩。

【注释】

①公达：荀攸字。潜朗：对事物心中有判断。

②思同蓍（shī）蔡：此言荀攸有先知之明如同蓍龟。蓍蔡，蓍，草，用

以占卜。蔡，龟，用以卜筮。

③运用：运行其智以御天下。无方：无绝，无止境。

④动摄群会：吕向注："谓统摄众事也。"魏之大事，多为荀攸决策。

⑤爰：于。发迹：此指由卑下而至逐渐富贵，立功扬名。

⑥"神情"二句：《三国志·魏书·荀攸传》载荀攸与何颙等谋刺董卓，"事垂就而觉，收颙、攸系狱。颙忧惧自杀，攸言语饮食自若"。玄定，深沉安稳。弥，益。泰，泰然自若。

⑦"愔愔（yīn）"二句：《三国志·魏书·荀攸传》："攸深密有智防，自从太祖征伐，常谋谟帷幄，时人及子弟莫知其所言。"愔愔，幽深貌。幕里，军中。筭（suàn）无不经，计谋无不经由荀攸而定。筭，计谋。

⑧"亹亹（wěi）"二句：指荀攸进谋有方。《三国志·魏书·荀攸传》裴松之注引《傅子》曰："太祖称'荀令君之进善，不进不休，荀军师之去恶，不去不止'也。"亹亹，娓娓动听的样子。通韵，如音乐声韵通协。迹，功绩。

⑨"虽怀"二句：言荀攸虽德才兼备，并不以此骄人。尺璧、连城，皆指和氏璧，以喻荀攸之才德。顾哂连城，指荀攸自谦。顾哂，顾而笑之。

⑩"知能"二句：《三国志·魏书·荀攸传》："太祖每称曰：'公达外愚内智，外怯内勇，外弱内强，不伐善，无施劳，智可及，愚不可及，虽颜子、甯武不能过也。'"知，智。拯物，拯救天下。愚足全生，外貌似愚，远害全生。

【译文】

荀攸公达胸有明断，料事如神如先卜占。抚宁内外智慧无穷，筹谋划策统摄国事。心忧天下初建功名，遭逢乱世天下汹汹。志气高远神情安详，处险若夷泰然英勇。沉静从容帷幄之中，谋谟奇策皆出荀攸。进言如乐音韵协和，功绩如山与日俱增。大贤君子德才兼备，温良谦让顾咴连城。内怀智勇拯救黎民，外似愚弱远害全生。

　　郎中温雅①，器识纯素②。贞而不谅③，通而能固④。恂恂德心⑤，汪汪轨度⑥。志成弱冠，道敷岁暮⑦。仁者必勇⑧，德亦有言⑨。虽遇履虎，神气恬然⑩。行不修饰⑪，名迹无愆⑫。操不激切，素风愈鲜⑬。

【注释】

①郎中：袁涣，字曜卿，陈郡扶乐（今河南太康西北）人。魏国初建，为郎中令，行御史大夫事。温雅：温文尔雅。

②器识：器度见识。纯素：纯朴。纯，是指不亏损天性；素，保持纯洁的天性，不使它受别的影响。《庄子·刻意》："纯素之道，唯神是守；守而勿失，与神为一；一之精通，合于天伦……故素也者，谓其无所与杂也；纯也者，谓其不亏其神也。能体纯素，谓之真人。"

③贞而不谅：言袁涣固守正道，不拘执小信。语出《论语·卫灵公》："子曰：'君子贞而不谅。'"钱穆《论语新解》："贞者，存于己而不变。谅者，求信于人。贞自可信，不待谅也。孔子尝曰，言不必信，行不必果，义之与比。义之与比，贞也。言必信，行必果，则匹夫匹妇之为谅也。"

④通而能固：通达事理并固守正道。

⑤恂恂（xún）：恭顺的样子。德心：有德。

⑥汪汪：气度宽宏。轨度：遵循法度。

⑦"志成"二句：言袁涣一生遵循正道。志成弱冠，《三国志·魏书·袁涣传》："当时诸公子多越法度，而涣清静，举动必以礼。"弱冠，古二十岁称弱冠。此指年轻时。敷，布。岁暮，老年。

⑧仁者必勇：语本《论语·宪问》："仁者必有勇。"

⑨德亦有言：语本《论语·宪问》："有德者必有言。"言，名言。

⑩"虽遇"二句：比喻身处险境而恬然处之。《三国志·魏书·袁涣传》："（吕）布欲使涣作书詈辱备，涣不可，再三强之，不许。布大怒，以兵胁涣曰：'为之则生，不为则死。'涣颜色不变，笑而应之曰：'涣闻唯德可以辱人，不闻以骂。使彼固君子邪，且不耻将军之言，彼诚小人邪，将复将军之意，则辱在此不在于彼。且涣他日之事刘将军，犹今日之事将军也，如一旦去此，复骂将军，可乎？'布惭而止。"履虎，践踏虎尾。比喻处于险境。《周易·履》："履虎尾，不咥人，亨。"恬然，安然。

⑪行不修饰：德行天性，故不行修饰。

⑫名迹：名誉事迹。愆（qiān）：过失。

⑬"操不"二句：刘良注："志操不待激劝切磋，自有纯素之风，虽在浊世，愈鲜明也。"操，节操。激切，激励。素风，纯朴洁白的风尚。

【译文】

郎中袁涣温文尔雅，宏量有识天性纯朴。固守正道持之以恒，通达事理不拘小信。温良恭顺内涵德心，气度宽宏循法而行。弱冠立志举动以礼，贯以始终晚年愈勤。孔子有言仁者必勇，有德之人必有名言。践履虎尾遭遇险境，颜色不变神气安然。忠信天生不需修饰，名迹卓著公正无犯。节操自正不待激励，纯朴素风洁白鲜明。

邈哉崔生①，体正心直②。天骨疏朗③，墙宇高嶷④。忠存轨迹⑤，义形风色⑤。思树芳兰⑦，剪除荆棘⑧。人恶其上，时不容哲⑨。琅琅先生⑩，雅仗名节⑪。虽遇尘雾⑫，犹振霜雪⑬。运极道消⑭，碎此明月⑮。

【注释】

①邈：高远。崔生：崔琰。

②体正心直：为人正直。《三国志·魏书·崔琰传》："太祖为丞相，琰复为东西曹掾属征事。初授东曹时，教曰：'君有伯夷之风，史鱼之直，贪夫慕名而清，壮士尚称而厉，斯可以率时者已。'"

③天骨疏朗：生就的身躯雄伟俊爽。《三国志·魏书·崔琰传》："琰声姿高畅，眉目疏朗。"

④墙宇：此指人的风度。高嶷(nì)：高峻，指品格高尚。

⑤轨迹：事迹。指崔琰所作所为。

⑥风色：脸色，神色。张铣注："谓曹公每欲窥夺汉位，琰每折之，义见于风神颜色也。"

⑦芳兰：喻君子。

⑧荆棘：喻小人。

⑨"人恶"二句：《三国志·魏书·崔琰传》及裴松之注引《魏略》记载，有与崔琰素不协者，借杨训上表事诬告崔琰，曹操大怒，以为崔琰腹诽心谤，乃付收狱，罚为徒隶。崔琰辞色不曲，太祖令曰："琰虽见刑，而通宾客，门若市人，对宾客虬须直视，若有所瞋。"遂赐琰死。人恶其上，有人恶其在上位。

⑩琅琅(láng)：形容人品坚贞高洁。

⑪雅：平素。仗：持。名节：名誉节操。

⑫尘雾：喻耻辱。

⑬霜雪：喻高洁的节操。

⑭运极：天运穷极。道消：语出《周易·否》："小人道长，君子道消。"

⑮明月：喻崔琰。

【译文】

崔琰忠贞雅识高远，推行直道为人耿直。英姿魁梧须眉疏朗，气度非凡品格高洁。忠贞之志见于行事，道义之思见于神色。愿进君子如树芳兰,剪灭小人如除荆棘。奸人厌恶上有正臣,时势不容贤哲在位。先生人品坚贞高洁,向来持守高尚名节。虽遭耻辱罚为徒隶,辞色不曲犹振霜雪。天运穷极君子道消,小人道长碎此明月。

　　景山恢诞①,韵与道合②。形器不存,方寸海纳③。和而不同④,通而不杂⑤。遇醉忘辞⑥,在醒贻答⑦。

【注释】

①景山:徐邈字。恢诞:宽宏旷达。

②韵:风韵气度。

③"形器"二句:形容徐邈气度广大。李周翰注:"形器不存谓心存万物不专存一理,方寸之心如海之纳百川也,言其包含广也。"形器,外形,外表。方寸,指心。

④和而不同:语出《论语·子路》:"君子和而不同。"意谓徐邈能与时相和,但不苟同于人。

⑤通而不杂:理通于众,其心不杂。

⑥遇醉忘辞:《三国志·魏书·徐邈传》:"时科禁酒,而邈私饮至于沉醉。校事赵达问以曹事,邈曰:'中圣人。'达白之太祖,太祖甚怒。度辽将军鲜于辅进曰:'平日醉客谓酒清者为圣人,浊者为贤人,邈性修慎,偶醉言耳。'竟坐得免刑。"

⑦在醒贻答:《三国志·魏书·徐邈传》:"文帝践阼……车驾幸许昌,问邈曰:'颇复中圣人不?'邈对曰:'昔子反毙于榖阳,御叔罚于饮酒,臣嗜同二子,不能自惩,时复中之。然宿瘤以丑见传,而臣以醉见识。'帝大笑,顾左右曰:'名不虚立。'迁抚军大将军军师。"贻,留传。答,指回答文帝的一段佳话。

【译文】

景山徐邈博大旷达,气度风韵合乎大道。万物万理包含于心,方寸

之间百川浩渺。与时相和不求苟同,融会通达驳杂全消。醉言中圣激
怒太祖,醒对文帝答辞佳妙。

长文通雅^①,义格终始^②。思戴元首,拟伊同耻^③。民未
知德,惧若在己^④。嘉谋肆庭,谠言盈耳^⑤。

【注释】

①长文:陈群字。通雅:通达雅正。

②格:至。

③"思戴"二句:言陈群志比伊尹,文帝德不如尧舜则以为耻。《尚
　书·说命》:"昔先正保衡,作我先王。乃曰:'予弗克俾厥后惟尧
　舜,其心愧耻,若挞于市。'"思,助词,加强语气。戴,拥戴。元
　首,此指魏文帝曹丕。拟,比拟。伊,伊尹。商汤名臣。同耻,愧
　耻不能使文帝之德如尧舜。

④"民未"二句:言天下有未闻君德的百姓,则是辅臣之过,仿佛都
　是自己的过错,为此而恐惧。

⑤"嘉谋"二句:指陈群屡进忠言。《三国志·魏书·陈群传》记载
　陈群自太祖至明帝,屡陈得失。肆,陈。谠言,直言。盈,满。

【译文】

陈群长文通达雅正,忠义之心贯穿终始。志比伊尹辅佐文帝,不及
尧舜引以为耻。黎民百姓不知上德,辅臣之过引罪归己。嘉谋善策数
陈于庭,正直之言盈满帝耳。

玉生虽丽,光不逾把^①。德积虽微,道映天下。渊哉泰
初,宇量高雅^②。器范自然^③,标准无假^④。全身由直^⑤,迹浇
必伪^⑥。处死匪难,理存则易^⑦。万物波荡^⑧,孰任其累^⑨。

六合徒广⑩,容身靡寄⑪。

【注释】

①逾把:超过一把之内。

②"渊哉"二句:《三国志·魏书·何晏传》裴松之注引《魏氏春秋》:"(何)晏尝曰:'唯深也,故能通天下之志,夏侯泰初是也。'"渊,深远。泰初,夏侯玄字。宇量,气宇度量。高雅,气质高雅。

③器范:器量法度。

④标准:榜样,规范。假:假借,借助。

⑤全身:立身。

⑥迹洿(wū):步入浊世。洿,污秽。伪:虚假。

⑦"处死"二句:此指夏侯玄从容赴死的态度。《三国志·魏书·夏侯玄传》:"玄格量弘济,临斩东市,颜色不变,举动自若,时年四十六。"处,对待,处置。艰,难。理存则易,指为正理而赴死毫无困难。

⑧万物波荡:言天下乱如波涛翻腾。

⑨孰任其累:谁能忍受乱世之患难。累,患难。

⑩六合:天下。

⑪靡寄:无所寄托。

【译文】

　　美玉虽丽,光射微弱。积德虽微,辉映天下。深沉高远夏侯泰初,气度恢宏素质高雅。器量法度本出自然,为人准则独立潇洒。立身处世崇尚正直,浊世艰难必至虚假。临斩东市泰然自若,正理所存处死则易。国运日衰天下振荡,谁人堪受乱世患难。茫茫九州六合空广,无处可容无所可寄。

　　君亲自然①,匪由名教。敬授既同,情礼兼到②。烈烈王生,知死不挠③。求仁不远④,期在忠孝⑤。

【注释】

①君亲:君,君主。亲,父母。自然:下之事上,出自天性故曰自然。

②"敬授"二句:言王经克尽为臣为子之节,对母之爱,对君之礼均未有失。敬授,五臣本及《晋书·袁宏传》"授"均作"爱"。胡绍煐《文选笺证》曰:"按,善亦当作'敬爱',观注引《孝经》可证,此殆传写误。"既同,谓敬君、敬父、爱母的情感都是一样的。《孝经》"资于事父以事君而敬同",疏:"言操持事父之道以事于君,则敬君之礼与父同。"又"资于事父以事母而爱同",疏:"言操持事父之道以事于母而恩爱同。"

③"烈烈"二句:指王经至死不向司马昭告发曹髦之事。《三国志·魏书·三少帝纪》裴松之注引《汉晋春秋》曰:"魏帝(曹髦)见威权日去,不胜其忿,乃召侍中王沈、尚书王经、散骑常侍王业,谓曰:'司马昭之心,路人所知也。吾不能坐受废辱,今当与卿等自出讨之。'"又引《世语》曰:"王沈、王业驰告文王(司马昭),尚书王经以正直不出。"烈烈,威勇刚烈。王生,王经。知死不挠,知死不屈。

④求仁不远:谓王经求仁仁至。《论语·述而》:"仁,远乎哉?我欲仁,斯仁至矣。"

⑤期在忠孝:王经临危不屈以求忠孝。《世说新语·贤媛》记王经之母临危颜色不变,对王经曰:"为子则孝,为臣则忠,有孝有忠,何负我邪?"

【译文】

敬奉至尊君主父母,本性自然非由名教。敬君爱亲理既同一,感情礼节兼备俱到。威武刚烈王经彦伟,临难知死不屈不挠。仁不远啊求仁仁至,为臣为子两全忠孝。

玄伯刚简①,大存名体②。志在高构,增堂及陛③。端委虎门④,正言弥启⑤。临危致命,尽其心礼⑥。

【注释】

①玄伯:陈泰字。刚简:刚毅果敢,简易通达。

②名体:名位与身份。

③"志在"二句:言陈泰志在尊崇君主整治群臣。高构,比喻很大的成就。堂,喻君。陛,喻臣。《汉书·贾谊传》:"人主之尊譬如堂,群臣如陛。"增,尊。

④端委虎门:此以晏子之不参与齐国诸臣内斗而忠心为主比喻陈泰不愿介入司马氏与曹氏的矛盾。《春秋左传·昭公十年》:"陈、鲍方睦,遂伐栾、高氏……遂伐虎门。晏平仲端委立于虎门之外,四族召之,无所往……公召之,而后入。"端委,朝服。虎门,路寝之门。古代帝王视朝于路寝,门外画虎像,故称路寝的门为虎门。

⑤正言弥启:此指陈泰谏言司马昭杀掉弑杀曹髦的贾充以谢罪。李善注引干宝《晋纪》:"高贵乡公之弑,司马文王会朝臣谋其故。太常陈泰垂涕入室,文王待之曲室,谓曰:'玄伯,卿何以处我?'对曰:'诛贾充以谢天下。'文王曰:'为吾更思其次。'泰言:'唯有进于此,不知其次。'文王乃久不言。"弥,益。启,开。

⑥心礼:臣心尽礼。

【译文】

陈泰玄伯刚毅通达,全力持守名位身份。立志在于尊崇君主,整治群臣各按差等。守礼卫主不与争权,正谏司马开启其心。面临危难不惜生命,克尽臣礼显其忠诚。

堂堂孔明,基宇宏邈①。器同生民,独禀先觉②。标榜风

流,远明管乐③。初九龙盘④,雅志弥确⑤。百六道丧⑥,干戈
迭用⑦。苟非命世⑧,孰扫雾雾⑨。宗子思宁⑩,薄言解控⑪。
释褐中林⑫,郁为时栋⑬。

【注释】

①基宇:气宇,度量。宏邈:气度恢宏,识见深远。

②"器同"二句:指孔明隐居躬耕与常人无异而预知天下大势。器,
形,指孔明外表。

③"标榜"二句:指孔明自比管仲、乐毅。风流,古人之遗风。

④初九龙盘:语本《周易·乾》:"潜龙勿用。"龙盘,蟠龙。《方言》:
"未升天龙谓之蟠龙。"喻孔明隐居之时。

⑤确:坚定,刚强。

⑥百六:厄运,古人谓百六阳九为厄运。吕延济注:"四千六百一十
七岁为一元,一百六岁曰阳九之厄。言汉道丧乱遭此之厄。"道
丧:指汉室道丧。

⑦干戈迭用:兵祸迭起。

⑧命世:治世之才。

⑨雾雾(wù):喻指天下大乱。雾,古"雾"字。

⑩宗子:指刘备。他是汉景帝子中山靖王后,故曰宗子。

⑪薄言:均为语助词。解控:解海内危难。控,李周翰注:"急也。"

⑫释褐:脱去平民衣服。喻出仕任职。释,解。褐,庶民之服。中
林:林野。

⑬郁:繁盛的样子。时栋:国之栋梁。

【译文】

诸葛孔明志气宏大,气宇度量恢宏深远。形同百姓平凡无异,独具
异禀先知先觉。自我称扬才能风采,往古可比管仲乐毅。潜龙勿用隐
居南阳,雅志高洁更加坚定。遭逢厄运大道尽丧,战乱不休汉室危亡。

若非孔明命世贤良,廓清四方谁敢承当? 先主刘备思宁海内,解民倒悬天下安康。脱去布衣告别山林,文德明盛西蜀栋梁。

士元弘长①,雅性内融②。崇善爱物③,观始知终。丧乱备矣,胜涂未隆④。先生标之⑤,振起清风⑥。绸缪哲后⑦,无妄惟时⑧。夙夜匪懈⑨,义在缉熙⑩。三略既陈⑪,霸业已基。

【注释】

①士元:庞统字。弘长:思虑弘远。

②融:明。

③爱物:爱惜百姓。语出《孟子·尽心》:"亲亲而仁民,仁民而爱物。"

④胜(shèng)涂:指胜残去杀之道。《论语·子路》:"善人为邦百年,亦可以胜残去杀矣。"隆:盛。

⑤标:立。

⑥清风:古人之清风,国家清平之景象。

⑦绸缪:情意殷勤。哲后:明主,指刘备。

⑧无妄:《周易·无妄》:"无妄之行,穷之灾也。"此指灾祸变乱。

⑨夙:早。懈:懈怠。

⑩缉熙:指清明政治。

⑪三略既陈:定益州,庞统进上中下三计。《三国志·蜀书·庞统传》:"阴选精兵,昼夜兼道,径袭成都;璋既不武,又素无预备,大军卒至,一举便定,此上计也。杨怀、高沛,璋之名将……将军因此执之,进取其兵,乃向成都,此中计也。退还白帝,连引荆州,徐还图之,此下计也。"

【译文】

庞统士元思深意远,天生雅性内心明断。亲亲仁民爱怜百姓,观察初始便知终结。天下不宁战乱纷繁,去除杀伐其道未隆。先生独标举世明鉴，重振清风古道重现。亲近缠绵君臣之间，三国混战于时维艰。夙兴夜寐不懈勤勉，义在清明天下为安。上下三计略陈于先，王霸之业基础已奠。

　　公琰殖根①，不忘中正。岂曰摸拟，实在雅性②。亦既羁勒③，负荷时命。推贤恭己④，久而可敬⑤。

【注释】

①公琰：蒋琬字。殖：立。根：根本。

②雅性：天性自然。

③羁勒：马笼头。喻受禄秩奉君王之命以为驱策。

④恭己：指君子操行很谦恭。恭，谦逊。

⑤久而可敬：语出《论语·公冶长》："晏平仲善与人交，久而敬之。"

【译文】

　　蒋琬为人能立根本，始终不忘心存中正。不尚摸拟强学古人，生性如此出自至诚。马有笼头人有责任，身受禄秩担负使命。推崇贤人持身恭谨，相处日久益受人敬。

　　公衡冲达①，秉心渊塞②。媚兹一人③，临难不惑。畴昔不造④，假翻邻国⑤。进能徽音⑥，退不失德⑦。六合纷纭，民心将变。鸟择高梧⑧，臣须顾眄⑨。

【注释】

①公衡：黄权字。冲达：谦虚通达。

②秉心渊塞：语出《诗经·鄘风·定之方中》："匪直也人，秉心塞渊。"渊塞，塞渊，诚实而深远。渊，深，塞，实。

③媚兹一人：语出《诗经·大雅·下武》："媚兹一人，应侯顺德。"媚，爱。一人，君主。

④不造：不幸。后来泛称处身失所。

⑤假翮(hé)邻国：此指黄权降魏事。《三国志·蜀书·黄权传》："(刘备)将东伐吴，权谏曰：'吴人悍战，又水军顺流，进易退难，臣请为先驱以尝寇，陛下宜为后镇。'先主不从，以权为镇北将军，督江北军以防魏师，先主自在江南。及吴将军陆议乘流断围，南军败绩，先主引退。而道隔绝，权不得还，故率将所领降于魏。"翮，羽翼。

⑥进能徽音：此句谓黄权尝谏刘备。徽音，德音。

⑦退不失德：此指黄权降魏乃不得已，而志常在蜀。黄权对魏文帝曰："臣过受刘主殊遇，降吴不可，还蜀无路，是以归命。"后刘备死讯至，魏群臣咸贺而权独否，此等皆可谓退不失德。

⑧鸟：凤鸟。梧：梧桐。

⑨顾眄(miǎn)：回首，回顾。以喻贤臣择主。

【译文】

公衡黄权谦虚通达，心地敦厚思谋深远。唯爱明君忠贞专一，行事不惑临难弥坚。往昔失利败师江南，还蜀无路归命于魏。蜀主伐吴公衡先谏，退怀蜀遇思虑常牵。天下滔滔海内纷纭，黎民之心变化不定。凤鸟高翔择栖梧桐，贤臣择主尚需权衡。

公瑾英达①，朗心独见②。披草求君，定交一面③。桓桓魏武④，外托霸迹⑤。志掩衡霍⑥，恃战忘敌⑦。卓卓若人⑧，曜奇赤壁⑨。三光参分⑩，宇宙暂隔⑪。

【注释】

①公瑾：周瑜字。英达：英明通达。

②朗心:明心。独见:超群出众的见识。《三国志·吴书·周瑜传》
　　曰:"周瑜、鲁肃建独断之明,出众人之表,实奇才也。"

③"披草"二句:此指周瑜与孙策有总角之好。披草求君,出自草野
　　而求明君。披,分开。

④桓桓:威武。

⑤霸迹:霸业。指曹操称雄的功绩。

⑥掩:尽取。衡霍:衡山与天柱山。两山均在吴国境内,以代吴国。

⑦忘敌:意谓轻敌。

⑧若人:此人,指周瑜。

⑨曜奇赤壁:指赤壁之战大败曹军。曜奇,曜明奇策。

⑩三光:日月星。喻三国。

⑪暂隔:各据一方。

【译文】

　　周瑜公瑾英明通达,明心独具超群之见。出自草野求见明君,一见
孙策总角定交。威风赫赫魏武曹公,挟令天子炫耀霸功。思取衡霍志
吞东吴,鞭挞宇内恃强轻敌。超世之杰卓越此人,曜明奇策光照赤壁。
三光同映鼎足天下,各据一方宇宙暂隔。

　　子布擅名①,遭世方扰。抚翼桑梓②,息肩江表③。王略
威夷④,吴魏同宝⑤。遂献宏谟⑥,匡此霸道⑦。桓王之薨⑧,
大业未纯⑨。把臂托孤⑩,惟贤与亲。辍哭止哀,临难忘
身⑪。成此南面⑫,寔由老臣。

【注释】

①子布:张昭字。擅名:大有名望。

②抚翼桑梓:刘良注:"抚犹敛也,言其如鸟敛翼于乡间。"桑梓,桑

与梓为古代住宅旁常栽之树木，后来遂用以喻故乡。

③息肩：栖身，立足。江表：江东。

④王略：王道。威夷：陵夷，衰颓。

⑤吴魏同宝：宝，葆，保护。吕延济注："吴魏先同起兵以平天下，故云同宝也。"

⑥宏谟：宏谋。宏大深远的谋略。

⑦霸道：指凭借武力立国。此指吴国。

⑧桓王：孙策。孙权即位，追谥孙策为长沙桓王。

⑨大业：帝业。纯：善。李周翰注："纯，安也。"

⑩把臂托孤：《三国志·吴书·孙策传》："（孙策）请张昭等谓曰：'中国方乱，夫以吴、越之众，三江之固，足以观成败。公等善相吾弟。'"又《张昭传》："策临亡，以弟权托昭。"把臂，握臂。孤，指孙权。

⑪临难忘身：张昭每直言逆旨，辞气壮厉，义形于色，忘身谏争。曾言"昔太后、桓王不以老臣属陛下，而以陛下属老臣"。

⑫南面：指吴三分天下称帝。

【译文】

子布张昭大有名望，时逢乱世天下骚扰。不露其才隐居故乡，避难南渡立足江表。王道衰颓汉室倾危，吴魏先曾起兵同保。子布献策宏谋伟略，相助吴国建立霸道。桓王孙策英年早逝，江东大业草创未就。临终握臂托以幼弟，大事交与贤才至亲。劝谏孙权止哭理事，动不为己犯颜忘身。孙权据吴称帝一方，君临南面实由老臣。

才为世出，世亦须才。得而能任，贵在无猜①。昂昂子敬②，拔迹草莱③。荷檐吐奇④，乃构云台⑤。

【注释】

①无猜：不疑，指君王不猜疑臣。

②昂昂:出类拔萃。子敬:鲁肃字。

③拔迹:发迹。草莱:田野。

④荷檐:喻肩负重任。吐奇:陈述奇策。《三国志·吴书·鲁肃传》
载鲁肃为孙权分析天下大势道:"肃窃料之,汉室不可复兴,曹操
不可卒除。为将军计,惟有鼎足江东以观天下之衅……竟长江
所极,据而有之,然后建号帝王以图天下,此高帝之业也。"裴松
之按:"刘备与权并力,共拒中国,皆肃之本谋。"

⑤云台:喻帝业之高也。

【译文】

俊贤之才因世而出,平定乱世亦赖贤才。既得贤才而能任用,君臣
遇合贵在无猜。昂昂子敬出类拔萃,豪杰并起发迹草莱。肩负重任陈
述奇策,云台帝业谋略如海。

子瑜都长①,体性纯懿②。谏而不犯,正而不毅③。将命
公庭,退忘私位④。岂无鹡鸰⑤,固慎名器⑥。

【注释】

①子瑜:诸葛瑾字。都长:貌美性善。李善注:"都长谓体貌都闲而
雅性长厚也。"

②纯懿:指德行高尚完美。纯,大。懿,美。

③"谏而"二句:《三国志·吴书·诸葛瑾传》:"与权谈说谏喻,未尝
切愕,微见风彩,粗陈指归,如有未合,则舍而及他,徐复托事造
端,以物类相求,于是权意往往而释。"谏而不犯,进谏而不触犯
君主之颜。正而不毅,正直而不强硬。

④"将命"二句:《三国志·吴书·诸葛瑾传》:"建安二十年,权遣瑾
使蜀通好刘备,与其弟亮俱公会相见,退无私面。"将命,传命。
传达宾主的话。公庭,公堂。本指贵族的厅堂。此指朝廷。私

位,谓弟兄私情。

⑤鹡鸰(jí líng):鸟名。《诗经·小雅·常棣》:"脊令在原,兄弟急难。"后遂以鹡鸰喻兄弟。此指诸葛兄弟。

⑥名器:等级社会的表示等级的称号和车服仪器等为名器。名,爵号,称号。器,器物。

【译文】

诸葛子瑜英俊厚道,品德高尚操行纯美。谈说谏喻不犯君颜,规箴正直而不强硬。出使蜀国为君传命,公庭相会退不私见。怎不顾念兄弟亲情,自当慎对国家名器。

　　伯言謇謇①,以道佐世。出能勤功②,入能献替③。谋宁社稷,解纷挫锐④。正以招疑,忠而获戾⑤。

【注释】

①伯言:陆逊字。謇謇:忠直不阿顺。謇,通"謇",正直,忠贞。

②出:指出为将帅。勤功:勤勉于事而有功。

③入:在朝。献替:进献可行者,废去不可行者。谓对君主进谏,劝善规过。亦泛指议论国事兴革。献,进。替,废。《三国志·吴书·陆逊传》:"逊身虽在外,乃心于国。"常上疏陈事。

④挫锐:折挫前敌之锋锐。此指陆逊佐吕蒙败关羽,得荆州,长期领荆州牧,摧克西蜀,皆其功绩。

⑤"正以"二句:以正直招君王之疑,以忠贞而致罪戾。此指孙权欲废太子,逊上疏力争,不纳,权累遣使责让,逊愤哀致死。

【译文】

陆逊伯言正直不阿,凭借正道辅佐世务。出为将帅勤事有功,入朝陈言劝善规过。思虑谋划安宁社稷,解除纷乱挫敌精锐。正直端方却被猜疑,竭尽忠诚反获罪戾。

元叹穆远①,神和形检②。如彼白珪③,质无尘玷。立上以恒,匡上以渐④。清不增洁⑤,浊不加染⑥。

【注释】

①元叹:顾雍字。穆远:淳和深远。

②神和:神思清和。形检:形貌严整。《三国志·吴书·顾雍传》:"雍为人不饮酒,寡言语,举动时当。"

③白珪(guī):古代一种玉制礼器,天子、诸侯在举行隆重仪式时用。

④匡上以渐:正其君上,以渐谏不为强谏。渐,渐进。《三国志·吴书·顾雍传》:"时访逮民间,及政职所宜,辄密以闻。若见纳用,则归之于上,不用,终不宣泄。权以此重之。然于公朝有所陈及,辞色虽顺而所执者正。"

⑤清不增洁:言顾雍清廉公正之心已恰到好处,不必再修饰。清,清廉公正之心。洁,修整。

⑥浊不加染:入浊不邪,故不染污。

【译文】

顾雍元叹淳和深远,神思清和形貌严正。立身行事像那白珪,资质高洁不染一尘。拥立君上事之以恒,匡正君上委婉渐进。清廉公正不需修饰,时虽浊邪不被污染。

仲翔高亮①,性不和物②。好是不群③,折而不屈。屡摧逆鳞④,直道受黜⑤。叹过孙阳⑥,放同贾屈⑦。

【注释】

①仲翔:虞翻字。高亮:性格高亢明爽。

②性不和物:性不随俗。《三国志·吴书·虞翻传》:"翻数犯颜谏争,

权不能悦,又性不协俗,多见谤毁。"

③好是:爱好正直,心不容非。

④逆鳞:倒生的鳞片。古以龙为人君之象,因称触人君之怒为批逆鳞。《韩非子·说难》:"夫龙之为虫也,柔可狎而骑也,然其喉下有逆鳞径尺,若人有婴之者,则必杀人。人主亦有逆鳞,说者能无婴人主之逆鳞,则几矣。"

⑤直道受黜:虞翻数犯颜谏争,孙权积怒,遂徙之交州。黜,黜退。

⑥过:越,错过。孙阳:即伯乐。

⑦放:流徙。贾屈:贾,贾谊。汉文帝时,贾谊贬谪长沙。屈,屈原。曾被楚王放逐。

【译文】

仲翔虞翻高亢明爽,行不随俗性不和物。酷好方正卓荦不群,古之狂直宁折不屈。犯颜数谏屡触逆鳞,为行直道反受迁黜。可叹良马不遇伯乐,弃逐流放命同贾屈。

诜诜众贤①,千载一遇。整辔高衢,骧首天路②。抑挹玄流③,俯弘时务④。名节殊涂⑤,雅致同趣⑥。日月丽天⑦,瞻之不坠。仁义在躬,用之不匮。尚想重晖⑧,载挹载味⑨。后生击节⑩,懦夫增气。

【注释】

①诜诜(shēn):众多的样子。

②"整辔"二句:比喻良臣相遇明君。刘良注:"良臣遇君,如龙之整辔以游天路也。"整辔高衢,犹言驾车在大道上。骧首天路,昂首阔步于天上之路。

③挹(yì):酌取。玄流:指君主的恩泽。

④弘:安。时务:国家大事。

⑤名节殊涂:贤臣们以不同的方式来完善他们的名誉和节操。殊涂,殊途同归。涂,同"途"。

⑥雅致:风雅的意趣。趣:趋。

⑦丽:附着。

⑧重晖:光辉,风采。

⑨载:语助词。味:品味。

⑩击节:本指用手或拍板以调节乐曲。此指拍节以表示激赏。

【译文】

三国名臣济济众贤,百年难逢千载一遇。良臣择主如龙待飞,整辔昂首畅游天路。仰承知遇恩泽深厚,俯荷时命治理国务。众贤事君殊道异方,高情雅致同归一途。日月光明高悬于空,天下之人仰望不坠。恭奉仁义身体力行,终身用之永不亏殆。追慕高节遐想风采,品其德行味其道义。后生闻之慷慨击节,懦弱之辈增益壮气。

符命

司马长卿

见卷第七《子虚赋》作者介绍。

封禅文一首

【题解】

"符命"是古代认为天赐祥瑞与人君，以为受命的凭证。《文选》将"符命"列为一种体例，凡叙述祥瑞征兆、为帝王歌功颂德的文章都收入此类。《文选》共收司马相如《封禅文》、扬雄《剧秦美新》、班固《典引》三篇。

封禅是古代帝王祭天地的典礼。在泰山上筑土为坛祭天，报天之功，称封；在梁父山上辟场祭地，报地之德，称禅。相传古时封泰山、禅梁父者七十二家。秦汉以后，历代帝王都把封禅作为国家大典。本文颂扬大汉种种祥瑞及武帝丰功伟绩，认为可以举行封泰山、禅梁父的典礼。据《史记》本传记载，司马相如病重，汉武帝派人前往叫他写文章。使者到时，司马相如已经死了。他的妻子对使者说，司马相如还没有死的时候，写了一卷文章，并说，如有使者来求文章，就把文章交给他。司马相如的遗著,就是这篇《封禅文》。本文由两部分组成:前一部分写为什么要举行封禅大典,以议论为主;后一部分是对"大汉之德"的歌颂,是一篇韵文。

　　伊上古之初肇①,自昊穹兮生民②,历选列辟③,以迄于秦④。率迩者踵武⑤,逖听者风声⑥。纷纶威蕤⑦,湮灭而不称者⑧,不可胜数。继韶夏⑨,崇号谥⑩,略可道者,七十有二君⑪。罔若淑而不昌,畴逆失而能存⑫?轩辕之前⑬,遐哉邈乎⑭,其详不可得闻已。五三《六经》⑮,载籍之传,维风可观也⑯。《书》曰:"元首明哉,股肱良哉⑰!"因斯以谈,君莫盛于唐尧,臣莫贤于后稷⑱。后稷创业于唐尧,公刘发迹于西戎⑲,文王改制⑳,爰周郅隆㉑,大行越成㉒。而后陵迟衰微㉓,千载亡声㉔,岂不善始善终哉?然无异端,慎所由于前㉕,谨遗教于后耳。故轨迹夷易,易遵也㉖;湛恩厐鸿,易丰也㉗;宪度著明㉘,易则也㉙;垂统理顺,易继也㉚。是以业隆于缱绻㉛,而崇冠于二后㉜。揆厥所元㉝,终都攸卒㉞,未有殊尤绝迹㉟,可考于今者也。然犹蹑梁父、登泰山,建显号、施尊名㊱。

【注释】

①伊:发语词。肇:创建,初始。

②昊穹:李善注引张揖曰:"昊穹,春夏天名。"即指天。

③选(suàn):通"算",数,算。辟(bì):君主。

④秦:指秦统一天下。

⑤率:遵循。迩:近。踵武:循着前人的足迹走。比喻继承前人的

事业。踵,跟随。武,足迹。

⑥逖(tì):远。风声:《汉书·司马相如传》颜师古注:"风声,总谓遗风嘉声。"

⑦纷纶:李善注引张揖曰:"纷纶,乱貌。"葳蕤(ruí):茂盛。此指多。

⑧湮(yān)灭:埋没,磨灭。

⑨韶夏:李善注引文颖曰:"韶,明也。夏,大也。德明大。"

⑩号谥:指古代给予封泰山的帝王表示褒扬的称号。

⑪七十有二君:李善注引文颖曰:"封禅于泰山者,七十有二人也。"

⑫"罔若淑"二句:李善注引服虔曰:"无有始善而后不昌者,又无逆失而能存之者。"罔,无。若,顺。淑,善。畴,谁。

⑬轩辕:黄帝。

⑭遐、邈:都是远的意思。

⑮五三:五,指五帝。三,指三王。

⑯风:即风声。

⑰"元首"二句:《尚书·益稷》:"元首明哉,股肱良哉,庶事康哉。"《尚书易解》:"皋陶言君明则臣良,而众事皆安。"元首,指君主。股肱,喻群臣。

⑱后稷:名弃。舜时掌管农事的官,周朝的祖先。

⑲公刘:古代周部族的祖先,相传为后稷的曾孙。

⑳文王改制:李善注引文颖曰:"文王始开王业,改正朔,易服色,太平之道,于是成也。"

㉑爰:及,到。郅(zhì)隆:昌盛,兴隆。郅,大,盛。

㉒行:道。越:于是。

㉓陵迟:衰落。

㉔亡声:李善注引郑玄曰:"无声,无有恶声也。"

㉕慎所由:李善注:"言周之先王,创制垂业,既慎其规模,又谨其遗教也。"

㉖"故轨迹"二句:李善注:"夷、易,皆平也。言周之轨迹平易,易可遵奉也。"轨迹,法则,制度。

㉗"湛恩"二句:李善注:"言湛恩广大,易可丰厚也。"湛,同"沉",深。庬(páng)、鸿,皆大的意思。丰,用作动词,使丰富、丰厚。

㉘宪:法令。度:法制,法度。著明:明显。

㉙则:效法。

㉚"垂统"二句:李善注引张揖曰:"垂,悬也。统,绪也。理,通也。文王重《易》六爻,穷理尽性,悬于后世,其道和顺,易续而明。孔子得错其象,而象其辞。"《汉书·司马相如传》颜师古注:"统业直言所垂之业,其理至顺,故令后嗣易继之耳,非谓演《易》也。"

㉛缲緥(qiǎng bǎo):同"襁褓",指幼儿。此谓成王。

㉜崇冠:崇,尊崇。冠,覆盖,超过。二后:李善注引孟康曰:"二后,谓文、武也。周公辅成王以致太平,功德冠于文、武者,遵法易故。"

㉝揆(kuí):度量,揣度。元:始。

㉞都、卒:李善注引张揖曰:"都,于也。卒,终也。"攸(yōu):语助词,无义。

㉟殊尤:特异的,突出的。绝迹:卓绝的功业,不寻常的事迹。

㊱显号、尊名:李善注:"谓封禅也。"

【译文】

从远古开始,上天创造人类以来,经历了无数代帝王,才到达秦朝。离这些帝王近的,还可以遵循他们的足迹;离这些帝王远的,也能听到关于他们的遗风嘉声。众多的王朝与国君,埋没无闻的,已数不胜数。能够继承光明正大德行,崇其谥号,大略可以说出的,只有七十二位国君。有哪一个国君和顺美善的不昌盛,倒行逆施的能够永存呢?黄帝以前,太遥远太渺茫了,那时的详情不可能听得到。《六经》上记载的五帝三王的事迹,他们的遗风嘉声是可以知道的。《尚书》说:"君王英明,

大臣贤良!"根据这话来说,君王中没有比唐尧更英明的,大臣里也没有
比后稷更贤良的。后稷在唐尧之世创业,公刘在西戎得志通显,周文王
更改了体制,于是周朝日益昌盛,形成了太平大道。以后周朝虽然逐渐
衰落,近千年的周王朝并没有恶劣名声,这难道不算善始善终吗? 像这
样没有不合正统的事,周朝的先王们在创立体制和将事业传下去时,对
待前人的东西和教诲后代都十分谨慎。所以周朝的制度平易,容易遵
奉;恩泽宏大,易为厚重;法度明显,容易效法;传统贯通,容易继承。因
此周朝的事业在周成王年幼时就开始兴隆发展,周公的功德终于超过
了文王和武王。揣度周王朝从始到终,并没有什么特异卓绝的功业,值
得我们今天研求的。但他们还要踏梁父、登泰山,举行封禅大典,创立
显赫的封号,给予尊贵的名称。

　　大汉之德,逢涌原泉①,沕潏曼羡②,旁魄四塞③,云布雾
散,上畅九垓④,下溯八埏⑤。怀生之类⑥,沾濡浸润,协气横
流⑦,武节猋逝⑧,迩狭游原⑨,遐阔泳沫⑩。首恶郁没⑪,晻昧
昭晰⑫,昆虫闿泽,回首面内⑬。然后囿驺虞之珍群⑭,徼麋
鹿之怪兽⑮;导一茎六穗于庖⑯,牺双觡共柢之兽⑰;获周余
珍⑱,放龟于岐⑲,招翠黄乘龙于沼⑳。鬼神接灵圄㉑,宾于闲
馆㉒。奇物谲诡㉓,俶傥穷变㉔,钦哉㉕! 符瑞臻兹㉖,犹以为德
薄,不敢道封禅㉗。盖周跃鱼陨航㉘,休之以燎㉙,微夫此之为
符也㉚,以登介丘㉛,不亦恶乎㉜! 进让之道㉝,何其爽欤㉞!

【注释】

①原泉:即源泉。李善注引张揖曰:"喻其德盛,若遇原泉之涌
　　出也。"

②沕潏(mì yù):泉流的样子。曼羡:连绵无尽之意。

③旁魄：李善注引张揖曰："旁魄，布衍也。魄，音薄。"也作"磅礴"，盛大，充满。四塞：布满，充塞。

④畅：达。九垓(gāi)：九重天。

⑤溯：流。八埏(yán)：八方边远之地。埏，大地的边际。以上二句，李善注："言其德，上达于九重之天，流于地之八际。"

⑥怀生之类：李善注："怀生气之类。"即指一切生物。

⑦协气：李善注："和气也。"横流：形容多。

⑧武节：武德，武道。猋(biāo)逝：李善注："远也。"

⑨迩狭：近。原：本。

⑩遐：远。泳：浮。以上二句，李善注引孟康曰："恩德比之于水，近者游其原，远者浮其沫。"

⑪首恶郁没：李善注引孟康曰："始为恶者，皆湮灭。"

⑫晻(àn)昧昭晰(zhé)：《汉书·司马相如传》颜师古注："素暗昧者皆得光明。"晻昧，愚昧。晻，同"暗"。昭晰，亦作"昭晢"，光显。

⑬"昆虫"二句：《汉书·司马相如传》颜师古注："言四方幽遐，皆怀和乐，回首革面，而内向也。"阘怿(yì)，文颖曰："阘、怿，皆乐也。"阘，通"恺"，欢乐。怿，通"怿"，乐。

⑭圂驺虞之珍群：李善注："言驺虞之群，在于苑圂之中。"圂，古代帝王畜养禽兽的园林。这里用作动词，畜养。驺虞，兽名。《毛诗传》："驺虞，义兽也。白虎黑文，不食生物，有至信之德则应之。"

⑮徼(yāo)麋鹿之怪兽：《汉书音义》："徼，遮也。麋鹿得其奇怪者，谓获白麟也。"徼，通"邀"，遮，拦截。

⑯导一茎六穗于庖：李善注引郑玄曰："导，择也。一茎六穗，谓嘉禾之米，于庖厨以供祭祀。"

⑰牺双觡(gé)共柢之兽：李善注引服虔曰："武帝获白麟，角共一本，用以为牲。"牺，用作牺牲。觡，角。共柢，两角长在一个根

上。柢,根。

⑱周:指周王朝。

⑲放龟于岐:李善注引文颖曰:"周放畜余龟于沼池之中,至汉得之于岐山之旁。"

⑳翠黄:神马名。也叫"乘黄"。据传龙翼马身,黄帝乘之而仙。

㉑灵圉:仙人名。《史记集解》引郭璞注:"灵圉,淳圉,仙人名也。"

㉒宾于闲馆:李善注引文颖曰:"是时上求神仙之人,得上郡之巫,长陵女子。能与鬼神交接,疗病辄愈。置于长林苑中,号曰神君。有似于古灵圉,礼待之于闲馆舍中。"

㉓谲(jué)诡:怪诞,变幻。

㉔俶傥(tì tǎng):卓异不凡。

㉕钦:敬,钦佩。

㉖臻(zhēn):至。

㉗道封禅:议论举行封禅的典礼。

㉘周跃鱼陨航:《史记·周本纪》曰:"武王渡河,中流,白鱼跃入王舟中,武王俯取以祭。"《集解》引马融曰:"鱼者,介鳞之物,兵象也。白者,殷家之正色,言殷之兵众与周之象也。"航,船。李善注引应劭曰:"航,舟也。"

㉙休:美善,喜庆。燎(liào):古祭名。烧柴祭天。

㉚符:祥瑞征兆的凭证。

㉛介丘:李善注引服虔曰:"介,大丘也。言周以白鱼为瑞,登泰山封禅。"

㉜恧(nǜ):惭愧。

㉝进让:李善注:"言周未可封禅为进,汉可封禅而不为,为让。"

㉞爽:失,差。

【译文】

大汉的功德,就像连绵涌出的泉流,如云似雾,充塞弥漫在天地之

间,上可到达九重天界,下可流布大地八方。一切生物都受到恩泽,和
美的气氛到处洋溢,高尚的武德传播很远,近处的人感受恩德,就好比
在源泉中游泳,远处的人感受恩德,也像在水沫中浮游。世上为首作恶
之徒都湮灭无闻,暗昧之辈则得到光明,好像昆虫欢乐喜悦,回首革面,
内向皇汉。接着在苑囿中开始出现义兽驺虞之类的珍稀兽群,捕获到
麋鹿中最奇异的白麟;可选择一茎六穗的精米送给厨师做祭祀的供品,
能用两支角长在一个根上的白麟作牺牲;在岐山旁获得了周王朝放畜
的神龟,在沼泽中召唤来了神马翠黄。将能与鬼神交往的女巫,安置在
上林苑的宾馆中。这些神奇的事物,真是怪诞非常,卓异不凡,穷极变
幻,实在令人钦佩啊!祥瑞的凭证这么多,还认为功德太少,不敢议论
封泰山、禅梁父的大事。而周王朝因为一条白鱼跃入船中,就欢喜庆贺
地烧烤白鱼祭天,这么细小轻微的事情,还认为是祥瑞的凭证,因而登
上泰山举行封禅典礼,不也是令人惭愧的吗!进越与谦让这两种态度,
差别多么大啊!

　　于是大司马进曰:"陛下仁育群生①,义征不谠②,诸夏乐
贡③,百蛮执贽④。德侔往初⑤,功无与二,休烈浃洽⑥。符瑞
众变,期应绍至⑦,不特创见⑧。意泰山、梁甫⑨,设坛场望
幸。盖号以况荣⑩,陛下谦让而弗发,挈三神之欢⑪,缺王道
之仪,群臣恧焉。或曰,且天为质暗⑫,示珍符,固不可辞。
若然辞之,是泰山靡记⑬,而梁甫罔几也⑭。亦各并时而荣⑮,
咸济厥世而屈⑮,说者尚何称于后⑯,而云七十二君哉!夫修
德以锡符⑰,奉命以行事,不为进越也⑱。故圣王不替⑲,而
修礼地祇⑳,谒款天神㉑,勒功中岳㉒,以章至尊㉓。舒盛德,
发号荣㉔,受厚福,以浸黎元㉕,皇皇哉㉖!此天下之壮观,王
者之卒业㉗,不可贬也㉘!愿陛下全之。而后因杂搢绅先生

之略术㉙，使获耀日月之末光绝炎，以展寀错事㉚，犹兼正列其义，被饰厥文㉛，作春秋一艺㉜。将袭旧六为七㉝，摅之亡穷㉞，俾万世得激清流㉟，扬微波，蜚英声㊱，腾茂实㊲。前圣所以永保鸿名㊳，而常为称首者用此㊴。宜命掌故㊵，悉奏其仪而览焉㊶。"

【注释】

①群生：广大民众。

②誮(huì)：顺服。

③诸夏：《汉书·司马相如传》颜师古注："夏，大也。诸夏谓中国之人，比蛮夷为大也。"

④贽(zhì)：旧时初次求见人时所送的礼物。

⑤侔(móu)：相等。

⑥休烈：盛美的事业。浃洽：贯通。

⑦期：规定的时限。绍：承继。

⑧不特创见：李善注引文颖曰："不独一物造见也。创，初创也。"

⑨意：料想。梁甫：即梁父，梁父山。

⑩号：封号。况荣：赐予荣名。况，通"贶"，赐予。

⑪挈(qiè)：绝。三神：李善注引韦昭曰："三神，上帝、太山、梁父也。"

⑫质：质朴。暗：愚昧不明。

⑬泰山靡记：泰山之上，无所表记。靡，无。

⑭梁甫罔几：意谓梁父坛场跟泰山上也差不多，没什么表记。

⑮咸：都。济：停止。屈：断绝。李善注引应劭曰："屈，绝也。言古帝王，若但作一时之荣，毕世而绝者，则说无从显称于后世也。"

⑯说者：宣传的人。

⑰锡(cì):赐予。

⑱进越:李善注引文颖曰:"越,逾也。不为苟进而逾礼也。"

⑲替:废弃。

⑳地祇:古代称土地神。

㉑谒:告,陈说。款:诚恳。

㉒勒:刻。中岳:指嵩山,五岳之一。在今河南登封北,古名嵩高。
　　李善注引张揖曰:"盖先礼中岳,而幸泰山。"

㉓章:表彰,彰明。至尊:至高无上的地位。古代多指皇位,因用为
　　皇帝的代称。

㉔号荣:封禅纪号,以表荣名。

㉕黎元:犹言众民。黎,黎民。元,百姓。

㉖皇皇:美盛。李善注:"皇皇,美也。"

㉗卒业:终业。

㉘贬:李善注:"损也。"谦退。

㉙搢绅:旧时高级官吏的装束,亦用作官宦的代称。略术:谋略,策略。

㉚"使获耀"二句:李善注引文颖曰:"使诸儒记功著业,得睹日月末
　　光殊绝之明,以展其官职,设错其事业也。"耀,明。末光绝炎,这
　　里是比喻皇帝的一些微小功德。寀(cǎi),官职。错,安置。

㉛祓(fú)饰:除旧饰新。祓,除。

㉜春秋:古代编年史的通称。李善注引孟康曰:"春秋者,正天时,
　　别人事,诸儒既得展事业。因兼正天时,别人事,叙述大义为一
　　经也。"艺:文。

㉝袭旧六为七:李善注引服虔曰:"旧为六经,汉欲七经。孔安国
　　《尚书传》曰:'袭,因也。'"

㉞攄(shū):散布,传播。亡穷:无穷。

㉟俾(bǐ):使。

㊱蜚(fēi)英声:扬英名,有崇高的声誉。蜚,通"飞"。

㊲腾:传颂。茂实:盛美的业绩。

㊳鸿名:大名,美名。

㊴称首:颂扬信服。用:因此,以。

㊵掌故:职官名。太史官属,掌礼乐制度。

㊶其仪:指封禅典礼的仪式。

【译文】

为此,大司马进言说:"陛下以仁义养育万民,对不顺服的进行正义地征讨,各中原之国都乐于进贡,各少数民族也带着礼物前来朝见。大汉的美德与前代各朝一样,大汉的功绩盖世无双,盛美的事业贯通如一。祥瑞的事物变幻多端,到一定的期限就会接着出现,不会仅仅出现一件。我猜测这正是泰山、梁父设坛场,盼望陛下亲自前往的征兆吧。大凡封禅纪号,是为了表彰荣名,陛下谦让而不肯前往,就使上帝、泰山、梁父之神失去欢乐,也损坏了以仁义治天下的准则,王公大臣们都为此感到惭愧。有人说,天是质朴无言的,它用珍奇的征兆来示意,一定不能辞让。如果要推辞,泰山之上就没有什么表记,梁父坛场也一样了。如果古代的帝王每一位都只有一时的荣耀,他们的荣名随着生命的结束而结束,那么写历史的人又凭什么使他们显称于后世,还谈什么七十二位国君呢!扩大功德而得到上天赐予吉兆,尊奉天命行事,不算苟且求进而越礼。所以古代圣王从不废弃封禅的事,对地神祭祀,对天神祈祷,在中岳嵩山刻石记功,以表彰皇帝。发扬盛大的功德,发布称号以表荣名,享受天赐的大福而恩泽黎民百姓,这多美好啊!这是天下奇伟可观的大事,帝王最终的事业,不可谦退呀!希望陛下以封禅大事全其终。以后由于聚集士大夫记功著业,使后代能看到日月微末殊绝的光明,而陈述职守,筹划事业,因兼正天时,别人事,叙述大义,除去旧事,更饰新文,写出历史。将沿袭旧有的'六经'改为'七经',并让它永远流传下去,使万代子孙能在陛下恩德的泉流中激荡,扬起小小波涛,而享有崇高的声誉,传颂盛美的业绩。前代圣王之所以能永远保持美好的名声,并且常常为人们颂扬敬佩的原因就在这里。就该命令有关方面的官员,将封禅大典的仪式呈上来看看。"

　　于是天子俙然改容曰①:"俞乎②！朕其试哉!"乃迁思回虑,总公卿之议③,询封禅之事,诗大泽之博,广符瑞之富④。遂作颂曰:

【注释】

①俙(xī)然:感动貌。

②俞:犹言"然",表示应允。

③总:概括,总合。

④"诗大泽之博"二句:《汉书·司马相如传》孟康注:"诗所以咏功德,谓下四章之颂也。大泽之博,谓'自我天覆,云之油油'也;广符瑞之富,谓'斑斑(般般)之兽'以下三章,言符应广大富饶也。"

【译文】

　　于是天子感动了,面容舒展开来,说:"好,我试试吧!"天子改变了想法,总结公卿大夫们的议论,了解封禅的有关事宜,作诗歌咏功德的广大,扩充丰富的吉祥征兆。我为此而创作了一篇颂歌:

　　　　　自我天覆,云之油油①。
　　　　　甘露时雨②,厥壤可游③。
　　　　　滋液渗漉④,何生不育?
　　　　　嘉谷六穗,我穑曷蓄⑤!

【注释】

①油油:流动的样子。

②甘露：甘美的雨露。《老子》三十二章："天地相合，以降甘露。"古人迷信，以降甘露为太平之瑞兆。雨：用作动词，降雨。

③可游：李善注："游，遨也。言祥瑞屡臻，故可游遨也。"

④滋：润泽。滤(lù)：润湿。

⑤穑(sè)：收获谷物。又泛指耕耘收获。曷：疑问代词，何不。

【译文】

自苍天覆盖皇汉大地，白云就在蓝天上飘浮。

甘美的雨露不时降下，这片土地真可以遨游。

雨露渗透滋润着原野，什么生物不能在这儿孕育？

美好的稻谷一茎六穗，我们的粮食何不年年积蓄！

　　　　非惟雨之①，又润泽之。
　　　　非惟遍之，我泛布护之②。
　　　　万物熙熙③，怀而慕思。
　　　　名山显位④，望君之来。
　　　　君乎君乎，侯不迈哉⑤？

【注释】

①惟：独，只。

②泛布：普遍展开。

③熙熙：温和欢乐的样子。

④名山显位：李善注引韦昭曰："名山，泰山也。显位，封禅之事也。"

⑤侯：李善注引李奇曰："侯，何也。言君何不行封禅。"

【译文】

苍天不仅仅降下雨露，还不断滋润天下万物。

3446 文 选

苍天不仅对万物遍施润泽,还对万物普遍给予保护。

一切生物都充满欢乐,对天的恩德感怀而思慕。

多么高贵显赫的泰山,盼望着国君前来封禅。

国君啊尊贵的国君,为何还不迈开您的脚步?

般般之兽^①,乐我君囿。

白质黑章^②,其仪可嘉。

旼旼穆穆^③,君子之态。

盖闻其声,今亲其来。

厥涂靡从^④,天瑞之征。

兹亦于舜^⑤,虞氏以兴^⑥。

【注释】

①般般:通"斑斑",色彩斑斓貌。

②白质黑章:白底黑花。质,本体。章,文采。

③旼旼(mín):和蔼貌。穆穆:肃敬、恭谨貌。

④厥涂靡从:李善注引文颖曰:"其道何从乎?此乃天瑞之应。"靡从,无踪。

⑤兹:此。指驺虞。

⑥虞氏:这里指虞舜。

【译文】

色彩斑斓的义兽驺虞,在君王的苑圃中快乐游戏。

白色的底子黑色的花纹,它高贵的仪表令人欣喜。

性格温顺严肃而恭谨,就像君子一样彬彬有礼。

曾听到它美好的名声,现在亲眼看见它的踪迹。

它的来处无法寻觅,这就是天降祥瑞的凭据。

驺虞也曾在舜的时代出现,虞舜因此得以发达兴起。

> 濯濯之麟①,游彼灵畤②。
> 孟冬十月,君徂郊祀③。
> 驰我君舆④,帝用享祉⑤。
> 三代之前⑥,盖未尝有。

【注释】

①濯濯(zhuó):肥泽的样子。

②灵畤(zhì):古代祭天地五帝之所。李善注引《汉书音义》曰:"武帝祠五畤,获白麟,故言游灵畤也。"

③徂(cú):往,到。郊祀:郊外祭祀的灵畤。

④君:指武帝。

⑤帝用享祉(zhǐ):李善注:"帝,天帝也。白麟驰我君车之前。因取燎祭于天,天用歆享之,答以祉福也。"祉,福。这里用作动词,赐福的意思。

⑥三代:指夏、商、周。

【译文】

肥美光润的白麟啊,游玩在天子祭坛的边上。

那是初冬十月的季节,国君来到郊外祭场。

白麟将国君的车队阻挡,我们将它献给天帝独享。

夏、商、周三代之前,天赐的征兆从未这样吉祥。

> 宛宛黄龙①,兴德而升。
> 采色炫耀,焕炳辉煌②。
> 正阳显见③,觉悟黎蒸④。

于传载之,云受命所乘⑤。

【注释】

①宛宛:回旋屈曲的样子。《史记索隐》:"屈伸也。"

②焕炳:明亮。辉(huī)煌:光亮的样子。

③正阳:日为众阳之宗,古代认为是人君之像,因此以"正阳"指帝王。《史记索隐》引文颖曰:"正阳,阳明也。谓南面受朝也。"

④觉悟:醒悟,启发。黎蒸:黎民,众民。蒸,同"烝"。

⑤受命所乘:李善注引如淳曰:"书传揆其比类,或以汉土德,则宜有黄龙之应于成纪是也。故言受命者所乘。"

【译文】

回旋屈曲的黄龙啊,见有至德才会升腾天上。

它颜色绚丽光彩夺目,它光芒闪耀灿烂辉煌。

这正是真命天子的显现,它使天下百姓心明眼亮。

这是书传中记载的美事啊,只有受天命者才能乘上。

厥之有章,不必谆谆①。

依类托寓,喻以封峦②。

【注释】

①"厥之"二句:吕延济注:"言天以其有德,示之祥瑞,不必众言,以美其道也。"章,彰明其德。谆谆,多言。

②"依类"二句:李善注引《汉书音义》曰:"寓,寄也。峦,山也。言依事类托寄,以喻封禅。"托寓,假托他事以寓意。喻,告晓,告示。峦,小而尖锐的山。

【译文】

上天表彰天子的美德，不必说琐琐碎碎的闲话打官腔。

只须假托他事以示意，告示他封禅大事不可遗忘。

披艺观之①，天人之际已交②。上下相发③，允答圣王之德④，兢兢翼翼⑤。故曰，于兴必虑衰，安必思危。是以汤、武至尊严⑥，不失肃祗⑦。舜在假典，顾省阙遗⑧，此之谓也。

【注释】

①披艺：翻阅典籍。

②天人之际：天道、人事之间的相互关系。

③发：奋发，兴起。

④允：应许。

⑤兢兢：小心谨慎的样子。翼翼：恭敬的样子。

⑥汤、武：商汤和周武王。

⑦肃祗(zhī)：恭敬。

⑧"舜在"二句：李善注引徐广曰："假，大也。汤、武虽居至尊严之位，而犹不失肃祗之道。舜所以在于大典，谓能顾省其遗失。言汉亦当不失恭敬而自省也。祭天，是不忘敬也，不封禅，是遗失也。"假典，大典。

【译文】

只要翻开文献典籍来看，就能发现天道与人事的相互关系已经沟通。全国上下应该共同奋发，小心谨慎、恭恭敬敬地报答圣王的深恩大德。所以，在兴盛的时候要考虑到衰落的可能，安全时必须随时想到有危险的降临。因此商汤和周武王虽然已处至尊的地位，但对天地还不失恭敬的态度。舜之所以举行大典，是为了回顾反省自己为政的缺漏与遗失，说的就是这件事吧。

扬子云

见卷第七《甘泉赋》作者介绍。

剧秦美新一首

【题解】

剧,迅速、短促的意思。秦,指秦朝。美,赞美。新,朝代名。汉王莽曾封新都侯,后废汉,建号曰新。王莽建新朝后,扬雄模仿司马相如《封禅文》,上封事给王莽,评论秦朝的速亡,赞美王莽的新朝,所以叫"剧秦美新"。文中抨击秦始皇焚书、废礼乐、统一度量衡等措施,称颂王莽是应天之符、合地之契而登基的真命天子。这是一篇阿谀王莽的文字。北齐颜之推《颜氏家训·文章》:"扬雄德败《美新》。"李善曰:"王莽潜移龟鼎,子云进不能辟戟丹墀,亢辞鲠议;退不能草玄虚室,颐性全真,而反露才以耽宠,诡情以怀禄,素餐所刺,何以加焉?抱朴方之仲尼,斯为过矣。"

另一说认为:剧,甚也。剧秦,言秦酷暴之甚。李周翰曰:"剧,甚也。王莽篡汉位自立为皇帝,国号新室。是时雄仕莽朝,见莽数害正直之臣,恐己见害,故著此文。以秦酷暴之甚,以新室为美,将悦莽意,求免于祸,非本情也。"不取此说。

这篇文章可分两部分:前一部分是序言,叙述创作本文的原因;后一部分是正文。正文又可分两层:第一层"剧秦",即论述秦速亡的原因;第二层"美新",歌颂王莽新朝的功德,这是本文的重点。

诸吏中散大夫臣雄①,稽首再拜②,上封事皇帝陛下③:

臣雄经术浅薄④,行能无异,数蒙渥恩⑤,拔擢伦比⑥,与群贤并,愧无以称职。臣伏惟陛下以至圣之德⑦,龙兴登庸⑧,钦明尚古⑨,作民父母,为天下主。执粹清之道⑩,镜照四海;听聆风俗⑪,博览广包⑫。参天贰地⑬,兼并神明⑭,配五帝⑮,冠三王⑯,开辟以来⑰,未之闻也。臣诚乐昭著新德⑱,光之罔极⑲。往时司马相如作《封禅》一篇,以彰汉氏之休⑳。臣常有颠眴病㉑,恐一旦先犬马填沟壑㉒,所怀不章㉓,长恨黄泉。敢竭肝胆,写腹心,作《剧秦美新》一篇。虽未究万分之一㉔,亦臣之极思也㉕。臣雄稽首再拜以闻曰:

【注释】

①吏:古代百官的通称。汉以后,始称职位低微的官为吏。中散大夫:官名。省称"中散"。王莽时设置。历代沿袭,参与议论政事,无固定名额。

②稽(qǐ)首:旧时所行跪拜礼,叩头至地,以示敬意。

③封事:密封的奏章。古代百官上书奏机密事,为防泄露,用皂囊封缄呈进,故称封事,也称封章。

④经术:犹经学。

⑤渥(wò):浓郁,浓厚。

⑥伦比:同类。

⑦伏惟:俯伏思维。下对上的敬辞,常用在奏疏或信函中。至圣:旧称道德最高尚的人。

⑧龙兴:喻新朝的兴起。《尚书序》孔疏:"言龙兴者,以《易》龙能变化,故比之圣人九五飞龙在天,犹圣人在天子之位,故谓之龙兴也。"登庸:指皇帝登位。

⑨钦明:敬肃明察。尚古:尊崇古代。

⑩粹清:纯粹清廉。

⑪聆(líng):听,闻。风俗:各地的歌谣。

⑫博览:广泛阅览。

⑬参(sān)天贰地:《史记·司马相如列传》:"故驰骛乎兼容并包,而勤思乎参天贰地。"《索隐》:"天子比德于地,是贰地也。与己并天为三,是参天也。故《礼》曰'天子与天地参'是也。"参,通"三"。

⑭神明:谓无所不知,如神之明。

⑮五帝:指黄帝、颛顼、帝喾、帝尧、帝舜。

⑯三王:指夏禹、商汤、周文王、周武王。

⑰开辟:指神话传说中盘古开天辟地。

⑱昭著:彰明,明显。

⑲光:光辉达到。罔极:无穷尽。

⑳休:美善,喜庆。

㉑颠眴(xuàn):李善注引《国语》贾逵注曰:"眴与眩古字通。"颠倒眩惑。张铣注:"颠眴,谓风疾也。"

㉒犬马:封建时代臣下对君主的自喻,表示忠诚、甘愿服劳奔走。填沟壑:死。人死埋于地下,故称"填沟壑"。

㉓章:彰明。

㉔究:穷尽,终极。

㉕极思:尽力想到的。

【译文】

众吏中的中散大夫臣扬雄,再一次叩头跪拜,向皇帝陛下呈上密封奏章:臣扬雄经学浅薄,品行才能也很一般,多次蒙受陛下的深恩,从众吏中提拔出来,与贤大夫们同列,我常深感不能称职而惭愧。我想,陛下以最高尚的道德,像飞龙兴起一样登上天子之位,钦敬神明,尊崇古人,做民众的父母,为天下的君主。陛下执行纯粹清廉的政治主张,照耀全国各地；采集各地民谣，广泛阅览，宽泛地包容。德如天高地厚，陛下真是无所不知，如神之明，可与五帝媲美，远远在三王之上，这样伟大，从盘古开天辟地以来，还没有听说过。臣子真心实意地乐于彰明新朝的功德，并使它永远发扬光大。以前司马相如作过一篇《封禅文》，用来表彰汉王朝的美善。我已患有风疾这种病，担心有一天忽然死去，我的愿望不能实现，将在地下遗恨无穷。因此我大胆地竭尽真诚的心意，表达自己内心的深情，写了《剧秦美新》这篇文章。虽然对新朝的功德未能颂扬出万分之一，但也是为臣尽力想到的。臣扬雄再一次叩头跪拜说给陛下听：

　　权舆天地未袪①，睢睢盱盱②。或玄而萌③，或黄而牙④。玄黄剖判⑤，上下相呕⑥。爰初生民⑦，帝王始存。在乎混混茫茫之时⑧，矕闻罕漫⑨，而不昭察⑩，世莫得而云也。厥有云者，上罔显于羲皇⑪，中莫盛于唐、虞，迩靡著于成周。仲尼不遭用，《春秋》困斯发⑫。言神明所祚、兆民所托⑬，罔不云道德仁义礼智。独秦屈起西戎⑭，邠荒岐雍之疆⑮。因襄、文、宣、灵之僭迹⑯，立基孝公⑰，茂惠文⑱，奋昭、庄⑲。至政破纵擅衡⑳，并吞六国，遂称乎始皇。盛从鞅、仪、韦、斯之邪政㉑，驰骛起、翦、恬、贲之用兵㉒。刬灭古文㉓，刮语烧书㉔，弛礼崩乐㉕，涂民耳目㉖，遂欲流唐漂虞，涤殷荡周㉗，然除仲尼之篇籍㉘。自勒功业，改制度轨量㉙，咸稽之于秦纪㉚。是以耆儒硕老㉛，抱其书而远逊；礼官博士㉜，卷其舌而不谈；来仪之鸟㉝，肉角之兽㉞，狙犷而不臻㉟；甘露嘉醴㊱，景曜浸潭之瑞潜㊲；大荛经赟㊳，巨狄鬼信之妖发㊴。神歇灵绎㊵，海水群飞㊶。二世而亡，何其剧与㊷！

【注释】

①权舆:起始。祛(qū):通"袪",开,消散。

②睢睢(huī)盱盱(xū):天地未开前,天气浑厚纯朴的样子。李善注:"言混沌之始,天地未开,万物盱盱而不定也。"

③玄:带赤的黑色。

④黄而牙:李善注:"言天地方开,故玄黄异色而生萌牙也。"《周易·坤·文言》:"夫玄黄者,天地之杂色也,天玄而地黄。"

⑤玄黄:天地的代称。剖判:开辟。

⑥上下相呕:李善注:"言天地既开,玄黄分判,故天地上下相与呕养万物也。"《礼记·乐记》"煦妪覆育万物",孔疏:"天以气煦之,地以形妪之,是天煦覆而地妪育也。"

⑦爰初生民:李善注:"言初有生民之时,帝王之义始存也。《易》曰:'有天地,然后有万物;有万物,然后有男女;有男女,然后有父子;有父子,然后有君臣。'"爰,及,于。

⑧混混茫茫:指阴、阳二气混沌未分前的蒙昧状态。

⑨舋(xìn)闻:昏昧的样子。罕漫:不明之貌。

⑩昭察:明显,昭著。

⑪罔:无。显:明。羲皇:伏羲氏。李善注:"伏羲为三皇,故曰羲皇。"

⑫《春秋》困斯发:李善注:"司马迁书曰:'仲尼厄而作《春秋》。'"困,困厄不得升进。斯,乃,则。发,阐明,启发。

⑬祚(zuò):赐福,保佑。

⑭屈(jué)起:特起,崛起。屈,通"崛"。西戎:古时我国西北部少数民族总称西戎。

⑮邠(bīn):古国名。故地在今陕西彬州。本作"豳"。岐:山名。在陕西岐山东北。雍:古九州之一。今陕西、甘肃及青海一带。

⑯襄、文、宣、灵:秦国四位国君。李善注:"《史记》曰:秦庄公卒,襄

公立。卒,文公立。卒,德公立。卒,宣公立。又曰,怀公卒,怀公太子灵公立。"僭(jiàn):僭越,指超越身份,冒用在上者的职权行事。

⑰立基:建立基业。孝公:秦国君,前381—前338年在世。任用商鞅变法。法令大行,秦国富强。

⑱茂:草木繁盛的样子。这里引申为繁盛、旺盛。

⑲奋:发扬,振作。

⑳政:秦王嬴政。纵、衡:"合纵连横"的缩语。战国时苏秦说六国诸侯联合抗秦,称合纵;张仪说诸侯事秦,称连衡。

㉑鞅、仪、韦、斯:鞅,商鞅。仪,张仪。韦,吕不韦。斯,李斯。四人都曾为秦相,为秦国的强盛、统一天下皆做出了不同的贡献。

㉒驰骛:奔走趋赴。起、翦、恬、贲:秦国四员大将。李善注:"《史记》曰:白起攻楚,拔鄢郢。又曰:王翦攻赵,拔之。翦子贲,破定燕齐地。又曰:蒙恬攻齐,大破之。"

㉓刬(chǎn)灭:铲除,消灭。

㉔刮:磨,削。

㉕弛:废,毁坏。崩:败坏。

㉖涂:堵塞。

㉗流、漂、涤、荡:李善注:"流、漂、涤、荡,谓除之也。"

㉘然:同"燃"。篇籍:指《春秋》《论语》等。

㉙轨:车两轮间的距离。量:指度、量、衡。

㉚稽:相合,一致。纪:法度,准则。

㉛耆(qí)儒:指年高而有道德学问的人。硕老:年高望重博学之士。

㉜礼官:掌礼仪的官员。博士:六国时有博士,秦汉相承,诸子、诗赋、术数、方技,都立博士。

㉝来仪之鸟:李善注:"凤也。"

㉞肉角之兽:李善注:"麟也。"

㉟狙犷：受惊而离去貌。狙，通"虘（cuó）"，惊去之貌。臻：至，到达。

㊱嘉醴：李善注："醴泉也。"指甘美的泉水。《礼记·礼运》："故天降膏露，地出醴泉。"

㊲景曜：光彩，光焰。李善注："景曜，景星有光曜也。"浸潭：滋润旁延。李善注："浸潭，谓滋液浸润，能生万物也。"

㊳大莍（bèi）：李善注："莍，彗星也。《榖梁传》曰：星孛入北斗。孛之为言犹莍也……《史记·始皇本纪》曰：彗星光见东方、北方。《汉书音义》曰：经谓星出东入西，出西入东也。《史记·始皇本纪》曰：有坠星下东郡，至地为石。"霣（yǔn）：坠落。

㊴巨狄鬼信：李善注："《汉书》曰：始皇时，有大人身长五丈；夷狄之患见临洮；鬼信，谓告祖龙死也。"

㊵神歇灵绎：李善注："绎，犹绪也。言神灵歇其旧绪，不福祐之。"

㊶海水群飞：李善注："海水喻万民，群飞言乱。"

㊷剧：迅速，短促。与（yú）：句末语气词，表感叹。

【译文】

　　最初，天地还未分开时，宇宙一片混沌状态。接着天出现了血色的曙光，大地渐渐变黄，万物开始萌生。当天地完全分开时，天地就共同抚育万物。等到人类出现后，才开始产生帝王。最初的帝王出现在相当原始蒙昧的时期，暗昧不明，他们的情况都很不清楚，因此人们不可能知道并谈论他们。帝王的情况能够谈论的，最早没有比伏羲更显赫的，中间没有比尧、舜更兴盛的，近期没有比成周更显著的。孔夫子不被任用，《春秋》一书就是他在困厄中创作的。书中认为，凡是得到神灵保佑、民众拥戴的帝王，没有不遵循道德仁义礼智的。只有秦崛起在西北部的岐山、雍州一带，因为秦襄公、秦文公、秦宣公、秦灵公的僭越行为，使秦朝的基业得以在秦孝公时建立，在秦惠文王时发展，在秦昭王、庄襄王时振兴起来。至嬴政时，他打破了六国的合纵阵线，只执行连衡的策略，终于吞并了六国，而自称为始皇帝。秦国特别遵从商鞅、张仪、吕不韦、李斯他们的邪恶政策，重用白起、王翦、蒙恬、王贲等人率领军队。秦始皇还铲除古代文字，磨灭经典之言，焚烧百家之书，废止毁坏礼乐，从而堵塞民众的耳朵和眼睛，然后就想从历史上抹去尧、舜、商汤、周文王和周武王，除灭孔夫子的言论和文章。他在泰山刻石，记述自己的功业，改变古代的制度以及各国的车轨和度量衡，使它们都符合秦国的法度。因此年高望重而博学多才的人，都抱着自己的书逃得远远的；掌管礼仪的官员和博士们，都缄口箝舌不敢发议论；凤凰、麒麟惊慌地逃走而不再来；天不降甘美的雨露，地不涌甜蜜的清泉，星星不闪现耀眼的光彩，万物缺乏滋液浸润；而彗星却经天坠落，巨人忽然出世，夷狄之患发生，鬼神的预言不时出现，神灵已经不再保佑秦国，万民不宁，天下大乱。秦朝只到二世就灭亡了，多么短促啊！

　　帝王之道^①，兢兢乎不可离已^②。夫能贞而明之者穷祥瑞^③，回而昧之者极妖怨^④。上览古在昔，有凭应而尚缺^⑤，焉坏彻而能全^⑥？故若古者称尧、舜^⑦，威侮者陷桀、纣^⑧，况尽汛扫前圣数千载功业^⑨，专用己之私，而能享祐者哉^⑩？会汉祖龙腾丰沛^⑪，奋迅宛、叶^⑫，自武关与项羽戮力咸阳^⑬，创业蜀汉^⑭，发迹三秦^⑮，克项山东^⑯，而帝天下。摘秦政惨酷尤烦者^⑰，应时而蠲^⑱，如儒林刑辟^⑲，历纪图典之用稍增焉^⑳。秦余制度，项氏爵号，虽违古而犹袭之。是以帝典阙而不补，王纲弛而未张^㉑，道极数殚^㉒，暗忽不还^㉓。逮至大新受命，上帝还资^㉔，后土顾怀^㉕。玄符灵契^㉖，黄瑞涌出^㉗，泙浮汹潚^㉘，川流海渟^㉙。云动风偃，雾集雨散^㉚，诞弥八圻^㉛，上陈天庭，震声日景^㉜，炎光飞响^㉝，盈塞天渊之间^㉞，必有不可辞让云尔。于是乃奉若天命^㉟，穷宠极崇，与天剖神符㊱,地合灵契㊲,创亿兆㊳,规万世㊴。奇伟倜傥谲诡㊵,天祭地事㊶,其异物殊怪,存乎五威将帅㊷,班乎天下者㊸,四十有八章㊹。登假皇穹㊺,铺衍下土㊻,非新家其畴离之㊼? 卓哉煌煌㊽,真天子之表也㊾!

【注释】

①道:方法。

②兢兢:小心谨慎的样子。

③贞而明:李善注:"贞,正也。言既正且明,故祥瑞咸格。"穷:极,尽。

④回而昧之者极妖惥:李善注:"回,邪也。言既邪且暗,故妖惥竞集也。"妖惥,怪异反常的事物。

⑤尚缺:李善注:"言古帝王之兴,有凭依瑞应而尚毁缺。"

⑥焉坏彻而能全:李善注:"焉有行坏彻之道而全立者乎? 言无也。"坏彻,毁坏。

⑦若古:顺应古代。

⑧威侮:凌虐侮慢。

⑨汛扫:扫除,洒扫。

⑩享祐:得到神的保佑。

⑪龙腾:比喻皇帝的兴起。丰沛:汉高祖刘邦,沛之丰邑人,后因以"丰沛"指他的故乡。

⑫奋迅:精神振奋,行动迅速。宛:地名。汉南阳郡有宛县,地在今河南南阳。叶:地名。春秋为楚地。汉置叶县,属南阳郡。《史记·高祖本纪》:"汉王从其计,出军宛、叶间。"

⑬武关:地名。在今陕西商洛。秦末,刘邦由武关入咸阳。戮力:并力,勉力。

⑭蜀汉:指巴蜀、汉中。李善注:"《汉书》曰:项羽立沛公为汉王,王

巴蜀、汉中。"

⑮三秦:地名。项羽自立楚王后,三分关中,立秦三将,故称"三秦"。故地在今陕西中部。

⑯克项山东:李善注引《汉书》曰:"灌婴追斩羽东城,汉王即皇帝位于汜水之阳。"

⑰擿(tī):剔除。

⑱蠲(juān):除去,减免。

⑲儒林:儒者之群。刑辟:刑法。

⑳历纪:历数、纲纪。图典:地图和典籍。

㉑弛而未张:李善注:"为袭秦项,故阙者不补,弛者未张也。"弛、张,松弓曰弛,开弓曰张。比喻事物的兴废、起落。

㉒道极数殚(dān):李善注:"言天道既极,历数又殚。"道,天道,自然规律。古人认为天道是支配人类命运的天神意志。极,穷尽。数,历数,指朝代更替的次序。《尚书·大禹谟》孔疏:"历数谓天历运之数,帝王易姓而兴,故言历数谓天道。"殚,尽。

㉓暗忽:李善注:"暗忽而灭,不能自还也。"暗,冥暗。忽,绝灭。

㉔还资:李善注:"言上帝回还而资助。"

㉕后土:古时称地神或土地为后土。顾怀:李善注:"后土顾眷而怀归,言天地福祐之也。"

㉖玄符灵契:李善注:"玄符,天符也。灵契,地契也。"

㉗黄瑞:李善注:"黄瑞,谓王莽承黄、虞之后,黄气之瑞也。《汉书》王莽曰:予前在摄,黄气薰蒸,以著黄、虞之烈焉,涌出而瑞之。"

㉘泋淖(bì bó):水沸涌出的样子。

㉙海渟(tíng):比喻水积聚不流,又多又广。

㉚雾集雨散:李善注:"言众瑞之多也。"

㉛诞:发语词。弥:终,极尽。八垠(yín):李善注:"八垠,犹八埏。言下终八垠,上列天庭。"垠,边际。

㉜震声日景：李善注："言威声如雷，光景若日也。《易》曰：震为雷。"

㉝炎光飞响：李善注："炎光，日景也。飞响，震声也。"

㉞盈塞天渊之间：李善注："塞乎天渊，所及远也。"天渊，上至高空，下至深渊。

㉟天命：古代把天当作神，称天神的意旨为天命。

㊱剖符：古时帝王授于诸侯和功臣的凭证。竹制，剖分为二，帝王与诸侯各执其一，故称剖符。与天剖神符，是比喻。

㊲合契：即合符。古代以竹木或金石为符，上面写文字，剖而为二，各执其一，合之为证。

㊳创亿兆：李善注："创业经乎亿兆。"

㊴规万世：李善注："规模至于万世也。"

㊵倜傥(tì tǎng)：卓越豪迈。

㊶天祭地事：李善注："言众瑞所以咸臻者，由能祭天事地。"

㊷五威：西汉末年王莽即帝位，建号新，使节旄幡都用纯黄色，署名新使五威节，置五威将军，周行境内，远至匈奴西域。

㊸班：分赐。

㊹四十有八章：李善注："《汉书》曰：莽遣五威将王奇等，班符命四十二篇于天下。"《汉书·诸侯王表》："分遣五威之吏，驰传天下，班行符命。"

㊺登假皇穹：李善注："假，至也。言众瑞升至于皇天。"

㊻铺衍：广布。刘良注："铺，布。衍，广……言美声上至皇天，广布天下。"现取刘良注。

㊼离：李善注："离，应也。"

㊽卓：高超，高远。煌煌：明亮的样子。

㊾表：表率，标准。

【译文】

做帝王的原则，离不开兢兢业业这几个字。大凡本身能够做得正当而且光明磊落的人,那么祥瑞的征兆就会无穷无尽地出现;本身行为邪恶而且昏庸愚昧的人,怪异反常的事物就会聚集到他那里。上观古代帝王的兴衰,就发现那些有祥瑞凭证的帝王尚且不完美,哪有走上衰败道路的帝王能保全呢? 所以顺应古代传统的人,就会称赞尧、舜,触犯古代传统的人,就会陷入夏桀、殷纣那样的困境,何况秦始皇将前代圣王几千年创立的功业全部扫除,专凭自己的想法行事,这能得到神灵的保佑吗? 恰逢汉高祖在丰沛兴起,在宛县、叶县迅速发展,从武关与项羽合力攻下秦都咸阳,创业在巴蜀、汉中,立功扬名在三秦之地,终于在华山以东战败了项羽,而称帝天下。汉高祖剔出秦朝政策中苛刻残忍特别烦琐的项目,顺应时代的需要而将它们除去,例如针对读书人的刑罚等等,至于历法、纲纪、地图、典籍这些实用的,就有所增加。秦朝遗留的制度,项羽封的爵号,虽然有违背古代传统的地方,汉朝还是沿用下来。因此帝王的法制欠缺的地方没有及时补上,朝廷的纲纪被废弃的还未重新建立,汉朝的历数已尽,昏暗欲灭,不能振兴了。等到大新领受天命时,上帝开始回来资助,地神也回顾眷怀。天的神符,地的灵契出现了,黄气的祥瑞就像泉水一样涌出,滔滔不绝,奔腾激荡,川流不息,到处洋溢。又像云在天空浮动,风在轻轻吹拂,浓雾弥漫,细雨飘散,下至大地的尽头,上达无穷的天际,有如雷的威声,有如日的光影,这光影和威声,充满天地之间,可见陛下一定有不能辞让天命的原因吧。于是大新遵奉顺从天命,得到最高的荣耀和尊崇,与天地的神符灵契相符合,创立了亿兆年的基业,定下了万世的规模。由于陛下能够祭天事地,祥瑞的征兆是那么奇特、卓异而变化多端,这些奇异的事物和特殊怪诞的情况,都记在五威将帅分赐天下的四十八章"符命"中。陛下的美声上至苍穹,广布四海,若非新朝谁能适合领受天命呢? 多么卓越光明啊,真命天子的表率!

若夫白鸠丹乌[①],素鱼断蛇[②],方斯蔑矣[③]。受命甚易,格来甚勤④。昔帝缵皇⑤，王缵帝，随前踵古，或无为而治⑥，或损益而亡⑦。岂知新室委心积意，储思垂务？旁作穆穆，明旦不寐，勤勤恳恳者，非秦之为与⑧？夫不勤勤，则前人不当⑨；不恳恳，则觉德不恺⑩。是以发秘府⑪，览书林，遥集乎文雅之囿，翱翔乎礼乐之场⑫。胤殷、周之失业⑬，绍唐、虞之绝风⑭，懿律嘉量⑮，金科玉条⑯。神卦灵兆⑰，古文毕发⑱，焕炳照曜⑲，靡不宣臻⑳。式轳轩旗旗以示之㉑，扬和鸾《肆夏》以节之㉒，施黼黻衮冕以昭之㉓，正嫁娶送终以尊之㉔，亲九族淑贤以穆之㉕。夫改定神祇㉖，上仪也㉗；钦修百祀㉘，咸秩也㉙；明堂雍台㉚，壮观也；九庙长寿㉛，极孝也；制成六经㉜，洪业也；北怀单于㉝，广德也。若复五爵㉞，度三壤㉟，经井田㊱，免人役㊲，方甫刑㊳，匡马法㊴，恢崇祇庸烁德懿和之风㊵，广彼搢绅讲习言谏箴诵之涂㊶。振鹭之声充庭㊷，鸿鸾之党渐阶㊸，俾前圣之绪，布濩流衍而不韫韣㊹。郁郁乎焕哉㊺！

【注释】

①白鸠：李善注引《吴录》曰："孙策使张纮与袁绍书曰，殷汤有白鸠之祥，然古者此事未详其本。"丹乌：李善注："《尚书帝验》曰：太子发渡河，中流，火流为乌，其色赤。"

②素鱼：即白鱼。周以白鱼为祥瑞。断蛇：李善注："《汉书》曰：高祖夜经泽中，有大蛇当径，高祖杖剑斩蛇为两，道开也。"

③方：一类。斯：皆。蔑(miè)：渺小。

④格：李善注："格，至也。言莽德盛，故受天命甚易，令众瑞咸至甚勤也。"

⑤纉(zuǎn)：继承。

⑥无为而治：儒家指以德政感化人民，不施行刑治。《论语·卫灵公》："无为而治者，其舜也与？夫何为哉？恭己正南面而已矣。"

⑦损益：增减，改动。《论语·为政》："殷因于夏礼，所损益可知也。"

⑧"岂知"几句：李善注："言新室所以旁作穆穆，勤勤恳恳者，以秦之所为为非，故欲勤修德政也。"委心积意，即处心积虑，意思是蓄意已久。委，亦积之意。旁作，遍作，广泛地行事。穆穆，肃敬、恭谨貌。

⑨"夫不勤勤"二句：李善注："言不勤勤，则不能当先王之意。"

⑩"不恳恳"二句：李善注："不恳恳，则觉德不和也。恺，和。"觉，高大，正直。德，德行，品行。

⑪发：打开。秘府：古代禁中藏秘籍的地方。

⑫"遥集乎"二句：李善注："言以文雅为园囿，以礼乐为场圃。"遥，长。文雅，指艺文礼乐。

⑬胤(yìn)：续。失业：失去的事业。

⑭绍：承继。绝风：中断的遗风。

⑮懿(yì)：美好。律：六律，即黄钟、太蔟、姑洗、蕤宾、夷则、无射。量：量器。汉王莽改制，始建国元年颁新嘉量，合斛、斗、升、合、龠为一器。器上部为斛，下部为斗，左耳为升，右耳为合、龠。见《汉书·律历志》。

⑯金科玉条：完善的法令。李善注："金科玉条，谓法令也。言金玉，贵之也。"

⑰神卦灵兆：李善注："蓍曰卦，龟曰兆，神灵，尊之也。"

⑱古文：指先王之典籍。

⑲焕炳：明亮。

⑳宣臻：李善注："宣，遍也。臻，至也。"

㉑式:用。轮(líng)轩:有窗的车。李善注:"《汉书》曰:莽立大夫卿'车服黻冕各有差'。轮轩,皆车也。《尚书大传》曰:'未命为士,车不得有飞轮。'郑玄曰:'如今窗车也。'《周礼》曰:'交龙为旂,熊虎为旗。'"

㉒和鸾:车铃。朱熹《诗集传》:"在轼曰和,在镳曰鸾。"《肆夏》:古乐章名。《春秋左传正义》:"《肆夏》,乐曲名。《周礼》以钟鼓奏《九夏》,其二曰《肆夏》。"

㉓黼黻(fǔ fú):古代礼服上所绣的花纹。黼,黑白相次,作斧形,刃白身黑;黻,黑青相次,作"亞"形。衮(gǔn)冕:衮衣和冕,是古代皇帝和上公的礼服。李善注:"言制服有差,亦明贵贱也。"

㉔正嫁娶送终以尊之:李善注:"《汉书》曰:莽请考论五经,定娶礼。"

㉕九族:指本身以上的父、祖、曾祖、高祖和以下的子、孙、曾孙、玄孙。旧时统治阶级立宗法、定丧服,皆以此为准。穆:通"睦"。和睦。李善注:"《汉书》曰:莽诏曰,姚、妫、陈、田、王,予之同族也。"

㉖改定神祇:李善注:"《汉书》曰:莽奏定南郊。"

㉗上仪:隆重的礼节。

㉘钦修:皇帝命令整治。钦,旧时对皇帝所行事的敬称。

㉙咸秩:都有一定的次序。李善注:"《汉书》曰:莽奏定群神之礼。"

㉚明堂:古代帝王宣明政教的地方,凡朝会、祭祀、庆赏、选士、养老、教学等大典,均在此举行。雍:即辟雍。周王朝为贵族子弟所设的大学。李善注:"《汉书》曰:莽奏起明堂、辟雍。"

㉛九庙:古代帝王立七庙以祀祖先,至王莽增建黄帝太初祖庙和帝虞始祖昭庙,共九庙。长寿:宫名。李善注:"《汉书》曰:王莽隳坏孝元庙,独置孝元庙故殿,以为文母篹食堂,既成,名曰长寿宫。"

㉜六经：指《诗》《书》《礼》《易》《乐》《春秋》。今文家说《乐》本无经，附于《诗》中，古文家说有，秦焚书后亡。李善注："《汉书》曰：莽奏立《乐经》，然经有五而又立《乐》，故云'六经'也。"

㉝北怀单于：李善注："《汉书》曰：莽重赂匈奴，使上书慕从圣制，以谀曜太后。"怀，安抚。

㉞若：至于。五爵：古代的五等爵位。《尚书传》："爵五等：公、侯、伯、子、男。"

㉟度：量，计算。三壤：土地按肥瘠分为上、中、下三品，称三壤。

㊱经井田：李善注："《汉书》曰：莽令天下公田口井，其男口不盈八而田过一井者，分余田与九族。"经，度量，经营规划。

㊲免人役：李善注："《汉书》曰：莽令更名天下奴婢曰私属，皆不得卖之。"

㊳方：比拟。甫刑：又称吕刑。周穆王命吕侯据夏禹赎刑之法更从轻，以布告天下。因吕侯的后代为甫侯，故吕刑又称甫刑。李善注："《汉书》曰：莽分移律令仪法。"

㊴匡：正，纠正。马法：李善注："司马穰苴之法也。谓成出革车一乘，教戎备也。"

㊵祗庸：恭敬而守恒常之道。烁德：美德。懿和之风：美好的风范。

㊶讲习：讲论研习。箴(zhēn)：规谏，告诫。涂：同"途"。

㊷振鹭：出自《诗经·周颂·振鹭》。以鹭的洁白，比喻客之容貌修整，后因以"振鹭"喻操行纯洁的贤人。

㊸鸿鸾：亦以之喻操行纯洁的贤人。渐阶：指鸿鸾渐进于高位。《周易·渐》："初六，鸿渐于干"，"六二，鸿渐于磐"，"九三，鸿渐于陆"，"六四，鸿渐于木，九五于陵"，皆以次而进，渐至高位。至"上九，鸿渐于陆"，其羽可用为仪，则最居上极。以后以"鸿渐"喻仕进。

㊹布濩：散布。流衍：广布，充溢。韫韣(yùn dú)：藏，怀藏。

㊺郁郁:草木盛貌。焕:光亮,鲜明。

【译文】

　　至于说到商汤时出现的白鸠、丹乌,周朝出现的白鱼,汉高祖断蛇,这些祥瑞的征兆都太渺小了。新朝领受天命相当容易,各种祥瑞吉兆就纷纷出现。从前,五帝继承着三皇的事业,三皇又继承着五帝的事业,后代沿着前代的足迹前进,有的帝王行无为之政而治理了天下,有的帝王对前代政治有所改动而失去了天下。哪里像新朝这样对前代事业的成败关怀注视已久,勤于思考呢?现在凡事都小心谨慎,日夜不敢休息,勤勤恳恳地工作,不就是以秦朝灭亡作为自己的教训吗?如果不辛勤劳作,就对不起前代圣王;如果不诚恳,那么正直的品行就不会与人民融和。因此陛下打开禁中藏秘籍的府库,饱览图书典籍,在艺文的园圃中久久地停留,在礼乐的场圃里悠闲地翱翔。继续殷、周王朝逸失的事业,承接唐、虞时代中断的遗风,恢复优美的音律,标准的量器,完善重要的法令。神妙灵验的卦象征兆,古代的典籍全都显露出来,这一切明亮地照耀着天下,无一处没有达到。陛下还用各种形式的车辆与旗帜表示大臣们的等级,让车铃声与乐曲《肆夏》相互配合来调节人们的行动,实行不同地位的人穿不同的服装以显出贵贱高低,规定嫁娶送终的仪式使人们尊重礼节,亲近九族中贤淑善良的人使人们和睦相处。陛下将祭祀神祇的地点改定在南郊,是十分隆重的礼节;陛下亲自修定祭祀群神的礼仪,都有一定的次序;大新的明堂、学校和楼台,都是奇伟可观的建筑;大新的九庙和长寿宫,是尽孝的标志;大新编定的六经,是治国的大业;安抚北方的单于,是仁德广大的表现。至于恢复古代的五等爵位,计量天下的土地,规划新的井田制度,免除服劳役的奴婢,制定较轻的刑罚,纠正旧的兵役制度,扩展恭敬而守恒常之道,推重美德和良好的风气,拓宽士大夫们讲论研习规谏告诫的途径。由于这一切,振鹭的声音充满了朝廷,鸿鸾渐进于高位,使前代圣王的优良传统,得到广泛地流传而不被藏匿。多么繁荣昌盛啊,多么英明啊!

天人之事盛矣,鬼神之望允塞①。群公先正②,罔不夷仪③;奸宄寇贼④,罔不振威⑤。绍少典之苗⑥,著黄、虞之裔⑦,帝典阙者已补,王纲弛者已张。炳炳麟麟⑧,岂不懿哉?厥被风濡化者⑨,京师沉潜⑩,甸内匝洽⑪,侯、卫厉揭⑫,要、荒濯沐⑬。而术前典⑭,巡四民⑮,迄四岳⑯,增封泰山,禅梁父,斯受命者之典业也⑰。盖受命日不暇给,或不受命,然犹有事矣⑱。况堂堂有新,正丁厥时⑲,崇岳、浑海、通渎之神⑳,咸设坛场,望受命之臻焉㉑。海外遐方㉒,信延颈企踵,回面内向,喁喁如也㉓。帝者虽勤,恶可以已乎?宜命贤哲㉔,作《帝典》一篇㉕,旧三为一㉖,袭以示来人㉗,摛之罔极㉘。令万世常戴巍巍㉙,履栗栗㉚,臭馨香㉛,含甘实㉜,镜纯粹之至精㉝,聆清和之正声㉞,则百工伊凝㉟,庶绩咸喜㊱,荷天衢,提地鳌,斯天下之上则已㊲,庶可试哉!

【注释】

① 允塞:真正地得到充实。

② 先正:先代之臣。后多用以指前代的贤人。

③ 夷仪:李善注:"言有常仪也。"

④ 奸宄(guǐ):为非作歹的人。寇贼:盗匪。

⑤ 振威:被威力所震动。

⑥ 少典:传为黄帝、炎帝之父。苗:后代,后裔。

⑦ 著:标举。李善注:"《汉书》曰:予惟黄帝、舜帝,咸有圣德,营求斯后,将祚厥祀。于是封姚恂为初睦侯,奉黄帝后。妫昌为始睦侯,奉虞帝后。"主语是王莽。

⑧ 炳炳麟麟:光明显赫的样子。

⑨ 被风濡化:被风化浸润。风化,指风俗、教化。

⑩京师:国都。沉潜:浸润。

⑪甸:古代称都城郊外的地方。匝:周,遍。洽:沾润。

⑫侯、卫:即侯服、卫服。侯服,古代称离王城一千里以外的地区为侯服。卫服,古代离王城二千五百里之地为卫服。厉揭:连衣涉水叫厉,提衣涉水叫揭。《诗经·邶风·匏有苦叶》:"深则厉,浅则揭。"这里用以比喻影响深浅不同。

⑬要、荒:要服、荒服,古代称离王城外极远的地方。

⑭术:效法,遵循。

⑮四民:李善注:"《管子》曰:士、农、工、商四民者,国之石民也。"

⑯四岳:李善注:"《尚书》曰:二月东巡狩,至于岱宗,柴;五月,南巡狩,至于南岳;八月,西巡狩,至于西岳;十有一月,朔巡狩,至于北岳。"

⑰典业:李善注:"典,常也。言封禅之事,王者常业也。"

⑱犹有事矣:李善注:"受命,谓高祖也。言高祖受命而不封禅。始皇不受命,犹有事乎泰山,言俱失也。"

⑲正丁厥时:适逢其时。

⑳崇岳:高大的四岳。渟海、通渎:泛指河川。李善注:"言莽既受命,故岳渎之神,皆设坛场而望来祭也。堂堂,盛也。"

㉑受命:指王莽。

㉒海外:古人认为我国疆土四面环海,故称中国以外的地方为海外。遐方:遥远的地方。

㉓喁喁(yóng):众人向慕,如群鱼之口向上。

㉔贤哲:贤能明达的人。

㉕《帝典》:帝王的法制。

㉖旧三为一:李善注:"言宜命贤智作《帝典》一篇,足旧二典而成三典也。谓《尧典》《舜典》。"

㉗袭:继承,因袭。

㉘摛(chī):传布,舒展。

㉙戴:尊奉,推崇。巍巍:高大的样子。

㉚履栗栗:喻随时警惕,谨慎小心。履,踏,踩。栗栗,恐惧貌。

㉛臭:闻,嗅。

㉜甘实:甜美的果实。李善注:"言明德比于馨香甘实,故臭而含之。"

㉝镜:借鉴。纯粹:纯一不杂,精美无瑕。至精:精华。

㉞清和:清静和平。形容国家升平气象。正声:纯正的乐声。

㉟百工:众官。伊凝:即允釐。《尚书·尧典》:"允釐百工。"

㊱庶绩:各种事功。喜:李善注:"喜,与古'熙'字通。"兴盛意。

㊲"荷(hè)天衢"几句:李善注:"孔安国《尚书传》曰:釐,理也。上荷天道,下提地理,言则而效之。"荷,荷载,受恩感激。天衢,天路。后喻京师。引申为帝王。提,举,掌管。地釐(lí),治理。上则,上策。

【译文】

　　天人感应的事兴盛了,鬼神的愿望真正地得到实现。前朝的诸公与贤人,都有常仪。为非作歹的盗贼,无不被大新的威力所震慑。少典、黄帝、舜帝后继有人,帝王的法制缺漏的已经补上,朝廷纲纪松弛的也得到伸张。这样光明显赫,难道不美好吗?陛下仁德的教化,对人们的影响深远,离陛下近的都城受到的影响最深,都城郊区次之,离都城很远的地方也受到深浅不同的影响,甚至遥远的边疆也得到陛下仁德的沐浴。而陛下遵循前代的法制,巡视士、农、工、商四民,到达泰山、衡山、华山、恒山这四岳,并增封泰山、禅梁父,这些都是领受天命的帝王的常业。汉高祖虽是受命者,却无暇顾及封禅大事;秦始皇并没有领受天命,却去封泰山、禅梁父。何况盛大的新朝,正好遇上美好时代,崇山峻岭、大河巨川之神,都设坛场,盼望陛下的莅临。海外以及遥远地方的人们,的确都伸长脖颈,踮起脚跟,回头向内,就像群鱼的口向上一样，仰慕陛下的仁德和风采。做帝王的人虽说已经够勤奋了，难道就可以懈怠了吗？应该命令贤能明达的人，作一篇《帝典》，与古代的《尧典》《舜典》合成三典，以指示子孙后代，让它永远传下去。让子孙万代常常感受到陛下的伟大，并小心谨慎地工作，就像闻到散布很远的香气和吃到甜美的果实一样感受陛下的仁德，以陛下精美无瑕的政策为借鉴，聆听到清静和平的纯正乐声，那么文武百官从事的一切事业都能兴旺发达，他们将受恩感激陛下，掌管治理好天下，这就是天下的上策了，似乎可以试一试吧！

班孟坚

见卷第一《两都赋序》作者介绍。

典引一首

【题解】

典，指《尧典》；引，延续的意思。汉王朝自称为帝尧之后，文章主题为歌颂汉王朝的功德，所以用"典引"为题。《文选》李善注引蔡邕言："典引者，篇名也。典者，常也，法也。引者，伸也，长也。《尚书》疏，尧之常法，谓之《尧典》。汉绍其绪，伸而长之也。"

本文分两部分：第一部分是向皇帝的呈文，说明创作本文的意图。也可以算序言。第二部分为《典引》正文，是歌功颂德的内容。

臣固言：永平十七年①，臣与贾逵、傅毅、杜矩、展隆、郗萌等②，召诣云龙门③。小黄门赵宣持《秦始皇帝本纪》问臣等曰④："太史迁下赞语中⑤，宁有非耶？"臣对："此赞贾谊《过秦》篇云，向使子婴有庸主之才⑥，仅得中佐⑦，秦之社稷，未宜绝也。此言非是。"即召臣入问："本闻此论非耶，将见问意开痏耶⑧？"臣具对素闻知状。诏因曰："司马迁著书，成一家之言⑨，扬名后世。至以身陷刑之故⑩，反微文刺讥⑪，贬损当世，非谊士也⑫。司马相如污行无节⑬，但有浮华之辞⑭，不周于用。至于疾病而遗忠，主上求取其书，竟得颂述功德，言封禅事⑮，忠臣效也⑯，至是贤迁远矣。"臣固常伏刻诵圣论⑰。昭明好恶，不遗微细，缘事断谊⑱，动有规矩⑲，虽仲尼之因史见意⑳，亦无以加。臣固被学最旧㉑，受恩浸深，诚思毕力竭情，昊天罔极㉒。臣固顿首顿首。伏惟相如《封禅》，靡而不典㉓；扬雄《美新》，典而亡实；然皆游扬后世㉔，垂为旧式㉕。臣固才朽，不及前人，盖咏《云门》者难为音㉖，观隋、和者难为珍㉗，不胜区区㉘，窃作《典引》一篇。虽不足雍容明盛万分之一㉙，犹启发愤满㉚，觉悟童蒙㉛，光扬大汉，轶声前代㉜，然后退入沟壑，死而不朽。臣固愚戆顿首顿首曰㉝：

【注释】

①永平十七年：永平是东汉明帝刘庄的年号(58—75)，永平十七年即 74 年。

②"臣与贾逵"句：李善注："《后汉书》曰：贾逵，字景伯，为侍中。《七略》曰：'尚书郎中北海展隆。'然《七略》之作，虽在哀、平之际，展隆寿或至永平之中。"

③诣(yì)：往，到。云龙门：汉宫门名。云龙为饰，故名。

④黄门：宦者之称。东汉给事内廷的黄门令、中黄门诸官皆以宦者

充任,后遂称宦者为黄门。

⑤太史迁:即司马迁。

⑥向使:假使,假如。子婴:秦始皇长子扶苏之子。赵高杀二世,立
　　子婴,去帝号,称王,在位四十六日。刘邦兵至霸上,子婴素车白
　　马以降,后为项籍所杀。庸主:才能平庸的主子。

⑦中佐:中等的辅助人才。

⑧开寤:即开悟,犹觉悟。

⑨一家之言:自成一家的见解。

⑩陷刑:指司马迁因替李陵辩护,被汉武帝下狱,处宫刑。

⑪微文:稳约讽喻之文。

⑫谊:同“义”。

⑬污行:恶浊下流的行为。

⑭浮华:虚浮不实。

⑮“至于”几句:据《史记》载,司马相如病得很重时,武帝使所忠往
　　求其书。等使者到达时,司马相如已死。他的妻子说,司马相如
　　未死时,作了一卷书,并说,如有使者来求书,就请他呈给皇帝。
　　司马相如的遗著就是《封禅文》。

⑯效:呈献,献出。

⑰伏:拜伏。刻:铭刻,铭记。诵:背诵。

⑱缘:依,据。谊:同“义”,意义。

⑲规矩:准则,礼法。

⑳因史见意:刘良注:“谓修《春秋》褒贬之事。”

㉑被学:蒙受学问。旧:此处为久的意思。

㉒昊(hào)天罔极:语出《诗经·小雅·蓼莪》。昊天,天。昊,元气
　　博大的样子。

㉓靡:华丽。典:典雅。多指文章写得规范,不粗俗。

㉔游扬:宣扬,传扬。

㉕垂：流传。旧式：往常的格式。

㉖《云门》：周朝六乐舞之一，即《云门大卷》。大司乐用以教公卿大
　　夫之子弟。相传为黄帝时制。

㉗隋、和：隋侯之珠与和氏之璧，都是珍宝。

㉘区区：自称的谦辞。

㉙雍容：吕延济注："美也。"

㉚愤满：即愤懑，郁闷，怨恨。

㉛童蒙：幼稚、识未开知的儿童。也泛指知识低下的人。

㉜轶(yì)：超出，超越。

㉝愚戆(zhuàng)：愚昧不明事理。

【译文】

　　臣班固呈言：永平十七年，我与贾逵、傅毅、杜矩、展隆、郗萌等人，
被召到云龙门。小太监赵宣拿着《秦始皇帝本纪》来问我们，说："司马
迁下的赞语中，有什么地方不正确吗？"我对他说："这篇赞中的贾谊《过
秦论》说，假使子婴是一般帝王的才能，只要得到中等的辅佐之才，秦国
不应当灭亡。这种说法不正确。"陛下就召我进去询问："本来就听说这
评论不对，还是被问及后才醒悟过来呢？"我将自己一向听到和了解的
情况全部告诉了陛下。陛下就教诲我说："司马迁著《史记》，自成一家
见解，名声传扬后世。至于因为自身受刑的原因，反而用隐约讽喻的文
章来讥讽、贬抑当今，这不是义士。司马相如行为恶浊下流，没有节操，
只有虚浮不实的辞赋，不合于世间习用。但毕竟在病重时遗留下忠心，
当武帝派人向他要书时，竟然得到歌颂大汉功德的文章，并建议举行封
禅大典，这是忠臣之心的报效，至于这点司马相如就比司马迁贤良多
了。"臣班固时常拜伏铭记陛下神圣的论断。陛下对喜爱的或厌恶的事
物都讲得很清楚，没有丝毫遗漏，并根据事实来下判断，常常有一定的
准则，就是孔子根据历史情况显示褒贬的才能，也没有超过陛下。臣班
固蒙受陛下的教诲最久，受到的恩泽也最深，确实想竭尽心力，报答陛

下如天般无穷的深恩大德。臣班固叩头而拜，再叩头而拜。我私下想司马相如的《封禅文》，华丽而不典雅；扬雄的《剧秦美新》，典雅但却失实；然而都传扬后世，并作为一种常用的格式而流传。臣班固才疏学浅，不如前人，大凡咏诵过《云门大卷》的人很难听到更美妙的音乐了，见过隋侯之珠、和氏之璧的人很难看到更好的珍宝了，我不胜渺小，私下作了一篇《典引》。虽然不能将陛下美好的容仪、英明的盛德表达出万分之一，但还能启发人们郁闷之心，使知识低下的人从迷惑中醒悟过来，使大汉的仁德发扬光大，名声远远超过前代，然后我就是死，也死而不朽。臣班固愚昧不明事理，向陛下叩头而拜、再叩头而拜说：

太极之元①，两仪始分②，烟烟煴煴③，有沉而奥，有浮而清④。沉浮交错⑤，庶类混成⑥。肇命民主⑦，五德初始⑧。同于草昧⑨，玄混之中⑩，逾绳越契⑪，寂寥而亡诏者⑫，系不得而缀也⑬。厥有氏号⑭，绍天阐绎⑮，莫不开元于太昊皇初之首⑯。上哉敻乎⑰，其书犹得而修也。亚斯之代⑱，通变神化⑲，函光而未曜⑳。若夫上稽乾则㉑，降承龙翼㉒，而炳诸典谟㉓，以冠德卓绝者㉔，莫崇乎陶唐㉕。陶唐舍胤而禅有虞㉖，有虞亦命夏后㉗，稷、契熙载㉘，越成汤、武㉙，股肱既周㉚，天乃归功元首㉛，将授汉刘。俾其承三季之荒末㉜，值亢龙之灾孽㉝。县象暗而恒文乖㉞，彝伦斁而旧章缺㉟，故先命玄圣㊱，使缀学立制㊲，宏亮洪业㊳，表相祖宗，赞扬迪哲㊴。备哉粲烂㊵！真神明之式也㊶。

【注释】

①太极：指原始混沌之气。《周易·系辞》："易有太极，是生两仪，两仪生四象，四象生八卦。"气运动而分阴阳，由阴阳而生四时，

因而出现天、地、风、雷、水、火、山、泽八种自然现象,推衍为宇宙万事万物。元:始。

②两仪:指天地。《周易·系辞》孔疏:"不言天地而言两仪者,指其物体;下与四象相对,故曰两仪,谓两体容仪也。"这里指阴、阳二气。

③烟烟煜煜(yūn):阴、阳二气和合的样子。蔡邕注:"阴阳和一,相扶貌也。"

④"有沉"二句:蔡邕注:"奥,浊也。言两仪始分之时,其气和同,沉而浊者为地,浮而清者为天。"

⑤沉浮交错:蔡邕注:"地体沉而气升,天道浮而气降,升降交错,则众类同矣。"

⑥庶类:众多的物类。

⑦肇(zhào):开始。民主:蔡邕注:"民主者,天子也。《尚书》曰:'成汤简代夏作民主。'"

⑧五德:秦汉方士以金、木、水、火、土五行相生相克的道理来附会王朝的命运,称五德。

⑨同于草昧:天地初开时的混沌状态。

⑩玄混之中:《后汉书·班固传》李贤注:"幽玄混沌之中谓三皇初起之时也。"玄混,蒙昧昏暗。

⑪逾绳越契:蔡邕注:"言结绳、书契已往。"绳、契,《周易·系辞》:"上古结绳而治,后世圣人易之以书契。"

⑫亡诏:无告。诏,告。多用于上对下。

⑬系不得而缀:蔡邕注:"其道寂寥而亡声,莫能以相告,故易系不得缀连也。"系,连属。自上而连属于下谓为系。缀,联结。

⑭氏号:氏,表明宗族的称号。上古时代,氏是姓的分支,用以区别子孙之所自出。号,名称。蔡邕注:"所依为氏也。号,功之表也。号太昊曰伏羲,炎帝曰神农,黄帝曰轩辕,少昊曰金天,颛顼

　　曰高阳,帝喾曰高辛,尧曰陶唐,舜曰有虞。"

⑮绍:承继。阐绎:阐明陈述。

⑯开元:创始。太昊:伏羲。

⑰夐(xiòng):义同"迥",远。

⑱亚:仅次一等的,次于。

⑲通变:通达变化。神化:变化巧妙,不可测知。

⑳函:包含,容纳。曜(yào):明。

㉑稽:考核,计数。乾则:天的法则。

㉒龙翼:李善注:"翼,法也。言陶唐上能考天之则,下能承龙之法
　　也。龙法,龙图也。"《后汉书·班固传》李贤注:"龙翼,谓稷、契
　　等为尧之羽翼。"现取后说。

㉓炳:显明。典谟(mó):记载法则、典章制度的重要典籍。这里指
　　《尚书》中的《尧典》《皋陶谟》等。

㉔冠德:道德第一。

㉕陶唐:尧。

㉖舍胤:《后汉书·班固传》李贤注:"谓尧舍其胤子丹朱而禅于
　　舜。"胤,后代。有虞:指舜。

㉗夏后:即夏后氏。古史称禹受舜禅,建夏王朝,也称夏后或夏氏。

㉘熙载:弘扬功业。

㉙越:经过。成汤:商开国之君。契的后代,子姓,名履,又称天乙。
　　夏桀无道,汤伐之,遂有天下。国号商,都于亳。武:周武王。

㉚股肱:大腿和胳膊。常以喻辅佐君主的大臣。

㉛元首:君主。这里指尧。蔡邕注:"天有五行之序,尧与四臣各据
　　其一行,而尧为之正,四臣已遍,故归功元首之子孙,而授汉
　　刘也。"

㉜三季:李善注:"韦昭曰:'季,末也。三季王:桀、纣、幽王也。'"荒
　　末:荒乱的末世。

㉝亢龙：《周易·乾》："上九，亢龙有悔。"亢，至高，龙象君位。意思说居高位的人要以骄傲自满为戒，否则便有败亡的灾祸。吕向注："言使汉承三代荒乱之末，值亢龙悔穷之灾。"

㉞县象：天象。县，同"悬"。恒文：星辰。吕向注："悬象恒文，日月星也。"乖：背离，不一致。

㉟彝伦：天地人之常道。致（dù）：败坏。旧章：旧时的典章制度。

㊱玄圣：李善注："玄圣，孔子也。《庄子》曰：'夫虚静恬淡，玄圣素王之道也。'"

㊲缀学：承前人之学。

㊳宏：广博。亮：显露。

㊴"表相"二句：蔡邕注："始受命为祖，继中为宗，皆不毁庙之称也。言仲尼之作，亦显助祖宗，扬明其蹈哲之德。"表，明。相，助。祖宗，对始祖及先世中有功德者的尊称。迪，实行。哲，贤明。

㊵粲（càn）烂：光彩耀眼。

㊶神明：犹神圣。式：榜样。

【译文】

原始混浊的太极开端，阴、阳开始分离，阴、阳二气和合着，有的沉降而混浊，有的轻清而上升。沉降与上升的气体交错着，众多的物类在混沌之中自然生成。上天开始授命帝王，五行之德更相替代的情况也初步形成。这时还是天地初开的混沌蒙昧时期，在结绳而治、草创文字的时代以前，情况寂寂无闻，没有流传下来，所以后代君王不能与从前联成一个系统。有名氏号令，承继天下，开治万物的，无不开始在伏羲氏为帝皇之首。上古多么久远啊，他创立的文字还能见到并可以学习。仅次于伏羲的一代，通达而能巧妙变化，但他们蕴含的光芒还没有闪耀出来。至于说到上能考核天的法则，下能使稷、契等羽翼承接起来，将他的道明显著于典谟之中，以崇高的道德而超绝出众的帝王，无不推崇唐尧了。唐尧不将帝位传给儿子而传给舜，舜也将帝位授予禹，让稷、契发扬功业,经过成汤和周武王,尧的大臣都已经接受过帝王之位了,上天就将帝位归还尧的子孙,要将它授给汉王刘邦。使大汉承接桀、纣、幽王三代荒乱的末世,在至高无上的君王遭到败亡的灾祸时领受天命。那时天象昏暗,星辰乖错,天地人的常道败坏,旧的典章制度残缺,所以天首先命令孔子,使他承袭前人之学,建立制度,弘扬帝王的大业,表彰祖先,赞扬他们实践贤明的德行。这一切做得真是完备啊,多么光彩耀眼,真是神圣的榜样啊!

　　虽皋、夔、衡、旦密勿之辅①,比兹褊矣②。是以高、光二圣③,宸居其域④,时至气动,乃龙见渊跃⑤,拊翼而未举⑥,则威灵纷纭⑦,海内云蒸,雷动电熛⑧。胡缢莽分⑨,尚不茷其诛⑩。然后钦若上下⑪,恭揖群后⑫,正位度宗⑬。有于德不台渊穆之让⑭,靡号师矢敦奋挈之容⑮,盖以膺当天之正统⑯,受克让之归运⑰。蓄炎上之烈精⑱,蕴孔佐之弘陈云尔⑲。洋洋乎若德⑳!帝者之上仪㉑,诰誓所不及已㉒。

【注释】

①皋、夔(kuí)、衡、旦:李善注:"谓皋陶、后夔、阿衡、周旦也。"皋陶,也称咎繇。传说舜之臣,掌刑狱之事。后夔,传说舜时乐官。阿衡,指伊尹,商汤之臣。周旦,即周公,姬旦。周文王子,辅助武王灭纣,建周王朝,封于鲁。武王死,成王年幼,周公摄政。密勿:勤勉努力。

②兹:蔡邕注:"兹,孔子也。"褊(biǎn):狭小。

③高、光二圣:指汉高祖刘邦、汉光武帝刘秀。

④宸(chén)居:北辰所居,因以指帝王的居处。北极星所在为宸,古代认为北极星是最尊之星,为众星所拱,因此比喻帝位。

⑤龙见渊跃:李善注:"《易》曰:'见龙在田,或跃在渊。'"

⑥拊翼:击拍翅膀。比喻将要奋起。

⑦威灵:声威。纷纭:盛多貌。

⑧熛(biāo):闪动。

⑨胡缢:胡,秦始皇之子胡亥,自缢而死。莽分:莽,王莽。李善注:"《史记》曰:始皇崩,赵高立子胡亥为太子,袭位为二世皇帝。后陈胜等反,赵高乃使阎乐诛二世,二世自杀。《汉书》曰:王莽地黄四年十月,汉兵从宣平城门入城中。少年朱弟等恐见掳掠,私烧其室门,呼曰:'虏王莽,何不出来降!'莽避火之渐台,众兵上台,商人杜吴杀莽,军人裂莽尸。"

⑩尚不苂其诛:蔡邕注:"言二祖即位,胡亥、王莽皆先已诛,天之所为先除也。"苂,临,到。

⑪钦若:敬顺。上下:天地。

⑫群后:诸侯。

⑬度宗:蔡邕注:"度,居也。宗,尊也。言二主既除乱,诸侯推而尊之。然后敬顺天地,恭揖诸侯,正位居尊也。"

⑭台:李善注引韦昭曰:古文"台"为"嗣"。嗣,继承,接续。渊穆:蔡邕注:"深美之辞也。"

⑮靡号师矢敦奋挒之容:李善注:"言汉取天下,无名号,师众陈兵,诰誓劝勉,秉旄奋麾之容。"矢敦,蔡邕注:"矢,陈也。敦,勉也。"挒,与"麾(huī)"音义同。

⑯膺:受,当。正统:旧称一系相承,统一全国的封建王朝为正统。

⑰克让:克制、谦让。归运:指上文"天乃归功元首,将授汉刘"的气数。

⑱蓄:聚。炎上:指火。蔡邕注:"谓火,汉之德也。"古人认为天有五行之序,汉据火德。烈:火势猛。

⑲孔佐:李善注:"即孔子也。能表相祖宗,故曰佐。"弘:弘大。陈:

述说。

⑳洋洋：美盛貌。

㉑上仪：最高的法则。

㉒诰誓：诰，告诫之文。这里指《尚书》的《康诰》《酒诰》等。誓，告诫将士或相互约束的言辞，如《尚书》的《汤誓》《甘誓》等。

【译文】

　　虽然前代圣贤如皋陶、后夔、伊尹、周公旦等人勤勉努力的辅政，他们的功绩比起孔子来都还小。因此高祖和光武帝两位圣主能像北极星一样，处在受到众星拱卫的位置，天命既至，他们的灵气开始发动，就如潜伏着的龙，准备从深渊中跃出，又像拍击着翅膀欲飞，声威振动，其势十分盛大，如四海之内云蒸雾腾，雷鸣电闪。胡亥吓得自杀，王莽身首分离，等不到两位圣主亲自来诛伐。这样他们才敬顺天地，会集诸侯，决定位置而登上天子的尊位。二祖初即位时，都有认为自己仁德不能继承帝位的谦逊辞让，他们取天下时，没有号令将士陈列誓师，奋击指挥的容貌，因而大汉承受天命是一系相承的，得到了尧克制谦让的福运。大汉积聚着炎炎向上的火德，蕴藏着孔子伟大的论著。像这样的仁德多么美啊！这是作为帝王的最高法则，就是《尚书》中的诰、誓那些文章也比不上。

　　铺观二代洪纤之度①，其赜可探也②。并开迹于一匮③，同受侯甸之服④，奕世勤民⑤，以方伯统牧⑥。乘其命赐彤弧、黄钺之威⑦，用讨韦、顾、黎、崇之不恪⑧。至于参五华夏⑨，京迁镐、亳⑩。遂自北面⑪，虎螭其师⑫，革灭天邑⑬。是故谊士华而不敦⑭。《武》称未尽⑮，《护》有惭德⑯，不其然欤？亦犹於穆猗那⑰，翕纯皦绎⑱，以崇严祖考⑲，殷荐宗配帝⑳。发祥流庆㉑，对越天地者㉒，乌奕乎千载㉓，岂不克自神明哉㉔！诞略有常㉕，审言行于篇籍㉖，光藻朗而不渝耳㉗。

【注释】

①洪纤：蔡邕注："洪，大也。纤，细也。"度：法度。

②赜（zé）：精微，深奥。

③开迹：发迹。匮（kuì）：同"篑"，盛土工具。一篑，一筐。

④侯甸之服：侯服和甸服。古代将天子所住京都以外的地方按远近分为九等，叫九服。方千里称王畿，其外方五百里叫侯服，又其外方五百里叫甸服。这里指成为诸侯之国。

⑤奕世：累世，一代接一代。

⑥方伯统牧：指一方的军政长官。方伯，一方诸侯之人。统，统领。牧，古代以治民喻放牧。

⑦乘其命赐彤弧、黄钺之威：李善注："乘，因也。言因其命赐以彤弓、黄钺，乃始征伐也。"彤弧，即彤弓，朱红色的弓。古代帝王以赐有功诸侯。黄钺，以黄金为饰的钺，天子所用。有时遣诸侯或大臣出师，亦假以黄钺以示威重。

⑧韦、顾、黎、崇：蔡邕注："韦，豕韦。顾，己姓之国，皆夏诸侯也。黎、崇，殷诸侯也。汤、文王诛之。"恪：敬。

⑨参五华夏：刘良注："周后稷至公刘遭夏乱，去邰之邠，一也。至太王为戎狄所逼，迁于岐，二也。又居镐，三也。殷汤至盘庚，凡五迁都，故曰三五也。天子所居曰华夏。"华夏，初指我国中原地区，后来包举我国全部领土而言。李善注："参五，谓参五分之也。"取前说。参，通"三"。

⑩京：京都。镐（hào）、亳（bó）：武王都镐，汤都亳。镐，镐京，在今陕西西安。亳，今河南偃师西。

⑪北面：李善注："北面，臣位也。"

⑫虎螭（chī）：李善注："虎螭，如虎如螭也。"螭，传说中一种没有角

的龙。

⑬革:改。天邑:帝王都邑。

⑭华:浮华不实。敦:笃厚。

⑮《武》称未尽:蔡邕注:"《武》,周乐也……孔子曰:《韶》尽美矣,又尽善也。谓《武》尽美矣,未尽善也。舜禅而周伐,故未尽善也。"

⑯《濩》有惭德:蔡邕注:"殷乐也……延陵季子聘鲁,观乐,见舞《大濩》者曰:圣人之弘也。而犹有惭德,耻于始伐也,岂不然乎?"惭德,因行事有缺点而内愧于心。

⑰於穆:於(wū),叹词。穆,美好,严肃。蔡邕注:"《周颂》曰:'於穆清庙。'"猗那:蔡邕注:"《商颂》曰:'猗欤那欤。'"猗,叹词。那,多。"於穆"是歌颂周文王诗中的句子,"猗那"是歌颂商汤诗中的句子。

⑱翕纯皦绎(jiǎo yì):李周翰注:"盛明之貌,皆谓大也。"《后汉书·班固传》李贤注:"翕,盛也。纯,和谐也。皦,其音节明也。郑玄注云:'绎,调达之貌。'"皦绎,形容音节分明、延续不断。

⑲严:敬。祖考:祖先。

⑳殷荐宗配帝:吕向注:"殷,厚。荐,进。宗,尊。帝,天也。言所以崇敬祖考,厚进馨香,尊配享于上天也。"

㉑发祥:谓商受天命而为帝王,发见祯祥,庆流子孙。后因谓帝王生长、创业或民族文化起源之地为发祥地。流庆:幸福流传下去。

㉒对越:蔡邕注:"对,答也。"郑玄注:"越,于也。"

㉓舄(xì)奕:连绵不绝。

㉔克自:吕向注:"克,能也。自,犹事也。言所以长盛千载者,岂不由能事鬼神哉?"

㉕诞略有常:《后汉书·班固传》李贤注:"诞,大也。言殷、周二代政化之迹,大略有常也。"

㉖篇籍：谓诗书。

㉗朗：明。渝：变。

【译文】

　　遍观殷、周二代的大小法度，它们的幽深是可以探知的。殷、周的地位原来都很卑微，是从一筐土开始发迹，渐渐成为诸侯，一代接一代地勤奋劳作，抚育人民，终于成为一方诸侯之长。然后凭借夏、殷赐予的红弓、黄钺的威力，讨伐韦、顾、黎、崇这些不敬畏天子的诸侯。他们在中原地区三番五次地迁徙，才定都镐京和亳。又从臣子的地位，调动如龙似虎的军队，攻灭夏桀和殷纣王，而登上天子的宝座。由于他们以臣伐君，古今义士都认为商汤、周武王德薄而不敦厚。孔子说，周武王的《武》乐尽美，但未尽善；延陵季子见到商汤的《濩》舞，认为尚有惭愧之德，难道不是这样吗？在殷、周之代，还有《诗经·周颂》"於穆清庙"、《商颂》"猗欤那欤"这样美盛和谐、音节明朗谐调的诗歌用在宗庙中，以此来崇敬祖先，厚进馨香，宗祀配天。他们受天命而为帝王，发现吉兆，将幸福传给子孙，报答天地，殷、周二代能长盛千载，难道不是因为能够敬事鬼神的缘故吗！这两代的政绩大略有古代的常道，他们谨慎的言行在《诗经》《尚书》等典籍中还能看到，光彩文藻明朗而不变罢了，并没有什么特殊的功绩。

　　矧夫赫赫圣汉①，巍巍唐基②，溯测其源③，乃先孕虞育夏，甄殷陶周④，然后宣二祖之重光⑤，袭四宗之缉熙⑥。神灵日照⑦，光披六幽⑧，仁风翔乎海表⑨，威灵行乎鬼区⑩。匪亡回而不泯⑪，微胡琐而不颐⑫，故夫显定三才昭登之绩⑬，匪尧不兴；铺闻遗策在下之训⑭，匪汉不弘厥道。至于经纬乾坤⑮，出入三光⑯，外运浑元⑰，内沾豪芒⑱，性类循理⑲，品物咸亨⑳，其已久矣。

【注释】

①矧(shěn)：况且，何况。赫赫：显耀盛大的样子。

②巍巍：高大貌。唐基：《后汉书·班固传》李贤注："汉承唐尧之基。"

③溯(sù)：逆流而上。

④甄(zhēn)、陶：锻炼成器。引申为培育造就人才或推行教化。

⑤二祖：指汉高祖和汉光武帝。重光：谓日光重明。喻后王继前王的功德。

⑥袭：蔡邕注："袭，因也。"四宗：《后汉书·班固传》李贤注："四宗，文帝为太宗，武帝为代宗，宣帝为中宗，明帝为显宗。"缉熙：犹言积渐至于光明，后因以"缉熙"指光明。蔡邕注："二祖重光天下，四宗盛美相因而起也。"

⑦神灵日照：吕向注："言天子神灵如日照天下也。"

⑧六幽：天地四方幽远之处。

⑨海表：指我国四境以外僻远之地。

⑩鬼区：张铣注："区，方也。鬼方，蛮夷远国也。"

⑪匿：《后汉书》及五臣本皆作"慝(tè)"，邪恶。回：《后汉书》作"迥"，远。泯：尽，消灭。

⑫微胡琐而不颐：《后汉书·班固传》李贤注："言凶恶者无远而不灭，微细者何小而不养也。"琐，小。颐，养。

⑬三才：天、地、人。昭登之绩：刘良注："昭，明。登，成。绩，功也。言明定三才明成其功，非尧不能兴也。"蔡邕注："明登天之功。"

⑭铺：广泛，普遍。遗策在下之训：《后汉书·班固传》李贤注："遗策，尧之余策，谓《尧典》也。在下，谓后代子孙也。言《尧典》为子孙之训，非汉不能弘大也。"

⑮经纬：规划治理。乾坤：天地。

⑯出入三光：蔡邕注："言使日、月、星辰出以其节，入以其期。"三光，日、月、星。

⑰浑元:指天地或天地元气。

⑱豪芒:细微的事物。

⑲性类循理:《后汉书·班固传》李贤注:"性,生也。循,顺也。含生之类皆顺于理。"

⑳品物:万物。亨:通。

【译文】

何况显赫的圣朝大汉,奠定在高大的唐尧基业之上。上探它的源头,它先孕育了虞和夏,然后又培育造就殷与周,这样才使汉高祖和汉光武帝的光明重现于天下,让太宗、代宗、中宗、显宗的盛美相因而起。它的神异威灵如太阳一样照耀,光辉达到天地四方幽远之处,恩泽如风遍布境外僻远地区,赫赫声威传遍遥远的蛮夷之国。邪恶势力没有由于太远而不消灭,细微的生物没有因为太小而不养育,因此明确天、地、人之道,彰明登上帝位的功绩,非尧不能建立;广泛听取《尧典》对子孙后代的训导,非大汉不能弘扬它的思想。至于说到大汉之道能规划治理天地,使日、月、星辰的出现和隐没都有一定的规律,外可运行在造化元气之中,内能浸润在细微事物之上,一切生物都能顺其理,万事万物都通达顺利,各得其所,这已经很久了。

盛哉!皇家帝世①。德臣列辟②,功君百王③,荣镜宇宙④,尊亡与亢⑤。乃始虔巩劳谦⑥,兢兢业业,贬成抑定⑦,不敢论制作⑧。至令迁正、黜色、宾监之事⑨,涣扬宇内⑩。而礼官儒林屯用笃诲之士⑪,不传祖宗之仿佛⑫,虽云优慎⑬,无乃蒽与⑭?

【注释】

①皇家帝世:谓汉家历代。

②列辟(bì):谓古之帝王。

③功君百王:《后汉书·班固传》李贤注:"言汉家德可以臣彼列辟,功可以君彼百王。"

④镜:犹光明。

⑤尊亡与亢:李周翰注:"荣名镜照于宇宙,则天子之道尊荣自古帝王无与敌者。"亢,同"抗",匹敌。

⑥虔巩劳谦:吕向注:"虔,敬也。巩,劳也。言汉有此威德,乃犹谨敬劳谦戒慎。"

⑦贬成抑定:吕向注:"自贬其成功之议,自抑其安定之理。"

⑧不敢论制作:《后汉书·班固传》李贤注:"今不敢论制礼作乐之事,言谦之甚也。"

⑨迁正、黜色:蔡邕注:"《礼记》曰:'圣人南面而治天下也,改正朔,易服色。'"又注:"汉承周后,当就夏正,以十二月为年首,而秦以十月为年首。高祖又以十月至霸上,因而不改,至武帝太初始改焉。贾谊、公孙臣等议以汉土德、服色尚黄,至光武中乃黜黄而尚赤。"宾:谓殷、周二王之后为汉之宾。监:视。视殷、周之事以为监戒。

⑩涣扬:宣扬。

⑪屯:聚集。笃诲:确当评论。

⑫不传祖宗之仿佛:《后汉书·班固传》李贤注:"不传,谓不制作篇籍,以纪功德也。仿佛,犹梗概也。"

⑬优慎:蔡邕注:"慎而无礼则葸。优,谓优游也。"

⑭葸(xǐ):畏惧貌。

【译文】

多么兴盛啊! 汉家历代帝王。他们的仁德能以古代帝王为臣,他们的功勋能做古代百王的君主,他们的荣名光照天下,他们的尊贵,自古帝王无人能够匹敌。汉家虽有这样的威德,却恭恭敬敬,勤劳谦逊,小心谨慎,自贬赞美他们功德的议论,自抑夸耀他们安定的理论,还不敢议论制礼作乐的事情。至于确定一年第一天的日期,改变车马祭牲的颜色,以宾客之礼敬视殷周的后代,这些事情已盛扬海内。但汉家的礼官博士们多选用笃守教导的人士,他们没有编写文章纪述祖先大概的功德,虽说是犹豫谨慎的态度,难道不是畏惧吗?

于是三事岳牧之寮^①,佥尔而进曰^②:陛下仰监唐典^③,中述祖则^④,俯蹈宗轨^⑤,躬奉天经^⑥,惇睦辨章之化洽^⑦。巡靖黎蒸^⑧,怀保鳏寡之惠浃^⑨,燔瘗县沉^⑩,肃祗群神之礼备^⑪。是以来仪集羽族于观魏^⑫,肉角驯毛宗于外囿^⑬,抚缁文皓质于郊^⑭,升黄辉采鳞于沼^⑮,甘露宵零于丰草^⑯,三足轩翥于茂树^⑰。若乃嘉谷灵草,奇兽神禽,应图合谍^⑱,穷祥极瑞者,朝夕坰牧^⑲,日月邦畿^⑳,卓荦乎方州^㉑,洋溢乎要荒^㉒。

【注释】

①三事:三公。岳牧:传说尧、舜时有四岳、十二牧,省称"岳牧"。后泛指地方的长官。寮(liáo):后多作"僚",百官,官吏。

②佥尔而进:吕向注:"言礼官既不能传述帝道,三公、岳牧之官皆欲进言于帝也。"佥,都,皆。

③监:通"鉴",借鉴。唐典:唐尧的典籍。

④述:遵循。祖则:吕向注:"高祖之则也。"

⑤俯蹈宗轨:张铣注:"俯,下也。世宗、武宗帝封禅之轨则也。"轨,轨道,一定的路线。

⑥天经:天之常道。《后汉书·班固传》李贤注:"天经,谓孝也。孔子曰:'夫孝,天之经。'"刘良注:"言天子身行孝道。"

⑦惇睦辨章之化洽：李周翰注："惇厚九族，和睦上下，辨析章服，其化已洽矣。"惇，厚。睦，和。辨章，分辨明白。郑注："辨，别也。章，明也。"化洽，教化普及。

⑧巡靖：蔡邕注："巡狩而安之也。"黎蒸：即黎烝，黎民，众民。

⑨怀保：蔡邕注："怀，安也。保，养也。"惠浃：惠洽，普遍地施予恩惠。

⑩燔瘗(yì)县沉：蔡邕注："《尔雅》曰：'祭天曰燔柴，祭地曰瘗埋，祭山曰庋(guǐ)县，祭川曰浮沉。'"

⑪肃祗：恭敬。

⑫羽族：禽类。观魏：门阙。

⑬毛宗：兽类。

⑭扰：驯。缁文皓质：白底子黑色的花纹。这里指驺虞。蔡邕注："驺虞也。"传说中的义兽。缁，黑色。皓，白色。

⑮黄辉采鳞：《后汉书·班固传》李贤注："黄辉采鳞，谓黄龙也。建初五年，有八黄龙见于零陵。"

⑯宵零：夜降。

⑰三足轩翥(zhù)：吕向注："三足，乌也。轩，飞貌。翥，飞也。"

⑱图、谍：刘良注："皆图书之类也。"

⑲坰(jiōng)牧：郊野。刘良注："林外曰坰，郊外曰牧。"

⑳邦畿：国境。

㉑卓荦(luò)：卓绝出众。方州：帝都。

㉒洋溢：充满，广泛传播。要荒：要服、荒服。古称离王城外极远的地方。

【译文】

于是三公及各地长官，都向天子进言说：陛下向上借鉴唐尧的典籍，中可遵循高祖的法则，下能实践世宗、武宗的路线，并且亲身实行孝道，厚待九族、和睦上下，辨明各种等级的礼物，这些教化已经普及。巡狩安抚众民,对鳏寡孤独的人普遍施予恩惠,祭天祭地祭山祭河,恭敬群神的礼节也相当完备。因此凤凰将百禽聚集到宫阙之上,麒麟将百兽邀聚在城外园地之内,郊野驯养着义兽驺虞,沼池里腾跃出八条黄龙,甘美的雨露夜里降临到丰盛的灵草上,三足神鸦翩翩飞翔,栖息到繁茂的佳木中。像这样的嘉谷、灵草、奇兽、神禽,适应瑞图,符合史籍,各种各样祥瑞征兆,在郊野早晚可见,在境内每天每月都在发生,在京都这些吉兆都是那么卓绝出众,在京城外遥远的地方广泛地流传。

昔姬有素雉、朱乌、玄秬、黄麰之事耳①,君臣动色,左右相趣。济济翼翼②,峨峨如也③。盖用昭明寅畏④,承聿怀之福⑤,亦以宠灵文、武⑥,贻燕后昆⑦,覆以懿铄⑧,岂其为身而有颛辞也⑨! 若然受之,亦宜勤悤旅力⑩,以充厥道。启恭馆之金縢⑪,御东序之秘宝⑫,以流其占⑬。夫图书亮章⑭,天哲也⑮;孔猷先命⑯,圣孚也⑰;体行德本⑱,正性也⑲;逢吉丁辰,景命也⑳。顺命以创制㉑,因定以和神㉒,答三灵之蕃祉㉓,展放唐之明文㉔。兹事体大而允㉕,寤寐次于心㉖,瞻前顾后,岂蔑清庙㉗,惮敕天命也㉘? 伊考自遂古㉙,乃降戾爰兹㉚,作者七十有四人。有不俾而假素㉛,罔光度而遗章㉜,今其如台而独阙也㉝。

【注释】

①昔姬有素雉、朱乌、玄秬(jù)、黄麰(móu):吕向注:"昔周成之时,有白雉、赤乌之瑞,黑黍、黄麦之秀,皆为瑞也。"秬,黑黍。麰,大麦。

②济济:众多的样子。翼翼:繁盛貌。

③峨峨:盛美的样子。

④用:因。昭明:显明。寅畏:恭敬,戒惧。小心谨慎的意思。

⑤聿怀之福:语出《诗经·大雅·大明》:"昭事上帝,聿怀多福。"这是周人称述文王、武王从开国到灭商得天之助的诗。聿,句首语助词。怀,来。

⑥宠灵:犹恩宠、宠异。

⑦贻燕:贻,遗留。燕,安定。后因以"贻燕"表示使子孙安吉之意。后昆:后代子孙。

⑧懿铄(yì shuò):美盛。刘良注:"二王遗安后嗣,覆以美盛之德也。"

⑨颛(zhuān):通"专",独一,专擅。《后汉书·班固传》李贤注:"成王、康王岂独为身而有自专之辞也。"

⑩恁旅:蔡邕注:"恁,思也。旅,陈也。"旅,出力。

⑪恭馆:蔡邕注:"恭馆,宗庙金縢之所在。"古时帝王收藏策书的地方。金縢(téng):指金绳函封的玉册。

⑫御:进用,奉进。东序:东边的厢房。秘宝:《后汉书·班固传》李贤注:"秘宝,谓《河图》之属。《尚书》曰:'天球河图在东序。'孔安国注曰:'《河图》,八卦是也。'言启金縢之书及《河图》之卦以占之也。"

⑬流:蔡邕注:"演也。"

⑭图书亮章:蔡邕注:"亮,信也。章,明也。言《河图》《洛书》至信至明,而出天赐之,使视而行之。"

⑮哲:智慧。

⑯孔猷(yóu):孔子之道。蔡邕注:"言孔子先定道,诚至信也。"

⑰圣孚:圣人之信。孚,信。

⑱体行:身体力行。德本:道德的根本。

⑲正性:端正本性。

⑳"逢吉"二句:蔡邕注:"言逢此吉,当此时者,皇天之大命也。"逢,当。景命,大命。

㉑顺命：蔡邕注："《易》曰：'汤、武革命，顺乎天，应乎人。'"

㉒因定以和神：吕向注："因天下治定以和鬼神。"

㉓三灵：天、地、人。蕃祉：多福。蕃，多。祉，福。

㉔展放唐：李周翰注："展，广也。放唐，谓尧也。""封禅者，所以答天、地、人之多福，广帝尧之明德矣。"

㉕事体：事情。谓封禅之事。允：信。

㉖寤寐次于心：《后汉书·班固传》李贤注："寤寐常止于圣心，言不可忘之也。"次，止。

㉗蔑：渺小，轻。清庙：宗庙的通称。清，肃穆清静。

㉘惮敕天命：《后汉书·班固传》李贤注："惮，难也。敕，正也。言封禅之事，皆述祖宗之德，今乃推让，岂轻清庙而难正天命乎？"

㉙伊：助词，无义。遂古：远古。遂，通"邃（suì）"，深远貌。

㉚戾：至。爰：于。

㉛假：借。素：白绢。指书、史。

㉜罔：无。光度：《后汉书·班固传》李贤注："光扬法度。"

㉝台（yí）：我。

【译文】

从前周王朝曾出现白雉、赤乌、黑黍、黄麦这些吉祥物，当时君王与大臣们看见这些事物惊喜得脸色都改变了，在旁侍候的人也奔走相告。这样众多的吉兆，真是美盛的景象。大概是因为周王显明鬼神的感应，敬畏上天之命而获得福气吧，也因上天宠爱优待文王与武王，使子孙后代平平安安，并给他们加上美盛之德，所以周成王要举行封禅大典，这哪里是为了自身而擅自行事呀！像这样受命之事，大汉也应该勤于思考和出力，以充实祖先之道。应该打开恭馆中的金縢之书，进用东厢房的秘密宝图，使图书上的占卜得以流传。《河图》《洛书》至信至明，是天赐的大智慧；孔子先定的道，是圣人的信誉；对孝道身体力行，是纯正的本性；遇到这样吉祥的时代，是天子的大命。顺天命而创立的封禅制度,是因天下安定而和睦鬼神,报答天、地、人得到的众多幸福,广大帝尧完美的德行。封禅这件事很大,必须昼夜放在圣上的心里,瞻望前代帝王,回顾后代子孙,如果推辞封禅大事,岂不是轻视宗庙,难正天命吗? 考察远古以来,直到现在,举行封禅大典的帝王已有七十四位。自古以来的君王,有天命不让他封禅的,尚且借书史之文传扬,没有光扬法度而弃其文章不举行封禅的人,现在像我们为什么独独没有举行封禅大典呢?

　　是时圣上固以垂精游神①,苞举艺文②,屡访群儒,谕咨故老,与之斟酌道德之渊源③,肴核仁谊之林薮④,以望元符之臻焉⑤。既感群后之说辞⑥,又悉经五繇之硕虑矣⑦。将绍万嗣⑧,扬洪辉,奋景炎⑨,扇遗风⑩,播芳烈⑪,久而愈新,用而不竭。汪汪乎丕天之大律⑫,其畴能亘之哉⑬? 唐哉皇哉⑭,皇哉唐哉!

【注释】

①圣上:《后汉书·班固传》李贤注:"谓章帝也。"垂精游神:即垂意游心、留心、注意、关怀的意思。

②苞举:统括,全部占有。苞,通"包"。艺文:典籍。

③斟酌:品评,考虑。

④肴核:肴,为肉食。核,指有核的果品。转为吸纳、咀嚼的意思。林薮:山林水泽之间。比喻聚集的处所。

⑤元符:封建统治者自称受命于天,天上会出现相应的祥瑞。也叫符应,元符即重大的符应。

⑥群后:张铣注:"群后,百官也。"说辞:直言。

⑦五繇(zhòu):古代帝王巡狩,预卜五年,以占有吉凶,称为五繇。

繇,通"籀",古时占卜的文辞。

⑧絣(bēng):李善注:"使也。"

⑨扬、奋:蔡邕注:"皆振布之意也。"景炎:《后汉书·班固传》李贤注:"景,大也。炎,谓火德。"

⑩扇:动。

⑪播芳烈:刘良注:"播,布。烈,业也。"

⑫汪汪:深广的样子。丕天:奉天。大律:大法。

⑬畴:谁。亘:《后汉书·班固传》李贤注:"犹竟也。"

⑭唐哉皇哉:《后汉书·班固传》李贤注:"唐哉,谓尧也。皇哉,谓汉也。"蔡邕注:"言谁能竟此道,惟唐尧与汉,汉与唐尧而已。"

【译文】

　　这时,圣上已经开始关心注意此事,掌握了所有的典籍,多次访问博学多才之士,咨询年老而有声望的人,与他们一起研究道德的根本,讨论仁义的所在,而盼望重大符应的出现。圣上已经被文武百官的直言急谏所感动,又经过五篇占卜者为他深思熟虑。他将使子孙万代弘扬大汉灿烂的光辉,振兴大汉明盛的火德,发扬大汉遗留的风尚,传播大汉美好的事业,使大汉美盛的仁德愈久弥新,越传越远,无限深广。这是奉天之大法,谁能完成这样伟大的业绩呢? 只有唐尧与大汉,大汉与唐尧而已!

卷第四十九

史论上

班孟坚

见卷第一《两都赋序》作者介绍。

公孙弘传赞一首

【题解】

本文选自《汉书》，全称当为《公孙弘卜式倪宽传赞》，《文选》作《公孙弘传赞》于义未妥，盖传写者擅省。传赞之体，滥觞于《春秋左传》。《史通·论赞》："《春秋左氏传》每有发论，假'君子'以称之。二《传》云'公羊子''穀梁子'，《史记》云'太史公'，既而班固曰'赞'。"可见传赞为叙事之余史家发为议论之词。班固之后，正史传末议论有"赞""论""史臣曰"等名目，皆属传赞之体。另有四言韵语之赞，源流则与此传赞不同。公孙弘等三人或精于儒学，或质朴忠梗，皆由卑微而登高位，班固认为原因在于他们得逢汉盛世，而大汉之盛，又有赖于人才之荟萃，故连带叙及当时各类建功立业之人才。读此一篇，西汉武帝、宣帝之世用人之盛，可以具见。

　　赞曰：公孙弘、卜式、倪宽①，皆以鸿渐之翼困于燕雀②，远迹羊豕之间③，非遇其时，焉能致此位乎④？是时，汉兴六十余载，海内乂安⑤，府库充实，而四夷未宾⑥，制度多阙⑦。上方欲用文武，求之如弗及，始以蒲轮迎枚生⑧，见主父而叹息⑨。群士慕响⑩，异人并出。卜式拔于刍牧⑪，弘羊擢于贾竖⑫，卫青奋于奴仆⑬，日磾出于降虏⑭，斯亦曩时版筑饭牛之朋已⑮。汉之得人，于兹为盛。儒雅则公孙弘、董仲舒、倪宽⑯，笃行则石建、石庆⑰，质直则汲黯、卜式⑱，推贤则韩安国、郑当时⑲，定令则赵禹、张汤⑳，文章则司马迁、相如，滑稽则东方朔、枚皋㉑，应对则严助、朱买臣㉒，历数则唐都、落下闳㉓，协律则李延年㉔，运筹则桑弘羊㉕，奉使则张骞、苏武，将帅则卫青、霍去病，受遗则霍光、金日磾㉖，其余不可胜纪。是以兴造功业，制度遗文，后世莫及。孝宣承统㉗，纂修洪业㉘，亦讲论六艺㉙，招选茂异㉚。而萧望之、梁丘贺、夏侯胜、韦玄成、严彭祖、尹更始以儒术进㉛，刘向、王褒以文章显㉜，将相则张安世、赵充国、魏相、邴吉、于定国、杜延年㉝，治民则黄霸、王成、龚遂、郑弘、召信臣、韩延寿、尹翁归、赵广汉、严延年、张敞之属㉞，皆有功迹见述于后世。参其名臣㉟，亦其次也㊱。

【注释】

①公孙弘：西汉武帝时人。曾牧豕，为狱吏，后以学《春秋》杂说征为博士，官至丞相，封平津侯。卜式：西汉武帝时人。以牧羊致富。武帝和匈奴作战，军费浩繁，卜式屡献私财于国。武帝任为中郎，派在上林牧羊。官至御史大夫，赐爵关内侯。倪宽：《汉

书》作"兒宽",西汉武帝时人。精通经学和历法,官至御吏大夫。

②鸿渐之翼:《周易·渐》:"鸿渐于阿,其羽可用为仪。"后用以喻人有贤才美德。困于燕雀:喻有大才者屈处流俗之间,且不为流俗所知。《史记·陈涉世家》:"陈涉太息曰:'嗟乎,燕雀安知鸿鹄之志哉!'"

③远迹:谓远离城郭闹市。羊豕:《汉书·公孙弘传》:"少时为狱吏,有罪,免。家贫,牧豕海上。"又《汉书·卜式传》:"式入山牧,十余年,羊至千余头。"

④致此位:指公孙弘官至丞相,卜式官至御史大夫,倪宽接替卜式为御史大夫。

⑤乂(yì)安:太平无事。

⑥四夷:古代对华夏族以外各族的称呼,即所谓东夷、西戎、南蛮、北狄。宾:服。

⑦阙(quē):缺。

⑧蒲轮:古时征聘贤士,为示礼敬,用蒲草裹车轮,使车行安稳,称作安车蒲轮。枚生:指枚乘。《汉书·枚乘传》:"武帝自为太子闻乘名,及即位,乘年老,乃以安车蒲轮征乘,道死。"

⑨主父:主父偃,西汉武帝时人。以上书言事任郎中,官至齐王相。以揭发齐王淫行导致齐王自杀,以此得罪族诛。叹息:《汉书·主父偃传》载武帝召见主父偃等三人,谓曰:"公皆安在?何相见之晚也!"

⑩慕响:闻其事而思效法。

⑪刍牧:割草放牧。

⑫弘羊:桑弘羊,西汉武帝时人。曾任治粟都尉,领大司农,制定和推行盐铁酒类官营专卖,组织六十万人屯边备御匈奴。昭帝初以御史辅政,主持召开盐铁会议,旋被指控谋废昭帝而诛。擢:拔。贾竖:对商人的蔑称。《汉书·食货志》:"弘羊,洛阳贾人之

子。以心计，年十三侍中。"

⑬卫青奋于奴仆：《汉书·卫青传》曰："其父郑季……与主家僮卫
媪通，生青……青为侯家人，少时归其父，父使牧羊。民母之子
皆奴畜之，不以为兄弟数。"

⑭日䃅(mì dī)出于降虏：日䃅，金日䃅。《汉书·金日䃅传》曰："日
䃅以父不降见杀，与母阏氏、弟伦俱没入官。"

⑮曩(nǎng)：以往。版筑：古筑墙垣，四周用木版，中间填土夯实。
传说傅说本为版筑贱役，因与殷高宗梦中贤臣貌合而被用为相。
见《尚书·说命序》。饭牛：喂牛。传说甯戚饭牛居车下，齐桓公
闻其击牛角疾歌，知非常人，用为客卿。详见《吕氏春秋·举
难》。朋：类。底本原作"明"，形近而误，据《汉书》殿本改。

⑯儒雅：博通儒学且端正有美德。

⑰笃行：行为惇厚。石建、石庆：西汉景、武帝时人。《汉书·石奋
传》称其二人"皆以驯行孝谨，官至二千石"。

⑱汲黯：字长孺，汉武帝时名臣，以正直著称。《汉书·汲黯传》称
其"以数直谏，不得久居位"。

⑲韩安国：西汉景、武帝时人。官至御史大夫，行丞相事。《汉书·
韩安国传》称其"所推举皆廉士贤于己者"。郑当时：字庄，西汉
景、武帝时人。以推贤著称，官至汝南太守。

⑳赵禹：西汉景、武帝时人。以刀笔吏起家，官至御史大夫，持法严
峻刻深。张汤：西汉武帝时人。官至御史大夫，持法酷烈，但能
廉洁奉公，推贤扬善。《汉书·张汤传》："与赵禹共定诸律令。"

㉑滑(gǔ)稽：古流酒器。《史记·滑稽列传·索隐》引崔浩说谓其
能"转注吐酒，终日不已"，故借以喻雄辩之士出口成章，词无
穷竭。

㉒严助：西汉武帝时人。本姓庄，东汉避明帝讳改。官至会稽太
守。淮南王刘安谋反，因与刘安交好被诛。朱买臣：西汉武帝时

人。初家贫，为其妻所弃，后官至主爵都尉，因与张汤相倾轧，为武帝所杀。

㉓历数：推算岁时节候的次序。唐都：西汉景、武帝时方士，曾教司马谈天文之学，参与制订《太初历》。落下闳(hóng)：西汉景、武帝时隐士，落下为姓。明晓天文地理，参与制订《太初历》，拜侍中，辞不受。

㉔协律：校正音乐律吕使其和谐。李延年：西汉武帝时人。因善歌新声而为协律都尉。

㉕运筹：运算。

㉖霍光：霍去病异母弟。武帝崩，以大司马大将军受遗诏，与金日䃅等同辅昭帝。昭帝崩，迎立宣帝，权倾朝野。

㉗孝宣：汉宣帝刘询(前74—前49在位)。统：帝纪。

㉘纂：继。《国语·周语》："纂修其绪。"洪：大。

㉙六艺：六经，指《诗》《书》《礼》《易》《乐》《春秋》。《乐经》早亡，实为五经。

㉚茂异：才美行异。《汉书·何武传》："宣帝循汉武故事，求通达茂异士。"

㉛萧望之：西汉宣、元帝时人。治《齐诗》《礼经》及《论语》等。宣帝崩，以太傅辅元帝政，后为宦官排挤，饮鸩自杀。梁丘贺：宣帝时人。以治京房《易》学，官至少府。夏侯胜：武、宣帝时人。以治今文《尚书》征为博士，官至太子太傅，立《尚书》大夏侯之学。韦玄成：宣、元帝时人。从其父学《诗》，父子皆以明经至丞相。严彭祖：宣帝时人。与颜安乐同学《公羊春秋》，各成名家，称颜严之学。官至太子太傅。尹更始：宣帝时人。治《穀梁春秋》，官至谏议大夫。进：进身高官。

㉜刘向：西汉著名经学家、文学家。著有《说苑》《新序》《列女传》等。王褒：西汉辞赋家。生平详见卷第十七《洞箫赋》。

㉝张安世:张汤子,宣帝时官至大司马。赵充国:宣帝时名将。生平详见卷第四十七《赵充国颂》。魏相、邴吉:均为宣帝时名相。于定国:宣、元帝时人。官至丞相。杜延年:昭、宣帝时人。主张行宽和之政,议罢酒榷盐铁,官至御史大夫。

㉞黄霸:武、宣帝时人。以宽和治民,闻名天下,官至丞相。王成:宣帝时人。为胶东相,有政绩,宣帝最先下诏褒奖。龚遂:昭、宣帝时人。为渤海太守时,郡中大治,官至水衡都尉。郑弘:宣帝时人。为南阳太守时颇有政绩,官至御史大夫。召(shào)信臣:宣、元帝时人。为上蔡长、南阳太守、河南太守时,好为民兴利,有视民如子之称,官至少府。韩延寿:昭、宣帝时人。为淮阳、颍川、东郡太守,皆甚有政绩,后为左冯翊,因开罪萧望之被诛。尹翁归:宣帝时人。为东海太守时,郡中大治。赵广汉:字子都,西汉昭、宣帝时人。《汉书·赵广汉传》载:"广汉为人强力,天性精于吏职。"严延年:宣帝时人。为涿郡太守时,郡中大治,道不拾遗。张敞:字子高,茂陵(今陕西兴平)人。西汉名臣。

㉟参:验证,考察。

㊱次:次第,排列。

【译文】

　　赞说:公孙弘、卜式、倪宽,都有大才却屈处流俗之间,远离闹市去牧猪放羊,如果不是生逢大汉盛世,怎能先后做上高官? 此时,大汉建国六十余年,天下太平无事,国家库房物资充足,但是周围的少数族尚未归顺,各项制度尚不完善。武帝正想任用文臣武将,思得贤才唯恐不及,刚即位就以安车蒲轮迎接枚老夫子,召见主父偃时慨叹相见恨晚。天下贤士闻其事而思效法,贤才奇士一时辈出。卜式从牧羊人中脱颖而出,桑弘羊选拔自商贾之家,卫青奋起于奴仆之流,金日磾出自归降的奴隶,这些正是以往傅说、宵戚一类的际遇。大汉得用人才,数这时最为繁盛。博学端正则有公孙弘、董仲舒、倪宽，行为敦厚则有石建、石庆，质朴耿直则有汲黯、卜式，推举贤才则有韩安国、郑当时，制定律令则有赵禹、张汤，文章壮美则有司马迁、司马相如，巧言善辩则有东方朔、枚皋，应答妥帖则有严助、朱买臣，通晓历法则有唐都、落下闳，调谐音律则有李延年，巧于运算则有桑弘羊，奉命出使则有张骞、苏武，能征善战则有卫青、霍去病，受遗诏辅佐幼主则有霍光、金日磾，其余的不能尽载于此。因此纷纷建立功业，完善制度垂光留彩，后世没有赶得上的。孝宣皇帝承续帝纪，继续维护汉家大业，也注重传习研讨六经，选拔才美行异之士。于是萧望之、梁丘贺、夏侯胜、韦玄成、严彭祖、尹更始凭着精熟儒家经典进身高官，刘向、王褒靠文章名扬海内，名将名相则有张安世、赵充国、魏相、邴吉、于定国、杜延年，治民有方则有黄霸、王成、龚遂、郑弘、召信臣、韩延寿、尹翁归、赵广汉、严延年、张敞之流，都有功业为后世所称述。所以考察宣帝一代名臣，也将他们叙列在武帝名臣之后。

干令升

干宝，生卒年不详，字令升，新蔡（今属河南）人。东晋时期史学家、文学家。干宝少勤学，博览群书，以才器召为佐著作郎。后来参加镇压杜弢起义有功，赐爵关内侯。晋元帝建国江东，王导推荐干宝领修国史，著《晋纪》二十卷奏行。历官山阴令、始安太守、司徒右长史、散骑常侍。生平著述较多，有《搜神记》《春秋左氏义外传》《周易注》《周官注》及文集《干子》等行于世。今唯存《搜神记》二十卷，但已非原本，乃明胡应麟自类书缀辑，多有附益。《搜神记》为六朝志怪小说之佼佼者，其中有些段目情节完整丰富，开始突破志怪小说"丛残小语"的格局，叙事简洁而又曲尽其情，语言朴素而又雅致清峻。

晋纪论晋武帝革命一首

【题解】

本文选自《晋纪》。干宝《晋纪》为编年体史书,叙司马昭进为晋王至西晋灭亡五十三年间事。李善注引何法盛《晋书》谓始于宣帝司马懿。宣帝当为文帝之讹,若作宣帝,司马懿专魏政至西晋为六十八年,与五十三年之数不合。或者《晋纪》编年始于晋王时,又向上追溯司马懿、司马师之事,故有始于宣帝之说。自唐修《晋书》出,旧本各家晋史不为人所重,先后亡佚,《晋纪》亦在其中。本文及后面《晋纪总论》,赖《文选》及部分类书得以保存。晋武帝司马炎为晋开国皇帝,在位二十六年(265—290)。"革命"一词,出自《周易·革》之象辞,谓改革朝代以应天命。晋武帝革命,即指司马炎代魏称帝。本文乃干宝记毕司马炎称帝事后所发议论,论之主旨在赞司马炎称帝乃敬天受命之举,颇多陈词,缺乏新意。仅就文气而论,则如行云流水。

史臣曰:帝王之兴,必俟天命①。苟有代谢②,非人事也。文质异时③,兴建不同。故古之有天下者,柏皇、栗陆以前④,为而不有⑤,应而不求⑥,执大象也⑦。鸿黄世及⑧,以一民也⑨。尧舜内禅⑩,体文德也⑪。汉魏外禅⑫,顺大名也⑬。汤武革命⑭,应天人也⑮。高光争伐⑯,定功业也。各因其运而天下随时⑰,随时之义大矣哉⑱!古者敬其事则命以始⑲,今帝王受命而用其终⑳。岂人事乎?其天意乎?

【注释】

①俟天命:《尚书·武成》:"俟天休命。"俟,等待。

②代谢:新旧更迭。《淮南子·兵略训》:"若春秋有代谢。"此指改

朝换代。

③文质:指古代帝王所禀受的两种不同德行,文即后文的"文德",质即革命,秉文德之君不用干戈而成就帝业,秉质之君应天革命,或用干戈。换言之,秉质之君乃雄武之君。

④柏皇:传说古帝名。盖远古氏族领袖,又作"伯皇""柏皇"。栗陆:传说古帝名。在女娲氏之后,盖远古氏族领袖。《庄子·胠箧》:"昔者……伯皇氏……栗陆氏……当是时也,民结绳而用之。"

⑤为而不有:刘良注:"谓为理而不自有其功。"《老子》二章:"生而不有,为而不恃。"

⑥应而不求:刘良注:"谓应德而不求其报。"

⑦大象:大道的法象。

⑧鸿黄:《艺文类聚》卷十三引作"羲黄"。按,鸿即帝鸿,黄即黄帝,帝鸿即黄帝之号,说并见《春秋左传·文公十八年》杜预注及《史记·五帝本纪·正义》。参考后文"尧舜""汉魏""汤武""高光",并谓二帝,则作"鸿黄"不如作"羲黄"义长。羲即伏羲,传为人类始祖,与女娲兄妹为婚,盖初期氏族领袖。一说伏羲即太昊。世及:父死子继,世代相承。按,氏族时代无继承权可言,此儒生以今度古之附会。

⑨一民:使民心稳定。

⑩尧:陶唐氏,名放勋。父系氏族社会后期的部落联盟首领。都于唐(今山西临汾),史称唐尧。舜:有虞氏,名重华,继尧为部落联盟首领。内禅:据说"四岳"(四方部落领袖)推舜为尧的继承人,儒家称"禅让"。传说尧以二女妻于舜,说见《尚书·尧典》《楚辞·天问》等。盖陶唐氏与有虞氏因此结成氏族联盟,故称内禅。

⑪文德:文明之德。《周易·大有·象》:"其德刚健而文明。"

⑫外禅:汉、魏不同姓,但魏之篡汉,以禅让为名,故称外禅。

⑬名:名分。

⑭汤:成汤,商族首领,即位后十七年灭夏,建立商王朝。武:周武王姬

发,继周文王姬昌为周族首领,即位后十一年(一作十三年)灭商,建立
周王朝。

⑮应天人:《周易·革·象》:"汤武革命,顺乎天而应乎人。"

⑯高:汉高祖刘邦。光:汉光武帝刘秀。争伐:争战征伐。指刘邦
　　打败项羽,刘秀起兵反王莽和大破赤眉军及更始余部。

⑰运:运数。而天下随时:语出《周易·随·象》。

⑱随时之义大矣哉:语出《周易·随·象》。

⑲古者敬其事则命以始:谓古代帝王敬顺事征而开国建元。《春秋
　　左传·闵公二年》:"故敬其事则命以始。"事,事征。

⑳今帝王:指魏陈留王曹奂,咸熙二年(265)被逼禅位于司马炎。
　　受命:谨受天命。用其终:指禅位于晋以终其帝业。

【译文】

史臣说:帝王的兴起,一定要等待天命。假若有改朝换代,绝非人
为。帝王或秉文德或逞雄武各代有异,所以兴功建业也有不同。因此
古代拥有天下的帝王,柏皇氏、栗陆氏以前,治理天下却不视为一己之
功,仁德广施却不要求民众报答,他们把握了大道的法象啊。伏羲、黄
帝的大业世代相承,以此保证民心稳定。唐尧、大舜实现内部禅让,充
分体现了文明之德。汉魏两朝是异姓禅让,重大的名分得以理顺。成
汤、周武王推翻旧朝,上顺天命下应人心。汉高祖、光武帝连年征战,大
功告成确立帝业。他们各凭运数而天下都顺从时运,顺从时运的含义
多么重大啊! 古代帝王敬从事征而开国建元,现在帝王谨受天命而终
止旧业。难道只是人为的吗? 恐怕乃是天意吧?

晋纪总论一首

【题解】

本文选自《晋纪》。干宝撰西晋帝纪已毕,有感于西晋之盛衰兴亡,

遂效贾谊《过秦论》之体,仿《诗经》风教之旨,发为议论,撰成此篇,故名
"总论"。论其序列,当在《晋纪》之末。唐修《晋书》卷五末也节录此文。
文中历论西晋历朝利弊得失,溯其盛衰原委,虽时有高见,但亦多迂阔
之言。又因摹拟古书过多过杂,未能镕炼,遂致何焯《义门读书记》讥其
"平冗失裁",黄侃《文选平点》认为"是此文之病"。就总体而论,风格尚
可称骏健。

　　史臣曰:昔高祖宣皇帝以雄才硕量①,应运而仕,值魏太
祖创基之初②,筹画军国③,嘉谋屡中,遂服舆轸④,驱驰三
世⑤。性深阻有如城府⑥,而能宽绰以容纳;行任数以御
物⑦,而知人善采拔⑧。故贤愚咸怀,小大毕力。尔乃取邓艾
于农琐⑨,引州泰于行役⑩,委以文武,各善其事。故能西禽
孟达⑪,东举公孙渊⑫,内夷曹爽⑬,外袭王陵⑭。神略独断,
征伐四克,维御群后⑮,大权在己。屡拒诸葛亮节制之兵⑯,
而东支吴人辅车之势⑰。世宗承基⑱,太祖继业⑲,军旅屡
动⑳,边鄙无亏㉑,于是百姓与能㉒,大象始构矣㉓。

【注释】

①高祖宣皇帝:司马懿,司马炎的祖父。司马炎称帝,追谥为宣帝,
　庙号高祖。硕:大。
②魏太祖:曹操,太祖为其庙号。创基之初:指曹操为丞相时。
③军国:军务与国家政务。
④服舆轸:出入乘坐舆轸,可见地位显贵。舆,肩舆,似轿无盖。
　轸,本指车厢底部四周的横木。这里借指车。
⑤三世:指曹操、魏文帝曹丕、魏明帝曹叡三代。曹操时,司马懿为
　丞相军司马;文帝时,官至抚军将军;明帝时,为大将军都督。

⑥性深阻有如城府：张铣注："言宣帝志性深阻，如城府之深固也。"深阻，深沉坚定。

⑦数：术。《管子·任法》："任数而不任说。"

⑧采拔：取用提拔。《尚书·皋陶谟》："知人则哲，能官人。"

⑨邓艾：三国魏人。魏伐蜀，督军自阴平道入，行无人之地七百里至成都，蜀主刘禅降，进太尉。后因锺会诬以谋反被杀。农琐：犹言典农小吏。据《三国志·魏书·邓艾传》，邓艾初为稻田守丛草吏、典农纲纪、上计吏等小吏，因上计簿得见司马懿，被用为属吏，寻迁尚书郎。琐，原作"隙"，据《晋书·孝愍帝纪》所载本文改。琐谓细小、卑微。

⑩州泰：三国魏人。初与邓艾同在荆州为吏，后数诣司马懿，遂得擢拔，官至征虏将军、假节都督江南诸军事，史称其善用兵。行役：因服役或公务跋涉在外。此指供人驱遣的小吏。《诗经·魏风·陟岵》："予子行役，夙夜无已。"

⑪禽：同"擒"。孟达：三国魏新城（郡治在今湖北房县）太守，据地反，司马懿率兵讨伐，屠新城，斩孟达。

⑫举：取。《吕氏春秋·乐成》："民莫之举。"高诱注："举，取也。"公孙渊：《晋书》无"渊"字，参考上下文，无"渊"字音节方谐。公孙渊，三国魏辽东太守，起兵反，自立为燕王，司马懿率师讨伐，破城斩渊。

⑬夷：平。曹爽：曹操族孙。魏明帝曹叡死，以大将军受遗诏与司马懿同辅幼主曹芳，用何晏等谋夺司马懿权。后司马懿乘曹爽随帝谒高平陵之际，调兵收捕曹爽等人，诛死，夷三族。

⑭王陵：《三国志》作"王凌"。王凌为东汉末司徒王允之侄。历官散骑常侍、车骑将军等，司马懿诛曹爽，进王凌为太尉。王凌与令狐愚谋废曹芳而立曹彪，事泄，司马懿率军讨伐王凌，王凌自出谢罪，后饮药死。

⑮维御:挟制,统率。群后:泛指公卿。张衡《东京赋》:"群后旁戾。"薛综注:"群后,公卿之徒也。"

⑯节制:有节度法制。《荀子·议兵》:"秦之锐士不可以当桓文之节制。"

⑰支:拒,抵挡。辅车:辅谓面颊,车谓牙床骨,两者相互依靠,以喻蜀汉、东吴互为依赖之关系。《春秋左传·僖公五年》:"谚所谓'辅车相依,唇亡齿寒'者,其虞、虢之谓也。"

⑱世宗:司马师,司马懿长子。魏嘉平间司马懿去世,司马师以大将军、录尚书事专国政。晋朝追谥为景帝,庙号世宗。

⑲太祖:司马昭,司马师之弟,司马炎之父。魏正元间司马师去世,以大将军、录尚书事专国政。晋朝追谥为文帝,庙号太祖。

⑳军旅屡动:指曹魏末期数次攻吴及蜀。

㉑边鄙:边地。

㉒百姓与能:《周易·系辞》:"人谋鬼谋,百姓与能。"与能,助成其能。

㉓大象:大业。大道无形,所可见者,唯其法象,帝王创业,也算一种法象。构:立。

【译文】

史臣说:当初高祖宣皇帝凭他的雄才鸿量,顺应时运走上仕途,正碰上曹操在创建基业,他为曹操筹划军政国政,高明的谋略屡得采纳,于是乘坐上肩舆华车,奔走效力于曹魏三代。他心性深沉坚毅就像城池府第,但能宽和优容接纳意见;他办事喜用权术驾驭僚属,但善于识别人才录用提拔。所以聪明的愚笨的都感恩图报,官大的官小的都尽心尽力。于是把邓艾从典农小吏中提拔起来,供人驱遣的州泰也得到提升,把文武要职交给他们,各自都把事情办得很好。所以能向西抓住孟达,向东取得公孙渊的首级,在内铲平曹爽一党,在外袭击谋反的王凌。明智如神独立决断,南征北伐四方奏捷,挟制统率文武百官,大权紧握一人之手。多次击退诸葛亮号令严整的军队,又向东狙击与蜀汉互为声援的吴军。景帝承袭高祖的基业,文帝接替专擅魏政,军事行动接连不断,边地没有一点亏损,于是百姓助成其能,大晋的基业得以奠定。

　　玄丰乱内①,钦诞寇外②。潜谋虽密,而在几必兆③;淮浦再扰,而许洛不震④。咸黜异图⑤,用融前烈⑥。然后推毂锺邓⑦,长驱庸蜀⑧,三关电扫⑨,刘禅入臣⑩,天符人事,于是信矣。始当非常之礼,终受备物之锡⑪,名器崇于周公⑫,权制严于伊尹⑬。至于世祖⑭,遂享皇极⑮。正位居体⑯,重言慎法⑰,仁以厚下⑱,俭以足用⑲,和而不弛⑳,宽而能断。故民咏惟新㉑,四海悦劝矣㉒。聿修祖宗之志㉓,思辑战国之苦㉔,腹心不同㉕,公卿异议,而独纳羊祜之策㉖,以从善为众。故至于咸宁之末㉗,遂排群议而杖王、杜之决㉘。泛舟三峡㉙,介马桂阳㉚,役不二时㉛,江湘来同㉜。夷吴蜀之垒垣,通二方之险塞㉝,掩唐虞之旧域㉞,班正朔于八荒㉟。太康之中㊱,天下书同文,车同轨㊲,牛马被野,余粮栖亩,行旅草舍,外闾不闭㊳。民相遇者如亲,其匮乏者㊴,取资于道路,故于时有"天下无穷人"之谚。虽太平未洽㊵,亦足以明吏奉其法,民乐其生,百代之一时矣。

【注释】

①玄丰乱内:玄,夏侯玄。丰,李丰。魏嘉平六年(254),中书令李丰等谋诛大将军司马师,以太常夏侯玄代司马师辅政。事泄,夏侯玄、李丰等皆诛灭三族。

②钦诞寇外：钦，文钦。诞，诸葛诞。魏正元二年(255)，扬州刺史
　　文钦、镇东将军毌丘俭在寿春(今安徽寿县)起兵，讨司马师，司
　　马师率军讨伐，毌丘俭败死，文钦投吴。魏以诸葛诞镇寿春，两
　　年后，诸葛诞起兵称臣于吴，司马昭挟魏主及太后率兵围寿春，
　　次年城破，诸葛诞死。

③"潜谋"二句：指李丰、夏侯玄事。几，微。兆，显露。

④"淮浦"二句：此谓文钦、诸葛诞先后起兵寿春，却不能给京都地
　　区以大的震动。淮浦，寿春地处淮河南岸。许，许昌，曹操挟汉
　　献帝迁都于此。洛，洛阳，曹魏建都于此。

⑤黜：排除。《春秋左传·昭公二十六年》："咸黜不端。"异图：图谋
　　不轨。

⑥融：明。前烈：先辈的功业。《尚书·武成》："公刘克笃前烈。"

⑦推毂(gǔ)：指委全权于带兵在外作战的将领。《汉书·冯唐传》：
　　"臣闻上古王者遣将也，跪而推毂，曰：'阃以内寡人制之，阃以外
　　将军制之，军功爵赏，皆决于外，归而奏之。'"锺：锺会。邓：邓
　　艾。魏景元四年(263)，命邓艾、诸葛绪分路攻姜维，锺会进兵
　　汉中。

⑧庸、蜀：皆古国名。曾随周武王讨纣。庸地约在今湖北竹山一
　　带，蜀以成都为中心。

⑨三关：阳平关，在今陕西宁强，关与白马塞相对，为汉中屏障；江
　　关，在今重庆奉节旁；白水关，在今四川广元白水镇一带，为古代
　　陕、甘入蜀孔道。此处以三关泛指蜀汉要冲。

⑩刘禅：刘备之子，蜀汉后主，223—263 年在位。邓艾军抵成都，刘
　　禅出降，蜀汉亡，魏封为安乐公。

⑪备物之锡：即九锡，传说古代帝王尊隆大臣所给的九种礼器。礼
　　器之名，说法不一。自王莽起，历魏晋南北朝，掌政大臣夺取政
　　权、建立新朝前，都加九锡，成为例行公事。此指司马昭先后遍

魏主封己为晋公、晋王,两加九锡。

⑫名器:爵号与车服。《春秋左传·成公二年》:"惟器与名,不可以假人。"杜预注:"器,车服。名,爵号。"崇:高。

⑬权制:权柄。

⑭世祖:晋武帝司马炎庙号。

⑮皇极:皇帝之位。

⑯正位居体:语出《周易·坤·文言》。正位,以正道居其位。居体,守礼。体,通"礼"。

⑰慎法:慎行法令。

⑱厚下:厚待民众。《周易·剥·象》:"上以厚下安宅。"

⑲俭以足用:语出《诗经·鲁颂·駉》之毛序。

⑳弛:废弛,放纵。

㉑惟新:《诗经·大雅·文王》:"周虽旧邦,其命维新。"惟,语气助词。新,指气象一新。

㉒劝:勉,鼓舞。

㉓聿修:《诗经·大雅·文王》:"聿修厥德。"聿,于是。修,修美。

㉔辑:缓和。战国之苦:此指汉末三国的长期战乱给民众带来的疾苦。

㉕腹心:《诗经·周南·兔罝》:"公侯腹心。"指出谋划策之臣。

㉖羊祜:晋初名将,官至征南大将军,曾缕析东吴弊政,上疏献速胜吴人之策。

㉗咸宁:晋武帝年号(275—280)。

㉘杜:倚仗。王:王濬,晋初名将。官至抚军大将军,曾率大军顺流自武昌直趋建业,灭吴。杜:杜预,晋初名将。官至司隶校尉,追赠征南大将军,著《春秋左氏经传集解》。咸宁五年(279),王濬、杜预先后请伐吴,贾充、荀勖等认为不可,张华认为可行,遂定伐吴之事。

㉙三峡：三峡所指，历代说法不一。今以巫峡、瞿塘峡、西陵峡为三峡。王濬伐吴，先率军由成都至武昌，故云"泛舟三峡"。

㉚介：披甲。桂阳：郡名。其地约当今湖南郴州地区。

㉛时：一年四时，三月一时。晋伐吴自咸宁五年（279）十一月始，次年三月灭吴，不足六月。

㉜江湘：江水、湘水。此指东吴全境。同：归顺。

㉝二方：指蜀汉与东吴。

㉞唐虞：尧舜，尧为陶唐氏，舜为有虞氏。《汉书·贾捐之传》："臣闻尧舜，圣之盛也……地方不过数千里。"实际尧舜旧域尚不及此。

㉟正朔：正谓年始，朔谓月初。古时新朝建立，须重定正朔，如夏正建寅，秦建亥，汉武帝以建寅之月为岁首。以后历代沿用，迄于清末。汉以后所谓"班正朔"，不过是新颁历法而已。八荒：八方荒远之地。

㊱太康：晋武帝年号（280—289）。

㊲"天下"二句：《礼记·中庸》："今天下车同轨，书同文，行同伦。"晋灭吴而改年号为太康，天下一统，故引此语。

㊳闾：里巷的门。

㊴匮乏：穷困贫乏。

㊵洽：沾润广博。

【译文】

　　夏侯玄、李丰作乱于内，文钦、诸葛诞起兵于外。前者阴谋虽然诡秘，刚露端倪就能察觉；后者一再扰乱淮河南岸，京都丝毫不受震动。图谋不轨者全部清除，发扬光大先辈功业。然后把在外制军大权交给锺会、邓艾，他们率军长驱庸、蜀之地，像闪电扫过蜀汉三关，后主刘禅向我称臣，天降大运人行天命，此时可谓昭彰显著。太祖开始接受非凡的礼仪，最终得到魏主两加九锡，爵号车服比周公崇高，秉权制治比伊尹严整。最后到了世祖武皇,终于登上皇帝大位。他凭正道为帝严守礼仪,谨重言语慎行法令,仁德厚慈以待臣民,厉行节俭财用充足,待人和蔼而不任其放纵,为政宽松却能明断是非。所以人民歌咏气象一新,天下人都欢欣鼓舞。于是修美祖宗的理想,一心缓和长期战乱的疾苦,谋臣们意见各自不同,三公九卿各持己见,唯独采纳羊祜的策略,以采用良策为尊重众议。因此到了咸宁末年,终于排除众议依仗王濬、杜预而决意伐吴。舟师飘忽穿过三峡,战马披甲直驰桂阳,平吴之役不足半年,东吴全境归我版图。荡平吴蜀的营垒城堡,开通两地的雄关险隘,掩盖唐虞旧有的疆域,颁行新历于八方边疆。太康年间,全国文字实现统一,车辆道路都有定制,牛群马群覆盖原野,粮食有余囤积田间,旅途遍布茅屋小店,里门巷门从不关闭。民众陌路相逢如见亲人,穷困的贫乏的,可在道路上得到资助,所以在当时有"天下无穷人"的谚语。纵然太平景象尚未沾润广博,也足以证明官吏奉公守法,民众安居乐业,是百代难逢的繁荣之时。

　　武皇既崩,山陵未干①,杨骏被诛②,母后废黜③,朝士旧臣夷灭者数十族④。寻以二公、楚王之变⑤,宗子无维城之助⑥,而阏伯、实沈之郤岁构⑦;师尹无具瞻之贵⑧,而颠坠戮辱之祸日有。至乃易天子以太上之号,而有免官之谣⑨。民不见德,唯乱是闻⑩。朝为伊、周⑪,夕为桀、跖⑫。善恶陷于成败,毁誉胁于势利⑬。于是轻薄干纪之士⑭,役奸智以投之⑮,如夜虫之赴火。内外混淆⑯,庶官失才⑰,名实反错,天网解纽⑱。国政迭移于乱人,禁兵外散于四方。方岳无钧石之镇⑲,关门无结草之固⑳。李辰、石冰倾之于荆扬㉑,刘渊、王弥挠之于青冀㉒。二十余年,而河洛为墟㉓,戎羯称制㉔,二帝失尊㉕,山陵无所㉖。何哉?树立失权㉗,托付非才㉘,四维不张^㉙,而苟且之政多也^㉚。

【注释】

①山陵:帝王的坟墓。未干:晋武帝入葬方十月,晋室即生内乱,故称山陵未干。

②杨骏:晋太尉。为武帝杨皇后之父。武帝死,为太傅,辅政。惠帝贾皇后串通汝南王司马亮、楚王司马玮,于武帝葬后十月诛杨骏。

③母后:晋武帝皇后杨芷,为惠帝生母武帝元皇后杨艳从妹,杨骏之女。杨艳早卒,武帝死,杨芷被尊为皇太后。惠帝皇后贾南风素恨杨芷,既诛杨骏,旋废杨芷为庶人,夺其侍从,使杨芷被饿死。

④朝士旧臣夷灭者数十族:贾后诛杨骏,牵连杨骏弟杨珧、杨济及大臣张劭等十余人,皆夷三族。

⑤二公:指司马亮和卫瓘。司马亮为太宰、汝南王,司马懿之子;卫瓘为太保、菑阳公,与太傅并为上三公。楚王:卫将军司马玮,晋武帝庶子。贾后既诛杨骏之党,又矫诏使司马玮杀司马亮、卫瓘,旋又以矫诏罪杀司马玮。

⑥宗子无维城之助:言惠帝无嫡亲兄弟之助。《诗经·大雅·板》:"怀德惟宁,宗子维城。"宗子,帝王的嫡子。此指晋惠帝。城,以喻宗子团结坚固。武帝元皇后杨艳生三子,长子早夭,次子惠帝,三子死于司马亮、司马玮被诛之后,杨芷生一子早夭,故惠帝无嫡兄弟之助。

⑦阏(è)伯、实沈:传说为高辛氏二子,阏伯为长,实沈为季,二人不相容,常相征讨。事见《春秋左传·昭公元年》。郤(xì):嫌隙,争斗。此指晋宗室诸王为争夺政权连年征战,叔侄兄弟互相残杀,史称"八王之乱"。

⑧师尹无具瞻之贵：《诗经·小雅·节南山》："赫赫师氏，民具尔瞻。"师尹，周太师尹氏。此指权臣。具，俱。瞻，望。贾后专权，以族兄贾模、从舅郭彰、妹之子贾谧与政，贾、郭二族权倾天下。本句似针对贾、郭之流。

⑨"至乃"二句：晋惠帝永康元年（300），赵王司马伦等杀贾后及其同党，次年逼惠帝禅位，号曰太上皇。在此期间，太史官见有星变之事，占其征兆，谓当有免官天子。参见李善注引臧荣绪《晋书》。

⑩"民不"二句：《春秋左传·僖公二十三年》："民不见德，而唯戮是闻。"

⑪伊、周：指伊尹、周公。

⑫桀、跖：指夏桀、盗跖。

⑬胁：胁从。

⑭轻薄：轻浮放荡。干：犯。

⑮役奸智：使奸弄巧。

⑯内：指汉人。外：指匈奴、鲜卑等少数族。自晋永兴元年（304）起，幽州都督王浚等联合鲜卑、乌桓部族兵伐成都王司马颖，匈奴刘渊又以助司马颖为名起兵建汉，中原战局，渐由"八王之乱"演变为所谓"五胡乱华"，故云"内外混淆"。

⑰庶：众。

⑱天网：喻国家法律制度。纽：根本。

⑲方岳：四方名山大山。古天子巡狩至某方岳，某方诸侯即会朝于此。汉魏以降，因以方岳称地方长官，如刺史、太守之类。钧石：三十斤为钧，四钧为石。镇：重。此指地方刺史、郡守或拥兵为乱，或不能自保，皆无安定地方之用。

⑳关门无结草之固：此句谓编蓬结草为门自不牢固，而关塞门墙之坚固尚不及此。关，关塞。

㉑李辰：本叫张昌，晋惠帝太安二年（303）率流民起义，乃改姓名。李辰立山都县吏丘沈为帝，自任相国，据江夏等地。不久兵败审逃，次年被擒斩首。石冰：初为李辰部将，后进占扬州各郡，兵败后为部将所杀。荆：荆州，治江陵（今属湖北），江夏属荆州。扬：扬州，治建业（今江苏南京）。

㉒刘渊：字元海，匈奴族，继父为左部帅。乘西晋八王之乱，起兵扩众。永兴元年（304）称汉王，后改称汉帝。王弥：惠帝末聚众起兵，纵横青、徐等州，又入许昌，归刘渊，与刘曜等攻克洛阳，还据青州，旋为石勒所杀，并其众。青：青州，治所屡迁，地约当今山东济南至荣城一线。冀：冀州，地约当今河北及河南北部。

㉓河洛：黄河与洛水。此指该两河流域地区。

㉔戎：古族名。迁徙于河朔、西北等地，战国以降常用以称西北各少数族。羯（jié）：古族名。源于小月支，曾附属匈奴。晋时散居山西东南部。制：皇帝的诏令曰制。称制犹言称帝。此指匈奴刘渊建立的前赵（刘渊子刘聪改汉为赵）政权，羯人石勒建立的后赵政权等。

㉕二帝：西晋怀帝和愍帝。失尊：指怀、愍二帝先后成为刘氏的俘虏。

㉖山陵无所：指怀、愍二帝被俘后，先后死于前赵都城平阳（今山西临汾西南），不知陵墓何在。

㉗树立失权：晋惠帝性痴，武帝以之为嗣君，有失权衡。事见《晋书·惠帝纪》。

㉘托付非才：武帝临终，托付杨骏辅佐惠帝，但杨骏非其才，不能制众，遂遭族诛，而使晋政落于贾后之手。

㉙四维：《管子·牧民》："何谓四维？一曰礼，二曰义，三曰廉，四曰耻。"

㉚苟且：偷安懈怠。

【译文】

晋武皇帝大行西去,墓上泥土尚未全干,杨骏竟遭满门抄斩,太后也被废为庶人,朝中大臣举家被害的有数十族。接着发生司马亮、卫瓘和楚王司马玮先后被杀的事变,惠帝得不到嫡亲兄弟的帮助,皇室兄弟间的争斗年年发生;权臣没有万民仰望的威重,遭打倒杀害之祸的天天都有。甚至逼惠帝禅位称作太上皇,出现免官天子的歌谣。民众看不见当权者有何德行,只听说朝廷里动乱不已。当政者早上俨然是伊尹、周公,晚上就变成了夏桀、盗跖。谁好谁坏取决于胜或败,贬谁褒谁胁从于官大的。于是轻浮放荡违法乱纪之流,使奸弄巧迎合权贵,就像蠓虫飞蛾扑灯投火。汉人与少数民族互相混淆,官吏纷纷由庸才充任,名实相反一派混乱,国家大法失去根本。国家大政一再落入制造动乱者之手,禁卫士兵流散到四面八方。州郡长官丝毫不能安定地方,关塞门墙不如蓬门牢固。李辰、石冰在荆州、扬州颠覆我基业,刘渊、王弥在青州、冀州扰乱我晋室。二十多年间,黄河洛水两岸化为废墟,戎羯之人居然称帝,怀、愍二帝做了俘虏,死后坟墓不知何在。为什么这样呢?武帝立嗣有失权衡,托付辅弼人非其才,礼义廉耻不得伸张,偷安懈怠的政事层出不穷啊。

夫作法于治,其弊犹乱;作法于乱,谁能救之!故于时天下非暂弱也[1],军旅非无素也。彼刘渊者,离石之将兵都尉[2];王弥者,青州之散吏也[3]。盖皆弓马之士,驱走之人,凡庸之才,非有吴先主、诸葛孔明之能也;新起之寇,乌合之众,非吴蜀之敌也;脱末为兵[4],裂裳为旗,非战国之器也;自下逆上,非邻国之势也。然而成败异效,扰天下如驱群羊[5],举二都如拾遗芥[6]。将相侯王,连头受戮[7],乞为奴仆而犹不获;后嫔妃主[8],虏辱于戎卒,岂不哀哉!

【注释】

①暂弱:犹小弱。贾谊《过秦论》:"且夫天下非小弱也。"暂,短暂。引申为短小。

②离石:县名。在今山西吕梁。刘渊初上大单于号,都于此。都尉:刘渊太康末年拜匈奴北部都尉。

③散吏:不在编制的小官吏。王弥起事前在青州东莱郡做过小吏。

④脱耒为兵:指取下农具的木把作为兵器。贾谊《过秦论》:"斩木为兵。"脱,取下。耒,古代一种可以脚踏的木制翻土农具。这里指耒耜的木把。兵,兵器。

⑤扰:乱。驱群羊:以喻扰乱天下之易。

⑥举:取。二都:洛阳、长安。芥:原无,据六臣本及《晋书》补。芥,小草,或谓指芥菜种子,皆喻轻微之物。

⑦连头受戮:晋永嘉五年(311),刘曜、王弥攻克洛阳,刘曜杀晋室王公至庶民三万余人。

⑧后:皇后。嫔(pín):宫中女官。妃:皇帝的妾。主:公主。《晋书·孝怀帝纪》:"曜等逐焚烧宫庙,逼辱妃后。"

【译文】

以治理之心制定法令,它的弊端也会造成混乱;以淆乱之心制定法令,谁能挽救这危亡局面! 所以在当时天下并非弱小不堪,军队也不是毫无训练。那刘渊,不过是离石的带兵都尉;那王弥,不过是青州的编外小吏。都是些张弓骑马的武夫,驱使奔走的小人,才能极其平庸,没有吴先主孙权、蜀诸葛亮的本领;刚刚起来的强盗,一群乌合之众,怎能与吴蜀相匹敌;把农具当作兵器,撕衣裳做成旗帜,都不是战国的器具;以下层的身份反抗上层,没有邻国鼎立的气势。然而胜败之局却不同,扰乱天下苍生如同驱赶羊群,夺取洛阳长安就像俯拾菜籽。晋室的将相侯王,排成长队被砍掉脑袋,乞求充当奴仆也不能获准;宫中的后嫔妃主,被停遭受胡兵凌辱,难道不可悲吗!

　　夫天下，大器也①；群生，重畜也②。爱恶相攻③，利害相夺，其势常也。若积水于防④，燎火于原，未尝暂静也。器大者，不可以小道治；势动者⑤，不可以争竞扰。古先哲王知其然也，是以扞其大患而不有其功⑥，御其大灾而不尸其利⑦。百姓皆知上德之生己⑧，而不谓浚己以生也⑨。是以感而应之，悦而归之，如晨风之郁北林⑩，龙鱼之趣渊泽也⑪。顺乎天而享其运⑫，应乎人而和其义，然后设礼文以治之⑬，断刑罚以威之⑭，谨好恶以示之，审祸福以喻之，求明察以官之，笃慈爱以固之。故众知向方⑮，皆乐其生而哀其死，悦其教而安其俗，君子勤礼，小人尽力，廉耻笃于家闾⑯，邪僻销于胸怀⑰。故其民有见危以授命⑱，而不求生以害义，又况可奋臂大呼⑲，聚之以干纪作乱之事乎⑳！基广则难倾，根深则难拔，理节则不乱，胶结则不迁。是以昔之有天下者，所以长久也。夫岂无僻主㉑？赖道德典刑以维持之也㉒。故延陵季子听乐㉓，以知诸侯存亡之数、短长之期者，盖民情风教㉔，国家安危之本也。

【注释】

①大器：最大的器具。此以喻天下不可执据。《文子·道德》："天下，大器也，不可执也。"

②重畜：贵重物品。《国语·吴语》："劝之以高位重畜。"

③爱恶相攻：《周易·系辞》："故爱恶相攻而吉凶生。"

④防：堤。

⑤动：《晋书》作"重"，据上文"未尝暂静"，则作"动"为是。

⑥扞：抵御，抵抗。

⑦尸:主,专有。

⑧上:即上文"古先哲王"。

⑨浚(jùn):取。

⑩晨风之郁北林:《诗经·秦风·晨风》:"𫛭彼晨风,郁彼北林。"晨风,鸟名。即鹯。郁,郁积。引申为聚集。

⑪龙鱼之趣渊泽:《荀子·致士》:"川渊者,龙鱼之居也。"趣,疾往。渊泽,深渊大泽。

⑫享其运:享受帝王之大运。

⑬礼文:谓礼节仪式。

⑭断:决。

⑮向方:走向正道。方,道。

⑯笃:厚。家间:犹言家家户户。

⑰邪僻(pì):同义复词,犹言邪门歪道。销:除。

⑱授命:献出生命。

⑲可:能。奋臂:振臂而起。

⑳干:犯。

㉑僻主:邪僻之君。

㉒典刑:常刑,常法。

㉓延陵季子:春秋吴国季札,封邑在延陵,时人因称之为延陵季子。听乐:季札聘鲁,观于周乐,听乐工歌各国之风,季札闻而知各国诸侯兴衰存亡之数。详见《春秋左传·襄公二十九年》。

㉔风教:风俗教化。

【译文】

天下,是最大的器具;民众,是最贵重的物品。由于爱憎不同而互相攻击,由于利害关系而你争我夺,这种情势也是常理。就像把水蓄积在堤内,把火燃烧在原野,没有瞬间的平静。天下这个大器,不能用小道来治理;形势易于动荡,不能用争斗去搅乱。古代的圣贤明君懂得这个道理，因此消除了大的祸患，却不把功劳归于自己，抵御了大的灾难，却不专有它的利益。民众都懂得是明君的仁德养育了自己，不会说统治者榨取我们才得以生存。因此感恩戴德服从他，欢欣鼓舞归附他，就像鸒鸟聚集到北林，龙鱼都游到深渊。顺应天命享受帝运，顺应人心协合大义，然后设置礼仪来治理万民，决断刑罚来威慑不轨，谨别善恶来垂示百姓，明察祸福来晓谕民众，访求能者给他们官做，厚行慈爱来稳定民心。所以民众能遵循正确道路，都热爱生活害怕死亡，热爱教化安于习俗，君子勤于修习礼乐，庶民全力投入工作，廉耻之风盛行家家户户，歪门邪道消除于每人心中。所以民众能遇见危难不惜献出生命，而不贪生怕死损害大义，又怎能振臂大声呼叫，聚集他们去干犯法造反的事呢！基础广大就难以倾覆，树根深固就难以拔除，治理有节度就不会动乱，胶相粘结就不会分开。这就是古代统治天下的君王，所以长治久安的原因。难道古代就没有干坏事的君王？是依赖道德与刑法维持住了他们的基业啊。所以延陵季子在鲁国听乐曲，从中知晓各国诸侯存亡的数运、政权长短的期限，因为民情与风俗教化，是国家安定或危亡的根本。

昔周之兴也，后稷生于姜嫄①，而天命昭显②，文武之功，起于后稷③。故其诗曰："思文后稷，克配彼天④。"又曰："立我蒸民，莫匪尔极⑤。"又曰："实颖实栗，即有邰家室⑥。"至于公刘⑦，遭狄人之乱⑧，去邰之豳⑨，身服厥劳⑩。故其诗曰："乃裹糇粮，于橐于囊⑪。""陟则在巘，复降在原⑫。"以处其民。以至于太王⑬，为戎翟所逼⑭，而不忍百姓之命⑮，杖策而去之。故其诗曰："来朝走马，帅西水浒，至于岐下⑯。"周民从而思之⑰，曰："仁人不可失也！"故从之如归市⑱。居之一年成邑，二年成都，三年五倍其初⑲。每劳来而安集之⑳。

故其诗曰:"乃慰乃止,乃左乃右,乃疆乃理,乃宣乃亩㉑。"以至于王季㉒,能貊其德音㉓。故其诗曰:"克明克类,克长克君"㉔,"载锡之光"㉕。至于文王,备修旧德,而惟新其命㉖。故其诗曰:"惟此文王,小心翼翼,昭事上帝,聿怀多福㉗。"由此观之,周家世积忠厚,仁及草木,内睦九族㉘,外尊事黄耇㉙,养老乞言㉚,以成其福禄者也。而其妃后,躬行四教㉛,尊敬师傅,服浣濯之衣㉜,修烦辱之事㉝,化天下以妇道。故其诗曰:"刑于寡妻,至于兄弟,以御于家邦㉞。"是以汉滨之女㉟,守絜白之志;中林之士㊱,有纯一之德㊲。故曰文武自《天保》以上治内,《采薇》以下治外,始于忧勤,终于逸乐㊳。于是天下三分有二,犹以服事殷㊴;诸侯不期而会者八百㊵,犹曰天命未至㊶。以三圣之智㊷,伐独夫之纣,犹正其名教㊸,曰逆取顺守㊹;保大定功,安民和众㊺,犹著《大武》之容㊻,曰未尽善也㊼。

【注释】

①后稷:周族始祖。姜嫄(yuán):一作"姜原"。传说她在野外踏到巨人脚迹,怀孕而生后稷。详见《诗经·大雅·生民》《史记·周本纪》。

②天命:谓后稷既生,先后弃于隘巷、平林、寒冰,皆得庇佑,实有天命。详见《诗经·大雅·生民》。

③"文武"二句:语出《诗经·大雅·生民》之毛序。文武,周文王、武王。

④"思文"二句:语出《诗经·周颂·思文》。文,文德。克,能。配,配享,古祭祖配天。

⑤"立我"二句:语出《诗经·周颂·思文》。蒸民,众民。蒸,同"烝",众多。匪,非。极,至,至德。

⑥"实颖"二句:语出《诗经·大雅·生民》。颖,禾穗芒。此指穗坚实而芒末下垂。栗,禾穗饱满。邰(tái),在今陕西武功西南,相传周族先祖自后稷至公刘居于此地。

⑦公刘:周族祖先。相传为后稷的曾孙。

⑧狄人:当为夏人。传说公刘当夏桀之时,天下动乱。说详陈奂《诗毛氏传疏》卷二十四。

⑨豳(bīn):在今陕西旬邑、彬州一带。公刘为夏人所追逐,自邰北上,率周族迁徙至豳。

⑩服:从事,经受。

⑪"乃裹"二句:语出《诗经·大雅·公刘》。糇(hóu)粮,干粮。橐(tuó),盛物的小袋子。囊(náng),盛物的大袋子。

⑫"陟(zhì)则"二句:语出《诗经·大雅·公刘》。陟,登。巘(yǎn),大山上的小山。

⑬太王:古公亶父,周族祖先。

⑭戎翟(dí):翟,通"狄"。此指狄人,"戎"字连类而及。传说狄人攻周族不已,古公亶父遂自豳南下,率周族迁徙至岐山下之周原。

⑮不忍百姓之命:谓古公亶父不忍周族成员遭狄人残害。

⑯"来朝"几句:语出《诗经·大雅·绵》。朝,清早。走,疾趋。帅,《诗经》作"率",循。浒,水涯。此指漆水之涯。岐下,岐山之下。岐山在今陕西岐山县东北。

⑰思之:谓考虑是否随古公亶父定居岐下。思,虑。

⑱市:集市。

⑲"居之"几句:语出《诗经·周颂·天作》之郑笺。邑,小城镇。都,大城镇。

⑳劳来而安集之:《诗经·小雅·鸿雁》之毛序:"万民离散,不安其居,而能劳来还定安集之。"劳,慰劳。来,归顺者。安集,安定聚居。

㉑"乃慰"几句:语出《诗经·大雅·绵》。慰,安。止,安居。左、右,皆作动词用,谓居于左,居于右。疆,画定疆界。理,因地制宜。宣,指安排布置劳力。亩,耕治田亩。

㉒王季:古公亶父第三子,周文王父。

㉓貊(mò):通"寞",静。引申为默认。德音:美德声名。《诗经·大雅·皇矣》:"维此王季,帝度其心,貊其德音。"

㉔"克明"二句:语出《诗经·大雅·皇矣》。类,分别善恶之类。

㉕载锡之光:语出《诗经·大雅·皇矣》。载,始。锡,赐。

㉖惟新其命:《诗经·大雅·文王》:"周虽旧邦,其命维新。"此指文王受天命而改元称王,为武王伐纣奠基。说详陈子展《诗经直解》。

㉗"惟此"几句:语出《诗经·大雅·大明》。昭,明。聿,遂。怀,来,得到。

㉘九族:说法不一,主要有二:一说指同宗亲族,从高祖至玄孙共九代;另一说指父族四代、母族三代、妻族二代。《尚书·尧典》:"以亲九族。"

㉙黄耇(gǒu):老人。《汉书·师丹传》颜师古注:"黄谓白发落更生黄者也。耇,老人面色不净如垢也。"

㉚养老乞言:《礼记·文王世子》:"凡祭与养老乞言,合语之礼。"乞言,敬养德高望重的老人,以便向他们求教,叫乞言。

㉛四教:所谓妇德、妇言、妇容、妇功。《诗经·召南·采蘋》郑笺:"法度莫大于四教。"

㉜"尊敬"二句:《诗经·周南·葛覃》之毛序:"服浣濯之衣,尊敬师傅。"浣濯,洗濯。

㉝烦辱:烦杂。《诗经·周南·葛覃》毛传:"女功之事烦辱者。"

㉞"刑于"几句:语出《诗经·大雅·思齐》。刑,仪范。寡妻,嫡妻。
御,治。

㉟汉滨之女:《诗经·周南·汉广》:"汉有游女,不可求思。"汉,
汉水。

㊱中林之士:《诗经·周南·兔罝》:"肃肃兔罝,施于中林。赳赳武
夫,公侯腹心。"中林,林中。

㊲纯一:纯粹。

㊳"故曰"几句:语出《诗经·小雅·鱼丽》之毛序。文武,周文王、
武王。《天保》,《诗经·小雅》篇名。内,内政。《采薇》,《诗经·
小雅》篇名。外,异族敌人。

㊴服事:服勤王事。指诸侯各依服数以事天子。《论语·泰伯》:
"三分天下有其二,以服事殷。"谓周文王时,天下三分之二已归
服西周,文王仍未反商。

㊵诸侯不期而会者八百:《史记·周本纪》载武王九年观兵于盟津,
不约而会盟津者八百诸侯。

㊶犹曰天命未至:《史记·周本纪》载盟津之会,"诸侯皆曰:'纣可
伐矣。'武王曰:'女未知天命,未可也。'乃还师归。"

㊷三圣:周文王、武王、周公旦。《汉书·诸侯王表》:"三圣制法。"
颜师古注:"三圣谓文王、武王及周公也。"

㊸名教:名分教化。

㊹逆取顺守:《汉书·陆贾传》:"且汤、武逆取而以顺守之。"逆取,
古人从正统观念出发,称诸侯以武力推翻天子为逆取。顺守,古
称得天下者以仁义教化天下为顺守。

㊺"保大"二句:语出《春秋左传·宣公十二年》。

㊻《大武》:周武王时的军功舞乐。容:盛。

㊼曰未尽善:《论语·八佾》:"谓《武》尽美矣,未尽善也。"

【译文】

从前周族的兴起，后稷由姜嫄所生育，天命多么明白显著，文王、武王的功业，就从后稷开始。所以歌咏后稷的诗说："那文德斐然的后稷，能配享崇高的天帝。"又说："繁衍我周族众民，全凭您无上美德。"又说："禾穗下垂粒粒饱满，周族在邰定居居建业。"到了公刘的时代，遭受夏人侵害，告别邰地向豳迁徙，亲身经受征途劳苦。所以歌咏公刘的诗说："包裹好我们的干粮，装在大袋小袋。""登高啊登上小山，又下降到一马平川。"就在那儿定居下来。到了太王的时候，狄人攻伐不已，不忍心让百姓丧生，便策马扬鞭告别故园。所以歌咏太王的诗说："清晨打马赶路，顺漆水之滨西行，来到了岐山脚下。"周族民众追随着太王考虑着行止，说："仁人不能错过！"于是追随太王的人多得像赶集一样。住在岐山脚下一年成了小镇，两年成了大城，三年人户比当初增加五倍。随时慰劳归附民众使他们安居乐业。所以歌咏太王的诗说："安慰民众留住民众，或住左边或住右边，画定疆界因地制宜，安排劳力耕治田亩。"到了王季的时候，美德声名能得到上帝的默认。所以歌咏他的诗说："能明辨是非分别善恶，能为人师长威慑群下"，"才赐给他无上荣光"。到了文王的时代，全面修美先辈之德，更开辟了光明的前程。所以歌咏文王的诗说："你看这位文王，处处小心翼翼，坦诚事奉上帝，遂得无限幸福。"由此看来，周室世代德行忠厚，仁慈遍及一草一木，族内数代和睦相处，尊敬事奉族外老人，赡养老人随时求教，终于成就了大福大禄。至于周室的王后嫔妃，人人身体力行四教，对待师傅毕恭毕敬，穿着亲手洗净的衣裳，认真从事繁杂的女功，用她们的榜样教化天下。所以歌咏文王的诗说："他给嫡妻做出仪范，兄弟们也效法于他，还用礼法治理国家。"所以汉水边上的游女，能坚守洁白之心；林中狩猎的武士，能造就纯粹品德。所以说文王、武王用《天保》以上的诗篇教化百姓，用《采薇》以下的诗篇激励御敌，开始忧劳勤奋，最终安逸欢乐。此时周已拥有天下的三分之二，还用诸侯礼节服勤殷室；诸侯未经约定而来朝的多达八百,武王还说天命尚未降临。凭着文王、武王及周公的明智,讨伐昏庸残暴的商纣,还要使名分教化符合正道,后人说他们以诸侯夺取天下、以仁义教化四海;保卫大业建树奇功,安定万民和谐大众,还用《大武》那样的盛乐来昭示军威,而孔子仍说它虽然尽美但未尽善。

　　及周公遭变①,陈后稷先公风化之所由,致王业之艰难者②,则皆农夫女工衣食之事也。故自后稷之始基静民,十五王而文始平之③,十六王而武始居之④,十八王而康克安之⑤。故其积基树本,经纬礼俗,节理人情⑥,恤隐民事⑦,如此之缠绵也⑧。爰及上代⑨,虽文质异时⑩,功业不同,及其安民立政者,其揆一也⑪。今晋之兴也,功烈于百王⑫,事捷于三代⑬,盖有为以为之矣。

【注释】

①遭变:指武庚、管叔、蔡叔与东方夷族反周之事。

②"陈后稷"二句:语出《诗经·豳风·七月》之毛序。先公,指公刘。

③十五王:自后稷至文王,中有不窋、鞠、公刘、庆节、皇仆、差弗、毁隃、公非、高圉、亚圉、公叔祖类、古公亶父、季历十三代,共十五代。文:周文王。平:成。此指奠定王业。

④十六王:加上武王。武:周武王。居:指登上天子之位。

⑤十八王:再加上周成王、周康王。康:周康王。安:天下安定。《史记·周本纪》:"成康之际,天下安宁,刑错四十余年不用。"

⑥节理:犹节制。

⑦恤隐民事:忧念百姓疾苦。

⑧缠绵:久远。

⑨上代：前代。此盖谓夏、商。

⑩文质：见本卷《晋纪论晋武帝革命》注。

⑪揆（kuí）：准则。

⑫烈：显。百王：指历代帝王。

⑬捷：迅捷。三代：夏、商、周。

【译文】

到周公遭受管蔡之变，陈述后稷、公刘风俗教化的由来，说明奠定王业的艰难困苦，但讲的都是农夫女工衣食一类事情。所以从后稷开始奠基安民，经历十五代才由文王奠定王业，十六代才由武王建立周朝，十八代才由康王安享太平。可见们他积累基础树立根本，创立礼仪制度，合理节制人的情欲，忧念百姓的疾苦，传统是这样久远啊。向上推及夏、商二代，纵然文德雄武各代不同，建功立业因人而异，至于安定民众稳定政局，他们的标准都是一样。现在大晋的建立，功业比历代帝王显著，易代比夏、商、西周迅捷，恐怕这种形势是有客观原因的。

宣景遭多难之时①，务伐英雄、诛庶桀以便事②，不及修公刘、太王之仁也。受遗辅政，屡遇废置。故齐王不明③，不获思庸于亳④；高贵冲人⑤，不得复子明辟⑥。二祖逼禅代之期⑦，不暇待叁分八百之会也⑧。是其创基立本，异于先代者也。又加之以朝寡纯德之士，乡乏不二之老⑨，风俗淫僻⑩，耻尚失所。学者以庄老为宗而黜六经⑪，谈者以虚薄为辩而贱名检⑫，行身者以放浊为通而狭节信⑬，进仕者以苟得为贵而鄙居正⑭，当官者以望空为高而笑勤恪⑮。是以目三公以萧杌之称⑯，标上议以虚谈之名⑰。刘颂屡言治道⑱，傅咸每纠邪正⑲，皆谓之俗吏；其倚杖虚旷⑳，依阿无心者㉑，皆名重海内。若夫文王日昃不暇食㉒，仲山甫夙夜匪懈者㉓，盖共嗤点㉔,以为灰尘而相诟病矣㉕。由是毁誉乱于善恶之实,情慝奔于货欲之涂㉖。选者为人择官,官者为身择利,而秉钧当轴之士㉗,身兼官以十数。大极其尊,小录其要㉘,机事之失,十恒八九。而世族贵戚之子弟㉙,陵迈超越㉚,不拘资次㉛。悠悠风尘,皆奔竞之士;列官千百,无让贤之举。子真著《崇让》㉜,而莫之省;子雅制九班㉝,而不得用;长虞数直笔㉞,而不能纠。其妇女庄栉织纴㉟,皆取成于婢仆,未尝知女工丝枲之业、中馈酒食之事也㊱。先时而婚,任情而动,故皆不耻淫逸之过,不拘妒忌之恶。有逆于舅姑㊲,有反易刚柔㊳,有杀戮妾媵㊴,有黩乱上下㊵,父兄弗之罪也,天下莫之非也。又况责之闻四教于古,修贞顺于今,以辅佐君子者哉!

【注释】

①宣:宣帝司马懿。景:景帝司马师。

②庶:众。桀:健。《诗经·卫风·硕人》:"庶士有朅。"《释文》:"朅,《韩诗》作'桀',云健也。"众健,犹言群豪,即孟达、公孙渊、曹爽、王凌、李丰之流。

③齐王:曹芳。魏明帝死,曹芳以太子即位,年八岁,在位十六年,被司马师废为齐王。

④不获思庸于亳(bó):《尚书·太甲》:"太甲既立不明,伊尹放诸桐,三年复归于亳思庸。"谓太甲无道,被伊尹放逐,三年后悔过思行常道,伊尹迎他复位。此指曹芳没有复位的机会。庸,常道。亳,在今河南偃师西,商代早期都城。

⑤高贵:曹髦,曹丕孙,初封高贵乡公。司马师废曹芳,立曹髦为帝,在位七年,被杀。冲人:儿童。曹髦即位时年仅十四岁。

⑥明辟(bì):明君。《尚书·洛诰》:"朕复子明辟。"此指司马昭专魏

政,终不归政曹髦。

⑦二祖:指司马师、司马昭。逼:近。禅(shàn)代之期:魏晋易代之际。

⑧叁分:指前文"天下三分有二"之事。叁,同"三"。八百:指前文"诸侯不期而会者八百"之事。会:际遇。

⑨不二:不怀二心。

⑩风俗淫僻:《大戴礼记·盛德》:"教训失道,风俗淫僻。"淫僻,放纵邪恶。

⑪庄老:庄子、老子。魏晋玄学好谈《庄子》《老子》及《周易》,总号三玄。六经:此指儒家学说。六经包括《周易》,但魏晋玄学之谈《周易》,往往庄老化。

⑫虚薄:虚言无据。名检:名教法度。检,原作"俭",据六臣本及《晋书》改。

⑬放浊:狂放不拘礼。通:通达。节信:气节信义。

⑭居正:言行合于正道。

⑮望空:魏晋之际,称为官者只署文牍、不问政务为望空,即只在文牍空白处签署,不问是非详略。勤恪:勤恳谨慎。

⑯萧杌(wù):懒散不勤职事。说详王志坚《表异录》卷十。

⑰标:标著名目,与上句"目"字同义。魏晋清谈品藻人物,必标著名目,犹东汉月旦人物必有题目。

⑱刘颂:西晋名臣,官至光禄大夫。刘颂为淮南相时,曾上万言长疏,具论天下诸弊及治理之道,全文载于《晋书》本传。刘颂为晋武帝所重,武帝曾访以治道并加采纳,详见李善注引干宝《晋纪》。

⑲傅咸:字长虞,西晋文学家。《晋书·傅咸传》载顾荣论傅咸语:"劲直忠果,劾按惊人。"纠邪正:纠弹歪风邪气。

⑳虚旷:虚语大言。

㉑依阿：随声附和。

㉒文王日昃（zè）不暇食：《尚书·无逸》："文王……自朝至于日中昃，不遑暇食。"日昃，日西斜。

㉓仲山甫：周宣王时大臣，封于樊（今陕西西安长安区南），亦称樊仲、樊穆仲。宣王"料民"，他曾劝谏。事见《国语·周语》。夙夜匪懈：《诗经·大雅·烝民》："肃肃王命，仲山甫将之……夙夜匪解，以事一人。"解，通"懈"。

㉔嗤点：讥笑指摘。

㉕诟病：侮辱。后引申为指责或嘲骂。《礼记·儒行》："安常以儒相诟病。"郑玄注："诟病犹耻辱也。"

㉖慝（tè）：邪恶。货欲：贪图财利。涂：同"途"。

㉗秉钧：为政均平，常用以指执国政者。《诗经·小雅·节南山》："秉国之均（钧）。"秉，持。钧，平。当轴：比喻官居要职，主持政事。《盐铁论·杂论》："车丞相即周吕之列，当轴处中。"

㉘录：录用，提拔。要：要人，皇帝及权贵身边出身卑微的亲信。参见周一良《魏晋南北朝史札记》之《南齐书》札记"要人"条。

㉙世族：又称士族。魏晋南北朝时期，各地世代为官的大姓豪族，在政治、经济各方面享有特权。

㉚陵迈、超越：皆是越级而上之意。魏晋选官讲究资品与起家官品，如其父祖为一品官，则其起家可至四品，如父祖为六品官，则起家只能为九品以下官。如逾此品级，即为陵迈超越。

㉛资次：资品次第。《晋书·刘寔传》载《崇让论》："观在官之人，政绩无闻，自非势家之子，率多因资次而进也。"

㉜子真：刘寔字。刘寔精于《春秋》学，官至太傅。《崇让》：即《崇让论》，刘寔著此论，以图矫正仕途奔竞之风。

㉝子雅：刘颂字。制九班：《晋书·刘颂传》："转吏部尚书，建九班之制，欲令百官居职希迁，考课能否，明其赏罚。"其制今不可考。

㉞长虞:傅咸字。数直笔:《晋书·傅咸传》:"咸累自上称引故事,
　　条理灼然,朝廷无以易之。"

㉟庄栉(zhì):梳妆。织纴(rèn):纺织。此指衣着。

㊱枲(xǐ):麻。中馈(kuì):进食于人为馈,中馈对野馈言,即内馈,
　　家中之馈。古代中馈为妇女之职。《周易·家人》:"在中馈。"

㊲舅姑:《尔雅·释亲》:"妇称夫之父曰舅,称夫之母曰姑。"

㊳反易:犹言颠倒。刚柔:古代男尊女卑,男刚女柔,若女子凌驾男
　　子之上,则刚柔颠倒。《礼记·郊特牲》:"男先于女,刚柔之
　　义也。"

㊴媵(yìng):古代嫁女以同姓侄娣随嫁,随嫁者称作媵。战国以后,
　　媵制式微,媵妾混为一谈,媵亦指妾了。

㊵黩(dú):轻慢不敬,淆乱伦常。上下:上辈下辈。此句谓对长辈
　　不尊,对小辈轻浮。

【译文】

　　宣帝、景帝身逢多难之时,必须诛伐天下英雄豪杰方能成就大事,
顾不上建树公刘、太王的仁政。接受遗诏辅佐幼主,多次不得不废黜旧
主另立新君。所以齐王曹芳不明君道,没有悔过复位之机;高贵乡公年
少懵懂,至死不得掌握君权。景帝、文帝逼近易代之际,没有时间等待
周武王时那种天下归心的优势。所以他们创建基业树立根本,与前代
颇有不同。再加上朝中缺少道德纯粹的君子,乡间罕见忠诚不二的长
者,习俗放纵风气邪恶,所羞耻和崇尚的事都不合正道。治学的人崇尚
庄子、老子而抛弃六经,清谈之士论辩虚言无据而鄙视名教法度,立身
行事把狂放不拘视作通达而小看气节信义,想做官的珍视苟且获得而
鄙夷坚守正道,做了官的看重俸高职闲而嘲笑勤恳之人。所以品题三
公竟用萧机的名目,天子的议论竟被称作虚谈。刘颂屡次进言治世良
策,傅咸经常纠弹歪风邪气,都被称作俗气官吏;那些倚仗虚语大言,随
声附和不吐心声的人,都名声赫赫誉满天下。像那周文王那样太阳偏

西仍顾不上吃饭，仲山甫那样日夜工作毫不懈怠，恐怕大家都会讥笑指摘，把他们看得微不足道而加以羞辱。于是夸谁骂谁标准混乱而不符合善恶的实际，大家心怀邪恶奔逐在贪图财利的路上。管选官的为私人选择官吏，当上官的为自身选择私利，执国政居要职的人，一身兼任十多种官。名门大族极尽高官尊位，出身卑微的亲信都得到提拔，国家机密常有泄露，十回之中竟有八九。那些世族和贵戚子弟，总是不断越级升官，竟然不按资品次第。仕途之上风尘滚滚，都是奔逐竞争的人；文武官员成百上千，从来不见让贤举动。刘寔写出《崇让论》，举朝无人因而醒悟；刘颂设置九班之制，最终不能付诸实施；傅咸屡次直笔弹劾，始终不能纠正朝弊。那些贵族妇女的梳妆衣着，全靠奴婢一一备办，从来不懂治丝治麻等妇女的活计，更不会操办家中酒食。不到婚龄就行婚礼，放纵情性随意行动，所以都不把淫荡偷安的过错视为可耻，不约束自己妒忌的恶行。有的忤逆于公公婆婆，有的凌驾于丈夫之上，有的杀害丈夫的侍妾，有的轻慢长辈勾引小辈，父亲兄长不追究她们的罪过，天下没有人指责她们。又何曾用古代的四教来教育她们，要求她们贞节驯顺，以此来辅佐君子呢！

　　礼法刑政，于此大坏。如室斯构，而去其凿契①；如水斯积，而决其堤防；如火斯畜，而离其薪燎也。国之将亡，本必先颠②，其此之谓乎？故观阮籍之行，而觉礼教崩弛之所由③；察庾纯、贾充之事④，而见师尹之多僻；考平吴之功，知将帅之不让⑤；思郭钦之谋⑥，而悟戎狄之有衅⑦；览傅玄、刘毅之言⑧，而得百官之邪；核傅咸之奏、钱神之论⑨，而睹宠赂之彰⑩。民风国势如此，虽以中庸之才、守文之主治之⑪，辛有必见之于祭祀⑫，季札必得之于声乐⑬，范燮必为之请死⑭，贾谊必为之痛哭⑮，又况我惠帝以荡荡之德临之哉⑯！

故贾后肆虐于六宫⑰,韩午助乱于外内⑱,其所由来者渐矣,
岂特系一妇人之恶乎!

【注释】

①凿契:两木相交构连结处,即俗呼榫头。契,通"楔"。

②"国之"二句:《春秋左传·闵公二年》:"国将亡,本必先颠。"

③礼教:封建社会为维护其等级关系和宗法制度,以儒学为指导思
　想制定的礼法条规和道德标准。崩弛:崩溃废弛。

④庾纯:西晋名儒。官至尚书令,拜少府。贾充:贾南风父。官至
　大都督,卒于晋武帝时期。据《晋书·庾纯传》载,贾充宴朝士,
　庾纯迟到,遂相讥讽,竟至怒骂,引起一场官场纠纷。

⑤将帅之不让:据《晋书·王濬传》,平吴之役,王濬本受王浑节度,
　王浑破孙皓中军后,顿兵不敢进,王濬则不听王浑号令,乘胜纳
　降,功在王浑之上。王浑甚愧恨,频奏王濬不从命之罪,王濬亦
　上表自陈其理。以后王浑、王濬长期猜犯妒恨。齐晋鞌之战后,
　主帅郤克、士燮、栾书互让功劳,与此形成对比。事见《春秋左
　传·成公二年》。

⑥郭钦:晋武帝时侍御史。郭钦曾上疏建议趁平吴之势,驱徙西北
　诸郡杂胡,严防四夷出入,以防胡骑为患。事见《晋书·北狄
　传》。

⑦戎狄:此指匈奴、鲜卑、羯等少数族。衅(xìn):征兆。此谓晋武帝
　不纳郭钦之谋成为戎狄为乱的征兆。

⑧傅玄、刘毅之言:傅玄曾上疏批评魏晋之际虚无放诞之论盈于朝
　野。详见《晋书》本传。刘毅,晋初名臣。官至尚书左仆射,以光
　禄大夫归第。曾当面直言晋武帝卖官而钱入私门,不如东汉桓、
　灵二帝。事见《晋书》本传。

⑨傅咸之奏:傅咸为司隶校尉时,曾上书建议深绝货赂之风。事见

李善注引干宝《晋纪》。钱神之论:即《钱神论》,晋惠帝时南阳人鲁褒所作。文中对当世贪鄙好财之风进行了辛辣讽刺。文载《晋书·鲁褒传》。

⑩宠赂之彰:《春秋左传·桓公二年》:"官之失德,宠赂章也。"宠赂,私宠和贿赂。彰,显明。此谓公行无忌。

⑪中庸:不偏叫中,不变叫庸。儒家以中庸为最高的道德标准。

⑫辛有:周平王时人。平王东迁,辛有往伊川,见披发之人祭祀于野地,认为是戎人将占据此地的征兆,后秦、晋迁陆浑之戎于伊川。事见《春秋左传·僖公二十二年》。

⑬季札必得之于声乐:季札观乐事见前注。当季札听到陈国之乐时,发出感叹:"国无主,其能久乎?"见《春秋左传·襄公二十九年》。

⑭范燮:即士燮,春秋时晋大夫,死谥文子,亦称范文子。《春秋左传·成公十七年》载,范燮以晋君骄侈,晋难将作,令其祝宗向神灵祈祷祝咒自己,使自己早死,以免及于晋难。

⑮贾谊必为之痛哭:《汉书·贾谊传》载《陈政事疏》:"臣窃惟事势,可为痛哭者一。"

⑯荡荡:《诗经·大雅·荡》:"荡荡上帝,下民之辟。"郑笺:"荡荡,法度废坏之貌。"

⑰肆虐:任意施行暴虐。六宫:古代皇后妃嫔的住所。《晋书·惠贾皇后传》:"后暴戾日甚。"

⑱韩午:韩寿妻贾午,贾南风妹。贾午助贾南风为虐事,散见于《晋书》诸传。外内:指后宫内外。

【译文】

礼制法度和刑典政务,到此时已是完全败坏。如同房屋刚架起来,就削去了它的榫头;如同水刚积蓄起来,就掘开了拦水堤坝;如同火刚烧旺起来,就抽去了灶中柴火。国家将要灭亡,根本必先颠仆,说的就是这种情势吧?所以看阮籍的行径,就能省悟礼教崩溃废弛的缘由;观庾纯与贾充的纠纷,就能看出权臣大都邪恶;考察平定东吴论功的情形,就会明白将帅互不相让;思索郭钦陈献的良策,就能明白戎狄入据中原早有征兆;读罢傅玄与刘毅的议论,就能看出百官多么腐败;考察傅咸的奏议与鲁褒的《钱神论》,就能看出私宠贿略公行无忌。民风国势到了这种地步,纵然用道德高尚的贤才、谨守文德的君主来治理,辛有必定预言国家将为戎狄所有,季札必定从音乐中听出亡国之音,范燮必定祈神祝咒自己早死,贾谊必定为国家倾危而痛哭,更何况我们惠帝凭着毁坏法度的德性临朝称帝呢!所以贾后在后宫任意施行暴虐,贾午推波助澜于后宫内外,这样做原因在于社会风气的浸染,哪里只是由于一个妇女的邪恶呢!

怀帝承乱之后得位①,羁于强臣②;愍帝奔播之后③,厕其虚名④。天下之政,既已去矣!非命世之雄⑤,不能取之矣!然怀帝初载⑥,嘉禾生于南昌⑦;望气者又云⑧:"豫章有天子气⑨。"及国家多难,宗室迭兴,以愍怀之正、淮南之壮、成都之功、长沙之权⑩,皆卒于倾覆,而怀帝以豫章王登天位。刘向之谶云:"灭亡之后,有少如水名者得之,起事者据秦川⑪,西南乃得其朋。"案愍帝,盖秦王之子也⑫,得位于长安,长安,固秦地也;而西以南阳王为右丞相⑬,东以琅邪王为左丞相⑭;上讳业,故改邺为临漳⑮,漳,水名也。由此推之,亦有征祥,而皇极不建⑯,祸辱及身。岂上帝临我而贰其心?将由人能弘道,非道弘人者乎?淳耀之烈未渝⑰,故大命重集于中宗元皇帝⑱。

【注释】

　①怀帝:司马炽,惠帝弟,在位六年(306—311)。为刘聪所俘,两年

后被杀。乱:即"八王之乱"。

②强臣:指太傅、东海王司马越。司马越毒杀惠帝,挟制怀帝,自任丞相,总揽政事。

③愍帝:司马邺,武帝孙,在位四年(313—316)。奔播:流亡转徙。怀帝被俘后,司马邺逃离洛阳,转徙奔波,到达长安。怀帝被杀,司马邺方在长安即位。

④厕其虚名:怀帝之时,中原几乎尽为少数族政权所有,晋室令不出长安,长安城中户不盈百,故谓怀帝不过虚列晋帝之名而已。见《晋书·孝愍帝纪》。"厕"字前原有"徒"字,黄侃《文选平点》认为"徒"字乃前句"奔播之后"的"后"字之讹。按,黄侃说极是,本句与上文"羁于强臣"相对应,若有"徒"字则文气不伦;作"厕其虚名"文义已足,若有"徒"字,反嫌不通。故删"徒"字。厕,列。

⑤命世:著名于当世。

⑥初载:初生。《诗经·大雅·大明》:"文王初载,天作之合。"

⑦嘉禾生于南昌:《晋书·孝怀帝纪》:"帝初诞,有嘉禾生于豫章之南昌。"后怀帝被封为豫章王,以豫章王为皇太弟,又以皇太弟即帝位。嘉禾,古以一茎多穗之禾为嘉禾,认为是吉瑞的象征。

⑧望气:古代方士的一种占候术,望云气以测吉凶征兆。

⑨豫章:郡名。治所为南昌(今属江西)。

⑩愍怀:愍怀太子司马遹,惠帝长子。因非贾后所生,被废,旋遇害。正:名正言顺。指司马遹为太子,其名位正当。淮南:淮南王司马允,晋武帝子。壮:赵王司马伦既废贾后,有篡逆之心,司马允率国兵及所养死士围赵王司马伦,后被司马伦党用计杀害,司马伦始脱险。司马伦被诛后,追谥司马允忠壮。见《晋书·淮南王允传》。成都:成都王司马颖,晋武帝子。功:指司马颖举兵诛赵王司马伦,迎惠帝复位。见《晋书·成都王颖传》。长沙:长

沙王司马乂,晋武帝子。权:权势。惠帝复位后,司马乂为大都督,与河间王司马颙、成都王司马颖交战数月,司马乂胜多败少,而东海王司马越担心司马乂不能胜,与殿中诸将擒司马乂,交给司马颙部将张方,张方杀司马乂。见《晋书·长沙王乂传》。

⑪秦川:泛指今陕西、甘肃秦岭以北平原地带,因春秋、战国时地属秦国而得名。

⑫秦王:司马柬,晋武帝子。《晋书·孝愍帝纪》:"孝愍皇帝讳邺,字彦旗,武帝孙,吴孝王晏之子也。出继后伯父秦献王柬,袭封秦王。"

⑬南阳王:司马保,晋宗室王。愍帝即位,以司马保为右丞相,都督陕西诸军事,进位相国。此处谓南阳王都督陕西诸军事,正应所谓"西南乃得其朋"之谶。

⑭琅邪王:晋元帝司马睿,司马懿曾孙。愍帝即位,以司马睿为左丞相,后进位丞相、都督中外诸军事。愍帝降刘曜,司马睿进位晋王;愍帝凶讯至建康,司马睿称帝,自此史称东晋。

⑮邺:古都邑,故址在今河北临漳邺镇东。北临漳水,今漳水南移,故址反在北岸。

⑯建:树立。

⑰淳耀:正大光明。烈:业。渝:变。

⑱大命:重兴晋室之天命。中宗:晋元帝庙号。

【译文】

怀帝在动乱之后得到皇位,处处遭受权臣挟制;愍帝流亡转徙后当上天子,虚列其名于西晋皇帝。西晋天下的大政,已经不可挽救了!不是著名当世的英雄,不能力挽狂澜了!然而怀帝初生之时,南昌生出了嘉禾;望云气的方士又说:"豫章有天子之气。"到了国家内难重重,宗室诸王竞起争雄,凭着愍怀太子的名正言顺、淮南王允的忠勇壮烈、成都王颖的功勋卓著、长沙王乂的权势赫赫,都被颠覆送掉性命,而怀帝以豫章王登上帝座。刘向的预言说："灭亡之后，有名如水名的少年得到江山，起事的人占据秦川，西南方向得其朋党。"案愍帝，似乎是秦王的儿子，在长安得登君位，长安，本是秦地啊；而西边以南阳王为右丞相，东边以琅邪王为左丞相；愍帝的名讳为业，所以把邺改称临漳，漳，正是水名啊。由此推而论之，也算是有征兆祥瑞，然而皇帝宝座不能坐稳，灾祸凌辱及于自身。难道是上帝降福于怀、愍二帝，突然又改变了主意？还是由于人事能弘扬天道，而不是天道能弘扬人事？正大光明的帝业尚未改变，重兴晋室的天命聚集于中宗元皇帝。

范蔚宗

见卷第二十《乐游应诏诗》作者介绍。

后汉书皇后纪论一首

【题解】

本文选自《后汉书·皇后纪》。本文虽称"论"，实非前面《公孙弘传赞》题解所述纪传末尾之议论，而是卷首历述诸皇后行事前的序论。故清人孙志祖《文选李注补正》认为当是序体。但本文与记叙诸皇后行事之文字浑然一体，毕竟与《毛诗序》之类不同，故黄侃《文选平点》认为："或谓当作序，亦泥。"揆情度理，《皇后纪》后尚有一段议论，若本文称"论"，与彼如何区别？如称本文为序论，或者妥帖一些。文中历述西周至汉列朝后妃之制及其利弊得失，尤详于东汉，对后妃弄权、外戚恣肆，特表示不满。该文辞气沛然，音节浏亮。议论已毕，连带说明记叙体例，而气韵未曾稍弱，可谓善于剪裁。

　　夏殷以上,后妃之制,其文略矣。周礼王者立后①,三夫人,九嫔,二十七世妇,八十一女御②,以备内职焉。后正位宫闱③,同体天王④。夫人坐论妇礼⑤,九嫔掌教四德⑥,世妇主知丧、祭、宾客⑦,女御序于王之燕寝⑧。颁官分务,各有典司。女史彤管⑨,记功书过。居有保阿之训,动有环佩之响⑩。进贤才以辅佐君子,哀窈窕而不淫其色⑪。所以能述宣阴化⑫,修成内则⑬,闺房肃雍⑭,险谒不行者也⑮。故康王晚朝⑯,《关雎》作讽⑰;宣后晏起⑱,姜氏请愆⑲。及周室东迁⑳,礼序凋缺㉑,诸侯僭纵㉒,轨制无章㉓。齐桓有如夫人者六人㉔,晋献升戎女为元妃㉕,终于五子作乱㉖,冢嗣遘屯㉗。爰逮战国,风宪愈薄㉘,适情任欲,颠倒衣裳,以至破国亡身,不可胜数。斯固轻礼弛防,先色后德者也。

【注释】

①周礼:西周的礼制。后:天子的正妻。

②"三夫人"几句:《礼记·昏义》:"古者天子后立六宫,三夫人,九嫔,二十七世妇,八十一御妻。"夫人,天子次妻,地位次于后。嫔(pín),宫中女官。世妇,宫中女官,地位次于嫔。女御,宫中女官,地位次于世妇。

③官闱:宫中后妃所居之处。

④天王:周天子。春秋时楚、吴、越等诸侯相继称王,故尊周王为天王。

⑤夫人坐论妇礼:《周礼·天官·叙官》"九嫔"郑注:"夫人之于后,犹三公之于王,坐而论妇礼,无官职。"

⑥四德:即四教:妇德、妇言、妇容、妇功。

⑦丧:丧纪。祭:祭祀。

⑧序：料理，侍奉。燕寝：古代帝王休息安寝的所在。

⑨女史：宫中女官，世妇属下，掌管书写文书。彤管：赤管笔。据说古代女史以彤管记事。《诗经·邶风·静女》："贻我彤管。"

⑩"居有"二句：《列女传·齐孝孟姬》："妾闻妃后逾阈必乘安车辎𫐐，下堂必从傅母保阿，进退则鸣玉环佩。"保阿，保母，古代养育子女的姬妾。阿，依。此指专教育子女的姬妾。《礼记·内则》："必求其宽裕、慈惠、温良、恭敬、慎而寡言者，使为子师，其次为慈母，其次为保母，皆居子室。"环佩，古人衣带上所系的佩玉。封建礼教要求妇女行止端庄，行走之时佩玉之声不乱。

⑪"进贤才"二句：语本《毛诗序》："是以《关雎》乐得淑女，以配君子，忧在进贤，不淫其色。哀窈窕，思贤才，而无伤善之心焉。"哀，爱。《吕氏春秋·报更》："人主胡可以不务哀士。"高诱注："哀，爱也。"窈窕，美貌。淫，惑乱。

⑫阴化：犹阴教，女子的教化。

⑬内则：妇女在家庭内的言行准则。《礼记》有《内则》篇。

⑭肃雍：恭敬和睦。

⑮险诐：险诐私谒"的省文。《诗经·周南·卷耳》之毛序："而无险诐私谒之心。"险诐谓行事不正当，私谒谓妇人恃宠私荐亲戚。险诐指不正当的请托。

⑯康王：周康王。

⑰《关雎》作讽：传说周康王晚起影响早朝，大臣作《关雎》以讽谏。见《关雎》之《鲁诗》说。

⑱宣后：周宣王之后，齐侯之女，姜姓。晏：晚。

⑲姜氏：即宣后。愆：罪过。传说周宣王曾晚起，姜氏向宣王请罪，说是由于自己的淫心使宣王失礼晚起。宣王知道过在于己，从此勤于政事。事详《列女传·周宣姜后》。

⑳东迁：指周平王东迁雒邑（今河南洛阳），时在前770年。

㉑礼序:礼制等级。凋缺:残缺。

㉒僭(jiàn)纵:犹僭越,越礼逾分。

㉓轨制:仪程制度。章:区别。

㉔齐桓:齐桓公。如夫人:诸侯正妻称作夫人,妾称如夫人,后用以称他人之妾。参见《春秋左传·僖公十七年》。

㉕晋献:晋献公,名诡诸,在位二十六年。戎女:晋献公夫人骊姬。晋献公伐骊戎,得骊姬,爱幸,立为夫人。元妃:诸侯正妻,即夫人。晋献公立骊姬为夫人事见《春秋左传·僖公四年》。

㉖五子:齐桓公子武孟等五人。齐桓公有子十余人,武孟等五人各树党争立为嗣,齐桓公刚死,五公子遂相攻伐,以致桓公尸在床上六十七日不得入棺,尸虫满地,出于户外。事见《史记·齐太公世家》。

㉗冢嗣:嫡长子。此指晋太子申生。遘:遇。屯:难。骊姬为立其子奚齐,设计陷害太子申生,申生自杀。详见《春秋左传·僖公四年》。

㉘风宪:风纪法度。

【译文】

　　夏朝和殷朝以上的朝代,后妃的制度,记载的文字太简略了。西周的礼制规定:天子的嫡妻称后,另有夫人三名,嫔九名,世妇二十七名,女御八十一名,以完善内宫的职守。后在内宫居于正统地位,与天子如同一体。夫人负责讨论妇女的礼仪,九嫔专掌教化四德,世妇安排丧纪、祭祀及迎送宾客方面的内部事宜,女御侍奉天子的起居。职官不同任务各异,各典其事各负其责。女史手挥赤管笔,专记后妃功与过。正襟危坐聆听保母和师傅的训导,一举一动都教身上佩玉响声不乱。引进贤淑女子以辅佐天子,爱慕美好的人却不以色惑人。所以能够弘扬女子的教化,树立妇女在家中的言行准则,家中妇女恭敬和睦,不正当的请托无法进行。因而康王晚起耽误了早朝,有人作《关雎》来加以讽谏;宣后与宣王睡过了时候,宣后请求追究她的罪过。到了平王东迁洛邑,礼制等级严重破坏,诸侯纷纷越礼逾分,礼制仪程全无区别。齐桓公有如夫人六位之多,晋献公把骊戎女子升为夫人,最后导致桓公的五位公子相互攻伐,献公的嫡长子遇难自杀。到了战国时代,风纪法度愈加败坏,一举一动任随情欲,嫡庶混乱妻妾不分,以至于国家颠覆自身灭亡,如此之类数不胜数。这诚然是因为轻视礼制放松戒备,先看色貌后看妇德的缘故啊。

秦并天下,多自骄大,宫备七国[①],爵列八品[②]。汉兴,因循其号,而妇制莫厘[③]。高祖帷薄不修[④],孝文衽席无辨[⑤]。然而选纳尚简,饰玩华少。自武、元之后[⑥],世增淫费,至乃掖庭三千[⑦],增级十四[⑧]。妖幸毁政之符[⑨],外姻乱邦之迹[⑩],前史载之详矣[⑪]。

【注释】

①"秦并"几句:始皇灭六国,仿六国之制而大修宫室,并秦为七国。参见《后汉书》本句下李贤注。宫,原作"官",据《后汉书》改。

②爵列八品:《汉书·外戚传》:"汉兴,因秦之称号……適称皇后,妾皆称夫人。又有美人、良人、八子、七子、长使、少使之号焉。"

③厘:改。

④高祖:汉高祖刘邦。帷薄不修:《汉书·贾谊传》载《陈政事疏》:"坐污秽淫乱男女亡别者,不曰污秽,曰'帷薄不修'。"此指刘邦宠幸戚姬,冷落吕后。详见《史记·吕太后本纪》。

⑤孝文:汉文帝刘恒,在位二十三年(前179—前157)。衽(rèn)席:古人坐卧之席。此指孝文帝窦皇后和慎夫人在禁中常同坐一席,高下无别。详见《汉书·爰盎传》。

⑥武：汉武帝。元：汉元帝刘奭，在位十六年(前48—前33)。

⑦掖庭：宫中旁舍，婕好(也作"倢伃")以下妃嫔居住之处。三千：
　妃嫔宫女之数。

⑧增级十四：原有皇后至少使八级；武帝又增婕好、妊娥、傛华，位
　居美人之上，增充依，位居七子之上；元帝增昭仪，位居婕好之
　上；皇后不与昭仪等并论，夫人成为泛称，另有五官、顺常，位居
　少使之后；又有无涓等六官品秩同为一等。自昭仪至无涓等，共
　十四级。见《汉书·外戚传》。

⑨妖幸：以姿色获得宠幸者。符：验，明证。

⑩外姻：犹言外戚。

⑪前史：指《汉书》。

【译文】

　　秦国兼并了天下，十分骄奢自大，宫室豪华包容七国之美，后妃爵
位列出八等。大汉兴起，因袭秦朝后妃的名号，后妃的制度没有更改。
高祖刘邦宠幸姬妾，文帝后妃座席无别。不过他们选美纳妾为数不多，
服饰玩物华美不足。自从武帝、元帝以后，历代增加淫乐用费，以致后
宫佳丽数达三千，妃嫔增至十四等级。妖姬宠妃毁坏国政的验证，外戚
恃宠颠覆国家的事迹，《汉书》记载得很详细了。

　　及光武中兴①，斫雕为朴②，六宫称号③，惟皇后、贵人。
金印紫绶④，俸不过粟数十斛。又置美人、宫人、采女三等，
并无爵秩⑤，岁时赏赐充给而已⑥。汉法常因八月筭民⑦，遣
中大夫与掖庭丞及相工⑧，于洛阳乡中，阅视良家童女年十
三以上、二十以下⑨，姿色端丽，合法相者⑩，载还后宫，择视
可否，乃用登御⑪。所以明慎聘纳，详求淑哲。明帝聿遵先
旨⑫，宫教颇修，登建嫔后⑬，必先令德，内无出阃之言⑭，权

无私溺之授，可谓矫其弊矣。向使因设外戚之禁，编著《甲令》⑮，改正后妃之制，贻厥方来⑯，岂不休哉⑰！虽御己有度，而防闲未笃⑱，故孝章以下⑲，渐用色授⑳，恩隆好合㉑，遂忘淊蠹㉒。

【注释】

①光武：汉光武帝。中兴：指光武帝重兴汉业。

②斫（zhuó）：削。雕：雕饰。

③六宫：古代皇后妃嫔的住所。

④金印紫绶：《后汉书》此四字前有"贵人"二字，胡克家《文选考异》认为当有此二字。则"金印紫绶"指贵人的饰物。绶，系印章或佩玉的丝带。据《后汉书·舆服志》，东汉贵人服赤绶，公主才服紫绶。这里说贵人服紫绶，只是光武帝时的情况。

⑤爵秩：按爵位等级所得之俸禄。

⑥岁时：一年中的节令。充给：犹充足。

⑦筭（suàn）：同"算"，即算赋，汉代的人丁税。

⑧中大夫：汉中大夫无定员，掌议论，属光禄勋，故又名光禄大夫。掖庭丞：汉设掖庭令掌后宫妃嫔事，其下置左右丞及暴室丞各一人，由宦官充任。相工：宫中善相面者。

⑨良家：清白人家。在汉代，凡医、巫、商贾、百工及有罪囚的家庭不得为良家。

⑩法相：指汉代皇宫选择妃嫔、宫女所规定的容貌标准。

⑪登御：进于天子。此指选为妃嫔。

⑫明帝：汉明帝刘庄，在位十八年（58—75）。

⑬登建：进用确立。

⑭阃（kǔn）：门槛。此特指阃闱，古时妇女居住的内室。

⑮《甲令》：又称《令甲》。古律令有别，汉代皇帝颁布的第一令编为

《甲令》,第二令编为《乙令》。余类推。

⑯贻厥:也作"诒厥",遗留。《尚书·五子之歌》:"贻厥子孙。"方来:犹言将来、后世。

⑰休:美。

⑱防闲:防范和禁阻。笃:严密。

⑲孝章:汉章帝刘炟,在位十三年(76—88)。章帝时期,窦皇后及其兄弟贵盛;章帝死,窦太后临朝,其兄窦宪执政。

⑳色授:谓因溺爱其色,而授之以政权。

㉑好合:指后妃。《诗经·小雅·常棣》:"妻子好合,如鼓瑟琴。"本谓相爱相合,后逐借以指妻子,犹借"友于"指兄弟。

㉒渍蠹(zī dù):谓污染毁坏。渍,通"缁",黑色。蠹,蛀虫。

【译文】

　　到了光武皇帝重兴汉业,除去雕饰崇尚简朴,六宫称号去繁就简,唯有皇后及贵人。黄金印章紫色绶带,俸禄不过数十斛粟。随即设置美人、宫人、采女三等,全都没有爵位俸禄,逢年过节赏些物品,衣食充足就足够了。汉家法令每当八月征收人丁税,同时派遣中大夫、掖庭丞和宫中相人,到洛阳城外乡间,察看良家少女年龄在十三岁以上、二十岁以下的,姿容色貌端庄秀丽,合于朝廷的选美标准,请上小车载回后宫,重新认真挑选观察是否可以,再把她们献给天子。通过这种方式来明白慎重地聘妻纳妾,认真访求淑女慧女。明帝遵循先帝意旨,认真修美后宫教化,进用妃嫔确立皇后,必定先看德行之美,后妃言论不出宫闱,也不把政权交给私相溺爱的人,可以说真正矫正了从前的弊病。假如当时因便设置防止外戚专权的禁令,编辑著录到《甲令》中去,从而改正后妃的制度,把它留给后世子孙,难道不是美事一桩!虽然明帝约束自己确有法度,但是防遏外戚却不严密,所以到了章帝以后,逐渐因为溺爱后妃而授之以权,皇恩浩荡专宠后妃,终于忘了不能让她们污染礼制毁坏基业。

　　自古虽主幼时艰,王家多衅①,委成冢宰②,简求忠贞,未有专任妇人,断割重器③。唯秦芈太后始摄政事④,故穰侯权重于昭王⑤,家富于嬴国⑥。汉仍其谬,知患莫改。东京皇统屡绝⑦,权归女主,外立者四帝⑧,临朝者六后⑨,莫不定策帷帟⑩,委事父兄,贪孩童以久其政,抑明贤以专其威。任重道悠,利深祸速。身犯雾露于云台之上⑪,家缨缧绁于图犴之下⑫。湮灭连踵⑬,倾辀继路⑭,而赴蹈不息,燋烂为期⑮,终于陵夷大运⑯,沦亡神宝⑰。《诗》《书》所叹⑱,略同一揆⑲。故考列行迹,以为《皇后本纪》。虽成败事异⑳,而同居正号者,并列于篇。其以恩私追尊㉑,非当世所奉者,则随他事附出。亲属别事㉒,各依列传。其余无所见㉓,则系之此纪,以缵西京《外戚》云尔㉔。

【注释】

①衅:事端。

②委成:委以重任而责以成功。冢宰:周代六卿之首,后用以指首相或执政官。

③重器:祭祀所用神器,多用以象征国家、社稷。

④芈(mǐ)太后:秦昭王母宣太后,楚人,芈姓,号为芈八子。秦武王卒,无子,立其弟为昭王,昭王年少,宣太后治国。摄:代理。

⑤穰(ráng)侯:宣太后异父长弟,姓魏名冉,封于穰(今河南邓州),故号穰侯。昭王:秦昭襄王,名则,一名稷,在位五十六年(前306—前251)。宣太后治国,以魏冉执政,时间长达二十余年,故云"权重于昭王"。

⑥嬴国:秦国,嬴姓,故亦称嬴国。此指王室。《史记·穰侯列传》:"于是穰侯之富,富于王室。"

⑦东京:洛阳。此指东汉。皇统:帝王历代相传的世系。此指历代相仍的皇权。

⑧外立者四帝:东汉安、质、桓、灵四帝,并非嫡嗣,封侯于外,入而为帝,故称"外立者"。

⑨临朝者六后:东汉章帝后窦太后、和帝后邓太后、安帝后阎太后、顺帝后梁太后、桓帝后窦太后、灵帝后何太后。此六后皆以太后临朝擅政。

⑩帟(yì):帐篷中座上承尘的平幕。此泛指幕。

⑪雾露:古人对垂死之疾病的讳称,言其如雾露行将消失。云台:东汉洛阳南宫中高台。据《后汉书·谢弼传》,灵帝时,中常侍曹节矫诏迁窦太后于南宫云台,郎中谢弼上封事,谓窦太后"幽隔空宫,愁感天心,如有雾露之疾"。

⑫家:指外戚之家。缨:捆缚。缧绁(léi xiè):拘缚犯人的绳索。圄(yǔ):监狱。犴(àn):古代乡亭的拘留所。后泛指监狱。

⑬湮(yān)灭:灭亡。踵(zhǒng):脚跟。

⑭倾:倾覆。辀:兵车、田车、乘车的辕。后多用以称车。

⑮燋(jiāo)烂:烧焦煮烂,犹言一败涂地。

⑯陵夷:衰颓。

⑰神宝:指帝位。

⑱《诗》《书》所叹:《诗经·小雅·正月》:"赫赫宗周,褒姒灭之。"《尚书·牧誓》:"牝鸡之晨,惟家之索。"前例感叹幽王宠幸褒姒带来西周的灭亡;后例以母鸡代雄鸡报晓比喻妇女执国政,这是国家将亡的征兆。

⑲揆:准则。

⑳成败:成谓居后妃之位正常死亡者,败指居后妃之位而被废黜幽禁者。

㉑追尊:生前未居其位,死后其子孙追上尊号。如安帝本为清河王

长子,即帝位后数年,追尊其祖母宋贵人为敬隐后、生母左姬为孝德后。参见《后汉书·清河孝王传》。

㉒亲属:即上文"同居正号者"的亲属。

㉓无所见:指妃嫔中生子当上皇帝,但本人事迹不多,亲属又不入列传的。

㉔缵(zuǎn):继。西京:长安。此指记述西汉历史的《汉书》。《外戚》:《汉书·外戚传》。《汉书》后妃列入《外戚传》,《三国志》立《后妃传》列于帝纪之后,《后汉书》依《三国志》次第而改称纪,以后正史基本称传。

【译文】

自古虽然天子年幼时局艰难,国家多有事端,辅佐幼主匡扶社稷的重任交给执政大臣,简选访求忠贞之臣,没有谁专一任用妇女,任她们裁决社稷大事。只有秦宣太后代理政事,所以穰侯魏冉权势重于秦昭襄王,他家比王室还要富庶。大汉因仍秦的错误,明知其害却不更改。东汉皇权屡屡中断,大权落入女主之手,并非嫡嗣而立为皇帝的有四位,临朝听政的太后有六位,没有谁不在帷幕之中确定国策,把要职交给她们的父亲弟兄,贪图立小孩为帝以使自己长期专政,抑制明智贤良之人以便自己耀武扬威。任务重大道路悠远,贪利越多取祸越快。有的生命垂危幽禁在云台之上,有的全家被抓投进了监狱之中。灭亡的一个连着一个,颠覆的车马不绝于路,她们还在这道上奔忙不已,直到一败涂地才肯休止,最终导致天运衰颓,皇帝的宝座灰飞烟灭。《诗经》与《尚书》感叹妇女能亡国,大概同是一种准则。所以考证序列东汉后妃的事迹,据这些写成《皇后本纪》。虽然得势的倒霉的事迹不同,但只要名正言顺贵为皇后,一并排列在本篇之中。那些凭着私恩追尊为后,并非生前奉为帝后的,则随着他人的事迹附带交代。皇后亲属本人的事迹,各自归入本人的传记。其余事迹不多的妃嫔,也把她们收进这篇本纪,用这篇文字来续《汉书》的《外戚传》吧。

史论下

范蔚宗

见卷第二十《乐游应诏诗》作者介绍。

后汉书二十八将传论一首

【题解】

本文选自《后汉书·朱景王杜马刘傅坚马列传》。文在传末,是叙事之余史家发为议论之词。篇题为萧统所拟。汉光武帝建立东汉政权,复兴大汉,号称"中兴"。二十八将,辅佐光武帝夺取天下的二十八位功臣,又称"中兴二十八将"。范晔因《朱景王杜马刘傅坚马列传》中所叙九将皆二十八将中人,故于传末为此论。徐攀凤《选注规李》谓晋初华峤作《汉后书》九十七卷,曾对二十八将有所议论,范晔因其论而扩充为本文。文中针对世间对汉光武帝不以功臣任职的非议,指出世乱武人群起,世治则需吏能之才,光武帝矫正西汉公侯累世之弊,量才而定功臣之任用与否,拓宽了招贤之路。议论明达晓畅,略具史识。唯于光武帝防闲功臣之深意,似尚未能充分揭著。

　　论曰：中兴二十八将，前世以为上应二十八宿^①，未之详也。然咸能感会风云^②，奋其智勇，称为佐命^③，亦各志能之士也^④。议者多非光武不以功臣任职^⑤，至使英姿茂绩，委而勿用。然原夫深图远筭^⑥，固将有以为尔。若乃王道既衰^⑦，降及霸德^⑧，犹能授受惟庸^⑨，勋贤兼序^⑩，如管隰之迭升桓世^⑪，先赵之同列文朝^⑫，可谓兼通矣。降自秦汉，世资战力，至于翼扶王室^⑬，皆武人屈起^⑭。亦有鬻缯盗狗轻猾之徒^⑮，或崇以连城之赏^⑯，或任以阿衡之地^⑰，故势疑则隙生^⑱，力侔则乱起^⑲。萧樊且犹缧绁^⑳，信越终见菹戮^㉑，不其然乎！自兹以降，讫于孝武^㉒，宰辅五世^㉓，莫非公侯。遂使缙绅道塞^㉔，贤能蔽壅^㉕，朝有世及之私^㉖，下多抱关之怨^㉗。其怀道无闻，委身草莽者，亦何可胜言？故光武鉴前事之违，存矫枉之志，虽寇邓之高勋^㉘，耿贾之鸿烈^㉙，分土不过大县数四，所加特进朝请而已^㉚。观其治平临政^㉛，课职责咎，将所谓"导之以法，齐之以刑"者乎^㉜！若格之功臣^㉝，其伤已甚。何者？直绳则亏丧恩旧^㉞，挠情则违废禁典^㉟，选德则功不必厚，举劳则人或未贤，参任则群心难塞^㊱，并列则其弊未远^㊲。不得不校其胜否^㊳，即事相权^㊴。故高秩厚礼^㊵，允答元功^㊶；峻文深宪^㊷，责成吏职。建武之世^㊸，侯者百数，若夫数公者^㊹，则与参国议，分均休咎，其余并优以宽科^㊺，完其封禄，莫不终以功名，延庆于后^㊻。昔留侯以为高祖悉用萧曹故人^㊼，郭伋亦议南阳多显^㊽，郑兴又戒功臣专任^㊾。夫崇恩偏授^㊿，易启私溺之失，至公均被，必广招贤之路，意者不其然乎！

【注释】

①前世:指晋朝。二十八宿:我国古代天文家为了观测天象及日、月、五星在天空中的运行,在黄道带与赤道带的两侧绕天一周,选取了二十八个星官作为观测时的标志,称为二十八宿。二十八将上应二十八宿,何焯《义门读书记》疑其说出纬书,徐攀凤《选学纠何》反对何说,认为出自华峤《汉后书》。

②感会:因际遇而动。风云:《周易·乾》:"云从龙,风从虎。"谓同类相感而动,后因以喻人的际遇。

③佐命:古代帝王建立王朝,自谓承天受命,故谓辅佐之臣为佐命。

④志能:志气和勇力。

⑤光武:汉光武帝。

⑥筭:同"算",谋划。

⑦王道:儒家主张以仁义治天下,称之为王道。儒家认为西周行王道。

⑧霸德:犹霸道,指国君凭借武力、刑罚、权势等进行统治。儒家认为春秋始行霸道。

⑨庸:用。

⑩勋贤:功臣与贤士。序:依次排列。

⑪管隰(xí)之迭升桓世:指齐桓公时管仲、隰朋先后为政。管,管仲。隰,隰朋。二人皆为齐桓公时的贤臣。

⑫先赵之同列文朝:指晋文公时先轸、赵衰同时在朝效力。先,先轸,春秋时晋人。采邑在原,又称原轸。晋楚城濮之战中,大破楚军,佐晋文公称霸。赵,赵衰,春秋时晋人。从晋文公出亡十九年,归国后佐文公定霸。文,晋文公。

⑬王室:《后汉书》作"王运"。按,此句谓辅佐帝王成就大业,作"运"义长。盖"运"字模糊而讹作"室"。

⑭屈:通"崛"。

⑮鬻(yù)：卖。缯(zēng)：古代对丝织品的总称。《汉书·灌婴传》"灌婴，睢阳贩缯者也。"盗狗：《后汉书》作"屠狗"。《汉书·樊哙传》："樊哙，沛人也，以屠狗为事。"则当作"屠"。轻猾：轻佻奸猾。

⑯连城：《史记·主父偃列传》："今诸侯或连城数十，地方千里。"

⑰阿衡：商代官名。商王辅弼。引申为主持国政，辅佐帝王，又用以指执政大臣。《诗经·商颂·长发》："实维阿衡，实左右商王。"

⑱疑：通"拟"，比拟。隙：猜隙，裂痕。

⑲侔：相当。

⑳萧：萧何。樊：樊哙。缧绁：捆缚犯人的绳索。萧何、樊哙都曾因被刘邦猜忌而被关押过。事见《史记·萧相国世家》《史记·樊郦滕灌列传》。

㉑信：韩信。越：彭越。菹戮：杀戮。菹，古代把人剁成肉酱的酷刑。韩信、彭越被杀之事，详见《史记·淮阴侯列传》《史记·魏豹彭越列传》。

㉒孝武：汉武帝。

㉓宰辅：辅政大臣，指相国之类。五世：指汉高祖、惠帝、文帝、景帝及武帝五代。

㉔缙绅：又作"搢绅"，插笏于大带与革带之间，为旧时官宦的装束，遂用作官宦或仕进的代称。

㉕壅：阻塞，隔绝。

㉖世及：父子相继。

㉗抱关：谓守门者。据《汉书·萧望之传》，萧望之因直言得罪霍光，被举荐三年只做上署小苑东门候，负责候时而开门关门，与萧望之同时被举荐的王仲翁嘲笑他说："不肯录录，反抱关为。"

㉘寇：寇恂，中兴二十八将之一。邓：邓禹，中兴二十八将之一，封

高密侯，食邑四县。

㉙耿：耿弇，中兴二十八将之一，封好畤侯，食邑二县。贾：贾复，中兴二十八将之一，封胶东侯，食邑六县。鸿烈：大功业。

㉚特进：官名。以授列侯中有特殊地位者，得自辟僚属。贾复得加特进。朝请：奉朝请。古以春季朝见皇帝为朝，秋季朝见为请。汉代退职的大臣，多以奉朝请名义参加朝会。耿弇以列侯奉朝请。

㉛治平：本谓治国平天下，后往往用以指政治安定。

㉜"导之"二句：语出《论语·为政》。唯《论语》"法"字作"政"，《后汉书》亦作"政"。

㉝格：度量，衡量。

㉞直绳：绳之以法。亏丧：损伤，伤害。恩旧：旧好。

㉟挠情：因情枉法。

㊱参任：参差杂用。意谓不论功高者还是贤能者，皆一并任用。塞：满足。

㊲并列：指让有功者并列于朝，永世为官。其弊：指韩信、彭越遭菹醢那样的教训。

㊳校：考察。其：指功臣。

㊴权：权衡轻重。

㊵秩：官吏的俸禄。

㊶答：报答。元功：元勋，大功臣。

㊷峻：严峻。文：指法令条文。深：刻深。

㊸建武：汉光武帝年号（25—55）。

㊹数公：指邓禹、李通、贾复。光武帝功臣封为列侯的，唯此三人与公卿参议国家大事。

㊺宽科：宽松之法。

㊻庆：福。后：谓功臣子孙。

㊼留侯：张良。高祖：汉高祖刘邦。萧：萧何。曹：曹参。《汉书·高帝纪》载张良语高祖曰："今已为天子，而所封皆故人所爱，所诛皆平生仇怨。"

㊽郭伋：汉光武帝时人，并州刺史。《后汉书·郭伋传》："伋因言补选众职，当简天下贤俊，不宜专用南阳人。帝纳之。"按，汉光武帝为南阳人，随他起事者多南阳人。

㊾郑兴：东汉初经学家，郑众之父。《后汉书·郑兴传》载郑兴上疏："道路流言，咸曰'朝廷欲用功臣'，功臣用则人位谬矣。"

㊿恩：恩旧，旧好。

【译文】

论说：辅佐光武帝复兴大汉的二十八将，晋人认为上应天上二十八宿，这种说法的根据不得而知。不过他们都能身逢时运奋臂而起，发挥各自的智慧和勇力，称为辅佐帝王承天受命之臣，也都是志气宏大勇力过人的人。评论当时政治的人多数批评光武帝不让功臣担任要职，导致英俊豪壮功绩卓著的人，遭到冷落不被任用。其实探究光武帝的深远谋划，本来是有其缘故的。当王道已经衰微，下至霸道盛行的春秋时代，尚能做到擢拔人才看其是否适用，功臣与贤才都依次引进，比如管仲与隰朋先后在齐桓公时期得到重用，先轸与赵衰同在晋文公之朝做上高官，可以说是功臣与贤士都显达了。此后到了秦汉时期，大家都看重战争与武力，至于辅佐帝王开国创业，都靠武夫崛起来打江山。也就有那些轻佻狡猾的商贩屠夫，有的得到相连数城的封地而威势赫赫，有的当上执政大臣而权倾朝野，因而威势与君王类似就会引起猜隙，力量与君王相当就会导致祸乱。萧何与樊哙尚且一度被抓，韩信与彭越最终都被杀戮，难道不是这样的吗！从此以后，直到汉武帝时，五代的辅政大臣，没有不是公和侯的。于是使得仕进的道路遭到堵塞，贤能举用的途径被隔绝，父子相继的官僚充斥朝廷，才高位卑者的怨气不绝于道。那些胸怀道术默默无闻，生活在草泽林莽中的人，又怎能说得尽？

所以光武帝鉴于前代行事违背正道,胸怀矫正旧弊的心志,纵然寇恂与
邓禹功勋卓著,耿弇与贾复功业巨大,分封采邑不超过大县四个,加的
官衔不过是特进与奉朝请罢了。观察光武帝在天下安定后的施政方
针,考核众官职守责罚失职者,大概就是圣人说的"用法教来引导大家,
用刑罚来整齐大家"吧!如果用此准则衡量功臣,对他们的伤害定很严
重。为什么呢?绳之以法就使旧好遭到损伤,因情枉法又必然违反法
令,选取有德者而他的功勋不一定卓著,举用功高者而他又未必是贤
才,参差杂用又难使大家都满足,功高者都重用而前代的教训记忆犹
新。所以不得不考察功臣能否胜任职守,根据具体情况权衡轻重。所
以用丰厚的俸禄和礼仪,报答元勋的开国之功;用严峻刻深的法令条
文,责成众官恪尽职守。建武年间,封为列侯的多达百余位,像邓禹那
样的少数几位,可以参与商讨国策,与君王共同分担祸福,其余都用宽
松的制度加以优待,始终享有各自的封地和俸禄,无不保持功名终其一
生,留下福禄给后代子孙。从前张良认为刘邦重用的都是萧何、曹参那
样的旧友,郭伋也指出显达者往往是光武帝的南阳老乡,郑兴又提醒不
能让功臣专有重任。重用旧好授权勋臣,极易导致私相溺爱的过失,大
公无私恩泽广布,必定拓宽招纳贤才的途径,批评光武的人们难道认为
不是这样吗!

永平中①,显宗追感前世功臣②,乃图画二十八将于南宫
云台③,其外又有王常、李通、窦融、卓茂④,合三十二人。故
依本第⑤,系之篇末,以志功次云尔⑥。

【注释】

①永平:汉明帝年号(58—75)。

②显宗:汉明帝刘庄,在位十八年(58—75)。显宗为明帝庙号。
　感:思。

③南宫云台：东汉洛阳皇宫有南宫、北宫之分，光武帝居南宫，明帝时营建北宫（详见王仲殊《汉代考古学概说》）。云台为南宫中高台。

④王常：东汉开国功臣，官拜横野大将军，封山桑侯。李通：东汉开国功臣，官拜大司空，封固始侯。窦融：东汉开国功臣，官拜大司空，封安丰侯。卓茂：东汉开国功臣，官拜太傅，封宣德侯。

⑤本第：原来的次第，即南宫云台功臣肖像的顺序。

⑥功次：功臣的名次。《后汉书》作"功臣之次"，"功次"为其省语。《后汉书》此句后附列二十八将及王常等四人官衔、封侯、姓名，萧统选文时略去。

【译文】

永平年间，显宗追思前朝开国功臣，于是命人在南宫云台画上二十八将的肖像，此外还画上王常、李通、窦融、卓茂，合计三十二人。因而依照原来的次第，排列在本篇末尾，以记录下功臣的名次。

宦者传论一首

【题解】

本文选自《后汉书·宦者列传》。文在卷首，与《皇后纪论》同例，而与《二十八将传论》之类不同。宦者，谓宦官，即阉人，太监。东汉自桓帝中叶起，外戚政治为宦官政治所取代，宦者跋扈于朝，其家人专横于野，最终导致汉末的大混战。有鉴于此，范晔《后汉书》变《史记》《汉书》的《佞幸传》为《宦者列传》，可谓明达史书变通之理。文中历述先秦至东汉宦官制度之形成和变化，追溯宦官权势渐盛的由来，抨击宦官当政之祸国殃民，皆语简意赅，情见乎辞。其描摹宦官骄奢淫逸的情态，活灵活现，一气呵成。文章以骈体为主，时时穿插散句，读来颇有气势。唯开篇引文有欠严密，略伤整篇文气。

　　《易》曰："天垂象，圣人则之①。"宦者四星，在皇位之侧②，故《周礼》置官③，亦备其数④。阍者守中门之禁⑤，寺人掌女宫之戒⑥，又云"王之正内者五人"⑦。《月令》⑧："仲冬，阉尹审门闾，谨房室⑨。"《诗》之《小雅》，亦有《巷伯》刺谗之篇⑩。然宦人之在王朝者，其来旧矣。将以其体非全气⑪，情志专良，通关中人⑫，易以役养乎？然而后世因之，才任稍广⑬。其能者，则勃貂、管苏有功于楚晋⑭，景监、缪贤著庸于秦赵⑮。及其弊也，竖刁乱齐⑯，伊戾祸宋⑰。汉兴，仍袭秦制，置中常侍官⑱。然亦引用士人，以参其选，皆银珰左貂⑲，给事殿省⑳。及高后称制㉑，乃以张卿为大谒者㉒，出入卧内，受宣诏令。文帝时㉓，有赵谈、北宫伯子㉔，颇见亲幸。至于孝武㉕，亦爱李延年㉖。帝数宴后庭，或潜游离馆，故请奏机事，多以宦人主之。元帝之世㉗，史游为黄门令㉘，勤心纳忠，有所补益。其后弘恭、石显以佞险自进㉙，卒有萧周之祸㉚，损秽帝德焉。

【注释】

①"天垂象"二句：《周易·系辞》："天垂象，见吉凶，圣人象之；河出图，洛出书，圣人则之。"则，取法。

②"宦者"二句：李善注引仲长统《昌言》："天文，宦者四星，在帝座傍。"古人好以天上星宿比附地上君臣，如以北极星象征太一神，天市垣的帝座象征天子。太微垣的五帝座旁有内屏四星，因为宦官常在皇帝左右，故又有《昌言》所说的那种比附。

③《周礼》：儒家经典之一。一般认为是搜集周王室官制和战国各国制度，添附儒家政治理想，加以整齐化而成。

④亦备其数:《周礼》内宰以下有内小臣、阍人、寺人、内竖,其中多有阉人。参见孙诒让《周礼正义》卷一。汉人"宦者四星"的说法盖据此附会。

⑤阍者:守门人。此指王宫内守门者。中门:王宫外门以内的门。《周礼·阍人》:"阍人掌守王宫之中门之禁。"

⑥寺人:近侍之人,天子、后妃身边的侍者。女宫:宫中女奴。《周礼·寺人》:"寺人掌王之内人及女宫之戒令。"

⑦王之正内者五人:《周礼·天官·叙官》:"寺人,王之正内五人。"正内,王后的路寝。古天子与后六寝,即六座寝宫,路寝一,燕寝五,路寝为正,燕寝为小。五人,谓王后路寝有近侍五人。

⑧《月令》:《礼记》篇名。记述每年夏历十二个月的时令及相关事物。

⑨"阍尹"二句:《礼记·月令》:"命奄尹申宫令,审门闾,谨房室,必重闭。"阍尹,主领阍人的官。闾,门。

⑩《巷伯》:《诗经·小雅》篇名。巷伯即寺人。谗,谗人,进谗言者。毛序:"寺人伤于谗,故作是诗也。"

⑪体非全气:指阉人生殖腺已被割去,没有性交能力。

⑫通关:往来交涉。中人:内人,指后妃宫女。

⑬才任稍广:谓逐渐扩大有才能的宦官的职权。才任,才能。稍,渐。

⑭勃貂(diāo):当为"勃鞮",勃鞮一名披,晋文公时寺人。《春秋左传·僖公二十四年》载吕甥、郤芮将谋杀晋文公,勃鞮求见晋文公,以难告,晋文公会秦伯,诱杀吕、郤。次年,勃鞮推荐赵衰为原大夫。管苏:春秋时楚共王的近侍,常直言进谏,共王临终,命令尹拜为上卿。事见《新序·杂事》。

⑮景监:秦孝公宠臣,商鞅因景监而见孝公。事见《史记·商君列传》。缪贤:赵惠文王宦者令。蔺相如初为缪贤舍人,后得缪贤

推荐而奉和氏璧使秦。事见《史记·廉颇蔺相如列传》。著庸：
建立功勋。

⑯竖刁：春秋齐国寺人，名刁，又作"貂"，竖谓宦竖。《春秋左传·
僖公十七年》载齐桓公卒，群公子争立，易牙与寺人貂因内宠以
杀群吏，立公子无亏。

⑰伊戾：春秋宋国寺人墙戾，又称惠墙伊戾。惠、伊皆发声词。《春
秋左传·襄公二十六年》载，伊戾因无宠于宋太子，遂诬陷太子
与楚客为盟，致使宋公缢杀太子。后宋公知太子无罪，烹伊戾。

⑱中常侍：官名。秦置，汉沿用。出入宫廷，侍从皇帝，常由列侯至
郎中等官员兼任。东汉始由宦官专任。

⑲珰：汉代宦官充武职者的冠饰。貂：动物名。汉代中常侍以貂尾
插冠上。《汉官仪》卷上："中常侍，秦官也。汉兴，或用士人，银
铛左貂。光武以后，专任宦者，右貂金珰。"

⑳给事：供职。殿：皇帝所居。省：代表皇帝发布政令的中枢机关，
如尚书台、中书省之类。

㉑高后：汉高祖皇后吕雉，前188年临朝称制，在位八年病卒。

㉒张卿：汉高后时宦官张释，字子卿，为高后所宠幸。大谒者：官
名。又称谒者仆射。领谒者十人，掌宫中宾赞受事。

㉓文帝：汉文帝刘恒，在位二十三年（前179—前157）。

㉔赵谈：汉文帝时宦官，以望星气得幸。北宫伯子：汉文帝时宦官，
以风姿得亲近。

㉕孝武：汉武帝刘彻，在位五十四年（前141—前87）。

㉖李延年：汉武帝时宦官，其妹为武帝夫人。李延年善歌新声，为
协律都尉。李夫人卒，李延年以骄恣族诛。

㉗元帝：汉元帝刘奭，在位十六年（前48—前33）。

㉘史游：汉元帝时任黄门令，用韵文著《急就篇》。黄门：官署名。
汉设黄门官，给事于禁门之内，长官黄门令以宦官充任。

㉙弘恭：汉宣帝时宦官，官至中书令。石显：汉元帝时宦官，为中书令，成帝时免官。佞险：佞巧奸险。

㉚萧：萧望之。汉宣帝时为御史大夫、太子太傅。元帝立，以师傅见重。后为弘恭、石显陷害，自杀。周：周堪，汉元帝时为光禄大夫，与萧望之建议皇帝疏远宦官，为石显等所谮，皆免官。后萧望之自杀，周堪复出为光禄勋。

【译文】

《易》说："上天垂布万象，圣人取法其中。"象征宦官的四星，就在帝星的旁边，所以《周礼》设置职官，也具备相应的员额。阍人掌守宫内各门的安全，寺人监管宫中女奴，又说"王后的路寝有近侍五名"。《月令》说："农历十一月，阍尹审察门户，慎视房屋。"《诗经》中《小雅》，也有《巷伯》那种讽刺谗人的篇章。可见宦官在王朝任职，由来已经很久了。大概因为他们身体气质已经不全，心思专一驯良，往来接触后妃宫女，役使厮养十分方便吧！然而后代因仍此制，渐视宦官的才能多加任用。其中确有才能的，如勃鞮、管苏分别为晋国、楚国建树功勋，景监、缪贤各自给赵国、秦国立下功劳。至于起用宦官的弊端，则有竖刁搞乱了齐国，伊戾给宋国造成祸殃。大汉兴起，因袭秦制，设置中常侍这种职官。不过也引用朝官，让他们参加中常侍的选用，都戴上银的冠饰，左边还插上貂尾，供职于殿中省中。到高后临朝称制，竟以张释为大谒者，出入于高后的卧室，亲受诏令宣示圣旨。文帝时，有赵谈、北宫伯子，很得天子的亲昵宠幸。到武帝之时，又宠爱李延年。武帝常在后庭饮宴，有时秘密出游离宫别馆，所以朝臣请示奏报机密事宜，经常由宦官主持。元帝的时代，史游任黄门令，勤恳尽力进献忠心，对于朝廷有所帮助。此后弘恭、石显凭着佞巧奸险向上爬，于是导致了萧望之、周堪的冤案，损害玷污了皇帝的德行。

中兴之初，宦官悉用阉人，不复杂调他士。至永平中①，始置员数,中常待四人,小黄门十人。和帝即祚幼弱②,而窦宪兄弟专总权威③,内外臣僚,莫由亲接,所与居者,惟阉官而已。故郑众得专谋禁中④,终除大憝⑤,遂享分土之封⑥,超登宫卿之位⑦。于是中官始盛焉⑧。自明帝以后⑨,迄乎延平⑩,委用渐大,而其资稍增,中常侍至有十人,小黄门亦二十人。改以金珰右貂⑪,兼领卿署之职⑫。邓后以女主临政⑬,而万机殷远⑭。朝臣图议⑮,无由参断帷幄⑯;称制下令⑰,不出房闱之间。不得不委用刑人,寄之国命。手握王爵,口含天宪⑱,非复掖庭永巷之职⑲,闺牏房闱之任也⑳。其后孙程定立顺之功㉑,曹腾参建桓之策㉒,续以五侯合谋㉓,梁冀受钺㉔,迹因公正,恩固主心,故中外服从㉕,上下屏气㉖。或称伊霍之勋㉗,无谢于往载㉘;或谓良平之画㉙,复兴于当今。虽时有忠公,而竞见排斥㉚。举动回山海,呼吸变霜露。阿旨曲求㉛,则宠光三族㉜;直情忤意㉝,则参夷五宗㉞。汉之纲纪大乱矣!

【注释】

①永平:汉明帝年号(58—75)。

②和帝:汉和帝刘肇,在位十七年(89—105)。祚:皇位。幼弱:和帝即位时年仅十岁。

③窦宪:东汉人。妹为汉章帝皇后。章帝死,和帝年少,太后临朝,窦宪为侍中,官至大将军。窦氏弟兄操纵朝政,横暴京师。后和帝与郑众定议诛灭窦氏,窦宪自杀。

④郑众:东汉宦官。章帝时为中常侍。和帝永元四年(92),郑众首谋诛灭窦氏,逼窦宪自杀。《二十八将传论》中郑兴之子郑众,另

是一人，为著名经学家。禁中：宫中。

⑤憝(duì)：奸恶。《尚书·康诰》："元恶大憝。"

⑥分土之封：指郑众以首谋诛灭窦氏之功，封鄩乡侯。

⑦宫卿：总管后宫事务的高级官员，汉代为大长秋。此官位与九卿
　　等，故称宫卿。

⑧中官：任职于宫内的宦官。

⑨明帝：汉明帝刘庄。

⑩延平：汉殇帝刘隆年号(106)。

⑪金珰右貂：汉中常侍至光武帝后专任宦者，冠饰为金珰右貂。

⑫卿署：九卿的官署。汉之九卿为太常、光禄勋、卫尉、廷尉、太仆、
　　大鸿胪、宗正、大司农、少府。安帝初，蔡伦曾为太仆，所谓"兼领
　　卿署之职"，似指此。

⑬邓后：东汉和帝皇后。

⑭万机：指帝王日常的纷繁政务。《尚书·皋陶谟》："兢兢业业，一
　　日二日万机。"殷远：众多。《吕氏春秋·审为》："其轻于韩又
　　远。"高诱注："远犹多也。"

⑮图：《后汉书》及六臣本作"国"，作"国"义长。

⑯参断：参议决断。帷幄：帐幕。此指后宫。

⑰制、令：古代帝王的命令，关于制度方面的多称"制"，其余多称
　　"诏""令"。《史记·秦始皇本纪》："命为制，令为诏。"

⑱"手握"二句：《后汉书·朱穆传》载刘陶等上书："当今中官近习，
　　窃持国柄，手握王爵，口含天宪。"王爵，官柄，即授官之权。天
　　宪，帝王的法令。

⑲掖庭：皇宫中的旁舍，宫嫔所居的地方。永巷：皇宫中幽禁妃嫔
　　宫女的住所。

⑳闺牖、房闼：并谓妇女所居之处。

㉑孙程：汉安帝时宦官，为中黄门。安帝死后，孙程与王康等密

谋,诛外戚阎显等,迎立顺帝。顺:汉顺帝刘保,在位十九年(126—144)。

㉒曹腾:汉顺帝时宦官,为中常侍。后以参加定策立桓帝,封费亭侯,官大长秋。桓:汉桓帝刘志,在位二十一年(147—167)。

㉓五侯:汉桓帝时五位大宦官,以合谋助桓帝诛梁冀,皆封为侯。他们是新丰侯单超、武原侯徐璜、东武阳侯具瑗、上蔡侯左悺、汝阳侯唐衡。

㉔梁冀:东汉人。两妹分别为顺帝、桓帝皇后。顺帝时为大将军,顺帝死,与妹梁太后先后立冲、质、桓三帝,专断朝政近二十年。后桓帝与单超等合谋诛梁氏,梁冀自杀。钺(yuè):古兵器名。引申为杀戮。

㉕中外:朝廷内外。

㉖屏气:屏住呼吸,比喻恐惧。

㉗伊:伊尹。商汤去世后,伊尹历佐卜丙、仲壬二王。霍:霍光。汉武帝死后,霍光受遗诏与金日磾等同辅昭帝,后又废昌邑王刘贺,立宣帝。

㉘谢:逊。往载:前代。

㉙良:张良。平:陈平。画:谋划。张良、陈平为汉高祖最重要的谋臣。

㉚排斥:如白马令李云上书谏任用宦官,下狱死,河南尹李膺查究贪官,竟遭反坐。

㉛阿旨:迎合其意。曲求:委曲求进。

㉜三族:谓父族、母族、妻族。

㉝忤:违。

㉞参夷五宗:犹言夷灭三族五宗。参,同"叁",指三族。夷,灭。五宗,五服之内的亲故。

【译文】

东汉初年,宦官尽用阉人,不再参杂选用朝臣。到永平年间,开始确定宦官人数,中常侍四人,小黄门十人。和帝即位时尚年少,于是窦宪兄弟专擅大权总揽朝政,朝廷内外的大臣僚属,没有机会接近和帝,与和帝最接近的,只有宦官罢了。所以郑众能够在宫中独定密谋,最终清除了元凶大恶,于是得到封地位为列侯,越级升任宫卿之职。从此宦官的权势开始膨胀。自明帝以后,到延平年间,宦官的权势逐渐扩大,宦官的员额颇有增长,中常侍已有十人,小黄门也有二十人。改成金的冠饰,貂尾插在右边,有的还兼任九卿的职官。邓太后以女主的姿态亲临朝政,但是国家政务纷繁众多。朝中大臣议论国事,不可能到后宫去参议决断;后宫太后称制下令,不可能走出后宫一步。不能不委任受过宫刑的宦官,把国家命运寄托在他们身上。他们手中握有授官之权,口中声称天子的诏令,不再只是供职于掖庭永巷,负责后妃们的衣食起居。以后孙程确立了迎立顺帝的功勋,曹腾参加拟定立桓帝的计划,接着又有五侯合谋,梁冀自杀满门抄斩,五侯的行迹合于公正,又得到桓帝格外厚爱,所以朝廷内外莫不俯首帖耳,上上下下人人战战兢兢。有的称颂他们建树伊尹、霍光那样的奇勋,比起前代毫不逊色;有的赞颂他们使张良、陈平那样的谋划,又在当今得以复兴。虽然间或有忠良公正的官员,但是竞相遭到排斥。他们一举一动仿佛要旋转山海,呼口气似乎能变作霜露。你迎合其意委曲求进,就能得宠而光耀三族;你直言陈情违背其意,就会三族遭灭五宗受戮。汉家的王纲法纪大乱了!

　　若夫高冠长剑,纡朱怀金者①,布满宫闼②;苴茅分虎③,南面臣民者④,盖以十数。府署第馆,棋列于都鄙⑤;子弟支附⑥,过半于州国⑦。南金、和宝、冰纨、雾縠之积⑧,盈仞珍藏⑨;嫱媛、侍儿、歌童、舞女之玩⑩,充备绮室⑪。狗马饰雕文,土木被缇绣⑫。皆剥割萌黎⑬,竞恣奢欲。构害明贤⑭,专树党类。其有更相援引,希附权强者⑮,皆腐身薰子⑯,以自衒达㉗。同弊相济㉘，故其徒有繁，败国蠹政之事㉙，不可殚书㉚。所以海内嗟毒㉑，志士穷栖㉒，寇剧缘间㉓，摇乱区夏㉔。虽忠良怀愤，时或奋发，而言出祸从，旋见孥戮㉕。因复大考钩党㉖，转相诬染㉗。凡称善士，莫不罹被灾毒㉘。窦武、何进㉙，位崇戚近㉚，乘九服之嚣怨㉛，协群英之势力㉜，而以疑留不断㉝，至于殄败㉞。斯亦运之极乎！虽袁绍龚行㉟，芟夷无余㊱，然以暴易乱，亦何云及！自曹腾说梁冀㊲，竟立昏弱㊳，魏武因之㊴，遂迁龟鼎㊵。所谓"君以此始，必以此终"㊶，信乎其然矣！

【注释】

①纡：佩。朱：朱绂，系佩玉或印章的红色丝带。金：金印。

②闼（tài）：宫中小门。

③苴茅：以白茅包土。汉代纬书认为古代帝王分封诸侯，赐以苴茅，象征赐以封邑。虎：虎符。

④南面：指封为列侯。古代一国之主在堂上的座位，以面南背北为尊，故有君王南面之称。

⑤棋：原作"基"，据五臣本、《后汉书》改。都鄙：封邑。

⑥支附：犹支属，亲属。

⑦州：汉武帝时将京畿以外划分为十三个监察区，称"十三州"，至东汉末才固定为郡以上一级行政区划。国：汉代分封的同姓诸侯王国。详见张维华《汉史论集》。

⑧南金：南方出产的铜。这里指精美的铜器。《诗经·鲁颂·泮水》："大赂南金。"和宝：即和氏璧。这里泛指名贵的璧玉。冰纨：色素鲜洁如冰的丝织品。雾縠（hú）：如薄雾般的轻纱。宋玉《神女赋》："动雾縠以徐步兮。"

⑨盈仞：充满，极言其多。仞，原作"轫"，据六臣本及《后汉书》改。

⑩嫱（qiáng）媛：宫中女官。

⑪绮室：华美的房屋。

⑫缇（tí）：橘红色，以指色彩鲜明的绣织品。

⑬萌黎：黎民百姓。

⑭明贤：犹贤明，指贤明之人。

⑮希附：希企攀附。权强：权要强门，指阉党。

⑯腐身：古代宫刑又称腐刑，故受宫刑谓腐身。薰：同"薰"，古代施宫刑，为防创口溃疡，必须把它熏干。

⑰衒（xuàn）达：自我吹嘘以求向上爬。

⑱同弊相济：谓臭味相投故互相援引。弊，恶。

⑲蠹（dù）：蛀虫。引申为危害。

⑳殚：尽。

㉑嗟毒：嗟叹痛恨。

㉒穷栖：处于贫困，谓隐居不仕。

㉓寇剧：寇盗剧贼。缘间（jiàn）：沿着间隙，即趁机。

㉔区夏：犹言诸夏，指中国。《尚书·康诰》："用造肇我区夏。"

㉕孥戮：或以为奴，或加刑戮。

㉖考：考掠。钩党：相牵连为同党。《后汉书·灵帝纪》载，建宁二年（169），"制诏州郡大举钩党"。

㉗诬染：诬陷。

㉘罹：遭受。被：及，遭。毒：苦。

㉙窦武：桓帝后窦氏之父，以拥立灵帝任大将军。谋诛宦官，事败被害。何进：灵帝后何氏之兄，任大将军。灵帝死，立少帝，与袁绍等谋诛宦官，事泄被杀。事详《后汉书·窦何列传》。

㉚戚近：外戚中关系最近的。指窦武、何进，一为后父，一为后兄。

㉛九服：《周礼·职方氏》把京畿以外的地方按远近分为九等，称为

九服。后泛指全国各地。嚣怨:怨语喧哗。

㉜协群英之势力:《后汉书·窦何列传》载,窦武谋除宦官,"天下雄俊,知其风旨,莫不延颈企踵,思奋其智力"。何进与袁绍谋诛宦官,"博征智谋之士"。

㉝疑留:迟疑。窦武之谋,太傅陈蕃曾劝窦武迅速收杀宦官,窦武不纳陈蕃之谋,必欲先奏后行,致使事败。何进之谋,袁绍屡劝何进尽诛宦官,何进必欲请太后从之,太后屡屡不从,致事泄,宦官遂先杀何进。事详《后汉书·窦何列传》。

㉞殄(tiǎn)败:败亡。

㉟龚行:"恭行天罚"的省语。龚,通"恭"。《尚书·甘誓》:"今予惟恭行天之罚。"

㊱芟夷:清除。汉少帝光熹元年(189),袁绍、袁术领兵闭宫门,捕杀宦官,死者二千余人。详见《后汉书·窦何列传》。

㊲曹腾说梁冀:汉质帝本初元年(146),梁冀毒杀质帝,欲立刘志,李固及朝议欲立刘蒜。曹腾夜见梁冀,说明必立刘志之利害关系,梁冀遂与太后定策立刘志,是为桓帝。事见《后汉书·李固传》。

㊳昏弱:谓桓帝。

㊴魏武:曹操。因之:指曹操迎汉献帝至许昌,仿效梁冀挟昏弱之主以号令天下。

㊵龟鼎:谓元龟与九鼎,皆国之重器。以喻帝位。

㊶"所谓"二句:《春秋左传·宣公十二年》:"君以此始,亦必以终。"此谓桓帝因宦官曹腾之言而得立,而献帝因曹操而失国。曹操虽非阉人,但其为曹嵩之子,嵩为曹腾养子,曹操在名义上是曹腾之孙。

【译文】

那华冠高高宝剑长长,佩戴朱绂怀揣金印的大宦官,遍布皇宫之中;赐土封地握有虎符,位为列侯称霸一方的暴发户,大概有十多位。官宅公署私第楼馆,像棋子般密布于大小封邑;子侄兄弟中外亲戚,加官晋爵者超过全国官员的半数。南金、和宝、冰纨、雾縠堆积如山,珍藏充满库房;宫女、侍儿、歌童、舞女供其玩乐,屈指难数充满华屋。狗与马也穿上华美的服装,房屋都用橘红的绣品装饰。都是巧取豪夺于黎民百姓,竞相恣肆奢侈无度。他们罗织罪名迫害贤明之士,沆瀣一气援引狐朋狗党。于是便有互相攀缘引进,希企攀附阉党的人,都对自己或子弟加以阉割,以自我吹嘘求得权要的青睐。他们臭味相投互相援引,同类者越来越多,危害国政的事件,真是罄竹难书。所以天下人无不嗟叹痛恨,有志之士隐居不仕,寇盗剧贼乘机而起,为非作歹于华夏大地。虽然忠良之士满怀忧愤,时时有人奋起抨击时政,但是言一出口便招来灾祸,马上惨遭种种戕害。阉党又因此大行考掠牵连同党,逼迫人们互相诬陷。凡是声誉在外的贤良之士,没有谁不遭受灾难饱尝痛苦。窦武、何进,地位崇高又是天子近戚,乘天下怨语喧哗之时,又得四海英雄的支持,但是因为迟疑不决,最终导致败亡。这也是汉家大运到了尽头啊!虽然袁绍奉行天道,清除宦官不留一人,但用残暴代替昏乱,又有什么道德可言!自从曹腾夜说梁冀,竟然策立昏弱之主,曹操因循这种机谋,最终夺取汉家帝座。古人说的"君以此始,必以此终",确实就是这般模样啊!

逸民传论一首

【题解】

本文选自《后汉书·逸民列传》。文在传首,与《皇后纪论》《宦者传论》同例。逸民,亦作"佚民",古以称遁世隐居的人。语首见《论语》,而正史为逸民立类传,则始于《后汉书》。本文意分两节,首论上古逸民形迹之美,次述东汉初年及后期逸民不可胜数的缘故,盛赞光武礼敬逸民之德。文章字数不多,但诚如何焯《义门读书记》所言,读来"抑扬反复,殊有雅思"。

　　《易》称"遁之时义大矣哉"①,又曰"不事王侯,高尚其事"②。是以尧称则天③,而不屈颍阳之高④;武尽美矣⑤,终全孤竹之絜⑥。自兹以降,风流弥繁⑦。长往之轨未殊⑧,而感致之数匪一⑨。或隐居以求其志,或回避以全其道,或静己以镇其躁,或去危以图其安,或垢俗以动其概⑩,或疵物以激其清⑪。然观其甘心畎亩之中,憔悴江海之上⑫,岂必亲鱼鸟乐林草哉?亦云介性所至而已⑬。故蒙耻之宾⑭,屡黜不去其国⑮;蹈海之节⑯,千乘莫移其情⑰。适使矫易去就⑱,则不能相为矣。彼虽硁硁有类沽名者⑲,然而蝉蜕嚣埃之中⑳,自致寰区之外㉑,异夫饰智巧以逐浮利者乎!荀卿有言曰㉒,"志意修则骄富贵,道义重则轻王公"也㉓。

【注释】

①遁之时义大矣哉:语出《周易·遁·彖》。

②"不事"二句:语出《周易·蛊》。

③尧称则天:《论语·泰伯》:"子曰:'大哉尧之为君也! 巍巍乎唯天为大,唯尧则之。'"谓尧治理天下,拟则于宏大无比的天。

④颍阳:颍水之阳。此指许由。传说上古高士许由隐于箕山,尧召为九州长,许由不欲闻之,洗耳于颍水滨。

⑤武:周武王。尽美:《论语·八佾》:"谓《武》尽美矣,未尽善也。"《论语》之"武"本指《武舞》。这里借其语谓武王之政尽美。

⑥孤竹:指伯夷、叔齐。二人为商孤竹君之子,曾谏阻周武王伐纣。武王灭商后,二人耻食周粟,逃至首阳山,采薇而食,饿死山中。

⑦风流:风气。

⑧长往之轨:指遁世之道。

⑨感致之数:指遁世的目的和方式。

⑩垢俗:以时俗为污秽。概:节概。

⑪疵物:非议世俗之事物。激:发,体现。

⑫憔悴:困苦貌。

⑬介性:《后汉书》作“性分”,义长。性分,天性。

⑭宾:士。

⑮屡黜不去:《列女传·柳下惠妻》载,柳下惠死,其妻在诔文中说:“蒙耻救民,德弥大兮。虽遇三黜,终不弊兮。”黜,贬斥。

⑯蹈海:投身入海。《史记·鲁仲连邹阳列传》载鲁仲连对新垣衍说,若秦称帝,“则连有蹈东海而死耳,吾不忍为之民也”。

⑰千乘莫移其情:鲁仲连为赵国退秦军,赵平原君欲封赏鲁仲连,鲁仲连终身不复见平原君;后来鲁仲连又助田单攻下聊城,田单欲赐爵给鲁仲连,鲁仲连逃隐于海上。事并见《史记·鲁仲连邹阳列传》。

⑱适:如果。矫易:矫正改变。去就:犹言行止,指人之所尚。

⑲彼:指柳下惠、鲁仲连之类。硁硁(kēng):本为磬声,以状坚劲貌。《论语·宪问》:“鄙哉,硁硁乎!”

⑳蝉蜕:喻解脱。嚣埃:喧闹多尘埃,喻世俗利禄的纠缠。

㉑寰区:犹寰宇。此指名利之地。

㉒荀卿:荀子。

㉓“志意”二句:语出《荀子·修身》。修,美好。骄,蔑视。

【译文】

《周易》说“适时而隐意义无比大”,又说“不听命于王侯,行迹自然高尚”。所以尧有拟则于天之称,却不勉强许由损伤其高洁;武王的政治十分完美,最终成全伯夷、叔齐的气节。自从他们以后,遁隐的风气日益盛行。遁世的大道没有什么不同,目的和方式却各有特色。有的隐居以求顺应心意,有的回避政治保全真趣,有的恬淡自处防止躁进,有的逃离危难以求平安,有的鄙视尘俗显示节概,有的非议世事体现清高。不过看他们甘心躬耕于田亩之中,困苦于江海之上,难道只是为了与鱼鸟相亲和沉醉于山林草泽吗? 也只是性分如此罢了。所以蒙受耻辱的贤士,屡遭贬斥也不离开国土;甘愿投海全节的高士,高官厚爵不能改变其情操。如果想要他们改变好恶取向,那就不可能做到了。他们虽然行事坚劲好似沽名钓誉之徒,但能从利禄的纠缠中解脱出来,把自我置于名利场之外,与那些掩饰自己的聪明奸巧而追逐浮利的人截然不同啊! 荀子曾经说过这样的话,"思想美好就能蔑视富贵,看重道义就能看轻王公"啊。

　　汉室中微,王莽篡位,士之蕴藉义愤甚矣[1],是时裂冠毁冕[2],相携持而去之者[3],盖不可胜数。扬雄曰:"鸿飞冥冥,弋人何篡焉[4]?"言其违患之远也[5]。光武侧席幽人[6],求之若不及,旌帛蒲车之所征贲[7],相望于岩中矣[8]。若薛方、逢萌聘而不肯至[9],严光、周党、王霸至而不能屈[10]。群方咸遂[11],志士怀仁,斯固所谓"举逸人则天下归心"者乎[12]! 肃宗亦礼郑均而征高凤[13],以成其节。自后帝德稍衰,邪孽当朝[14],处子耿介[15],羞与卿相等列[16],至乃抗愤而不顾[17],多失其中行焉[18]。盖录其绝尘不及[19],同夫作者[20],列之此篇。

【注释】

①蕴藉:犹蕴蓄,即怀蓄、积蓄之义。

②冠:谓官帽。冕:古代帝王、诸侯及卿大夫所戴的礼帽。

③携持:携手扶持。去:此指离开官场归隐。

④"鸿飞"二句:语出《法言·问明》,唯"篡",《法言》或本作"慕"。

鸿,鸿雁。冥冥,指远空。弋人,射鸟者。篡,取。

⑤违:离开。

⑥光武:汉光武帝。侧席:不正坐,以示谦恭礼贤。《后汉书·章帝纪》:"朕思迟直士,侧席异闻。"李贤注:"侧席,谓不正坐,所以待贤良也。"幽人:隐士。《周易·履》:"幽人贞吉。"

⑦旌帛:汉廷招聘民间人才,致送束帛,表示旌贤,因称旌帛。旌,表彰。蒲车:古时征聘贤士,为示礼敬,以蒲草裹车轮,使车行安稳,称安车蒲轮,亦称蒲车。征贲(bì):以礼征聘。贲,饰。引申为用礼。

⑧岩中:隐士所居。

⑨薛方:西汉末隐士。王莽以安车迎薛方,薛方辞之。光武帝即位,征薛方,病卒于道。逢(páng)萌:又作"逢萌"。西汉末隐士,隐于劳山。东汉初,朝廷屡征不出,以寿终。

⑩严光:东汉初隐士。光武帝征召至京,终不肯为官,归耕于富春山。周党:东汉初隐士。光武帝征召至京,周党自陈愿守隐居之志,光武帝乃许其归隐。王霸:东汉初隐士。光武帝征召至京,王霸称名不称臣,遂归。

⑪遂:如愿。

⑫举逸人则天下归心:《论语·尧曰》:"举逸民,天下之民归心焉。""民"字避讳改"人"字。

⑬肃宗:汉章帝刘炟,在位十三年(76—88)。郑均:东汉人,曾官尚书,后以病告归。章帝赐他终身享受尚书的俸禄,人号"白衣尚书"。高凤:章帝时隐士。曾征聘至京,托病逃归,渔钓终身。

⑭邪孽(niè):奸邪妖孽。

⑮处子:处士。未仕或不仕的士人。耿介:坚持其志而不趋时。

⑯盖:原无,据五臣本、《后汉书》补。

⑰抗愤:高亢激愤。

⑱中行:中庸之道。《论语·子路》:"子曰:'不得中行而与之,必也

狂狷乎!'"

⑲绝尘:行走神速,脚不沾尘。《庄子·田子方》:"夫子奔逸绝尘。"
　　后往往用以指超绝尘俗。不及:李善注引《庄子·田子方》司马
　　彪注:"言不可及也。"这里用以指不及世事。
⑳作者:行隐逸之道的人。《论语·宪问》:"子曰:'作者七人矣。'"

【译文】

　　汉室中道衰微,王莽篡夺帝位,士人无不义愤填膺,这时撕破官帽
毁掉礼帽,相互携手扶持离开官场的人,真是无法数清。扬雄说:"鸿雁
飞向远空,射者怎能猎取?"就是说他们远离了祸患。光武帝不正坐以
恭候隐居的贤人,访求贤良唯恐不及,束帛蒲车以礼征聘贤才,使者络
绎不绝相望于岩穴之中。比如薛方、逢萌虽受征聘却不出山,严光、周
党、王霸虽然进京却不称臣。那时四方贤才得遂心愿,有志之士感怀仁
政,这就是所谓"举用逸民就能使天下归心"的道理啊!章帝也曾礼敬
郑均而征聘高凤,以此成全他们的节操。从此以后帝德渐衰,奸邪妖孽
把持朝政,处士守志而不趋时,羞与卿相并列于朝,乃至高亢激愤蔑视
礼教,往往违背中庸之道。大致选录那些超绝尘俗不顾世事的人,事迹
合于隐逸之道的人,序列于这篇列传之中。

沈休文

见卷第二十《应诏乐游苑饯吕僧珍诗》作者介绍。

宋书谢灵运传论一首

【题解】

本文选自《宋书·谢灵运传》,为传末议论之词。南朝有宋一代,文

章以谢灵运为冠,故沈约于此传末就文学上一些重要问题发表了意见。沈约为齐梁之际文坛领袖,又是声律论的主要倡言者,故沈约为此论,重在讨论文学上的重要问题,而不在品评谢灵运的诗文特色。文中历述先秦至南朝宋之重要作家及其体气风格,文字不多,而文学发展演变的轨迹清晰可见。文中首先提出情文互用的论点,主张"以情纬文,以文被质",而偏重于文藻形式,即要求胸中"咸蓄盛藻",诗多"遒丽之辞"。最后提出声律论,主张诗歌要"宫羽相变,低昂舛节",认为只有"妙达此旨,始可言文"。沈约强调声律在诗歌中的功能,在本文中对于前代作家,也基本贯彻了以声律为中心的批评,在今天看来,自然难免有不公之处。但讲究声律在齐梁时期蔚然成风,并非纯由个人提倡,而是诗歌在脱离外在音乐形式之后,把生命寄寓在文字本身的音乐性上的结果。因此,沈约的上述主张,既是古代诗歌技巧成熟的需要,也是品评诗人的新的尺度。把握此点,才算懂得了本文的精义。

　　史臣曰:民禀天地之灵①,含五常之德②。刚柔迭用③,喜愠分情④。夫志动于中,则歌咏外发⑤。六义所因⑥,四始攸系⑦。升降讴谣⑧,纷披风什⑨。虽虞夏以前⑩,遗文不睹,禀气怀灵,理或无异。然则歌咏所兴,宜自生民始也⑪。

【注释】

①禀:承受。

②五常:五行,即金、木、水、火、土。

③刚柔:指人的性格。刚谓刚强,柔谓柔和。

④愠:怒。

⑤"夫志动"二句:谓心志有所触动则表现于歌咏。《毛诗序》:"情动于中而形于言。"志,情。

⑥六义:《毛诗序》:"故诗有六义焉:一曰风,二曰赋,三曰比,四曰
　　兴,五曰雅,六曰颂。"

⑦四始:主要有两说:一、孔疏引郑玄说,以风、小雅、大雅、颂四者
　　为王道兴衰之所由始,故称四始。二、《史记·孔子世家》:"《关
　　雎》之乱,以为风始;《鹿鸣》为小雅始;《文王》为大雅始;《清庙》
　　为颂始。"攸:所。

⑧升降:谓歌声抑扬起伏。讴谣:谓徒歌。《诗经·魏风·园有
　　桃》:"我歌且谣。"毛传:"曲合乐曰歌,徒歌曰谣。"《楚辞·大
　　招》:"讴和《扬阿》。"王逸注:"徒歌曰讴。"

⑨纷披:形容多。风什:《诗经》中的雅颂,十篇为什,风什犹言风雅。

⑩虞:有虞氏,即舜。夏:夏禹。

⑪生民:人民。此指初民。

【译文】

　　史臣说:人身上禀受了天地的灵气,分别蕴含着五行的资质。刚强
与柔和相互为用,欢喜与愤怒情愫不同。那情思在胸中不断激荡,化成
歌谣涌出心窝。六义凭此而完备,四始赖之成规模。徒歌抑扬起伏,风
雅何其盛美。虽然舜禹以前,诗文无由得见,人们禀怀灵气,按理似应
没有差别。因此歌谣的兴起,当从初民开始。

　　周室既衰,风流弥著①。屈平、宋玉导清源于前②,贾谊、
相如振芳尘于后③,英辞润金石④,高义薄云天⑤,自兹以降,情
志愈广。王褒、刘向、扬、班、崔、蔡之徒⑥,异轨同奔⑦,递相师
祖⑧。虽清辞丽曲,时发乎篇;而芜音累气⑨,固亦多矣。若夫
平子艳发⑩,文以情变,绝唱高踪⑪,久无嗣响⑫。至于建安⑬,
曹氏基命⑭,三祖陈王⑮,咸蓄盛藻⑯,甫乃以情纬文⑰,以文被
质。自汉至魏,四百余年⑱,辞人才子,文体三变。相如工为

形似之言⑲，二班长于情理之说⑳，子建、仲宣以气质为体㉑，并
摽能擅美㉒，独映当时。是以一世之士，各相慕习。原其飙流
所始㉓，莫不同祖风骚㉔，徒以赏好异情，故意制相诡㉕。

【注释】

①风流：犹言风尚，指情动于中而发为歌咏的风尚。

②屈平：即屈原。清源：清澈的水源，以喻《楚辞》的优良传统。

③相如：司马相如。芳尘：车轮所过，有尘扬起，香车所过，其尘称
为芳尘。此以喻贾谊、司马相如的文章有芬芳之美，在文学发展
史上留下美好一页。

④英辞：美辞。金石：古代歌颂统治者功德的铭文，多铸刻在钟鼎
或碑石之上。

⑤薄：迫近。

⑥王褒：西汉辞赋家。刘向：西汉学者。校阅秘书，写成《别录》一
书，为我国最早的分类目录。另著有《新序》《说苑》《列女传》等
书。扬：扬雄。班：班固。崔：崔骃。蔡：蔡邕。

⑦异轨同奔：谓王褒等数人虽所擅长不同，但都奔走在情文互用的
文学道路上。

⑧师祖：作动词用，意谓效法。

⑨芜音：芜杂之音。累气：不合声律有伤文气的词句。

⑩平子：张衡。艳发：指文采焕发。

⑪绝唱：指独美一时的歌。高踪：指诗文意旨高远。此当指张衡的
《四愁诗》。

⑫嗣：继。

⑬建安：汉献帝年号（196—220）。

⑭曹氏：指曹操。基命：指曹操挟制献帝，实际已为魏代汉奠基。

⑮三祖：魏武帝曹操庙号太祖，魏文帝曹丕庙号高祖，魏明帝曹叡

庙号烈祖。陈王:曹植。

⑯藻:谓才藻,才思文采。

⑰甫:始。纬:组织。

⑱四百余年:汉兴于前206年,魏亡于265年,汉魏共历四百七十一年。

⑲工为形似之言:擅长摹写事物之情状。司马相如为汉赋大家,赋重在铺陈事物,随物赋形,所以说是"工为形似之言"。

⑳二班:班彪、班固。情理:指抒情言志与说理。《文心雕龙·论说》谓班彪《王命论》"敷述昭情,善入史体",《体性》谓班固"裁密而思靡",与沈约"长于情理之说"之言相近。

㉑子建:曹植。仲宣:王粲。气质:指个性修养。在作家谓之气质,表现于作品谓之风格。《文心雕龙·才略》谓曹植"思捷而才俊",《体性》谓王粲"颖出而才果"。可见曹王的作品风格很能表现他们的个性修养,所以说是"以气质为体"。

㉒摽:通"标"。

㉓原:原作"源",据五臣本、《宋书》改。推究,考究。飙流:与"风流"同,犹言风尚。

㉔祖:效法。风骚:《诗经》与《楚辞》的并称。

㉕意制:六朝习语,谓刻意造作。《南齐书·张融传》:"融风止诡越,坐常危膝,行则曳步,翘身仰首,意制甚多。"谓张融举止往往刻意造作。此处以指创作,谓精心构思,犹言"意匠"。诡:变。

【译文】

　　周室既已衰微,风尚愈加显著。屈原、宋玉开创了楚辞的优良传统,贾谊、司马相如留下了芬芳的文章,他们华美的辞章浸润了金石,他们崇高的情志迫近了云天,从此以后,抒情言志的创作道路愈加宽广。王褒、刘向、扬雄、班固、崔骃、蔡邕这些作家,擅长不同却都奔走在这样的创作大道上,前前后后互相效法。虽然清新的文辞华丽的诗句,间或出现于字里行间;但是芜杂的音调涩讷的文气,确实也是随处可见。唯有张衡文采焕发,文辞随着感情而变化,意旨高远独美一时,很久没有人能赶得上他。到了建安时期,曹操奠定了大业,太祖、高祖、烈祖和陈王,都是满怀才思文采,开始用感情来组织文辞,用文辞来润饰内容。从汉初到魏末,经历四百多年,辞赋之家文章之士,创作特色历经三变。司马相如擅长描摹事物情状,班彪、班固善于把抒情与说理巧妙融合,曹植、王粲的作品风格个性突出,都能标著才能发挥长处,所以各自照映当时。因此当时一代的文人,都仰慕效法他们。追溯这种风尚的开端,都是效法《诗经》《楚辞》的,只是由于欣赏爱好各有不同,所以精心构思出来的作品各有变化。

降及元康①,潘陆特秀②,律异班贾③,体变曹王④,缛旨星稠⑤,繁文绮合⑥,缀平台之逸响⑦,采南皮之高韵⑧。遗风余烈,事极江右⑨。在晋中兴⑩,玄风独扇⑪,为学穷于柱下⑫,博物止乎七篇⑬,驰骋文辞,义殚乎此⑭。自建武暨于义熙⑮,历载将百,虽比响联辞,波属云委⑯,莫不寄言上德⑰,托意玄珠⑱,遒丽之辞⑲,无闻焉尔。仲文始革孙许之风⑳,叔源大变太元之气㉑。爰逮宋氏,颜谢腾声㉒,灵运之兴会摽举㉓,延年之体裁明密㉔,并方轨前秀㉕,垂范后昆㉖。

【注释】

①元康:晋惠帝年号(291—299)。

②潘:潘岳。西晋文学家,工于诗赋。陆:陆机。西晋文学家。诗歌追求辞藻对偶,开一代风气;而辞赋成就较高。特:独。

③班:班固。贾:贾谊。

④曹:曹植。王:王粲。

⑤缛旨:意旨繁密。星稠:形容意旨繁密。

⑥绮合:鲜艳的纺织品相交合。形容辞采丰富华丽。

⑦缀:连接。平台:汉代梁孝王刘武,在国都大梁城建筑宫室,与城东三十里的平台相连,招揽四方才士。当时名赋家枚乘、司马相如都做过梁孝王幕客。逸响:指枚乘、司马相如的辞赋风格。

⑧南皮:地名。今属河北。曹丕曾与吴质及"建安七子"等共游,在其《与朝歌令吴质书》中有描述。高韵:指建安诗赋风格。

⑨江右:指西晋。

⑩中兴:指晋元帝建立东晋王朝,中兴晋室。

⑪玄风:老庄之学。扇:盛行。

⑫柱下:指老子之学。老子曾为周柱下史,故称。

⑬七篇:指庄子之学。《庄子·内篇》共七篇,向来认为是庄周所自作,故常以七篇代表庄周思想。

⑭殚:尽。

⑮建武:晋元帝年号(317—318)。暨(jì):到。义熙:晋安帝年号(405—418)。

⑯波属云委:如波之相连接,如云之相委积。

⑰上德:指老庄思想。《老子》三十八章:"上德不德,是以有德。"

⑱玄珠:喻道。《庄子·天地》:"黄帝游乎赤水之北,登乎昆仑之丘而南望,还归,遗其玄珠。"

⑲道丽:道劲华美。

⑳仲文:殷仲文。东晋诗人。孙:孙绰。东晋文学家。博学能文,尤擅玄言诗。许:许询,东晋名士,擅清谈论难,好玄言诗。

㉑叔源:谢混。谢安之孙。工于诗。在晋末首倡山水诗。太元:晋孝武帝年号(376—396)。太元年间是玄言诗最盛的时期,"太元之气"指前"孙许之风",即玄言诗风。按,沈约的这种观点实本于《续晋阳秋》,见《世说新语·文学》"简文称许掾"条刘孝标注。

㉒颜：颜延之，字延年。南朝宋文学家。工于诗，与谢灵运齐名。

谢：谢灵运。南朝宋诗人，文学家。是第一位全力创作山水诗的诗人。

㉓兴会：情兴所会。摽举：标举，指意境高超。

㉔体裁：这里指诗歌结构安排。明密：晓畅周密。

㉕方轨：并驾齐驱。前秀：前代杰出作家。

㉖范：法。后昆：后世。

【译文】

到了元康年间，潘岳、陆机独美一时，韵律与班固、贾谊有所不同，风格较曹植、王粲多有变化，意旨繁密像星罗棋布，文辞富丽如彩绮交织，承续了西汉赋家的风格，采撷了建安诗歌的情韵。留下一代诗风，影响整个西晋。当晋室中兴江东，唯有老庄之学盛行，治学局限于老子之学，求知仅限于《庄子·内篇》，诗文中的文辞，不出老庄的范围。从建武元年到义熙末年，历经的年代将近一百，虽然诗歌创作接连不断，如波相连如云相积，篇篇寄言于老庄思想，托意于玄远之道，道劲华美的诗句，从来没听说过。殷仲文开始改变孙绰、许询的诗风，谢混大大改变了东晋的诗风。于是到了刘宋时期，颜延之、谢灵运诗名大振，谢灵运情兴所会意境高远，颜延之结构紧密音节晓畅，都能与前代杰出作家并驾齐驱，留下法则给后世诗人。

　　若夫敷衽论心^①，商榷前藻^②，工拙之数^③，如有可言。夫五色相宣，八音协畅，由乎玄黄律吕^④，各适物宜。欲使宫羽相变^⑤，低昂舛节^⑥，若前有浮声^⑦，则后须切响^⑧。一简之内^⑨，音韵尽殊；两句之中，轻重悉异。妙达此旨，始可言文。至于先士茂制，讽高历赏^⑩，子建函京之作^⑪，仲宣灞岸之篇^⑫，子荆零雨之章^⑬，正长朔风之句^⑭，并直举胸情，非傍诗史⑮,正以音律调韵,取高前式⑯。自灵均以来⑰,多历年代,虽文体稍精,而此秘未睹。至于高言妙句,音韵天成,皆暗与理合,匪由思至。张、蔡、曹、王⑱,曾无先觉;潘、陆、颜、谢⑲,去之弥远。世之知音者,有以得之,此言非谬⑳。如曰不然,请待来哲㉑。

【注释】

①敷衽论心:犹云对坐谈心。敷衽,把衣襟铺在地下。《楚辞·离骚》:"跪敷衽以陈辞兮。"本文借用此词,南朝人席地而坐,坐时衣襟自然铺地。

②前藻:前人的作品。

③工拙:工巧与拙劣。数:术。

④玄黄:指颜色。律吕:指音律。

⑤宫羽:古代以宫、商、角、徵、羽代表五声音阶中的五个音级。晋人开始把字分作宫、商、角、徵、羽五类,南北朝人进而以五音配平、上、去、入四声,宫、商为平声,角、徵、羽为仄声。宫羽,犹言平仄。参见曹道衡《中古文学史论文集》。

⑥舛(chuǎn)节:互相调节。舛,互。

⑦浮声:指清音。陆德明《经典释文·序录》:"或失在浮清,或滞于沉浊。"以浮清并列,可见浮声即清音。

⑧切响:切响与浮声对立,犹清音与浊音对立,切响似指浊音。

⑨一简:指五言诗一句。

⑩讽高:讽咏佳作。历赏:历代传赏。

⑪函京之作:指曹植的《赠丁仪王粲》诗。首两句云:"从军度函谷,驱马过西京。"

⑫灞岸之篇:指王粲的《七哀诗》,其中有"南登霸陵岸"句。

⑬子荆：孙楚。西晋文学家。零雨之章：指孙楚《征西官属送于陟
　阳候作诗》，中有"零雨被秋草"句。

⑭正长：王赞。西晋文学家。朔风之句：王赞《杂诗》首句："朔风动
　秋草。"

⑮非傍诗史：不依靠前代诗人的现成句子或运化史实为诗句。

⑯前式：前人的法式。

⑰灵均：屈原。屈原《离骚》："字余曰灵均。"

⑱张：张衡。蔡：蔡邕。曹：曹植。王：王粲。

⑲潘：潘岳。陆：陆机。颜：颜延之。谢：谢灵运。

⑳此言非谬：《宋书》作"知此言之非谬"，义优。

㉑来哲：后世的高明之人。

【译文】

请让我们对坐谈心，商讨品评前人创作，工巧拙劣的道理，似乎是可以探讨的。各种颜色互相照映，各种声音协调流畅，因为颜色以及音律，各随物性有所适宜。想让平仄交相变化，低音高音互相调节，前面假若已有清音，后面便须安排浊音。五言诗歌一句之中，音韵应该各不相同；五言诗歌两句之内，轻音重音不能一律。妙解声律合此标准，始能真正懂得作诗。至于前代诗人佳作，反复讽诵历代传赏，曹植有《赠丁仪王粲》，王粲《七哀》令人感叹，孙楚秋来咏出名篇，王赞迎风吟出佳句，都是直抒胸中情愫，没有依傍旧语史实，只是凭着音律韵调，取则高于前人法式。自从屈原出现以来，已经经历许多年代，虽然文体渐趋精密，但这个秘密无人发现。前人虽有高言妙句，音韵协调出于自然，都不过是暗合音理，不是自觉思考而来。张衡、蔡邕、曹植、王粲，都未事先悟出此理；潘岳、陆机、延之、灵运，距离此理更加遥远。当世若有知音之人，遇上机会得闻此理，定知吾言绝非谬误。如果认为并非如此，请待后世高明之人。

恩幸传论一首

【题解】

本文选自《宋书·恩幸列传》。文在卷首,与《宦者传论》之类同例。恩幸,指帝王宠信的近臣。《汉书》有《外戚恩泽侯表》,又有《佞幸传》,沈约据之而创《恩幸列传》,专载被宠幸的近臣之事。本文于历述恩幸行事之先,讨论所以专列《恩幸列传》的缘故。文中认为,君子小人之别,不在门第,而在是否躬行正道,晋宋之门阀政治,实使贤路闭塞,而帝王身边亲近小人趁机恃威而起,以致刘宋王朝国无宁日。可见政治的腐败,事在恩幸,而恩幸之弊,却由门阀政治所造成。沈约先世为江东大豪强士族,却能具此识见,颇难能可贵。本文结构严密,承转自然,虽非韵文,而音节流转,诵读之下,有音韵天成之感。

　　夫君子小人,类物之通称。蹈道则为君子①,违之则为小人。屠钓②,卑事也,板筑③,贱役也,太公起为周师④,傅说去为殷相⑤。非论公侯之世⑥,鼎食之资⑦,明扬幽仄⑧,唯才是与⑨。逮于二汉⑩,兹道未革。胡广累世农夫⑪,伯始致位公相⑫;黄宪牛医之子⑬,叔度名动京师⑭。且任子居朝⑮,咸有职业,虽七叶珥貂⑯,见崇西汉,而侍中身奉奏事⑰,又分掌御服⑱,东方朔为黄门侍郎⑲,执戟殿下⑳。郡县掾史㉑,并出豪家,负戈宿卫,皆由势族㉒,非若晚代,分为二涂者也㉓。

【注释】

①蹈道:履行正道。

②屠:《尉缭子·武议》:"太公望年七十屠牛朝歌。"钓:《史记·齐太公世家》:"吕尚盖尝穷困,年老矣,以渔钓奸周西伯。"

③板筑：指修筑土墙。板，筑墙的夹板。筑，夯土用的杵头。

④太公：姜太公吕望。周师：周文王用吕望为师，见《史记·齐太公世家》。

⑤傅说：本为板筑贱役，因与殷高宗梦中贤臣貌合而被任命为相，辅佐高宗中兴。

⑥世：世胄，指公侯子孙。

⑦鼎食：列鼎而食，指富豪之家。《墨子·七患》："故凶饥存乎国，人君彻鼎食五分之三。"

⑧扬：举用。幽仄：犹侧陋，指毫无名位的贤人。《尚书·尧典》："明明扬侧陋。"

⑨与：举。

⑩逮：至。

⑪胡广累世农夫：何焯《义门读书记》认为"胡广"当作"匡衡"。按《汉书·匡衡传》："匡衡字稚圭，东海承人也，父世农夫。"据《后汉书·胡广传》，胡广先世非农夫。何说是，译文从之。

⑫伯始：胡广字。"胡广"既当作"匡衡"，则此句"伯始"当作"稚圭"。致位公相：《汉书·匡衡传》："代韦玄成为丞相，封乐安侯。"

⑬黄宪：东汉名士，字叔度，世贫贱，父为牛医。曾征辟到京师，不仕而归，天下号曰"征君"。

⑭名动京师：东汉重清议，当时京师清议，黄宪名声大振，清流领袖陈蕃、郭泰对他皆极敬服。参见《后汉书·黄宪传》。

⑮任子：原作"士子"，敦煌唐写本《文选》白文残卷（伯2525卷）、《宋书》作"任子"，据下文"七叶珥貂"，当作"任子"，据改。任子，汉二千石以上官吏，任满一定年限后，可保举子弟一人为郎，称为"任子"。

⑯七叶：七世。珥貂：汉侍中官冠旁插貂尾为饰。珥，插带。左思

《咏史》其二:"金张籍旧业,七叶珥汉貂。"谓西汉时金日磾和张
安世两家,均历七世为汉朝高官。

⑰侍中:官名。汉代侍中为列侯以下至郎中的加官,无定员。侍从
皇帝左右,出入宫廷。

⑱御服:皇帝服用之物,例如玺、剑之类。

⑲东方朔为黄门侍郎:东方朔初为常侍郎,后拜太中大夫给事中,
后获罪贬庶人,复为中郎。他从未任过黄门侍郎,疑当作
"侍郎"。

⑳执戟殿下:汉代侍郎负责持戟在殿下护卫。东方朔《答客难》:
"官不过侍郎,位不过执戟。"

㉑掾(yuàn)史:原作"掾吏",据敦煌唐写本《文选》白文残卷(伯
2525卷)、《宋书》改。自汉以来,中央及各州县皆置分曹治事的
属吏,称作掾史。

㉒势族:世家大族。

㉓二涂:指士族与庶族仕进之路不同。涂,同"途"。

【译文】

那君子和小人,是区分人物的通称。履行正道就是君子,违背正道
就是小人。宰牛钓鱼是卑微的事情,抢杵筑墙是低贱的活计,吕尚由此
当上周文王的军师,傅说由此成为殷高宗的贤相。不论是否为公侯子
孙,是否为列鼎而食的富豪,举用那些毫无名位的贤才,只要有才能就
能选拔。到了汉朝的时候,这种用人之道没有改变。匡衡父祖数代都
是农夫,却能位居丞相爵登公侯;黄宪本来是牛医的儿子,却能名列清
流蜚声京城。承父祖官荫在朝廷担任郎官者,都有不同职务,纵然数代
冠插貂尾,在西汉受人尊崇,但身为侍中须往来奔忙,还得分掌皇帝服
用之物,东方朔曾经作为侍郎,手执长戟警卫殿下。郡县分曹治事的属
吏,往往出自豪门大家,负戈宿卫宫省的武官,大都来自世家大族,并非
如同后代一样,士庶各有仕进之路。

汉末丧乱，魏武始基①，军中仓卒，权立九品②，盖以论人才优劣，非谓世族高卑。因此相沿，遂为成法③，自魏至晋，莫之能改。州都郡正④，以才品人⑤，而举世人才，升降盖寡，徒以凭籍世资⑥，用相陵驾。都正俗士⑦，斟酌时宜⑧，品目少多⑨，随事俯仰⑩，刘毅所云"下品无高门，上品无贱族"者也⑪。岁月迁讹⑫，斯风渐笃，凡厥衣冠⑬，莫非二品⑭，自此以还，遂成卑庶。周汉之道，以智役愚，台隶参差⑮，用成等级；魏晋以来，以贵役贱，士庶之科⑯，较然有辨⑰。

【注释】

①魏武：魏武帝曹操。

②九品：把士人分为上、中、下三品，各品中又分上、中、下，共分九品。分人为九品，始于班固《汉书·古今人表》，汉献帝延康元年（220），曹操刚死，曹丕用尚书陈群之议，定九品官人法，以品定州郡士人，便于起用。沈约谓曹操"权立九品"，大约是误会了史实。

③成法：不变之法。

④州都郡正：州设州都，总掌本州邑内士人的品定；州设大中正，郡设中正，具体负责管内士人的品定。州都、中正都由当地著姓士族充任，他们对士人的"品状"是国家选用官吏的依据。所以九品官人法又称九品中正制。

⑤才：谓才地，指才能与门第。这里侧重指门第。

⑥籍：通"藉"，借。世资：家世资品。

⑦都正：即州都、大中正、中正。

⑧时宜：随时所宜，即根据世家大族的需要行事。

⑨品目：评定的品级名目。如甲为上中品，上中品即为甲的品目。

⑩俯仰:犹言升降。

⑪刘毅:晋初人,汉宗室之后,官至光禄大夫,归第后为青州州都。
　　为尚书左仆射时,曾上疏论九品中正制之八大弊端。《晋书·刘毅
　　传》载其疏语:"上品无寒门,下品无势族。"与此处引文不同。

⑫讹:变化。

⑬衣冠:指世家大族。

⑭二品:上品和中品。

⑮台隶:《春秋左传·昭公七年》载无宇之言,谓人分十等,分别是:
　　王、公、大夫、士、皂、舆、隶、僚、仆、台。

⑯科:品。

⑰较然:明显貌。辨:区别。

【译文】

　　东汉末年天下大乱,曹操从而创建基业,戎马倥偬为政仓促,姑且
设立九品之制,意在评品人才优劣,非为世族确定门第。后人因循沿用
此制,竟然成为不变之法,自从曹魏直到晋代,没有谁能改变它。州都
及其大小中正,根据才地品定人物,虽说天下人才济济,真正按才能高
低而升降的为数很少,只是凭借家世资品,耀武扬威陵驾他人。州都中
正多数凡庸,斟酌品级随时所宜,品级名目是少是多,全随门第加以升
降,刘毅说的"下品无高门,上品无贱族"真是不差。岁月迁移变化,此
风愈加盛行,凡是那些世家大族,没有不在上中二品,在此以下都属下
品,始终都是寒门庶族。周代汉代的用人之道,起用贤能役使愚者,台
隶能力各不相同,据此构成各种等级;曹魏两晋以来,世家大族役使贱
民,士族与庶族的品第,二者区别十分明显。

　　夫人君南面,九重奥绝①,陪奉朝夕,义隔卿士②,阶闼之
任③,宜有司存④。既而恩以狎生⑤,信由恩固,无可惮之姿,
有易亲之色。孝建、泰始⑥,主威独运,空置百司,权不外假,

而刑政纠杂⑦，理难遍通，耳目所寄，事归近习⑧。赏罚之要，是谓国权，出纳王命⑨，由其掌握，于是方涂结轨⑩，辐凑同奔⑪。人主谓其身卑位薄，以为权不得重，曾不知鼠凭社贵⑫，狐借虎威⑬，外无逼主之嫌⑭，内有专用之功。势倾天下，未之或悟；挟朋树党，政以贿成。铁钺疮痏⑮，构于床笫之曲⑯；服冕乘轩⑰，出于言笑之下。南金北毳⑱，来悉方艚⑲；素缣丹魄⑳，至皆兼两㉑。西京许史㉒，盖不足云；晋朝王石㉓，未或能比。及太宗晚运㉔，虑经盛衰㉕，权幸之徒㉖，慑惮宗戚㉗，欲使幼主孤立㉘，永窃国权，构造同异㉙，兴树祸隙㉚，帝弟宗王，相继屠剿㉛。民忘宋德，虽非一涂，宝祚夙倾㉜，实由于此。呜呼！《汉书》有《恩泽侯表》，又有《佞幸传》，今采其名，列以为《恩幸篇》云。

【注释】

①九重：指宫禁，极言其深远。《楚辞·九辩》："君之门以九重。"奥绝：深远。

②卿士：公卿朝士。

③阶：指宫殿台阶。闼：宫中小门。

④有司：古代设官分职，事各有专司，故称有司。《论语·泰伯》："笾豆之事，则有司存。"

⑤狎（xiá）：亲近。

⑥孝建：宋孝武帝刘骏年号（454—456）。泰始：宋明帝刘彧年号（465—471）。

⑦纠杂：犹言纷杂。

⑧近习：犹近臣，帝王身边的亲信侍从。

⑨出纳：把帝王的诏命向下宣告叫出，把下面的意见向帝王报告叫

纳。《尚书·尧典》:"夙夜出纳朕命。"

⑩方涂结轨:并驾齐驱于道路之上。方,并。涂,同"途"。轨,车。

⑪辐凑:车辐集中于轴心,喻人物聚集于一处。此指百官阿附于近臣。

⑫鼠凭社贵:寄身社庙的老鼠因社庙而得安处,以喻近臣因天子而贵重。《晏子春秋·内篇问上》:"夫社,束木而涂之,鼠因往托焉。熏之则恐烧其木,灌之则恐败其涂,此鼠所以不可得杀者,以社故也。夫国亦有社鼠,人主左右是也。"

⑬狐借虎威:即狐假虎威。

⑭嫌:嫌疑。

⑮铁(fū)钺:古军法用以杀人的斫刀和大斧。引申为刑戮。疮痏(wěi):伤痕。此用作动词,谓致人以伤。

⑯构于床第(zǐ)之曲:近臣侍奉帝王起居,故能在卧室之内向帝王进谗言,所以称"构于床第之曲"。床第,床铺。引申指卧室。曲,间。

⑰轩:前顶较高而有帷幕的车,供大夫以上乘坐。

⑱南金:南方出产的铜。北毳(cuì):北方出产的质地细软的动物毛皮。

⑲艚(cáo):漕运所用的船只。

⑳缣(jiān):双丝的细绢。魄:通"珀",指琥珀。

㉑两(liàng):古代的车一般有两个轮子,故车一乘称一两。今作"辆"。

㉒西京:指西汉。许:汉宣帝许皇后,以生元帝,其父许广汉及叔父二人并封为侯。史:汉宣帝祖母为史良娣,宣帝即位后,封史良娣兄子三人、侄孙一人为侯。

㉓王:王恺,西晋人。司马昭妻弟,官至后军将军。性豪侈,曾与石崇争富。石:石崇。西晋人。曾为荆州刺史,靠劫掠客商致富。

与王恺等以奢靡相尚。

㉔太宗：宋明帝刘彧庙号，明帝在位八年(465—472)。

㉕虑经盛衰：精力由盛而衰。此似指明帝病重将有易君之事。

㉖权幸：恃宠弄权。

㉗慑惮：畏惧。宗戚：宗亲，指刘氏诸王，即下文"帝弟宗王"。

㉘幼主：指宋后废帝刘昱，在位五年(473—477)。刘昱即位时年仅十岁，近习阮佃夫、王道隆掌权。

㉙构造同异：谓结党营私，排斥异己。

㉚祸隙：犹言祸端。

㉛屠剿：屠杀灭绝。指近臣杨运长等力主明帝杀害宗室诸弟，惟桂阳王休范以才能庸劣见免。参见《宋书·始安王休仁传》。

㉜宝祚：皇位。夙倾：过早颠覆。

【译文】

帝王南面君临天下，宫门重重多么深远，朝朝夕夕悉心侍奉，公卿朝士不得承担，宫禁诸般大事小事，应由近臣全力承办。于是恩宠渐由亲近而生，宠信渐由皇恩加固，近臣并无威严之姿，却有易得君王亲近的脸色。刘宋孝建、泰始年间，皇帝独握天下大权，政府机构形同虚设，权柄从不授予朝臣，然而刑赏政务纷繁复杂，皇帝一人难以料理，上闻下达把握国情，诸事归于左右亲信。赏罚乃是为政关键，所以称作国家大权，传达圣命汇报臣议，一切概由近臣掌握，于是人们并驾齐驱于仕途之上，大家都去阿附近臣。君王说近臣身份卑贱地位不高，认为他们权不会重，却不知社鼠凭着社木而安处，狐狸能假借老虎的威风，对外没有威逼君王的嫌疑，在宫内却有专擅权力的便利。权势实已倾倒天下，君王始终不能醒悟；挟制群官网罗党徒，朝政全赖贿赂维持。杀戮异己伤害忠良，陷害朝臣于寝宫之中；头戴礼帽乘坐高车，全靠吹牛拍马讨好权臣。南方的铜器、北方的兽皮，长长的船队络绎运来；洁白的细绢、血红的琥珀，大小的车儿不断拖来。西汉的许氏、史氏，也许不足与此并论；晋朝的王恺、石崇,也不能与之相比。到明帝末年,皇帝病重精力日衰,恃恩弄权的左右亲近,畏惧宗室诸王,想让年幼嗣君孤立无援,以便长期窃据国家大权,结党营私排斥异己,处心积虑制造祸端,明帝诸弟宗室诸王,居然相继遭到杀害。人们忘掉宋家恩德,虽然原因不止一个,但刘宋帝业过早颠覆,直接原因就在于此。唉!《汉书》有《恩泽侯表》,又有《佞幸传》,现在我采撷它的名目,合并取名叫《恩幸篇》吧。

史述赞

班孟坚

见卷第一《两都赋序》作者介绍。

史述赞三首

【题解】

　　本文选自《汉书·叙传》。史述赞之体，滥觞于《史记》。《史记·太史公自序》篇末胪列叙目一百三十首，概论《史记》各篇作意；叙目各首末句，均言"作某某本纪""某某年表"。《汉书·叙传》仿《太史公自序》之例，亦为叙目百首，但不言"作"而言"述"，以示谦虚。《史记》之"作"与《汉书》之"述"，本为动词，但西晋挚虞《文章流别论》有"《汉书》述"之称，已视为文体名，《汉书》叙目遂渐有"史述"之称。《史记》叙目，四言韵语与散体相间；《汉书》则概整齐为四言韵语。范晔撰《后汉书》，仿《汉书》史述体例，改称"赞"分散于各传纪史论之后。以后《南齐书》等，亦仿此例，在各传纪"史臣曰"之后，附以四言韵体的赞。萧统深知《后汉书》之赞源于《汉书》史述，故在班固史述三首之后，续选《后汉书》赞一首，班固史述，也因与《后汉书》赞的这层关系，连文而称作史述赞。

述高纪第一①

　　皇矣汉祖②，纂尧之绪③。寔天生德④，聪明神武。秦人不纲,网漏于楚⑤。爰兹发迹,断蛇奋旅⑥。神母告符⑦,朱旗乃举⑧。粤蹈秦郊⑨,婴来稽首⑩。革命创制,三章是纪⑪。应天顺民,五星同晷⑫。项氏畔换⑬,黜我巴汉⑭。西土宅心⑮,战士愤怨⑯。乘衅而运⑰,席卷三秦⑱。割据河山,保此怀民⑲。股肱萧曹⑳,社稷是经㉑。爪牙信布㉒,腹心良平㉓。恭行天罚㉔,赫赫明明㉕。

【注释】

①高纪:《汉书·高帝纪》。高帝即汉高祖刘邦。

②皇:大。《诗经·大雅·皇矣》:"皇矣上帝!临下有赫。"

③纂(zuǎn)尧之绪:《诗经·鲁颂·閟宫》:"缵禹之绪。"《汉书·高帝纪赞》引刘向颂高祖云:"汉帝本系,出自唐帝。"按,尧号陶唐氏,故称唐帝。汉人据"五德终始说",认为汉以火德代周之木德,正如尧以火德代帝喾之木德,所以称汉直承尧运,又由此编列出刘氏与尧的世系关系来。纂,通"缵",继承。

④寔:通"实"。

⑤"秦人"二句:李善注引项岱曰:"纲以喻网,网无纲无所成,故漏也。言秦人不能整其网维,令纲目漏也。于楚,谓陈涉反而不能诛,故高祖因而起。"楚,《汉书·陈胜传》:"胜乃立为王,号张楚。"

⑥断蛇:《汉书·高帝纪》:"高祖被酒,夜径泽中,令一人行前。行前者还报曰:'前有大蛇当径,愿还。'高祖醉,曰:'壮士行,何畏!'乃前,拔剑斩蛇。蛇分为两,道开。"

⑦神母告符:《汉书·高帝纪》:"后人来至蛇所,有一老妪夜哭。人问妪何哭,妪曰:'人杀吾子。'人曰:'妪子何为见杀?'妪曰:'吾子,白帝子也,化为蛇,当道,今者赤帝子斩之,故哭。'人乃以妪

为不诚,欲苦之,姬因忽不见。"神母,指哭蛇之老姬。符,符命,所谓君主得天命的瑞应。

⑧朱旗:《汉书·高帝纪》载刘邦初起事,"帜皆赤,由所杀蛇白帝子,杀者赤帝子故也"。

⑨秦郊:指霸上,在今陕西西安东,距秦都咸阳已近。

⑩婴:秦王子婴。稽首:《尚书·舜典》孔传:"稽首,首至地,臣事君之礼。"《汉书·高帝纪》:"沛公至霸上,秦王子婴素车白马,系颈以组,封皇帝玺符节,降枳道旁。"

⑪三章:《汉书·高帝纪》:"召诸县豪桀曰:'……与父老约,法三章耳:杀人者死,伤人及盗抵罪。'"

⑫五星:金、木、水、火、土五火行星。晷(guǐ):通"轨"。《汉书补注》引王念孙说:"晷即轨字。轨,道也。五星同道,谓高帝元年五星聚东井也。"按,史家附会此自然现象为刘氏得天下的瑞应。

⑬项氏:西楚霸王项羽。畔换:跋扈。

⑭黜:贬斥。巴汉:指巴、蜀、汉中。《汉书·高帝纪》:"羽自立为西楚霸王……背约,更立沛公为汉王,王巴、蜀、汉中四十一县,都南郑。"

⑮西土:指关西,函谷关以西秦地。宅心:归心。

⑯战士愤怨:此句写士卒思东归。《汉书·韩王信传》载韩王说刘邦:"士卒皆山东人,竦而望归,及其锋东向,可以争天下。"又《汉书·韩信传》:"以义兵从思东归之士,何不散!"汉《铙歌·巫山高》:"我欲东归,害梁不为!"

⑰釁(xìn):通"衅",瑕隙。

⑱三秦:指关中之地。《汉书·高帝纪》:"(项羽)三分关中,立秦三将:章邯为雍王,都废丘;司马欣为塞王,都栎阳;董翳为翟王,都高奴。"

⑲保:安定。怀民:怀归之民。

⑳股肱：比喻帝王左右得力的辅臣。《尚书·皋陶谟》：“臣作朕股肱耳目。”萧：萧何。曹：曹参。

㉑社稷：代称国家。

㉒爪牙：比喻得力的武臣。《诗经·小雅·祈父》：“予王之爪牙。”信：韩信。布：英布。曾坐法黥面，又称黥布。秦末率骊山刑徒起义，楚汉战争中归汉，封淮南王。汉初举兵反，战败被诛。

㉓腹心：犹心腹，比喻左右亲信。《诗经·周南·兔罝》：“赳赳武夫，公侯腹心。”良：张良。平：陈平。

㉔恭：奉。罚：伐。《尚书·甘誓》：“今予惟恭行天之罚。”

㉕赫赫明明：《诗经·大雅·常武》：“赫赫明明，王命卿士。”赫赫，显耀盛大貌。明明，谓明智聪察。

【译文】

伟大啊我大汉高祖，继承尧的千秋基业。真是天赐无限美德，聪明睿智神武无比。秦朝纲纪一派混乱，陈涉举起张楚大旗。于是从此由微而显，高祖斩蛇聚众而起。老姬夜哭预告天命，红旗一举所向披靡。挥师直至咸阳城郊，子婴来行臣事君礼。除旧布新创立制度，约法三章从简治理。上应天命下顺民意，五星齐向井宿聚集。项羽背约骄横跋扈，汉王被贬汉中巴蜀。关西民众归心高祖，战士思归满怀怨怒。乘隙而行调兵遣将，汉军东向席卷关中。处处河山归我大汉，安定四海怀归民众。辅弼当称萧何曹参，治理国家处处谨慎。韩信英布能征善战，出谋献策张良陈平。奉行天道无往不胜，高祖皇帝辉煌圣明。

述成纪第十①

孝成皇皇②，临朝有光。威仪之盛，如珪如璋③。阉阃恣赵④，朝政在王⑤。炎炎燎火⑥，亦允不阳⑦。

【注释】

①成纪:《汉书·成帝纪》。孝成帝名骜,在位二十五年(前31—前7)。

②皇皇:犹煌煌。

③如珪如璋:《诗经·大雅·卷阿》:"颙颙卬卬,如圭如璋。"珪、璋,玉名。《庄子·马蹄》成玄英疏:"上锐下方曰珪,半珪曰璋。"

④闺闱:古时妇女居住的内室。这里指后宫。赵:指成帝后赵飞燕及其妹赵合德。《汉书·孝成赵皇后传》谓其"姊弟颛宠十余年"。

⑤王:指成帝母家。《汉书·外戚传》:"孝元王皇后,成帝母也。家凡十侯、五大司马,外戚莫盛焉。"《汉书·成帝纪赞》:"建始以来,王氏始执国命。"建始为成帝年号(前32—前28)。

⑥燎(liào):《诗经·小雅·庭燎》毛传:"庭燎,大烛也。"

⑦亦:原作"光",据敦煌唐写本《文选》白文残卷(伯2525卷)、《汉书》改。亦,发语词。允:信,诚然。阳:明。

【译文】

孝成皇帝神采奕奕,缓步临朝光彩无比。威风凛凛仪态端庄,好似玉珪宛如玉璋。赵氏姊妹专擅后宫,王家兄弟垄断朝纲。大烛之光本当辉煌,谁知竟然黯淡无光。

述韩英彭卢吴传第四①

信惟饿隶②,布实黥徒③。越亦狗盗④,芮尹江湖⑤。云起龙骧⑥,化为侯王⑦。割有齐楚,跨制淮梁⑧。绾自同闬⑨,镇我北疆。德薄位尊,非胙惟殃⑩。吴克忠信,胤嗣乃长⑪。

【注释】

①韩:韩信。英:英布。彭:彭越,秦末起兵,后归刘邦,封梁王,汉

初被告发谋反,为刘邦所杀。卢:卢绾,随刘邦起兵于沛,后封燕
王,私交匈奴以自保,事败,逃亡匈奴,匈奴单于以为东胡卢王,
死于匈奴。吴:吴芮,秦末率越人起兵,以遣兵将从项羽入关,被
项羽封为衡山王,汉初改封长沙王。按,以上五人,皆以功臣封
异姓王,故合传。

②饿隶:寄食者。《汉书·韩信传》:"韩信,淮阴人也。家贫无行,
不得推择为吏,又不能治生为商贾,常从人寄食。"

③黥(qíng)徒:《汉书·黥布传》:"黥布,六人也。姓英氏。少时客
相之,当刑而王。及壮,坐法黥,布欣然笑曰:'人相我当刑而王,
几是乎?'"

④狗盗:泛指为盗。《史记·孟尝君列传》谓孟尝君食客中"有能为
狗盗者",曾以其术为孟尝君解难。《汉书·彭越传》:"彭越,字
仲,昌邑人也。常渔钜野泽中,为盗。"

⑤芮(ruì):吴芮。江湖:长江和鄱阳湖。《汉书·吴芮传》:"吴芮,
秦时番阳令也,甚得江湖间民心,号曰番君。"

⑥云起龙骧:喻秦末义军纷起的局面。

⑦侯王:韩信曾为齐王、楚王,英布为淮南王,彭越为梁王,吴芮曾
为衡山王、长沙王,卢绾为燕王。

⑧梁:汉初封国,国都在今河南商丘。

⑨绾(wǎn)自同闬:《汉书·卢绾传》:"卢绾,丰人也,与高祖同
里……高祖、绾同日生……及高祖、绾壮,学书,又相爱也。"绾,
卢绾。闬,巷门,代称里巷。

⑩祚:福。

⑪胤嗣乃长:吴芮及其嫡子孙五世为长沙王,五世后无嫡嗣,国除,
以吴芮庶子二人为列侯,又传数世。胤嗣,后嗣。

【译文】

韩信当年寄食于人,英布原是黥面刑徒。彭越曾在泽中为盗,吴芮

为令居于江湖。风云翻卷蛟龙昂首，当年小人一朝封王。有的据有齐地楚地，有的统治淮南或梁。卢绾本是高祖同乡，封为燕王镇守北疆。德行菲薄地位尊崇，不是福运只是祸殃。吴芮能够持忠守信，子孙承嗣国运乃长。

范蔚宗

见卷第二十《乐游应诏诗》作者介绍。

后汉书光武纪赞一首

【题解】

　　本文选自《后汉书·光武帝纪》。文在纪末史论之后。《后汉书》之赞，源于《汉书》史述，说已见前《史述赞》题解。赞中以韵语概述光武帝讨伐王莽，统一天下，中兴汉室之事，颂扬其功德，虽然无甚新意，但用语形象丰满，用字精炼不烦，且用韵与层次转换相合，颇具匠心。

　　赞曰：炎政中微①，大盗移国②。九县飙回③，三精雾塞④。民厌淫诈⑤，神思反德⑥。世祖诞命⑦，灵贶自甄⑧。沉机先物⑨，深略纬文⑩。寻邑百万⑪，貔虎为群⑫。长毂雷野⑬，高旗彗云⑭。英威既振，新都自焚⑮。虔刘庸代⑯，纷纭梁赵⑰。三河未澄⑱，四关重扰⑲。神旌乃顾，递行天讨⑳。金汤失险㉑，车书共道㉒。灵庆既启㉓，人谋咸赞㉔。明明庙谋㉕，赳赳雄断㉖。於赫有命㉗，系我皇汉㉘。

【注释】

①炎政:《后汉书》作"炎正",李贤注:"汉以火德王,故曰炎正。"正,通"政"。炎政谓以火德为政。

②大盗:王莽篡汉建立新朝,故称之为大盗。

③九县:犹云九有、九州。

④三精:日、月、星。雾塞:《后汉书》李贤注:"言昏昧也。"

⑤淫诈:混乱与欺诈。

⑥反德:复兴汉德。

⑦世祖:光武帝刘秀庙号。诞命:大受天命。《尚书·武成》:"诞膺天命。"

⑧灵贶(kuàng):《后汉书》李贤注:"谓佳气神光之类也。"甄:明显。

⑨沉机:隐微的征兆。

⑩纬文:《逸周书·谥法解》:"经纬天地曰文。"

⑪寻:王寻,新朝大司徒。邑:王邑,新朝大司空。昆阳之战,王寻、王邑率兵四十余万,围昆阳数十层,刘秀率万余汉军大败新朝军队,王寻被杀,王邑仅率数千人逃回洛阳。

⑫貔(pí):古籍中的一种猛兽。《尚书·牧誓》:"如虎如貔。"

⑬长毂(gǔ):战车。

⑭旗:唐写本《文选》白文残卷(伯 2525 卷)、《后汉书》作"锋",义长。锋谓旗杆尖端。彗:扫。

⑮新都:王莽。莽汉成帝时封新都侯。自焚:王莽非自焚而死,但王莽被杀前一日,曾有城中少年纵火,火烧及宣室前殿,王莽险些被焚。按,此言"新都自焚",非范晔误会史实,盖以商纣结局比拟王莽。

⑯虔刘:劫掠。《春秋左传·成公十三年》:"虔刘我边陲。"庸:上庸,在今湖北竹山。此指公孙述。王莽死后,公孙述割据益州,自称蜀王。上庸地属益州,故以称公孙述。代:漠北之地。此指

卢芳。东汉初年,卢芳据九原诸郡,被匈奴称为汉帝。

⑰梁:东汉初年,刘永在睢阳称帝,建立梁国,为时不足两年。赵:王莽死后,王郎在邯郸称帝,建立赵国,为时不足半年。

⑱三河:河南、河北、河东之地。未澄:王郎据邯郸,朱鲔据洛阳,彭宠据蓟城,张步占齐地十二郡,此皆三河之地。

⑲四关:指长安。长安古称关中,因东有函谷关,南有武关,西有散关,北有萧关。重扰:东汉初年,赤眉军据长安,汉将邓禹逼赤眉军弃城,数月后,赤眉军破邓禹,再入长安。

⑳递:再。

㉑金汤:金城汤池之省。金喻坚,汤喻热不可入。《韩非子·用人》:"不谨萧墙之患,而固金城于远境。"《汉书·蒯通传》:"皆为金城汤池,不可攻也。"失险:谓割据政权皆被汉军荡平。

㉒车书共道:《礼记·中庸》"车同轨,书同文"之省。

㉓灵庆既启:此指图谶显示刘秀将得天下。《后汉书·光武帝纪》:"宛人李通等以图谶说光武云:'刘氏复起,李氏为辅。'"灵,神。庆,祥瑞之兆。启,显示。

㉔人谋:众议。《周易·系辞》:"人谋鬼谋,百姓与能。"赞:助。

㉕明明:犹英明。庙谋:犹庙算,朝廷拟定的谋略。《尉缭子·战权》:"高之以廊庙之谕。"

㉖赳赳:英武貌。《诗经·周南·兔罝》:"赳赳武夫。"雄断:雄才善决断。

㉗於(wū)赫:叹词。《诗经·商颂·那》:"於赫汤孙。"有命:天命。《诗经·大雅·大明》:"有命既集。"

㉘系:继。

【译文】

赞说:火德之政中道衰微,大盗王莽篡夺皇位。九州大地狂飙激荡,日月星辰黯然无光。百姓厌恶动乱欺诈,天神也想重兴汉邦。光武皇帝大受天命,佳气神光自然显现。征兆隐微先于事物,奇略无比经天纬地。王寻王邑挥师百万,如貔如虎蜂拥而来。战车如雷震动原野,旗锋高扬横扫长云。英气威风一旦振起,王莽难逃自焚命运。公孙卢芳割据庸代,刘永王郎纷起称帝。三河之地尚未澄清,长安城中再受骚扰。汉军战旗回首一展,再来替天奉行征讨。金城汤池失其险要,文书同规车马同道。天之瑞兆先已昭示,天下人才同来赞助。朝廷谋略无比英明,世祖雄武善于决断。光武皇帝秉受天命,上继前汉不朽基业。